D1932475

btb

Aus Freude am Lesen

Ulrich Ritzel · Schlangenkopf

Ulrich Ritzel

Schlangenkopf

Roman

btb

MIX
Papier aus verantwortungsvollen Quellen
FSC® C014496

Verlagsgruppe Random House FSC-DEU-0100
Das für dieses Buch verwendete
FSC®-zertifizierte Papier *Munken Premium*
liefert Arctic Paper Munkedals AB, Schweden.

1. Auflage

Satz: Uhl + Massopust, Aalen
Druck und Einband: GGP Media GmbH, Pößneck
Printed in Germany
ISBN 978-3-442-75297-3

www.btb-verlag.de

Montag

Es gibt Abende, an denen Zlatan kein Trinkgeld bekommt. Nicht einen Cent. So etwas passiert, wenn die Gäste meinen, das sei Sache des Gastgebers, und der Gastgeber der Ansicht ist, er habe schon mehr als genug bezahlt, Service inbegriffen. Beamte denken so.

Ist das wichtig?

Ja und nein.

Weil es kein Trinkgeld gab, hat sich Zlatan kein Taxi geleistet.

Das muss ja auch nicht sein.

Zu lange waren die Gäste ja nicht geblieben.

Das war gut, denn so hatte er sich gerade noch umziehen können und die letzte U-Bahn erwischt.

Ist das wirklich gut? Die Straße vor ihm zieht sich zwischen dunklen hohen Häuserfronten hin, ganz selten nur ist eines der Fenster beleuchtet und gibt Zeichen davon, dass da noch ein anderer Mensch lebt und wacht, mitten in der Nacht. Und am Ende der Straße sieht Zlatan gestochen scharf die Mondsichel, die knapp über den Dächern hängt, als könnte sie weiß Wunder welche Märchen erzählen.

Zlatan verspürt einen Stich. Es gab einmal eine Zeit, da hatte er nachts nichts anderes zu tun, als den Mond anzusehen. Oder darauf zu warten, dass er sich wieder zeigte. Nur – er erinnert sich nicht gerne an diese Zeit. Er hat Gründe, sich nicht gerne zu erinnern. Jetzt bist du hier, ermahnt er sich, nirgendwo anders und in keiner anderen Zeit.

Hier! Jetzt! Er hört, wie seine Schritte auf der Straße widerhallen. Das ist doch er, der so geht? Er atmet scharf aus und tief wieder ein, er hat eine Empfindung in der Brust, die muss er ausschalten, weil ... es ist keine Angst. Oder noch keine. Höchstens die kleine Angst, die verfluchte Vorbotin und Vorausschleicherin der großen, der richtigen Angst ... Und die richtige Angst ... davon reden wir besser nicht. Wer weiß, wie es ist, wenn sie nach dem Herzen greift und es zusammenpresst und einen ersticken will – wer das wirklich weiß, der will das nicht noch einmal erzählt bekommen, der ist froh, wenn er nichts davon hört und nicht daran erinnert wird. Und wer es nicht weiß, der soll das Maul halten und froh sein, dass er keine Ahnung hat ...

Hier ist Berlin«, sagt die Stimme, »die Stadt, die niemals schläft, Sie hören Wanda Kuhlebrock auf Radio Fünf Neunundsechzig, es ist ein Uhr fünf, die Nacht hat also noch gar nicht begonnen, und mit mir und meinen schnuckeligen Oldies wird sie Euch nicht langweilig werden, die Außentemperatur liegt bei neun Grad – dass sich da draußen keiner den Hintern verkühlt! –, der Luftdruck liegt bei eintausendelf Hektopascal, der Wind kommt aus Südsüdwest, falls einer von euch Süßen segeln gehen will, keine Staus, keine Verkehrsbehinderungen, dann verkehrt mal schön, und wenn's nicht flutscht, dann ruft mich an, Wanda weiß, wie's geht ... Damit ihr in Stimmung kommt, jetzt erst mal was von na ... von Serge Gainsbourg und Jane Birkin, *Viens entre mes reins*, und wenn ihr nicht wisst, was die da treiben, dann dürft Ihr dreimal raten ...«

Die Frau hinterm Steuerrad des Wagens, der am Straßenrand abgestellt ist, tastet mit der rechten Hand nach der Aus-Taste des Radios, dann lässt sie sie wieder sinken. Ein Mann kommt die Straße hoch, er geht auf der Fahrbahn, betrunken? Aber ja doch. Die Frau lehnt sich im Fahrersitz zurück, egal, was sie jetzt macht, es ist falsch. Es ist falsch, das Radio laufen zu lassen, und es ist falsch, es auszumachen. Der Betrunkene kommt am Wagen vorbei, merkt auf, scheint stehen bleiben zu wollen, Jane Birkin stöhnt, der Betrunkene hebt die

Hand, als wolle er seinen Segen dazu geben, dann wendet er sich ab und torkelt weiter die Straße hinauf.

»Na«, meldet sich Wanda Kuhlebrocks Stimme, »wisst Ihr Schätzchen jetzt, was das heißt: *Viens entre mes reins*? Übrigens sollen das die Nieren sein, rein anatomisch hab ich das so eigentlich noch nie gesehen ...«

Auf dem Beifahrersitz beginnt das Handy zu vibrieren, und das Display leuchtet auf. Diesmal stellt die Frau das Radio ab, greift zum Handy und meldet sich mit einem knappen: »Ja?«

»Er ist ausgestiegen«, kommt die Antwort.

Weiter wird nichts gesprochen.

Die Frau startet den Wagen. Es ist ein Landrover, fast neu, und der leise Motor ist im Leerlauf kaum zu hören. Noch einmal überprüft die Frau die Einstellung der Außenspiegel, dann lehnt sie sich wieder in ihrem Sitz zurück, entspannt, gelassen, die behandschuhten Hände auf das Lenkrad gelegt.

Das sind deine Schritte, die du da hörst, sagt sich Zlatan, es sind ruhige, gleichmäßige, sichere Schritte, jetzt geht es vorbei an der Baustelle, dann nach rechts, die Mauer des alten Friedhofs entlang, vielleicht noch dreihundert Meter, dann die Treppen hoch und Feierabend! Im Kühlschrank wird noch ein Bier sein, mehr braucht er nicht, oder vielleicht doch erst einen Pflaumenschnaps, denn es ist so kühl, dass ihn selbst in der neuen Lederjacke fröstelt, vielleicht läuft er deswegen ein wenig schneller ...

»Warum rennst du denn so?« Aus der Dunkelheit der Baustelle löst sich ein Schatten und gleitet neben ihn. »Hast mal ne Zigarette?«

Zlatan ist Nichtraucher, aber er sagt, gerade vorhin habe er die letzte geraucht, »da vorne ist eine Kneipe, die hat noch offen«, sowieso habe er noch ein Bier trinken wollen, »da kriegen wir auch Zigaretten ...«

»So ein netter Kumpel!«, sagt der Schatten, »nur blöd, ich

lass mich nicht auf ein Bier und sonst noch was einladen, mit mir nicht, verstehst du?« Und plötzlich hört Zlatan dieses metallische Klicken, und der Schatten ist nicht mehr neben ihm, sondern vor ihm und drängt ihn zurück in die dunkle Ecke zwischen Bauzaun und brüchigem Gemäuer, ein Kerl in einem T-Shirt, nicht größer, nicht breiter als er selbst, und Zlatan sieht noch in der Dunkelheit das Grinsen und die Rattenzähne im mageren Gesicht und den Ziegenbart, nur das Springmesser sieht er nicht, das braucht er auch gar nicht zu sehen, das hat er ja schon gehört.

Er hebt beide Hände hoch, die Handflächen nach außen gekehrt. »Kein Problem, ich muss nur die Zigaretten erst holen.«

»Schöne Jacke haste da!«, sagt der Schatten, der so tut, als habe er gar nicht zugehört, und Zlatan begreift und zieht die Jacke aus, es ist wirklich eine schöne Jacke, eine Biker-Jacke, schwarz, mit weißen reflektierenden Besätzen, und reicht sie dem anderen. Der nimmt sie mit der linken Hand und hängt sie sich über die Schulter, denn in der rechten Hand hat er noch immer das Springmesser, und das heißt, dass er noch nicht fertig ist mit Zlatan.

»Den Geldbeutel«, sagt Zlatan, »den hab ich in der Hosentasche – Moment!« Und er dreht sich so, dass der andere sehen kann, wie er aus der rechten Hosentasche langsam eben kein Messer, sondern das Portemonnaie holt, es sind vielleicht fünfzig oder sechzig Euro drin, vielleicht ist der andere zufrieden damit, vielleicht geht es ihm auch gar nicht darum, sondern um die Angst, um die Angst, die Zlatan hat und mit der er, der Schatten, spielen kann wie die Katze mit der Maus… Motorengeräusch nähert sich, Scheinwerferlicht tastet die enge Straße ab und erfasst für einen Augenblick die beiden Männer in dem Winkel an der Baustelle, den einen mit dem Geldbeutel in der ausgestreckten Hand, den anderen mit der Lederjacke über der Schulter, der das offene Messer blitzschnell in der Hand hat verschwinden lassen, und für diesen einen Augenblick verharren die beiden Männer, als seien sie Standbilder, aus Stein gehauen oder in Bronze gegossen: Nächtliche Straßenszene, Neuer Deutscher Realismus…

André, ja?« fragt Wanda Kuhlebrock. »Noch nicht ganz achtzehn? Höre ich das richtig?«

»Noch nicht ganz«, antwortet die Stimme, die ein wenig brüchig ist, so als wisse sie selbst nicht, zu welchem Alter sie gehört.

»Und noch auf?«

»Das haben Sie doch selbst gesagt, dass das die Stadt ist, die nicht schläft!«

»Ja, dann«, lenkt Wanda ein, »und was kann ich für dich tun?«

»Ich will nur einen Gruß sagen. Einen Gruß an die Elke. Dass alles okay ist. Aber mal wieder melden könnte sie sich.«

»Oh!«, macht Wanda. »Höre ich da ein Herzeleid heraus? Ist deine süße kleine Elke womöglich ein klein wenig treulos?«

»Nö«, antwortet die Stimme. »Es ist schon alles okay. Ich weiß, dass sie immer Ihre Sendung hört…«

»Wenn du es sagst«, meint Wanda. »Also, Elke! Aufgepasst: Morgen meldest du dich bei André, und damit du es nicht vergisst, spielen wir von den Red Hot Chili Peppers… Moment… hier haben wir es schon: *Don't forget me…*«

Der Lichtkegel schwenkt weiter, natürlich hält der späte Autofahrer nicht an und fragt, ob es ein Problem gebe und ob er die Polizei rufen solle, späte Autofahrer tun das selten oder nie, denn die Polizei wartet nur auf eins: auf Autofahrer, die man spät nachts ins Röhrchen blasen lassen kann. So verschwindet das Scheinwerferlicht, und das Motorengeräusch verklingt, und Zlatan öffnet den Geldbeutel, so dass der Schatten sich die zwei Zwanziger und den Zehner herausnehmen kann und dann endlich genug hat.

»Hau ab!«, sagt er zu Zlatan, und der wendet sich um und rennt über die Straße und auf dem Gehsteig weiter, an drei oder vier oder noch mehr Häusern vorbei, irgendwann bleibt er stehen, weil er auf einmal nicht mehr kann oder will und weil sein ganzer Körper zittert und ihm die Knie schier versagen. Und so blickt er zurück und sieht, wie der Schatten sich die Lederjacke anzieht und in die gleiche Richtung geht, nur auf der anderen Straßenseite, und wie er an der Einmündung zum Garnisonfriedhof nach rechts abbiegt, wie es auch Zlatans Heimweg gewesen wäre. Und während Zlatan sich gegen eine Hauswand lehnt und zusieht, wie sich der Schatten die Straße hinunterbewegt, mitten auf der Fahrbahn, und das spärliche Licht von den weißen Streifen am Schulteransatz der Biker-Jacke reflektiert wird – während Zlatan also an der Hauswand lehnt und Atem schöpft, springt am Straßenrand ein großer dunkler Wagen an, die Scheinwerfer leuchten auf, der Wagen wird aus der Parklücke heraus beschleunigt… und dann ist der Blick auf den Mann in der Lederjacke auch schon verstellt, Zlatan sieht nur noch die Rücklichter, hört den hochdrehenden Motor, die Rücklichter bewegen sich merkwürdig, als würde der Wagen in Schlangenlinien gesteuert, und tatsächlich gerät er sogar auf den Bürgersteig, schrammt an der Friedhofsmauer entlang und rauscht wieder zurück auf die Fahrbahn, und durch die Nacht hört Zlatan einen Schrei oder einen Schlag…

Und plötzlich begreift er, ein eiskalter Schrecken läuft ihm über die Arme und kräuselt ihm die Haut, und er wendet sich ab und geht, so schnell es eben geht, wenn man sich gerade noch auf den Beinen halten kann, und verschwindet in der Nacht.

Die Mondsichel, vor ein zwei oder drei Stunden noch links unten im Rechteck des Panoramafensters sichtbar, hängt dort nun rechts und fast oben. Im Atelier ist es zu warm und die Luft zu trocken, Christian Fausser braucht etwas zu trinken, und pinkeln muss er auch. Behutsam richtet er sich auf und wirft einen Blick nach rechts, Solveig liegt auf der Seite und hat ihm den Rücken zugekehrt, die dünne Decke zeichnet die Linie von Hüfte und Taille nach. Schläft sie? Er horcht auf ihre Atemzüge, aber sein Gehör ist nicht mehr besonders gut, schließlich sieht er, dass sich die Schulter ein wenig hebt und dann wieder senkt, in gleichmäßigem Rhythmus, und so schwingt er die Beine vom Bett und steht auf und tastet sich durch das Halbdunkel des Zimmers zum Bad… Dort schaltet er das Licht erst ein, als er die Tür hinter sich geschlossen hat. Er vermeidet einen Blick in den Badezimmerspiegel, setzt sich – nach vorne gebeugt – auf die Kloschüssel… Nach dem Geschlechtsverkehr ist gut Pinkeln, denkt er, warum sagt das keiner den alten Männern?

Weil es nur denen hilft, die von selber drauf kommen können.

Vorsichtig – als würde er damit etwas weniger Krach machen – drückt er auf die Spültaste, dann geht er zum Waschbecken, lässt kaltes Wasser in seine zu einer Schöpfkelle geformten Hände laufen und spült sich damit den Mund. Noch einmal schöpft er Wasser und klatscht es sich ins Gesicht, und weil seine rechte Hand sich pelzig anfühlt, hält er das Handgelenk unters kalte Wasser. Als er sich schließlich abtrocknet, kann er es nicht vermeiden und sieht einen nackten Männerkörper im Türspiegel, einen Körper mit dünnen Armen und einem auf die Hüfte hängenden Bauchansatz.

Er zieht eine Grimasse, verlässt das Bad und geht ins Zimmer zurück, das nun plötzlich erhellt ist vom bläulichen Licht des Fernsehers. Solveig sitzt im Bett, die Arme um die angezogenen Knie geschlungen, bekleidet mit nichts als ihrem langen schwarzen Haar, das über die linke Schulter fällt, und starrt über das Bett auf den Wandbildschirm, auf dem ein amerikanischer Nachrichtensender Aufnahmen zerschossener Lastwagen und aufgeregter Männer in Kampfanzügen zeigt.

»Muss das sein?«, fragt Fausser.

»Da haben sie wieder Scheiße gebaut, diesmal ganz gewaltig«, sagt Solveig und stellt den Ton des Fernsehers ab. »Dutzende von Leuten, die sich einen armseligen Kanister Benzin zapfen wollten, sind tot, verbrannt, zerrissen, vielleicht sind es nicht bloß Dutzende, sondern hundert oder mehr...«

»Wer soll das angestellt haben?«.

»Die Bundeswehr und die Amerikaner, was weiß ich! Beide zusammen. Erst hat sich die Bundeswehr beklauen lassen, dann haben die Amis die geklauten Tankwagen bombardieren müssen... Wenn ihr schon Krieg führen müsst...«

»Moment.« Fausser legt sich neben sie, so, dass er ihr Gesicht im Profil sehen kann. »Die haben die Amerikaner angefordert?«

»Sag ich doch. Das heißt, CNN sagt das. Wenn ihr schon Krieg führen müsst, warum zum Teufel könnt ihr die Unschuldigen dabei nicht verschonen?«

»Erstens tun wir das nicht, Krieg führen, ich schon gar nicht...«

»Doch!«, fällt sie ihm ins Wort. »Es ist eine Parlamentsarmee, heißt es immer...«

»Zweitens«, fährt Fausser ungerührt fort, »zweitens richtet sich Krieg immer und vor allem gegen Unschuldige, gegen die Zivilbevölkerung nämlich, also gegen Frauen und Kinder, seit jeher ist das so, lies das Alte Testament oder den Grimmelshausen oder lass dir in einem feministischen Proseminar sagen, was hier in der Gegend los war, im Frühjahr vor fünfundsechzig Jahren...«

»Anderes hast du nicht vom Starnberger See mitgebracht als diese abgelutschten zynischen Spruchbeuteleien?«

»Abgelutscht? Wenn Du zugehört hättest, Mädchen, was ein unbeachteter Hinterbänkler in der Akademie dort zur Lage der Bundeswehr in Afghanistan sich erlaubt hat zu bemerken« – Fausser hebt leicht die Stimme, als wollte er den Tonfall einer Parlamentsrede imitieren –, »dann wüsstest du immerhin, warum die Bundeswehr gezwungen war, amerikanische Kampfflugzeuge anzufordern!... Und zynisch! Weißt du, was dieses

Unglück oder diese Katastrophe« – er deutet auf den Fernseher, der jetzt keine zerschossenen Lastwagen mehr, sondern nur noch einen seriösen schwarzen Kommentator zeigt – »für das politische Berlin heute vor allem bedeutet, welche Fragen es aufwirft, was also heute Morgen ganz vorrangig sein wird, auch in deiner Redaktion? Die vorrangige Frage wird sein, ob der Verteidigungsminister jetzt beschädigt ist oder nicht. Ob er, wenn er heute oder morgen an den Hindukusch fliegt und sich wohlriechend zwischen unsere Soldaten stellt und dabei fotografieren lässt – ob er damit in den Umfragen nicht womöglich mehr Punkte gutmacht, als selbst zweihundert tote Dörfler ihn kosten ... Das ist es, was euch interessiert!« Er dreht sich zur Seite und will mit der Hand zwischen ihre Oberschenkel greifen. »Zynisch! Ehrlich ist nur ...«

»Weg da!«, unterbricht sie ihn scharf und schiebt seine Hand weg. »Wann begreift so ein alter Macho endlich ...?«

»Was sollen alte Machos begreifen? Und wieso im Gegensatz zu jungen? Wird es von denen nicht erwartet?«

»Dass es einen Zeitpunkt gibt, an dem sie nicht mehr gefragt sind. Das sollen sie begreifen.«

In eben dem Augenblick, als Miguel, die Arme aufgestützt, nach unten schaut, in das Gesicht der Frau unter ihm, das umrahmt ist vom Strahlenkranz der blonden, auf dem Leintuch ausgebreiteten Haare, in diesem Augenblick, als er sieht, wie die Blonde scharf durch den Mund atmet und die Oberlippe hochzieht und die Zähne freilegt, als wollte sie sie ihm in die Kehle schlagen, und er dabei dieses Ziehen in den Lenden spürt, die jetzt – gleich, sofort, beim nächsten Stoß – unaufhaltsam strömen und sich ergießen werden, in eben diesem Augenblick schlägt die Türglocke an. Das heißt, sie schlägt nicht an, sie ist auch nicht besonders laut, sie schnarrt eigentlich nur. Aber es ist ein Schnarren, das nun einmal in der Welt ist und in der Nacht.

Noch immer liegt das das Paar wie erstarrt, dann schlingt die Blonde ihre nackten weißen Beine um die seinen, hakt sich mit ihnen ein, umklammert ihn, hält ihm mit beiden Händen die Ohren zu, zieht seinen Kopf zu sich herunter, dass sie ihm ihre Zunge in den Mund stecken kann, er soll nichts hören und nichts reden, und weil er zu ficken aufgehört hat, ist jetzt sie es, die ihr Becken gegen seinen Schwanz drängt, in einem schnellen, fordernden Takt. Aber es ist verlorene Liebesmüh.

Miguel befreit sich von ihren Händen und richtet sich auf. »... Sorry, tut mir leid. Das ist wirklich Scheiße«, sagt er. »Aber ich muss wissen, was für eine.« Zögernd geben ihn die Beine frei, sein Schwanz glitscht aus dem Leib der Blonden, mühsam steht er auf, das Ding hängt nur noch, und mit ihm schrumpelt die Gummihaut des Kondoms, ein blödes Gefühl.

Er geht zur Tür des Appartements. Dort ist eine Sprechanlage.

»Was'n los?«

»Zlatan ist hier«, sagt eine flache, leere Stimme. Miguel erkennt sie zunächst nicht. Zlatan? Ja, doch. Die Aushilfe.

»Was willst du? Weißt du, wie viel Uhr es ist?«

Halblaut murmelt die Stimme etwas.

»Ich versteh dich nicht.«

»... bin überfallen worden«, kommt es aus der Sprechanlage.

»Bist du verletzt?«

»Nein, nicht verletzt. Aber es ist alles weg. Schlüssel. Geldbeutel. Kann ich ...?«

»Nein«, sagt Miguel und wirft einen Blick auf die Bettcouch. Die Blonde liegt noch immer auf dem Rücken, mit angezogenen Knien, eine Hand zwischen den Beinen. »Kannst du nicht. Tut mir leid. Ich hab eine Frau hier.«

»Du musst entschuldigen ...«, kommt die Antwort. »Wirklich. Aber kannst du mir vielleicht eine alte Jacke oder einen alten Pullover leihen? Und einen Zwanziger oder so?«

»Moment«, sagt Miguel seufzend und hängt den Hörer der

Sprechanlage ein. In seinem Kleiderschrank findet er ein altes Sakko mit Fischgrätmuster auf den Ellbogen, das ist sowieso ein bisschen eng in der Taille, und auch einen Pullover, der aber keiner aus Cashmere ist. Weil nachts das Haus abgeschlossen ist, muss er den Bademantel überziehen und die Latschen und das Treppenhaus hinunter und nach draußen vor die Haustür, wo ein seltsam verstörter Mensch steht, Zlatan eben, seltsam war der schon immer, was hat er sich auch mit ihm bekannt machen müssen!

»Weißt du«, sagt Zlatan, »ich war schon fast zu Hause...«

»Ja«, unterbricht ihn Miguel, »erzähl es mir das nächste Mal! Hier...« Er drückt ihm das Bündel aus Sakko und Pullover in die Hände und holt den Fünfziger aus der Tasche seines Bademantels. Auf die Schnelle hat er keinen kleineren Schein gefunden. »Und das da. Aber Wiedersehen macht Freude!«

Als Miguel wieder oben in seinem Appartement im fünften Stock ist, hat die Blonde offenbar fertig. Jedenfalls hantiert sie nicht mehr zwischen ihren Beinen herum, sondern zieht sich gerade den Büstenhalter an.

»Ich will dich nicht aufhalten«, sagt sie. »Nicht bei den Dingen, die dir wirklich wichtig sind.«

»Hör zu...«, hebt Miguel an, lässt es dann aber bleiben und trottet ins Bad, damit er endlich dieses blöde eingerollte Ding von seinem Schwanz entfernen kann.

Fausser, noch einmal eingeschlafen, träumt von einer Hochebene, von Gestrüpp bestanden, und während er aufwacht, weiß er, dass die Hochebene die Brachwiese oberhalb der Siedlung meint, in der er aufgewachsen ist, und zugleich weiß er auch, dass hinter diesem Traumbild ein anderes verborgen ist, vielleicht sind Traumbilder wie russische Puppen, das eine enthält das andere, nur dass sich als Letztes ein winziges wimmerndes Kind findet...

Bist du damit gemeint?, fragt er sich und ist plötzlich hellwach. Aus dem Badezimmer dringt anhaltendes Brausen, offenbar müssen alle Anhaftungen und Erinnerungen an die Nacht abgespült werden, ein dermatologischer Unfug!... Er greift sich die Fernbedienung und sucht einen Radiosender. Merkwürdigerweise hätte er jetzt Lust auf klassische – nein: auf sakrale Musik, auf die Beschwörung aller Menschen Sünden und auf ihre Vergebung, auf irgendein Stück mathematisch-göttlicher Klarheit, am besten von Johann Sebastian...

»... noch immer läuft der Verkehr in und rund um Berlin reibungslos«, sagt eine Alt-Stimme, die für einen Alt eine Spur zu munter ist, »wie geschmiert also, dachte ich mir's doch, ihr Süßen, aber so wird es nicht bleiben, die Bauarbeiten gehen ungebrochen weiter, die Karl-Marx-Allee ist auf jeweils einen Fahrstreifen verengt, ebenso die Torstraße bis zum Prenzlauer Tor...«

Fausser hat den Kopf aufs Kissen sinken lassen, plötzlich ist wieder die Müdigkeit da, sie ist so groß, dass er nicht einmal Lust hat, den nächsten Sender zu suchen, alles ist zu viel und alles ist vergeblich, er blickt zur Decke, und ihm ist, als gerate sie in Bewegung und entschwinde.

»... und dann bittet die Polizei noch um Hinweise – jetzt nicht weghören, es ist diesmal wirklich wichtig – die Polizei also bittet um Hinweise zu einem tödlichen Verkehrsunfall, bei dem gegen ein Uhr dreißig in der Kleinen Rosenthaler Straße in Berlin-Mitte ein dreiundzwanzigjähriger Mann ums Leben kam. Gesucht wird in diesem Zusammenhang der Fahrer eines dunklen Geländewagens, das Fahrzeug müsste an der linken Seite Beschädigungen, Streifspuren aufweisen...«

Nun rafft er sich doch auf und drückt die Aus-Taste, wie schön, dass es still ist, für einen Augenblick schließt er die Augen, ist er nun doch noch einmal eingeschlafen?

»Frühstückst du mit mir, oder willst du nochmal in dein Appartement?« Wieder die klare wache Stimme, Fausser taucht aus der Tiefe seines Sekundenschlafes auf, Solveig steht vor ihm, im Bademantel, die Haare frisch gewaschen und mit einem Handtuch eingebunden.

»Gern«, sagt Fausser, »mit dir frühstücke ich sogar sehr gern…«

»Wirklich?« Jetzt klingt die Stimme nicht nur wach und klar, sondern auch ein wenig kühl. »Sonst willst du morgens doch immer mit deiner Frau telefonieren.«

An diesem Morgen liegt ein Geruch in der Luft, als werde es nun doch Frühling, und dass einmal Winter war, sieht man nur noch am Splitt, der auf den Straßen und Gehsteigen zurückgeblieben ist. Ein Mann im offenen anthrazitgrauen Lodenmantel, den breitkrempigen schwarzen Hut in den Nacken geschoben, bleibt vor einer leeren Bierdose stehen und betrachtet sie und betrachtet den Bauschuttcontainer, der ein paar Schritte weiter aufgestellt ist, und sieht sich um, ob ihm wohl einer zusieht, wenn er die Dose mit dem Innenrist… Doch dann fällt ihm ein, dass in der Dose womöglich noch ein versiffter Rest Bier sein wird, der ihm dann den Schuh versaut. Und das eine Knie nutzt noch immer jede Gelegenheit, um übel zu nehmen. Seit wie vielen Jahren ist das nun schon so?

Der Mann mag nicht darüber nachdenken und geht weiter, vorbei an einer Baustelle. Die Wohnblocks um ihn herum treten zurück und lassen Platz für einen von Mauern umgebenen Park, den alten Garnisonfriedhof, überragt von Baumkronen, deren Blätter über Nacht aus den Knospen aufgebrochen sind wie lindgrüne Fontänen.

Vor dem Backsteinhaus gegenüber dem Park, das seit Wochen eingerüstet ist, will der Mann die Straße überqueren, bleibt aber unvermittelt stehen. Auf dem Pflaster vor ihm sind auf einzelnen Steinen weiße, kaum verwischte Kreidestriche zu erkennen, und der Mann ertappt sich dabei, wie er den Kopf schräg legt, um ein Muster in den Markierungen zu erkennen. Er zögert kurz, dann tritt er auf die Fahrbahn und folgt den Zeichen, es sind Pfeile, die auf den Gehsteig gegenüber weisen, zur Friedhofsmauer hin, deren graubrauner Verputz an einigen Stellen aufgerissen scheint, als sei ein Gefährt daran entlang geschrammt, auch diese Stellen sind mit Kreide bezeichnet... Die Pfeile weisen weiter, zurück auf die Fahrbahn, bis zu einem über mehrere Steine gezogenen Kreidestrich, der auf eine Unterbrechung oder – genauer – auf eine Kollision schließen lässt. Er betrachtet den Strich, dann geht er weiter, zu den mehr oder weniger angedeuteten Umrissen, die die eines Menschen sein könnten, den man dort auf der Fahrbahn gefunden hat. Schließlich bückt er sich und entdeckt – ohne große Überraschung – auf dem Pflaster und in den Fugen dazwischen die dunkel verfärbten und angetrockneten Reste einer Flüssigkeit.

»Gestern Nacht war das«, sagt eine Stimme.

Der Mann blickt auf. Die Stimme – hell, kurz vor dem Stimmbruch – gehört einem Jungen, der auf dem Gehsteig steht und ihm zusieht.

»Ich hab es gehört«, fährt der Junge fort. »Den Motor hab ich gehört. Wie er hochdreht. Und das Kreischen.«

»Das Kreischen?« Der Mann blickt zweifelnd.

»Ja doch«, versichert der Junge. »Als das Auto die Mauer entlang ist. Aber dann ist es zurück auf die Straße und hat den Mann erwischt. Ich hab den Schlag gehört.« Der Junge deutet auf die Gestalt, deren Umrisse auf der Fahrbahn skizziert sind. »Den da hat es erwischt...«

»Und wann hast du das alles gehört?«

»Hab nicht auf die Uhr gesehen«, kommt die Antwort, plötzlich abweisend.

»Schon recht«, meint der Mann und geht entlang der Markierungen zurück, langsam, als habe er beim ersten Mal etwas übersehen. An der Friedhofsmauer bleibt er stehen, bückt sich und mustert den beschädigten Verputz.

»Es muss ein Geländewagen gewesen sein«, meint der Junge, der ihm gefolgt ist.

»Erklärst du mir, warum?« Der Mann hat sich wieder aufgerichtet und wendet sich ihm zu.

»Wegen der Höhe«, meint der Junge. »Er muss die Mauer mit dem Kotflügel gestreift haben, aber bei einem normalen Auto müssten die Spuren tiefer sein. Und ein Lastwagen war es nicht, das hätt ich gehört. Also war's ein Geländewagen.«

Der Mann nickte. »Das hast du sauber hergeleitet. Respekt. Aber eine Frage: Der Motor hat hochgedreht – das hast du doch gesagt?«

»Sicher hab ich das«, kam die Antwort. »War doch auch so.«

»Und gebremst hat er nicht?«

»Nein, hat er nicht. Kein bisschen.«

»Stand der denn irgendwo und ist dann losgefahren, und der Fahrer hat dabei aufs Gas gedrückt, oder kam er die Straße runter?« Wieder blickt er auf den Jungen: eher 14 als 15 Jahre alt, schmales Gesicht, Jeans und Anorak speckig, Turnschuhe, schon abgetreten, lange blonde Haare, schon länger nicht gewaschen, die rechte Hand in einem schmuddeligen, nicht mehr ganz festen Verband... Kaum halbwüchsig, ein Kind also, und wenn es ein Kind ist, warum ist es an diesem Montag, kurz vor zehn Uhr, nicht in der Schule? - Der Verband! Mit einer verbundenen rechten Hand kann man keine Hausaufgaben machen, natürlich nicht, und erst recht keine Klassenarbeiten schreiben...

»Weiß ich nicht«, antwortet der Junge, und wieder klingt seine Stimme unvermittelt ganz abweisend, als sei ihm der musternde Blick des Mannes nicht entgangen. »War ja nicht dabei. Hab nur was gehört.« Dann dreht er sich um, schlüpft durch die Pforte des Friedhofparks und ist auch schon weg.

André sieht sich kurz um, aber der Mann ist ihm nicht gefolgt. Trotzdem ärgert er sich. Was hat er mit ihm zu reden gehabt? Niemand muss wissen, dass er hier wohnt. Niemand muss wissen, was er gesehen oder gehört hat. Es ist dumm von ihm gewesen, ganz einfach dumm… Dumm! Dumm! Dumm! Plötzlich beginnt er zu rennen, an den eingezäunten Gräbern und steinernen Kreuzen vorbei, hinüber zur Friedhofskapelle und der kleinen Pforte dahinter, hinaus auf die Straße und weiter bis zur Anlage vor der Schule, wo die Eltern Geld zahlen, damit ihre Kinder hinein dürfen, viel Geld sogar! Dann zwingt er sich, wieder zu gehen, so, wie er sonst auch geht, nicht zu schnell und nicht zu langsam, am Verband hat sich das lose Ende wieder gelöst, er wickelt es um das Handgelenk und zieht es fest. An der Buchhandlung mit den Comics im Schaufenster bleibt er nicht stehen – das hebt er sich für den Rückweg auf –, sondern wirft nur einen Blick aus den Augenwinkeln hinein, aber was er sieht, sind nur Sachen für die Kleinen.

Am Kiosk vor der U-Bahn-Station hat ein Mann eine der Zeitungen mit den großen Schlagzeilen gekauft und ist noch vor dem Kiosk stehen geblieben, um zu lesen, vielleicht will er im Innern Fußballergebnisse gucken oder die Lottozahlen. André wirft einen Blick auf die Titelseite oder anders: die Titelseite zieht seinen Blick an, er kann gar nicht anders als hinsehen, der Kopf einer Frau ist dort abgebildet, für einen Augenblick pocht ihm das Herz bis zum Hals, dann sieht er, dass es nicht jenes eine Foto ist, vor dem er Angst hat, die ganze Zeit schon…

Er steigt die Treppe zur U-Bahn hinunter. Wie immer stinkt es dort nach Pisse, und vorsichtig macht er einen Bogen um eine Lache Erbrochenes. Vor dem Fahrkartenautomat verlangsamt er seinen Schritt und greift tastend in den Ausgabeschacht, aber niemand hat das Wechselgeld vergessen. Auf der Plakatwand gegenüber dem Bahnsteig räkelt sich eine Blonde in ihrem Bikini am Strand vor einem Meer, das blau und grün schimmert, und über dem Strand sind Berge, schneebedeckt: Dalmatien soll das sein… Er ist einmal dort gewesen, noch bevor er in die Schule gekommen ist, im Restaurant hat es immer Fisch gegeben oder Hackfleisch, und später ist er in einen Seeigel getreten. Die Blonde auf dem Plakat hat eine ganz und gar braune Haut und keinen Sonnenbrand wie die Elke damals, und auch keine Spur vom hellen Sand auf den Oberschenkeln oder an den Knien, obwohl sie doch mitten am Strand hockt, das eine Bein ausgestreckt und das andere angewinkelt...

Weiter vorn auf einer Bank sitzt eine alte Frau, ihre Handtasche vor sich wie ein Schoßtier, und weiter hinten stehen zwei oder drei Männer, vielleicht Polen oder Russen, hoffentlich hat keiner gesehen, wie er das Plakat mit der Blonden angestarrt hat. Die U-Bahn kommt, die Wagen sind fast leer, er steigt ein und bleibt an der Wagentüre stehen. Als der Zug Fahrt aufnimmt und in den dunklen Tunnel eintaucht, sieht er sein Spiegelbild im Fenster der Türe gegenüber, rasch wendet er den Blick ab. Einmal hat er einen Comic gesehen über einen Jungen im Krieg, die Stadt brannte, und die Menschen flohen in die Tunnels der U-Bahn, aber dann wurden die Tunnels geflutet, und nur der Junge kannte den richtigen Weg hinaus...

Die Alte hat sich auf einem Sitzplatz am Fenster niedergelassen, noch immer die Tasche auf dem Schoß, die Tasche ist prall von weiß der Teufel was für einem Zeug, vorne ist eine Seitentasche, auch sie ist ausgebeult, da muss das Portemonnaie drin sein, ein dickes vollgestopftes Portemonnaie, ganz bestimmt, aber da ist nur im dichten Gedränge etwas zu machen, und auch dann hätte er nicht die Nerven. Nicht für so etwas. Er blickt sich im Wagen um, und erst jetzt sieht er, dass die Polen – die mit ihm und der Alten eingestiegen sind – ihm zugesehen haben, wie er die Tasche der Alten mustert, und der eine von den Männern kneift das eine Auge zu und hebt warnend den Zeigefinger... Der Zug wird langsamer, die Bremsen beginnen zu greifen, vor dem Fenster wird es hell, und der Junge drückt hastig auf den Türöffner, der Zug kommt zum Halten, fauchend öffnet die Hydraulik die Tür, André springt nach draußen, so eilig, dass er beinahe mit einem älteren Herrn zusammenstößt.

»Warum so eilig, junger Mann? Du hast doch noch alle Zeit der Welt!«

»Entschuldigung«, bringt André heraus und läuft weiter.

Der Mann in dem anthrazitgrauen Lodenmantel geht die Friedhofsmauer entlang und biegt dann nach links ab, in eine Straße mit kleinen Restaurants und einzelnen Läden, bis er zu einem schmalen Haus mit einer schmutziggelben Fassade kommt, durch die sich frische Risse ziehen. Neben dem Klingelbrett ist ein Messingschild mit der Aufschrift: »Hans Berndorf, Ermittlungen« angebracht, an dem – schon vor einigen Monaten – irgendjemand Anstoß genommen und es mit roter Farbe übersprüht hat. Inzwischen ist es gereinigt worden, aber noch immer haften Farbreste an den Rändern und Zwischenräumen der Buchstaben.

Der Mann tritt ein, geht ins Hochparterre und schließt die Tür zu dem Büro auf, das er vor zwei Jahren von einem in Konkurs gegangenen Versicherungsmakler übernommen hat. Er zieht seinen Mantel aus und hängt ihn in den Garderobenschrank im Flur, geht dann durch die beiden Räume – von denen der eine als Wartezimmer dient und der andere als Büro – und öffnet überall die Fenster, um für Durchzug und frische Luft zu sorgen. Einen Augenblick lang verharrt er hinter seinem Schreibtisch, denn dort hängt die gerahmte Fotografie eines hohen Kirchturms, und sie hängt schief. Er rückt sie gerade, das ist er dem Ulmer Münster schuldig. Wie oft hat ihn sein Weg daran vorbeigeführt, in jenem früheren Leben, als er Kriminalbeamter war im Neuen Bau zu Ulm an der Donau? Vorbei! In der winzigen Küche füllt er den Wasserkocher und stellt ihn an, weil er sich eine Kanne Tee aufgießen will, dann schaltet er das kleine Transistor-Radio ein, das auf dem Küchenregal steht. Die Nachrichten haben schon begonnen, in der Regierung streitet man sich. Worüber? Der Nachrichtensprecher kündigt ein Interview mit der Fraktionsvorsitzenden der kleineren, der kleinfeinen Regierungspartei an, und Berndorf stellt den Ton ab.

Während der Tee zieht, blättert er die ersten der beiden Zeitungen durch, die er mitgebracht hat, und zwar zuerst das Berliner Blatt – jenes, das von den Berliner Blättern das am wenigsten unlesbare ist –, am Hindukusch hat es Tote gegeben, mehr als sonst, auffällig mehr, weshalb, warum? Er müsste es nachlesen, jeder anständige Mensch müsste wissen wollen, warum so etwas geschehen kann und sich nicht hat vermeiden lassen. Aber gerade darum hat er keine Lust, nur weil er eine Zeitung gekauft hat, will er sich nicht entrüsten müssen, nicht so, als hätte er eine Schachtel Zigaretten gekauft und müsse sich jetzt eine davon anzünden... Von einem Unfall beim Alten Garnisonfriedhof steht nichts drin, natürlich nicht, es muss ja spät in der Nacht gewesen sein, so hat der Junge es behauptet. Sein Blick fällt auf das Foto einer Kirchenruine, das gut erhaltene gotische Chorgewölbe hebt sich malerisch gegen den Himmel ab, es ist die Ruine der Franziskanerkirche, zwölftes oder 13. Jahrhundert, und sie steht nicht tief und von der Zeit vergessen in einem brandenburgischen Wald, sondern mitten in Berlin, nah beim Alex, und irgendwelche Nonnen haben dem Magistrat angeboten, die Ruine – unter Wahrung aller denkmalpflegerischen Kriterien, wie es in der Zeitung heißt – zu einer Begegnungsstätte auszubauen, und zwar für alle, die in der Stille Gott suchen...

Stille? Gott suchen? Das wird dem Magistrat aber ein böhmisches Dorf sein, das eine wie das andere, denkt Berndorf, faltet die Zeitung wieder zusammen, nimmt den Einsatz mit dem Teefilter aus der Kanne und schenkt sich ein. In der Deutschland-Ausgabe der Münchner Zeitung steht noch nichts von dem Fliegerangriff auf die Tanklastwagen, aber er findet – weil er danach gesucht hat – einen Hintergrundbericht über eine Tagung am Starnberger See, und tatsächlich kommt ein bestimmter Name darin vor:

So vertrat die Berliner Politologin Barbara Stein die Ansicht, die eigentliche Gefahr der in Afghanistan ganz selbstverständlichen Korruption bestehe in den Kickback-Provisionen, also darin, dass die Empfänger von Schmiergeld schon aus Gründen der Vertragssicherheit – und um das Gesicht zu wahren – Wert darauf legten, dass auch ihre Verhandlungspartner sich bereicherten. So sei Afghanistan unter den Augen der NATO zu einem Hauptexporteur nicht nur von Heroin, sondern auch von Regierungskriminalität geworden …

Berndorf liest es, und trinkt – die Augenbrauen skeptisch hochgezogen – einen Schluck Tee. Als er die Tasse absetzt, klingelt es.

Berndorf zögert. Der Hausmeister? Die Post kommt später. Er geht zur Tür und öffnet, vor ihm steht ein grauhaariger bärtiger Mann in einem ausgebeulten dunklen Anzug, es ist der türkische Änderungsschneider, der zwei Häuser weiter seine Werkstatt hat und der Berndorf erst vor Kurzem ein altes Tweedsakko aufgearbeitet und an den Ellbogen mit Lederflecken versehen hat. Aydin. Kemal Aydin.

Berndorf bittet den Besucher herein und geleitet ihn am Wartezimmer vorbei in sein Büro. Der Besucher – eine Plastiktüte in der Hand – sieht sich kurz um, während Berndorf das Fenster schließt. Viel gibt es nicht zu sehen: an der einen Wand ein Bücherregal aus Fichtenholz mit einer Reihe Aktenordner, einem Stapel Fachzeitschriften und den gängigen, in rotes Plastik gebundenen Gesetzessammlungen, an der anderen Wand ein Rollschrank, der verschlossen ist und sich auch gar nicht öffnen ließe. Das gerahmte Foto, das schon wieder schief hängt. Der Besucher wartet, bis er aufgefordert wird, Platz zu nehmen, dann setzt er sich bedächtig auf den Besucherstuhl vor dem altmodischen Eichenholz-Schreibtisch, den Berndorf für einen Fünfziger aus einem Nachlass ersteigert hat. Auch Berndorf nimmt Platz, zieht einen Schreibblock aus der Seitenschublade und legt ihn mitsamt seinem Füller in

Griffweite. Dann wendet er sich – beide Hände offen auf den Schreibtisch gelegt – seinem Besucher zu und sieht ihm ins Gesicht, das übernächtigt ist und in dessen dunklen Augen Zorn und Trauer liegen.

»Ich hätte gern«, sagt Berndorf, »dass das ein guter Morgen ist. Aber ich weiß es nicht.«

»Guter Morgen, schlechter Morgen... das liegt nicht in unserer Hand«, antwortet der Besucher. »Trotzdem. Mein Neffe...« Er spricht den Satz nicht zu Ende, sondern greift in seine Plastiktüte und holt ein großformatiges Foto hervor und reicht es Berndorf. Der nimmt es, das Portrait eines schwarzlockigen jungen Mannes mit feurigen Augen und einem weichen Gesicht, dem die sorgfältige Retusche auch nicht einen einzigen Pickel gelassen hat und das von einem schmalen, sorgfältig gestutzten Kinnbart eingerahmt ist. Berndorf dreht die Aufnahme um und sieht sich den Stempel des Fotografen an, es ist einer aus dem Viertel, er kennt das Atelier, es liegt zwei Straßen weiter.

»Ein gut aussehender junger Mann«, sagt er.

»Er ist tot«, kommt die Antwort. »Sie haben ihn umgebracht. Gestern Nacht...« Mit einer müden Geste hebt Kemal Aydin die Hand und zeigt zur Seite. »Mit dem Auto haben sie es getan. In der Straße da hinten...«

Er legt die geballte, blau geäderte Faust auf den Tisch und stößt sie über die Platte, als sei etwas darauf geschrieben, das mit der bloßen Hand ausradiert werden müsste.

»So haben sie es gemacht«, sagte er. »Als wäre er ein Hund. Und er ist gestorben, und niemand war bei ihm.«

Berndorf hält noch immer das Foto in der Hand. Schließlich lässt er es sinken und blickt zu dem Besucher auf.

»Haben Sie kein anderes Bild von ihm?«, hört er sich fragen. »Eines von denen, die der Fotograf nicht ins Schaufenster stellt?«

Nichts passiert«, sagt Christian Fausser und steigt in die U-Bahn ein. Ein paar Stationen nur, dann wird er die millionenteure Parlaments-Metro nehmen, die man eigens durch den Schutt der Vergangenheit gegraben hat, und weil es nicht weit ist, will er eigentlich stehen bleiben, aber dann ist da doch ein freier Platz, und er setzt sich.

Was hast du zu dem Jungen gesagt? Du hast doch noch alle Zeit der Welt... Woher willst du das wissen? Niemand hat alle Zeit der Welt. Die Menschen am allerwenigsten. Immer weniger Zeit haben sie, und bald gar keine mehr.

»Unsinn!«, murmelt er tonlos, und holt aus der Seitentasche seines Koffers die Zeitung, die er am Kiosk gekauft hat, und schlägt sie auf – noch kein Foto von ausgebrannten Tankwagen und verkohlten Menschenleibern. Er überfliegt die Zeitung, der Leitartikel handelt vom Streit in der Regierung – ach! was für eine Neuigkeit... Mit der ganzen Inbrunst ihrer Tintenherzen haben sie diese Regierung herbeigeschrieben, und nun ist es ihnen auch wieder nicht recht. Gleichgültig, als erwarte er sich nichts davon, blättert er weiter, immerhin findet er einen Hintergrundbericht über die Tagung am Starnberger See (Überschrift: »Reden über Föhn, Kopfweh und ein bisschen Frieden«) und einen Absatz darin, der ihn betrifft:

In der anschließenden, sehr gereizten Diskussion über die doch etwas pauschale Behauptung, das gesamte Afghanistan-Abenteuer sei von Korruption durchtränkt, sorgte der Stuttgarter Bundestagsabgeordnete Christian Fausser für zusätzliche Irritation. Die Ausrüstung der Bundeswehr richte sich inzwischen nicht mehr so sehr nach militärischen Anforderungen, sondern nach den Vorgaben und Interessen der Rüstungsindustrie, insbesondere von EuroStrat, wie das Beispiel der für den Hindukusch-Einsatz vorgesehenen Kampfhubschrauber zeige. Auf den Einwand, die Bundeswehr habe in Afghanistan gar keine Kampfhubschrauber im Einsatz, antwortete Fausser nur: »Eben.«

Fausser nickt kurz. Vielleicht kommt es ja an die richtige Adresse. Er faltet die Zeitung zusammen und steckt sie wieder in die Seitentasche seines Aktenkoffers, den er neben sich auf den Sitz gestellt hat. Für einen Moment lehnt er sich zurück und hält die Augen geschlossen, ihm ist, als sollte er hier einfach sitzen bleiben, zurückgelehnt, schweigend, bis zur Endstation, vielleicht gibt es dort ein Schließfach, er würde den Aktenkoffer darin verstauen und dann durch Kiefernwälder gehen, sich irgendwann in ein Ausflugslokal setzen, einen Kaffee bestellen und einen Kognak dazu, dass man den Kaffee ertragen kann, mit Blick auf eine Waldlichtung, später würden vielleicht Wildschweine auftauchen, von denen es angeblich so viele gibt, und ihm Gesellschaft leisten...

Er spürt eine Bewegung und blickt auf. Ein Mann, Lederjacke, mit Schafpelzkragen, hat sich auf dem Gang neben ihn geschoben, als wolle er bei der nächsten Station aussteigen, dahinter – mit ein wenig Abstand – ein zweiter Kerl. Mit einer langsamen, bedächtigen und doch nachdrücklichen Bewegung legt Fausser seine linke Hand auf den Aktenkoffer und sucht den Augenkontakt zu den beiden Männern, doch sie vermeiden den Blick. Dann wird der Zug langsamer und hält, und beide steigen aus.

Auch das ist das Volk, denkt Fausser. Und: Das nächste Mal nehmen wir vielleicht doch die Fahrbereitschaft, die Fahrer machen sich schon längst keinen Kopf mehr darüber, wen sie warum wo abholen müssen.

Zwei Stationen weiter steigt Fausser aus und geht zu der Rolltreppe, die ihn zu der neuen Linie bringen soll, der Kanzler-U-Bahn, aber kurz vor der Rolltreppe stößt ihm jemand einen schweren abgegriffenen Koffer gegen die Beine. Erschrocken fährt er zurück und macht einen Schritt zur Seite, vor ihm steht eine kleine, dicke, schwarz gekleidete Frau und starrt suchend und empört durch halbkugelförmige Brillengläser um sich, es ist ihm nicht klar, ob sie ihn überhaupt sieht. Außer dem abgegriffenen Koffer schleppt sie eine ausgebeulte Ledertasche und ein zusammengerolltes Plaid mit sich.

Die Brillengläser haben sich auf Fausser fokussiert. »Können Sie nicht aufpassen? Sehen Sie nicht, was ich alles schleppen muss? Ich muss nämlich zum Busbahnhof, ganz dringend, ein Trauerfall …«

Fausser hofft, dass sich nicht im Koffer befinden möge, was beerdigt werden muss. Laut sagt er, dass die Dame sich irrt. »Wenn Sie zum Busbahnhof wollen, sind Sie hier falsch. Sie müssen die S-Bahn nehmen.«

»Oh Gott!«, schreit die Frau und stellt den Koffer ab und greift sich an die Brust, »was mach ich nur! Mein Onkel … gestern Abend kam das Telegramm …«

»Mein Beileid«, sagt Fausser und sieht sich um, aber nicht einen sieht er, der so aussieht, als würde er für einen Fünfer einen kleinen Gefallen übernehmen. »Ich bring Sie mal eben zum richtigen Bahnsteig, wenn Sie wollen, können Sie mir Ihren Koffer geben …«

Die Augen hinter den Halbkugeln mustern ihn oder versuchen es vielmehr. »Wenn Sie meinen …!«, kommt schließlich eine Antwort. »Aber geben Sie Acht, dass Sie nirgends damit anstoßen, er ist nicht mehr der Jüngste. Das ist wie mit meinem Onkel, der hat auch keinen Stups mehr ausgehalten, der alte geizige Bock!«

Als Fausser feststellt, dass man das Möbelstück von einem Koffer nur tragen und nicht ziehen kann, ist es bereits zu spät.

Das kleine Büro ist keineswegs überheizt, noch nicht einmal richtig warm, aber Jonas Regulski sitzt gleichwohl in Hemdsärmeln hinter seinem Schreibtisch, ein untersetzter breitschultriger bebrillter Mann mit nach hinten gekämmtem aschblondem Haar, das olivfarbene Hemd der Polizei-Uniform spannt an den Schultern. Er hält die Visitenkarte in der Hand, die der Besucher ihm überreicht hat, und nimmt sich alle Zeit der Welt, den Namen und die Anschrift darauf in die Kladde mit seinen Notizen zu übertragen.

Der Besucher, die Augenbrauen ganz leicht angehoben, hat es aufgegeben, ihm dabei zuzusehen. Er betrachtet den Spruch, der an die Wand hinter Regulski gepinnt ist:

Wer glaubt,
ein Dienststellenleiter
leitet eine Dienststelle,
der glaubt auch,
ein Zitronenfalter
faltet Zitronen.

Der Besucher erinnert sich, den Spruch schon einmal gelesen zu haben. Mindestens einmal. Wenn er sich nicht sehr irrt, war es am Schwarzen Brett der Führungsakademie der Polizei in Münster-Hiltrup gewesen.

Regulski hat notiert, was er notieren wollte, und reicht dem Besucher die Karte zurück. Der Blick, den er ihm dabei über die Brille hinweg zuwirft, ist eher gleichgültig. Dass er den Besucher nicht für jemanden ansieht, mit dem man Visitenkarten tauscht, hat er bereits klargestellt. Dann beugt er sich wieder über seine Kladde:

»Berndorf, Hans – der Name sagt mir nichts. Seit wann sind Sie hier tätig?«

Er habe sein Büro vor zwei Jahren eröffnet, kommt die Antwort.

»Was haben Sie davor gemacht?«

»Ruhestand.«

»Haben Sie auch einmal gearbeitet?«

Wieder hebt Berndorf die Augenbrauen, ganz leicht, um anzudeuten, dass er verstanden hat: Seine jetzige Tätigkeit ist nach Regulskis Ansicht nichts, was man Arbeit nennen könnte.

»Ich war Polizeibeamter.«

»Wo?«

»Ulm/Donau.«

Regulski runzelt die Stirn, trägt wieder etwas in seine Kladde ein, betrachtet, was er sich notiert hat, und blickt auf. »Kripo?« In der knappen Frage schwingt ein Unterton mit, dem der Besucher – wenn er es nicht schon wüsste – mühelos hätte entnehmen können, dass Regulski der uniformierten Polizei angehört.

»Ja.«

»Und?« Regulski hat sich zurückgelehnt, die Arme vor der Brust verschränkt, und betrachtet sein Gegenüber.

Fragend gibt Berndorf den Blick zurück und antwortet nichts.

»Was führt Sie zu mir?«

»Murad Aydin ist heute Nacht bei einem Verkehrsunfall getötet worden. Die Familie hat mich beauftragt herauszufinden, ob es sich wirklich um einen Unfall gehandelt hat.«

»Noch einmal: Warum kommen Sie zu mir?«, fragt Regulski. »Wenn die Familie Aydin der Ansicht ist, die Berliner Polizei verstünde ihre Arbeit nicht, wohl aber Sie –, dann gehen Sie hin und finden heraus, was Sie herausfinden sollen, aber fragen Sie uns nicht!«

»Können Sie denn ausschließen, dass es kein Unfall war?«

»Was ist denn das für eine Frage!«, ruft Regulski und schiebt die Brille zurück, die ihm auf die Nasenspitze gerutscht ist. »Von hinten durch die Brust! Meister, wir suchen den Fahrer, und wenn wir den haben, werden wir ihm ein paar Fragen stellen, und dann wissen wir es vielleicht ... Aber dort, wo Sie her sind, macht man das vielleicht anders, da legt man vielleicht erst fest, was man in den Abschlussbericht schreiben wird, und dann sucht man sich den passenden Ganef dazu ... Wie kommen Sie überhaupt darauf, dass dieser Unfall noch etwas anderes war? Wenn Sie oder wenn diese Familie Aydin mehr weiß, dann wäre es vielleicht angezeigt, uns das mitzuteilen ...«

Ganove (jidd)

»Es gibt Leute«, sagt Berndorf, »die verreißen das Steuer und schrammen an einer Mauer entlang, nur, um einer Katze auszuweichen. Und dann kommt die Katze trotzdem unter die Räder. Und wieder andere Leute, die verziehen das Steuer extra, damit sie das arme Vieh auch richtig erwischen, und dass die Kotflügel sich an der Mauer eine Schramme einfangen, das ist ihnen schon deshalb ziemlich egal, weil das Auto ein gestohlenes ist.«

Wieder zieht Regulski die Augenbrauen zusammen. »Woher sagten Sie, dass Sie kommen, Meister?« Er wirft einen Blick in seine Kladde. »Aus Ulm, na gut. Hat einen hohen Turm, hab ich mir sagen lassen. Aber die Uhr daran, die ist wohl stehen geblieben, was?« Er beugt sich vor und mustert Berndorf über die Brillengläser hinweg. »Eigentlich hab ich keine Zeit, nicht die Bohne. Aber bevor Sie hier im Kiez herumlaufen und die Leute kopfscheu machen, sprechen wir uns vielleicht doch besser ab... Offenbar haben Sie sich diese Lackspuren an der Mauer angesehen. Was haben Sie daraus entnommen?«

»Hochgelegtes Chassis, schwarz-metallic lackiert.«

»Ein Landrover, schwarz-metallic, ja doch«, bestätigt Regulski. »Mit Bullenfänger, vermute ich mal. Jedenfalls sieht es mir ganz danach aus, so, wie es den Toten erwischt hat. Im Übrigen genau die Edelkutsche, mit der sonst Zahnarzts Gattin ihren Sprössling in den Kindergarten bringt. Teures Gerät, die Gattin will ja nicht für eine MTA gehalten werden.«

Berndorf versteht. Zahnarzts Landrover wird nicht so einfach geklaut. Zahnarzts Landrover verfügt über eine elektronische Wegfahrsperre und steht auch nicht irgendwo in Kreuzberg auf der Straße herum. Wer sich ein solches Teil unter den Nagel reißen will, braucht die Schlüssel, sowohl die fürs Auto als auch die für die Garage. Gewiss, das kann man sich alles besorgen. Wenn man den Bohrer richtig ansetzt, gibt auch der Zahnarzt die Schlüssel gerne her. Nur bleibt das selten unbemerkt.

»Also ist kein solcher Wagen als gestohlen gemeldet?«

»Aktuell nicht«, bestätigt Regulski. »Car-Jacking hat sich hier noch nicht so eingebürgert. Aber was anderes – was wissen Sie über den Toten?«

Berndorf zuckt mit den Schultern. »Nichts, genau gesehen. Gearbeitet hat er nichts. Sonst war aus dem Onkel nur herauszubringen, dass er schlechte Freunde gehabt hat.«

»Er war ein Eierdieb«, wirft Regulski ein. »Ein Kleinkrimineller am Beginn einer viel versprechenden Kleinkriminellen-Karriere. Dem einen oder anderen hat er wohl auch schon mit einem Messer vor dem Gesicht herumgefuchtelt. Bleibenden Eindruck hat er im Kiez damit aber nicht hinterlassen. Und künftig ...« Energisch schiebt er die Brille wieder an ihren Platz. »Verstehen Sie, worauf ich hinauswill?«

Fausser, endlich wieder allein und ohne den verfluchten Koffer, dessen Gewicht er noch immer in der Schulter spürt, lässt sich mit dem Fahrstuhl zum Bahnsteig der Kanzler-U-Bahn bringen. Wohin es die Halbblinde wohl verschlagen würde? Sie hatte ihm noch gesagt, sie wolle nach Frankfurt – nach Frankfurt am Main wohlgemerkt! – und es müsse einen Bus dorthin geben, mit dem Zug fahre sie nicht, das sei viel zu teuer, zumal der alte geile, geizige Bock ihr ohnehin nichts hinterlassen haben werde ...

Der Zug wartet bereits, nur wenige Passagiere steigen ein, die meisten sind erkennbar Touristen. Männer in Lederjacken, die mit Schaffell gefüttert sind, sieht er jedenfalls nicht. Hier ist kein Revier für sie – zu viel Uniformierte überall, zu viel Überwachung, zu viel postmoderne Prachtbauten und zu viel leere weite kahle Fläche drum herum ... Diesmal ist er neben der Tür stehen geblieben, gleich darauf ist er auch schon da und steigt aus, geht die Treppe hoch und bleibt oben wieder stehen, die Hand am Geländer des U-Bahn-Schachts, und schöpft Atem. Hoch über ihm bläht ein Windstoß die rote Fahne mit dem weißen Kreuz. Jeden

Morgen flattert sie da im Wind, sofern einer weht, Fahnen haben das so an sich...

»Was hast du?« Ein großer kräftiger Mann mit buschigen Augenbrauen und einem geröteten Gesicht tritt neben ihn, Fausser atmet durch und löst die Hand vom Geländer, so dass die beiden Männer einen Handschlag tauschen können. Frieder Vochazer gehört der Staatspartei an, aber da sie beide Mitglieder des Haushaltsausschusses sind, duzen sie sich, seit langer Zeit schon...

»Dieser Kasten da...«, sagt Fausser und weist auf die Schweizer Botschaft, die in selbstverständlicher Bedächtigkeit und mit recht wenig Abstand neben dem Kanzleramt hockt wie der Igel im Märchen vom Wettrennen mit dem Hasen, »ausgerechnet das ist das einzige Gebäude hier, das so etwas wie eine Geschichte hat.«

»Ein Relikt«, meint Vochazer und wirft ihm einen prüfenden Blick zu. »Warum fällt dir das jetzt auf? Der Kasten ist schon lange alt.«

»Eben«, meinte Fausser. »Der Kaiser ist vor dem Haus vorbei geritten, es hat den Hitler kommen und gehen sehen, den Ulbricht und den Honecker... Was denkt sich so ein altes Gemäuer, wenn unsereiner vorbeikommt?«

Vochazer legt horchend die Hand ans Ohr. »Ich kann's nicht verstehen«, sagt er dann und lässt die Hand wieder sinken. »Es redet Schweizerdeutsch«.

Die beiden Männer wenden sich dem Parlamentsgebäude zu, vor dem ein Dienstwagen der teureren Sorte vorgefahren ist. Eine untersetzte, etwas kurzbeinige Frau steigt aus und läuft – als habe sie anderes gar nicht erwartet – dem Aufnahmeteam eines TV-Senders in die Kamera. Sie trägt ein Kostüm, das etwas zu gelb ist, und beginnt sofort und ohne Ansatz in das Mikrofon zu reden, das ihr vorgehalten wird.

Die beiden Männer sehen sich kurz an.

»Das wird schon noch«, sagt Vochazer schließlich. »Wem Gott ein Amt gibt...«

»... dem gibt er auch den Verstand dazu«, vollendet Fausser den Satz. »Aber für das eine lässt er sich manchmal doch sehr viel mehr Zeit als für das andere, findest du nicht?«

»Gottes Wege sind wunderbar«, antwortet Vochazer fromm. Sie passieren die Eingangskontrolle und gehen zu den Aufzügen, die sie in ihre Büros bringen sollen. »Aber manche Leute reden viel, das ist schon wahr, Du glaubst nicht, was da alles in Umlauf gesetzt wird ...« Der Aufzug kommt, die Tür öffnet sich, und Vochazer lässt Fausser den Vortritt.

»Ich nehme mal an«, sagt Fausser, als sich die Tür geschlossen hat, »du hast mir auch ein Beispiel für das, was so in Umlauf gesetzt wird?« Er fährt sich über die Stirn, die Luft im Aufzug ist stickig, plötzlich spürt er einen Schweißausbruch.

»Wenn du partout darauf bestehst«, meint Vochazer, »es heißt, dein Wahlkreis wäre schon so gut wie vergeben, an eine ...« – Er hebt die Hand, als habe er etwas abgewogen und für zu leicht befunden – »... an eine von euren jungen Quotenfrauen, tut mir leid, der Name ist mir entfallen ...«

»Ach das!«, antwortet Fausser. »Übrigens gibt es bei uns keine Quotenfrauen. Nur hoch qualifizierte Expertinnen. Migrationsforscherinnen. Fachfrauen für eine geschlechtsneutrale Sprache ... Aber ich weiß gar nicht, ob ich überhaupt noch eine Runde dranhängen soll.«

Der Aufzug hält, Vochazer sieht an Fausser vorbei, hinaus auf den lichten Flur, vor dem sich die Aufzugtür geöffnet hat.

»Mir tät's leid«, sagt er. »Ich meine, wenn nicht ...«

»Mir nicht«, meint Fausser, hebt grüßend die Hand und wendet sich dem Korridor zu, der zu seinem Büro führt.

Es ist still in der Änderungsschneiderei Aydin, und es wird nicht gearbeitet. Die Fenster sind geöffnet, aber der Geruch nach Bügeleisen und feucht gedämpftem Tuch liegt noch in der Luft. Berndorf ist nicht der einzige Besucher, dunkel gekleidete Männer stehen umher, blicklos huscht ein blasses

Mädchen vorbei, ein Mädchen mit Kopftuch, ganz recht. Man begrüßt sich eher leise, überhaupt hört Berndorf kein Wehklagen, kein Geschrei, niemand rauft sich die Haare, was hatte er sich eigentlich vorgestellt?

Kemal Aydin nickt ihm zu und kommt herüber. Er hat einen Umschlag in der Hand und legt ihn auf den Tresen, auf dem sonst ausgebreitet wird, was die Kunden geändert haben wollen. Es sind nicht viele Fotos, auf einem davon ist der kleine Murad zu sehen, elf Jahre alt und gerade nach Deutschland gekommen, mit dunklen Augen, aus denen man herauslesen kann, was immer man will: Was denkt, träumt, hofft ein Elfjähriger, der zum fremden Onkel ins fremde Land gebracht wird, weil der Vater verschwunden ist oder eingesperrt wurde oder umgebracht...?

Spätere Fotos zeigen einen Jungen mit vollem Gesicht, der so aussieht, wie junge Leute in der Pubertät aussehen, albern und affig oder trotzig oder mit prahlerischer Geste, bald mit schwarzem flaumigem Bartansatz. Berndorf greift sich eines der Fotos, einen Schnappschuss, entstanden offenbar bei einem Familienfest, Murad blickt mit angestrengter Gleichgültigkeit in die Kamera, sein Gesicht ist nicht mehr ganz so rund, und statt des Flaums zieht sich ein am Rand sorgfältig ausrasierter Bartstreifen senkrecht übers Kinn. Er trägt ein adrettes schwarzes Hemd zum schwarzen Jackett, schwarze genestelte Strickkrawatte... »Das Foto ist ein Jahr alt, etwa ein Jahr«, erklärt Kemal Aydin, »es war am Ende vom Ramadan...«

Berndorf will wissen, was Murad zuletzt getragen hat, und Kemal Aydin ruft nach Nezahat, dem Kopftuchmädchen. Murad war ihr Bruder, und als Berndorf sie aus der Nähe sieht, bemerkt er, dass sie nicht einfach blass ist. Sie ist totenblass.

»Die schwarzen Jeans hatte er an«, sagt Nezahat, »und den schwarzen Lederblouson...«

Ein neuer Besucher betritt die Schneiderei, zwei Henkelmänner tragend, offenbar bringt er Essen mit. Berndorf verstaut das Foto in der Mappe, die er mitgebracht hat, und holt dafür eine vorbereitete Erklärung des Inhalts heraus, dass er – Berndorf, Hans – bevollmächtigt sei, die Familie Aydin in allen den verstorbenen Murad Aydin betreffenden Angelegenheiten zu vertreten… Das hatten sie zwar schon in seinem Büro so besprochen, aber Aydin setzt sich erst einmal abseits an einen Arbeitstisch und muss eine Brille herausholen und das Schriftstück sorgfältig studieren, ehe er ebenso sorgfältig eine schöne geschwungene Unterschrift daruntersetzt. Berndorf nimmt es mit gebührendem Respekt entgegen, nickt Aydin zu und Nezahat und den anderen Trauergästen, soweit sie seinen Blick erwidern, und geht.

Kemal Aydin hat ihm ein Café genannt.

»Murad war oft dort. Aber Sie müssen wissen – es kann sein, dass die Leute dort nicht sehr freundlich sind…«

Ja, er soll Sie gleich anrufen, wenn er kommt, ich richte es ihm aus«, sagt die Sekretärin Carmen Ruff und legt mit einem genervten Blick zur Decke den Hörer wieder auf.

»Da fängt die Woche ja gut an«, bemerkt die Wissenschaftliche Mitarbeiterin Carla Jankewitz und blättert weiter in der neuen Spiegel-Ausgabe. »Er war gestern also gar nicht mehr zu Hause.«

»Das geht so lange gut, wie es gut geht«, antwortet die Sekretärin und überprüft den Terminplan für die neue Woche.

»Aber nicht mehr lange«, sagt Carla Jankewitz. »Ich wundere mich, dass diese Solveig Lunden das überhaupt noch mitmacht.«

»Und ich wundere mich, dass ihm die Frau nicht davon läuft…«

Die Tür öffnet sich, Christian Fausser tritt ein, wünscht allseits einen guten Morgen und fragt – während er den Mantel auszieht und ihn in den Garderobenschrank hängt – was denn heute kaputt sei.

Die beiden Frauen sehen sich an, und die Sekretärin antwortet gleichmütig, nichts sei kaputt. Sowohl die Frage als auch die Antwort und der Blick der beiden Frauen gehören zum morgendlichen Ritual im Büro des MdB Christian Fausser.

»Ihre Frau hat angerufen«, fügt die Sekretärin hinzu. »Mehrmals. Sie möchten sie zurückrufen. Es sei dringend.«

»Danke, Carmen«, antwortet Fausser und geht in sein Büro. Carla Jankewitz folgt ihm und zieht die Tür hinter sich zu. Dann bleibt sie stehen, an den Türrahmen gelehnt und die Arme verschränkt. »Haben Sie sich gut erholt?«, fragt sie.

Fausser stellt sein Aktenköfferchen auf das Sideboard, zieht den Schreibtischstuhl vom Tisch zurück und setzt sich. Der Papierstapel, der vor mir liegt, ist gar nicht so hoch, denkt er. Warum flößt er mir einen solchen Widerwillen ein? Ganz oben liegt die Zeitung, die er schon durchgesehen hat, aufgeschlagen auf der Seite mit dem Bericht von der Tagung am Starnberger See, die Passage über Faussers Bemerkung mit einem roten Marker gekennzeichnet. Er stützt die Ellbogen auf dem Tisch auf und faltet die Hände und legt sein Kinn darauf, dann hebt er den Blick und betrachtet seine Assistentin: eine schlanke Frau, schwarz die kurz geschnittenen Haare, schwarz der lange Rock, schwarz der Rollkragenpullover. Nur die Lippen sind rot. Sehr rot. Und die Nase ist ein wenig schief. Ein wenig sehr schief.

»Das waren jetzt drei Unverschämtheiten auf einmal.«

»Ach ja?« Carla Jankewitz dreht ein wenig den Kopf und schaut elsternhaft.

Fausser hebt die Hand, Daumen, Zeige- und Mittelfinger hochgestreckt. »Erstens unterstellen Sie mir mal wieder, dass ich ausgebrannt bin, zweitens, dass ich zur Erholung am Starnberger See war, und dass mir dort – drittens – ein Ausraster unterlaufen sei. Nett.« Er wirft einen zweiten Blick auf den Papierstapel und zwingt sich ein Zähnefletschen ab, als betrachte ein alter gelangweilter Tiger einen sehr dürftigen und schon sehr abgenagten Knochen. »Was muss ich wissen?«

»Dieser Segeltörn«, sagt Carla bedächtig, als müsse sie die Mitteilung auskosten, »der ist nicht besonders gut angekommen.«

»Ich war nicht zum Segeln dort.«

Carla Jankewitz wirft einen genervten Blick zur Decke. »Ich rede auch nicht vom Segeln, sondern von Ihren Diskussionsbeiträgen dort. Oder diesem einen Beitrag.«

»Das hatten Sie mir bereits signalisiert. Und sonst?«

»Der Stuttgarter Kreisvorsitzende hätte Sie gerne bei der Kundgebung des Klinikpersonals dabei ...«

»Bei dem Stuttgarter Kreisvorsitzenden, liebe Carla«, erwidert Fausser mit sanfter Stimme, »handelt es sich um genau jenen hochgeschätzten Genossen, der seit Monaten damit beschäftigt ist, meinen Wahlkreis einer strebsamen jungen Sozialpädagogin zuzuschanzen, Fachfrau für eine geschlechtsneutrale Sprache, liebe Parteimitgliederinnen und -mitglieder! Was soll ich übrigens auf einer Kundgebung des Klinikpersonals? Ich gehöre dem Haushaltsausschuss an, liebe Carla, also zu den Leuten, die das Geld zusammenhalten sollen, und nicht es ausgeben. Warum hat er nicht ...?«

»Die sind alle verhindert«, antwortet Carla Jankewitz und betrachtet prüfend die lackierten Fingernägel. Auch diese sind sehr rot. »Aber wie Sie meinen. Ich werde ihm absagen. Und Ihr – wie soll ich sagen? – alter Freund Jörg Matthaus will mit Ihnen bei Borchardt essen, er hat einen Tisch für halb eins reserviert. Soll ich ...?«

»Borchardt!« Fausser verzieht das Gesicht. »Von mir aus. Aber nennen Sie ihn nicht meinen alten Freund.«

»Außerdem ist da noch Holtzenpflug. Er will Sie nach der Fraktionssitzung sprechen.«

»Holtzenpflug?« Fausser muss gähnen. »Was will er denn, unser Schleicher? Ich bin doch für nix mehr zuständig, was er mir wegnehmen könnte.«

Carla Jankewitz zuckt die Schultern. »Im Flurfunk heißt es, er sei ziemlich sauer.«

»Ach ja?« Fausser beugt sich zu dem Stapel von Papier, der vor ihm liegt: Briefe, ausgedruckte E-Mails, Einladungen, Presseerklärungen, ein Nachtrag zur Tagesordnung des Haushaltsausschusses mit dem Vermerk: nachrichtlich!, die Übernahme des Bankhauses Oheymer & Jaumann durch die Landesbank Süd betreffend... In einem Antrag an den Parteitag fordert der Ortsverein Sielmingen, keine Hartz-IV-Empfänger mehr zu Erntearbeiten heranzuziehen...

»Wer fragt eigentlich danach, ob vielleicht ich ein bisschen sauer bin?«, fügt er hinzu und wirft Carla Jankewitz einen Blick zu, der deutlich genug sagt, dass er erstens keine Antwort erwartet und dass sie – zweitens – jetzt gehen kann.

Als sie die Tür hinter sich zugezogen hat, greift er zum Hörer und gibt eine Kurzwahl ein. Kaum dass die Verbindung zustande gekommen ist, meldet sich eine Stimme. Sie klingt angespannt und sehr zornig.

»Endlich rufst du an! Du musst sofort etwas unternehmen... sie haben Vera entlassen.«

»Versteh ich nicht«, antwortet Fausser. »Wieso entlassen? Sie muss doch noch in der Probezeit sein... Wird sie nicht übernommen?«

»Das ist doch Haarspalterei! Sie haben sie einfach rausgeschmissen, Vera ist sicher, dass es wegen dir sein muss...«

Fausser zieht eine Grimasse. »Das erscheint mir nicht ganz logisch... Welchen Grund haben sie denn angegeben?«

»Welchen Grund! Das ist doch nur ein Vorwand, ein ganz läppischer... Wegen einer Viertelstunde, ich bitte dich!«

»Wegen was für einer Viertelstunde?«

»Du weißt doch selbst, wie es in der Innenstadt zugeht, diese ständigen Staus...«

»Sie ist also zu spät gekommen, und daraufhin wurde die Probezeit beendet, ist das richtig? Eine Viertelstunde zu spät, oder mehr? Und sie ist wirklich nur einmal...«

»Hör bitte sofort auf mit diesem inquisitorischen Ton, ich ertrage das jetzt nicht...«

Fausser nimmt den Hörer von seinem Ohr und betrachtet ihn. Sein Gesichtsausdruck ist mehr resigniert als gleichgültig.

Omnibusse, ja doch. Dieser Geruch, und das Geräusch der Motoren, das leise Vibrieren, überall. Ein frischer Wind, gut, dass sie doch den Wintermantel genommen hat. Aber der Koffer! Und nirgends ein Wägelchen fürs Gepäck. Keine freundlichen Leute. Dieser eine Mann hat sie ja auch nur in die S-Bahn gesetzt. Nur keine weiteren Unkosten!

»Nach Frankfurt, bitte? Frankfurt am Main?«

»Nix Frankfurt. Sarajewo.«

Elfriede Watzkau schiebt sich mit ihrem Koffer und dem anderen Gepäck weiter. Gleich kommt die Stufe vom Bussteig zur Fahrbahn, wenn sie darauf achtet, passiert nichts. Genau gewusst hat es dieser Mann, dass sie nicht so besonders gut sieht. Und dass sie in Trauer ist. Sie hat es ihm ja gesagt. Ausdrücklich. Und dann dieses: »Mein Beileid!« Das kann sie nun schon gar nicht ab.

»Nach Frankfurt?«

»Nach München. Steht da neben der Tür. Auf dem Schild, Gnädigste.«

Nein, keine freundlichen Leute. Rechts muss ein Schalter sein. Es riecht nach Kaffee. Und nach anderem. Einer, der hat Rum im Kaffee. Der Mann links isst eine Bockwurst. Sie hört es, wie er ein Stück abbeißt.

»Nach Frankfurt? Frankfurt am Main?«

»Bin ich die Auskunft?«

Ein weißer Kittel. Der Wurstverkäufer! Wirklich, keine freundlichen Leute. So schnell aber gibt Elfriede Watzkau nicht auf. »Einen Fahrplan werden Sie doch haben?«

»Nach Frankfurt?«, fragt eine andere Stimme. Von links. Nicht der Wurstverkäufer. Sie äugt: Schmal. Ein Handtuch. »Bussteig zwölf. In zwanzig Minuten.« Akzent nicht sehr ausgeprägt, aber kein Deutscher.

»Ach, auch dorthin?«

»Wenn noch ein Platz frei ist.«

Unsinn. Ein Platz muss frei sein. Das geht gar nicht anders. Sie hat einen Trauerfall. Seit wann, überhaupt, muss man die Fahrkarten vorher kaufen? Das hat sie noch nie gehört. »Könnten Sie mir wohl behilflich sein? Der Koffer, wissen Sie …«

»Kein Problem«, antwortet das Handtuch. »Ich trinke gerade meinen Kaffee aus.« Der Deckel des Abfalleimers wird geöffnet, irgendetwas wird hineingeworfen – wenn ein Plastikbecher auf anderes Plastik trifft, dann kann es so ein leichtes flaches Knacken geben, das können die meisten Leute nicht hören. Aber sie erkennt es sofort.

»Gehen wir?«

Der dünne Mann steht neben ihr und nimmt den Koffer.

»Vorsicht, Stufe!«

Das muss er ihr nicht sagen, denkt Elfriede Watzkau, da achtet sie schon allein darauf, wofür hält er sie? Dann kommt schon wieder ein Bussteig und noch einer, wo führt dieser Kerl sie hin? Plötzlich bleibt er stehen, fast wäre sie über ihren Koffer gestolpert, warum kann der Kerl nichts sagen? Eine Wand ist neben ihr, metallisch, mit einem blauen Schimmer, und da ist auch der Geruch der Reifen, ein Omnibus, das hat sie sofort gesehen. Warum geht es nicht weiter? Andere Leute vor ihnen sind beim Einsteigen, natürlich dauert das, die Leute machen sich keine Mühe und denken nicht weiter und vor allem nicht daran, dass es auch noch andere Fahrgäste gibt.

Irgendwann kommen sie und der dünne Mann doch noch an die Reihe, auch sind noch Plätze frei, natürlich sind sie das, das wäre ja noch schöner gewesen.

»Mit Rückfahrt vierundsiebzig Euro, und zwei Euro Zuschlag für den Koffer.«

»Nach Frankfurt? Unglaublich«, protestiert Elfriede Watzkau, »und einen Zuschlag, also den hat es noch nie gegeben, und auch noch für einen so lächerlich kleinen Koffer. Aber sagen Sie, fahren Sie vielleicht über Frankfurt-Heddernheim, ich muss nämlich...?«

Nein, das tut der Busfahrer natürlich nicht, und auch sonst hat er kein Einsehen. Aber was soll man machen? Die Leute sind nicht freundlich, und was sechsundsiebzig Euro für eine allein stehende behinderte Frau mit einem Trauerfall bedeuten, das wissen die einfach nicht. Schließlich muss sie auch noch ganz hinten sitzen, immerhin hat sie einen Fensterplatz, man will ja auch etwas sehen. Der Handtuch-Mann sitzt neben ihr, er hat keinen Zuschlag fürs Gepäck zahlen müssen, weil, er hat keines dabei, warum nicht?

»Ach, ich will nur einen Cousin besuchen...«

»Und dann gleich wieder zurück?«, fragt sie, und zwar deshalb, weil er nur einfache Fahrt gelöst hat.

»Doch«, kommt die Antwort, »aber vielleicht mit dem Auto... mit dem Auto von meinem Cousin.«

Elfriede Watzkau überlegt. Was der alte Bock ihr hinterlassen hat – also das meiste davon gehört auf den Müll, das weiß sie schon jetzt. Aber falls es doch ein paar Sächelchen gibt, die sie behalten will – wie bringt sie die dann nach Berlin?

Sie wendet sich zu dem Mann neben ihr. »Wir haben uns noch gar nicht bekannt gemacht... Nennen Sie mich einfach Elfie.«

Kurzes Zögern. »Und ich bin Zlatan.«

Inzwischen ist es später Vormittag geworden, Berndorf geht durch die Straßen, die manchmal noch gepflastert sind wie zu Kaisers Zeiten und dann wieder mit Zementdecken ausgelegt, nur die Löcher dazwischen sind mit Asphalt geflickt, oder sie sind eben nicht geflickt, und in den Pfützen spiegelt sich der Himmel über Berlin oder wenigstens die Hausfassaden, manche davon sind frisch verputzt. Gleich drei Schaufenster füllt ein Trödelladen mit seinen Auslagen, ein Haus weiter gehört das Schaufenster mit darin ausgehängten Börsennotierungen und Statistiken zu einem Capital Security Management, wie auf dem großen polierten Messingschild neben der Türe zu lesen ist. Ein noch junger, schwarzlockiger, sehr dicker Mann steht in der Tür, als müsse er zeigen, dass er ein Geldhai zum Anfassen ist, er trägt einen dunkelblauen Nadelstreifenanzug und spitze schwarze glänzende Schuhe, und als Berndorfs Blick den seinen trifft, deutet er ein aufmunterndes Lächeln an.

Du Menschenkenner!, denkt Berndorf und geht weiter, die Luft ist mild, der Frühling wird bald kommen, und die Leute – nein, flanieren tun sie nicht, das hier ist nicht das Viertel dafür, aber sie hasten nicht mehr aneinander vorbei, und wenn einer jung ist und hübsch, dann bleibt das nicht unbemerkt.

Das Café, das ihm der Schneider Kemal Aydin genannt hat, ist einmal eine jener Eck-Kneipen gewesen, in denen einer für ein Bier und eine Bockwurst zwei Mark fuffzich gezahlt hat, jedenfalls in den alten Zeiten, und während Berndorf den Vorhang an der Tür beiseiteschiebt, fällt ihm ein Song von Johnny Cash ein...

Harry Truman was our President
A coke and burger cost you thirty cent...

...und er fragt sich, wie er diese zwei Zeilen übersetzen soll, so dass es einen Reim auf zweifuffzich gibt, aber es will ihm nur einer mit Erich einfallen, und einen solchen Vers würde niemand hören wollen. Dann sieht er auch schon, dass heute und hier weder Bier noch Bockwurst serviert werden, über dem Tresen hängt nicht die Vereinsfahne von Hertha oder Union, sondern die von Fenerbahce, und keiner langt der Bedienung unter den Rock, denn die Bedienung ist ein Kerl mit einem Bart rund ums Kinn, und ob dem Gast Berndorf überhaupt ein Mokka gebracht werden wird, das muss sich erst noch zeigen. Es ist, als habe sich mit seinem Eintreten ein Schweigen über die Runde der zugehörigen, der selbstverständlichen Gäste gelegt, einem mönchischen Tribunal gleich, das nun wortlos – vielleicht mit weißen und schwarzen Kugeln – über das weitere Schicksal des Fremden zu befinden haben wird.

»Ein Mokka«, verkündet der Kellner schließlich das Urteil, und wendet sich der Theke zu.

Berndorf sieht sich um, die Männer scheinen ihn inzwischen nicht weiter wahrzunehmen, einige lesen Zeitung, zwei spielen Backgammon, ein dritter kiebitzt. Berndorf holt die beiden Fotografien von Murad Aydin heraus, also das Bild ohne Pickel und mit Schmalzblick, und das andere, das einen jungen Mann zeigt, der vom Leben noch nicht mitbekommen hat, wie kurz es sein kann.

Der Mokka wird auf Berndorfs Tisch abgestellt, dazu ein Glas Wasser.

»Danke«, sagt Berndorf und schiebt die beiden Fotos in Blickrichtung zum Kellner, aber so, dass sie neben seiner Brieftasche liegen, aus der ein Fünfziger wie zufällig herausragt. »Ich suche jemand, der Murad gekannt hat«, sagt er. »Murad Aydin. Den Mann auf diesen Fotos.«

»Und warum fragen Sie mich das?«

»Jemand hat Murad totgefahren. Die Familie glaubt, dass es mit Absicht geschehen ist.«

»Sind Sie von der Polizei?«

»Nein. Die Polizei glaubt, dass es ein Unfall war.«

»Und was glauben Sie?«

Berndorf schüttelt den Kopf. »Fürs Glauben werde ich nicht bezahlt.« Er blickt um sich, ein schlanker Mann mit einem ausladenden Schnauzbart ist – kaum hörbar – im Gastraum erschienen und an seinen Tisch gekommen und nimmt sich wortlos die beiden Fotos, betrachtet aber nicht sie, sondern Berndorf. Was er sieht, scheint ihm nicht zu gefallen.

»Aber fürs Schnüffeln – da werden Sie bezahlt, ja?« Jetzt ist es nicht mehr der Kellner, der die Fragen stellt, sondern der Schnauzbärtige. Berndorf beschließt, ihn für den Wirt zu halten.

»Für meine Arbeit werde ich bezahlt, ja.«

»Arbeit! Sie haben immer noch nicht erklärt, warum Sie hierhergekommen sind.«

»Murad soll hier verkehrt haben. Sagt seine Familie.«

Der Wirt nimmt einen Stuhl und setzt sich Berndorf gegenüber. Noch immer hält er die Fotos in der Hand. »Hören Sie, alter Mann. Wenn diese Geschichte irgendetwas mit mir zu tun hat, mit mir oder meinem Café oder meinen Gästen – dann werde ich mich darum kümmern und das klären. Niemand sonst! Haben Sie das verstanden?«

Berndorf senkt ein wenig den Kopf und verharrt so.

»Ob Sie mich verstanden haben?«

»Gewiss doch«, antwortet Berndorf. »Sicher habe ich Sie verstanden. Es ist nicht schwer zu verstehen. Auch die Polizei sagt mir das. Ich habe mich schon fast daran gewöhnt.«

»Was ist mit der Polizei?«

»Nichts. Oder nichts, was Sie nicht auch sagen. Dass ich mich zum Teufel scheren soll. Dass Murad Aydin keiner gewesen ist, für den irgendjemand auch nur eine Schramme an seinem Auto riskiert hätte...«

»Sagt das die Polizei?«

Berndorf zuckte mit den Schultern. »So vielleicht sagt sie es nicht. Nicht wörtlich. Aber es läuft darauf hinaus.«

»Aber Sie – warum glauben Sie, dass man diesen da mit Absicht angefahren hat?« Der Wirt deutet auf die beiden Fotos.

»Weil man ihn erst gejagt hat. Gejagt wie einen Hund. Über den Gehsteig und dann auf die Fahrbahn.«

Der Wirt hat die Stirn gerunzelt, und noch immer hält er die Fotos in der Hand. Plötzlich dringt eine Stimme durch den Raum, sie ist ein wenig heiser, nicht sehr laut, und sie gehört einem dicklichen älteren Mann mit grauem Stoppelbart. Berndorf versteht nichts, aber es ist klar, dass es sich um eine Anweisung handelt. Der Wirt steht auf und geht mit den Fotos zu dem Stoppelbärtigen. Die beiden Männer verhandeln oder diskutieren, der Alte scheint nicht sehr zufrieden zu sein mit dem, was der Wirt ihm vorträgt, andere Gäste stehen auf und gesellen sich zu den beiden und dürfen auch etwas sagen, wenn der Alte es ihnen erlaubt. Berndorf betrachtet sein Mokkatässchen und versteht nichts und überlegt, warum er eigentlich nie einen Türkisch-Kurs belegt hat, ist er sich zu gut für die Volkshochschule? Nun hat jedes Gespräch seine eigene Melodie und seine eigene Färbung, und wenn er daraus etwas schließen soll oder darf, dann ist die Wertschätzung für den armen Teufel Murad Aydin hier nicht viel höher als im Büro des Dienststellenleiters Jonas Regulski. Und irgendwann schnappt er etwas auf: Vom Rosenthaler Platz spricht einer der Männer, die um den Tisch des Alten herumstehen, und er wiederholt den Hinweis, als sei er sich seiner Sache doch recht sicher. Nur: Der Alte will das nicht hören, er wischt es weg und scheint überhaupt der Ansicht zu sein, dass nun genug gesprochen worden sei.

So kommt auch der Wirt wieder zu Berndorf und gibt ihm die Fotos zurück. »Dieser Mann ist hier Gast gewesen, das ist richtig«, sagt er. »Ein paar Mal war er hier. Früher einmal.« Das klingt, als sei alles gesagt, und so fragt Berndorf gar nicht erst danach, wo Murad Aydin denn sonst verkehrt haben könnte, sondern will bezahlen, aber der Mokka geht auf Rechnung des Hauses.

Tritt ein«, sagt Einar Holtzenpflug und schiebt Fausser – die Hand an dessen Oberarm gelegt – vor sich her in ein Büro, das im Licht des späten Vormittags hell und großzügig wirkt, und bugsiert ihn zu einem Besprechungstisch. »Nimm Platz, ich will mir nur gerade meine Unterlagen holen.«

Fausser setzt sich in den mit schwarzem Leder bespannten Stahlrohrsessel und betrachtet den Fraktionsgeschäftsführer, wie er zu seinem Schreibtisch geht, einen kurzen Blick auf einen Vermerk wirft – vermutlich handelt es sich um die Liste der Leute, die um einen Rückruf bitten – und dann aus einem Stoß von Papieren eine Klarsichtmappe herausholt, sie aufschlägt und ein paar Zeilen liest, als müsse er sich vergewissern, dass es auch die richtige Mappe ist. Seit einiger Zeit trägt Holtzenpflug das Haar kurz geschoren, vielleicht – so vermutet Fausser – um auf diese Weise von der fortgeschrittenen Glatzenbildung abzulenken. Weil er nicht sehr groß ist, hält Holtzenpflug den Kopf gerne hoch, was die breiten und vollen Lippen ein wenig zu sehr zur Geltung bringt.

Holtzenpflug hat genug gesehen und kommt nun an den Besprechungstisch. Er lässt Fausser einen Blick auf die Klarsichtmappe werfen, sie enthält als oberstes Blatt den Zeitungsartikel über die Tagung am Starnberger See; der Absatz, der Fausser betrifft, ist mit einem gelben Leuchtmarker gekennzeichnet. Unter dem Zeitungsausschnitt sind andere Schriftstücke eingeheftet.

»Du kennst diesen Artikel bereits?« Holtzenpflug wirft Fausser einen Blick zu, dem nichts zu entnehmen ist. »Bist du korrekt wiedergegeben worden?«

»Guter Artikel«, antwortet Fausser. »Ich habe nichts zu beanstanden. Aber du – du hast einen Ordner über mich angelegt?«

»Einen Ordner über EuroStrat«, stellt Holtzenpflug richtig. »Erklärst du mir, was du gemeint hast?«

»Das wird kaum nötig sein.« Fausser hebt den Kopf und gibt Holtzenpflugs Blick zurück. »Mit den Umständen, unter denen wir Soldaten an den Hindukusch geschickt haben, bist du selbst am besten vertraut.«

Holtzenpflug senkt ein wenig den Kopf, als müsse er darüber nachdenken, was sein Gegenüber gerade gesagt hat. »Ich hatte gehofft, wir könnten dieses Gespräch vernünftig führen«, sagt er nach einer kurzen Pause. »Ich bin auch durchaus bereit gewesen, Verständnis für deine Situation aufzubringen... – unterbrich mich jetzt bitte nicht! – ... Es ist ja kein Geheimnis, dass du ein Problem mit deinem Landesverband hast und mit keinem sicheren Listenplatz mehr rechnen kannst... Oder sollte ich mich irren?«

»Das kann kaum das Thema des Gesprächs sein, zu dem du mich gebeten hast«, antwortet Fausser.

»Nein, das ist es nicht. Das Thema des Gesprächs ist, dass ich zwar grundsätzlich Verständnis für dich habe, aber absolut keines dafür, dass du aus Enttäuschung und Frust jetzt eine Dolchstoßkampagne loszutreten im Begriff bist. Diese Kampfhubschrauber sind noch nicht einsatzfähig, sehr bedauerlich, das ist nun einmal im Krieg so, die Soldaten müssen ihre Pflicht tun mit dem Material, das vorhanden ist, und deine gottverdammte Pflicht ist es, zu den politischen Entscheidungen zu stehen, die du seinerzeit mitgetragen hast...«

»Meine Pflicht ist...«, setzt Fausser an, aber der Fraktionsgeschäftsführer fällt ihm ins Wort:

»Lass mich bitte ausreden! Die Vorgehensweise von EuroStrat wird nämlich nicht nur von dir kritisch gesehen, was glaubst du eigentlich! Aber gerade deswegen können wir nicht zulassen, dass du Missbrauch betreibst mit diesem Thema, nur um damit selbst in die Schlagzeilen zu kommen...«

»Meine Pflicht...«

»Hör mir jetzt bitte einen Augenblick lang zu! Wir müssen nämlich eine Entscheidung treffen. In der jetzigen Situation ist es für uns unzumutbar, einen Abgeordneten in den Haushaltsausschuss zu schicken, der nicht der Fraktionslinie folgt, sondern seinen eigenen Interessen...«

»Ich verfolge keine eigenen Interessen.«

»Komm mir nicht damit!« Holtzenpflug schiebt sich über den Schreibtisch, als müsse er Höhe gewinnen. »Komm mir nicht mit deinem Gewissen, das ist degoutant!... Aber bitte. Du verfolgst keine eigenen Interessen, du folgst deinem Gewissen, du willst deine Hände nicht schmutzig machen, dafür gibt es ja die Fraktionsführung, die soll das tun. Einverstanden! Aber dann...«

»Du hast von einer Entscheidung gesprochen. Welche?«

»Es gibt immer zwei Möglichkeiten.« Holtzenpflug lehnt sich zurück und betrachtet Fausser, ein Zucken läuft dabei über seine vollen, ein wenig feuchten Lippen. »Die eine ist: Du sicherst uns zu, uns vorab über Stellungnahmen und alle Schritte zu unterrichten, die von der Fraktionslinie abweichen, insbesondere in den Themenbereichen EuroStrat, ehemaliges Jugoslawien, Afghanistan, und allem, was damit zusammenhängt …«

»Und wenn ich das nicht zusichere?«

»Auch dann gibt es zwei Möglichkeiten.« Die Lippen deuten ein Lächeln an. »Du räumst entweder von dir aus deinen Sitz im Haushaltsausschuss, oder wir berufen dich ab. Das geht dann sehr schnell, glaub mir.«

»Du hast vorhin von meiner Pflicht gesprochen …« Fausser bricht unvermittelt ab, als sei ihm ein neuer Gedanke gekommen. »Entschuldige bitte, aber es gibt Worte, die müssen nur einmal zu viel gesagt werden, und auf einmal verlieren sie allen Sinn.« Er steht auf, offenbar zu schnell, denn er muss sich kurz an der Stuhllehne mit dem schwarzen Leder festhalten. Kurz atmet er durch, dann nickt er Holtzenpflug zu und wendet sich zur Tür.

An der Straßenecke oberhalb von Berndorfs Büro liegt eine Osteria; dort hat er zu Mittag gegessen – Pasta mit Gemüse und ein paar Lachsstreifen, dazu Mineralwasser und keinen Wein, aber einen doppelten Espresso, der kleine Trost für alte Pflastertreter. Noch vor drei Uhr will er in der Gerichtsmedizin sein und sich ansehen, was einmal Murad Aydin gewesen war, verspäten darf er sich nicht, denn um drei Uhr will der Bestatter die Leiche abholen. Er geht noch einmal zurück in sein Büro, den Anrufbeantworter abhören, aber außer Barbara hat niemand daraufgesprochen, und was sie mitteilt, kommt nicht überraschend: Sie muss am Abend noch zu einer Fakultätskonferenz. »Es wird spät werden.«

Er verzieht ein wenig das Gesicht. Nicht, weil Barbaras Mitteilung ein Problem aufwerfen würde. Seit Felix in die ewigen Jagdgründe eingegangen ist, müssen weder Barbara noch Berndorf rechtzeitig zu Hause sein, um den Hund auszuführen. Nur wird ihm jetzt wieder einmal vor Augen geführt, dass er sich so bald keinen neuen Hund zulegen kann. Er hasst es, wenn ihm Dinge vor Augen geführt werden, vor allem solche, die er sowieso nicht leiden kann.

Er macht sich auf den Weg, aber als er das Haus verlässt, steht auf der anderen Straßenseite eines von diesen blassen Kopftuchmädchen, nein, nicht eines, es ist Nezahat, die Schwester des Toten – hat sie ihn abgepasst? Er bleibt stehen und versucht ihr ein aufmunterndes Lächeln zuzuwerfen. »Wollten Sie zu mir?«

Das Lächeln bleibt unerwidert. »Können Sie mir helfen, dass ich meinen Bruder noch einmal sehen kann? Ich meine, bevor der Bestatter kommt und ihn herrichtet?«

Berndorf antwortet, dass er genau das auch vorhat – sich den Toten anzusehen –, und so gehen sie gemeinsam zur U-Bahn, es sind zweihundert oder dreihundert Meter zur nächsten Station. Während sie so gehen, überlegt Berndorf, wie das wohl gewesen sein mag, als Nezahat hierherkam... Zusammen mit ihrem Bruder? Als das Anhängsel, das leider auch noch untergebracht werden muss? Er hat keine Ahnung und mag nicht fragen, auch nicht nach den Dingen sonst, die er über den Bruder wissen müsste. Denn dieses Mädchen da, das ihm schweigend folgt und in der U-Bahn-Station schweigend neben ihm wartet, nein: nicht neben ihm, sondern in einem erkennbaren Abstand, immer schweigend und in sich gekehrt... diese Antigone störst du nicht!

Die U-Bahn kommt, sie steigen ein, und Berndorf schilt sich einen Hohlkopf, weil er sich das Mädchen Nezahat als eine Antigone gedeutet hat.

Was für ein Klischee!

Die Bahn fährt an, und er setzt sich auf eine der Bänke an der Längsseite des Waggons: damit sie sich ebenfalls setzen kann, und dies nicht direkt neben ihm, sondern zwei schickliche Plätze weiter. Ach, denkt er, sind wir wieder zartfühlend heute!

Jörg Matthaus, ein schlanker, trotz der weißen Haare noch immer jugendlich anmutender Mann mit einem ausgeprägten, von einer vorspringenden Nase beherrschten Profil, ist von seinem Tisch aufgestanden und gibt Fausser ein Handzeichen, damit ihn dieser im vollbesetzten Speisesaal überhaupt findet. Fausser nickt und geht an den anderen Tischen vorbei auf ihn zu, sorgsam allzu viele Blickkontakte links oder rechts vermeidend. Als er an Matthaus' Tisch angekommen ist, tauschen die beiden Männer keinen Händedruck, sondern klatschen sich mit der rechten Hand ab – das halten sie so, seit Jörg Matthaus sich vor der Wahl 1992 in das Unterstützerteam für den Stuttgarter Direktkandidaten Fausser eingereiht hatte, sehr zum Missfallen von Matthaus' Bankerkollegen.

»Warum haben wir uns eigentlich hier verabredet?«, fragt Fausser und nimmt Platz. »Ich hasse diese Bonzenmensa.«

Matthaus hebt entschuldigend beide Hände. »Ich hab's vorgeschlagen, weil ... die Küche ist ja wirklich nicht schlecht. Und von dir kam kein Widerspruch.«

Fausser zuckt mit den Achseln und blickt zum Nebentisch, wo ein riesenhafter aufgeschwemmter Mensch mit hängenden Hamsterbacken eine Minestrone löffelt und den Blick so argwöhnisch zurückgibt, wie dies alle tun, die sich beim Essen beobachtet fühlen. Ein Kellner bringt die Speisekarten, und Fausser bestellt sich einen Tomatensaft als Aperitif.

Matthaus fragt, wie es zu Hause gehe, und Fausser – die Speisekarte studierend – murmelt ein: »Danke, ganz gut, glaube ich.«

»Und Vera?«

»Auch.« Fausser überlegt, ob er sich einen *Loup de mer* bestellen soll, dann fällt ihm ein, dass seine Antwort etwas zu kurz ausgefallen ist. »Sie arbeitet jetzt beim Bildungswerk der

Böckler-Stiftung. Und Tabea wird im Herbst wohl aufs Gymnasium kommen.« Nein, montags keinen Fisch, da gibt es keinen fangfrischen.

Matthaus nickt, die auffallend grünen Augen noch immer auf Fausser gerichtet. »Sag ihr Grüße von mir, wenn du es für richtig hältst.«

Fausser erwidert seinen Blick. »Werde ich tun.« Noch während er es sagt, geht ihm durch den Kopf, dass er das ganz bestimmt nicht tun wird und dass Matthaus das auch genau weiß. Weiter ist gerade keine Konversation nötig, der eine Kellner bringt den Tomatensaft, ein zweiter nimmt die Bestellungen auf, Fausser ordert ein Steak und etwas Gemüse dazu, Matthaus begnügt sich mit einem Risotto.

»Ich hab gelesen, Du hast dich mit EuroStrat angelegt«, nimmt Matthaus das Gespräch wieder auf. »Das werden die nicht nett finden. Sie sind das nicht gewohnt.«

»Ich hoffe sehr, dass sie es nicht nett finden«, antwortet Fausser und überlegt, welche Fortsetzung diese Einleitung wohl finden wird.

»Und was hast du sonst auf der Agenda?«

»Du irrst«, sagt Fausser und raspelt sich mit der Mühle etwas Pfeffer in seinen Tomatensaft. »Unsereins hat keine Agenda. Nicht mehr. Wir sind keine Handelnden, wir reagieren nur noch, bestenfalls. Eigentlich nicken wir nur noch ab. Das Spiel machen andere.« Mit einer Kopfbewegung weist er zum Nebentisch, wo dem Mann mit den Hängebacken gerade ein gehäufter Teller Pasta serviert wird. Matthaus nickt, denn wie jeder, der sich ein wenig auskennt, kennt auch er den Mann von nebenan, den Chef einer PR-Agentur, die so erfolgreich ist, dass nur die Erfolgreichen wissen, dass es sie überhaupt gibt.

»Wenn du es sagst... Um ehrlich zu sein – mir klingt das zu resigniert.«

»Du sprichst da von Ehrlichkeit? Nichts dagegen«, antwortet Fausser. »Warum also wolltest du dich mit mir treffen?«

»Na gut«, sagt Matthaus. »Stichwort: Oheymer & Jaumann.

Wie ich dich kenne, weißt du, dass ich an der Investorengruppe beteiligt bin, die jetzt die Übernahme durch die Landesbank Süd in die Wege geleitet hat.«

»Du bist nicht an der Investorengruppe beteiligt«, korrigiert ihn Fausser, »sondern du hast sie organisiert. Und jetzt willst du Kasse machen.«

»Richtig«, sagt Matthaus. »Wir wollen das, nicht ich. Und wir wollen es, nachdem wir Oheymer & Jaumann über ein paar Untiefen hinweggeholfen haben, vergiss das nicht. Aber einfach bloß Kasse machen ...« – wieder beugt sich Jörg Matthaus vor und blickt Fausser fast beschwörend an – »... einfach bloß Kasse machen, das geht mit mir eben nicht.«

»Und deshalb hast du dir etwas ausgedacht?«

»Ausgedacht – das klingt abschätzig«, antwortet Matthaus. »Hör mich doch erst einmal an. Natürlich ist das eine sehr erfolgreiche Operation, die wir jetzt zum Abschluss bringen. Aber gerade deshalb ist es nur recht und billig, wenn wir ein Teil der Wertschöpfung, die wir für Oheymer & Jaumann realisiert haben, der Region zurückgeben, in der dieser Erfolg erzielt wurde. Bist du soweit einverstanden?«

»Ich höre dir zu«, sagt Fausser. »Sehr aufmerksam tue ich das. Wenn Banker davon reden, einen Teil der Wertschöpfung zurückzugeben, dann kann unsereins gar nicht aufmerksam genug zuhören.«

»Du bist ein alter Zyniker, aber damit kannst du mich nicht mehr erschüttern.« Jörg Matthaus lehnt sich zurück, und weil er ein großer Mann ist, sieht das so aus, als sei er plötzlich noch einen guten halben Kopf größer geworden. »Was hältst du von einer Stiftung Weltkulturerbe Adria – also einem Projekt, das einen Beitrag sowohl zum Erhalt der kunstgeschichtlichen und städtebaulichen Substanz als auch zum Schutz der ökologischen Vielfalt ...«

»Stopp«, unterbricht ihn Fausser. »Warum erzählst du das gerade mir?«

»Weil ich deine Meinung dazu hören will«, antwortet Matthaus. »Weil du immer wieder mal da unten gewesen bist. Weil du viele der Projekte dort unten kritisch siehst. Weil ich jemanden brauche, von dem man weiß, dass er sich nicht als Strohmann für ein paar geldgeile Investoren hergibt.« Er beugt sich vor und versucht, Faussers Blick festzuhalten. »Weil ich ehrliche Leute für ein ehrliches Projekt suche.«

Fausser gibt den Blick zurück, aber plötzlich zuckt es um seinen Mund. »Na schön. Und wie viel springt dabei für mich heraus?«, fragt er unvermittelt.

Matthaus blickt auf. Aber bevor er antworten kann, kommen auch schon die Kellner mit dem Essen, und Fausser – wieder dieses angedeutete Lächeln im Gesicht – greift zur Serviette und breitet sie aus.

Missbilligend blickt der Mann im grünen Laborkittel zu Nezahat. Irgendetwas passt ihm nicht. »Die Leiche ist nicht bekleidet«, sagt er schließlich.

»Er war mein Bruder«, antwortet Nezahat.

Der Wärter zuckt die Schultern und zieht – nachdem er sich vergewissert hat, dass es das richtige ist – eines der Fächer auf. Ein Tuch bedeckt, was darin liegt, der Mann schlägt das Tuch so weit auf, dass der Kopf eines toten jungen Mannes freiliegt.

»Ich will ihn ganz sehen«, sagt Nezahat. Der Mann zieht das Tuch vollends ab. Was kommt zum Vorschein?

Ein magerer Körper. Bleiche Haut. Schwärzlicher Flaum an Oberschenkeln und Bauch, in obszönem Kontrast zum abrasierten Schamhaar, das Gemächt beschnitten, ohne den Schutz des Schamhaars ein seltsam anmutender Wurmfortsatz. Das Gesicht? Aus dem Gesicht eines Toten spricht der Tod. Oben, an der Stirn, eine ausgeblutete Wunde, aufgeschürft beim Sturz auf das Kopfsteinpflaster. Was sich in diesem Gesicht sonst widergespiegelt haben mag, ist weggewischt und ausgelöscht und zählt nicht mehr.

Berndorf hat nun doch nicht nur einen Blick auf den Toten geworfen. Nun beobachtet er Nezahat, den toten Bruder betrachtend.

Was sieht er? Nichts. Frauen können, was die existenziellen Dinge angeht, sehr ungerührt sein. Er weiß das. Diese da: Ist sie ungerührt? Das Gesicht ist noch immer blass, keine Miene verzieht sich, nur um den Mund ist ein Zug, der ihm vorher so nicht an ihr aufgefallen ist. Aber er kann ihn nicht deuten. Ein Zucken läuft über ihren Mund und ist auch schon wieder verschwunden, Nezahat hat genug gesehen, das Tuch wird wieder über den Toten gebreitet und das Fach zugeschoben. Weil die Spurensicherung offenbar bereits abgeschlossen ist, bekommt Berndorf – nachdem er die von Kemal Aydin ausgestellte Vollmacht vorgelegt hat – einen Leinensack mit den Habseligkeiten des Toten ausgehändigt. Schwarze Jeans sind darin, eine Lederjacke, Unterwäsche, die Berndorf lieber nicht genauer betrachtet, dazu ein verschließbarer Plastikumschlag mit ein paar Geldscheinen, zwei Schlüsselbunde und einem Ding, das eine Art Gebetskette sein könnte, und einem Springmesser. Berndorf, der das alles durchsieht, denn er muss den Erhalt quittieren, hebt kurz die Augenbrauen. Hat Regulski den Toten vielleicht nur deshalb für einen Kriminellen gehalten, weil ihm das Messer danach aussah?

»Das ist die falsche Jacke«, sagt eine feste Stimme. Berndorf und der Wärter blicken auf. Nezahat hat die Jacke hochgenommen und hält sie mit ausgebreiteten Armen vor sich, so dass sie das Rückenteil der Jacke begutachten kann. Die Jacke ist aus schwarzem glattem Leder, tailliert, und der Schulteransatz und die Rückentaille sind mit weißen Streifen markiert – das heißt, das Weiß ist mit allerhand grauen Eindrücken und Anhaftungen überzogen.

»Und wie sieht die richtige Jacke aus?«

»Das müsste ein Blouson sein«, erklärt Nezahat. »Auch schwarz. Aber kein glattes Leder, und nicht mit diesen weißen Streifen.«

Berndorf nimmt nun selbst die Jacke und durchsucht die Taschen. Er findet nichts, keine Zettel mit irgendwelchen hilfreichen Anschriften oder Telefonnummern, überhaupt nichts. Wenigstens notiert er sich das Label, aber es sagt ihm nichts. »Nochmal bitte«, sagt Berndorf. »Diese Jacke gehört nicht Ihrem Bruder?«

»Nein, hab ich nie an ihm gesehen. Und den Blouson hätte er auch nicht hergegeben, nicht gegen dieses Teil.«

»Was mach ich jetzt damit?«, fragt der Wärter.

»Rufen Sie Regulski an und sagen Sie ihm einen Gruß von mir... Moment.« Berndorf holt sein Handy heraus und lässt Nezahat die Jacke so halten, dass er sie fotografieren kann. »Einen schönen Gruß sagen Sie ihm, und dass er diese Jacke hier als Beweisstück sicherstellen soll.«

»Und als Beweisstück wofür, bitte?«

»Als Beweisstück für ein Verbrechen der vorsätzlichen Tötung«, antwortet Berndorf. Er nimmt einen Kugelschreiber und unterzeichnet die Quittung für die Hinterlassenschaften des dahingeschiedenen Murad Aydin, einschließlich eines Geldbetrags von 62 Euro und 45 Cent.

Nur den Posten: 1 Lederjacke, schwarz – den streicht er durch.

Draußen weht eine angenehme Brise aus Westen, aber Nezahat will ihn nicht länger begleiten.

»Ich danke Ihnen«, sagt sie, »ich weiß jetzt, dass er tot ist, wirklich tot. Aber jetzt möchte ich gern allein sein.«

»Nur einen Augenblick, bitte!«, antwortet er, bleibt stehen und holt – während die Passanten links und rechts an ihm vorbei drängen – die verschließbare Plastiktasche heraus und daraus wieder die beiden Schlüsselbunde. »Haben die beide Ihrem Bruder gehört?«

Nezahat nähert sich widerstrebend, eine scharfe Falte in die Stirn gekerbt. Sie betrachtet die Schlüssel, deutet dann auf den kleineren Bund. »Das da sind unsere Haus- und Wohnungsschlüssel. Die anderen kenn ich nicht. Die hab ich nie gesehen.«

Fausser geht durch einen weiten hellen Korridor, an dessen Ende eine Toilette sein muss. Die Erinnerungen an das Gespräch mit Matthaus surrt ihm im Kopf herum wie eine verirrte, aber anhängliche Fliege. Vor allem weiß er nicht, ob er amüsiert sein soll oder empört. Aber was eigentlich ist so anstößig an Matthaus' Angebot? Es wäre ja schrecklich, wenn es kein Leben nach der Politik gäbe, und wenn der eine Gas verkauft, warum soll ein anderer nicht als Frühstücksdirektor für die Alibi-Stiftung eines Investorenkonsortiums Hände schütteln? Lustig wäre es freilich, wenn Holtzenpflug und Matthaus ihr Vorgehen abgesprochen hätten, vielleicht auf eine dringende Bitte aus der Münchner EuroStrat-Zentrale hin...

Der Korridor nimmt kein Ende. Vielleicht ist genau das sein Berlin: Korridore, endlos, und hastende Aktentaschenträger, ebenfalls endlos. Jemand kommt ihm entgegen und blickt und grüßt. Als er es bemerkt, ist der andere schon vorbei. Dann kommt sie doch noch – links – die Toilette, weiß gekachelt, vom Neonlicht durchflutet, er stellt sich ans Urinal, kümmerlicher Strahl, na und?

Er knöpft den Hosenschlitz wieder zu, das heißt, tun will er es, aber die rechte Hand greift ins Leere, er wendet sich dem Waschbecken zu, hat plötzlich die Eingebung, er sollte sich das Sakko ausziehen und die Ärmel aufkrempeln, um die Unterarme unters kalte Wasser zu halten, das sollte helfen, wogegen? Er schafft sich aus dem Sakko, das ist gar nicht so einfach, der rechte Arm hängt an ihm, als wäre er eingeschlafen.

Der Spiegel ist beschlagen, das ist ihm recht, er will sein Gesicht gar nicht sehen, nicht jetzt oder überhaupt nie. Er beugt sich über das Waschbecken, will nach den Armaturen greifen, doch die Armaturen kommen ihm entgegen, der Arm wischt das Sakko vom Marmortisch, seine Wange schrammt an der Marmorkante entlang, unversehens erfasst ihn eine ungeheure Leichtigkeit, er schwebt, wer war das noch, der von Pflicht geredet hat? Keine Pflicht nirgends, und nichts ist gut, was heißt das? Dass Nichts werde, das ist doch etwas. Das ist sogar gut ...

Stimmen. Gesichter. Jemand beugt sich über ihn. Jemand spricht. Jemand zieht an ihm. Tätschelt das Gesicht.

»Können Sie mich hören?« Die Stimme ist drängend. Will ihn nicht in Ruhe lassen.

»Können Sie lächeln?«

Komische Frage. Dies ist Berlin, meine Damen und Herren. Keine Stadt zum Lächeln. Nur bei dummen Fragen. Also lächeln wir. Zufrieden?

»Können Sie die Hände heben? Beide Hände?«

Zu viel verlangt. Keine Pflichten mehr.

»Können Sie sprechen? Sagen Sie etwas. Sagen Sie: Ja, ich kann sprechen ...«

Wozu? Füße trappeln. Eine Tür schlägt. Hände packen ihn und legen ihn auf eine Trage.

»Ce-Vau-A«, sagt die Stimme. »Insult.«

Schwarze Silhouetten – Dietriche in der einen, eine Keule in der anderen Hand – schleichen sich an nächtliche Wohlstandshäuser heran, öffnen scheinbar mühelos Fenster und Türen oder heben die Gitterroste vor den Kellerfenstern hoch. Freilich sind sie nur aus Papier und schmücken, garniert mit allerhand Auszügen aus der Polizeistatistik, die Wände eines Fachgeschäfts für Sicherheitstechnik, das Berndorf nach einigem Suchen glücklich in einem Hinterhof in der Nähe des Alexanderplatzes gefunden hat.

»Allerweltsware«, sagt der Mann mit dem schütteren blonden, nach hinten gekämmten Haar und lässt die vier Schlüssel, die Berndorf ihm gebracht hat, durch die Hand gleiten. »Der wird für die Haustür sein, der für die Wohnung – beide können Sie in jeder Klitsche nachmachen lassen. Aber da ist nichts dokumentiert, nirgends, erst recht nicht bei diesem Briefkastenschlüssel hier. Anders ist es damit.« Er hebt einen vierten Schlüssel hoch, dessen Bart nicht gezahnt ist, sondern der eine Lochung aufweist und auf dessen flachem runden Kopf ein Firmenlogo und eine Kennzahl eingestanzt sind. »AM 125 617«, liest er vor, »das ist mit Sicherheit kein Haus- oder Wohnungsschlüssel. Das ist ein Schlüssel, wie er zum Beispiel in Bädern für die Garderobenschränke ausgegeben wird. Oder in großen Büros, wo Sie individuell abschließbare Schreibtische oder Schränke brauchen. Wenn ich Ihnen eine Kopie davon ziehen soll, müssten Sie mir erst die Sicherungskarte für die Anlage vorlegen.«

Berndorf räuspert sich. »Will ich auch nicht. Aber wäre es wohl möglich, beim Hersteller anzurufen, die Kennziffer durchzugeben und zu fragen, für wen dieser Schlüssel gefertigt wurde?«

»Der Hersteller sitzt in Braunschweig.« Der blonde Mann legt den Kopf ein wenig schief. »Aber warum, meinen Sie, sollte der Ihnen Auskunft geben?«

»Vielleicht gibt er Ihnen Auskunft.« Berndorf macht eine Handbewegung, die den Schreibtisch, an dem sie sich gegenübersitzen, und den Ladenraum einbezieht. »Sie sind ja ein Geschäftspartner oder zumindest ein potenzieller... Für Ihre Unkosten...«

Der Mann auf der anderen Seite des Schreibtischs winkt ab. »Ich kann's ja versuchen«, sagt er. »Aber warum wollen Sie das noch mal wissen?«

»Dieser Schlüsselbund ist bei einem Toten gefunden worden«, antwortet Berndorf und versucht, möglichst nah an der Wahrheit zu bleiben. »Bei jemand, der bei einem Unfall ums Leben kam. Wir müssen wissen, ob der Tote rechtmäßiger Eigentümer des Schlüssels war.«

»Wir? Sie sind aber nicht von der Polizei? Ihren Ausweis hab ich so verstanden, dass Sie ein Privater sind.«

»Wir, das bin ich und das sind die Angehörigen des Toten«, antwortet Berndorf. »Sie wollen wissen, wem sie die Schlüssel zurückgeben müssen. Notfalls genügt es uns zu wissen, wer den Schlüssel ausgegeben hat. Dann stecken wir ihn eben in einen Umschlag und schicken ihn dorthin zurück.«

Der blonde Mann überlegt, dann greift er zum Telefon, sucht eine dort gespeicherte Telefonnummer heraus und lässt sich verbinden. Mit dem Anrufpartner ist er offenbar gut bekannt, Hertha hat schon wieder verloren, sie wird absteigen, da hilft auch kein Wunder mehr, und alle Wunder sind sowieso für den FC Bayern reserviert...

»Ja, was ich fragen wollte... wir haben hier einen Schlüssel AM 125 617 von euch, der soll dem Eigentümer zurückgegeben werden, aber den kennen wir nicht. Wem habt ihr diese Serie geliefert?«

Der Gesprächspartner lässt sich die Nummer wiederholen, dann dauert es, dann wechselt das Gespräch noch einmal, diesmal zur Eintracht, nächste Saison in der Zweiten Liga! Fast kann man schon wieder von richtigem Fußball reden... Schließlich aber legt der Anrufer den Hörer dann doch wieder auf.

»Kein Hallenbad«, sagt er und wendet sich Berndorf zu. »Auch kein Büro. Es ist das Brandenburg Residence...«

Montags ist das Wartezimmer der chirurgischen Ambulanz gut besetzt, und mit seinem schmutzigen Verband an der rechten Hand fällt André schon gleich gar nicht auf, er ist ein Patient unter vielen. Die meisten Wartenden, nein: fast alle, sind Männer, trübäugig, und in der Luft hängt ein Geruch, den André verabscheut, denn manchmal hat die Elke auch so gerochen. Er überlegt, ob er sich ausrechnen soll, wer von den Männern die Treppe hinabgefallen und wer durch die Glastür gestolpert ist, wem das Heimwerken misslang und wem das Autofahren und wer den Streit in der Kneipe besser nicht angefangen hätte...

Aber Handtaschen hat hier natürlich keiner. Wenn sie denn überhaupt noch Geld haben nach der Zechtour, dann steckt das Portemonnaie gewiss nicht im abgeschabten Mantel am Garderobehaken.

Nein, denkt André, für einen Montag ist die chirurgische Ambulanz keine gute Idee. Er steht auf und tut so, als schaue er zum Fenster, aber niemand scheint auf ihn zu achten. Dann wendet er sich um und geht zu seinem Anorak und streift dabei an den Mänteln entlang, die daneben aufgehängt sind, unerwartet spürt er in der Seitentasche eines hellen Stoffmantels ein Gewicht. Er nimmt sich seinen Anorak, zieht ihn so behutsam umständlich an, wie man dies mit einer verbundenen rechten Hand tun muss – erst muss der rechte Ärmel des Anoraks übergestreift werden, dann tastet er mit der linken Hand hinter sich und sucht den linken Ärmel, und während er das tut, betrachtet er die wartenden Männer. Der Mantel könnte ein Trenchcoat sein, denkt er sich, und zu einem großen Kerl gehören, der einen Arm in einer Schlinge trägt, den rechten, und der deshalb den Mantel vermutlich gar nicht richtig angezogen, sondern einfach nur über die Schultern gehängt hatte und wiederum deshalb auch gar nicht auf den Gedanken gekommen ist, er könnte den Geldbeutel im Mantel gelassen haben...

Die linke Hand hat den Ärmel gefunden, mit einer Armbewegung zieht er sich den Anorak über die Schultern, während die verbundene rechte Hand den Geldbeutel, der sich rund und gefüllt anfühlt, auch schon in die Seitentasche des Anoraks gesteckt hat. Noch einmal scheint er einen Blick zum Fenster zu werfen, noch immer achtet niemand auf ihn, auch nicht der Mann mit dem Arm in der Schlaufe – die sind alle froh, denkt er, dass es einen Wartenden weniger gibt. Er geht zum Ausgang, vor ihm öffnet sich eine Glastür, ein mittelgroßer Mann kommt heraus, der Mann trägt keinen weißen Kittel, hat aber ein rotes Abzeichen am Revers und trägt einen Karton unterm Arm:

»Bitte die Aufrufe überall aufhängen, und wenn es Schwierigkeiten gibt, sofort melden!«, ruft er noch zurück und dreht sich um und stößt beinah mit André zusammen.

»Entschuldige, Junge!«, sagt er. Dann stutzt er, und seine Augen verändern sich. »Dich kenn ich doch – du hast deine Mutter besucht, als sie bei uns war.«

André spürt, wie ihm ein Schauder über die Arme läuft.

»Meine Mutter war nie hier«, sagt er und hebt – als könne er damit etwas erklären – den rechten Arm mit der verbundenen Hand an.

»Natürlich nicht hier«, antwortet der Mann. »Drüben, in der Hautklinik. Und du hast mich auch nur im weißen Kittel gekannt... Aber was ist mit deiner Hand, und was ist mit deiner Mutter? Ich habe sie nicht mehr gesehen.«

Aus den Augenwinkeln sieht André, dass der eine große Kerl – der den Arm in der Schlinge trägt – aufgestanden ist. Irgendetwas passt ihm nicht. André zwingt seinen Blick zurück zu dem Mann mit dem roten Abzeichen, es kann sein, dass er einer der Ärzte ist, die mit der Elke geredet haben. Plötzlich weiß er es. Es ist der eine, der immer freundlicher war als die anderen. »Meine Mutter ist für eine Weile weggefahren.«

Das Gesicht des Arztes sieht plötzlich bekümmert oder sorgenvoll aus. André weicht seinem Blick aus, der große Kerl nähert sich ihnen, gleich wird er seinen Mantel durchsuchen.

»Weggefahren? In eine andere Klinik?«

»Nein. Nicht in eine Klinik.« Der Kerl ist in der Mitte des Warteraums stehen geblieben. »In ein Heim.«

»In ein Heim? Was für ein Heim?«

»Ein Erholungsheim. Ja doch. Sie kommt auch bald zurück...« Wieder öffnet sich die Tür des Stationszimmers, eine Krankenschwester kommt heraus, mit einem Stapel Papieren auf dem Arm.

»Hören Sie Schwester«, sagt der Kerl, »ich warte hier seit drei Stunden!«

»Doch, ganz bald«, versichert André, »das hat sie gesagt! Aber jetzt muss ich gehen, meine Großmutter wartet, sie regt sich sonst auf...«

»Aber dein Verband«, wendet der Arzt ein, »der ist doch nicht in Ordnung…«

»Es geht schon«, sagt André und wendet sich ab und läuft aus dem Warteraum und weiter ins Treppenhaus und die Treppe hinunter. Schwer spürt er den Geldbeutel in der Seitentasche des Anoraks.

Miguel hat sich ein Glas Mineralwasser eingeschenkt, trinkt einen kleinen Schluck, blickt vor sich hin und hört den Akkorden des Jazz-Pianisten zu, dessen CD er aufgelegt hat, den Ton so leise gestellt, dass sich die beiden nadelgestreiften Business Men in der mahagonidunklen Ecke links hinten nicht gestört fühlen. Er bemerkt es auch so, wenn er Nachschub bringen muss, wasserhellen Wodka für den einen, Wasser für den anderen, aber in den gleichen Gläsern… Sonst sind keine Gäste da, in dieser einen halben Nachmittagsstunde, die für die meisten Gäste zu spät ist für einen Espresso und zu früh für einen Drink.

Ein Mann betritt die Bar des Brandenburg Residence Hotels und strebt dem Tresen zu, mit einem Blick sieht Miguel, dass dies weder ein Hotelgast ist noch jemand, der mit einem solchen üblicherweise zu tun haben würde. Das liegt nicht so sehr an dem dunklen Lodenmantel und auch nicht an dem breitkrempigen schwarzen Hut, eher liegt es an der Achtsamkeit, mit der dieser Mann sich umsieht. Miguel tippt darauf, dass der neue Gast sich ein Gin-Tonic bestellen wird, das ist ein Getränk, das Gäste gerne bestellen, wenn sie eigentlich nicht wissen, was sie in einer Bar verloren haben.

Der Mann hat den Mantel an den Garderobenständer gehängt und den Hut dazu, nun hievt er sich auf den Barhocker und bittet um einen Espresso und einen Kognak. Miguel nickt und macht sich an der Espresso-Maschine zu schaffen. Mit einem hörbaren, aber doch dezenten Sirren zertrümmert das Mahlwerk die Kaffeebohnen, denn dies ist eine Bar, in der der Espresso mit frisch gemahlenen Bohnen aufgebrüht wird.

Ein Schnüffler, denkt er, warum hab ich das nicht gleich gesehen? Womöglich einer, der hinter den beiden Russen her ist? Komisch wäre das. Als ob zwei Großgangster über einen halben Zentner Plutonium verhandelten, und das Land Berlin schickte einen Pflastertreter dazu, die ausstehenden Müllgebühren einzutreiben.

So ungefähr.

Er wählt einen Kognak aus, um den es nicht allzu schade ist, falls er nur dazu dienen sollte, dem Espresso nachzuspülen.

»Keine Milch, keinen Zucker«, sagt der Gast. Miguel stellt den Schwenker und das Espresso-Tässchen auf den Tresen, dazu ein kleines verpacktes Stück Mürbegepäck aus der hauseigenen Konfiserie.

»Es ist sehr ruhig bei Ihnen«, meint der Gast. »Der Musik tut das gut.«

»Bars sind um diese Zeit selten voll«, antwortet Miguel. »Das ändert sich noch.« Er lächelt knapp. »Ich bin da ganz zuversichtlich.«

»Dann haben Sie noch einen langen Abend vor sich.«

»Das ist mein Job.« Kurzes Lächeln. »Und meinen Job tu ich gern.«

Der Gast greift in die Brusttasche seines Sakkos – ein Tweed-Sakko, vor einiger Zeit mit Lederflicken an den Ellbogen aufgebessert, wie Miguel registriert –, holt ein Foto heraus und schiebt es über den Tresen. Der Höflichkeit halber wirft Miguel einen Blick darauf, es ist aber nichts weiter zu sehen als die Rückenansicht einer Lederjacke mit weißen Besätzen. Der Barkeeper hebt leicht die Augenbrauen und zieht vor, nichts zu sagen.

»Da gibt es eine merkwürdige Geschichte über einen, der hat auch einen langen Abend gehabt, denk ich mal, und diese Jacke da« – der Gast zeigt auf das Foto – »die muss ihm gehören. Übrigens auch … Moment!« – der Mann greift in seine Hosentasche, holt einen Schlüsselbund heraus und legt ihn neben das Foto – »Da haben wir es ja schon! Also, diese Schlüssel hier, die gehören ihm auch, und wenn mir jetzt irgendjemand weiterhelfen würde, oder einen kennt, der einen anderen kennt, der vielleicht weiß, wem die Jacke gehört, dann könnte man dem Mann die Jacke und die Schlüssel ganz einfach zurückgeben, er braucht sie ja.« Der Mann sieht Miguel an und kippt den letzten Schluck Espresso.

»Da haben Sie Recht«, meint Miguel, »Schlüssel zu verlieren, ist immer eine dumme Geschichte. Und Sie haben sie gefunden, die Schlüssel, meine ich, und sogar die Jacke? Und jetzt suchen Sie den, dem die Sachen gehören. Aber Berlin ist groß.«

»Gewiss doch«, räumt der Mann ein. »Aber schauen Sie ...« – er nimmt den Bund wieder in die Hand, aber so, dass ein einzelner Schlüssel herausragt – »das da ist ein Sicherheitsschlüssel, wie er für die Garderoben in Bädern verwendet wird – oder für Spinde, beispielsweise in einem Hotel wie diesem, das sehr viel Personal beschäftigt, und dieses Personal braucht Umkleiden. Sehen Sie, da weiß oder ahne ich schon etwas über den Eigentümer dieser Schlüssel. Aber ich habe ja noch mehr – ich habe diese Lederjacke, von der ich fast sicher bin, dass ein Mann sie getragen hat, kein ganz alter Mann, und ich habe diese anderen Schlüssel« – er fächert den Schlüsselbund auf – »im Gegensatz zu dem ersten, der zu einem modernen Sicherungssystem gehört, sind diese Schlüssel Dutzendware. Wem immer diese Schlüssel gehören mögen – er arbeitet in einem Hotel, dessen Direktion auf Sicherheit großen Wert legt, wohnt aber offensichtlich in einem Haus, in dem man keine Veranlassung oder kein Geld hat, um in ein modernes Sicherungssystem zu investieren. Also?«

»Und diese Schlüssel, die haben Sie einfach so gefunden?«

»Die waren in dieser Lederjacke, ja. Und diese Jacke wurde von jemand getragen, dem sie nicht gehört. Leider kann er nicht mehr erzählen, wie er zu ihr gekommen ist. Er ist ...«

»Sie entschuldigen mich«, sagt der Barkeeper und begibt sich zu dem Tisch der beiden moskowitischen Business Men, um eine neue Bestellung entgegenzunehmen, und während er das tut, steckt der Gast am Tresen das Foto und den Schlüsselbund wieder ein. Ein weiterer Mann hat die Bar betreten, gut ein Meter neunzig groß, mit den Schultern und breiten Handgelenken eines Preisboxers, das breitflächige Gesicht von jener wachen kalten Aufmerksamkeit, die nichts und niemandem traut.

Jetzt ist es der Gast am Tresen, der ganz leicht die Augenbrauen hochzieht. Er hatte immer angenommen, der Security Manager eines großen Hotels, das auf seine vielen Sterne bedacht ist, sollte ein Mann von unüberbietbarer Unauffälligkeit sein, jemand also, den man schon vergisst, ehe man ihn überhaupt wahrgenommen hat. Dieser hier, denkt der Gast am Tresen, ist offenbar das Gegenbeispiel. Er sieht so nach Bulle aus, dass man ihn unmöglich für den Hausschnüffler halten wird.

Der Hausschnüffler fängt Miguel ab, nachdem dieser die Bestellung der Russen aufgenommen hat, und stellt ihm halblaut eine Frage, aber was heißt halblaut? Manchmal fällt ein Satz oder eine Frage zusammen mit einem unvermuteten Ausbruch von Stille – weil alle anderen Leute mit einem Schlag zu reden aufhören oder weil die CD eines Jazz-Pianisten schlicht zu Ende ist...

»... Sie sind doch mit Sirko befreundet? Oder kennen ihn etwas näher? Er fehlt und meldet sich nicht... Hat er irgendetwas gesagt oder angedeutet?« Miguel hat offensichtlich keine Ahnung, wo Sirko steckt, und schüttelt so entschieden den Kopf, wie es dem Personal in einem solchen Hotel nur in Ausnahmefällen erlaubt sein wird. Der Hausschnüffler hebt die Preisboxerschultern und lässt sie wieder fallen und will schon weitergehen, als sein Blick auf den Gast am Tresen fällt und einen misstrauischen Augenblick auf ihm verweilt. Schließlich wendet er sich doch ab und geht, während Miguel mit allerhand Wodka- und Tonic-Flaschen herumhantiert, bis er alles beisammen hat und das Bestellte an den Russentisch links hinten bringt. Inzwischen hat der Gast am Tresen auch den Kognak ausgetrunken und bittet um die Rechnung.

»Diese Geschichte mit der fremden Jacke und den Schlüsseln…«, sagt Miguel, während er die Rechnung ausdrucken lässt, »warum will dieser eine Kerl nicht erzählen, wie er dazu gekommen ist?«

»Es ist nicht so, dass dieser Kerl nicht will«, antwortet der Gast und schiebt einen Zwanziger über den Tresen. »Stimmt so… Der Fahrer will nicht.«

»Ein Fahrer kommt also auch darin vor, in der Geschichte?«

»Ja.« Der Gast lässt sich vom Barhocker herunter. »Der Kerl, der die Jacke hatte, die ihm nicht gehört – dieser Kerl ist dummerweise vor ein Auto gelaufen. Mausetot. Kann also nicht reden. Und der Fahrer, der will nicht reden. Der ist auf und davon.« Der Gast beugt sich vor und sucht Miguels Blick. »Sirko, so war doch der Name des Kollegen, der irgendwie nicht da ist? Falls die Lederjacke ihm gehört, wäre es für ihn vielleicht nicht ganz unwichtig zu erfahren, was jenem Kerl passiert ist. Ich glaube, es wäre sogar verdammt wichtig… Übrigens – meine Name ist Berndorf, Hans Berndorf.« Er schiebt eine Visitenkarte über den Tisch. »Für den Fall…«

Miguel nimmt die Karte, wirft einen Blick darauf und steckt sie ein. Dann überprüft er den Rechnungsbeleg, zeichnet ihn ab und reicht ihn über den Tresen. »Besten Dank auch!«

Berndorf zögert einen kurzen Augenblick. »Nichts zu danken«, sagt er schließlich, hebt grüßend die Hand und geht zur Garderobe. Erst, als er das Hotel verlassen hat und draußen auf dem breiten Gehsteig steht, wirft er einen Blick auf den Rechnungsbeleg betreffend 1 Espresso, 1 Kognak zzgl. MwSt., was zusammen 11,30 Euro ausmacht. Aber unter dem Gesamtbetrag befindet sich ein handschriftlicher Vermerk:

Sirko, Zlatan, Mulackstraße 27

Carla Jankewitz wirft die Tür hinter sich zu und lässt sich, noch im Mantel, auf den nächsten freien Sessel fallen.

»Was für eine Scheiße!«

Die Sekretärin Carmen Ruff hat das Heft mit den Sudoku-Rätseln zur Seite gelegt und betrachtet die Jankewitz – nicht so sehr besorgt, eher mit einem Anflug jener Erregung, die die Menschen erfasst, wenn ein umstürzendes Ereignis in den Alltagstrott einbricht. »Und?«

»Nichts mehr«, antwortet die Jankewitz und fährt sich mit der Hand über die Augen – eine Geste, mit der man sonst andeuten will, dass jemand nicht mehr richtig tickt. Nur hat ihre Handbewegung etwas Endgültiges. »Gehirnschlag. Was alles kaputt ist, wissen sie noch nicht. Aber er kann nicht mehr reden. Aus, Herr Präsident, die Wortmeldung des Abgeordneten Fausser entfällt, da der Herr Abgeordnete der Worte nicht mehr mächtig ist, keines einzigen Wortes mehr.«

»Das bedeutet ...«, beginnt die Ruff und hört gleich wieder auf, weil sowieso klar sein müsste, welche Folgen sich aus einem solchen Sachstand ergeben. Doch die Jankewitz ist noch zu mitgenommen, um sofort zu begreifen.

»Was meinst du?«, fragt sie zurück, während sie aufsteht und sich aus dem Mantel schält.

»Dass er sein Mandat zurückgeben muss«, sagt die Ruff. »Und dass die Hübner-Dinckelmann nachrückt.« Sie wirft einen boshaften Blick zur Jankewitz. »Eigentlich können wir uns gleich beim Arbeitsamt melden, alle beide.«

»Das heißt nicht mehr Arbeitsamt«, gibt die Jankewitz zurück und hängt ihren Mantel in den Garderobenschrank. »Außerdem – sie können ihm das Mandat nicht einfach wegnehmen. Und er selbst – wie soll er darauf verzichten, wenn er nicht reden kann?«

»Wie du meinst«, sagt die Ruff. »Aber sag mal – wir müssen seine Frau verständigen ...«

»Nicht nur seine Frau.« Die Jankewitz zieht eine Grimasse. »Ich geh gleich rüber zum Holtzenpflug, dafür kannst du die

Frau anrufen, und wenn du schon dabei bist, auch diese Solveig …«

»Dazu bin ich eigentlich nicht verpflichtet«, wendet die Ruff ein. »Nicht bei diesem Weibsstück. So von oben herab, wie die einen immer behandelt!«

»Eben drum«, gibt die Jankewitz zurück. »Knall es ihr vor den Latz. Schenk es ihr richtig ein.«

André läuft die Treppe hoch und nimmt dabei immer zwei Stufen auf einmal. Unterm Arm hat er einen Comic, es ist die Fortsetzung der Geschichte von dem Jungen, der den Weg aus dem gefluteten U-Bahn-Schacht kennt, die Geschichte spielt jetzt zwischen den Ruinen, denn die Stadt ist ganz und gar zerstört. Dann ist er oben, an der Wohnungstür, und schließt sie auf und will eintreten, aber genau in diesem Augenblick legt sich eine schwere Hand auf seine Schulter.

»Da haben wir ja mal richtig Glück«, sagt eine seifige Stimme. »Endlich mal bekommen wir einen unserer Hausgenossen höchstpersönlich zu Gesicht, sonst ist immer die Wohnungstür dazwischen, da kann unsereins klingeln, was er will, nicht wahr?«

André blickt hoch, in das Gesicht des Hausverwalters Kroppenschmitt, und zuckt zurück, denn der Atem des Hausverwalters riecht nach Schnaps.

»Willst du mich nicht hereinbitten?«, fragt Kroppenschmitt. »Ich hätte gerne deine Mutter gesprochen, wenn's recht ist. Wir hätten ein paar Takte zu bereden, deine Mutter und ich, und ein Briefchen hab ich auch für sie. Nun, wie steht es? Darf ich eintreten?«

»Meine Mutter ist nicht da«, antwortet André entschlossen und stellt sich dem Verwalter in den Weg. »Sie ist zur Erholung.«

»Zu Erholung, ja?«, echot Kroppenschmitt und schiebt André zur Seite. »In einem Heim, wie? Trotzdem würde ich mir eure Wohnung gerne mal ansehen, das steht mir sogar zu, weißt du das?« Er geht über den Korridor und wirft einen Blick in die Küche und einen Blick ins Bad und zieht den Duschvorhang zurück und mustert mit seinem Brillengesicht das Handwaschbecken. »Ich hab ja schon Schlimmeres gesehen, aber deine Mama könnte ruhig auch einmal feucht wischen!« Er geht weiter, wirft einen Blick in Andrés Zimmer und einen in das von Elke, aber was soll da zu sehen sein? André hat immer aufgeräumt, die Wolldecke über der Bettcouch liegt festgezogen da, alles ist an seinem Platz und unverändert, nur der Stapel Briefe auf dem kleinen Tisch am Fenster ist größer geworden mit der Zeit, aber das kann der Hausverwalter nicht wissen.

»Ja, so!«, sagt Kroppenschmitt, »deine Mama ist zu Erholung! Hast du ja erzählt. Hättest du ihr die Post nicht nachschicken sollen?«

»Nein«, antwortet André mit fester Stimme. »Der Arzt hat gesagt, dass sie Ruhe braucht.«

»Und dass sie keine Miete überweisen soll, das hat vermutlich auch der Arzt gesagt, was?« Mit einer raschen Bewegung zieht Kroppenschmitt einen Brief hervor und drückt ihn André in die Hand. »Hast du ihn, ja? Dann erklär ich dir auch, worum es geht: Ich habe euch soeben die Wohnungskündigung zugestellt.« Er betrachtet den Jungen. »Eigentlich ist es ja schade, du bist ein hübsches Kerlchen. Wir hätten Freunde werden können. Aber unsere Wege werden sich wohl trennen, es sei denn …«

»Hören Sie«, sagt André rasch. »Meine Großmutter, also meine Großmutter kümmert sich um diese Sachen, und wenn was an der Miete fehlt, wird sie Ihnen das Geld gerne geben. Wie viel muss es denn sein?« Bittend hält er den Brief hoch, damit Kroppenschmitt ihn zurücknimmt.

»Das sind ja ganz neue Töne!« Kroppenschmitt merkt auf. »Aber bitte. Also, ihr seid mit drei Monatsmieten einschließlich der Umlagen in Rückstand, das sind siebzehnhundertvierzig Euro. Wenn deine Großmutter das in Ordnung bringt, will ich gern mit meinem Vorgesetzten reden, aber wenn etwas geschehen soll, dann schnell.«

»Ich fahr gleich zu ihr«, sagt André, »sicher kann ich Ihnen heute Abend schon etwas bringen, aber mehr als tausend, die hat sie sicher nicht.«

»Nein«, antwortet Kroppenschmitt bedächtig, »das glaube ich auch nicht, dass deine Großmutter einen so großen Geldbeutel hat, tausend Euro sind mächtig viel Schotter. Aber...« Wieder wandert sein Blick über André. »Sieh mal zu, was du auftreiben kannst. Ich bin kein Unmensch. Aber das da...« Er deutet auf den Brief, den André ihm noch immer entgegenhält, »das ist eine Urkunde, und sie ist nun einmal zugestellt. Wenn du und deine Großmutter sich Mühe geben, können wir die Kündigung ja zurücknehmen, sag ihr das. Du weißt, wo mein Büro ist? Komm auf jeden Fall heute Abend vorbei.« Ein Lächeln legt seine Zähne frei, die etwas zu weiß sind. »Ich werde auf dich warten.«

Das Haus ist grau verputzt, wobei dem Grau irgendwann bei der letzten Renovierung Anfang der Neunziger Jahre eine Andeutung von puddingfarbenem Lila beigemischt worden ist. Das Sicherheitsglas der Haustür ist geborsten, und vom Türrahmen blättert der Lack. Berndorf betrachtet das Klingelbrett, offenbar stehen einige Wohnungen leer, oder ihre Bewohner halten es für entbehrlich, ihre Namen auszuhängen. Das Schild mit dem Namen »Z. Sirko« hätte er fast übersehen, kein Wunder, es findet sich in der untersten Reihe des Klingelbretts, der Name ist mit einem Kugelschreiber auf einen Fetzen Papier gekritzelt und nahezu unleserlich.

Er klingelt, aber es rührt sich nichts. So nimmt Berndorf den Schlüsselbund, von dem er annimmt, dass er dem irgendwie abwesenden und nicht erreichbaren Hotelangestellten Zlatan Sirko gehört, erwischt beim zweiten Versuch den richtigen Schlüssel und tritt ein. Es riecht ein wenig muffig und so, als drücke Feuchtigkeit durch die Grundmauern hoch. Unter einem Schild: »Fahrräder abstellen verboten!« sind zwei Kinderwägen abgestellt. Auf der anderen Seite des Korridors befinden sich die Briefkästen, aus einigen quillt Reklame, gemischt mit Mahnschreiben. Zlatan Sirko hingegen hat keine Post bekommen, von einem Werbeschreiben der Klassenlotterie abgesehen. Es gibt keinen Fahrstuhl, die Holztreppe ist abgetreten, Berndorf macht sich auf den Weg nach oben, zum untersten Namen auf dem Klingelbrett gehört meistens die Wohnung ganz oben. Aus einer der Wohnungen dringt Kindergeschrei, im Stockwerke darüber klagen eine Laute und eine Rohrflöte voller Heimweh nach Anatolien und geleiten ihn zum letzten Treppenabsatz. Ein Lichtschacht sammelt die Helligkeit des späten Nachmittags ein. Es gibt zwei Türen, die auf den Absatz hinausgehen, zur Türklingel rechts gehört ein Messingschild, auf dem der Name Tamara Feinkind in ziselierter Schrift eingraviert ist, während neben der Klingel links ein Zettel an den Türrahmen geheftet ist, wieder mit dem handschriftlichen Vermerk: »Z. Sirko«. Die Klingel funktioniert, ein kleines Glöckchen, dessen Klang in der Wohnung widerhallt, aber auch diesmal rührt sich nichts.

Berndorf nimmt den zweiten Schlüssel und will aufschließen. Doch mitten in der Bewegung hält er inne. Warum? Er weiß es selbst nicht. Wenn sein Hund, der Boxer Felix, Unheil witterte oder einer Keilerei näherzutreten beabsichtigte, dann richtete sich auf seinem Rücken ein braungelber Streifen Fell auf – es sträubten sich ihm die Haare. Das tun Berndorfs Haare nicht, aber sonst geht es ihm jetzt ähnlich, er wittert oder ahnt oder fühlt Unheil, es ist eine Art von Wahrnehmung, die nicht an benennbare Information anknüpft. Riecht er Unheil? Unsinn, es riecht nach Bohnerwachs, mag sein, dass von einem der unteren Stockwerke die Abluft eines Joints nach oben zieht und sich dazwischenmengt. Was kümmert das ihn? Aber was ist es dann?

Die Helligkeit, die der Lichtschacht durchlässt, wird schwächer, und die Treppenbeleuchtung ist kümmerlich. Aus einem Seitenfach seiner Mappe holt er eine kleine Stablampe hervor, schaltet sie ein und tastet mit dem scharf fokussierten Lichtstrahl Tür und Rahmen ab. Keine Beschädigungen, am Türschloss ist nichts zerkratzt, alles so glatt und sauber, als hätte die Putzfrau eben erst Rahmen und Tür abgewischt.

Er erlaubt sich ein knappes Lächeln. Einen Hunderter würde er darauf verwetten, dass sich der Hotelangestellte Zlatan Sirko keine Zugehfrau leistet.

Noch immer steht er vor der Tür. Er schüttelt den Kopf, dann holt er zwei Gummihandschuhe aus seiner Mappe und zieht sie an. Der Schlüssel gleitet mühelos ins Schloss, und bereits beim ersten Dreh springt die Tür auf und gibt den Blick frei in eine enge Garderobc. Dic Tür war also nur zugezogen, nicht abgeschlossen, denkt Berndorf.

Was immer das zu bedeuten hat.

Er verzichtet darauf, »Hallo!« oder andere alberne Dinge zu rufen, und betritt die Garderobe, in der ein grauer Wintermantel hängt und ein dunkler Anzug, dazu ein Stockschirm. Die Tür lässt er angelehnt. Rechts geht es in ein Badezimmer, was heißt Badezimmer! Es ist eine Toilette mit einer Duschkabine. Berndorf zieht den Plastikvorhang der Dusche auf und mustert die grünlichen Kacheln, von denen einige gesprungen sind, und die ersten rostigen Verfärbungen des Ablaufs.

Er geht weiter in den Wohnraum, es ist ein Mansardenzimmer, dessen Fenster nach Westen geht und den Blick freigibt auf die Abenddämmerung, die nun merklich heraufzieht. Eine Bettcouch mit einer braunroten Tagesdecke, zwei Polstersesselchen mit Armlehnen aus Holz, ein runder Glastisch, darauf ein Schachbrett mit Figuren, Berndorf legt den Kopf schräg und verzieht im nächsten Augenblick das Gesicht. Die Figuren stehen wie zufällig, als ob sie ein Kind oder die Putzfrau aufgestellt hätte, ihre Position ist also nicht das Ergebnis einer Partie, aus der Berndorf vielleicht etwas hätte erfahren können über die Spieler, die in sie vertieft waren. Neben dem Schachbrett liegt – mit einem leeren Aschenbecher beschwert – ein Ausriss aus einer Zeitung; als er ihn umdreht, findet er auf der Rückseite die Rätsel- und Schachecke des Blattes mit der Notation einer Partie aus der letzten Weltmeisterschaft.

Er sieht sich weiter um: ein altmodisches Büfett, viel zu groß für das kleine Zimmer, ein zweiter Tisch vor dem Fenster, mit einem Stuhl davor, ein Hängeregal mit abgegriffenen Taschenbüchern. Er schaltet die Deckenlampe ein – von deren sieben schmalen, wie Strahlen um eine Messingsonne angeordneten Glühbirnen nur noch fünf brennen –, tritt zu dem Regal und greift sich, die Hände noch immer in Gummihandschuhen, eines der Bücher und stellt es wieder zurück, offenbar ist es ein Kriminalroman, denn auf dem Umschlag starrt ihm eine Frau mit entsetzensvoll aufgerissenen Augen entgegen. Mehr kann er dem Taschenbuch nicht entnehmen, denn es ist in einer Sprache geschrieben, die er nicht kennt. Serbokroatisch? Mag sein.

Das heißt, etwas kann er dem Buch doch entnehmen. Es ist nicht staubig. Deshalb fährt er mit dem Finger über die oberen Schnittkanten der anderen Bücher. Aber auch dort kann er keinen Staub entdecken. So wendet er sich dem Büfett zu, das ungefähr in Tischhöhe einen Aufsatz hat, mit Fächern hinter Glas links und rechts, und einer Art Anrichte in der Mitte, auf der ein Tablett mit einer angebrochenen Flasche Slibowitz und einem Schnapsglas steht. Darüber ist auf einer Konsole eine gerahmte Fotografie aufgestellt, eine schmale schwarzhaarige Frau steht neben einem dunkel gekleideten schnauzbärtigen Kerl und schaut zu ihm hoch. In den Fächern links der Anrichte ist Teegeschirr gestapelt, nicht viel, man würde nicht mehr als zwei Besucher bewirten können. Von den drei Fächern rechts sind zwei leer, im dritten findet Berndorf ein paar Papiere, darunter die vom Bundesland Berlin erteilte Aufenthaltsgenehmigung für Zlatan Sirko, geboren am

23. Juli 1970 in Dubrovnik, staatenlos, ein Mietvertrag, Lohnabrechnungen, wie lebt es sich mit 670 Euro netto monatlich?

»Zlatan, sind Sie das?«, fragt eine brüchige Stimme in seinem Rücken. »Die Tür war…«

»Nein, das bin ich nicht«, sagt Berndorf, legt die Papiere in das Fach zurück und dreht sich um. Eine ältere, nein: eine alte Frau steht an der Tür, etwas gebückt, sie steckt in einem geblümten Morgenrock, die schütteren Haare sind grauviolett gefärbt, der Lippenstift ein wenig verwischt. Sie hat eine Flasche in der Hand – Likör oder Sherry? – und blickt Berndorf erwartungsvoll an. Berndorf sagt seinen Namen und fügt hinzu, er habe gehofft, Zlatan Sirko hier anzutreffen.

»Ich wollte ihm seine Schlüssel zurückbringen. Er hat sie verloren.«

»Nein, nein!«, kommt es von der alten Frau. »Ihren richtigen Namen bitte, den, der einem aus der Kindheit bleibt, alles andere… Papier! Ich bin übrigens Tamara, früher war ich Madame Tamara, aber… ich meine, wir werden alle nicht…« Sie streckt die rechte Hand aus – in der linken hält sie noch immer die Flasche –, und Berndorf braucht eine Weile, bis er begreift, dass er jetzt einen Handkuss andeuten soll, aber bevor er das kann, muss er wenigstens die rechte Hand vom Gummihandschuh befreien, und das zieht sich hin. Damit er die Zeit des Hinziehens und Abstreifens überbrücken kann, gesteht er aus schierer Verlegenheit, dass er mit Vornamen Hans heißt.

»Ein schöner Name, ich liebe diese deutschen… einfach und klar, wissen Sie!«, bemerkt sie. »Als ich ein junges Mädchen war, da hatte ich… doch das ist lange her! Aber kommen Sie doch und trinken ein Gläschen mit mir, wir hören es ja, wenn… ich meine, wir verpassen es nicht… !«

Zlatan setzt den Koffer ab. Frankfurt-Heddernheim also. Trajanstraße. Komischer Name. Zweistöckige Häuser, blau, gelb und rosa voneinander abgesetzt und überragt von einer Lärmschutzmauer, und die wiederum überragt von den Schornsteinen einer Fabrik oder etwas ähnlichem. Im Vorgarten nebenan tobt ein weißer ringelschwänziger Hund und kläfft sich die Seele aus dem Leib. Kläff du nur!, denkt Zlatan. Wie frei sich der Rücken auf einmal anfühlen kann! Von der Haltestelle der U-Bahn waren es vielleicht nur ein paar hundert Meter bis hierher, aber Elfie hatte Witterung aufgenommen und war vorwärts gewatschelt und nicht aufzuhalten gewesen …

»Stell dich nicht so an mit dem bisschen Koffer!«

Nun steht sie vor dem rosa Haus und verhandelt mit einer krummen alten Frau, offenbar der Nachbarin oder der Haushaltshilfe des verstorbenen Onkels Watzkau, und die holt einen Schlüssel und geht zum Haus nebenan, das gelb ist und vernachlässigter aussieht als die anderen Häuser in der Zeile, und schließt es auf. Elfie will eintreten, dann fällt es ihr doch noch ein, sich kurz umzudrehen und in die Richtung zu zeigen, in der sie ihn und ihren Koffer vermutet:

»Das ist Zlatan, der soll mir helfen!«

Zlatan nickt der Alten zu, die betrachtet ihn ohne Wohlwollen, dann weist sie halb einladend ins Haus, als ob es ihr gehöre. Er tritt ein, wie eine Wand steht vor ihm der Geruch nach Staub, Moder und altem Mensch. Der enge Korridor mit dem Treppenaufgang zum Obergeschoß ist notdürftig von einer Hängelampe aus buntem, in Blei gefasstem Glas erleuchtet, und die Wände – auch die des Treppenaufgangs – sind voll gehängt mit gerahmten Bildern und Stichen. Elfies Onkel hatte mit Kunst oder mit Antiquitäten oder ganz einfach mit Trödel gehandelt, so hat es ihm Elfie während der Busfahrt erzählt, richtig Geld habe er damit gemacht, aber jetzt …

»Jetzt wird alles gestohlen sein!«

Zlatan stellt den Koffer unter einem merkwürdig gebuckelten Garderobenspiegel ab, aber nein! Er soll ihn nach oben bringen, befiehlt Elfie, sie hat da ein Zimmer, schon immer hat sie das gehabt, und so schleppt Zlatan den Koffer nach oben, auch dort ist der Korridor vollgehängt mit Bildern. Elfie stößt eine Tür auf, Zlatan blickt in ein kleines Zimmer mit einem altmodisch hohen Bett ohne Bezug und einem ausladenden, fast barocken Schrank, den die Nachbarin öffnet, um das Bettzeug darin zu zeigen, es riecht, als sei dieses Bettzeug viele Jahre nicht mehr an der frischen Luft gewesen.

Endlich darf Zlatan den Koffer abstellen. Aber wo wird er bleiben?

»Die Kammer neben dem Bad!«, schlägt Elfie vor, doch die Nachbarin wendet ein, dass die Kammer vollgestellt ist mit Kartons und altem Zeug. So bleibt nur das Sterbezimmer, es ist größer als Elfies Kammer und hat zwei Fenster, die auf eine zugewachsene Gartenparzelle hinausgehen. Der Geruch nach Krankheit und Moder ist hier noch stärker als sonst im Haus, aber das Bett – das kein altertümliches ist, sondern ein verstellbares modernes Krankenbett – ist wenigstens leer, der Bestattungsdienst hat den Onkel Watzkau schon abgeholt, gestern schon!

»Du schläfst hier, was soll denn schon dabei sein!«, befindet Elfie. Zlatan widerspricht nicht. Es ist überhaupt nichts dabei, in einem Bett zu übernachten, in dem gestern einer gestorben ist. Er hat Übung in solchen Dingen.

Elfie erklärt, dass sie jetzt mit Zlatan essen gehen wird, und zwar im »Klaa Paris«, in dem sie schon mit ihrem Onkel war, früher, als der noch aus dem Haus konnte.

»Und morgen gehen wir gleich zum Nachlassgericht!«

Die Nachbarin begreift, dass sie jetzt nicht mehr gefragt ist, und wünscht einen schönen Abend. Zlatan denkt, dass Elfie sich eigentlich hätte bedanken können, zumindest dafür, dass sich jemand um den Onkel gekümmert hat, als dieser nicht mehr so recht konnte. Außerdem war sie es, die den Alten am Morgen nach seinem Tod gefunden hat. Es gibt andere alte Männer, die liegen wochenlang und verwesen und stinken vor sich hin, bis jemandem etwas auffällt.

Aber es ist wohl so, dass Elfie das Wort »danke« einfach nicht kennt, sie hat es nicht in ihrem Wortschatz, also kann man ihr auch keinen Vorwurf machen. Ein Problem gibt es aber trotzdem. Zlatan hat noch nur drei Euro und ein paar Cent.

»Damit kann ich in kein Restaurant.«

Noch immer stehen sie im Sterbezimmer. Eine Deckenlampe aus gelblichem Glas beleuchtet den Raum mit dem leeren Bett und der in der Mitte bräunlich verfärbten Matratze und den Medizinfläschchen, die noch immer auf dem Nachttischchen stehen, mit dem alten Ohrensessel aus rissigem Leder und den vielen Bildern an den Wänden, vergilbt oder mit dunkler Patina überzogen. Er wendet den Blick wieder der Frau zu, die klein und ein wenig unförmig vor ihm steht und deren Blick aus halbkugelförmigen Brillengläsern irgendwie an ihm vorbeigleitet.

»Ja, wenn das so ist…«, bringt sie schließlich heraus, »es muss da auch einen Imbiss geben, ein Wasserhäusche, sagen die Leute hier, da kriegen wir auch eine Bulette oder eine Heiße Rote… so viel Hunger hab ich gar nicht.«

André läuft die Straße hinunter, vorbei an den anderen Passanten, überholt die mit ihren Einkaufstaschen beladenen Frauen, weicht Kinderwägen aus und Fahrrädern, die geschoben werden, und geht nur langsamer, wenn ein Hund entgegenkommt. Es ist die Zeit des späteren Nachmittags, Wolken sind aufgezogen und liegen grau auf der Stadt, und in der Brusttasche seines Anoraks hat er einen Briefumschlag mit 600 Euro… Die Dose Ravioli hat 2,15 Euro gekostet und der Comic-Band nur vier Euro, weil er schon sehr zerlesen ist. Folglich hat er von den 625 Euro und 85 Cent aus dem Geldbeutel des Trenchcoat-Mannes noch 19 Euro und 70 Cent, zusammen mit dem, was er selbst noch hatte, sind das 21 Euro und fünf Cent. Soll er die Abschlagzahlung auf 620 Euro aufstocken?

Nein, entscheidet er. Wenn er eine Großmutter hätte, würde sie ihm nur 600 geben. Nicht 620. Sonst würde sich Kroppenschmitt fragen, warum sie nicht 700 gibt oder 800, oder nicht gleich die ganze Miete übernimmt … Ich mache es richtig, sagt sich André, es ist richtig, dass es 600 sind, und richtig ist auch, dass ich ihm das Geld nicht gleich gegeben habe, er wird jetzt wissen, dass da eine Großmutter ist, dass die Miete bezahlt werden wird, und wenn ihn einer fragt, müsste er antworten, dass ich am frühen Nachmittag noch keine 600 Euro gehabt habe … Er biegt ab, noch bevor er zu den Hackeschen Höfen kommt, die Hausverwaltung ist in einem der ersten Häuser an der mit Kopfsteinen gepflasterten Straße, er klingelt, es dauert eine Weile, dann quäkt die Gegensprechanlage und er meldet sich:

»… wegen der Miete!«

Der Türöffner summt, André tritt ein und geht ins Hochparterre, Kroppenschmitt macht die Tür auf und lässt ihn herein, im Büro sind die Jalousien schon heruntergelassen, nur die Schreibtischlampe brennt.

»So kann man sich täuschen«, sagt Kroppenschmitt. »Mit dir hab ich fast nicht mehr gerechnet. Eigentlich hab ich dir nicht einmal die Großmutter abgenommen.«

André holt den Briefumschlag heraus. »Sie hat mir das da für Sie mitgegeben. Sechshundert Euro – wenn Sie es bitte nachzählen würden?«

Kroppenschmitt nimmt den Briefumschlag, aber sein Blick bleibt auf André gerichtet. Im Halbdunkel außerhalb des Lichtkreises der Schreibtischlampe wirkt der Hausverwalter plötzlich verändert oder vielmehr: André nimmt erst jetzt die Veränderung wahr: Kroppenschmitt hat sich für den Feierabend umgezogen, trägt Jeans und ein weißes Hemd, das über der behaarten Brust aufgeknöpft ist und eine Goldkette frei gibt. Es ist warm im Zimmer.

»Aber setz dich doch erst einmal«, sagt Kroppenschmitt, »und zieh deinen Anorak aus, das ist doch ungemütlich so!« Dann öffnet er den Umschlag und wirft einen Blick auf das Geld. »Sechshundert, na ja«, sagt er dann, ohne nachgezählt zu haben, »das ist nicht viel mehr als ein Tropfen auf den heißen Stein!«

»Wollen Sie nicht nachzählen, bitte?«, fragt André, der sich vorsichtig auf den Besucherstuhl niedergelassen hat, so dass er fast auf der vorderen Kante sitzt.

»Ich glaub dir«, sagt Kroppenschmitt und verstaut den Umschlag in seiner Schreibtischschublade. »Dir und deiner Großmutter. Weißt du, wir müssen jetzt lernen, Vertrauen ineinander zu haben. Wenn ich weiß, dass du aufrichtig bist, dann werde ich dir dabei helfen, alles wieder in Ordnung zu bringen... aber warum ziehst du deinen Anorak nicht aus? Ist es wegen des Verbands?« Kroppenschmitt steht auf und kommt um den Schreibtisch herum auf André zu und will nach der verbundenen Hand greifen, doch André zuckt zurück.

»Aber wir müssen doch keine Angst haben!«, fährt Kroppenschmitt fort. »Ich bin ausgebildeter Rettungssanitäter, ich verstehe mich auf solche Sachen gut oder sogar noch viel besser als ein Arzt, und deshalb würde ich mir gerne deinen Verband anschauen und die Wunde darunter, der Verband ist schon ein wenig überfällig, weißt du das?« Inzwischen ist er hinter André getreten und beugt sich über ihn, so dass André plötzlich den mit einem schweren Parfüm gemischten Geruch nach Schnaps in der Nase hat.

»Du wirst sehen«, Kroppenschmitts Stimme wird jetzt leise, fast flüstert er André ins Ohr, »ich bin sehr behutsam und vorsichtig, mein Junge, bei mir brauchst du keine Angst zu haben, dass ich dir weh tu, bei mir doch nicht, und alles was ich tue, das wird auch dir gefallen, das spüre ich doch ..« Er legt seine Hand auf Andrés Brust. »Aber ganz bestimmt wird dir das gefallen, warum sonst muss das kleine Herz so pochen...«

Ein scharfer Klingelton schneidet durch das Zimmer, Kroppenschmitt schrickt auf, dann flucht er leise. Seine Hände liegen schwer auf Andrés Schultern. Wieder schrillt die Klingel, gleich zwei Mal hintereinander, ein unmissverständliches Signal: Wer immer an der Tür steht, will sich nicht abweisen lassen.

»Das ist doch ...«, sagt Kroppenschmitt, löst sich von André und nimmt den Hörer der Gegensprechanlage auf.«Bitte?«

»Regulski«, meldet sich eine Stimme, so laut, dass es im ganzen Zimmer zu hören ist. »Polizei. Ich hätte gerne mit der Hausverwaltung gesprochen.«

»Moment«, bringt Kroppenschmitt heraus und knöpft sich das Hemd zu. Dann schaltet er das Deckenlicht ein, schlüpft in das Sakko, das an der Garderobe hängt, und wendet sich an André:

»Komm morgen wieder, um dieselbe Zeit!«

Dann schiebt er ihn ins Treppenhaus hinaus, wieder schlägt die Klingel an, und diesmal drückt Kroppenschmitt auf den Öffner.

Draußen vor dem Mansardenfenster ist die Nacht aufgezogen, eine Stehlampe mit großem gelbem Papierschirm beleuchtet das Tischchen mit der Sherry-Flasche und den beiden Likörgläschen, von denen das eine schon wieder leer ist. Die beiden Menschen, die an dem Tischchen sitzen, verschwinden schon fast in der Dunkelheit, die außerhalb des Lichtkreises der Stehlampe das kleine Zimmer füllt und nur durchbrochen wird von einem einzelnen Strahler, der auf das Bild einer jungen eleganten Frau gerichtet ist, einer Dame, mit ein wenig unregelmäßigen Gesichtszügen, die Unruhe und eine nervöse Gespanntheit verraten ... Wieso elegant, wieso Dame? Der Eindruck von Eleganz, denkt Berndorf, verdankt sich vielleicht nur einer weißen Papierblume auf blauschwarzem Jackett, vielleicht auch dem schlanken Hals und der Haltung des Kopfes, es liegt Distanz darin, etwas Unverfügbares ... Wann wurde so gemalt? Um 1910? Er kennt sich darin nicht aus, rechnet sich aber aus, dass das Bild um 1960 entstanden sein muss…

»Gefällt Ihnen die Dame?«, fragt die brüchige Stimme. »Sie sieht heute ein wenig… bei manchen Männern hat sie das, da müssen Sie vorsichtig sein, Hänschen… Aber nein!« Tamara Feinkind legt kurz und tadelnd zwei Fingerspitzen an ihren Mund. »Nicht doch! Hänschen passt nicht zu Ihnen, ich werde Sie… Moment! Hans heißt Johannes, heißt also Iwan, also werde ich Sie Wanja nennen, wie finden Sie das?«

Berndorf beißt die Zähne zusammen und verbeugt sich ergeben. Dann zeigt er auf das Bild. »Wie Sie schon sagten, eine Dame, nicht unbedingt kapriziös, aber jemand, der seinen eigenen Weg geht…«

»Oh nein!«, fällt ihm die Dame Feinkind ins Wort, »sehr kapriziös, glauben Sie mir, ich kenne sie nämlich gut… allzu gut… Also seien Sie vorsichtig, Wanja, außerdem – könnten Sie mir wohl noch ein Gläschen…?«

Berndorf tut wie ihm geheißen, und fragt, wer das Bild gemalt hat und wann.

»Gemalt hat es… ach! Er ist schon lange…« Sie nippt nicht am Likör, sondern nimmt einen kräftigen Schluck. »Ich hasse Friedhöfe… trotzdem… Im Sommer sogar oft, nur nicht im November… aber jetzt! Das Treppensteigen, das Treppensteigen…«

»Erzählen Sie mir, wann das Bild entstanden ist?«

»Ach, Wanja, Hänschen, Hans – Ich hasse solche Fragen, das Alter ist schrecklich genug, da will ich gar nicht… Aber weil Sie es sind und mir so lieb…« – sie bewegt das Likörgläschen vorsichtig von links nach rechts – »… also das ist in den Fünfzigern gewesen, Sascha hatte ein Atelier in den Hackeschen Höfen, es gibt ein paar…« Plötzlich kichert sie. »Es gibt ein paar… die kann ich Ihnen gar nicht… da würden Sie…«

Hackesche Höfe, Fünfziger Jahre, DDR, denkt Berndorf: Das Bildnis einer Dame als Anachronismus im Real Existierenden

Sozialismus, darum die Malweise. Er versucht, das Thema zu wechseln, aber es fällt ihm kein behutsamer Übergang ein, also nimmt er die Mappe, die er neben dem Sesselchen mit den gedrechselten Beinen abgestellt hat, und holt daraus die beiden Fotografien, auf denen die Lederjacke mit den weißen Besätzen abgelichtet ist, und zwar in Vorder- und in Rückansicht.

»Können Sie mir sagen, ob Zlatan …«

»Ach!«, ruft Tamara Feinkind, »dieses schreckliche Ding! Ich hab es ihm gleich gesagt. Zlatan, habe ich gesagt, nein! Das ist … knäbisch, verstehen Sie? Aber … Wanja, warum zeigen Sie mir diese Fotos?« Plötzlich richtet sie sich auf und starrt Berndorf zornig an. »Was ist mit Zlatan passiert?«

Berndorf schüttelt den Kopf. »Ihm ist nichts passiert. Nichts, von dem ich weiß. Nur dass er die Jacke verloren hat und den Schlüsselbund. Deswegen bin ich ja hier.«

Sie betrachtet ihn, jetzt weniger zornig als misstrauisch. »Irgendetwas ist passiert … aber ich bin ein altes Weib … muss nicht alles …« Sie zuckt mit den Achseln.

Berndorf versteht das als Angebot, das Thema zu wechseln. »Seit wann kennen Sie Zlatan?«

»Sie sind schrecklich!«, antwortet Tamara Feinkind und deutet eine Bewegung an, als wollte sie ihm einen Klaps geben. »Seit wann, seit wann! Immer die blöde Zeit, wo ist sie nur … vier Jahre, fünf Jahre, was heißt das schon? Und da war er nun nebenan, und ich dachte, also nein, dachte ich … Bis ich mir ein Fläschchen untern Arm geklemmt habe, da kann doch niemand … Erst war er … Also ganz …« Sie nippt oder saugt das letzte Schlückchen aus ihrem Glas und hält es Berndorf hin. »Danke, Wanja, Sie sind … Aber dann hat Zlatan doch … Und so allmählich sind wir … sogar richtig vertraut … Einmal hat er gesagt …« – unversehens muss sie kichern – »Tamara, Sie sind meine Einzige, hat er gesagt … stellen Sie sich das nur vor, Wanja!«

Berndorf nickt höflich, als könnte er es sich sogar sehr gut vorstellen, Madame Tamara für die einzige Freundin zu halten, und fragt, was Zlatan denn von sich erzählt habe.

»Ach, sehr gesprächig... also nein... nur einmal, da ist es aus ihm... also richtig herausgesprudelt ist es aus ihm damals, einfach schrecklich... Alles habe ich gar nicht behalten. Ich hab ja auch einiges gesehen... einiges gesehen und einiges mitgemacht, Wanja, das dürfen Sie mir glauben, aber da unten, das war, ich meine wer da alles gegen wen und warum, wer soll das nur...?«

Sie fährt sich mit der Hand über die Augen, als gäbe es Dinge, deren schiere Fülle das Sehen und Begreifen überfordert. »Und dann, also diese Lager, ein paar verfaulte Paprika, stellen Sie sich das mal vor!« Sie nippt aus dem inzwischen nachgefüllten Glas, stellt es ab und hebt die Hand. »Da fällt mir ein!« Etwas mühsam steht sie auf und geht ein wenig unsicher zur Tür, schaltet dort das Deckenlicht ein, und macht sich dann an einem altmodischen Sekretär zu schaffen, einem Möbelstück aus poliertem dunklem Holz, das größer ist als sie selbst. Sie klappt die Arbeitsplatte auf und beginnt, in den dahinter angeordneten Schubladen zu suchen, es klingt, als scharrte ein Huhn in den leeren Spelzen der Vergangenheit nach einem letzten Körnchen.

»Da ist es ja!«, sagt sie schließlich und bringt einen vergilbten Zeitungsausschnitt, in der Mitte zusammengefaltet, zum Licht der Stehlampe, faltet ihn auseinander und zeigt ihn Berndorf. »Sie werden es nicht glauben, Wanja, aber so... ich hab ihn erst gar nicht erkannt... Das hat ihn richtig traurig gemacht, oder – wie sagt man heute? – betroffen... Wir haben dann lange, ach wie lange!... Wissen Sie, es gibt Erinnerungen, die der Mensch irgendwann... Ich hab auch solche... irgendwann nicht mehr ertragen kann... Aber dass er den Ausschnitt zerreißt oder gar verbrennt, das hab ich nicht erlaubt... Geben Sie ihn mir, hab ich ihm gesagt, ich heb ihn für Sie auf...«

Sie zuckt mit den mageren Schultern und verzieht das Gesicht.

Der Ausschnitt zeigt die Schwarzweißreproduktion einer Fotografie, an einem Stacheldrahtverhau drängen sich ein paar zerlumpte schwitzende Männer und starren in die Kamera, einer hält sich die Hand über die Augen, denn die Sonne brennt ihnen allen ins Gesicht. Ganz vorne steht ein jüngerer Mann, nur mit einer Arbeitshose bekleidet – ein vermutlich jüngerer Mann deshalb, weil sich das schwarze Haar noch nicht gelichtet hat, aber sein Gesicht ist eingefallen, und am nackten Oberkörper spannt sich die Haut über den herausstehenden Rippen. Berndorf versucht den Gesichtsausdruck der Männer zu deuten, sie scheinen zu wissen, dass man über sie verfügen wird, und dass ihnen nichts bleibt als das Warten, worauf auch immer. Schließlich liest er die Bildlegende:

In den Gefangenenlagern der jugoslawischen Bürgerkriegsparteien zählen Menschenrechte weniger als nichts. Unsere Aufnahme zeigt angebliche serbische Terroristen, die in dem Lager Dretelj in der Nähe des Wallfahrtsortes Medjugorje interniert sind. Foto: Örtlein

Berndorf dreht den Ausschnitt um und betrachtet die Rückseite. Dort ist von Bundeskanzler Kohl die Rede und von der Treuhandanstalt, aber die Typographie kann Berndorf nicht zuordnen.

»Können Sie sich das vorstellen?«, hört er die brüchige Stimme sagen. »Vierzig Kilo. Ich weiß ja noch, wie das war. Auch nur eine Brotrinde! Ich meine, im Hungerwinter 1947. Aber da liefen die Leute auch nicht so …«

Berndorf deutet auf den jüngeren Mann mit dem nackten Oberkörper. »Das ist Zlatan?«

»Ja«, kommt die Antwort, »ich sagte doch, man kann es sich nicht …« Sie horcht auf. Vom Treppenhaus hört man Schritte, feste, schwere, entschlossene Schritte. »Hören Sie, da kommt er ja …!«

»Wirklich?«, fragt Berndorf mit leiser Stimme. »Kommt er so

die Treppe herauf?« Denn die Schritte klingen nach Leuten, zu deren Berufsalltag leises Auftreten eher nicht gehört.

»Sie haben Recht«, flüstert Tamara Feinkind, »aber wer... schon gestern...« Die Schritte haben den obersten Treppenabsatz erreicht. Berndorf hebt kurz die Hand und legt den Finger vor den Mund. Die Schritte verharren nebenan, eine Stimme ist zu hören, der Klang ist bedenklich, als hätte sie Einwände, eine zweite, kräftigere Stimme übernimmt das Kommando.

»... das hier, da ist Gefahr im Verzug, da brauchen Sie sich nicht in die Hosen zu scheißen, Meister, wenn's Ärger gibt, berufen Sie sich auf uns!«

Ein Türschloss klickt, und dann hört man die schweren Schritte so nah, als durchquere jemand das Zimmer nebenan

Noch einmal legt Berndorf den Finger vor den Mund, steht vorsichtig auf, das Sesselchen behutsam zurückschiebend, und geht zu der Wand, an der das Portrait der Dame mit der weißen Papierblume hängt, und legt ganz unverfroren sein Ohr daran.

»Aber Wanja...«, flüstert Madame Tamara, die ihm gefolgt ist, doch Berndorf hebt nur warnend und beruhigend beide Hände. Tamara Feinkind zögert kurz, dann legt auch sie mit einer ebenso zierlichen wie geübten Bewegung das Ohr an die Wand.

Die Schritte sind verstummt.

Einer der Männer klingt unzufrieden. »Da hat einer bereits die Platte geputzt.« Es ist nicht die laute Stimme und auch nicht die, die Bedenken vorbringt. Drei Männer also: der Laute, der Bedenkenträger und der, der das Sagen hat

»Er selber?« Die laute Stimme. Plötzlich weiß Berndorf, dass er sie kennt. Es ist Regulskis Stimme. Schon vorhin hätte er sie erkennen müssen, allein schon an diesem: *»Meister!«*

»Warum hat er dann die Aufenthaltsgenehmigung hiergelassen?«

»Wenn er sowieso abhauen will...« Wieder der leitende Jonas.

»Vielleicht sollen wir das glauben.«

Einer der Männer, der einen nicht ganz so schweren Schritt hat, geht noch einmal das Zimmer ab. Dann wieder die Stimme des Mannes, der das Sagen hat:

»Sind Ihnen in den letzten Tagen hier im Haus Fremde aufgefallen?«

»Ach Herr Kommissar« – die bedenkliche Stimme, ein wenig vernuschelt – »was glauben Sie, ich muss mich ja nicht nur um das Haus hier kümmern, wir haben noch jede Menge anderer Objekte ...«

»Kümmern!«, echot der Mann, der das Sagen hat und also offenbar ein Kommissar ist. »So sieht mir das Haus auch aus, Sie Kümmerer! Ich hab genug gesehen.«

Die Schritte entfernen sich, die Wohnungstür des Appartements Sirko wird zugezogen und abgeschlossen.

Berndorf und Madame Tamara lösen sich von der Wand und sehen sich etwas beschämt an, als sei jedes Horchen immer und grundsätzlich peinlich.

»Diese eine Stimme – das war der Hausverwalter?«, will Berndorf wissen, und noch immer spricht er gedämpft.

»Schweigen Sie, Wanja ...!« Mit einer gespielten Geste hält sie beide Hände vor die Ohren. »Von diesem Kroppenschmitt ... also, von dem will ich nichts hören, gar nichts, und nichts wissen. Eigentlich kann man so auch gar nicht heißen, aber der schon ...«

»Die anderen Stimmen haben Sie nicht erkannt?«

»Wanja – woher?«

»Sagten Sie nicht, es seien gestern schon einmal Leute da gewesen? Da dachten Sie doch zuerst auch, es sei Zlatan?«

»Ja, aber das waren andere. Sie hatten so einen Kasten dabei, es war nämlich wegen des Thermostaten, eine Unstimmigkeit, wissen Sie, bei mir ist aber alles in Ordnung.«

»Können Sie die Männer beschreiben?«

»Zwei waren es, große, kräftige, so wie Sie, Wanja. Aber das gerade eben waren Deutsche, und gestern ...« Inzwischen hat sich das Gesicht von Madame Tamara gerötet, vom Likör oder von der Aufregung. »Nein, gestern waren es keine... viele von denen können ja... sogar manche viel besser, meine ich... trotzdem, hören kann man es doch...«

Inzwischen stehen sie beide an dem kleinen Tisch, auf dem noch immer der vergilbte Zeitungsausschnitt liegt. Berndorf fragt, ob er den Ausschnitt behalten kann, um eine Kopie davon zu machen.

»Und Sie bringen ihn wieder, morgen vielleicht schon?« Sie wirft einen Blick auf die Sherryflasche, und ihre Miene wird bedenklich. »Leider ist... aber ich mache Ihnen gerne auch... schwarz und süß, wie die Sünde!«

Nachts wollen die Geister der Knesebecks und Stülpnagels und Schulenburgs ungestört bleiben, so wird der Garnisonfriedhof am späten Nachmittag geschlossen. Berndorf – der noch immer den Nachgeschmack von klebrigem Likör im Mund hat – muss deshalb den Weg außerhalb des Friedhofs nehmen, und weil er zum Rosenthaler Platz will, kommt er an der Stelle vorbei, an der die Friedhofsmauer ein wenig angeschrammt ist. Aber auf der Fahrbahn sind im Dämmerlicht kaum mehr Markierungen zu erkennen.

Es ist die Stunde, in der die Stadt im Schein ihrer Lichter so wirkt, als würde jetzt ihr richtiges Leben beginnen. Das heißt, nicht überall ist das so. Rund um den Rosenthaler Platz sind die Lichter trüber als anderswo, wenn sie denn überhaupt brennen, und das meiste Licht kommt vom Verkehr, der vierspurig über den Platz rollt. In einem Café, das eher ein Zeitschriftenkiosk mit angeschlossener Kaffeemaschine ist, bekommt Berndorf einen Espresso und ein Mineralwasser, das ihm der Wirt mit der leisen Verachtung dessen bringt, der einen Espresso überhaupt nur zusammen mit einem Schnaps für vertretbar hält. Espresso und Wasser helfen gegen den Nachgeschmack, beiläufig sieht sich Berndorf um, er ist der einzige Gast, irgendwie scheint ihm das Café kaum der Ort, an dem Murad Aydin zu der Jacke gekommen sein kann, die ihm nicht gehört.

Warum eigentlich nicht?

Es ist der Wirt. Der ist ein großer kräftiger glatzköpfiger Deutscher in T-Shirt und offener Weste, mit einem Schlangentattoo auf dem bloßen Oberarm. Falls jüngere Leute bei ihm einkehren, müssten sie – vermutet Berndorf – ebenfalls glatzköpfig sein und ebenfalls deutsch und dürften eher nicht auf den Rufnamen Murad hören. Er zahlt, lässt aber beim Zahlen einen Fünfziger sehen und zeigt die beiden Fotos, die er von Murad Aydin hat.

»Das da ist ein gewisser Murad. Kann es sein, dass Sie den hier schon einmal gesehen haben?«

Der Wirt wirft einen Blick auf die Fotos, der weniger ein Blick als vielmehr ein Weggucken ist. »Kenn keinen Murad.«

»Fast hab ich mir's gedacht«, antwortet Berndorf und geht. Vor ihm beginnt eine Unterführung, er steigt hinab und unterquert den Platz. Auf der anderen Seite aber beginnt ein Viertel, das eher still und von Grünanlagen durchzogen ist. Irgendwo könnte er chinesisch essen und einen Block weiter provenzalisch. Auch gibt es einen Osteopathen und ein Beratungscenter gegen häusliche Gewalt, ein Geschäft für japanische Lampen und eines für dänische Betten und eines für gebrauchte Kinderkleidung. Was zum Teufel soll Murad hier verloren haben? In einem großen Bogen geht er zurück und hinab zur U-Bahn-Station. Auch dort gibt es einen Kiosk mit Ausschank, aber der hat längst geschlossen.

Wieder steht er oben auf dem Platz. Der Autoverkehr ist etwas ruhiger geworden, Fußgänger sind kaum unterwegs. Auf der anderen Seite sieht er das Café, wo er seinen Espresso bekommen hat. Hat es dort eigentlich eine Tür gegeben – eine Tür, die in ein Nebenzimmer führt? Plötzlich hat er das Gefühl, dass er nicht alleine Wache schiebt. Er tritt einen Schritt zurück und schaut sich dabei um. Links von sich nimmt er eine Bewegung wahr – nur gerade so, aus den Augenwinkeln heraus –, als ob sich jemand in einen Hauseingang gedrückt hat, ein dunkel gekleideter Mensch. Berndorf runzelt die Stirn, er geht hinüber, tatsächlich hat sich dort jemand in den Schatten gedrückt, dunkel gekleidet, nur das Gesicht schimmert blass unterm Kopftuch.

»Nezahat – was tun Sie hier?«

»Nichts.« Und, nach einer Pause: »Ich mache einen Spaziergang. Zu Hause… zu Hause ist es gerade nicht einfach.«

Berndorf überlegt und riskiert einen Schuss ins Blaue. »Sie beobachten dieses Café da drüben? Warum? Weil Murad dort verkehrt hat?«

Keine Antwort.

»Murad kommt nicht mehr. Also warten Sie auf den Mann, der Murads Blouson trägt? Und wenn er kommt, was dann?«

»Ich will ihn nur sehen«, antwortet Nezahat. »Nichts sonst.«

Berndorf starrt in das blasse Gesicht, aber hier im Schatten des Hauseingangs ist der Ausdruck der Augen nicht zu erkennen. Hat sie ein Messer bei sich? Das mag so sein oder auch nicht, soll er vielleicht eine Leibesvisitation vornehmen, hier im Hauseingang? Er, an einem Kopftuchmädchen? Absurd.

»Da!«, sagt sie plötzlich, und deutet an ihm vorbei über die Straße. Berndorf dreht sich um und sieht gerade noch, wie eine Gestalt im Café verschwindet. Ein Kerl, von dem man nichts sagen kann, weil man nicht viel mehr von ihm gesehen hat als die Tür, die hinter ihm zugeht.

»Es war der Blouson«, sagt Nezahat. »Ganz bestimmt.«

»Na gut«, meint Berndorf, »warten Sie hier auf mich.«

Er überquert die Straße und betritt ein zweites Mal das Café, wieder ist es leer bis auf den glatzköpfigen Wirt. Wenigstens bemerkt er diesmal die Tür, die in ein Nebenzimmer führen muss, offenbar ist das Nebenzimmer die eigentliche Attraktion des Lokals.

»Sie schon wieder?« Der Glatzkopf scheint nicht sehr erfreut.

»Ihr Espresso hat es mir angetan«, antwortet Berndorf. »Machen Sie mir noch einen?«

Der Wirt wendet sich zur Espressomaschine und macht sich daran zu schaffen. Berndorf lehnt sich an den Tresen und sieht ihm zu und der Schlange, die auf dem Oberarm des Glatzkopfs ihre Giftzähne zeigt.

»Schönes Tattoo«, bemerkt er.

Der Wirt schiebt den Einsatz mit dem frischen Espressopulver in die Maschine und schaltet sie ein.

»Ich wette, das ist nicht in einem x-beliebigen Studio gestochen worden«, fährt Berndorf fort. »Eine sehr individuelle Handschrift, Kenner müssten sofort wissen, wo das war…«

Die Espressomaschine faucht.

»Hohenschönhausen? Bautzen vielleicht?«

Der Wirt stellt das Espressotässchen vor ihn hin und blickt ihn aus Augen an, die leicht gelblich sind und etwas blutunterlaufen. »Ihnen ist schon klar, dass ich hier das Hausrecht habe?«

»Kein Problem, nirgends«, beschwichtigt Berndorf. »Ganz im Gegenteil will ich Ihnen ein Problem vom Hals halten… das heißt, vor allem will ich den feinen Espresso da, besten Dank auch!«

»Sie wollen mir ein Problem vom Hals halten? Sehr freundlich, aber hab ich Sie darum gebeten?«

Berndorf trinkt einen Schluck, dann schüttelt er den Kopf. »So kommen wir nicht weiter. Also: Der Mann, dessen Foto ich Ihnen vorhin gezeigt habe, ist gestern Nacht ein paar hundert Meter von hier totgefahren worden. Kann passieren. Leider steckte die Leiche in der falschen Jacke. Es hätte ein schwarzer Lederblouson sein müssen. War es aber nicht.« Erstmals spricht Berndorf nicht weiter, sondern betrachtet den Wirt.

»Und?«, sagt der.

»Ich dachte, Sie hätten verstanden«, fährt Berndorf fort. »Der Unfall war möglicherweise kein Unfall. Deswegen könnte es sein, dass der schwarze Lederblouson dem, der ihn gerade trägt, kein Glück bringt. Sondern jede Menge Bullerei und Hausdurchsuchung und sonstigen Trouble, das ist alles nicht so lustig, wie Sie sich vielleicht ja vorstellen können ...«

»Worauf soll das hinaus?«

»Man hat ja schon Pferde kotzen sehen«, sagt Berndorf und deutet auf die Tür zum Nebenzimmer. »Und falls einer der Herrschaften dort hinter der Tür zufällig einen schwarzen Lederblouson trägt, und zwar erst seit heute oder gestern Nacht, dann wäre es vielleicht doch besser, man gäbe das Teil kurz und schmerzlos heraus, bevor dieser ganze andere Zauber losbricht ...«

»Einen Augenblick noch«, sagt der Wirt, »dieser Unfall, von dem Sie da reden – war das die Sache am Garnisonfriedhof? Und der über den Jordan ist, das war dieser Murad?«

Berndorf schaut ihn an. »Ja«, antwortet er schließlich, »das war dieser Murad, den Sie nicht kennen, aber wenn Sie mir das verdammte Teil holen, dann sind Sie mich auf der Stelle los ...«

Kurz darauf verlässt Berndorf das Café, einen schwarzen Lederblouson überm Arm, und geht über die Straße zu der dunklen Gestalt, die noch in einem Hauseingang wartet.

»Hat das Murad gehört?«

Nezahat ist auf den Gehsteig herausgetreten, nimmt den Blouson und schaut im Licht der Straßenlaterne nach dem Etikett.

»Ja«, sagt sie dann. »Aber wieso ...?«

»Murad hat sich gestern mal wieder abzocken lassen«, antwortet Berndorf. »Und zwar so lange, bis er nur noch den Blouson hatte ... Dann war er auch den los.«

Barbara Stein, die ein ausgiebiges Bad genommen hat, steht in ihrem beigen Bademantel vor dem Kühlschrank und hält eine Flasche Whisky gegen das Licht. Die Flasche ist nicht mehr sehr voll. Nach einem kurzen Zögern stellt sie sie zurück, schließt den Kühlschrank und holt sich aus einer Schublade eine Packung Aspirin. Sie reißt die Verpackung einer Tablette auf, wirft sie in ein Glas und schüttet Wasser dazu. Als das Aspirin milchig aufschäumt, geht sie mit dem Glas ins Arbeitszimmer und setzt sich mit dem Rücken zu ihrem Schreibtisch, so dass sie Berndorf betrachten kann, der im Schein der einzigen eingeschalteten Lampe am anderen Tisch noch immer mit seinem Laptop beschäftigt ist und in irgendwelchen Dateien herumkramt.

»Was suchst du da?«

»Und du – was trinkst du da?«

»Ich hab zuerst gefragt!«

»Material zum Jugoslawien-Krieg. Und einen Fotografen. Einen Sowieso Örtlein.«

Barbara Stein lehnt sich zurück, als könne sie so die Verspannung in ihrem Nacken lösen. »Zum Jugoslawienkrieg wirst du kaum Brauchbares im Netz finden. Krieg ist das Substrat der Unwahrheit, und das Internet ist ihr Schwarzes Brett. Vielleicht kannst du bei uns im Institut etwas finden. Eines der wenigen guten Bücher zu diesem Krieg heißt: *Die Kultur der Lüge*...«

»Von einer Frau geschrieben?«

»Aber ja doch. Von einer kroatischen Schriftstellerin.«

»Mag man sie in Kroatien dafür?«

»Kaum.« Barbara Stein trinkt einen Schluck und verzieht das Gesicht. »Ist es eigentlich stillos, Whisky im Kühlschrank aufzubewahren?«

»Vermutlich. War denn noch welcher da?«

»Ein schäbiger Rest. Ich hab dann doch lieber eine Aspirin genommen.«

»Kopfweh?« Berndorf hat offenbar etwas gefunden und notiert sich eine Anschrift.

»Verspannt. Kopfweh. Genervt. Zu viel Geschwätz angehört, zu viele Wichtigtuer und Umstandskrämer und Tagungsgockel, und selbst hab ich auch zuviel geredet.«

»Glaub ich nicht.«

»Alter Lügner!«

»Ich hab in der Zeitung was über dich gelesen.« Berndorf schließt das Programm, das er aufgerufen hat, und wartet, bis die Maske mit dem Hauptmenü aufscheint. »Hab ich das richtig verstanden – der Krieg ernährt die Korruption, und die Korruption ernährt den Krieg?« Er schaltet den Computer aus und wendet sich ihr zu.

»Da könntest du auch sagen, der Krieg ernährt den Krieg«, antwortet Barbara, »und das wäre nun wirklich nichts Neues. Auch das, was dieser Stuttgarter Abgeordnete gesagt hat – dass Ausrüstung und taktische Kriegführung sich nicht nach militärischen Gesichtspunkten richten, sondern nach solchen der Gewinnmaximierung der Rüstungsunternehmen: das ist altlinkes Blabla und war vermutlich zu Krupps Zeiten schon so ...«

»Was ist dann neu am Krieg?«

»Dass der Staat als kriegführendes Subjekt verschwindet.« Sie trinkt den letzten Schluck und verzieht das Gesicht. »Das heißt, der Krieg verlagert sich in eine Sphäre, die dem Völkerrecht entzogen ist. So gesehen, ist es nur folgerichtig, dass die Amerikaner den Gefangenen von Guantanamo den Schutz der Genfer Konvention verweigern und inzwischen sogar dazu übergehen, ihren Krieg durch Söldneragenturen führen zu lassen.« Plötzlich muss sie gähnen. »Aber was ist mit deiner Geschichte?«

»Der jugoslawischen?« Berndorf zuckt mit den Achseln, dann steht er auf und bringt ihr den Zeitungsausschnitt, den er von Tamara Feinkind bekommen hat. Barbara Stein stellt das Glas ab und nimmt den Ausschnitt.

»Ich erinnere mich an dieses Foto«, sagt sie dann. »Es hat damals nicht ganz in die politische Landschaft bei uns gepasst, da hatten die Kroaten die Guten zu sein ... Wie bist du da drangekommen?«

Berndorf, an den Schreibtisch gelehnt, berichtet von seinem

Tag, vom Besuch des Schneiders Aydin, von der Lederjacke mit den weißen Besätzen, von dem Schüsselbund, der einem Zlatan Sirko gehören muss, von den Likören der Tamara Feinkind…

»Was sagst du da?«, unterbricht ihn Barbara Stein. »Du bist an der Wand gestanden und hast gehorcht, wie nebenan die Bullerei herumtrampelt?«

»Hätte ich vielleicht hinübergehen sollen und sagen, ätsch! Ich war vor euch da?«, antwortet Berndorf leicht pikiert. »Das muss Regulski nicht wissen.«

»Was bedeutet das überhaupt, dass er dort war?«

»Irgendwer hat ihn angewiesen. Jemand, der ihn anweisen kann. Warum der Jemand sich für den Verbleib von Zlatan Sirko interessiert… keine Ahnung!« Berndorf zeigt seine leeren Hände vor, in einer Geste der Ratlosigkeit. Er sieht Barbara Stein an, und was er in ihren großen saphirgrünen Augen ahnt, gefällt ihm nicht. »Was hast du?«

Sie schweigt. Plötzlich lächelt sie, es ist ein kleines, ein wenig schiefes Lächeln. »Du bist ganz sicher, dass du weißt, worauf du dich da eingelassen hast?«

Der *Bolero* von Maurice Ravel, der ist ja immer wieder ganz nett«, gurrt Wanda Kuhlebrock, »aber wer sagt denn, dass es keine andere Musik für – wie nennen wir es jetzt gleich? – für bewegte Zweisamkeit gibt? Macht euch mal bereit, ihr Süßen, ich leg euch jetzt den *Tin Soldier* auf, das ist die Herz-Schmerz-Bums-Musik-Version von einem Andersen-Märchen, und ganz märchenhaft wird es euch werden, wenn ihr eure Klimax mit der seinen zur Deckung bringt… Also, alles bereit und auf dem Sprung?«

André streckt die Hand aus und schaltet das Radio ab, das neben seinem Bett steht, und wendet sich wieder dem Comic zu. Er hat die Seite aufgeschlagen, die den Jungen zeigt, wie er aus einem Versteck heraus die Soldaten beobachtet. Die

Soldaten feiern, einer spielt Gitarre, die Flaschen mit Wein und Schnaps kreisen, und einer von ihnen liegt mit bloßem Hintern auf einer Frau, von der man nichts sieht als die nackten gespreizten weißen Beine, die unter dem Soldaten hervorragen, und die ausgestreckten Arme, die er an den Handgelenken gepackt hält.

Noch immer hat André diesen Geruch nach Schnaps und Parfüm in der Nase, als wäre der Hausverwalter hier im Raum, und flüstere ihm ins Ohr und lege ihm die Hand auf die Brust. Was wäre gewesen, wenn die Polizei nicht gekommen wäre und geklingelt hätte?

Plötzlich fällt ihm der Bilch ein, der früher manchmal zu Besuch kam und so tat, als wollte er nun der Papa sein. Aber dann stand der Bilch einmal mit seinem dicken nackten Hintern und seinem dicken wabbeligen nackten Bauch in der Küche und die Elke vor ihm, die hatte das Nachthemd hochgeschlagen und sich mit den Armen auf dem Küchentisch aufgestützt, und der dicke Bauch vom Bilch klatschte auf den nackten Po der Elke, patsch und patsch und patsch…!

Wir haben ein bisschen geschmust, hatte die Elke danach gesagt. Da ist doch nichts dabei. Später machst du das auch. Mit ganz vielen Mädchen wirst du das tun, das weiß ich schon jetzt. Wenn du dir nur keine solche Wampe zulegst!

Der Bilch, denkt André. Der Bilch kennt sich mit Geld aus. Leute, die welches haben, bringen es ihm, weil er so schlau ist, und er macht richtig Kasse damit. Der Bilch kann es nicht wollen, dass er sich morgen Abend vom Hausverwalter anfassen lassen muss. Gleich morgen früh…

Andrés Glied ist jetzt nicht mehr ganz so steif, also klemmt er es sich zwischen die Beine und nimmt noch einen Teil der Bettdecke dazu, plötzlich hat er wieder den Fuseldunst in der Nase, und er stellt sich vor, dass es der Geruch des Soldaten ist.

Dienstag

Manfred Czybilla – der von allen, die ihn kennen, nur der Bilch genannt wird – steigt die Treppe zum S-Bahnhof Wannsee hoch, über dem Nadelstreifenanzug den hellen Sommermantel, denn es ist ein warmer freundlicher Morgen. In der rechten Hand trägt er den Aktenkoffer, unter dem linken hält er die beiden Zeitungen, die er am Kiosk gekauft hat. Er zieht es vor, sich nicht auf eine der vollgeschmierten Wartebänke zu setzen, stellt den Aktenkoffer zwischen beide Beine und nimmt sich – die Frankfurter Allgemeine weiter unter den Arm geklemmt – das Lügenblatt vor, das an diesem Morgen mit dem »Phantom der Charité« aufgemacht und auch richtig ein Phantombild dazugestellt hat: Eine schemenhafte Gestalt schleicht sich an ein Krankenbett und greift mit einer verbundenen Hand nach einer Brieftasche... Im Text heißt es, ein halbwüchsiger Dieb, mit einer verbundenen Hand als Patient getarnt, treibe seit Wochen in den Warteräumen und Krankenzimmern der Berliner Kliniken sein Unwesen und plündere wehrlose Patienten aus.

Der Bilch schüttelt den Kopf. In allen Krankenhäusern wird gestohlen, das weiß er, seit er als Zivi beim Roten Kreuz Krankentransporte hat begleiten müssen, da muss man niemandem einen Vorwurf machen, wer zu schwach ist, auf sein Geld aufzupassen, dem wird es abgenommen, das liegt in der Natur des Menschen und in der Natur des Geldes. Und wozu nehmen die Leute überhaupt Geld ins Krankenhaus mit? Müssen sie vielleicht den Doktor bezahlen, dass er ihnen nicht das gesunde Bein abnimmt? Oder einen Blasenkatheter setzt statt einem Herzschrittmacher?

So weit sind wir wohl doch noch nicht.

Und was das Stehlen angeht und die Diebe: Wenn man ihn fragen würde, so könnte er ganz andere Geschichten erzählen. Und er bräuchte keine Phantombilder zur Illustration, ein x-beliebiges Gesellschafts- oder Wirtschaftsmagazin würde genügen, und er käme mit dem Ausschneiden der Köpfe gar nicht nach!

Der Bahnhofslautsprecher kündigt blechern die Einfahrt der S-Bahn an, der Bilch faltet das Lügenblatt wieder zusammen und steckt es zur FAZ, dann ist der Zug auch schon da. Um diese Zeit ist die S-Bahn meistens leer, das Publikum aus Wannsee und aus den Nikolasseer Villen benutzt eher den Daimler oder Bentley, so, wie der Bilch lange Zeit auch lieber im Porsche vorgefahren ist. Aber die Zeiten sind gerade mal wieder am Kippen, er spürt es schon eine ganze Weile, und in Mitte – da kannst du einfach keinen Porsche herumstehen lassen, wie schnell zieht sich da ein Kratzer über die Karosserie!

Er setzt sich und nimmt sich den Börsenteil der FAZ vor, auch wenn der Komfort, den die S-Bahn für den lesenden Geschäftsmann bietet, ein sehr bescheidener ist. Die Kurse haben sich wieder erholt, auf breiter Front, also auch bei den Autowerten, das ist gegen jede ökonomische und ökologische Vernunft, kann es denn die Möglichkeit sein? Für ihn ist das keine gute Nachricht, Verkaufsoptionen für Daimler und BMW sind seine letzte Karte gewesen, eine von der Vernunft diktierte letzte Karte – und jetzt? Es wird eng werden. Sehr eng.

Er lockert die karmesinrote Seidenkrawatte und öffnet den Kragenknopf. Etwas würde ihm einfallen, weil ihm etwas einfallen muss. Er wird die Treuesten der Treuen anrufen, die Witwen und Waisen, und Frohbotschaften verkünden, enormer Kursgewinn! Optionen jetzt realisieren! Der ganze große Reibach zum Greifen nah! Und wenn die Sparbücher leer sind, so müssen die Tanten und Onkel und Basen und Vettern doch noch etwas auf der hohen Kante haben, ganz bestimmt ist das so, da sollen die Witwen und Waisen doch auch einmal etwas tun für ihr Geld.

Er wendet sich wieder der Zeitung zu. Die Landesbank Süd eröffnet sich neue Horizonte, neue operationale Strategien, was ist das nun wieder?

... mit dem beabsichtigten Erwerb der kleinen, aber renommierten und ertragsstarken Privatbank Oheymer & Jaumann würden sich für die Landesbank Süd, die bisher nicht unbedingt als Global Player in Erscheinung getreten ist, neue Geschäftsfelder im gesamten Mittelmeerraum eröffnen – eine Entwicklung, die nicht nur von den beteiligten Landesregierungen in München und Stuttgart, sondern auch in Berlin ausdrücklich begrüßt würde. Für Matthaus, den jungen und energischen Aufsichtsratsvorsitzenden von Oheymer & Jaumann, stellt der Verkauf an die Landesbank den logischen Abschluss einer erfolgreichen Expansionspolitik dar, die auf lange Sicht das personelle und planerische Potential einer Privatbank überfordern müsste ...

Ein Foto ist beigefügt: Jörg Matthaus. Der Bilch erinnert sich an ihn, und so zieht ein kleines, bitteres, böses Lächeln über sein Gesicht. Sie kennen sich – er und dieser junge und energische Jörg Matthaus, das heißt, dieser wird sich an den Bilch nicht erinnern. Immerhin haben sie einmal nebeneinander gesessen, in der Economy Class auf dem Rückflug von London, frühmorgens, und er – der Bilch – war kurz eingeschlummert, und als er aufwachte, hatte er in dieses spöttische arrogante Gesicht geblickt, und noch immer hat er im Ohr, wie dieser Karrierejüngling damals zu ihm gesagt hat: »Na mein Lieber, da haben Sie aber den halben Schwarzwald abgesägt ...«

Das Leintuch, das quer über das Portal der Kirchenruine gespannt ist, hängt durch. So kann man die Inschrift – »Denk mal Bürger! Dieses Bauwerk gehört dem Volk!« – nur mit

Mühe entziffern. Eine Gruppe von vielleicht fünfzig Demonstranten hat sich vor dem Portal versammelt, in der Mehrzahl jüngere Leute aus der alternativen Szene, aber auch einige ältere darunter, und letztere – wie Gregor Örtlein fast belustigt registriert – zumeist in den DDR-Gedächtniswindjacken, die irgendwie nicht untergehen wollen.

Aber es scheint die Sonne, und das bedeutet, dass er das durchhängende Transparent nicht richtig fotografieren kann. Er wendet sich an den Sprecher der Demonstranten, der gerade das Megaphon abgesetzt hat, weil ihm von den Passanten ohnehin keiner zuhören mochte, und dirigiert ihn vor ein Schild, auf dem in nachgeahmter Fraktur steht: »Stadtgeschichte gehört allen – Hände weg vom Grauen Kloster!«

Der Sprecher der Demonstranten ist ein Detlev Majewski, ein Bezirksverordneter von den ganz Linken, früher wäre das ein absoluter Ausschließungsgrund für einen Bericht gewesen. Inzwischen sieht das die Verlagsleitung nicht mehr ganz so eng. Majewski ist ein Mann mit üppigem dunklen Haupthaar, eine Strähne fällt schräg über die Stirn, dazu trägt er Schnauz- und Kinnbart, wobei letzterer unmittelbar unter der dicklichen Unterlippe sorgsam ausrasiert ist. Während er fotografiert wird, stemmt er in der einen Hand das Megaphon, als sei es der Olifant, das Signalhorn des Helden Roland, und weist mit der anderen auf das Plakat. Das wird ein sehr albernes Bild, denkt Örtlein, aber er nimmt eine Serie auf. Dann will er noch ein paar Angaben, das ist eine weitere Erfindung der Controller, dass die Fotografen nun auch um die Texte besorgt sein müssen.

»Ja also, das soll also ein Kloster werden, hab ich das richtig verstanden?«, fragt Örtlein. »Aber früher war es doch schon einmal eines, oder nicht?«

»Das war ein Franziskanerkloster, das ist richtig«, antwortet Majewski, »aber es ist vor fünfhundert Jahren aufgehoben worden, später war es ein Gymnasium, hat also dem Staat gehört, und es ist der Staat, der die Ruine gesichert und erhalten hat. Mit dem Geld der Bürger, versteht sich, so wie das ganze Kloster erbaut worden ist, nicht von den frommen Mönchen, sondern von ihren Untertanen: mit deren Blut, mit deren Schweiß und deren Tränen!«

Örtlein nickt. »Aber«, sagt er dann, »wenn ich das richtig mitbekommen habe, wollen diese Klosterleute für das Grundstück samt Ruine ja bezahlen, zwei Millionen oder so, das ist doch nicht nichts...«

»Nein, das ist nicht nichts. Nur hat der Senat nicht zu verkaufen, was dem Bürger gehört«, antwortet Majewski. »Und diese Ruine ist ein Denkmal gerade deshalb, weil es jetzt den Bürgern gehört. Das soll und darf nicht mehr rückgängig gemacht werden. In dieser Ruine finden jetzt nicht mehr die Zwangsrituale einer heuchlerischen Frömmigkeit statt, sondern Konzerte und Ausstellungen und Feste einer frei gewordenen Bürgerschaft. Im Übrigen wundere ich mich schon sehr, dass die Kirche in diesen Zeiten das Geld für ein so aufwendiges Projekt hat. Sonst hört man sie doch nur jammern.«

Örtlein hat mitgeschrieben, dann bedankt er sich bei Majewski – der sich mit einem angedeuteten Kopfnicken revanchiert –, steckt seinen Notizblock ein und schultert den Lederkoffer mit der Fotoausrüstung. Er wendet sich zur Klosterstraße, wo er seinen Wagen abgestellt hat, als ihn ein älterer Mann in einem dunklen Lodenmantel anspricht:

»Herr Örtlein? Gregor Örtlein?«

Der Fotograf bleibt stehen. Der Mann im Lodenmantel holt aus seiner Brieftasche einen vergilbten Zeitungsausschnitt; auf einen Blick erkennt Örtlein das Bild, es ist die Aufnahme aus dem Gefangenenlager bei Medjugorje, es ist eines von den Fotos, die er ziemlich gut verkaufen konnte, so viele gibt es davon nicht.

»Mein Name ist Berndorf«, sagt der Mann. »Dieses Foto steht möglicherweise in Zusammenhang mit einem Todesfall. Es wäre mir sehr wichtig, etwas über die Umstände zu erfahren, unter denen es aufgenommen wurde.«

»Ermittlungen? Todesfall? Sind Sie Polizist?«

Berndorf schüttelt den Kopf. »Privat.« Er steckt den Ausschnitt wieder in die Brieftasche und holt dafür eine Visitenkarte heraus. Zögernd nimmt Örtlein die Karte.

»Wenn Sie nicht von der Polizei sind – warum sollte ich Ihnen Auskunft geben?«, fragt er dann. »Und wie haben Sie mich überhaupt ausfindig gemacht?«

»Im Internet. Und dann habe ich in der Redaktion angerufen. Dort sagte man mir, Sie hätten diesen Termin hier.«

»Diskretion ist ein Fremdwort«, bemerkt Örtlein. »Nun gut. Sie verdienen also Ihr Geld mit Ermittlungen. Wer zahlt mir etwas?«

»Überlegen Sie doch!« Berndorf hält den Kopf ein wenig schief. »Ein fünfzehn Jahre altes Foto, längst vergilbt und vergessen – und plötzlich ist es Beweisstück, vielleicht sogar in einem Mordfall. Meinen Sie nicht, dass Sie sich da um das Honorar nicht sorgen müssen? Die Rechte liegen doch wohl noch immer bei Ihnen?«

»Mit den Rechten ist das so eine Sache...« Örtlein zögert.

»Aber das Negativ werden jedenfalls Sie haben«, meint Berndorf. »Aber wie ist es nun – müssen Sie sofort in die Redaktion zurück, oder reicht es noch für einen Kaffee?«

Zum Frühstück gibt es Pulverkaffee und Knäckebrot mit Konfitüre, denn Zlatan hat ein Glas davon gefunden, das noch nicht schimmelig ist. Sie frühstücken in der Küche, es ist kalt, aber Elfie will nicht, dass er die Heizung aufdreht, was glaubt er denn, wie sie das bezahlen soll? Aus der Erbschaft werden ihr doch nur Schulden bleiben, notfalls muss sie das Erbe ausschlagen, das haben sie ihr auf der Beratungsstelle gesagt.

»Welche Beratungsstelle?«

»Ach! Was du immer fragst! Ich hab manchmal Probleme mit den Augen, da muss ich mich eben beraten lassen.«

Zlatan trinkt einen Schluck vom Pulverkaffee und verzieht

das Gesicht. »Die vielen Bilder hier im Haus – wo hatte er die her?«

»Bilder!«, schnieft Elfie verächtlich. »Hab ich mir nie was draus gemacht. Muss ich nicht haben.«

»Aber dein Onkel – wo hatte der sie her?«

Sie zuckt mit den kompakten Schultern. »Der hat damit gehandelt. Schon der Großvater hat das gemacht.« Plötzlich muss sie kichern. »Da war doch die Zeit, in der die Juden weg mussten. Und wie sie deren Sachen versteigert haben, war der Opa immer dabei und hat auf die kleinen Sachen geboten, auf die Sachen, die was Besonderes sind, die aber nicht auffallen, verstehst du?«

»Und hat er die Sachen später nicht zurückgeben müssen? Als der Krieg vorbei war?«

Elfie schüttelt energisch den Kopf. »Wem zurückgeben? Die Juden waren doch alle tot. Ins Gas hat man die geschickt.« Sie schüttelt sich. »Ins Gas! Ich hab Angst vor Gas. Hier im Haus hat es auch Gas. Wenn ich es doch behalten kann, das Haus, dann kommt als Erstes die Gasleitung raus…«

»Und von den Juden ist niemand zurückgekommen und hat gefragt, wo die Sachen sind?«

»Was du nur hast!« Sie lacht. »Der Opa hat die Sachen ja längst weiterverkauft, so dumm war der nicht! Aber es war ja sowieso nur altes Zeug, das hat bald gar keinen Wert mehr gehabt, und als der Opa tot war, waren nur Schulden auf dem Haus, und der Onkel wollte es eigentlich gar nicht nehmen.«

»Aber dann hat er es doch genommen? Und hat mit den Bildern gehandelt?«

»Der hat ja sonst nix gelernt«, antwortet Elfie. »Manchmal, wenn ich bei ihm zu Besuch war, hat er mich mitgenommen zu Leuten, für die er ein Bild hat sollen verkaufen, und ich weiß noch, wie er den Leuten immer gesagt hat, dass man dafür eigentlich gar nichts kriegt… Einmal hat er mir erklärt, wie das ist. Wenn du richtige Bilder malen kannst, hat er gesagt, dann ist das Kunst und heißt auch so: Kunst eben. Wenn es aber keine Kunst ist, hat es keinen Wert, und die Leute zahlen nix dafür. Aber wenn es doch Kunst ist, dann kapieren es die Leute nicht, und zahlen schon wieder nichts.«

»Es gibt aber Leute«, wendet Zlatan ein, »die machen mit Bildern richtig viel Geld.«

»In Heddernheim?«, fragt Elfie zurück. »Das glaubst du doch selbst nicht.« Sie greift nach der Kaffeetasse, merkt aber sofort, dass sie leer ist. »Aber du – was hast du jetzt vor?«

»Meinen Cousin besuchen«, antwortet Zlatan, etwas zögerlich. »Vielleicht hat er Arbeit für mich.«

»Ich denke, du bist Kellner? Das hast du mir doch gesagt. Kellner in einem großen, einem richtig vornehmen Hotel in Berlin?«

»Das war ich auch. Aber…«

»Die haben dich rausgeschmissen?«

»Das Geschäft ist schlechter geworden, die Leute wollen kein Geld mehr ausgeben, alle Hotels spüren das. Also trifft es das Personal, und beim Personal die, die keine Familie haben – so ist das nun mal.«

»Du hast also keine Arbeit, und Geld hast du auch keins mehr«, stellt Elfie fest. »Und ich, ich hab auch kein Geld. So gut wie keines. Da passen wir nicht so gut zusammen, weißt du das?«

»Das hab ich schon verstanden«, antwortet Zlatan. Er steht auf, und weil er weiter kein Gepäck mit sich führt, braucht er der Elfie nur noch viel Glück und gute Nerven zu wünschen.

Dann ist er auch schon draußen, es ist ein nebliger Morgen, der Nebel riecht ein wenig streng, und doch atmet Zlatan durch, nach der Nacht im Totenhaus fühlt er sich fast befreit. Er geht zielstrebig, aber in Wirklichkeit weiß er nicht, wohin er gehen soll und was er dort tun wird. Seinen Cousin wird er ganz sicher nicht aufsuchen, denn er hat gar keinen. Er könnte nach Sachsenhausen fahren, und im Grill Dalmacija bei Ibramovic vorsprechen. Aber der Patron ist sauer gewesen, als Zlatan nach Berlin gegangen ist. Nicht bloß sauer.

Wenn es schief geht, hat Ibramovic ihm zum Abschied gesagt, dann bild dir bloß nicht ein, dass du hier wieder antanzen kannst!

Außerdem: Zlatan hat ja nicht schwarz bei ihm gearbeitet. Es steht in seinen Papieren. Der Personalchef im Brandenburg Residence hat es in seinen Unterlagen, die Kollegen wissen es.

Also können es auch die Leute wissen, die einem nachts mit einem Auto auflauern.

Also bleibt er besser gar nicht erst in Frankfurt.

Vor ihm kommt die U-Bahn-Station in Sicht. Hinter sich hört er jemanden rufen. Das kann nicht ihm gelten.

Trotzdem ruft die Stimme: »Zlatan! So warte doch…«

André steht im Badezimmer und betrachtet im Spiegel den Pickel, der ihm auf dem Nasenflügel gewachsen ist. Aber er ist noch nicht reif genug, um ihn auszudrücken, das ist schade.

In seinem Zimmer läuft das Radio und bringt eine Zeitansage, es ist halb neun, er muss sich beeilen, dass er den Bilch vor seinem Büro abfängt, von früher weiß er, dass es der Bilch nicht mag, wenn er oder die Elke ins Büro kommen. Rasch legt er den Verband an, die eine Seite ist etwas weniger schmutzig als die andere, und steckt ihn mit einer Sicherheitsnadel fest. Kurz horcht er an der Tür, ob jemand im Treppenhaus ist, dann verlässt er die Wohnung und steigt mit schnellen leisen Schritten – die immer am Rand der Stufen bleiben, denn in der Mitte knarrt es am stärksten – die Treppe hinunter, vorbei an der Wohnung im zweiten Stock, wo die alte Frau wohnt, die ihm immer auflauert und abfängt und fragt, ob er eigentlich in die Schule geht und wo die Elke ist.

Diesmal kommt er problemlos vorbei, und draußen auf der Straße fällt ihn unversehens Fröhlichkeit an, der Tag hat gut angefangen, der Bilch wird ihm helfen, und deshalb wird er am Abend nicht zum Hausverwalter müssen, er ist eben der Junge, der den Weg aus dem Tunnel findet.

Ein Mann kommt ihm entgegen und bleibt stehen. »Sag mal, Junge, was ist das für ein Verband, den du da hast?«

Ein Schritt zur Seite und vorbei.

»He, Junge!«

Achselzucken und weiter!

Vor ihm ist die U-Bahn-Station mit dem Kiosk neben der Treppe, und vor dem Kiosk sind Plakatständer mit dem Lügenblatt aufgestellt, aber André achtet nicht darauf. Auf der anderen Straßenseite, vor dem Schaufenster, hinter dem der Bilch sein Büro hat, stehen zwei graue Autos und ein grauer Lieferwagen, Passanten sind stehen geblieben und schauen zu, wie Männer Kartons heraustragen und einen ganzen Computer.

Zieht der Bilch um? Dann stünde da ein Möbelwagen. Kein grauer Lieferwagen. André überlegt, ob er auf die andere Straßenseite gehen soll und näher heran, aber plötzlich weiß er, dass das keine gute Idee ist. Er geht ein paar Schritte zurück, unschlüssig, was er nun tun soll. Aus dem Treppenaufgang der U-Bahn-Station kommen Passanten und gehen nach links und gehen nach rechts, ein dicker Mann im hellen Sommermantel taucht auf und bleibt stehen, wie vom Tageslicht betäubt, es ist der Bilch, und André weiß, wenn er ihn überhaupt ansprechen kann, muss er es jetzt tun, auch wenn das vielleicht der denkbar dümmste Augenblick ist. Er macht einen Schritt auf den Bilch zu, da dreht sich dieser um und kommt ihm entgegen, mit einem ganz merkwürdigen Ausdruck im Gesicht, so blass hat er ihn noch nie gesehen.

»Hallo!«, sagt André, aber der Bilch läuft an ihm vorbei, einfach so, und biegt um die Ecke und geht rasch über die Straße, als würde er am liebsten rennen, und André folgt ihm und holt ihn in dem kleinen Park ein, den es vor dieser Schule gibt, in der man für den Unterricht bezahlen muss.

»Bilch, kann ich mit dir sprechen, nur ganz kurz, so warte doch!« Der Bilch läuft ein paar Schritte weiter, dann bleibt er stehen und legt für einen kurzen Augenblick den Kopf in den Nacken, als wollte er den Himmel um etwas bitten.

»Ach, du bist das!« Der Bilch hat den Kopf wieder gesenkt und sieht André an, als sähe er ihn überhaupt erst jetzt. »Na schön. Was willst du?« Er sieht sich um und geht zu einer Parkbank, setzt sich und weist auf den Platz neben sich. Gehorsam folgt André und weiß plötzlich nicht mehr, was er sagen soll.

»Also, ich hab grad ziemlich Stress«, sagt der Bilch. »Vielleicht hast du es ja gesehen. Aber egal. Vielleicht bleib ich ganz einfach hier sitzen. Was kann ich für dich tun? Und wie geht es der Elke?«

»Gut«, antwortet André. »Sie ist in der Erholung.«

»War sie krank? Weißt du, ich hab nichts mehr gehört, seit sie mit mir Schluss gemacht hat. Das war sie, nur dass du es weißt.«

»Der Arzt hat sie dahin geschickt«, antwortet André diplomatisch, denn er weicht damit allem anderen aus. »Aber es gibt jetzt ein Problem mit der Miete, also, es fehlt halt noch was, und da...«

»Und da hast du gedacht, fragen wir mal den guten alten Bilch!« Wieder legt der Bilch den Kopf in den Nacken und stößt dazu ein Geräusch aus, das man für ein Lachen halten könnte. »Ich würde dir sehr gerne helfen, glaub mir das, ich hab dich immer gut leiden können, und ich würde auch der Elke gerne unter die Arme greifen, noch immer, in jeder Beziehung... aber leider! Leider bin ich pleite, und nicht einfach bloß pleite, auch wenn man meint, man könnte das Wort pleite nicht steigern. Ich hab nämlich nicht nur kein Geld mehr, sondern noch sehr viel weniger als gar keines, das ist so blöd, wie es klingt, und diese Leute, die gerade mein Büro ausräumen, die bringen es fertig und stecken den guten alten warmherzigen Bilch ganz einfach in den Knast, wenn sie ihn nur kriegen.« Er beugt sich vor und wendet den Kopf zu André. »Wenn wir im Wilden Westen wären, würden sie wahrscheinlich ein Kopfgeld auf mich aussetzen, und dann könntest du mich ihnen bringen, und mit dem Kopfgeld die Miete zahlen. Aber leider!«

»Das würd ich nicht tun«, antwortet André stolz.

»Ich weiß nicht«, meint der Bilch. »Für Geld tun Leute vieles. Fast alles. Na gut. Aber sag mal, was hast du da eigentlich für einen Verband?«

»Ach, bloß so eine Sehnenentzündung, ist schon fast wieder gut.«

»Sehnenscheidenentzündung? In deinem Alter?« Der Bilch schüttelt den Kopf. »Da war doch irgendwas mit jemand, der so einen Verband hatte, eine komische Geschichte, hab sie schon wieder vergessen. Aber egal, ich muss weiter. Auch wenn ich nicht weiß, wohin.« Er nickt André zu. »Mach's gut und grüß Elke. Wo hast du noch mal gesagt, dass sie ist?«

»In der Erholung«, antwortet André und bleibt sitzen und sieht dem Bilch nach, wie er durch den Park geht und plötzlich verschwunden ist. Wenn der Bilch Glück hat, denkt er, dann schafft er es bis zu den Hackeschen Höfen, dann ist er erstmal weg, am besten mit der S-Bahn.

Was man so Glück nennen kann!

Berndorf sieht sich um: Ein Tagescafé wie viele andere auch, die Polsterstühle ein wenig durchgesessen, Wände und Decke noch angegraut aus den Jahren vor dem Rauchverbot. Die Gäste freilich sind andere als sonst in den Cafés der Stadt – zumeist ältere, aber nicht unbedingt gesetzte Männer, die einen von leicht fadenscheiniger Eleganz der Kleidung und ebensolcher Wortgewandtheit, die anderen nun auch nicht gerade taufrisch, sondern zerknittert von allerhand Sorgen und zugleich doch aufrechterhalten von der Hoffnung auf irgendein fernes Gelingen. Hätte man auf das halblaute Gemurmel an den Tischen geachtet, so hätte man von Beweisanträgen und Versäumnisurteilen und Wiedereinsetzung in den vorigen Stand hören können, denn dieses Café befindet sich unweit der Ruine des Grauen Klosters und damit auch in unmittelbarer Nähe der Gerichtsgebäude von Berlin-Mitte.

Ihr, die hier eintretet..., denkt Berndorf und verscheucht den Gedanken gleich wieder. Er betrachtet sein Gegenüber, den Fotografen oder besser: Fotoreporter Gregor Örtlein, einen schmalen Mann mit müden, angestrengten Augen, die eng im Gesicht stehen, und den weißen Haaren, die mancher schon sehr früh bekommt. Sie haben bereits bestellt – Örtlein einen doppelten Espresso, Berndorf einen grünen Tee – und sehen sich nun an, als warteten sie darauf, wer von ihnen die Partie eröffnet.

»Sie sind also Privatdetektiv und ermitteln in einem offenbar ungeklärten Todesfall«, ergreift Örtlein schließlich das Wort, »und dieser Todesfall soll etwas zu tun haben mit diesem einen Foto, das ich vor fünfzehn Jahren gemacht habe. Nehmen Sie es mir nicht übel, aber das alles möchte ich etwas genauer wissen.«

Berndorf muss nicht sofort antworten, denn die Bedienung kommt und serviert Espresso und Tee. »Unter den Männern, die Sie fotografiert haben, befindet sich einer, der heute in Berlin lebt, oder vielmehr: der sich bisher in Berlin aufgehalten hat...« Er faltet den Zeitungsausschnitt auseinander und deutet auf den Mann mit dem nackten Oberkörper im Vordergrund. »Es ist dieser hier.«

»Ist er der Tote?«

»Nein. Der Tote ist ein sehr viel jüngerer Mann, er ist bei einem Verkehrsunfall ums Leben gekommen«, antwortet Berndorf. »Dieser Unfall wirft einige Fragen auf, die aber leider nicht beantwortet werden können, weil der beteiligte Fahrer das Weite gesucht hat. Eine der Fragen könnte sein, ob dieser Fahrer sich nicht vielleicht in der Person geirrt hat.«

Örtlein schüttelt den Kopf. »Das ist mir zu kompliziert. Soll das heißen, es war gar kein Unfall?«

»Zum Beispiel.«

»Und der Fahrer hat eigentlich den da...« Örtlein deutet auf den Zeitungsausschnitt, »meinen Muselmann von damals erwischen wollen?«

Berndorf schweigt. Er trinkt einen Schluck Tee und betrachtet die Wand, an der gerahmte Karikaturen im Stil von Honoré Daumier hängen: Szenen aus der menschlichen Komödie, wie sie sich vor Gericht darstellt.

»Was nun?«, fragt Örtlein. »Sie waren es, der mir ein Gespräch aufdrängen wollte. Aber wenn Sie meinen, dann ruf ich einfach bei der Polizei an, soviel ich weiß, hat es gestern oder vorgestern einen tödlichen Unfall im Stadtgebiet gegeben, einen mit Fahrerflucht…«

»Das wird Ihnen nicht viel bringen«, antwortet Berndorf. »Ihnen fehlt das Verbindungsstück zwischen den beiden Männern.«

»Und Sie haben das?«

Berndorf zuckt mit den Schultern. »Erzählen Sie mir, wie diese Aufnahme zustande kam.«

»Na gut«, sagt Örtlein und nippt an seinem doppelten Espresso und verzieht das Gesicht, »ich hab nichts zu verbergen. Es war im Sommer 1993, da kam ein Angebot an die Redaktion, eine Gruppe von Abgeordneten nach Kroatien zu begleiten, was heißt eine Gruppe! Drei Stück waren es, und die Redaktion war auch nicht sehr begeistert, dieser Jugoslawienkrieg samt all seinen Gräueln und Vergewaltigungen und Massakern war so etwas von ausgelutscht, jeden Tag haben die Serben von den Bergen rund um Sarajewo ein Scheibenschießen auf die Leute dort veranstaltet… Irgendwann war all das einfach keine Nachricht mehr, und so haben sie die Einladung an mich weitergereicht, damit der freie Mitarbeiter Örtlein auch mal was von der Welt sieht.«

»Und Sie sind mitgefahren. Was haben Sie sich davon versprochen?«

»Ja, ich dachte, ach, ich weiß gar nicht mehr, was ich dachte, dass Kroatien ein schönes Land ist und dass ich mal wieder was anderes sehen und fotografieren will als Politiker, die aus Limousinen steigen.« Örtlein schüttet noch etwas Zucker in seinen Espresso. »Alles Quatsch. Ich dachte, ich schaff es, ein

Bild davon zu schießen, wie der Krieg aussieht, wenn er für einen kurzen Augenblick Ruhe gibt. Aus Vietnam ist mir ein Bild in Erinnerung, da hatten die Vietcong die Amerikaner irgendwo eingekesselt, und ein Kollege hat einen GI fotografiert, der zwischen Sandsäcken schlief, und neben ihm lag ein kleiner weißer ringelschwänziger Hund, den hatte der GI mit einem Bindfaden an sein Handgelenk angebunden, der Hund sollte ihn wecken, wenn der Vietcong sich wieder rührte...«

»Khe Sanh, 1968«, sagt Berndorf, der sich an das Foto erinnert.

»Ah ja?«, fragt Örtlein zurück. »Dann verstehen Sie, was ich meine, also, auf so ein Bild hab ich gehofft, aber zuerst war einmal gar nichts. Wir hockten in Zagreb herum, die Kroaten waren scheißfreundlich, haben aber ständig versucht, einen mit Slibowitz abzufüllen oder einem eine Hure anzubieten, vermutlich, weil sie diesen Abgeordneten nicht getraut haben, außerdem wuselten auch allerhand Leute von der Deutschen Botschaft oder dem Generalkonsulat herum, so genau weiß ich das alles nicht mehr...«

»Wissen Sie noch, welche Abgeordneten dabei waren?«

»Nix Prominentes. Einer ist tot, der war von der Staatspartei, hat wohl Krebs bekommen, ich erinnere mich, dass es irgendwo einen kleinen Nachruf gab – jetzt hab ich den Namen wieder: Eschle, Ulrich Eschle, jetzt seh ich ihn wieder vor mir, wie er sich die Leinenjacke über den Arm hängt und sich Luft mit seinem Strohhut zufächelt... Das muss an dem Nachmittag gewesen sein, als wir dieses Lager besichtigt haben.« Er deutet auf den Zeitungsausschnitt. »Am Morgen hatten wir einen Adriahafen besichtigt, das war nicht ungefährlich, die Serben hatten den Hafen im Visier, und wir mussten Schutzwesten tragen, kein Vergnügen bei der Hitze damals. Ich erinnere mich, dass es dann eine richtige Streiterei gab, mit Krisensitzung hinter verschlossener Tür, bis schließlich die Kroaten nachgegeben haben und wir mit Hubschraubern ins Landesinnere geflogen wurden, auf einer ziemlich krummen

Route, weil man einen großen Bogen um die serbischen Raketenstellungen machen musste. Ein schöner Flug, nichts zu sagen, das ist eine wunderbare Landschaft mit diesen Dörfern und kleinen Städten, die alle auf Bergen erbaut sind. Erst aus der Luft können Sie das richtig sehen, das Braunrot der Dächer und das Muster der Gassen, die sich um die Kirchen herum die Hügel hinabziehen, das werde ich nie vergessen. Gelandet sind wir dann zwischen irgendwelchen struppigen graubraunen Bergen, in der Nähe von diesem Wallfahrtsort Medjugorje, falls Sie davon gehört haben.«

Örtlein trinkt einen Schluck Espresso und starrt vor sich hin, als müsse er die Vergangenheit zurückholen.

»Am Landeplatz war ein Mast, an dem eine Fahne mit diesem Schachbrett-Wappen schlapp herunterhing, und ein paar Uniformierte hatten Aufstellung genommen, das sah ziemlich jämmerlich aus, und salutierten, das sah ebenfalls jämmerlich aus, und sie salutierten auch nicht uns, sondern dem General oder was er war, der uns schon den Tag geführt oder begleitet oder im Auge behalten hatte. Das war nun ausnahmsweise kein jämmerlicher Soldat, sondern ein richtig schneidiger Mensch, hochgewachsen, tadellose Uniform, die so knapp saß, dass ich mir überlegte, ob der Kerl drunter ein Mieder trägt, und geschwitzt hat er kein bisschen, obwohl uns der Schweiß nur so übers Gesicht lief, am Schlimmsten dran war ein dicker weißblonder Mensch von der Botschaft, der uns trotzdem keinen Augenblick von der Pelle wich. Ich glaube übrigens, das war gar kein Diplomat, sondern ein Schlapphut vom Bundesnachrichtendienst, Fausser hat so etwas angedeutet.«

»Fausser?«

»Der war von den Sozzen, und ich glaube, er war es auch, der den Streit mit den Kroaten angezettelt hat. Wo war ich stehen geblieben? Ja, der Landeplatz war auf einer baumlosen Ebene, nirgends ein bisschen Schatten, an den Hängen um uns herum gab es vielleicht ein bisschen staubgraues Gebüsch und sonst nur Stein und stacheliges Dornenzeug. Dazwischen standen Baracken, man hat aus der Ferne schon ahnen können, wie heiß es da drinnen sein muss, und um die Baracken herum lungerten Leute, solche ...« – wieder deutet er auf den Zeitungsausschnitt – »... solche Leute eben, zerlumpt und jämmerlich. Und dann hat der Fausser mit diesen Leuten reden wollen, das wollten die Kroaten aber nicht, das seien alles Terroristen, hat der General über den Dolmetscher ausrichten lassen, aber der Eschle hat ganz freundlich geantwortet, wir hätten trotzdem keine Angst, und sie sollten jetzt bitte die Leute zu uns lassen. Da blieb ihnen nichts anderes übrig, und sie haben die zerlumpten Männer an den Zaun gewinkt, nein: sie haben gepfiffen, wie man einem Hund pfeift, und die Männer sind zum Zaun getrottet, nicht einmal widerwillig, sondern gehorsam, man hat gesehen, die haben Angst, und wenn Sie den Zeitungsausschnitt genau betrachten, werden Sie sehen, was es ist: Angst, und was sie mit den Menschen macht!« Fast verlegen greift er zum Espressotässchen und trinkt einen Schluck und behält es in der Hand.

»Fausser und Eschle also«, sagt Berndorf, »wer war der dritte? Sie sagten doch, es seien drei Abgeordnete gewesen.«

»Der dritte war einer von den Blaugelben, den Namen weiß ich nicht mehr, der hatte sich aber schon am Morgen aus dem Staub gemacht, angeblich hatte er einen Termin mit der Handelskammer in Zagreb.«

»Hat es ein Gespräch mit den Gefangenen gegeben?«

»Die beiden Abgeordneten haben es versucht, ja doch, haben nach der Verpflegung, der Behandlung und der medizinischen Betreuung gefragt, auf Deutsch und auf Englisch haben sie das getan, und man hat sehen können, dass die Gefangenen genau verstanden haben. Nur kamen keine richtigen Antworten, es habe alles seine Ordnung, es ist, wie es ist – und warum das so war, das wusste man sofort, wenn man einen Blick in die Gesichter der Wachleute geworfen hat. Schließlich hat der Fausser auf diesen Mann da gezeigt« – Örtleins Finger tippt auf das Foto, genauer: auf die Stelle, die den jungen Mann mit dem nackten Oberkörper zeigt – »auf diesen einen Halbverhungerten, dem die Rippen aus dem Brustkorb standen, und hat gefragt: Was ist mit diesem Mann? Und dann herrscht erst einmal Schweigen in der Wüste, plötzlich aber braucht der General keinen Dolmetscher mehr, sondern gibt ganz höflich auf Deutsch zurück, Menschen sind unterschiedlich. Und, wieder ganz höflich: Manche sind dünn. Dann zeigt er auf den Mann aus der Botschaft, wartet eine Sekunde und sagt: Manche sind dick. Und pflichtschuldig lachen alle, auch der Dicke aus der Botschaft oder vom BND, aber weil der Dicke nicht die Witzfigur bleiben will, wirft er ein, dass manche nicht nur dünn oder dick sind, sondern manche seien auch krank: Der da zum Beispiel ...« – wieder deutet Örtlein auf das Foto – »der könnte Tuberkulose haben. Und prompt sagt der General, das sei richtig, Tuberkulose, das ist das Wort. Daraufhin schaut der Fausser zu mir her und schaut zu Eschle und sagt, wenn das so ist, dann gehört dieser Mann nicht in ein Lager. Und holt sich sein Notizbuch heraus und notiert sich den Namen des jungen Mannes und guckt wieder zu mir, ob ich auch alles mitbekommen habe, und wendet sich an den General und sagt, dieser Mann ...« – Örtlein hebt die Stimme, um ihr einen schneidenden Ton zu geben – »... dieser Mann wird in das nächste Krankenhaus gebracht, das unter Aufsicht des Roten Kreuzes steht, heute noch wird er dorthin gebracht, und ich mache Sie persönlich dafür haftbar, dass er dort auch ankommt, unversehrt ankommt ...«

Örtlein nimmt einen Schluck vom Wasser, das zum Espresso serviert worden ist, und fährt mit normaler Stimme fort. »Dann hat er das Notizbuch eingesteckt, ganz so, als ob nun alles gesagt sei. Ich hab mir gedacht, das kann nicht gut gehen, aber dann sagt der Eschle, dass das ein sehr guter Vorschlag sei und er bitte, dieser Empfehlung zu folgen, ganz dringend bitte er darum. Ich sehe noch, wie Eschle dazu ein ganz freundliches, fast demütiges Gesicht macht, dabei war er schon ganz rotfleckig, trotz allen Fächelns.«

»Wissen Sie noch den Namen des Mannes, der ins Krankenhaus gebracht werden sollte?«

Örtlein hebt kurz die rechte Hand und lässt sie wieder fallen. »Notiert habe ich mir den Namen ganz bestimmt, ich hab ja auch eine Reportage dazu geschrieben, aber die ist unter den Tisch gefallen.« Örtlein verzieht sein Gesicht zu einem etwas mühsamen Lächeln. »Irgendeine Geschichte über eine Arsch- und Tittentussi aus dem Fernsehen war wichtiger, und das Foto haben sie erst später genommen, für einen Bericht, der aus Agenturmeldungen zusammengestoppelt war, und haben sich dann noch mächtig aufgeregt, als ich das Foto auch an andere Zeitungen verkauft habe. Das hier zum Beispiel ...« Er greift zu dem Ausschnitt und dreht ihn um, »das müsste in der Frankfurter Rundschau erschienen sein, der Typographie nach zu schließen. Deren Berliner Büro hat auch sonst manchmal Arbeiten von mir genommen.«

»Den Namen dieses Mannes?«, hakt Berndorf nach.

»Den hab ich wirklich nicht parat.« Örtlein schüttelt den Kopf. »Ich muss in meinen Unterlagen nachsehen.«

»Könnten Sie das tun und mir Bescheid geben?«, fragt Berndorf und schiebt seine Visitenkarte über den Tisch.

»Können kann ich schon«, antwortet Örtlein und nimmt zögernd die Karte. »Aber was bitte ist eigentlich Ihre Gegenleistung?«

»Sie werden Ihre Reportage von damals vielleicht doch noch verkaufen können.« Berndorf winkt der Bedienung, weil er zahlen will. »Wenn Sie ein wenig Geduld haben ...«

Örtlein blickt zornig auf. »So geht das nicht! Ich habe Ihnen die Geschichte erzählt, und jetzt wollen Sie mich am langen Arm verhungern lassen.«

»Tun Sie nicht so«, gibt Berndorf zurück. »Was das wert ist, was Sie mir erzählt haben, weiß ich erst, wenn Sie die Namen dazu liefern.« Die Bedienung erscheint am Tisch, und Berndorf bezahlt Tee und Espresso. Er erhebt sich, dann steht auch Örtlein auf, offensichtlich immer noch verärgert.

In Ihrer Klitsche von Büro fällt Ihnen wohl die Decke auf den Kopf?«, erkundigt sich Polizeihauptkommissar Jonas Regulski bei dem Besucher, der vor seinem Schreibtisch steht. »Könnten Sie sich nicht vielleicht jemand anderen suchen, dem Sie die Zeit stehlen?« Immerhin weist er mit der Hand auf den Besucherstuhl.

»Vielleicht haben Sie ja jemanden, mit dem Sie mich bekannt machen können«, antwortet der Besucher und nimmt Platz.

Alamiert blickt Regulski auf, die Augen noch eine Spur misstrauischer als sonst. »Haben Sie da eine konkrete Vorstellung?«

»Nein.« Berndorf schüttelt den Kopf. »War nur so ins Blaue hinein gesagt.«

»Nett«, sagt Regulski. »Ich hab's gern, wenn die Leute ins Blaue hinein reden. Stundenlang könnt ich da zuhören.«

»Murad Aydin hat eine Lederjacke getragen, die ihm nicht gehört hat.« Berndorf macht eine Pause, als müsste er sich korrigieren. »Vermutlich hat sie ihm nicht gehört. Was ihm gehört hat, war ein Lederblouson, den er am Sonntagabend irgendwann um Mitternacht in einem Hinterzimmer am Rosenthaler Platz verzockt hat.«

»Beim Schlangenkopf?«, fragt Regulski und weist mit seiner linken Hand auf den rechten Oberarm, als wäre er es, der dort eine Tätowierung trüge. »Er ist vorgewarnt. Irgendwann werden wir sein Hinterzimmer aufmischen müssen.«

»Er war ganz kooperativ«, wirft Berndorf ein. »Den Lederblouson hab ich anstandslos zurückbekommen.«

»Und?«

»Nichts weiter. Um Mitternacht kommt Murad Aydin aus dem Hinterzimmer, ohne was um die mageren Schultern, aber eine Stunde später lässt er sich in einer feinen – nun ja… in einer doch recht kleidsamen Lederjacke totfahren. Wie…«

»Das können wir uns ausrechnen«, unterbricht ihn Regulski und deutet mit einem imaginären Springmesser auf ihn. »Er hat sie einem Nachtschwärmer abgenommen. Mich interessiert etwas anderes. Sie haben nicht ganz zufällig außer der Jacke noch andere Sachen gefunden, die nicht diesem Aydin gehören? Einen Pass oder einen Ausweis auf einen anderen Namen oder ein Adressbuch?«

Die beiden Männer tauschen einen Blick. Nicht so sehr abschätzend, sondern eher eine wortlose Verständigung darüber, dass Vertrauen zwar gut ist, man aber nur für Informationen etwas bekommt, die man alleine besitzt.

»Nein«, antwortet Berndorf. Es ist die Wahrheit. Er hat weder einen Ausweis noch einen Pass oder ein Notizbuch gefunden.

»Wie Sie meinen«, sagt Regulski. »Die Fahndung nach diesem Landrover hat übrigens nicht viel gebracht. Eigentlich gar nichts.«

»Gibt Ihnen das nicht zu denken?«

»Ach!« Regulski richtet sich hinter seinem Schreibtisch auf. »Haste Töne! Da ist einer mit Mühe von seinem Turm herunter und irgendwie nach Berlin-Mitte gekrochen, und schon will er den Leuten hier das Denken beibringen. Menschenskind, wofür halten Sie sich?«

»Dass Sie keinen Hinweis auf den Landrover haben, deutet darauf hin, dass er nicht als gestohlen gemeldet wurde«, sagt Berndorf ungerührt. »Dafür wiederum gibt es nur zwei Erklärungen.«

»Nett«, sagt Regulski. »Nachhilfeunterricht für einen dummen Berliner Bullen. Nur zu!«

»Entweder ist der Wagen nicht gestohlen worden oder schon vor längerer Zeit. Beide Möglichkeiten legen eine Schlussfolgerung nahe...«

»Weiter. Ich hänge an Ihren Lippen, Meister.«

»Die Schlussfolgerung, dass der Fahrer des Landrovers sich nicht auf einer Spritztour befunden hat, dass er ferner kein Problem darin sieht, Unfallspuren beseitigen zu lassen oder das Kennzeichen auszuwechseln. Der Fahrer gehört zur Organisierten Kriminalität.«

Regulski – beide Ellbogen aufgestützt – verbirgt das Gesicht in den Händen und reibt sich die Augen, als müsste er eine schier übermenschliche Schläfrigkeit daraus vertreiben.

»Meister«, sagt er schließlich, »Sie haben mir nachgeholfen, jetzt lern' ich Ihnen was…«

Er löst die Hände vom Gesicht und blickt Berndorf an. »Wenn Sie hier in Mitte klarkommen wollen – nehmen Sie den Mund nicht zu voll. Kümmern Sie sich meinetwegen um gestohlene Lederjacken, ganz wie Sie lustig sind, aber mischen Sie sich nicht in Geschichten, die eine Nummer zu groß sind für Sie! Es gibt hier nämlich Schlangenköpfe, die sind nicht bloß tätowiert.«

»Was für Schlangenköpfe?«, fragt Berndorf zurück. »Kobras? Vipern?«

»Ich kenn mich mit dem Giftzeug nicht so aus. Aber die guten einheimischen deutschen Kreuzottern, die ich meine, die können ganz schön ekelhaft werden. Wenn denen einer ins Revier stolpert und ihre Kreise stört, der sollte verdammt gute Stiefel tragen.« Regulski hebt die Hand und weist zur Tür. »Und jetzt lassen Sie mich meine Arbeit tun!«

»Danke für den Hinweis«, sagt Berndorf und steht auf. »Darf ich ihn so deuten, dass man den Fahrer dieses Landrovers ganz sicher nicht finden wird?«

»Gehen Sie«, antwortet Regulski und greift zum Telefonhörer. »Deuten Sie, was Sie wollen.«

Zu Mittag reißt die Wolkendecke ein wenig auf, gerade so viel, dass eine Ahnung von Sonne und Frühling durch die Fenster der Cafeteria dringt. Mit einem Mal sehen Strahlen-Aralie und weiß-grüner Ficus zwischen den Stahlrohrstühlen und den Esstischen – Esche furniert – nicht mehr ganz so verloren aus. Barbara Stein bugsiert ihr Tablett – 1 Salatplatte mit Putenstreifen, 1 Brötchen, 1 Mineralwasser – zu einem Ecktisch, über dem ein großes Plakat hängt mit der Überschrift: Stoppt die Bücherdiebe! Unter dem Plakat sitzt ein einzelner, eher zierlicher Mann mit lockigem Kraushaar, der bei ihrem Kommen sichtlich erfreut aufsteht. Barbara und er schließen sich in die Arme:

»Liebster Stolperstein!«, sagt der Mann.

»Liebster Dingeldey!«, sagt Barbara Stein und stellt die beiden Männer einander vor: »Das da ist Berndorf, und das ist Professor Adrian Dingeldey, Ordinarius für Staatsrecht und praktizierender Winkeladvokat...«

»Hast du Ärger mit der Polizey?/ Macht nichts. Geh zu Dingeldey!«, rezitiert der Professor für Staatsrecht und wartet, bis Berndorf sein Tablett – 1 Thüringer Rostbratwurst mit Zwiebelsauce, dazu Kartoffelbrei, ebenfalls 1 Mineralwasser – abgestellt hat, so dass sich die beiden Männer die Hand schütteln können.

»Wenn ich mich nicht täusche«, sagt Dingeldey, »sind wir Kollegen. Sie haben doch auch eine Änderungsschneiderei für juristische Wahrheitsfindung? Ich kann meinen Laden leider nur nebenher betreiben, nur eben so, dass ich nicht ganz aus der Übung komme...«

Berndorf erklärt, auch bei ihm könne nur von einem Nebenerwerbsbetrieb die Rede sein. Was Wunder, meint daraufhin Dingeldey: »Die Wahrheit ist selten kostendeckend.«

Berndorf hat inzwischen Platz genommen, gegenüber von Dingeldey und neben Barbara. Und weil er nun das große Plakat vor sich hat, will er wissen, warum der Diebstahl von Büchern noch immer ein Thema sei: »Ich dachte, die jungen Leute kupfern heute alles aus dem Internet ab.«

»Du und deine Vorurteile!«, antwortet Barbara Stein. »Mit den Bücherdieben sind zutreffend der Senat und die Hochschulverwaltung gemeint. Sie wollen die Institutsbibliothek, eine der besten in ganz Europa, wie ich in aller Bescheidenheit bemerken darf, in die Universitätsbibliothek integrieren.«

»Warum?«

»Natürlich der Synergie-Effekte wegen, wie immer in solchen Fällen«, erklärt Dingeldey. »Sie bestehen darin, dass man künftig nur noch die Hälfte der Bücher anschaffen will. Irgendwo müssen die Milliarden ja herkommen, die die Berliner Landesbank in den Sand gesetzt hat. Ich schätze, so in fünf- bis siebentausend Jahren wird man einen größeren Teil davon auf diese Weise wieder hereingebracht haben.«

Berndorf nickt anerkennend, Barbara wendet sich dem Salat mit den Putenstreifen zu, will dann aber doch – bereits kauend – wissen, wie sein Vormittag war.

»Ich hab mir eine Kundgebung angesehen«, antwortet Berndorf und schneidet sich ein Stück der Rostbratwurst ab. »Irgendwie waren es auch Leute, die nicht wollen, was der Senat will.«

»Dann sind sie schon allein dadurch meiner Sympathie verdächtig«, bemerkt Dingeldey. »Und was ist es, was sie nicht wollen?«

»Es war eine Kundgebung für eine Ruine. Dass sie das auch bleiben soll.« Berndorf kaut und überlegt. Wie soll man es benennen? Schmackhaft, ja doch, das trifft es.

»In dieser Stadt hat es viele Ruinen gegeben, die das besser geblieben wären«, meint Barbara. »Aber verstehe ich das recht – du hast dir die Kundgebung angesehen, also nicht selbst demonstriert? War es unterhaltsam?«

»Ich hab dort einen Zufallsfund gemacht. Einen – entschuldige! – Beifang sozusagen.« Er legt das Besteck zur Seite, holt den Zeitungsausschnitt mit dem Foto des halbverhungerten Zlatan Sirko aus der Brusttasche seines Sakkos und zeigt ihn Dingeldey. »Dieser Ausriss stammt aus der Frankfurter Rundschau, da hätten ...«

»... wir selbst darauf kommen können«, vollendet Barbara Stein den Satz und wendet sich an Dingeldey. »Ein Mann ist totgefahren worden. Berndorf glaubt, dass der Fahrer sich geirrt hat. Er wollte den da erwischen.« Sie deutet auf das Foto.

Dingeldey hebt kurz die Augenbrauen und blickt Berndorf

an, forschend oder abwägend, vielleicht auch ein wenig skeptisch. »In fünfzehn Jahren wächst viel Gras...«

»Berndorf ist gern das Kamel, das es wegfrisst«, bemerkt Barbara.

»Und was...?«, meint Dingeldey, ohne die Frage zu Ende zu bringen.

»... ich daraus schließe?«, fragt Berndorf zurück. »Eher nichts. Die gute alte Rundschau war ja einmal eine überregionale Zeitung, nur bekommt man sie in den letzten Jahren außerhalb der Rhein-Main-Region immer seltener.«

»Also hältst du es für möglich«, fasst Barbara Stein zusammen, »dass Zlatan in oder bei Frankfurt gelebt hat, als er sich dieses Foto ausgeschnitten hat...«

»Oder er hat den Ausschnitt von jemand bekommen, der dort lebt. So ungefähr. Aber ich weiß nicht, was ich damit anfangen soll. Außerdem würde ich gerne wissen, was Du mit dem Abgeordneten Fausser, Christian, Wahlkreis Stuttgart zwei, getrieben hast?«

»Wow!«, entfährt es Dingeldey. »Was muss ich da hören, liebster Stolperstein! Also, was hast du...?«

»Ich?« Barbara Stein blickt saphirgrün. »Getrieben? Mit dem?«

»Er war mit dir am Starnberger See«, beharrt Berndorf. »Stand in der Zeitung. Es muss ziemlich heftig gewesen sein. Gestern hat es ihn umgehauen. Alte Männer, weißt du, die halten nicht mehr so viel aus.«

»Fausser? Natürlich war er auf der Tagung, ich hab dir doch davon erzählt. Aber was ist mit ihm passiert?«

Berndorf, der gerade vom Kartoffelbrei nehmen will, macht eine ungefähre Bewegung mit der Gabel. »So genau weiß ich das nicht. Ich hab vorhin in seinem Büro im Bundestagshaus angerufen und irgendeine blöde Auskunft bekommen, dass ich sofort wusste, da stimmt was nicht. Nein, Emm-de-Beh Fausser sei heute nicht erreichbar und nicht zu sprechen und morgen voraussichtlich auch nicht, nein, im Augenblick könne man nicht mehr sagen. Dann hab ich aufs Geratewohl gefragt, ob man ihn denn in den Knast gesteckt habe oder ins Krankenhaus, und daraufhin kam heraus, dass er sich im Augenblick in ärztlicher Obhut befinde, Routine-Untersuchungen nach einem Schwächeanfall.« Inzwischen hat er nun doch vom Kartoffelbrei nehmen können und schluckt einen Mund voll herunter. »Aber nein, keine näheren Auskünfte! Besuche am Krankenbett gänzlich ausgeschlossen! Nur engste Familienangehörige!«

»Das hört sich ja nicht besonders gut an«, meint Dingeldey. »Also, wirklich, Barbara – du scheinst der Stein zu sein, der ihm aufs Herz gefallen ist. Und nun ist es kaputt.«

»Tut mir leid«, antwortet sie. »Ich bin mir keiner Schuld bewusst. Der Mann kam mir ein wenig merkwürdig vor, fast wie ein Querulant. Nicht dass er besonders erregt oder aufgebracht gewesen wäre. Nur dieses Beharren auf dem einen Detail, dass die Bundeswehr nämlich keine Kampfhubschrauber hat, die unter den besonderen Bedingungen im Hochgebirge fliegen können – das hat etwas von einem Tunnelblick gehabt…«

»Warum Tunnelblick?«, unterbricht Dingeldey. »Das darf einen doch durchaus interessieren.«

»Das ist so, weil EuroStrat viel zu aufwendig geplant hat, und zwar mit Absicht, damit diese Dinger auch richtig teuer werden und richtig Geld bringen. Nur sind diese Brummer jetzt so mit Elektronik und Sonstwas vollgepackt, dass sie vor lauter Raffinesse den Arsch nicht hochkriegen, oder jedenfalls im Gebirge nicht einsatzfähig sind. So was ist vielleicht typisch, das heißt, nur zu bezeichnend ist das, aber für diesen bescheuerten Krieg nicht entscheidend.«

»Wären Hubschrauber zur Verfügung gestanden, hätte die Bundeswehr keine US-Bomber anfordern müssen«, bemerkt Dingeldey, »um diese entführten Tanklaster auszuschalten oder sonstwie unter Kontrolle zu bringen.«

»Wäre! Hätte!«, gibt Barbara zurück. »Meinst du wirklich, mit Hubschraubern hätte es keine zivilen Opfer gegeben?

Oder weniger?« Dingeldey zuckt mit den Achseln, und Barbara wendet sich an Berndorf. »Aber sag, was hast Du eigentlich von ihm gewollt?«

Berndorf blickt sich um. Ein dicker Mensch mit langem fettigem grau-schwarzem Haar hat sich am Nebentisch niedergelassen, ebenfalls mit einer Rostbratwurst auf dem Teller, und liest – während er den Kartoffelbrei der Einfachheit halber löffelt – in der Herald Tribune. Berndorf wendet sich wieder Barbara Stein und dann Professor Dingeldey zu, mit einem Blick, der kurz und fragend zum Nebentisch streift. Sie folgen seinem Blick, Dingeldey hebt kurz die Augenbrauen und Barbara deutet ein Kopfschütteln an: den Menschen nebenan kennen beide nicht.

»Nun hast du ja etwas über den Unterhaltungswert dieser Demonstration wissen wollen«, nimmt Berndorf das Gespräch wieder auf, als hätte Barbara nicht nach seinem Interesse für Fausser gefragt. »Für mich lag der mehr im komischen Bereich. Das waren nämlich alles Leute, die daran glauben, sie müssten ihren Atheismus bekennen.«

»Ach ja?«, fragt Barbara Stein. »Aber was ist daran komisch?«

»Dass sie es hier tun. In dieser Stadt.«

»Sie meinen, wenn einer seinen Atheismus bekennen will«, sagt Dingeldey, »dann soll er das gefälligst auf dem Petersplatz in Rom tun oder in Lourdes oder in diesem Medjugorje. Da ist was dran.«

Jetzt ist es Berndorf, der kurz die Augenbrauchen hochzieht. Er wirft einen Blick nach rechts, der dicke Mensch ist zwar mit dem Kartoffelbrei, nicht aber mit der Titelseite der Tribune zu einem Ende gekommen.

»Vielleicht sollten wir das dem Bund deutscher Freidenker vorschlagen«, meint Barbara und spießt mit der Gabel ein großes Salatblatt so energisch auf, als werde sie unverzüglich nach dem Mittagessen den Freidenkern ihr neues Geschäftsfeld zuweisen. »Bekenntnisreisen für Atheisten, das wäre doch mal was ...« Sie betrachtet das Salatblatt, und legt es samt der Gabel auf den Teller zurück. »Wie wäre es mit einem Kaffee? Ich würde vorschlagen, dass wir den im Institut nehmen.« Sie wirft einen fragenden Blick zu Dingeldey. »Kommst du mit?« Er sei untröstlich, antwortet der, aber er müsse zu einer Ausschusssitzung.

»Dieser blöde Ärger wegen der Berufung dieses Unglücksraben, der als junger Kerl für die Stasi Spitzelberichte geschrieben hat, du weißt schon ...«

Sie stehen auf, Berndorf zieht seinen Mantel an und hilft der Professorin Stein in den ihren, und als sie an dem Menschen mit dem fettigen grau-schwarzen Haar vorbeikommen, blickt der nicht einmal auf.

»Was war das für ein Vogel?«, fragt sie, als sie sich von Dingeldey verabschiedet haben und den Weg zum Institut einschlagen.

»Ein Schlapphut«, antwortet Berndorf.

»Wie bitte?«

»Ich tipp mal auf BND, er kann aber auch von der Berliner Polizei sein, Dezernat Staatsschutz.«

»Und warum, bitte, sollte so jemand hinter dir oder mir oder hinter uns beiden her sein?«

»Vielleicht gibt es Leute, denen nicht gefallen hat, was du am Starnberger See gesagt hast«, antwortet Berndorf und geht zur Seite, um einem entgegenkommenden, schwarz gewandeten älteren Herrn Platz zu machen. »Oder denen nicht gefällt, wonach ich mich so erkundige. Verstehst du jetzt, dass mich Zlatan immer mehr interessiert?«

Barbara aber scheint gar nicht mehr zuzuhören, sie ist stehen geblieben und begrüßt den älteren Herrn, der seinen breitkrempigen Hut vom runden, mit einer weißen Stoppelhaarfrisur bedeckten Haupt gezogen hat und der unter dem offenen Lodenmantel einen hoch geschlossenen Anzug trägt und einen Priesterkragen. Mit einiger Verwunderung registriert Berndorf, dass Barbara mit dem Herrn in Schwarz auf einem offenbar sehr freundschaftlichen Fuß steht, auch ihm wird er mit Barbaras üblicher Floskel vorgestellt: »Und das ist Berndorf!« Den Geistlichen – es handelt sich Barbaras Angaben zufolge um Monsignore Johann Baptist Feichtmayr – scheint das aber nicht zu stören, die beiden Männer tauschen einen Händedruck, und schließlich geht jeder seiner Wege.

»Du kennst Leute!«, sagt Berndorf, als der Schwarze außer Hörweite ist.

»Das ist ein interessanter Vogel«, behauptet Barbara. »In der Erzdiözese Berlin läuft nichts, was nicht zuvor seinen Schreibtisch passiert hatte. Aber zur Erholung hat er bei den Philosophen einen kleinen Lehrauftrag und liest über irgendwelche mittelalterlichen Denker.«

Einmal lang drücken: das ist das Rufsignal. Einmal kurz heißt Ja, zweimal drücken heißt Nein, Ja und Nein leuchten auf dem Bildschirm auf, der steht neben dem Bett. Auch du kannst es lesen, obwohl die Schrift verwischt ist und flackert. Ja und Nein, mehr braucht es nicht, wer hat das gesagt? Das weißt du doch, wer das gesagt hat, irgendwo in der Wüste wird das gewesen sein, nur hat sich jener selbst sehr viel mehr Worte zugestanden als eben diese beiden, früher ist dir das verlogen vorgekommen, die einen haben die Worte und die Macht darüber und sind also die Hirten, und die anderen sagen Muh! oder Mäh! und nichts sonst...

Aber jetzt? Jetzt bist du im Gehirn geschlagen – hat es nicht die Ärztin mit den roten Haaren so gesagt? –, welche Worte willst du noch sagen und wem? Einmal hast du gelesen, Worte seien nur dazu da, zu benennen, was nicht ist. Und ein anderes Mal bist auch du in der Wüste gewesen, in diesem Kloster mit den bettelnden Kindern draußen, auf der Fahrt war der Bus an Felswänden vorbeigekommen, von den Sandstürmen waren verschlungene Zeichen in die Felsen eingeschliffen, für einen Augenblick war dir gewesen, du würdest alles darum geben, diese fremde verschlungene Schrift lesen zu können … Warum? Weil die Wahrheit das ist, was du nicht lesen, nicht aussprechen, nicht aufschreiben kannst. Die Wahrheit bleibt übrig, wenn alle Worte verbraucht sind. Bist du jetzt also der Wahrheit näher?

Die Tür öffnet sich, leise. Wieder die Ärztin mit den roten Haaren? Ein Rascheln, als ob du nichts hören sollst. Jemand ist ins Zimmer gekommen, aber nicht zu deinem Bett. Eine Gestalt, keine Ärztin, keine Schwester, irgendwie verwischt, jemand steht am Schrank, hat die Tür aufgezogen, ein Anzug? Das ist dein Anzug, du hast ihn getragen, damals, bevor das Gehirn geschlagen war. Ein halbes Kind, nein, ein Halbwüchsiger, wozu ihn beobachten, es ist anstrengend, du musst dich nicht anstrengen, oder doch?

Ein Bürschchen, das ist das Wort. Es kommt näher. Warum meinst du, du hättest es schon einmal gesehen? Der Verband. Die Diebeshand tut so, als sei sie bereits bestraft für das, was sie stehlen wird. Das Rufsignal? Wozu? Was dir geschehen soll, davon ist das meiste schon eingetreten. Auf den Rest kommt es nicht mehr an. Und das Bürschchen beobachtet dich, du kannst es spüren, willst du nicht den Blick zurückgeben? Zu müde.

Wieso die Schublade? Ach ja: Brieftasche. Portemonnaie. Den kleinen Terminkalender. Bedien dich! Du wirst keine Reichtümer finden …

Und das Notebook?

Der Beweis, dessen letztes Glied nicht gefunden wurde, wird kein Urteil tragen. Und die Rede, die nicht gehalten wurde, die wird keiner mehr hören.

Nimm nur, Junge.

Vorzüglich!«

Zu den von ihrer Assistentin Laura Ebenweiß durchgesetzten Neuerungen im Institut der Professorin Barbara Stein gehört eine Espressomaschine. Der Gast, der den damit hergestellten Espresso nicht lobt, beginge einen schweren Fehler.

»Schmeichler!«, gibt die Professorin zurück und räumt den zweiten Besuchersessel von den Büchern frei, die auf ihm gestapelt sind. Dann nimmt sie selbst Platz, Berndorf gegenüber. »Du hast mir eine Frage immer noch nicht beantwortet. Was willst du von Fausser?«

Berndorf sucht einen Platz, um das Espressotässchen abzustellen. Vergeblich. »Offenbar ist es Fausser gewesen, der Zlatan Sirko aus diesem Lager herausgeholt hat ...«

Barbara Stein zieht die Augenbrauen hoch. »Da schau her. Ich kenne Fausser nicht näher, hab auch auf der Tagung eigentlich sonst keinen Kontakt zu ihm gehabt. Er ist Mitglied im Haushaltsausschuss, das bedeutet einiges, die Haushälter stellen innerhalb der politischen Klasse eine Clique für sich dar, es sind Leute, die es meist gar nicht nötig haben, auf die Pauke zu hauen. Deswegen hab ich mich auch gewundert, dass er so grobschlächtig über EuroStrat hergezogen ist.«

»Was weißt du sonst von ihm?«

Barbara Stein hebt anmutig die Schultern und lässt sie wieder fallen. »Wenig. Gar nichts. Galt mal als politisch interessanter Newcomer, vermutlich weil er zuvor weder Lehrer war noch aus einem Sozialberuf kam, in seiner Partei ist das ja ungewöhnlich. Das hat sich dann aber bald abgeschliffen, und zuletzt hat er sich wohl auch mit seinen Stuttgarter Parteifreunden überworfen, wegen dieses neuen unterirdischen Hauptbahnhofs. Sie verzeihen ihm nicht, dass er schon über dieses Milliardenprojekt hergezogen ist, als sie selbst am liebsten Bahnsteigkarten im Voraus gekauft hätten, um nur ja bei der Einweihung dabei sein zu dürfen. Eine politische Todsünde, das.«

»Gegen einen unterirdischen Hauptbahnhof zu sein?«

»Nein. Zum falschen Zeitpunkt Recht gehabt zu haben. Aber sag mal – wie willst du jetzt an ihn herankommen? Ich vermute mal, du wolltest ihn nach diesem Sirko fragen.«

»Vermutlich hätte das sowieso nichts gebracht«, gibt Berndorf zurück. »Warum sollte Fausser mir sagen können, wohin Sirko sich verkrümelt hat? Und ohne den komm ich überhaupt nicht weiter.«

»Welche Anknüpfungspunkte hast du denn sonst?«, fragt Barbara Stein zurück. »Lass mich doch versuchen, ob ich an Fausser herankomme. Sag mir einfach, was du von ihm wissen willst.«

»Wie willst du das schaffen?«

»Na ja«, antwortet sie und nimmt einen Schluck vom Espresso. »Falls du es noch nicht bemerkt haben solltest – dieses Land organisiert sich nicht durch Parlamente, nicht durch Gremien, nicht durch scheinbar exakt geregelte Entscheidungsprozesse. In Wahrheit organisiert sich dieses Land durch Netzwerke, und zwar in all seinen Bereichen, den politischen, den wirtschaftlichen, auch den akademischen. Wenn du irgendetwas erreichen oder erfahren willst, musst du jemanden kennen, der jemand kennt – und den du davon überzeugen kannst, dass es für ihn nützlich ist, dich kennen gelernt zu haben. So ungefähr.«

Berndorf nickt. »So ungefähr«, wiederholt er. »Und was bedeutet das jetzt?«

»Ich werde jemand anrufen. Jemand aus der Leitung der Universitätskliniken.« Sie blickt auf und bemerkt, dass Berndorf leicht die Augenbrauen hochgezogen hat. »Ganz unverfänglich. Jemand, den ich aus unserem Projekt Frauenförderung kenne.«

Über den Flur, dann die Treppe hinunter. Nicht zu schnell. Das Notebook offen unter dem Arm. Wenn jemand entgegenkommt, ihm ins Gesicht schauen. Ganz ruhig. Eine zweite Treppe. Am Fenster im Zwischengeschoß steht einer und ist nicht zu sehen, weil er die Zeitung vor sich aufgeschlagen hat, fette große Buchstaben: Das Phantom der Charité, dazu eine Schattengestalt, die Hand verbunden, was soll das?

Plötzlich begreift André, und das Begreifen ist wie ein Schlag in die Magengrube, ein Wunder, dass es ihn nicht von den Beinen wischt. Er will weiter, an dem Kerl vorbei, rasch, bevor der das Blatt sinken lässt und fragt, was hast du denn da unterm Arm? Er läuft ein paar Stufen weiter, mit einem Male zittern die Knie, aber er kommt so weit, dass er das Foyer und den Bereich an der Pforte überblicken kann, überall sind Leute, an der Anmeldung stehen ein paar Männer beieinander und reden, du musst einfach weitergehen, los, warum tust du es nicht? Er steckt die verbundene Hand in den Anorak und schafft zwei oder drei Schritte ins Foyer hinein, aber dann geht es nicht mehr, und er tut nun doch, was er auf keinen Fall tun darf – er bleibt stehen. Gleich werden die ersten Leute auf ihn aufmerksam werden, aber was soll er machen? Er hat gesehen, worüber die Männer an der Pforte reden: über das Lügenblatt und über das Phantom mit der verbundenen Hand, einer hebt die zusammengefaltete Zeitung hoch und deutet auf das Bild.

André fällt ein, dass es rechts zu den Toiletten geht, aber er zwingt sich, nicht zu rennen. Erst das Klo für die Behinderten, dann für die Frauen, endlich für die Männer. Als er die Tür öffnen will, kommt ihm ein dicker Mann entgegen. André – die verbundene Hand noch immer im Anorak, das Notebook unterm linken Arm – bringt es fertig, artig zurückzutreten und ihn vorbeizulassen.

Endlich kann er hinein und sich in eine Kabine flüchten und die Tür verriegeln.

Was jetzt?

Er löst die Sicherheitsnadel vom Verband und rollt ihn auf. Dann knüllt er ihn zusammen und will ihn schon ins Klo werfen, aber im letzten Augenblick fällt ihm ein, dass sich der Verband vermutlich nicht hinunterspülen lässt, sondern nur den Abfluss verstopfen würde. Er überlegt, dann löst er die

Abdeckung vom Spülkasten und wirft den Verband dort hinein. Überhaupt ist das eine gute Idee, findet er und sieht rasch die Brieftasche und den Geldbeutel durch, die er aus der Schublade genommen hat. Es sind immerhin drei Hundert-Euro-Scheine und ein paar Zwanziger darin. Es hat jetzt keinen Sinn zu hetzen, also nimmt er auch das Münzgeld an sich, bevor er Brieftasche und Portemonnaie nicht in den Spülkasten wirft, sondern behutsam darin versinken lässt, denn jemand hat das Abteil nebenan bezogen.

Was macht er mit dem Notebook? Wenn er es senkrecht hineinstellt, wäre es dort gut versteckt, aber wäre das nicht schade?

Der Mann im Abteil nebenan muss Durchfall haben, das Gepfluder hört sich ganz grauenvoll an, gleich wird es bestialisch stinken. André drückt die Abdeckung wieder auf den Spülkasten, klemmt das Notebook unter den Arm und verlässt die Toilette. Als er die Tür hinter sich schließt, fällt ihm der kleine, in schwarzes Leder gebundene Terminkalender ein, den er in die Brusttasche gesteckt hat. Warum hat er den überhaupt mitgenommen? Geld wird da keins drin sein.

Wohin jetzt? An der Pforte vorbei, wo immer noch die Männer stehen und über das Phantom diskutieren? Er könnte den anderen Ausgang nehmen, aber dann muss er durch die Station zurück, das ist fast noch gefährlicher. Pforte? Station? Er beschließt, die Schritte bis ins Foyer zu zählen: Kommt eine gerade Zahl heraus, wird er den Weg zur Pforte gehen, ist die Zahl ungerade, nimmt er die Treppe zur Station ... Er geht und zählt, dann weiß er nicht, hat er jetzt schon 13 oder 14 Schritte? Und schon ist er im Foyer, an der Pforte stehen keine Männer mehr, also dort vorbei! Im letzten Augenblick sieht er, dass sie sich nur nach draußen verzogen haben und jetzt vor dem Eingang Spalier stehen und rauchen.

Aber jetzt kann er nicht mehr zurück. Er geht an den Männern vorbei, und keiner achtet auf ihn.

Christian, hörst du mich?« Ein Gesicht hat sich über ihn gebeugt, Brillengläser, plötzlich ganz nah. Ganz nah der Atem. Was ist das überhaupt für eine Frage? Warum fragt sie nicht, willst du mich hören?

»Lass ihn, Mutter.« Veras Stimme. Danke, Tochter. »Es wird nicht besser, wenn du ihn bedrängst.«

Wieder öffnet sich eine Tür. Er sieht einen Schatten: schwarz, schlank, gestiefelt. Das Klacken von Solveigs Absätzen.

»Entschuldigen Sie, aber Sie müssen sich in der Tür geirrt haben.«

Nein. Brigitte ist es, die sich irrt.

»Keineswegs.« Solveig hat ein Recht. Ein Recht zum Besuch. Ein Recht zu wissen. Zur Anteilnahme. Das Recht lässt sie sich nicht nehmen, auch sie hat Anspruch auf sein Elend und seine Wortlosigkeit. Sie alle lassen sich ihr Recht nicht nehmen, ihren Anteil an der gelähmten stummen Beute, die sich – endlich! – nicht mehr wehren kann. Sie schlagen nicht mit den Flügeln, sie hacken sich nicht mit den Schnäbeln, oh nein! Sie sagen sich, zuckersüß, tückische kleine Worte, Brigitte mit ihrem Cannstatter Schwäbisch, im Hintergrund Vera, die ewig missmutige Vera, die gestiefelte Solveig hält dagegen, auch Carla ist da, die Lippen zu rot und die Nase zu schief, irgendwo im Unglückszimmer kauert die Enkelin, warum auch nicht! So lernt sie früh schon die rechte Art, sich ein saftiges Stück Unglück aus dem Kadaver zu hacken …

Dann plötzlich, glasharfenzart, eine Kinderstimme. »Guck doch mal, der komische Fernseher!«

Ein ums andere Mal flackert auf dem Monitor am Krankenbett ein »Nein« auf, als würde der Bildschirm von einer Platte gesteuert, die einen Sprung hat.

Ganz unter uns«, sagt die Neurologin und Chefärztin Dr. med. Marielouise Capotta und blickt von der Krankenakte hoch, »es stellt keinen Verstoß gegen die ärztliche Schweigepflicht dar, wenn ich Ihnen versichere, dass in einem solchen Fall von Aphasie – und dann noch in Verbindung mit den anderen Symptomen! – nur eine äußerst langwierige und höchstwahrscheinlich nur partielle Rehabilitierung greifen kann, wenn überhaupt! Die Mitarbeit an einem wissenschaftlichen Projekt – wie Sie es angedeutet haben – scheint mir doch sehr erschwert, jedenfalls in der nächsten Zeit, langfristig aber nicht ganz und gar unmöglich. Therapeutisch wäre es vielleicht sogar wünschenswert.«

»Er kann also nicht sprechen«, fasst Barbara Stein zusammen, »aber kann er verstehen, was man ihm sagt? Können Sie mit ihm kommunizieren?« Dunkel erinnert sie sich an ein Buch oder einen Film über einen französischen Journalisten, der nur noch mit dem Lidschlag ein »Ja« oder »Nein« signalisieren konnte.

»Er scheint zu verstehen«, kommt die Antwort, »ist sich wohl auch über seine Lage im Klaren, und da er die linke Hand bewegen kann, wird es ihm bald auch möglich sein, sich irgendwie mitzuteilen, zum Beispiel mit Hilfe einer Tastatur ähnlich der eines Blackberry, da habe ich keinen Zweifel.« Dr. Capotta wirft Barbara Stein einen leicht ironischen Blick zu. »Wir müssen also nicht auf den Lidschlag zurückgreifen. Bis er sich an eine solche Tastatur gewöhnt hat, sollten wir uns allerdings mit einem System von Ja und Nein begnügen.«

Barbara Stein fragt, ob sie den Patienten sehen könne. »Nur kurz ...«

Ein Anflug von Irritation oder Verlegenheit legt sich über das Gesicht von Dr. Capotta. »Ich sollte Ihnen sagen, dass momentan die Ehefrau und die Tochter mit dem Enkelkind bei ihm sind. Ich habe das schon richtig verstanden – Ihre Beziehung zu dem Patienten ist ausschließlich beruflich begründet, nicht privat?«

»Da haben Sie ganz richtig verstanden«, antwortet Barbara Stein und setzt ein Lächeln auf, das jeden Verdacht zerstreut, sie könnte die Frage übel nehmen. »Außerdem wäre es mir sehr lieb, seine Frau kennenzulernen …«

Am Ende der Station weitet sich der Korridor und lässt Platz für einen Warteraum, von dem aus man sogar Sicht nach draußen hat. Auch gibt es hier einen Kaffeeautomaten, der funktioniert. Weil Carla Jankewitz keine Lust hatte, sich länger mit der Familie Fausser samt der Geliebten um die Plätze am Krankenbett zu streiten, hat sie sich hierher zurückgezogen. Ohne große Begeisterung registriert sie, dass diese Barbara Stein sich ihr angeschlossen hat, diese Frau, die angeblich gemeinsam mit Fausser ein Buch machen will – ein Buch, gemeinsam mit einem Autor, dem die Worte abhandengekommen sind, was soll das nur werden!

»Das ist ja nun auch für Sie keine einfache Situation«, knüpft Barbara Stein ein Gespräch an, während sie sich mit ihrem Becher Kaffee neben die Wissenschaftliche Mitarbeiterin Jankewitz setzt. »Sie werden jetzt doch viele Entscheidungen für ihn zu treffen haben, Termine absagen müssen …« Unsinn, denkt sie, im politischen Räderwerk dieser Republik wird so gut wie jeder mühelos durch die Lücke ersetzt, die er hinterlässt.

»Im Augenblick ist nicht einmal so viel zu tun«, antwortet die Jankewitz und geht bereitwillig auf das Gespräch ein. »Die Termine habe ich alle abgesagt, im Wesentlichen bleibt jetzt noch die Korrespondenz, und da kann ich mit den üblichen Floskeln antworten.« Sie breitet die Arme aus, mit den leeren Händen nach oben.

Aus der Antwort hört Barbara Stein einen Unterton von Sarkasmus heraus, aber das mag auch eine Unterstellung sein.

»Sie kennen ihn schon länger?«, setzt nun die Jankewitz

von sich aus das Gespräch fort. »Ich habe gelesen, dass Sie auf dieser Tagung am Starnberger See mit ihm diskutiert hätten.«

»Ich habe ihn erst dort kennen gelernt«, kommt die Antwort »Und dass wir diskutiert hätten, ist zu viel gesagt. Ich hab ein Referat gehalten, und in der Aussprache hat er sich zu Wort gemeldet und auf einen auch für mich interessanten Aspekt hingewiesen...« Vorsicht!, warnt sie sich. Du trittst hier auf als jemand, der sogar eine gemeinsame Publikation mit Fausser plant. »Auf einen Aspekt, der mich sogar sehr interessiert hat.«

»Sie meinen die Sache mit EuroStrat«, sagt die Jankewitz. »Dieser Komplex beschäftigt ihn allerdings schon lange.«

»Komplex?«

»Ja doch. So hat er es gesehen. EuroStrat ist in seinen Augen nicht bloß ein Rüstungskonzern, sondern sozusagen der Inbegriff des industriell-militärischen Komplexes in Europa, der sich die politischen Entscheidungen, auch die zwischen Krieg und Frieden, inzwischen nach seinen Rendite-Erwartungen maßschneidern lässt.« Ihre Hand beschreibt dazu ein Räderwerk, als sei sie eine Puppe, die zu oft herunterrasseln muss, was man ihr eingetrichtert hat. »Hat er mit Ihnen nicht darüber gesprochen? Wenn er sonst ein... einen Gesprächspartner findet, lässt er sich das nicht entgehen.«

Du hast sagen wollen, denkt Barbara Stein: *Wenn er sonst ein Opfer findet...* Laut sagt sie: »In seinem Beitrag hat er sich mit EuroStrat auseinandergesetzt, das ist schon richtig. Ich fand, es war doch sehr konkret, was er vorgetragen hat... Mich hat allerdings vor allem eine Bemerkung interessiert, die er über die deutsche Rolle im Jugoslawien-Krieg gemacht hat.« Glatt ins Blaue hinein gelogen, denkt sie.

»Ach, das! Vermutlich ging es um die Aufrüstung der kroatischen Armee im Sommer 1994. Genau das Thema, um bald zwei Jahrzehnte später den Wahlkreis Stuttgart Römisch Zwo zu verteidigen.«

»Sie sagen das...« – Barbara Stein zögert einen Augenblick

und überlegt, ob sie wohl gerade einen Treffer gelandet hat – »... mit einer gewissen Distanz?«

»Distanz oder Nähe – das ist hier nicht die Frage«, antwortet Carla Jankewitz. »Um die Wahrheit zu sagen – Fausser war kein Team Player. Bestimmte Themen waren bei ihm Chefsache, und dann lag ihm nichts ferner als der Gedanke, er könnte auch einmal seine Mitarbeiter einbeziehen.«

Barbara nimmt vorsichtig einen Schluck Kaffee – vorsichtig nicht deshalb, weil er so heiß wäre, sondern damit die irgendwie schaumige Automatenbrühe nicht aus dem Plastikbecher schwappt. Kann es sein, denkt sie und hat plötzlich die Besucherin in den hochhackigen Stiefeln vor Augen – kann es sein, dass es noch andere Bereiche gibt, in den Faussers Wissenschaftliche Mitarbeiterin sich nicht einbezogen gefühlt hat?

»Darf ich Sie etwas ganz direkt fragen?«, sagt da die Jankewitz und fährt fort, ohne eine Antwort abzuwarten: »Welchen Eindruck hatten Sie von ihm? Wirkte er irgendwie erregt oder zornig?«

»So kam er mir nicht vor, eher müde, angestrengt...« Barbara Stein überlegt. In Wahrheit erinnert sie sich nur an einen älteren Mann von nachlässiger Haltung, der sich eigentlich gar nicht mehr in die Debatte einmischen, sondern nur das eine Detail geraderücken will, über das er – warum auch immer – genau Bescheid weiß. »Er wirkte wie jemand, der seiner Sache sehr sicher ist... Sie sagten vorhin, Sie seien bei manchen Themen nicht einbezogen gewesen. Wären Sie es gewesen, was hätten Sie ihm denn geraten?«

»Dass er auch einmal an seine eigene Fraktion denken soll, an seine eigene Partei.« Carla Jankewitz lacht kurz und unfroh. »Wer ist denn an der Regierung gewesen und hat das Sagen gehabt, als man sich auf diesen verfluchten Afghanistan-Einsatz einlassen musste? Oder glaubte, sich einlassen zu müssen... Ich hab ein paar Mal versucht ihm klarzumachen, dass er nicht noch nachträglich von diesem Zug abspringen kann. Aber das gehörte nicht zu den Dingen, die er sich von mir sagen ließ ... Auch diese Jugoslawien-Geschichte ist so ein verdrehtes Ding von ihm. Wenn irgendjemand heute überhaupt noch eine Vorstellung von dem Bürgerkrieg da unten hat, dann hat diese Vorstellung etwas mit Srbrenica zu tun und den achttausend Menschen, die damals von den Serben umgebracht worden sind. Glauben Sie denn, dass sich heute irgendein Mensch noch für das Dutzend Panzer und die paar Hubschrauber interessiert, die damals an die Kroaten geliefert wurden, damit sie sich nicht auch noch von den Leuten dieses Milosevic massakrieren lassen mussten?« Sie hält die Hände an ihre Ohren. »Kein Schwanz will so was hören.« Dann nimmt sie die Hände wieder herunter. »Und Sie wollten jetzt ein Buch mit ihm machen? Ein Buch über den Jugoslawien-Krieg? Über EuroStrat? Oder den Afghanistan-Einsatz?«

Barbara Stein hat – kaum merklich – die Augenbrauen hochgezogen. Diese Frau da scheint ihr nicht zu glauben. Was noch schlimmer ist: Damit hätte sie auch noch Recht. »Ich weiß noch nicht«, gibt sie kühl zurück. »Aber eine Dokumentation über deutsche Auslandseinsätze seit 1990 könnte doch allemal interessant sein, finden Sie nicht? Diese schrittweise Aneignung von Großmachtallüren ...«

In diesem Augenblick wird sie von einer aufgebrachten Stimme unterbrochen:

»Da sind Sie ja!«

Sie blickt auf, die Stimme gehört Faussers Tochter Vera, das von strähnigem blonden Haar eingerahmte Gesicht ist gerötet, und ganz offenbar ist nicht sie gemeint, sondern Carla Jankewitz.

»Seine Brieftasche und sein Geldbeutel sind verschwunden! Sie hatten doch gesagt, Sie hätten die persönlichen Sachen meines Vaters hierhergebracht, auch sein Notebook?«

»Das habe ich doch auch«, entgegnet Carla Jankewitz, »Brieftasche und Portemonnaie sind in der Nachttischschublade, das Notebook habe ich auf die Ablage gelegt. Ich habe angenommen, Sie würden es dann mit sich nehmen wollen…«

»Das kann nicht sein…«

»Es ist aber so. Es tut mir leid, dass ich Ihnen keine Quittung vorlegen kann. Ihr Vater ist derzeit nicht in der Lage, eine Quittung auszustellen, wissen Sie?«

Das wird heute nichts mehr, denkt Barbara Stein und steht auf.

André geht zwar schon eine ganze Weile nicht mehr zur Schule, aber einen Schreibtisch hat er trotzdem, einen schönen Tisch aus hellem Holz, mit allerhand Aufklebern darauf, die er früher einmal lustig fand. Aber es ist ein richtiger Schreibtisch, und jetzt sieht er auch so aus, wie es sich gehört: Es steht nämlich ein aufgeklapptes Notebook darauf.

Es gibt nur ein Problem dabei. Er hat das Notebook zwar einschalten können, und der Akku scheint auch noch aufgeladen zu sein. Aber er hat kein Passwort. Es müsste sechs Stellen haben, und den Idiotentrick, es sechs Mal mit der Leertaste oder der Null zu versuchen, lässt er lieber bleiben. Der Mann vorhin im Krankenhausbett sah irgendwie so aus, als ob er es sich so einfach nicht gemacht hätte.

Was tun? Irgendwo hat er einmal gelesen, dass manche Leute das Passwort – oder die Geheimzahl – für ihr Notebook auf einen Klebezettel schreiben und den dann unten an ihrem Gerät festmachen. Nur ist da kein Klebezettel. Trotzdem: Wie merkt man sich ein sechsstelliges Passwort? Am einfachsten wäre es, wirklich ein Wort und nicht eine Zahl zu nehmen: *Öffnen* zum Beispiel, das hätte sechs Stellen, und gut merken kann man es sich auch.

Aber das Notebook versteht *Öffnen* nicht.

Was jetzt? Zu oft will er es nicht probieren, damit das Notebook nicht blockiert, wie einem das mit einer Scheckkarte passieren kann, wenn man die Geheimzahl nicht kennt: Einmal zu oft die falsche Zahl eingegeben, und schon wird die Karte eingezogen. Plötzlich fällt ihm ein, dass er in der Brusttasche ja noch den Taschenkalender hat, den von dem Mann aus der Klinik. So einen hat auch die Elke, und weil sie immer Angst hat, dass sie im entscheidenden Moment die Ziffern durcheinander bringt, hat sie zur Sicherheit die Geheimzahl von ihrer Scheckkarte dort reingeschrieben. Aber die Elke ist schlau. Die Geheimzahl steht zwar drin, aber jemand Fremdes hätte sie gar nicht entdeckt. Zu dem Terminkalender gehört nämlich ein Adressenverzeichnis, und da hat sie dann ganz einfach unter »M« wie *Money* hineingeschrieben: Gustav Moos, Tel. 1635, und das war dann die Geheimzahl. Und sie hat sich auch nie vertan, nur dass auf dem Konto jetzt schon lange kein Geld mehr ist.

Er holt den Taschenkalender heraus, und der hat ganz richtig im Anhang ebenfalls ein Adressenverzeichnis. Aber es sind nicht viele Namen notiert, und bei den meisten davon sind mehrere Telefon-Nummern eingetragen, sowohl solche aus dem Festnetz als auch Nummern für das Handy. Nur – wenn er sich beim Durchblättern nicht versehen hat, gibt es in dem ganzen Adressenverzeichnis überhaupt keine einzige Zahl mit nur sechs Stellen.

Warum nicht? Weil es wahrscheinlich gar keine Telefonnummern mit sechs Stellen gibt. Jedenfalls dann nicht, wenn man die Vorwahl dazunimmt. Und Handy-Nummern haben zwölf Stellen.

Moment! In Städten, die nicht so groß sind wie Berlin, könnte es Telefonnummern mit sechs Stellen geben – ohne die Vorwahl gerechnet. Wenn der Mann also seinem Notebook einen Namen gegeben hätte, sagen wir: Schreiberich, Erwin, Ostseestraße 35 a in Rostock, dazu die Vorwahl und die Kennziffer – wie könnte dann ein Fremder herausfinden, dass das gar keine Telefonnummer ist, sondern eine Kennziffer?

Ganz einfach. Es wäre dann ein Eintrag, bei dem es keine Handy-Nummer gibt. Und dann ruft man an, und falls sich einer meldet, sagt man:

»Oh Entschuldigung, ich hab mich verwählt…«

Falls aber die Quäkstimme kommt und sagt:

»Kein Anschluss unter dieser Nummer!«

…dann weiß man, dass das gerade keine Telefonnummer, sondern eine Geheimzahl war. André will sich daranmachen, das Verzeichnis nach solchen Einträgen durchzusehen, doch in diesem Augenblick schlägt die Klingel an, André schrickt hoch, er kennt das Signal: kurz – kurz – lang, es ist das Zeichen, mit dem sich der Bilch immer gemeldet hat, am Anfang war die Elke ganz aus dem Häuschen, mach schnell auf, der Bilch! Später hatte sie es nicht mehr so eilig, und dann überhaupt nicht mehr…

Aber was will der Bilch hier? Nie wieder soll er sich hier blicken lassen, hat die Elke zuletzt gesagt… Aber vielleicht ist es auch gar nicht der Bilch, sondern der Hausverwalter, der nur so tut, als wäre er der Bilch, vielleicht hat er ihn früher einmal beim Klingeln beobachtet. Aber für den Hausverwalter hat er 300 Euro aus der Briefmappe, die jetzt im Spülkasten liegt, und die Scheine hat er auch schon in einen Umschlag gesteckt, dass es aussieht, als wäre das Geld von seiner Großmutter.

Wieder schlägt die Klingel an, kurz – kurz – lang, ich weiß, dass du da bist, heißt das, mach mir auf! André geht zur Tür und will auf den Öffner drücken, aber dann hört er, dass der Besucher schon im Haus ist und vor der Wohnung steht und mit den Fingern gegen die Tür trommelt, ta – ta – taa! Er öffnet, tatsächlich ist es der Bilch, ein verschwitzter Bilch mit verstrubbeltem Haar und so krumm, als seien sein Bauch und sein Aktenköfferchen viel zu schwer für ihn…

»Endlich!«, stößt er heraus, »lässt du mich herein? Ich bleib nicht lang, ich muss nur kurz mal wieder zu Puste kommen…«

André tritt zur Seite und lässt ihn herein, die Elke ist ja nicht da, und vielleicht geht der Bilch mit ihm später zum Hausverwalter, dann ist er nicht allein.

»Die Elke ist nicht da? Das hast du doch gesagt«, fragt der

Bilch, als er seinen hellen Mantel an den Garderobenständer im Flur hängt.

»Nein, sie ist nicht da«, antwortet André. »In der Erholung ist sie.«

»Du musst es ihr ja nicht sagen, dass ich da war«, meint der Bilch und geht zur Küche und wirft einen Blick hinein. »Da drin sieht's ja ganz ordentlich aus«, lobt er, »da kann die Elke mit dir zufrieden sein...« Und ganz wie früher geht er zum Kühlschrank und macht ihn auf und wirft einen Blick hinein. »Oh nein!«, ruft er aus, als sei er wirklich erschrocken, »ein halbes Glas Mayonnaise, vermutlich sechs Wochen über das Verfallsdatum hinaus, ein Glas Erdbeermarmelade, fast ganz leer... Und davon lebst du?« Er dreht sich um und blickt André an, als sähe er ihn zum ersten Mal oder mit ganz anderen Augen. »Ganz hinten hab ich übrigens noch ein Glas mit Pulverkaffee gesehen – könnte ich mir davon wohl ein Tässchen aufgießen? Ein Tässchen Kaffee – für den armen alten Bilch wäre das... ach, ein Himmelsgeschenk wäre das!«

»Ich mach schon«, sagt André und geht zur Spüle, füllt den Wasserkocher auf und stellt ihn an. »Aber Milch hab ich keine. Hast du ja gesehen.«

»Macht nichts«, meint der Bilch, setzt sich an den Küchentisch und stellt sein Aktenköfferchen auf dem Boden ab. »Du bist ein perfekter Gastgeber. Aber sag mal, dein Arm ist ja gar nicht mehr verbunden?«

»Brauch ich nicht mehr«, murmelt André und geht zum Geschirrschrank, wo er eine Tasse heraussucht, die noch keinen Sprung hat, und eine passende Untertasse dazu. »Das ist jetzt alles okay.« Dann fällt ihm ein, dass der Bilch auch einen Kaffeelöffel braucht und die Zuckerdose, und so geht er zur Schublade mit dem Besteck und zieht sie auf.

»Das freut mich aber«, meint der Bilch, »ich hab mir schon richtig Gedanken gemacht wegen diesem Verband, weißt du das?« Plötzlich beugt er sich über den Tisch, denn er hat den Umschlag entdeckt, der dort liegt und mit der leeren Blumenvase beschwert ist. »Was ist denn das hier für ein feiner Umschlag, dass es ihn nicht wegwehen darf?«

André sagt nichts, sondern betrachtet die Schublade mit dem Besteck. Oder genauer: Er betrachtet nicht die Schublade, sondern das eine Küchenmesser, das darin liegt. Es hat einen Holzgriff, die Klinge ist vielleicht dreißig Zentimeter lang und ziemlich scharf geschliffen. Die Elke hat damit manchmal Fleisch klein geschnitten oder Gemüse.

»Dieser Umschlag da«, fährt der Bilch fort, »in dem muss doch Geld drin sein, das riecht förmlich danach, der gute alte Bilch hat ein Näschen für so etwas...« Er nimmt den Umschlag und schaut hinein. »Drei Hunderter! Nett. Heute Morgen noch bist du genauso blank gewesen wie ich, und jetzt das! Ich glaube, ich sollte bei dir in die Lehre gehen.«

»Es ist Geld von meiner Großmutter, für die Miete, weißt du«, antwortet André, schließt die Schublade wieder und bringt den Löffel und die Dose, in der sich aber nur noch ein kleiner und etwas verklebter Rest Zucker befindet.

»Von deiner Großmutter? Komisch. Elke hat mir nie von der erzählt.«

»Es ist die Mutter von meinem Vater«, erklärt André eilig und wendet sich dem Wasserkocher zu, in dem es bereits zu sieden beginnt.

»Ah, die Großmutter väterlicherseits!« Der Bilch lehnt sich ein wenig zurück, die Arme vor der Brust verschränkt. »Schön, dass sich diese Seite der Familie auch mal um was kümmert... Aber, André – kannst du dich nicht mal umdrehen?«

»Warum?«, fragt André zurück und blickt immerhin zum Tisch zurück. »Das Kaffeewasser kocht gleich.«

»Das merken wir dann auch so«, meint der Bilch. »Ich wollte dich nämlich fragen, wann wir damit aufhören können, einander Komödie vorzuspielen.«

»Ich weiß nicht, was du meinst«, antwortet André.

»Doch, das weißt du ganz genau.« Der Bilch bückt sich zu seinem Aktenköfferchen und hebt es schnaufend hoch und stellt es auf seine Knie. Dann öffnet er die Verschlüsse und holt das Lügenblatt heraus, es ist die Ausgabe mit dem Phantom der Charité, und der Bilch legt die Zeitung so hin, dass das Bild des Phantoms mit dem verbundenen Arm ins Auge springt.

»Wirklich«, sagt der Bilch, »wir müssen uns doch nichts vormachen, wir beide doch nicht! Heute Morgen hast du mitgekriegt, wie die Bullen meinen Laden hochgenommen haben, und um ein Haar hätten sie auch mich kassiert. Ein Fressen wäre das für die gewesen! Dabei ist das noch gar nichts. Was glaubst du, wie die darauf abgefahren wären, wenn sie uns beide hätten schnappen können, den armen alten Bilch und das Phantom der Charité ... Es hätte nur einer in den Park gucken müssen, und da hätte er uns beide sitzen und reden sehen!«

Der Wasserkocher hat sich – Wolken von Dampf ausstoßend – selbst ausgeschaltet. André nimmt ihn von seiner Heizplatte und stellt ihn vor den Bilch auf den Tisch. Dann setzt er sich ihm gegenüber und schaut ihm geradewegs in die Augen.

»Gehst du heute Abend mit mir zum Hausverwalter?«, fragt er. »Versprich es mir.«

Der Bilch legt den Kopf ein wenig schief und runzelt die Stirn. »Was willst du bei dem?«

»Das Geld in dem Umschlag bringen. Aber es reicht nicht. Und ...« – André weiß nicht so recht, was er wie erklären soll – »... der fasst einen so komisch an.« Plötzlich merkt er, dass er einen roten Kopf bekommen haben muss.

»Hoppla!«, sagt der Bilch, »der Hausverwalter ... da eröffnen sich ja immer neue Ansatzpunkte! Selbstverständlich gehe ich mit dir zu diesem Hausverwalter, aber ich bin mir gar nicht sicher, ob diese freundlichen netten drei Hunderter« – er deutet auf den Umschlag – »wirklich für ihn bestimmt sind. Um ehrlich zu sein, ich stelle mir da ganz andere Dinge vor.« Er öffnet die Dose mit dem Pulverkaffee, nimmt drei Löffel in seine

Tasse und gießt mit dem heißen Wasser auf. »Und weil ich dir hiermit feierlich verspreche, dich zu diesem Hausverwalter zu begleiten, erzählst du mir alles, was bisher mit diesem Herrn so abgelaufen ist…«

Ein kleines bosnisches Mädchen, das mitansehen musste, wie serbische Soldaten seine Eltern töteten, kam in eine psychiatrische Klinik. Auf die Frage eines Psychologen, wovor es die größte Angst habe, antwortete das Kind:
»Vor den Menschen…«

Berndorf liest diese Stelle – es ist eigentlich nur eine Anmerkung oder eine Fußnote – und legt das Buch zur Seite, es ist eben jenes, das ihm Barbara empfohlen hat: *Die Kultur der Lüge* von Dubravka Ugresic. Ihm ist, als begegne ihm in dieser Fußnote zusammengefasst, was ihm seit zwei Stunden Unbehagen bereitet – seit er sich mit einem Stapel Bücher über den jugoslawischen Bürgerkrieg in eine stille Ecke der Institutsbibliothek zurückgezogen hat.

Unbehagen? Nicht deshalb, weil es mühselig ist, Wahrheit und Lüge zu unterscheiden. Es hat zu seinem Beruf gehört, in den Wortgebäuden der Menschen auf die unauffälligen, kaum wahrnehmbaren Brüche und Risse zu achten und ebenso auf die allzu glatten Fassaden – oder vielmehr: er hat versucht, das zu tun, und die Mühsal dabei ist ihm vertraut. Doch das Unbehagen kommt von einer anderen Seite. In allem, was er bisher gelesen hat, scheinen Wahrheit und Lüge ineinander vermischt zu sein wie Wasser- und Sauerstoff im Knallgas.

Wahr ist, dass ein kleines bosnisches Mädchen, das in den Neunziger Jahren des vorigen Jahrhunderts in Sarajewo oder Srbrenica oder Banja Luka lebt, vor nichts größere Angst haben muss als vor den Menschen.

Ist es aber wahr, dass ein Psychologe einem schwer traumatisierten Kind eine solche Frage stellt? Kann das sein? Und dass dieser Psychologe seine Frage und die Antwort darauf womöglich selbst weitererzählt, weil er sich gut dabei vorkommt?

Sehr wohl kann das sein, entscheidet Berndorf. Er hat durchaus schon Psychologen erlebt, zum Beispiel vor Gericht, die zu einer solchen Frage in der Lage sind. Die vielleicht sogar stolz darauf wären, ein solches Kind mit der Nase auf seine Angst gestoßen zu haben, denn es gibt keine Rohheit, keine Stupidität, für die sich nicht auch ein akademisches Mäntelchen finden würde.

Also ist wahr, was Dubravka Ugresic schreibt. Es gibt nichts, vor dem man so viel Angst haben muss wie vor uns selbst. Ist es diese Wahrheit, die der Grund dafür ist, dass die Katastrophe des jugoslawischen Bürgerkriegs im europäischen Bewusstsein so gut wie keine Rolle spielt, jedenfalls eine viel geringere als die viel länger zurückliegende Katastrophe des Spanischen Bürgerkriegs? Spanien, das kann noch immer angesehen werden als die Tragödie eines heldenhaften Kampfes gegen den Faschismus... Aber Jugoslawien? Berndorf nimmt das Buch wieder auf und blättert eine paar Seiten weiter:

...Mit dem Propagandaslogan »Wenn wir schon nicht arbeiten können, so können wir uns doch schlagen« eröffnete Milosevic ungeahnte Freiräume und gab Kriminellen, Mördern, Mafiosi die »menschliche Würde« zurück, kurz allen, die eben diese ›Freiheit‹ gewollt hatten...

Der Jugoslawien-Krieg also ein Krieg für die Freiheit, andere nach Gutdünken umbringen und nach Lust und Laune vergewaltigen zu dürfen? Und ein Krieg, den man schon deshalb verdrängen muss, weil einem sonst klar würde, welche Bestialität unter dem dünnen Firnis der europäischen Zivilisation verborgen ist? Berndorf zieht eine ärgerliche Grimasse. Wir sind hier in Deutschland! Über die Bestialität, zu welcher der anständige, der wohlerzogene Bürger in der Lage ist, braucht sich hier niemand Illusionen zu machen. Niemand braucht hier mit dem Finger auf ein anderes Volk zu zeigen.

Aber deswegen ist er nicht hier. Er ist hier, weil er etwas erfahren will über das Lager Dretelj und den Besuch der beiden Bundestagsabgeordneten Fausser und Eschle dort, aber alles, was er bisher gelesen hat, könnte er zusammenstellen zu der Chronik eines angekündigten Mordens, einer von einer ehrbaren Belgrader Akademie der Wissenschaften vorbereiteten und angeheizten Massenschlächterei und eines kollektiven Versagens ebenso ehrbarer europäischer Regierungen. Das alles könnte er schreiben und dazu noch eine Geschichte über den Geruch des Todes, den manche selbst dann nicht wahrnehmen, wenn er ihnen in die Nase sticht.

Nur hilft ihm das alles nicht weiter. Er hat keine Hinweise auf Fausser und Eschle gefunden, nicht einmal der Artikel in der Rundschau vom Sommer 1993, auf den sich das Foto des Lagerinsassen Zlatan Sirko bezieht, erwähnt die Reise der beiden Abgeordneten. Was Berndorf findet, sind immerhin Berichte über das Lager Dretelj selbst, von den Kroaten eingerichtet auf einem Gelände, das zuvor von der ehemaligen jugoslawischen Nationalarmee genutzt worden war und in dessen sechs Baracken – jede etwa 200 Quadratmeter Fläche bietend – im Sommer 1993 rund 2400 Gefangene interniert waren.

Was bedeutet *Internierung*? Englische und amerikanische Autoren nennen das Lager Dretelj ein *concentration camp*. Berndorf registriert, dass in den deutschsprachigen Texten der Begriff *Konzentrationslager* vermieden wird.

Was hatten sich die Gefangenen zuschulden kommen lassen?

Sie waren Bosnier. Oder Bosniaken, wie sie in manchen Texten bezeichnet werden. Das bedeutet: Sie waren Moslems. Für die kroatischen Aufseher genügte das, um sie hungern zu lassen, um sie zu demütigen und zu misshandeln. Mehrere Gefangene wurden zu Tode gefoltert, andere erschossen, wieder andere wurden vergewaltigt. Vergewaltigt? In dem Camp waren auch Jungen interniert, keine 16 Jahre alt.

Vielleicht hatte man sie gerade deshalb interniert.

Wer ist für diese Verbrechen bisher zur Rechenschaft gezogen worden? Im Fall des Konzentrationslagers Dretelj wurde bisher ein Aufseher verurteilt, acht Jahre Haft wegen der Teilnahme an 14 Folterungen, von denen zwei mit dem Tod der Gefolterten endeten.

Acht Jahre? Vielleicht hat ihn das Gericht für einen Handlanger gehalten, für einen, der bloß mitgemacht, bloß Befehle ausgeführt hat? Wann werden diese Juristen begreifen, dass solche Verbrechen nur möglich sind, weil sich immer jemand findet, der ein bisschen mitmacht? Der sich befehlen lässt?

Ein zweiter Aufseher ist zwar schuldig gesprochen worden, hat aber dagegen Einspruch eingelegt, so dass noch kein Strafmaß festgelegt wurde. Weitere Beschuldigte sind namentlich bekannt, stehen aber bisher nicht vor Gericht. Auch ihnen werden Verbrechen gegen die Genfer Konvention, Misshandlungen, Folterungen und Vergewaltigungen vorgeworfen. Irgendwann, vielleicht, werden auch sie vor Gericht stehen. Um dann ihre Strafen nicht als Mörder und Folterknechte zu bekommen, sondern als Handlanger und Befehlsempfänger.

Berndorf schüttelt den Kopf, als sei ihm gerade ein Gedanke gekommen und gleich wieder davongeflogen wie eine Mücke. Er bleibt verschwunden. So lehnt er sich zurück und versucht, Bilanz zu ziehen. Was hat er erfahren?

Zlatan Sirko war oder ist mit einiger Wahrscheinlichkeit kein serbischer Terrorist gewesen, sondern schlicht ein bosnischer Muslim. Durchaus möglich, dass er als Zeuge für die Verbrechen in Dretelj aussagen könnte, zum Beispiel vor dem Internationalen Gerichtshof in Den Haag.

Was könnte Sirko aussagen? Es müsste etwas sein, überlegt Berndorf, das neu ist. Das über das hinausgeht, was bisher in Berichten dokumentiert und in den beiden bisherigen Strafverfahren als Beweis erhoben worden ist.

Aber Fehlanzeige. Er hat nichts in der Hand als Spekulationen. Solche zudem, die ihrerseits an nichts anderes geknüpft sind als eine Annahme, die selbst hoch spekulativ ist: dass es nämlich Sirko gewesen sei, der mit dem Landrover hätte zu Tode gefahren werden sollen. Hoch spekulativ? Nun, so haarsträubend hoch auch wieder nicht.

Was nun? Draußen ist die Dämmerung aufgezogen, also steht er auf, sammelt die Bücher ein, mit denen er den Nachmittag verbracht hat, und bringt sie zurück. Noch immer spukt durch seinen Kopf die Erinnerung an den Gedanken, den er nicht gefasst hat, er fühlt sich, als habe er etwas versäumt, von dem er nicht einmal weiß, was es ist.

Im Foyer herrscht nicht mehr ganz das dichte Kommen und Gehen der Mittagszeit, es ist eher so, als sei der Arbeitstag jetzt in seine entscheidende, seine ernsthafte Phase getreten. Über einem Stand in der Mitte des Foyers ist ein großes Spruchband mit demselben Slogan aufgehängt, den er schon auf dem Plakat in der Cafeteria gelesen hat:

STOPPT DIE BÜCHERDIEBE!

An dem Stand kann man sich in Unterschriftenlisten für den Erhalt der Institutsbibliothek eintragen, und da will Berndorf nicht so sein und stellt sich auch dazu. Er muss etwas warten, denn vor ihm tragen sich zwei junge Frauen ein, so nutzt er die Zeit und sieht sich etwas um, aber er findet nichts, was ihm auffallen müsste, junge Leute im Gespräch, wartend oder in ihre Notizen vertieft. Er will sich wieder dem Stand zuwenden, als sein Blick einen Mann streift, der an einem der Aushänge mit dem Vorlesungsverzeichnis und den Mitteilungen der Institutsleitung und des ASTA steht. Es ist ein Mann mittleren Alters, er liest mit Andacht – Moment! Liest er wirklich? Berndorf sieht nur den Rücken des Mannes, unauffälliger blaugrauer Mantel, Hosenbeine grau, darunter solide, gut besohlte Treter. Kein erkennbares Übergewicht, keine ungepflegten langen grauschwarzen Haare, sondern eine beginnende Glatzenbildung am Hinterkopf, die Ohren freiliegend. Kein Hut, natürlich nicht, Schlapphüte tragen heutzutage selten selber welche ... Noch immer scheint der Mann in Anfangszeiten und Bekanntgaben vertieft.

»Sie wollten sich auch eintragen?« Ein junger Mann mit einem Ziegenbärtchen spricht Berndorf an, er ist jetzt an der Reihe, also tut er es.

»Ich wusste gar nicht«, sagt er dann beiläufig, »dass sich der Staatsschutz für eure Aktion interessiert. Ich finde, das ehrt euch!«

»Was sagen Sie da?« Ein zweiter junger Mann, größer und bulliger als der Junge mit dem Ziegenbärtchen, hat aufgehorcht. »Staatsschutz? Hier?«

»Dort drüben, an den Aushängen«, mit einer Kopfbewegung deutet Berndorf die ungefähre Richtung an, »blaugrauer Mantel, solides Schuhwerk, lernt gerade das Vorlesungsverzeichnis auswendig.«

»Der dort? Kennen Sie ihn?«

»Nein«, antwortet Berndorf. »Kennen tu ich ihn nicht. Ich weiß auch nicht, ob er vom Staatsschutzdezernat der Polizei ist oder vom Verfassungsschutz. Ganz persönlich würde ich sogar auf den BND tippen, aber das wäre eigentlich vollends absurd. Gehen Sie doch einfach hin und fragen Sie ihn, ob er Student ist oder Dozent oder was er sonst hier tut und in welchem Auftrag.«

Berndorf wendet sich zur Tür. Als er dort angekommen ist, dreht er sich noch einmal um und wirft einen zufriedenen Blick auf den Pulk junger Leute, der sich um den Mann an den Aushängekästen gebildet hat.

Zlatan sitzt in dem alten rissigen Ohrensessel, einen Becher Pulverkaffee in der Hand, und starrt vor sich hin. Auf dem Hocker ihm gegenüber sitzt Elfie, und auch sie redet nichts.

Über ihnen verbreitet die Deckenlampe ihr Licht, das gerade so hell ist, um die Trübseligkeit aller Dinge aufzuzeigen. Noch am Vormittag waren sie beim Nachlassgericht gewesen, und jetzt wissen sie immerhin, dass sie einen Erbschein brauchen.

Das heißt, Elfie ist es, die den Erbschein braucht. Und deshalb muss ihr Zlatan suchen helfen. Und dafür kann er hier wohnen. Und er bekommt auch zu essen. Das heißt, Zlatan kocht selbst, für beide. Das kann er auch ganz gut, das gibt sogar die Elfie zu.

»Weißt du, Kochen war noch nie so mein Ding.«

Aber ein Testament haben sie nicht gefunden. Und auch sonst nichts, was ihnen weiterhelfen könnte. Nicht einmal die Schlüssel für den Sekretär, der an der Wand steht und dessen poliertes helles Zirbelkiefernholz von einem Aderwerk feiner Risse durchzogen ist.

»Wenn wir es gefunden haben«, sagt Elfie plötzlich, »werden wir uns wundern.«

»Worüber?«

»Dass wir so lange gebraucht haben. Ganz bestimmt hat mein Onkel sich wieder ein Spassettche ausgedacht...«

»Ein Spassettche?«

»Ja, so hat er es genannt. Einmal hat er mir eine Geschichte vorgelesen, da ging es um einen Politiker, der hat ein wichtiges Dokument gestohlen gehabt. Aber man fand nicht heraus, wo er es danach versteckt hat, nur ein ganz schlauer Detektiv, der hat es dann gefunden. Und weißt du wo?«

»Erzähl es mir.«

»Der Politiker hat es nämlich gar nicht versteckt. Nicht richtig. Er hat es einfach auf seinem Schreibtisch liegen lassen, unter der Zahnarztrechnung.«

»Warum unter der Zahnarztrechnung?«

»Ach!« Elfie winkt ab. »Vielleicht war es auch bloß die Zeitung... Im Geschichtenzuhören bist du nicht besonders gut.«

Zlatan blickt sich um. Dann stellt er den Becher auf dem Nachtkästchen ab und steht auf und geht mit den Augen –

das wievielte Mal? – durch das Zimmer. Auf dem Fenstersims stehen zwei Gartenzwerge, sie haben beide rote Nasen, der eine schiebt eine Schubkarre mit Flaschen darin, der andere schwenkt eine Trikolore. Zlatan dreht die Figuren um, sie sind innen hohl, wie er vermutet hat, aber nirgendwo ist ein Schlüssel versteckt, auch nicht in der Schubkarre. Er geht zu der Wand, die mit altersdunklen Ölgemälden vollgehängt ist, sie zeigen Landschaften, dann wieder Portraits von Landleuten, manche sind ganz lustig, findet er, eines zeigt einen dicken Mann in einem Keller, der dicke Mann trägt eine Mönchskutte und hat abwehrend die Hand erhoben. Das ist der Kellermeister, denkt Zlatan, und der muss einen Schlüssel haben, ganz unbedingt muss er das.

Er nimmt das Bild ab und dreht es um.

Kein Schlüssel.

»Was tust du da eigentlich?«, fragt Elfie und äugt durch das Zimmer.

Zlatan antwortet nicht.

Sein Blick ist auf ein anderes Bild gefallen: Es zeigt Kinder, die um ein einzelnes herumspringen und lachen, dem einzelnen Kind sind die Augen verbunden, mit ausgestreckten Händen versucht es, ein anderes zu finden. Er nimmt das Bild vom Rahmen, dreht es um – wieder kein Schlüssel. Er lässt das Bild sinken, sein Blick fällt auf das Nachtkästchen, er hat dort den Kaffeebecher abgestellt.

Was suchst du? Den Schlüssel für den Sekretär. Warum? Weil in dem Sekretär das Testament sein wird. Oder sein könnte. Wovon handelt ein Testament? Von dem, was jemand hinterlässt.

Warum betrachtet er noch immer das Nachtkästchen?

Das Nachtkästchen hat eine Schublade und darunter – hinter einer kleinen Tür – das Fach für den Nachttopf. Früher war das überall so. Auch bei den Großeltern in Kljuc war das so.

Die Tür für das untere Fach hat ein Schloss, und es steckt ein Schlüssel darin. Er geht zu dem Nachtkästchen, bückt sich und zieht die Türe auf, sie ist nicht abgeschlossen, das Fach ist leer, mit dem Schlüssel lässt sich die Türe auch gar nicht abschließen. Er zieht ihn ab und betrachtet ihn – es ist auch gar kein Schlüssel, wie man ihn für ein Nachtkästchen verwenden würde, dafür ist der Schlüsselbart viel zu sorgfältig gearbeitet.

»Was hast du da?«, will die Elfie wissen, die aufgestanden und zu ihm hergekommen ist.

»Ich glaube, ich hab das Spassettche herausgefunden«, antwortet Zlatan. »Ein Nachttopf-Spassettche.«

Die Deutschen machen das gern, denkt er dann. Aber er sagt es nicht.

Unweit der Charité hat Barbara Stein ein Internet-Café gefunden und ertappt sich dabei, dass sie dort genau das tut, von dem sie Berndorf gesagt hat, es habe keinen Sinn: Sie recherchiert im Netz nach Fakten aus dem Jugoslawien-Krieg. Fakten?

Fünfzehn Jahre alte Videos zeigen Panzer, die rasselnd durch karstiges Bergland fegen, am Geschützturm flattert die Fahne mit dem Schachbrettmuster, Hubschrauber brettern im Angriffsflug, Männer in Tarnanzügen stürmen geduckt durch Dorfstraßen, von einer Deckung zur nächsten, die Kameraden geben Feuerschutz mit dem Sturmgewehr, dazu heroische Musik, denn dies gehört alles zur Operation Oluja, das heißt Sturm, und das bedeutet den Sieg der Guten über die Bösen, General Ante Gotovina zerschlägt die feindlichen Stellungen, wirft die Feinde zurück, kesselt sie ein, ach was für ein tolles Jungenspiel ist doch der Krieg!

Barbara Stein überlegt. Wie hießen diese Italo-Western? *Für eine Handvoll Dollar*? Zum Beispiel. Und waren nicht einige dieser Filme in den Karst-Bergen des damals noch sozialistischen Jugoslawien gedreht worden, der Dollar wegen? Oder verwechselt sie das mit den Karl-May-Verfilmungen? Egal.

Die Italo-Western waren ehrlicher als alles, was sie da im Netz an Videos zu sehen bekommt: Weil die Western nämlich auch von dem handeln, worum aller Krieg sich dreht. Sie handeln von den Dollar.

Warum schaut sie sich das an? Sie hat sich vorgenommen, mit Fausser Kontakt zu suchen. Sobald die Familie ihn für eine Stunde oder zwei aus ihren Klauen entlässt. Aber *wie* soll sie mit ihm kommunizieren? Vorerst kann er nur Ja oder Nein signalisieren, aber was heißt hier: Er *kann* das? Fausser ist – wie atypisch und an den Rand gedrängt er auch sein mag – noch immer Politiker. Einem Politiker aber ist es habituell nahezu unmöglich, auf eine Frage mit Ja oder Nein zu antworten…

Übertreib nicht, ermahnt sie sich. Ob er sich an Zlatan Sirko erinnert, wird er beantworten können. Ebenso, ob er auch in späteren Jahren Kontakt mit ihm hatte. Carla Jankewitz, Faussers Wissenschaftliche Mitarbeiterin, hatte darüber geklagt, dass Fausser so hartnäckig irgendwelchen Kriegsverbrechen nachsetzte, von denen sonst niemand mehr etwas wissen wollte. Warum?

Jugoslawien also. Im jugoslawischen Bürgerkrieg sind zwischen 1990 und 1995 nach vorsichtigen Schätzungen eine Viertelmillion Menschen ums Leben gekommen, die meisten von ihnen waren Zivilisten, und sie sind nicht einfach ums Leben gekommen, sondern sie sind ermordet worden. Für achtzig Prozent dieser Kriegsverbrechen sei die serbische Seite verantwortlich, sagt der frühere polnische Ministerpräsident Mazowiecki, der im Auftrag der Vereinten Nationen in Jugoslawien zu vermitteln versucht hat. Mazowiecki ist ein ehrenwerter Mann, denkt Barbara, aber kann man Schuld in Portionen aufteilen und abwägen, so dass jedes Volk das Päckchen bekommt, ordentlich verschnürt und abgestempelt, das ihm zusteht?

Wenn wir von Mord sprechen, dann setzt das voraus, dass es einen Mörder gibt. Oder mehrere: Helfer zum Beispiel, Mittäter, Anstifter, Befehlsgeber. Welche Personen also hat der Bundestagsabgeordnete Fausser im Auge, dass er nicht aufhören kann, sich mit diesem Bürgerkrieg auf dem Balkan zu beschäftigen? Milosevic hat sich in Den Haag umgebracht, als der Strafprozess immer niederdrückendere Beweise gegen ihn zu Tage gebracht hat. Karadzic versucht noch immer, sein Strafverfahren zu behindern und zu sabotieren. Mladic, der Verantwortliche für das Massaker von Srbrenica, ist von der serbischen Polizei am Ende doch noch gefunden worden. Und die kroatische Seite? Franjo Tudjman, der kroatische Präsident während des Bürgerkriegs, ist tot. Ante Gotovina, der Befehlshaber der Oluja-Offensive und 2005 auf den Kanaren festgenommen, wartet auf seinen Prozess. Während der Offensive sind zwischen siebenhundert und zwölfhundert serbische Zivilisten umgekommen, laut *Amnesty International* waren sie Opfer von Brandschatzungen, Misshandlungen, Racheakten oder außergesetzlichen Hinrichtungen geworden.

Und sonst? Barbara Stein findet weitere Namen. Es sind die Namen von Mördern oder vielmehr: von mutmaßlichen Mördern, denn die wenigsten von ihnen sind bisher verurteilt. Aber es ist nicht das, was sie sucht. Diese Namen gehören zu Leuten, denen der Krieg das erlaubt, wofür sie zu anderen Zeiten sofort in den Knast wandern. Sie aber sucht einen Verantwortlichen, einen Befehlsgeber, freilich einen, der es verstanden haben muss, sich im Schatten zu halten. Nur so jemand könnte die stille unerschütterliche Bestimmtheit rechtfertigen, die sie an Fausser festgestellt hat (oder inzwischen glaubt, sie habe sie festgestellt).

Sie lehnt sich zurück und reibt sich mit beiden Händen die Augen, dann beschließt sie, noch drei Versuche zu machen. Der erste Artikel, den sie aufruft, stützt sich auf ein Interview mit einem früheren serbischen Geheimdienstchef – das kann als Quelle nur interessant sein, wenn man untersuchen wollte, wer warum wie lügt. Als nächstes ruft sie den Artikel eines –

vielleicht oder auch nur angeblich unabhängigen – Balkanforums auf:

...weitere Ermittlungen waren anhängig gegen General Jovan Mesic, zu dessen Kommandobereich auch das berüchtigte Internierungslager Dretelj in der Nähe des Wallfahrtsortes Medjugorje gehört hat. Mesic übernahm später im kroatischen Verteidigungsministerium die Leitung der wichtigen Beschaffungsabteilung. Als bekannt wurde, dass vor dem Internationalen Gerichtshof für Jugoslawien Anklage gegen ihn erhoben werden soll, schied er – inzwischen im Rang eines Staatssekretärs – aus dem Ministerium aus und verließ Kroatien. Berichte, er halte sich in einem argentinischen Franziskanerkloster auf, sind vom Vatikan zurückgewiesen worden...

Unversehens ist Barbara Stein hellwach. Ein Detail aus einem der Artikel, den sie zuvor – widerwillig – gelesen hatte, kommt ihr wieder in den Sinn. Sie ruft den Beitrag auf, es ist ein Artikel über die Operation Oluja, und darin ist die Kampfstärke beider Parteien zu Beginn der Offensive angegeben – 180 000 kroatische Soldaten gegen 40 000 serbische, 480 Panzer und Schützenpanzer gegen 200, 24 MiG-21 Jagdbomber gegen zwölf jugoslawische Eigenbau-Jäger, 38 Mi 8 Transporthubschrauber und zwölf Mi 24D Kampfhubschrauber gegen offenbar gar keine...

Kampfhubschrauber, noch ein Thema aus Faussers Mottenkiste. Was sind das für Maschinen? Solche vermutlich, mit denen man Jagd auf Menschen machen kann.

Was ist sonst besonderes daran? Zu Kriegsbeginn war die jugoslawische Nationalarmee mit all ihrem Kriegsgerät unter serbische Kontrolle geraten, während die Kroaten zunächst nur über die Einheiten der Territorialverteidigung verfügten. Folglich besaßen sie um 1990 weder Panzer noch Fluggerät noch sonst schwere Waffen.

Wie kamen die Kroaten dann doch dazu? Jemand musste

ihnen die Panzer, Jagdbomber und Hubschrauber geliefert und das kroatische Militär in deren Gebrauch unterwiesen haben. Das wird nicht ganz einfach gewesen sein, denn die Vereinten Nationen hatten ein Waffenembargo über die gesamte Region verhängt.

Wer hat dieses Gerät hergestellt? MiG-21 Jagdbomber heißen so, weil sie von dem russischen Flugzeugunternehmen Mikojan & Gurewitsch geplant und gebaut werden; die Namensgeber waren beide russische Konstrukteure. Mi 24D Kampfhubschrauber sind von dem ebenfalls russischen Unternehmen Mil entwickelt worden, benannt nach dem Konstrukteur Michael Leontjewitsch Mil.

Haben also die Russen die kroatische Armee aufgerüstet und kampffähig gemacht? Kaum. Russland hat während des ganzen Konflikts Serbien unterstützt.

Welches Land also hat zu Beginn der neunziger Jahre über genügend Panzer, Jagdbomber und Hubschrauber russischer Bauart verfügt, um gerne davon abzugeben? Dreimal darfst du raten.

Da das nun geklärt ist, ruft Barbara Stein als nächstes auf, was sich unter dem Namen *»Mesic, Jovan«* findet. Dies ist gar nicht einmal so wenig, unter anderen berichtet eine österreichische Tageszeitung über einen Besuch der damaligen Chefanklägerin des Internationalen Gerichtshofs im Vatikan, die dort dagegen habe protestieren wollen, dass Jovan Mesic und andere mutmaßliche Kriegsverbrecher in katholischen Klöstern Unterschlupf gefunden hätten. Der zuständige Kardinalstaatssekretär freilich habe die Dame abgewiesen und – als sie daraufhin um eine Audienz beim Papst gebeten habe – ihr erklärt, sie könne sich ja am nächsten Mittwoch auf dem Petersplatz einfinden, dem Ort der Generalaudienz für jeweils einige Zehntausend Gläubige. Dem Artikel beigefügt ist ein Foto des Generals Mesic, das Foto zeigt einen schlanken, energisch wirkenden Mann mit einem scharf gekerbten Gesicht, sorgfältig gestutztem Schnauzbart und sehr dunklen, sehr aufmerksamen Augen – eher nicht das Bild eines Schreibtisch-Soldaten, findet Barbara Stein, ein kroatischer Gebirgsjäger oder Stalingradkämpfer hätte so aussehen können.

Barbara Stein lässt sich den Artikel ausdrucken, dann schließt sie den Computer und überlegt, was sie denn nun gelernt hat, um Fausser danach fragen zu können.

Ach doch, findet sie, ein paar neue Fragen hat sie jetzt schon. Fragen, auf die auch ein Politiker mit Ja oder mit Nein antworten kann.

Komm nur herein, mein Junge!« Im Büro des Hausverwalters brennt als einzige die Schreibtischlampe, eine Tür ist geöffnet und führt in ein zweites Zimmer, dort ist ein Bett aufgeschlagen, eine hohe Kerze brennt. André zögert, aber dann ist er schon im Büro, und der Hausverwalter Kroppenschmitt schließt hinter ihm die Tür. Kroppenschmitt trägt wieder Jeans und ein weißes, bis fast zum Hosengürtel geöffnetes Hemd.

»Diesmal hast du mir nichts mitgebracht?« Der Verwalter steht hinter ihm und legt ihm die Hände auf die Schultern. Die Hände sind schwer und fleischig, und schwer legt sich auch der Geruch des Kroppenschmittschen Parfüms über ihn, *Tosca for Men*, Großpackung.

Er dreht den Kopf und versucht, zu Kroppenschmitt hochzublicken. »Meine Großmutter...«, beginnt er, aber der Verwalter lässt ihn nicht ausreden.

»Deine Großmutter ist gerade nicht flüssig! Macht nichts.« Er beugt sich zu André hinab und dämpft seine Stimme fast zu einem Flüstern. »Ich vertrau dir doch, mein Junge, und du vertraust mir, das haben wir doch so ausgemacht... Aber was ist denn mit deiner Hand? Du trägst ja gar keinen Verband mehr. Welche Hand war es denn, die rechte, nicht wahr?« Er greift nach unten, fasst Andrés rechtes Handgelenk und hebt es an.

»Ich seh da aber gar keine Verletzung, und auch keine

Narbe?« Noch immer steht er hinter dem Jungen, er hat ihn mit beiden Armen umfasst und hält mit seiner Linken dessen rechte Hand fest.

»Es war eine Sehnenentzündung«, antwortet André mit gepresster Stimme.

»Ach! Eine Sehnenscheidenentzündung!« Behutsam beginnt Kroppenschmitt, Andrés Arm abzutasten. »Die können hartnäckig sein, weißt du das? Unter Umständen ist da die ganze Schulter und der Nacken verspannt… Deswegen möchte ich mir das gerne etwas genauer ansehen.« Er lässt Andrés Arm los, beugt sich über ihn und hakt seinen Anorak auf. »Du erlaubst doch!«, sagt er und streift den Anorak von den Schultern des Jungen.

Warum klingelt der Bilch nicht?, überlegt André, als er auch schon die Arme heben muss, um sich den Pullover ausziehen zu lassen. Der Hausverwalter beginnt ihm das Hemd aufzuknöpfen.

»Das sauberste ist das ja gerade nicht, mein Junge«, bemerkt er dazu, »für das nächste Mal werde ich dir wohl frische Unterwäsche heraussuchen…« Doch er spricht nicht zu Ende, denn an der Tür klopft jemand. Das Klopfen wird heftiger.

André, inzwischen mit bloßem Oberkörper, windet sich von Kroppenschmitt los und rennt zur Türe und öffnet sie.

»Einen schönen guten Abend wünsche ich!«, sagt der Bilch und tritt ein, geht auf Kroppenschmitt zu und ergreift umstandslos dessen Hand, um sie anhaltend zu schütteln. »André hat mich sicher angekündigt, ich bin sein Vormund – oh! Ich ahne, der Junge hat das doch nicht getan, und jetzt sind Vorstellungen über den Ablauf des Abends entstanden, die vielleicht ein ganz klein wenig an der Realität vorbeigehen, selten ist die Realität ja so, dass man Kerzenlicht dazu bräuchte…« Er wirft einen Blick in das Nebenzimmer und hebt die Augenbrauen, dann wendet er sich wieder dem Verwalter zu. »Wie ich sehe, sind Sie Romantiker. Das gefällt mir. Andere mögen anderer Ansicht sein… Nun sind ja noch alle Dinge so halbwegs im Lot und keines dort, wo es nicht hingehört…« Er sieht sich nach einer Sitzgelegenheit um, aber weil Kroppenschmitt ihm nichts anbietet und auch sonst nichts tut oder sagt, sondern einfach nur dasteht und den Neuankömmling anstarrt, bleibt also auch der Bilch stehen und öffnet sein Aktenköfferchen und holt mehrere Schriftstücke heraus.

»Da haben wir ja alles«, sagt er dann, nachdem er den Aktenkoffer zwischen seinen Füßen abgestellt hat, und blättert die Schriftstücke durch. »Wenn Sie bitte unterschreiben wollen?«

»Ich verstehe nicht«, sagt Kroppenschmitt, »ich habe Ihnen nichts zu unterschreiben, was sind das überhaupt…«

»Das eine ist die Bescheinigung über den Erhalt der ausstehenden Miete«, erklärt der Bilch und hält ihm das erste Blatt hin.

»Was reden Sie da – die Miete ist doch noch gar nicht bezahlt!« Wie eine lästige Fliege will Kroppenschmitt das Blatt Papier abwehren, das ihm der Bilch unverdrossen entgegenstreckt.

»Oh doch! Sie ist!«, erwidert der Bilch. »Sie haben gestern von meinem Mündel Geld erhalten und es nicht quittiert. Ihr Pech, wenn jetzt zehn Cent fehlen. Und wenn Sie schon beim Unterschreiben sind, werden Sie bitte so freundlich sein und auch dieses Protokoll abzeichnen…« – der Bilch hält Kroppenschmitt ein zweites Papier hin – »das ist sicher nicht zu viel verlangt. Es ist nur eine Beschreibung, wie der Besuch meines Mündels gestern bei Ihnen abgelaufen ist und zu welchen – nun ja, wie soll ich sagen – … und zu welchen Körperkontakten es dabei gekommen ist.« Der Bilch lächelt ermutigend. »Sie werden sehen – es lässt sich alles regeln, auch ohne dass man das Kinderschutzdezernat der Polizei einschalten muss… Allerdings werden wir dann noch um eine Bearbeitungsgebühr bitten müssen, 600 Euro, das ist der Tarif in solchen Fällen…«

Sind es Gershwin-Melodien, die die Pianistin spielt? Sie sitzt kerzengerade auf dem Hocker, das bringt die schlanke Taille und den hübschen Hintern und den schönen Nacken zur Geltung. Noch singt sie nicht, Berndorf ist dafür dankbar, denn so, wie es jetzt ist, ist es gerade richtig, mehr wäre zu viel. Barbara und er hatten sich übers Mobiltelefon hier, in der Bar des Brandenburg Residence verabredet, er hatte vor dem Hotel auf sie gewartet, und nun sitzen sie an der Theke, Barbara Stein vor einem Slibowitz, den sie sich zu Berndorfs Verwunderung geordert hat, und dieser wieder vor einem Espresso mit einem Kognak, zu dessen Bestellung es nur einen fragenden Blick von Miguel und ein kurzes Nicken gebraucht hat.

In der Bar ist es nach dem ersten Ansturm der Entspannungstrinker, die meist gegen 18 Uhr aus ihren Büros freigelassen werden, wieder etwas stiller geworden. Einige der 18-Uhr-Gäste freilich sind hängen geblieben, andere sind noch in Gespräche vertieft, von denen Berndorf lieber nicht wissen will, welche Geschäfte darin verhandelt werden.

»Wirklich«, sagt Barbara, der Berndorfs Blick auf die Pianistin nicht entgangen war, »ein hübscher Hintern, nicht wahr?«

»Gewiss doch«, antwortet Berndorf. »Aber nichts für alte Männer. Ich weiß nicht mal, ob für Männer überhaupt.«

»Ach ja? Und wieso meinst du das?«

»So, wie sie spielt. Mit einem *je ne sais pas quoi* im Anschlag. Wie sie sich hält. Wer Klavier spielt, hat Glück bei den Frauen. So eine ist das.«

»Nun kennst du dich also nicht nur bei Frauen, sondern auch im Klavierspielen aus. Da schau her.« Barbara nimmt einen Schluck und verzieht kurz das Gesicht, denn der Slibowitz ist doch etwas feuriger, als sie erwartet hat.

»In Wahrheit kenn ich mich gar nirgends aus und bin nichts als ein alter dummer Mann. Ich weiß zum Beispiel nicht, wie viele Stunden ich in eurer Institutsbibliothek verbracht habe, und erst, als ich wieder draußen war, ist mir eingefallen, wonach ich hätte suchen sollen.«

»Und das wäre?«

»Nach einem General. Einem General, der für dieses verdammte Lager verantwortlich war und dessen Name mir dieser Fotograf nicht sagen wollte oder konnte.«

»Du meinst Jovan Mesic«, stellt Barbara Stein fest. »Tüchtiger Mann. Und fromm.«

Berndorf sagt erst mal gar nichts, dann kippt er seinen Kognak und bittet Miguel um einen zweiten. »Und fromm!«, wiederholt er. »Tut er Buße?«

So genau wisse sie das nun auch wieder nicht, meint Barbara. »Was man so im Kloster tut. Ich glaube, das kommt auf die jeweilige Kongregation an.«

Miguel bringt den Kognak, Berndorf dankt und fragt beiläufig, ob Miguel wohl etwas von seinem Kollegen Zlatan gehört habe. Nein? »Das habe ich mir fast gedacht. Ich denke, er wird in Frankfurt sein.«

Das sei gut möglich, erwidert Miguel zögernd. »Er hat, glaube ich, einen Cousin oder Onkel dort, in Sachsenhausen... der Onkel betreibt ein Restaurant mit original bosnischer Küche, die soll ganz ausgezeichnet sein, aber nur, wenn sie wirklich original ist.«

Berndorf hat so etwas auch schon gehört, und Barbara meint, dass sie persönlich die balkanische Küche selbst über die italienische stelle. Miguel wiederum meint, dass die Dame dabei die katalanische Küche nicht vergessen solle, aber dann muss Berndorf doch etwas ganz anderes fragen, weil er sich nämlich ein bisschen Sorgen macht, Sorgen um den gemeinsamen Freund. »Ich nehme an, er hat einen Bus nach Frankfurt genommen, weil das die billigste Lösung ist, aber ein Ticket kostet für die einfache Fahrt auch schon zweiundvierzig Euro...«

»Ich denke...«, sagt Miguel zögernd, »ich denke, dass das kein Problem war. Nein ganz sicher müssen Sie sich da keine Sorgen machen.« Er blickt Berndorf an. »Ich glaube, dass ihm ein Kumpel etwas gegeben haben wird. Genug für das Ticket. Sonst wäre der ja kein richtiger Kumpel, nicht wahr?«

Das finden auch Berndorf und Barbara, und weil sich gerade die Tür öffnet und ein Schwall von Russen hereinschwemmt, kippt Berndorf seinen zweiten Kognak und bezahlt unter Hinzufügung eines stärker dotierten Trinkgeldes.

Wenn einer ein richtiger Kumpel ist, dann muss man dem auch zeigen, dass man das in Ordnung findet.

»Du hast diesen General gefunden«, sagt Berndorf, als er und Barbara Arm in Arm zur U-Bahn gehen. »Was tät ich ohne dich?« Er bleibt stehen, und so muss auch Barbara stehen bleiben, sie schauen sich an, fast wären sie von anderen Passanten gerempelt worden. Die Lichter der Stadt verdunkeln den Abendhimmel, Autos blinken rot, gelb schimmern die Dachleuchten der Taxis, Hupen tröten, große rollende Aquarien mit Menschenfischen darin schieben sich am Trottoir vorbei, eine Halbwüchsige hält sich an ihrer Taschenquatsche fest, ein Pudel muss scheißen und macht einen krummen Buckel dabei.

Barbara und Berndorf schauen sich noch immer an.

»Darf ich dich zum Essen einladen?«

»Einverstanden«, sagt sie.

Der Schlüssel vom Nachtkästchen hat gepasst, und nun ist Schublade um Schublade aufgezogen und ausgeräumt. Auf dem Boden stapeln sich Ordner mit Geschäftskorrespondenzen, mit Zeitungsausschnitten, daneben liegen Pappschachteln voll merkwürdiger Orden und voll Fotografien.

Nirgends ein Letzter Wille. Dafür kann Zlatan, auf dem Boden hockend, jetzt einen Bildband durchblättern. Andere sind neben ihm gestapelt.

»Was ist denn das?«

»Ein Fotoband«, antwortet Zlatan ausweichend. »Es sind sogar mehrere Bände. Offenbar sind sie alle französisch.«

»Wieso französisch? Wenn es Bilder sind, dann sind die doch nicht deutsch oder russisch oder französisch.«

»Die schon. Weil draufsteht: *Réservé aux adultes*«, erklärt Zlatan und blättert den nächsten Band durch. Aber nirgends flattert ein verborgenes Dokument heraus.

»Versteh ich nicht… Ach so. Du meinst Schweinkram.« Elfie verzieht das Gesicht. »Warum sagst du das nicht gleich! Der Onkel war… ach egal. Was machen wir jetzt?«

Zlatan steht etwas mühsam auf, vom Hocken auf dem Boden sind die Kniegelenke steif geworden. »Bist du ganz sicher, dass er ein Testament gemacht hat? Vielleicht hat der Onkel gedacht, es ist ein Spassettche, wenn wir suchen und suchen, und es gibt gar nichts?«

»Ganz bestimmt hat er das gemacht«, antwortet Elfie. »Ein Testament, meine ich. Er hat es mir gesagt. Das sei ein Testament geworden, hat er gesagt, das kann ich mir hinter den Spiegel stecken. Weißt du, ich hab ihn schon auch besucht und mich gekümmert, immer wieder, nicht dass du sonst was denkst…«

Zlatan steht vor dem Sekretär und betrachtet ihn. Die Schreibplatte ist aufgeklappt, dahinter sind links und rechts kleine Fächer angeordnet. Zwischen diesen kleinen Fächern – die sie längst durchgesehen haben – befindet sich ein leeres hohes Fach, ausreichend, um eine kleine Bar darin unterzubringen. Aber es lag nur ein Stapel Papier darin, irgendwelche Schreiben von Krankenversicherung und Rentenkasse, die der alte Mann vor seinem Tod nicht mehr beantwortete.

Er misst mit der Hand die ungefähre Tiefe dieses leeren Faches aus und vergleicht sie mit der Außenwand des Sekretärs. Ein Geheimfach kann da nicht verborgen sein. Er geht zwei Schritte zurück und mustert mit zusammengekniffenen Augen den Aufbau des Sekretärs, schätzt die Höhe der Nut ab, in der die Schreibplatte einrasten muss, um Halt zu haben, und vergleicht sie mit der obersten Kante der Schublade darunter. Dann tritt er wieder an den Sekretär heran, der Boden des leeren Faches ist mit einem Dekor von Intarsien geschmückt, er legt die Hand darauf und bewegt sie leicht, er spürt, dass diese

Bodenplatte nicht fest verankert ist und zieht sie ohne große Mühe heraus.

Die Intarsienarbeit zeigt einen Joker: einen Männerkopf mit einer Narrenkappe.

In dem Fach, das unter der Bodenplatte verborgen war, liegt eine handliche Pistole mit kurzem Lauf. Zlatan, der seinen Wehrdienst einst bei der jugoslawischen Volksarmee abgeleistet hat, ist sich sofort sicher, dass es sich bei der Waffe weder um eine Antiquität noch um ein Faschingsspielzeug handelt. Er nimmt sie vorsichtig hoch, es ist eine Walther, gepflegt und vermutlich voll funktionsfähig, außerdem liegen zwei Magazine mit jeweils acht Patronen in dem Fach, Kaliber 7.65 mm.

»Ach«, sagt Elfie enttäuscht, die ihren Kopf über die Schreibtischplatte gebeugt hat, »das ist bloß seine Knarre.«

»Wo hat er sie hergehabt? Und wozu hat er sie gebraucht?«

Elfie zuckt abschätzig mit den Schultern. »Der Onkel hat schon auch so Männer gekannt... So Männer eben, die einem so ein Ding besorgen. Er hat immer gesagt, er braucht keine Alarmanlage und auch keine Gitter vor den Fenstern – wenn sich zu ihm ein Einbrecher verirrt, dann hat der ganz schnell ein Loch im Kopf, und der Kittel ist geflickt...«

»Er muss ein netter Mann gewesen sein, dein Onkel.«

»Ach!«, meint Elfie schnippisch, »manchmal schon. Er ist auch schon mal in den Taunus gefahren, in einen Wald, und hat da geübt. Einmal hab ich mit ihm fahren dürfen, und er hat mich auch schießen lassen... Mann!, das macht einen Knall, und es reißt dir die Hand hoch, das glaubst du nicht.«

»Doch«, meint Zlatan, »das glaub ich dir schon... aber worauf hast du geschossen?«

»Wie – worauf?«, fragt Elfie zurück. »Du drückst ab, und es macht einen unglaublichen Knall... weißt du denn nicht, wie schießen geht?«

»Eigentlich schon. Aber du musst doch auf etwas zielen?«

»Zielen? Du fragst Sachen! Hat der Onkel nie was von gesagt… Aber sag mal – das Testament, könnte das nicht auch da drin sein?«

Zlatan legt die Walther und die beiden Magazine in eine der jetzt leeren Schubladen und untersucht das Geheimfach. Da es nicht die volle Breite der Schreibplatte ausfüllt, müssten daneben noch zwei Hohlräume sein. Er tastet mit der Hand die Seitenwände des Faches ab und entdeckt an jeder Seite eine Lasche. Er probiert es mit der ersten – und zieht mit Mühe eine schmale Schublade auf, mit Mühe deshalb, weil sie bis obenhin mit Fotografien vollgestopft ist, genauer: Mit Bildkarten, zumeist schwarzweiß oder nachträglich koloriert.

Er versucht es bei der zweiten verdeckten Schublade, aber auch hier findet er nur das gleiche Material.

Ausnahmslos sind es Fotografien *réservées aux adultes*.

Upps!«, rülpst der Bilch, wischt sich den Mund ab und spült mit einem kräftigen Schluck Champagner nach. Den Champagner und alles andere, was inzwischen den Kühlschrank füllt, hatten André und er zwei Nebenstraßen weiter bei dem koreanischen Lebensmittelhändler bekommen, der auch abends geöffnet hat. Danach hat der Bilch sich in der Küche an einem koreanisch-indischen Curry-Huhn zu schaffen gemacht – Dosen-Ravioli kommen bei ihm nicht auf den Tisch, das hat er gleich klargestellt –, und André hatte nichts dagegen, denn der Bilch kann kochen, sogar noch besser als die Elke.

»Du siehst«, hebt der Bilch an und schiebt den leer gegessenen Teller zur Seite, »man darf nie aufgeben. Wer von uns beiden hätte heute Morgen gedacht, dass wir uns am Abend ein so feines Fresschen kochen werden? Na? Die Frage ist nur, wie geht es weiter?«

André fragt, was er damit meint.

»Wegen der Miete brauchen wir uns vorläufig keine Sorgen zu machen«, erklärt der Bilch. »Unser lieber, guter, netter Hausverwalter Kroppenschmitt wird das für uns in Ordnung bringen. Aber sonst? Ich werde den Teufel tun und diesem Stapel von Briefen näher treten, die da alle für die Elke eingegangen sind und die samt und sonders ziemlich unangenehm aussehen. Trotzdem, du solltest sie mal durchsehen. Zum Beispiel die Stromrechnung – das wäre vielleicht nicht schlecht, wenn wir die bezahlen würden. Nur…« – mit seinen Händen macht der Bilch eine gegenläufige Bewegung, als wringe er ein imaginäres Handtuch aus – »… dem lieben Herrn Kroppenschmitt sollten wir keine weiteren Bearbeitungsgebühren oder ähnliches mehr auferlegen, das wäre nicht klug. Kennst du eigentlich die Geschichte vom Fenek?«

André schüttelt den Kopf.

»Der Fenek ist der Wüstenfuchs, und der lebt von Schnecken, und die gibt es nur an Tamarisken: Das sind so Büsche, und weil wir ja in der Wüste sind, gibt es die nur ganz selten und vereinzelt. Und an jedem Busch findest du vielleicht zehn oder zwanzig oder dreißig von diesen Schnecken. Und weißt du, was der Fenek tut, wenn er einen solchen Busch findet? Er frisst eine Schnecke, nur eine einzige, soviel Kohldampf er auch schiebt, und dann trollt er sich und sucht den nächsten Busch… Und warum tut er das?«

»Wenn er den Busch leer frisst, gibt es überhaupt keine mehr«, antwortet André, dem nun doch eingefallen ist, dass er diese Geschichte kennt.

»Richtig«, sagt der Bilch, »und weißt du, was daraus folgt? Dass wir beide bisher keine besonders schlauen Feneks gewesen sind, du nicht und ich auch nicht. Wir haben nämlich unsere Tamarisken leer gefressen, und jetzt müssen wir uns was Neues suchen.«

»Und was soll das sein?«

Der Bilch trinkt sein Glas aus und blickt André prüfend an. »Bei dir auf dem Schreibtisch steht so ein Notebook… wo hast du das denn her? Auch von deiner Großmutter?«

André will antworten, dass er das Ding schon seit Monaten hat. Dass es ihm noch die Elke gekauft hat. Aber wozu soll er dem Bilch etwas vormachen? »Das war auch heute Mittag. Aus einem Einzelzimmer.« Plötzlich sieht er das Krankenbett wieder vor sich, das Bett mit dem Mann darin, und er muss sich kurz auf die Zähne beißen.

»Ist was?«, fragt der Bilch. »Hat jemand Ärger gemacht?«

»Kein Ärger. Aber der Mann hat mich angeschaut«, sagt André. »Einen Augenblick war mir fast übel. Dabei hat er gar nichts gesagt. Kein Wort. So, als ob ich mir ruhig das Zeug nehmen soll.«

»War der schon hinüber?«

»Nein, ich glaub nicht. Der hat ja geguckt.«

»Na gut«, meint der Bilch. »Und hast du das Notebook starten können?«

»Bis jetzt nicht. Aber ich hab eine Idee.« Und er erklärt die Sache mit dem Terminkalender und dem Adressenverzeichnis.

Zu seiner Enttäuschung zieht der Bilch eine Schnute. »Leute, die ein Notebook haben, die haben ihre Adressen dort gespeichert. Und außerdem haben solche Leute mindestens ein Handy, und da ist ganz selbstverständlich ein Telefonbuch integriert. Und ein sechsstelliges Passwort sollte man sich eigentlich merken können ...«

»Die Elke hat Angst gehabt, dass sie eine Zahl mit vier Stellen durcheinander bringt.«

»Die Elke! Ja dann ...«, meint der Bilch und stemmt sich vom Küchentisch hoch. »Lass mich mal gucken.«

Sie gehen hinüber in Andrés Zimmer, und der Bilch begutachtet das Notebook, »ein neues, teures Stück«, lobt er und beugt sich zu der Seitenleiste mit den Büchsen, »hat auch schon den genormten einheitlichen Akku, wenn er leer ist, können wir ihn mit dem Kabel von meinem Gerät aufladen, das ist doch schon was.« Er schaltet das Gerät ein, der Bildschirm leuchtet auf und verlangt das Passwort, das ganz richtig sechs Stellen hat. Der Bilch hebt die Schultern und lässt sie wieder sinken, dann wirft er einen Blick auf den Schreibtischstuhl und zieht es vor, sich einfach auf den Boden zu setzen, mit dem Rücken zu Andrés Bett, und beginnt im Schein der Nachttischlampe den schwarzen, in Leder gebundenen Terminkalender durchzublättern.

»Tut mir leid«, sagt er plötzlich, »ich finde einfach keine Telefonnummer mit genau sechs Stellen. Aber schau dir doch das da an!« Er zeigt André einen Eintrag:

JM 07747 – 6387

»Das sind aber auch keine sechs Stellen«, meint André, der sich neben ihn gehockt hat.

»Natürlich nicht. Aber du kannst als Geheimzahl auch eine Kombination von Zahlen und Buchstaben nehmen – versuch das doch mal: J M sechs drei acht sieben.«

»Lieber nicht. Was ist, wenn der Typ die Buchstaben in die Mitte gestellt hat? Oder an das Ende?«

»Na gut, dann müssen wir es anders testen. Geht euer Telefon noch?«

André schüttelt nur den Kopf. Er hat zwar ein Handy, aber davon muss der Bilch nichts wissen, denn es ist fast kein Guthaben mehr drauf.

»Entschuldige, ich hätte es mir denken können. Kannst du mir meinen Aktenkoffer holen? So schnell komm ich jetzt nicht hoch.« André bringt den Koffer, so dass ihn der Bilch öffnen und ein Mobiltelefon herausholen kann. Er wählt, tatsächlich kommt eine Verbindung zustande, und ehe der Bilch abbrechen kann, meldet sich eine Stimme:

»Bei Matthaus...«

»Entschuldigung, ich muss mich verwählt haben«, murmelt der Bilch und drückt die Aus-Taste. »Diesmal hast ja wohl du Recht gehabt...« Wieder nimmt er den Terminkalender und blättert weiter.

»Man könnte doch aber auch Zahlen mit Buchstaben darstellen, oder umgekehrt«, meint André.

»Oder Zahlen nehmen, aus denen die Wurzel gezogen werden muss«, gibt der Bilch zurück. »Oder die Quersumme. Nee, mein Lieber, das führt alles in die Irre. Der Typ hier« – der Bilch klopft auf den Terminkalender – »ist ordentlich viel mit dem Flieger unterwegs, war dieses Jahr schon in New York, dann ist er ein paar Mal in Brüssel gewesen, einmal in Zagreb. Daneben hat er aber noch ziemlich viele Termine am Wochenende, und es sieht nicht so aus, als wären das Termine auf dem Golfplatz. Ehrlich gesagt kann ich mir zwar keinen Reim darauf machen, ein Business Man ist das aber nicht, die haben die Wochenenden nicht so verplant, und ganz sicher ist das auch keiner, der viel Zeit für Rätselspiele übrig hat. Wenn die Geheimzahl überhaupt in diesem Büchelchen drinsteht, muss sie ganz einfach und sofort zu finden sein, auf einen Blick.«

»Ich an seiner Stelle …«, sagt André, »… ich glaube, ich hätte meinen eigenen Geburtstag genommen. Das ist nämlich ein Datum, das sich jeder merken kann. Und dann hätte ich zu meinem Geburtstag als Geheimzahl hingeschrieben … New York kürzt man mit N und Y ab, nicht wahr? Also das hätte ich hingeschrieben und die Zeit, wann ich da hingeflogen bin, also zum Beispiel N Y Elf Uhr Fünfzehn, und es würde so aussehen …«

»Ich war noch niemals in New York«, summt der Bilch und schaut André amüsiert an. »Mir scheint, da ist ein Wunsch der Vater des Gedankens. Und seinen Geburtstag kennen zwar nicht wir, aber vermutlich genug andere Leute. Deswegen wird er ihn eher nicht genommen haben. Trotzdem ist das gar nicht dumm, was du da gesagt hast.« Er blättert zurück. »Offenbar ist er am zehnten Januar tatsächlich nach New York geflogen, Abflug Frankfurt/Main nicht um elf Uhr fünfzehn, oder wie du dir das vorstellst, sondern um sechzehn Uhr siebenundzwanzig, aber dann sind da auch Termine drüben eingetragen und der Rückflug zwei Tage darauf. Also ist da wohl nichts versteckt.«

»Warte mal!«, widerspricht André. »Du hast doch gesagt, das ist ein neues Gerät? Also eines, das der Typ vielleicht erst vor ein paar Monaten gekauft hat, oder er hat es zu Weihnachten geschenkt bekommen. Und als er ein Passwort festlegen musste, ist ihm keines eingefallen und er hat einfach den ersten Eintrag in seinem Terminkalender genommen, das weiß doch einer schon eine ganze Weile vorher, dass er nach New York fliegt. Soll ich's mal versuchen?«

Der Bilch sagt gar nichts, sondern schaut ihn nur an, und André steht auf, geht zu dem Notebook. »Wann ist der noch mal geflogen?« Der Bilch schaut nach und wiederholt die Uhrzeit, und so gibt André als Passwort ein:

NY 1627

Wenige Sekunden später ertönen die Anfangstakte einer Melodie, von der André nicht weiß, dass es das *Forellen-Quintett* ist, und auf dem Bildschirm baut sich die Homepage des Bundestagsabgeordneten Christian Fausser auf.

»Meine Fresse!«, sagt der Bilch, der es doch noch geschafft hat, vom Boden aufzustehen.

Mittwoch

Berndorf geht über eine weite kahle Hochfläche, es ist heiß, er würde sich gerne das Gesicht fächeln, aber er hat keinen Strohhut. Ein Hubschrauber taucht auf und kreist über ihm, das Brettern der Rotoren kommt und geht und kommt und geht …

»Warum stellst du dein blödes Handy nicht ab?«, murmelt eine schlaftrunkene Stimme neben ihm. Er schreckt hoch, tastet nach der Nachttischlampe und findet sie nicht, aber das Display des Mobiltelefons schimmert grünlich, im zweiten oder dritten Versuch erwischt er es und drückt auf die Annahmetaste.

»Nezahat hier«, flüstert eine leise Stimme, »Sie sind gerade nicht in Ihrem Büro? Nein? Dann sind es doch Einbrecher.«

Allmählich wird Berndorf wach. Von wo ruft Nezahat an?

»Von meinem Handy. Aus einem Hauseingang, drei Häuser weiter. Ich konnte nicht schlafen, da bin ich aufgestanden und wollte zu der Stelle, Sie wissen schon … Und auf dem Weg hab ich das Licht in Ihrem Büro gesehen, und draußen, in einem Auto, da sitzt einer, ich glaub, der passt auf.«

Hat sie das Kennzeichen lesen können?

»Ja, aber ich hab nichts zum Schreiben.«

»Doch. Das Handy. Schicken Sie mir eine SMS mit dem Kennzeichen. Und bleiben Sie im Hauseingang, lassen Sie sich nicht blicken! Ich bin … in einer halben Stunde müsste ich da sein.«

Endlich gelingt es ihm, die Lampe einzuschalten. Er schwingt die Beine aus dem Bett und bleibt, noch immer ein wenig benommen, für einen kurzen Augenblick sitzen.

»Wo, bitte, willst du in einer halben Stunde sein?«, fragt Barbaras ebenso wache wie kühle Stimme.

»In meinem Büro. Irgendjemand bricht dort gerade ein. Nein…« – er beginnt, seinen Schlafanzug auszuziehen – »…nicht irgendjemand. Regulskis Kreuzottern tun es.«

»Sehr beruhigend«, meint Barbara, die ebenfalls aufgestanden ist. »Du erlaubst, dass ich mir das ansehe.«

Berndorf, damit beschäftigt, seine Hosen anzuziehen, kommt zum Schluss, dass er jetzt keine Zeit hat, mit Barbara zu streiten, worüber auch immer. Keine zehn Minuten später biegt er mit dem Auto, das die beiden sich zugelegt haben, seit sie in dem kleinem Ostseedorf Blengow eine Datsche mieten konnten, aus dem Hinterhof auf die Straße und macht sich auf die Fahrt durch die noch menschenleeren Straßen, kaum ein Wagen kommt ihnen entgegen, an den Kreuzungen blinken die Ampeln gelb, aus dem Autoradio dudelt ein Saxophonist…

»…hier ist Berlin, hier ist Radio Fünf Neunundsechzig, hier ist Wanda Kuhlebrock, es ist zwei Uhr siebenunddreißig, aber die Nacht, die ist nicht zum Schlafen da, auch wenn alles ruhig ist auf den Straßen, der Verkehr kann fließen, aber mit Verhüterli, meine Süßen, und hoffentlich müsst ihr euch nicht allein vergnügen. Einer meiner treuen Hörer hat mir erzählt, wie er neulich nachts und guter Dinge an einem Landrover vorbeikam, und da saß eine einsame Frau, und die Fensterscheibe war nicht ganz geschlossen, so konnte man hören, dass im Autoradio gerade *Viens entre mes reins* lief, ihr erinnert euch sicher, vorgestern war das, gesungen von Jane Birkin, und die arme einsame Frau im Auto musste sich dazu ganz allein vergnügen, leider konnte unser treuer Hörer…«

Energisch drückt Barbara auf die Aus-Taste. »Was ist mit den Kreuzottern?«

»Dieser Regulski, das ist ein Bulle, hat mich gewarnt.«

»Vor Kreuzottern?«

»Ja.«

»Und warum hast du mir das nicht erzählt?«

»Weil ich es für Gewäsch gehalten habe.«

»So!«, sagt Barbara. »Übrigens hab ich dir auch nicht alles erzählt.«

»Ja?«

»Mesic«, sagt sie, »Jovan Mesic. Der Verantwortliche für Dretelj. Das war nicht einfach ein kleiner Lagerkommandant.«

»Nein?«

»Nein. Er rückte dann ins Verteidigungsministerium auf. War Leiter der Beschaffungsabteilung, im Rang eines Staatssekretärs. Weißt du, was das bedeutet? Diese Leute, mit denen du dich da eingelassen hast – das sind Leute, die bringen es fertig, eine Hunderttausend-Mann-Armee an einem UN-Embargo vorbei mit Panzern, Jagdbombern und Hubschraubern auszurüsten. Und du, mein drolliger Pfadfinder – du glaubst wirklich, ich lass dich jetzt in dein Büro rennen und das Licht einschalten, damit es den großen finalen Schlag tut und dein Büro und du und ich und das ganze Haus in die Luft fliegen?«

Berndorf sagt erst mal gar nichts. Dann schüttelt er den Kopf. »Das ist mir zu dramatisch. Ich hab mir vielleicht Ärger mit den Schlapphüten eingehandelt – gut möglich, dass denen ein kleiner Trick von mir missfallen hat. Aber dass die eine Bombe ...«

»Du hast noch immer nicht begriffen, mit wem du es zu tun hast. Aber egal.« Sie hat ihr Handy eingeschaltet und die Notruf-Nummer der Polizei gewählt.

»Na, denn viel Glück«, meint Berndorf und muss herunterschalten, denn es kommt eine Kreuzung in Sicht, bei der er keine Vorfahrt hat.

Barbara wartet. Eine Stimme vom Tonband meldet sich:

»Bitte warten! Polizeinotruf Berlin. Zurzeit sind alle Notrufleitungen belegt, bitte legen Sie nicht auf ...«

»Weißt du, so eine Nachtschicht ist lang«, meint Berndorf. »Da muss ...«

»Sei still!«

»... Bitte warten! Polizeinotruf Berlin. Zurzeit sind ...«

»Außerdem hat diese Wanda im Radio gesagt, dass auf den Straßen alles ruhig ist. Da muss doch ein Tässchen Kaffee ...«

»Alter Dummschwätzer!«

»... bitte legen Sie nicht auf ... Bitte warten! Polizeinotruf ...«

»Oder eine kleine Nummer mit der Kollegin«, schlägt Berndorf vor. »Wo doch diese Wanda ...«

»Berndorf!«, ruft Barbara warnend und stellt das Mobiltelefon wieder ab. »Du verstehst einfach gar nichts! Was glaubst du denn, was sonst noch alles in deinem Büro deponiert werden kann? Ein paar Kilo Koks zum Beispiel, und schon kommst du für ein paar Jahre hinter Gitter. Oder Blüten für eine halbe Million Euro ...«

»Und da hast du den Notruf der Polizei gewählt, damit die das auch gleich finden?«

»Dummkopf!« Wieder hat Barbara das Handy genommen und sucht im Verzeichnis nach einer Nummer. »Kannst du mal irgendwo halten? Ich will jetzt ein wichtiges Gespräch führen, möglichst ohne Störungen.«

Sie fahren über eine von breiten Trottoirs gesäumte vierspurige Straße, Berndorf bremst ab, biegt in eine Einfahrt ein und stoppt. Barbara hat eine Nummer gewählt, es dauert, bis sich jemand meldet.

»Barbara hier – liebster Dingeldey«, sagt sie in fast beschwörendem Ton, »ich bin untröstlich, aber ich brauche deine Hilfe ...«

Die Stimme am anderen Ende der Verbindung scheint etwas in der Art zu murmeln, dass ein Anruf um diese Zeit in der Tat auf ein gravierendes Hilfsbedürfnis hindeute.

»In Berndorfs Büro wird gerade eingebrochen«, erklärt Barbara, »und weil es bei ihm nichts zu klauen gibt, legen die Einbrecher entweder eine Bombe oder sie deponieren siebenundzwanzig Kilo Rauschgift. Was bitte tun wir jetzt?«

Die Stimme am anderen Ende schweigt eine Weile, dann kommt eine kurze Frage, und Barbara gibt die Adresse von Berndorfs Büro durch.

Hol frische Brötchen und Milch und Zeitungen, hatte der Bilch gesagt und behauptet, er selbst brauche noch eine Mütze Schlaf. André kennt das von früher, da hat der Bilch auch immer frische Brötchen zum Frühstück haben wollen und war zu faul, sie selber zu holen, und so geht er die Treppen hinab aus dem Haus und über den Garnisonfriedhof zur Rosenthaler Straße; auf halbem Weg Richtung Hackesche Höfe ist ein Bäcker und gleich daneben auch ein Kiosk für die Zeitungen. Es ist noch dunstig, aber es könnte ein schöner Tag werden und richtig Frühling.

Warum gibt ihm das einen Stich? So einen richtigen Stich ins Herz.

An der Querstraße vorne, wo es links zu dem türkischen Schneider geht, blinkt es blau, schon wieder steht eine Wanne herum, ein Einsatzwagen der Polizei, sind sie schon wieder hinter dem Bilch her? Plötzlich erschrickt er. Oder etwa hinter ihm? Aber nein, er trägt keinen Verband mehr, und in der Hosentasche hat er nur gerade einen Zwanziger für die Brötchen und die Milch und die Zeitungen, die er für seinen Vormund besorgen muss.

Er ist jetzt an der Ecke angelangt und sieht, dass da nicht nur ein einziger Polizeiwagen herumsteht. Es sind noch mehr Autos da als gestern, als man den Laden vom Bilch ausgeräumt hat, und es stehen noch mehr Polizisten herum, aber solche in Uniform, die ganze Straße ist abgesperrt, und aus den Häusern werden Leute herausgebracht und müssen in die Wannen einsteigen, manche sind noch im Schlafanzug und haben nur einen Mantel darüber, bei einem Mädchen klafft der Parka auf, und er sieht, dass das Mädchen drunter nur ein rosa Nachthemd mit weißen Rüschen trägt. Als sie in den Polizeiwagen einsteigt, merkt sie, dass er sie beobachtet, und streckt ihm die Zunge heraus.

»Steh hier nicht rum«, schnauzt ihn von hoch oben herab eine Stimme an. Die Stimme gehört zu einem baumlangen Polizisten. »Mach, dass du weiter kommst!«

»Wo, bitte, werden die Leute hingebracht?«, fragt André und wundert sich über sich selbst. Warum tut er so, als ob er das wissen müsste? Und falls es ihm nicht gefiele, wohin diese Leute gebracht werden – könnte er etwas daran ändern?

»Diese Menschen werden in Sicherheit gebracht«, sagt eine Polizistin, die nun plötzlich neben dem ersten Beamten steht, »weil hier in dieser Straße etwas überprüft werden muss, und bis das geschehen ist, soll sich hier niemand aufhalten. Deswegen solltest auch du bitte ...«

Aber da hat André schon verstanden und geht rasch weiter. Zwei Polizisten sind ein bisschen viel, so früh am Morgen. Beim Bäcker muss er eine Weile anstehen, bekommt dann aber Brötchen und Milch, nur vor dem Kiosk muss er erst einmal kurz schlucken, bevor er sich traut, ein Lügenblatt und dazu zwei andere Zeitungen herauszusuchen, von denen er denkt, dass sie irgendwie anders sind als das Lügenblatt. Er bezahlt, und der Verkäufer macht überhaupt keine komische Bemerkung, auch nicht darüber, dass André drei Zeitungen kauft, und auch keine über irgendwelche blöden Phantome.

Beim Zurückgehen wirft er einen Blick auf die Titelseite des Lügenblatts. Aber von einem Phantom der Charité ist nicht die Rede, und auch sonst ist nichts dabei, vor dem er Angst haben müsste.

Aus der abgesperrten Straße fahren noch immer Wannen heraus mit Leuten drin, und André muss lachen, weil ihm gerade einfällt, wie es wäre, wenn sie auch den Bilch aus dem Bett holen würden, nur in Unterhosen und Unterhemd, denn gestern hatte der noch nicht einmal einen Schlafanzug dabei. Was der fluchen würde!

Die schwarze Limousine – ein Blaulicht auf dem Karosseriedach – nähert sich der Absperrung, ein Polizist hebt grüßend die Hand an die Uniformmütze und lässt die Limousine passieren. Sie rollt etwa fünfzig Meter weiter und hält dann hinter dem Wagen der Einsatzleitung, es entsteigt zuerst ein stämmiger Mann mit Bürstenhaarschnitt, Schnauz- und Drei-Tage-Bart: Senatsrat Holger Missenpfuhl, dann folgt ein jüngerer blasser Mann mit Segelohren, eine Aktentasche tragend.

Vor dem Wagen warten zwei Männer, der Polizeihauptkommissar Jonas Regulski und der Anwalt Adrian Dingeldey. Der Anwalt ist zwar unrasiert und sichtlich übernächtigt, sieht aber trotzdem seltsam zuversichtlich aus, fast heiter, vielleicht wirkt das auch nur so im Gegensatz zum verdrossenen Gesichtsausdruck Regulskis.

»Was ist das für ein bescheuerter Alarm?«, will Missenpfuhl wissen, nachdem er die beiden Männer mit einem kurzen Nicken begrüßt hat. Sein Assistent hat, mit einiger Verzögerung, ebenfalls zweimal genickt, nun steht er einen Meter oder anderthalb hinter dem Senatsrat.

Statt einer Antwort verweist Dingeldey mit einer höflichen Handbewegung auf Regulski.

»Offenbar ein Einbruch«, berichtet Regulski, »ein Einbruch in das Büro eines privaten... also eines privaten Ermittlers. Der Herr Dingeldey« – nun weist er auf den Anwalt – »vertritt ihn, den Ermittler, meine ich, und hat mitgeteilt, dass sein Mandant in einem Fall von organisierter Kriminalität recherchierte. Deswegen sei zu befürchten, dass in dem Büro ein Sprengsatz deponiert worden ist.«

»Nicht unbedingt zu befürchten«, korrigiert Dingeldey, »sondern nicht auszuschließen.«

»So«, sagt Missenpfuhl und wendet sich abrupt dem Anwalt zu. »Darf man erfahren, in wessen Auftrag Ihr Mandant ermittelt? Und diese organisierte Kriminalität – was ist ihr Geschäftsfeld, wenn man fragen darf?«

»Zum jetzigen Zeitpunkt«, antwortet Dingeldey, »gibt es hierzu keine Auskunft. Aber ich überlasse Ihnen gerne...« – er bückt sich zu der Aktentasche, die neben ihm auf dem Boden steht, nimmt sie hoch, öffnet sie und holt ein Schriftstück heraus – »... ich überlasse Ihnen gerne eine weitere Ausfertigung der eidesstattlichen Erklärung einer gewissen Nezahat Aydin, die den Einbruch beobachtet und sich die Kennzeichen jener beiden Fahrzeuge notiert hat, mit denen offenkundig Tatbeteiligte nach Ende des Einbruchs weggefahren sind. Es war übrigens nicht einfach, mitten in der Nacht einen Notar aufzutreiben, aber Sie sehen – nichts ist unmöglich.«

Widerstrebend wirft der Senatsrat einen Blick auf das Schriftstück. »Das ist gewiss hilfreich, und selbstverständlich werden wir die Angaben überprüfen, aber warum …« Er reicht das Schriftstück nach hinten, wo es der blasse junge Mann eilfertig aufnimmt und in der Aktentasche verstaut.

»Herr Hauptkommissar Regulski hat bereits eine Ausfertigung der Erklärung erhalten«, unterbricht ihn Dingeldey, »die Kennzeichen hätten schon längst überprüft sein können, mit einem Anruf ist das binnen Minuten geklärt … Warum geschieht das nicht?«

Missenpfuhl wirft einen fragenden Blick zu Regulski.

»Wir können nicht ausschließen«, setzt Regulski an, »dass diese beide Kennzeichen … also dass sie gestohlen sind oder gefälscht …«

»Aber diese Kennzeichen sind doch bestimmten Fahrzeughaltern zugeordnet?«, will Dingeldey wissen. »Das haben Sie doch sicher überprüft?«

»Wie ich schon sagte …«, antwortet Regulski und wirft einen Blick zu Missenpfuhl.

»Das ist sowieso nur ein Nebenaspekt«, greift der Senatsrat ein und wendet sich an den Anwalt. »Aber bitte!« Er nickt seinem Assistenten zu, und der geht zum Einsatzwagen, steigt ein und zieht die Tür hinter sich zu. »Trotzdem möchte ich wissen«, fährt Missenpfuhl fort, »wie konkret die Hinweise auf eine akute Gefahrenlage sind.«

»Hier wird um den heißen Brei herumgeredet«, antwortet Dingeldey. »Kann es sein, dass Sie bereits wissen oder ahnen, was eine Überprüfung ergeben würde? Dass es sich hier nämlich um getarnte Kennzeichen handelt? Also um Kennzeichen, wie sie für Fahrzeuge im polizeilichen oder nachrichtendienstlichen Sondereinsatz ausgegeben werden? Und über deren tatsächliche Halter das Kraftfahrtbundesamt Flensburg tunlichst keine Auskünfte an Dritte geben soll. Aber keine Sorge! Notfalls werden wir Flensburg mit einer Verwaltungsklage dazu zwingen.«

»Tun Sie, was Sie nicht lassen können.« Senatsrat Missenpfuhl, einen Kopf größer als der Anwalt, senkt seinen Schädel und versucht, Dingeldeys Blick zu fixieren. »Im Übrigen sind das haltlose Spekulationen. Wenn diese Bombenwarnung auf nichts anderem gegründet ist und sich als ein blinder Alarm herausstellen sollte«, sagt er mit leiser, sorgfältig artikulierender Stimme, »dann wird dies eine sehr, sehr teure Angelegenheit...«

»Das hoffen wir alle, dass dies ein blinder Alarm ist«, antwortet Dingeldey, greift in seine Manteltasche und holt einen Schlüsselbund heraus. »Aber wenn Sie so sicher sind – hier sind die Schlüssel, gehen Sie in das Haus und in das Büro, öffnen Sie alle Türen, schalten Sie das Licht ein. Und wenn es nicht rumms! macht, sind wir alle froh und glücklich.«

»Lassen Sie Ihre Späßchen!«, murrt der Senatsrat. »Dafür ist jetzt nicht die Zeit.«

»Sie können es sich natürlich auch einfacher machen«, fährt Dingeldey fort. »Starten Sie einen Rundruf unter den in Frage kommenden Diensten, wer denn heute Nacht Wanzen im Büro meines Mandanten montiert oder irgendwelches Rauschgift dort deponiert hat, und machen Sie die Sache recht dringlich. Und wenn wir eine vernünftige Antwort bekommen – dann brauchen wir keine Sprengstoffexperten mehr, die Leute können in ihre Wohnungen zurück, und Sie haben einen solventen, weil vom Steuerzahler finanzierten Adressaten, dem Sie die Kosten für den bisherigen Einsatz in Rechnung stellen können.«

»Verstehe ich das richtig...« – Missenpfuhl kratzt sich mit dem Daumennagel seinen borstigen grauen Schnauzbart –

»... Ihr Mandant hat also Rauschgift in diesem Büro deponiert?«

»Sie verstehen mich vorsätzlich falsch«, erwidert Dingeldey freundlich. »Deponiert hat nicht mein Mandant, weder Bombe noch Rauschgift noch Falschgeld. Deponiert haben die Einbrecher, von denen ich immer mehr annehme, dass sie vielleicht doch sehr rasch zu ermitteln sein werden. Übrigens!« Er legt die Hand vor die Stirn, als habe er etwas vergessen. »Da wir gerade dabei sind, die Dinge zu entwirren – ich habe mir vorauseilend erlaubt, Ihnen etwas Arbeit abzunehmen. Und zwar habe ich überprüft, ob die Zeugin Nezahat Aydin im Besitz einer Aufenthaltsgenehmigung ist. Sie ist es.«

»Was soll der Unsinn?« Missenpfuhl schüttelt den Kopf, als wollte er eine lästige Fliege vertreiben. »Warum sollte ich das überprüfen lassen?«

»Um nach einer Handhabe für den Senat zu suchen, Nezahat Aydin gegebenenfalls ausweisen zu können«, erklärt Dingeldey sanft. »Oder sie ein klein wenig unter Druck zu setzen.«

»Was unterstellen Sie mir da?«

»Ich stelle fest, nicht unter«, antwortet Dingeldey. »Zum Beispiel stelle ich fest, dass Sie noch immer keinen Mucks unternehmen, um ermitteln zu lassen, auf wen diese beiden Fahrzeuge zugelassen sind.«

»Noch sind wir nicht so weit, dass Sie vorschreiben könnten, wie meine Beamten ihre Ermittlungen zu führen haben«, antwortet Missenpfuhl, wendet sich ab und begrüßt mit Handschlag einen großen, bleichgesichtigen Beamten in Zivil, der auf sie zugekommen ist. Der Beamte wirft einen Blick auf Dingeldey und stellt sich nach kurzem Zögern als Hauptkommissar Fliegauf von der Entschärfergruppe des LKA Berlin vor.

»Die Räumung ist jetzt abgeschlossen«, sagt Fliegauf. »Gibt es irgendeinen Hinweis, womit wir rechnen müssen?«

Missenpfuhl schüttelt den Kopf und blickt auf Dingeldey. »Nichts außer Advokatenfürze.«

Dingeldey lächelt milde und deutet eine freundliche Verbeugung an. Fliegauf gibt den Blick zurück, er hat gelbliche, blutunterlaufene Augen und einen grauen, grobporigen Teint.

Das kommt vom Entspannungstrinken, denkt Dingeldey.

Jemand hüstelt. Missenpfuhls Assistent will mit seinem Chef reden. Mit einer Kopfbewegung deutet er an, dass sie einige Schritte zur Seite gehen sollten.

Widerwillig tut ihm der Senatsrat den Gefallen und hört mit gesenktem Kopf, was ihm der Assistent ins Ohr flüstert.

»Was ist das!«, brüllt er plötzlich auf. »Staatsgeheimnis?! Das da?« Zornig zeigt er mit dem ausgestreckten Finger auf die Häuserfront, in der sich irgendwo das Haus mit dem rot verschmierten Büroschild des privaten Ermittlers Berndorf befindet.

Der Assistent tuschelt weiter. Doch Missenpfuhl winkt ab und geht zu Fliegauf zurück, ohne die beiden anderen Männer eines Blickes zu würdigen. »Machen Sie Ihren Job«, sagt er zu Fliegauf, »rechnen Sie mit allem... Wegen der Rechnung können der Herr Dingeldey und sein Mandant dann ja mit der Bundesrepublik Deutschland prozessieren.« Nun wendet er sich dem Anwalt zu. »Diese beiden Kennzeichen unterliegen der Geheimhaltung.« Missenpfuhl artikuliert die Worte so, als würde er sie am liebsten ausspucken. »Die Mitteilung über den Halter würde einen schweren Nachteil für die Sicherheit der Bundesrepublik Deutschland bedeuten.«

»Das habe ich mir fast gedacht«, antwortet der Anwalt, lüftet seinen breitkrempigen Hut, deutet eine leichte Verbeugung an und geht ein paar Schritte zurück. Dann bleibt er stehen und verfolgt das weitere Geschehen, die Aktentasche zwischen den Beinen, mit gekreuzten Armen und sichtlich ungerührt.

Nirgends ist ein freier Parkplatz zu finden, und so stoppt Barbara Stein das Auto im absoluten Halteverbot. Vor ihnen liegt das weite Areal des Busbahnhofs, Omnibusse warten abfahrbereit, Gepäck wird eingeladen, Dieselmotoren laufen warm.

»Raus mit dir und ab nach Frankfurt!« Sie blickt auf ihre Armbanduhr. »Wenn es stimmt, was du gesagt hast, dann fährt dieser Bus in zehn Minuten.«

»Entschuldige«, sagt Berndorf, »aber ich kann jetzt nicht weg. Das ist – als ob ich davonlaufen würde.«

»Das ist nicht bloß so, als ob du weglaufen würdest«, stellt Barbara Stein klar, »sondern du läufst wirklich weg. Es ist nämlich das Vernünftigste, was du tun kannst. Wer immer diese Leute sind – sie haben dir eine Falle gestellt, und zwar mit Bosheit und Tücke. Und deshalb zahlst du es ihnen mit noch mehr Bosheit und noch mehr Tücke heim, indem du ganz einfach nicht da bist. Du bist ein kleiner schmächtiger Sanyaku, der im Sumo-Ring einem furchterregenden Fleisch- und Muskelgebirge gegenübersteht, einem Yokozuma, und das Gebirge stürzt auf ihn zu und wird ihn gleich erdrücken, aber der kleine Sanyaku witscht zur Seite, und das Gebirge purzelt Hals über Kopf aus dem Ring, den Zuschauern in der ersten Reihe in den Schoß ... genau so machen wir das jetzt!«

Berndorf starrt ins Leere oder auf den Busparkplatz oder einfach vor sich hin.

»Außerdem«, fährt Barbara fort, »musst du diesen Zlatan finden. Der ist der Schlüssel zu diesem ganzen Fall. Und wenn er wie vermutet nach Frankfurt gefahren ist, kann er eigentlich nur diesen einen Bus genommen haben, den du jetzt gleich verpassen wirst, wenn du dich nicht sofort auf den Weg machst.«

Berndorf hebt die Achseln und lässt sie wieder fallen. Wortlos öffnet er die Autotür und steigt aus. Kurz bleibt er noch stehen und hält die Wagentür mit der Hand fest und tauscht einen Blick mit Barbara.

Dann schließt er die Wagentür, behutsam, beherrscht, mit gerade so viel Nachdruck wie nötig, und Barbara sieht ihm zu, wie er über die Bussteige hinweg zu dem einen Omnibus geht, der nun gleich losfahren soll, und sie wartet, bis er dort angekommen ist und bezahlen und einsteigen kann, und dann wartet sie noch immer, bis der Bus anrollt und sich auf den Weg nach Frankfurt am Main macht. Erst dann fährt auch sie los. Zuerst zurück nach Hause. Kurz duschen, ein schneller Kaffee, dann in die Uni… Irgendwer von ihnen beiden muss ja die Brötchen verdienen. Und das Geld für Dingeldeys Kostennote.

Die Sonne scheint und ergießt ihren Glanz über das flache Land und die Industriebrache Sachsen-Anhalts, ausgerechnet an diesem Morgen muss sie das tun, nach so vielen grauen Tagen, an denen man vergeblich auf sie gewartet hat. Berndorf hat im Bus einen Fensterplatz bekommen und versucht, in seinen Mantel eingehüllt, ein wenig Schlaf nachzuholen, aber das Rouleau ist defekt und lässt sich nicht herunterziehen. So wärmt ihm die Sonne die Augenlider und hält ihn wach, während draußen in einem gemächlichen Tempo die Landschaft vorbeizieht, diese besondere Art von Landschaft links und rechts der Autobahnen, die nur darauf zu warten scheint, sich diese verdammten und mit Beton ausgegossenen Schneisen zurückzuholen, sie zu überwuchern, den Beton aufzubrechen und wieder Stille einkehren zu lassen. Aber das Wach-Sein bringt Gesellschaft mit sich, die er nicht mag – seine eigenen Gedanken nämlich.

Er kommt sich lächerlich vor, und das gehört zu den Dingen, die er nur sehr schlecht erträgt. Barbara und dieser Dingeldey haben ihn weggeschickt wie ein Kind, geh nach draußen – nein: geh nach Frankfurt, spielen! Wir haben gerade Erwachsenendinge zu regeln. Aber er ist selber schuld. Ganz offenbar hat er ein paar Dinge falsch gemacht. Unverzeihlich der Fehler, die Schlapphüte merken zu lassen, dass er sie bemerkt hat. Auch hätte er kein zweites Mal zu Regulski gehen sollen, und schon gar nicht hätte er diesem von organisierter Kriminalität erzählen dürfen.

Was würde er in Frankfurt tun? Unwillig schüttelt er den Kopf. Das wird er wissen, wenn er dort angekommen ist. Entschlossen dreht er sich nach rechts, dem Fenster und damit der Sonne den Rücken zukehrend, und beschließt, jetzt wirklich eine Mütze Schlaf zu nehmen. Aber der Busfahrer hat einen Radiosender eingeschaltet, der Werbung dudelt, warum hat er kein Ohropax dabei! Berndorf verzichtet darauf, gegen das Gedudel zu protestieren – mit dem Busfahrer will er es sich nicht verderben, er braucht ihn noch.

In diesem Augenblick knackt es in den Lautsprechern, der Busfahrer meldet sich und kündigt eine Raststätte an, die er anfahren wird: »Eine Viertelstunde Pinkelpause, wer nicht muss, für den reicht es zu einer Zigarette!« Dann verlangsamt der Bus auch schon und biegt auf die Ausfahrt zur Raststätte ein, die heißt nicht Gröbenrauch-Bürstenich, aber wohl so ähnlich, das Schild ist vorbei, ehe Berndorf es lesen konnte. Die Pause ist auch ihm willkommen, der schon lange nicht mehr raucht, er reiht sich in den Strom der anderen ein, die zur Toilette streben, und registriert wie diese mit einigem Verdruss, dass der Zutritt nun auch schon 70 Cent kostet – hat nicht so der Niedergang des Römischen Reiches begonnen? Nein, vermutlich nicht, er bringt da etwas durcheinander.

Die Pause ist dann doch so bemessen, dass er sich bei der Rückkehr zum Bus zum Fahrer gesellen kann, der gerade erst dazu kommt, sich eine Zigarette anzuzünden. Er nickt ihm zu, und beide betrachten sie die Bäume, die rund um die Raststätte gepflanzt sind.

»Diese Strecke – fahren Sie die täglich?«

Der Fahrer schüttelt den Kopf. »Nicht täglich. Den einen Tag hin und am Abend zurück, den nächsten Tag hab ich dann frei.«

»Also sind Sie vorgestern gefahren und gestern nicht?«

Der Fahrer grunzt zustimmend und blickt Berndorf an, als sei dieser ein wenig schwer von Begriff.

»Vorgestern muss ein Bekannter von mir mit Ihnen gefahren sein, ein Bekannter aus Jugoslawien, das heißt, Jugoslawien gibt es ja gar nicht mehr.«

Der Fahrer nimmt einen Zug aus der Zigarette und klopft die Asche ab. Sein Blick ist noch immer auf die Bäume gerichtet, die kahl sind und kümmerlich.

»Mein Bekannter muss übrigens ziemlich durcheinander gewesen sein, hat Hals über Kopf nach Frankfurt fahren müssen...«, fährt Berndorf fort und überlegt, ob er nicht doch besser einen Fünfziger springen lassen sollte.

»Ach der!«, sagt der Fahrer plötzlich, »Sie meinen den Jugo mit der halbblinden Frau! Die hat mich halb wahnsinnig gemacht, dieses Huhn! Solche Brillengläser...« – er steckt die Zigarette in den Mundwinkel und hält sich beide Hände, zu Halbkugeln geformt, vor die Augen – »...und wenn nicht Ihr Freund gewesen wäre, sie wär sonstwo gelandet. Und dann wollte sie, dass ich sie nach Heddernheim fahr, wissen Sie, Heddernheim in Frankfurt oder irgendwo dahinter, das sei doch kein großer Umweg, hat sie geplärrt, sie hätte einen Trauerfall dort, ihr Onkel...«

»Und mein Bekannter – hat der sie nicht beruhigen können?«

»Doch«, räumt der Busfahrer ein. »Der war ganz einsichtig und hat ihr gut zugeredet. Ein verständiger Mensch, nichts zu sagen. Er hat mich an den Trainer erinnert, den die Eintracht mal hatte, der war auch aus Jugoslawien, hat aber gut Frankfurterisch geredet, nur mit einem ähnlichen Tonfall wie Ihr Freund, ich komm jetzt nicht auf den Namen. Komisches Paar, übrigens, diese Halbblinde und Ihr Freund.«

»Also, diese Frau kenn ich jetzt nicht näher«, meint Berndorf heuchlerisch, »sie hat wohl keinen ganz einfachen Charakter...«

»Was mich gewundert hat«, sagt der Fahrer, wirft die Zigarette auf den Boden und drückt sie mit dem Schuhabsatz aus, »mich hat gewundert, dass die getrennt gezahlt haben.« Er klopft in die Hände. »Einsteigen die Herrschaften, es geht weiter!«

Nüscht«, sagt der Beamte vom Rauschgiftdezernat und klopft sich die Ärmel seines Sakkos ab, denn in dem kleinen schäbigen Büro ist schon länger nicht Staub gesaugt worden. »Alles negativ.« Er scheint ebenso enttäuscht wie sein Hund, der gelangweilt an der Tür sitzt, als wartete er auf den nächsten Einsatz und eine Arbeit, die sich wirklich lohnt. Der Beamte blickt vorwurfsvoll zu Dingeldey. »Ich weiß ja nicht, wer Ihnen geflüstert hat, dass hier was sein soll – aber an Ihrer Stelle würde ich mit dem ein Hühnchen rupfen, das kann ich Ihnen ...«

»Is gut«, schaltet sich Hauptkommissar Regulski ein, »Sie können jetzt gehen, Kollege ...« Der Rauschgiftfahnder hebt grüßend die Hand, nimmt die Leine seines Hundes auf, der Hund wedelt einvernehmlich und drängt mit seinem Chef zur Türe hinaus.

»Nun, Herr Anwalt«, sagt Regulski, »wir haben diesen ganzen Block hier geräumt und die Leute hinausgescheucht und sie in Turnhallen untergebracht und den Schulleitungen erklärt, dass da jetzt leider nicht geturnt werden kann. Dann hatten wir die Entschärfer vom Landeskriminalamt hier, mit allen ihren Sprengstoffexperten und Spürsonden, für nichts und wieder nichts hatten wir die hier, und danach haben wir die Leute aus den Turnhallen wieder zurückgekarrt und uns bei ihnen entschuldigt. Später haben wir auf Ihre Bitte hin nach Falschgeld gesucht – wieder nur Fehlanzeige. Und Rauschgift ist hier auch nirgends gebunkert.« Der Hauptkommissar verschränkt die Arme, legt den Kopf noch ein wenig zurück, und betrachtet Dingeldey nun ganz von oben. »Haben Sie sonst noch eine Anregung, wie unsere Beamten ihre Zeit verbringen könnten?«

»Sie könnten zum Beispiel nach Wanzen suchen«, schlägt Dingeldey vor. »Nach elektronischen Wanzen. Aber das lasse ich – glaube ich – vielleicht doch besser von einem Elektriker machen ...« Noch einmal schaut er sich in dem Büro um, und sein Blick bleibt an dem PC älteren Baujahres hängen, der etwas seitlich auf dem Schreibtisch steht. Er schlägt sich vor die Stirn! »Ach ja! Der Computer. Ich hätte längst darauf kommen müssen… Vermutlich fingiertes geheimdienstliches Spielmaterial. Wie ich meinen Mandanten einschätze, ist das Gerät noch nicht einmal mit einer PIN gesichert.« Er blickt aufmunternd zu Regulski. »Wie wäre es, und Sie schickten einen Kollegen vorbei, der sich mit Computern auskennt? Wenn der sein Handwerk versteht…«

»Nun ist gut«, antwortet Regulski und blickt auf seine Armbanduhr. »Ich hab inzwischen genug Zeit mit Ihnen vertan. Suchen Sie sich selbst einen Fachmann, und wenn der was findet, weshalb man Anzeige erstatten muss, tun Sie es, gegen wen auch immer.« Er tippt mit der Hand an seine Uniformmütze und wendet sich zum Gehen. »Jedenfalls können Sie nicht behaupten, wir seien nicht kooperativ gewesen. Und dem Herrn Berndorf können Sie ausrichten, er soll sich für seine Nachbarn eine gute Erklärung ausdenken.« Er bleibt, die Türklinke in der Hand, stehen und wirft noch einen Blick zurück. Plötzlich zieht ein boshaftes Lächeln über sein Gesicht. »Wir haben ihnen nämlich gesagt, bei wem sie sich für das ganze Theater bedanken sollen.«

»Das wird vermutlich schon wieder eine vorsätzlich falsche Auskunft gewesen sein«, antwortet Dingeldey.

»Wieso?«

»Sie hätten den Nachbarn die Adresse der Kreuzottern nennen sollen.«

Regulski setzt zu einer Widerrede an, dann schüttelt er den Kopf und wirft die Tür hinter sich zu.

Barbara Stein ist nach einem vorsichtigen Klopfen ins Krankenzimmer eingetreten, aber nun verharrt sie doch zwischen Tür und Angel. Faussers Ehefrau Brigitte ist bei ihm und versucht ihn zu rasieren, in der einen Hand das Elektrogerät, mit den Fingern der anderen die faltige Haut straff ziehend, damit sie den Rasierer überhaupt ansetzen kann. Das sieht ein wenig ungeschickt aus und schafft doch zugleich den Eindruck einer eigenartigen Vertrautheit zwischen den beiden Eheleuten, so dass Barbara sich gleich wieder zurückziehen will.

»Kommen Sie nur«, sagt die Ehefrau mit etwas erhobener Stimme, um das Surren des Rasierers zu übertönen, »ich bin gleich fertig...« Barbara Stein tritt vorsichtig näher, bleibt aber doch in einigem Abstand vom Krankenbett stehen, wünscht einen guten Morgen und sieht zu, wie Brigitte Fausser ihrem Mann unters Kinn greift und es etwas anhebt, um die Halspartie bearbeiten zu können. Der Mann wirft Barbara Stein einen Blick zu, den sie nicht deuten kann, und schließt dann die Augen.

»Es ist mir übrigens sehr recht, dass Sie gerade gekommen sind«, fährt die Ehefrau fort, immer noch mit dem Elektrorasierer die Halspartie bearbeitend, »ich muss nämlich noch zur Polizei, um Anzeige zu erstatten... Es ist ihm doch die Brieftasche gestohlen worden und sein Notebook, dass so etwas in einem Krankenhaus passiert, schrecklich! Und was auf dem Notebook alles gespeichert sein kann, da will ich lieber gar nicht dran denken!«

Barbara Stein blickt fragend, entscheidet dann aber doch, nicht nachzuhaken.

»Er ist nämlich Geheimnisträger, müssen Sie wissen«, fährt die Ehefrau fort, schaltet den Rasierer aus und blickt ihren Mann prüfend an, der die Augen abwendet. »Halbwegs manierlich«, stellt sie dann fest und wendet sich wieder Barbara Stein zu. »Lächerlich, diese Geheimniskrämerei in einem Land, das niemanden davor schützt, bestohlen und ausgeplündert zu werden!« Sie steht auf und geht zum Handwaschbecken, wo sie die Kappe des Rasierers abnimmt und ihn säubert. »Aber sprechen Sie ruhig mit ihm, es ist wichtig für ihn. Was die alte Schachtel von Ehefrau an ihn hinredet, das geht ihm doch nur auf die Nerven!«

Barbara Stein fühlt sich verpflichtet, ihr zu widersprechen, aber Brigitte winkt nur müde ab. Außerdem muss sie jetzt wirklich gehen, und so verabschiedet sie sich von ihrem Mann, der mit einem Lidschlag antwortet, nickt Barbara zu und ist verschwunden. Barbara blickt ihr nach, dann wendet sie sich dem Krankenbett zu, ein alt gewordenes Menschenkind liegt darin, irgendwie gekrümmt, mit schief verzogenen Gesichtszügen und Augen, die sie offenbar mustern und wahrnehmen... aber ist mit dieser Musterung ein Erkennen verbunden? Warum fragt sie nicht? Dazu ist sie doch hier. Fragen Sie nur, hat ihr Marielouise Capotta gesagt, aber formulieren Sie Ihre Fragen einfach! Klar und einfach!

»Ich bin Barbara Stein. Wir haben uns am Starnberger See kennengelernt. Erinnern Sie sich?«

Auf dem Bildschirm leuchtet die Antwort auf: »Ja.«

»Ich will mit Ihnen über eine Fotografie sprechen.« Sie holt den Zeitungsausschnitt mit der Aufnahme aus dem Lager Dretelj und zeigt sie ihm, den Ausschnitt links und rechts mit Zeigefinger und Daumen beider Hände haltend. »Erinnern Sie sich an diese Fotografie?«

Die Augen blicken irritiert, unsicher, angestrengt. »Nein«, flackert es auf dem Bildschirm.

»Halte ich den Ausschnitt richtig?«

»Nein.«

Sie schaltet die Nachttischlampe ein und dreht den Schirm so, dass Licht auf die Fotografie fallen kann. Dann hält sie ihm den Ausschnitt näher vor die Augen.

»Nein.«

Sie geht weiter zurück.

»Ja.«

»Erinnern Sie sich an dieses Bild?«

»Ja.«

»Waren Sie dabei, als dieses Bild gemacht wurde?«

»Ja.«

»Wurde diesem Mann geholfen?« Sie hält den Ausschnitt so, dass sie auf den ausgemergelten Mann in der Mitte deuten kann.

»Ja.«

»Waren Sie es, der diesem Mann geholfen hat?«

»Ja.«

»Heißt dieser Mann Zlatan Sirko?«

»Ja.«

»Wissen Sie, dass Sirko in Berlin lebt?«

»Nein.«

Schade, denkt Barbara Stein. »Erinnern Sie sich an General Jovan Mesic?«

»Ja.«

»Ist er ein Kriegsverbrecher?«

»Ja.«

»Stimmt es, dass er Waffen für Kroatien besorgt hat?«

»Ja.«

»Stammen diese Waffen aus Russland?«

»Nein.«

»Aber es waren russische Flugzeuge und Hubschrauber?«

»Ja.«

»Stammen diese Waffen...« Sie bricht ab, denn die Tür hat sich geöffnet und ein auffallend großer, trotz seiner weißen Haarmähne jugendlich wirkender Mann steht schon halb im Zimmer, die Hand noch auf der Klinke.

»Ich bitte sehr um Entschuldigung«, sagt der Mann, »ich wollte nicht stören.«

Die Stimme klingt angenehm. Ein Fraktionskollege Faussers? Nein, entscheidet Barbara. Zu elegant. Aber jemand, der sich für wichtig hält. Für sehr wichtig. Jedenfalls denkt er nicht daran, sich so schnell wieder zurückzuziehen. Sie wirft einen Blick auf den Bildschirm. Dort leuchtet ein »Nein«.

»Nett von Ihnen, dass Sie uns unser Gespräch beenden lassen«, sagt sie und nickt dem Mann an der Tür zu. »Es dauert sicher nicht mehr lange.«

Zögernd zieht der Mann sich zurück, und die Zimmertür schließt sich wieder.

Barbara wendet sich wieder zum Krankenbett. »Wir haben von Kriegsgerät gesprochen. Stammt dieses Gerät aus den Beständen der Nationalen Volksarmee, also aus der ehemaligen DDR?«

»Ja.«

»Mit der Lieferung ist ein von den Vereinten Nationen verhängtes Embargo gebrochen worden?«

»Ja.«

»Gab es einen Beschluss des Bundestages, Kroatien aufzurüsten?« Was für eine Frage! Prompt blinkt vom Monitor ein »Nein«.

»Sind die Fraktionen des Bundestages unterrichtet worden?«

Sie schaut auf den Monitor, aber es kommt keine Antwort. Sie wendet den Blick zu Fausser, dessen Augenlider zu zwinkern scheinen. Dann kommt doch eine Antwort, ein »Nein«, aber gleich darauf ein »Ja«.

»Also waren nur einzelne Abgeordnete unterrichtet?«

»Ja.«

»Darunter auch Sie?«

»Ja.«

Barbara überlegt. Warum ist nie öffentlich über dieses Thema gesprochen worden? Aber nach einem »Warum« kann sie Fausser nicht fragen.

»Ist Geld geflossen, um diese Lieferungen möglich zu machen?«

Wieder gibt es eine lange Pause. Dann erscheint auf dem Monitor ein »Nein«. Ein Nein ist ein Nein. Also ist kein Geld geflossen. Aber warum die lange Pause?

»Hat es trotzdem Leute gegeben, die einen finanziellen Gewinn davon hatten?«

»Ja.«

Also doch. Nur hilft ihr das nicht weiter. In der Weltgeschichte hat noch keiner einen Lieferanten von Kriegsgerät hungern sehen.

»Sind aus dem Erlös Partei- oder Wahlkampfspenden finanziert worden?« Es kommt keine Antwort, sie schaut Fausser in die Augen und sieht keinen Lidschlag, sondern ein Zwinkern.

»Soll ich die nächste Frage stellen?«

»Ja.«

Wieder öffnet sich die Tür, eine junge Frau kommt herein. Es ist die Krankengymnastin, und so bleibt Barbara nur eine Frage:

»Kann ich morgen wiederkommen?«

»Ja.«

Auf dem Flur trifft sie den Weißhaarigen wieder. »Entschuldigen Sie bitte«, spricht er sie an. »Wissen Sie, ob ich jetzt zu Christian Fausser kann? Matthaus ist mein Name, Jörg Matthaus.«

»Die Krankengymnastin ist jetzt bei ihm«, gibt sie zur Antwort, »vielleicht sollten Sie sich noch ein wenig gedulden.« Sie nickt ihm zu und geht. Als sie das Treppenhaus hinuntersteigt, muss sie wieder an das eine »Nein« denken. An das »Nein«, das auf dem Monitor aufgeleuchtet war, als Matthaus ins Zimmer treten wollte.

Eins a Qualität«, sagt der Elektriker und reicht von seiner Stehleiter das kleine elektronische Bauteil herunter, das er soeben aus der Anschlussdose der Deckenlampe entfernt hat. Adrian Dingeldey nimmt es vorsichtig entgegen und verstaut es in einem Plastikumschlag, den er sofort verschließt. Auf einem Klebezettel notiert er Datum, Uhrzeit und Fundstelle und kennzeichnet so den Umschlag.

»Ein perfekter Spion«, fährt der Elektriker fort. »Sieht und hört fast alles.«

»Da hat man sich allerdings viel Mühe gemacht«, bestätigt der junge Mann, der von SafeNet kommt, einem halbstudentischen Garagenbetrieb. »Schauen Sie mal hier...« Dingeldey geht um den Schreibtisch herum und blickt auf Kolonnen von

Zahlen und Zeichen, wie er sie auf seinem eigenen Laptop noch nie gesehen hat.

»Sämtliche Dateien auf diesem Gerät können von außen aufgerufen und eingesehen werden.« Der junge Mann klopft auf das Gerät. »Dabei ist eine Software implementiert worden, die für dieses Ding viel zu aufwendig ist und gar nicht notwendig gewesen wäre… Aber das ist noch nicht alles.« Er gibt einen Befehl ein, auf dem Bildschirm baut sich das Bild eines schwarzhaarigen Jungen auf, der in die Kamera blickt, acht oder neun Jahre alt, Dingeldey vermutet, dass es sich um einen Thai-Jungen handelt… Der Mann von SafeNet gibt einen Startbefehl, der Junge beginnt sich zu bewegen und zieht sich langsam sein weißes T-Shirt über den Kopf.

»Ist gut«, sagt Dingeldey, »den Rest kann ich mir denken. Wie viele solcher Videos sind da eingespielt oder wie man das nennt?«

»Mindestens zwanzig«, meint der junge Mann.

»Und wann ist das geschehen?«

»Angeblich vor vierzehn Tagen. Aber Datum und Uhrzeit sind manipuliert worden.«

»Und wann ist diese Manipulation erfolgt?«

»Heute Nacht. Ab drei Uhr fünfunddreißig. Ich mach Ihnen ein Protokoll, da stehen dann die einzelnen Handlungsabschnitte drin.«

Dingeldey nickt befriedigt. Der Elektriker hat inzwischen die Anschlussdose der Deckenlampe wieder zugeschraubt und ist von der Stehleiter heruntergestiegen. »Ihr Kunde muss ja ein mächtig gefährlicher Mensch sein, dass man einen solchen Aufwand betreibt«, meint er dann und geht mit seinem Metalldetektor ins Nebenzimmer.

Es klingelt, Adrian Dingeldey geht zur Tür und öffnet sie, vor ihm steht ein mittelgroßer dicklicher glatzköpfiger Mann, der sich mit einem Taschentuch den Schweiß von der Stirn wischt, als sei er soeben fünf Stockwerke hinaufgestiegen, und nicht bloß ins Hochparterre.

»Herr Berndorf?«, fragt er mit einem leichten Stirnrunzeln, als sei ihm klar, dass er Berndorf eben nicht vor sich hat.

Dingeldey nennt seinen Namen und erklärt, dass er Berndorf vertrete.

»Oh!«, sagt der schwitzende Mann, »da sind wir ja Kollegen! Entschuldigen Sie, dass ich Sie nicht gleich erkannt habe, Sie sind ja eine Koryphäe... ich hingegen arbeite mehr im Stillen.« Er holt seine Brieftasche heraus und reicht Dingeldey eine Visitenkarte, auf der in nachgeahmter Handschrift vermerkt ist:

Eberhard Hornisser
Reg. Dir. i. R., Rechtsanwalt

Als Adresse ist eine Hausnummer Unter den Linden angegeben, beigefügt sind mehrere Telefonnummern, eine davon mit der Schweizer Vorwahl 0041.

»Fein«, sagt Dingeldey, »darf ich raten, wo Sie Regierungsdirektor waren? In Pullach?«

»Manchmal ist das ja ganz angenehm«, antwortet Hornisser, »wenn die Leute gleich mit Ihrer Einschätzung herausrücken... Aber darf ich eintreten?«

»Bitte sehr...« Dingeldey tritt zur Seite. »Leider ist es momentan nicht sehr gastlich hier. Wir sind gerade bei Aufräumarbeiten.«

»Aufräumarbeiten?«, fragt der Besucher und wirft einen Blick in das Büro. »Ist es denkbar, dass Sie – oder vielmehr: Ihr Mandant Besuch hatte? Wenn es so ist, hätte ich gerne mit Ihnen darüber gesprochen.« Nach einer Pause setzt er hinzu: »Aber unter vier Augen.«

Vorne an der Straßenecke gebe es eine Osteria, meint Dingeldey, dort könnten sie einen Kaffee trinken. »Ein vertraulicheres Ambiente kann ich Ihnen leider nicht bieten.«

»Nun gut«, meint Hornisser, und weil der Mann von SafeNet mit dem Überschreiben der fremden Dateien noch eine Weile zu tun hat, gehen Dingeldey und Hornisser über die Straße in die Osteria. Die Unterbrechung sei ihm ganz willkommen, bemerkt Dingeldey, seine Nacht sei ein wenig kurz gewesen, daher auch sein Bedürfnis nach einem Kaffee ...

Er höre das mit Bedauern, meint Hornisser. Auf der anderen Seite sei er froh, in dieser Angelegenheit ganz sachlich reden zu können, nämlich mit einem Kollegen.

Dann sind sie auch schon vor der Osteria angekommen, sie treten ein, der Gastraum ist um diese Zeit nahezu leer, und sie setzen sich – einander gegenüber – an einen Tisch in der Ecke. Dingeldey bestellt bei der Bedienung einen doppelten Espresso, Hornisser belässt es bei Mineralwasser. Dann herrscht einen Augenblick Stille, Dingeldey stützt beide Ellbogen auf den Tisch und faltet die Hände unter seinem Kinn.

»Ich warte«, sagt er schließlich.

»Nun gut«, meint Hornisser. »Ihr Mandant Berndorf hatte heute Nacht Besuch, der nicht eingeladen war. Sie nun bringen – zu Recht oder zu Unrecht, das wollen wir einmal beiseitelassen – diesen Besuch in Verbindung mit zwei Fahrzeugen, die offenbar hier vorbeigekommen sind und deren Kennzeichen notiert wurden, ob korrekt notiert oder nicht, spielt jetzt keine Rolle ...«

Die Bedienung bringt Espresso und Mineralwasser. Dingeldey nimmt einen Schluck. »Und was spielt dann eine Rolle?«, fragt er schließlich.

»Dass diese Kennzeichen auf einen Fahrzeughalter hindeuten könnten«, antwortet Hornisser bedächtig, »der darüber nicht sehr erfreut ist. Der im Fall einer missbräuchlichen Verwendung dieser Kennzeichen dies unbedingt aufklären und ahnden können müsste.«

»Mit äußerster Brutalität wird er das wollen«, fällt ihm Dingeldey ins Wort, »ganz recht, und damit diese Aufklärungsarbeiten nicht gestört werden, würde er gerne absolute Vertraulichkeit vereinbaren, nicht wahr?«

»Ich sehe, Sie verstehen mein Anliegen«, sagt Hornisser. »Natürlich ist meinem Auftraggeber klar, dass Ihrem Mandanten nicht nur Unannehmlichkeiten, sondern auch Kosten entstanden sind. Er ist bereit, dies zu regulieren, das gilt auch für die Kostennote, die Sie auszustellen haben.«

»Und welche Gegenleistung erwarten Sie – oder vielmehr: Ihr Auftraggeber dafür?«

»Diskretion.« Hornisser greift zu dem Glas mit dem Mineralwasser und nimmt es wie gedankenverloren auf, stellt es dann aber wieder hin. »Und außerdem hätte er gerne, dass Sie ihm das ... das Ergebnis Ihrer Aufräumarbeiten überlassen – irgendwelche elektronischen Kleinteile zum Beispiel oder etwaige Disketten mit irgendwelchen Einspielungen.«

»Das wollten wir eigentlich alles der Staatsanwaltschaft zukommen lassen.«

»Das ist ...«, sagt Hornisser und lächelt fast schmerzlich, »nein, das ist kein so guter Gedanke. Ermittlungen der Staatsanwaltschaft wären in keiner Weise zielführend, in gar keiner ...« Er blickt auf. »Das sollte Ihnen auch bekannt sein. Mein Auftraggeber wäre gezwungen, sich der Staatsanwaltschaft gegenüber auf sicherheitsrelevante Belange zu berufen.«

»Na gut.« Dingeldey nimmt den letzten Schluck seines Espresso und blickt, als gäbe es nichts anderes zu tun, angelegentlich zum Fenster hinaus. Er überlegt, aber eigentlich gibt es nichts zu überlegen, und Hornisser weiß, dass das so ist. Deswegen lässt ihn Dingeldey noch ein wenig länger warten. »Unter diesen Umständen«, fährt er schließlich fort, »wird sich mein Mandant das Beweismaterial kaum abkaufen lassen wollen. Übrigens werde ich es ihm auch nicht empfehlen. Schon aus Sicherheitsgründen nicht.«

»Aus Sicherheitsgründen?«

»Allerdings«, sagt Dingeldey. »Für den Fall weiterer unangemeldeter Besuche.«

Ein Zucken läuft über Hornissers Gesicht. »Offenkundig sind Sie an einer einvernehmlichen Regelung nicht interessiert«, antwortet er kühl. »So etwas ist nie klug. Vielleicht überlegen Sie es sich noch einmal ... Meine Karte haben Sie ja.«

Es ist noch früh am Abend, aber das Dalmacija ist gut besucht, Berndorf muss froh sein, dass noch ein Katzentischchen für ihn übrig ist. Er hat sich einen Fleischspieß bringen lassen und Djuvec-Reis dazu, nun bestellt er einen *bosanska Kahva*, obwohl er den Kaffeesatz in der Tasse nicht mag.

Er ist zu spät in Frankfurt angekommen, um im Standesamt noch nach Sterbefällen im Stadtteil Heddernheim fragen zu können. Aber der Taxifahrer hatte gemeint, das Dalmacija sei das einzige bosnische Restaurant, das es in Sachsenhausen gibt. Außerdem hat er Hunger.

Noch weiß er nicht, wie er sich nach Zlatan Sirko erkundigen kann oder soll. Wenn Zlatan hier Unterschlupf gesucht und gefunden hat, wird der Patron das einem Fremden kaum mitteilen.

Es gibt eigentlich nur eine Möglichkeit, denkt Berndorf: Er muss ein paar Zeilen schreiben, aus denen hervorgeht, warum Zlatan mit ihm Kontakt aufnehmen soll, und wie er das tun kann. Und dann hoffen, dass der Mann hinter der Theke das Schreiben weiterleitet. Schwierig? Nun ja – der Patron wird wissen, dass Zlatan nicht ewig auf der Flucht leben kann.

Der Kellner will den *Kahva* bringen und muss – bevor er das Tässchen auf dem Tisch abstellen kann – einen Schritt zurücktreten, um zwei Männer vorbeizulassen, die gerade das Lokal betreten haben. Es sind Männer, denen man ansieht, dass sie auf den Gedanken, einem Kellner den Vortritt zu lassen, im Schlaf nicht kommen würden.

Aber noch immer ist es voll im Grill Dalmacija, und reserviert haben die beiden Männer auch nicht. Sie reden mit dem Patron, offenbar schlägt der ihnen vor, am Tresen einen Apero zu nehmen, bis ein Tisch frei wird. Jedenfalls hieven sie sich schließlich auf die Barhocker. Der eine ist ein großer kräftiger Mann, mit einer ausgeprägten steilen Stirn und vollem schwarzen Haar, durch das sich eine einzelne weiße Strähne zieht, der andere ist nur mittelgroß, bereits ein wenig beleibt, mit sandfarbenem, nach hinten gekämmten Haar, und einer etwas schief ins Gesicht gesetzten Nase.

Berndorf kommt ins Grübeln, als er die beiden Männer betrachtet. Sie scheinen nicht zur üblichen Kundschaft zu gehören. Das sind zumeist Einheimische, von den Touristen schon lange aus den Äppelwoi-Kneipen vertrieben, die sich zu einem Abendessen verabredet haben und später noch ins Kino wollen, Paare, Cliquen... So jedenfalls stellt er sich das vor. Aber die beiden an der Theke, Straßenanzug, solides Schuhwerk, ein wenig angespannt – die sind nicht hierhergekommen, um nur zu Abend zu essen und vielleicht ein paar Gläser Slibowitz zu kippen. Die Augen sind unruhig, vermessen das Lokal, auch die anderen Gäste – und so greift Berndorf zur Rundschau und blättert sie durch und will ein Gast sein wie viele andere auch, ein Gast, der jetzt doch noch einen zweiten Kahva bestellt und einen Slibowitz dazu.

Seit die Rundschau dieses kleine Format hat, lässt sie sich gut durchblättern, unversehens ist Berndorf im Lokalteil, eine anständige Lokalzeitung müsste doch die Mitteilungen des Standesamts bringen – wer hat geheiratet, wer ist auf die Welt gekommen, und wer hat sie verlassen? Doch erst einmal stolpert er über eine Meldung:

Klaa Paris trauert
um Johnny Watzkau

Was ist das nun wieder?, fragt er sich und beginnt zu lesen:

Im Alter von 87 Jahren ist eines der letzten Heddernheimer Originale, der Kunstsachverständige und Antiquitätenhändler Johannes »Johnny« Watzkau, friedlich entschlafen. Watzkau war ein profunder Kenner der heimatlichen Malerei des 19. Jahrhunderts und insbesondere der Kronberger Malerkolonie. Für alle, die ihn kannten, wird sein feiner Humor unvergesslich bleiben, gepaart mit einer unerschütterlichen Zuversicht in die Machbar-

keit der Dinge. Präsidiumsmitglied der Heddemer Käwwern, hat er sich während Jahrzehnten unermüdlich für die Fastnacht in seinem geliebten Klaa Paris eingesetzt, wirkte im Festausschuss und als Kassenrevisor. Am Sonntag wurde er von einer Nachbarin tot in seinem Bett aufgefunden. Die Beisetzung findet in aller Stille statt.

In den Artikel eingeblockt ist das Bild eines älteren bebrillten, sichtlich mürrischen Mannes, der auf seine große, voll erblühte Nase zu schielen scheint und von diesem Anblick offenbar nicht glücklicher wird. Berndorf legt die Zeitung zurück, und weil gerade ein Kellner in der Nähe ist, bittet er um die Rechnung und um ein Frankfurter Telefonbuch. Kurz darauf kann er bezahlen, und im Telefonbuch gibt es tatsächlich den Eintrag: Watzkau, J., Trajanstraße.

Er legt das Telefonbuch zurück, und in eben diesem Moment spürt er – fast wie eine körperliche Berührung –, dass ihn jemand beobachtet. Er blickt auf, und quer durch die Gaststätte des Grill Dalmacija trifft sein Blick den des großen Mannes mit der schwarzen, weiß durchzogenen Mähne und der steilen Stirn. Der Mann, der sich von dem Barhocker wieder heruntergelassen hat und nun mit dem Rücken zum Tresen steht, wendet die Augen ab und seinem Begleiter zu. Der sitzt noch immer auf dem Hocker, mit dem Rücken zum Lokal.

Berndorf hat keinen Grund, länger zu bleiben. Er zieht seinen Mantel an und geht hinaus auf die Straße, die hier und an diesem Abend voll ist von Passanten und Bummlern. Er schlägt den Weg zur nächsten U-Bahn-Station ein, dort wird es einen Stadtplan geben. Im Restaurant hatte er für einen Augenblick Zuversicht empfunden. Nun ist sie weg, wie verflogen an der frischen Luft.

Es ist nichts weiter als eine Spekulation, dass Zlatan Sirko nach Frankfurt gefahren ist. Dass er dazu den Bus genommen hat. Dass er der Begleiter jener halbblinden Frau war, die wegen eines verstorbenen Verwandten nach Heddernheim muss.

Dass dieser Verwandte der Antiquar mit der karnevalistischen Nase war: Alles ein Luftgebäude, aufgetürmt aus Vermutungen, eine auf die andere aufgesetzt. Das kann einen schon stören.

Die Wahrheit ist: Schon wieder hat er das Gefühl, einen Fehler gemacht zu haben.

Es war Sommer geworden, und in der Stadt waren jetzt auch andere Soldaten. Sie trugen saubere Uniformen und fuhren lässig in ihren Jeeps an den Ruinen und Schuttbergen vorbei, und wenn ihnen der Junge den Weg zu einem der Keller zeigte, in denen Frauen warteten, steckten sie ihm Zigaretten zu und Konserven mit Dosenfleisch. Am besten waren Zigaretten, einmal gab er welche einem Mädchen, damit es dafür Essen eintauschen konnte für sich und ihren kleinen Bruder...

Bei dieser Szene lässt André das neue Heft sinken, das er sich erst am Nachmittag geholt hat, und überlegt. Es sind verschiedene Gedanken, die ihm durch den Kopf gehen, er muss an das Mädchen von heute Morgen denken, das mit dem Nachthemd unterm Parka, und er stellt sich vor, wie das in einem Comic aussehen würde – dieser Moment, als er auf das Mädchen blickt und sie ihm die Zunge herausstreckt. Aber dann müsste der Comic ja weitergehen, und irgendwann müssten der Junge und das Mädchen sich wiedersehen, es wäre ja blöd, so etwas zu zeichnen und dann keine Fortsetzung dazu zu haben, vielleicht würde der Junge dann dem Mädchen die Zunge herausstrecken. Ärgerlich schüttelt er den Kopf, denn jetzt hat er den Jungen aus dem Comic mit sich selber durcheinandergebracht, das geht nicht. Trotzdem weiß er, dass etwas richtig ist an dem, was er gedacht hat, denn alles was geschieht, hat eine Fortsetzung und ist selbst die Fortsetzung von etwas anderem, und wenn er selbst einen Comic zeichnen könnte, dann dürfte es darin gar kein Ende geben.

Er steht auf und holt aus dem String-Regal die vorigen Bände über die Stadt im Krieg und hat auch mit einem Griff die Seite aufgeschlagen, an die er als erste gedacht hat – es ist der Teil der Geschichte, als die U-Bahn-Schächte geflutet werden und nur der Junge den einzigen Tunnel kennt, der zu einem Ausgang führt. Und richtig – unter den Leuten, die dem Jungen dort folgen, ist auch ein Mädchen, und sie hat ihren kleinen Bruder an der Hand, und wenn man genau hinschaut, sieht man, dass das Mädchen eben jenes ist, dem der Junge zwei Bände später die Zigaretten gibt.

André merkt, dass er Hunger hat. Draußen ist es dunkel geworden, am Tisch in Elkes Zimmer hockt noch immer der Bilch vor dem Notebook und wühlt sich durch die Dateien.

»Ich mach mir noch einen Pfannkuchen«, teilt André mit. Ob der Bilch auch einen will? Pfannkuchen hatte es schon zu Mittag gegeben, der Bilch hatte den Teig angerührt, und es ist noch genug davon übrig.

»Wie? Was? Pfannkuchen?«, fragt der Bilch, »ja natürlich, nur zu, was fragst du!« Dann ist er schon wieder in das Notebook versunken, so dass André nun doch neben ihn tritt und den Text zu lesen versucht, den der Bilch aufgerufen hat.

»Was hast du da? Staatsgeheimnisse?«

»Staatsgeheimnisse? Ich weiß nicht. Da geht es um eine Bank, aber keine solche wie die Sparkasse um die Ecke, wo die Elke immer wieder wegen einem Überziehungskredit hat betteln müssen, sondern um so eine richtig feine kleine Bank, die würden den armen alten Bilch nicht mal mit einer Feuerzange anfassen, so fein sind die... und plötzlich« – der Bilch ruft eine Datei auf, auf dem Bildschirm erscheint die Wiedergabe eines buntfarbigen Prospekts, mit Grafiken und Bildern von großen Hotels und Yachthäfen, dazu ganze Zahlenkolonnen, von denen einzelne mit einem Marker gekennzeichnet sind – »...plötzlich bolzt die kleine feine Privatbank Oheymer und Jaumann mit Umsatzzahlen, dass unsereins nur noch glotzen kann. Und weißt du, was das Besondere daran ist?«

André zuckt die Schultern und will sagen, dass er jetzt vielleicht doch die Pfannkuchen backen will, aber der Bilch legt ihm die Hand auf den Arm:

»Das Besondere daran ist, dass die kleine feine Bank ihre Geschäfte vor allem da unten macht, also in Italien und in Jugoslawien, wie das früher hieß, du warst doch schon mal dort? Und dass diese Geschäfte erst so richtig in Fahrt kommen, wenn da unten Krieg ist, richtiger Krieg mit Leuten, die totgeschossen werden, und Dörfern und Städten, die man zu Schutt und Asche bombt, und was da sonst so alles passiert. Wie kann einer mit Schutt und Asche und totgeschossenen Leuten Geld machen? Sag mir das mal!«

André hat einen Einfall. »Die Bank wettet…« Dann zögert er. Das ist dumm, denkt er, Banken wetten doch nicht!

»Weiter!«, befiehlt der Bilch, »das ist schon ganz heiß!«

»Also…« – André versucht einen neuen Anlauf – »im Krieg gibt es einen, der gewinnt, und einen, der verliert. Und vielleicht hat die Bank auf den Richtigen gewettet, also auf den Gewinner, wie im Toto…«

»Mein lieber Freund«, sagt der Bilch, »ich bin stolz auf dich. Du hast es erfasst. Die Bank hat auf den Gewinner gesetzt. Das funktioniert nicht ganz so wie im Fußball, aber fast… Aber jetzt geh und eile und back Pfannkuchen!«

Nach einigen Kilometern verlässt die U1 das unterirdische Streckennetz und fährt auf ebenerdiger Trasse weiter. Berndorf wirft einen Blick auf das Verzeichnis der Haltestellen, das oberhalb des Einstiegs angebracht ist: Nur ein paar Stationen noch, dann wird er aussteigen und den Weg zur Trajanstraße nehmen, das müssten dann nur noch ein paar hundert Meter sein. Freilich, die U 1 macht dann einen größeren Bogen, er könnte also bis zur Station Nordweststadt fahren und hätte es von dort nicht viel weiter… Aber eigentlich will er keine weitere Zeit verlieren.

Durch das Fenster sieht er eine beleuchtete Straße, dahinter die Lichter von Wohnblocks. Dann ist wieder Nacht. Es sind nicht mehr viele Fahrgäste in seinem Wagen, er betrachtet sie – nun ja, wie jemand, der Leute anguckt, weil er nichts zu lesen dabeihat und weil es zu langweilig geworden ist, vor sich hin zu starren. Die Fahrgäste der Frankfurter U-Bahn sind übrigens besser gekleidet als die der Berliner, deutlich besser sogar, und kaum einen sieht er hier, der so aussieht, als müsste er von Hartz IV leben.

Das ist, denkt er, schon der zweite auffällige Unterschied zu Berlin. Der erste war ihm beim Anblick der Rechnung des Dalmacija Grill aufgefallen: Kein jugoslawisches Restaurant in Berlin würde oder könnte solche Preise verlangen.

Aber das alles ist nicht das, was ihn wirklich beschäftigt. In dem Wagen sitzt niemand, von dem er annehmen müsste, dass er ihm gefolgt sei. Jedenfalls kann er keinen entdecken, der von Rechts wegen einen Schlapphut tragen müsste. Aber was heißt das schon? Schon die beiden Männer im Dalmacija Grill hatten nicht zu dieser Fraktion gehört, ihnen fehlten diese pensionsberechtigten seelischen Schuhsohlen. Wer also waren sie? Plötzlich fällt sein Blick auf einen jungen Mann, südländischer, nein: italienischer Typus, kurzes schwarzes Haar, schwarzes Hemd, schwarze Lederjacke, Goldkettchen um den Hals, die flinken Augen auf die Decke gerichtet oder, zur Abwechslung, auf die eine einzige jüngere Frau unter den Fahrgästen.

»Nächster Halt Zeilweg«, kommt es aus den Lautsprechern, Berndorf steht auf und hält sich fest, als die U-Bahn abgebremst wird. Die Tür schwingt auf, Berndorf steigt aus, bleibt aber kurz stehen, der Goldkettchen-Mann hat den nächsten Ausstieg genommen und geht jetzt zur Unterführung, die Wagentür beginnt sich zu schließen, und Berndorf zwängt sich gerade noch hindurch, zurück in den Wagen. Er bleibt an der Tür und sieht zu, wie der Goldkettchen-Mann an der Treppe zur Unterführung verdutzt innehält und der U-Bahn nachschaut mit einem Gesichtsausdruck, in den sich Verblüffung mischt und Empörung.

Zwei Stationen weiter wird die Nordweststadt angesagt, nun steigt Berndorf wirklich aus, mit ihm einige andere Fahrgäste, auch die eine junge Frau, die so jung nun auch wieder nicht ist, wie er bemerkt, als er auf dem Bahnsteig kurz stehen bleibt und sich zu orientieren versucht: Kostüm, flache sportliche Halbschuhe, Ledertasche, Pagenfrisur. Sie geht zur Treppe und steigt sie hinauf, die Rolltreppe daneben ist außer Betrieb.

Dies ist nicht einfach eine Haltestelle, sondern dies ist ein Bahnhof, überbaut, mit allerhand Aufgängen, und es ist auch nicht einfach ein Bahnhof, sondern zugleich ein Einkaufszentrum, über allem türmt sich ein Hochhaus – ein Traum aus den Sechziger Jahren, mit Beton und Klinkersteinen ins Werk gesetzt und später postmodern aufgehübscht. An einem Kiosk, der noch geöffnet hat, sieht er die Frau mit der Pagenfrisur, das wundert ihn, sie sah ihm nicht danach aus, als müsste sie sich für den Abend noch rasch mit einer Flasche Schnaps oder mit Zigaretten eindecken. Was er sich da alles denkt – ist das schon Verfolgungswahn?

Nun ja, er sollte jetzt keine Zeit mehr verlieren. Er hofft, dass er den richtigen Ausgang gefunden hat, kommt auf eine Straße und geht sie hinab, falls er sich nicht täuscht, folgt ihm niemand. Es ist dunkel geworden, hoch über den Straßenlaternen hasten eilige Wolken am halben Mond vorbei, andere verdecken ihn gleich wieder. An der Einmündung einer Seitenstraße biegt er ab, die Häuser mit den kleinen Vorgärten sehen weder nach der Römerzeit aus noch nach Klein Paris, sondern vielmehr nach dem Wohnungsbau der frühen Nachkriegszeit, aber das Straßenschild lässt keinen Zweifel: Dies ist, ganz richtig, die Trajanstraße.

Aus einem der Häuser stürzt ein weißer Spitz und kläfft und hört nicht auf damit und lässt es nicht gelten, dass man ihn einen braven Hund nennt. Berndorf wundert sich, er hat schon lange keinen weißen Spitz mehr gesehen, und dann steht er auch schon vor dem Haus mit der richtigen Nummer. Es ist dunkel, die Jalousien sind heruntergelassen, aus den Ritzen des einen Fensters fällt etwas Licht nach draußen.

Berndorf sieht sich noch einmal um, die Straße ist beleuchtet, aber zwischen dem Gebüsch der Vorgärten oder hinter den geparkten Autos gibt es genug Deckung. Er zuckt die Schultern und geht durch den Vorgarten zur Haustür und klingelt.

Es rührt sich nichts. Nebenan hält der Spitz im Kläffen inne, offenbar wartet er darauf, was sich an der Haustür tun wird.

Er klingelt noch einmal. Plötzlich merkt er, dass innen im Haus jemand an der Tür stehen muss.

Er legt seinen Kopf an den Türspalt und sagt – nicht zu laut, aber sorgfältig artikulierend – seinen Namen. »Ich möchte die Schlüssel für die Mulackstraße bringen. Und ich würde gerne mit Zlatan über das Lager Dretelj sprechen.«

Täuscht er sich, oder wird drinnen getuschelt?

Unversehens hört er ein Knacken, und bis er begreift, dass hier Riegel zurückgezogen werden, geht die Tür auch schon auf, vor sich sieht er eine untersetzte, knapp mittelgroße Frau mit der Frisur eines gerupften Vogels, die durch eine Brille mit enorm dicken Gläsern zu ihm hoch starrt. Er macht einen Schritt in den Hausflur hinein, die Frau wirft hinter ihm die Tür wieder ins Schloss und verriegelt sie eilends.

Irgendjemand drückt Berndorf ein Stück Metall in den Rücken, kurz unterhalb des linken Schulterblatts.

»Legen Sie die Hände hinter den Kopf«, flüstert eine Stimme. »Und versuchen Sie keine Tricks …«

Berndorf hebt langsam beide Hände und tut, wie ihm geheißen.

Das ist schon sehr annehmbar, um nicht zu sagen: ganz vorzüglich«, sagt der Bilch kauend, »Pfannkuchen mit Aprikosenmarmelade! Ein Gedicht.« Dann nimmt er einen kräftigen Schluck aus der Sektflasche und wendet sich wieder, die Hände vor dem dicken Bauch gefaltet, dem Notebook zu. »Und was ich da außerdem noch gefunden habe, also für den armen alten Bilch ist das fast ein Innerer Reichsparteitag ...«

»Erklär mir's«, sagt André und schneidet vorsichtig ein Stück von seinem Pfannkuchen ab, so dass an den Seiten nicht zu viel Marmelade herausläuft, übrigens hat er Erdbeere vorgezogen.

»Das ist ein bisschen schwierig«, räumt der Bilch ein, »auch versteh ich ein paar Dinge selber nicht. Aber versuchen wir es mal. Da war also Krieg, und um ein Haar wären die einen verloren und verratzt gewesen, wenn sie nicht plötzlich Panzer und all solchen Scheiß bekommen hätten.«

»Wer hat es ihnen gegeben?«

»Offenbar niemand«, antwortet Bilch. »Wir Deutschen waren es nicht. Können es nicht gewesen sein. Wir liefern doch keine Panzer in Kriegsgebiete. Panzer! Damit können ja Menschen totgeschossen werden! Machen wir doch nicht. Allerdings hatten wir damals offenbar zu viel davon. Also von diesen Panzern und dem anderen Scheiß. Deswegen haben wir's verschrottet. Nein – wir haben es nicht selber gemacht, sondern wir haben es in Italien verschrotten lassen. Da drin ...« – er deutet auf das Notebook – »ist das alles dokumentiert und belegt, lauter geheime Verschlusssachen, wenn du verstehst, was ich meine ...«

Kauend gibt André zu, dass er in der Tat nicht so ganz folgen kann.

»Macht nichts«, meint der Bilch. »Jedenfalls wurden die Panzer in Italien verschrottet, hast du das? Aber vierzehn Tage später fuhrwerkten genau solche, wie wir – also die Deutschen – in Italien haben verschrotten lassen, zweihundert Kilometer weiter östlich durch das Karstgebirge, dass die

Karawanken nur so wankten, falls die Berge dort zufälligerweise wirklich so heißen.«

André schüttelt den Kopf. »Die haben die Panzer in vierzehn Tagen wieder aus dem Schrott zusammengebaut?«

»Kaum«, meint der Bilch phlegmatisch.

»Und was hat dabei diese Bank getan, von der du erzählst hast?«

»Ja, die kleine feine Bank!« Sofort fängt der Bilch wieder Feuer. »Da war also Krieg, und im Krieg geht ja viel kaputt, und so hat sie Baumaschinen finanziert und Traktoren für die Bauern, und die großen Mähdrescher dazu, und Fischkutter für die Fischer und Yachten für die Freizeitkapitäne. Weißt du, was daran ein bisschen komisch ist?«

André sagt nichts, sondern blickt nur fragend.

»Dass die kleine feine Bank das alles schon finanziert hat, bevor der Krieg überhaupt herum war. Aber das Allerschönste ist was ganz anderes.« Er schiebt den Stuhl wieder an den Tisch und ruft eine neue Datei auf. »Ich weiß zwar nicht, was der Mensch, der all dieses Zeug zusammengestellt hat – was der damit bezweckt hat. Ums Verrecken weiß ich das nicht... Aber da gibt es einen Eintrag im Handelsregister von Basel – das ist eine Stadt in der Schweiz, wie du hoffentlich weißt –, und zwar ist da eine Gesellschaft für Sicherheitstechnik eingetragen, eine AG, eine Aktiengesellschaft also, die heißt Hephaistos...« – der Bilch unterbricht sich und dreht sich zu André um – »das ist...«

»Das ist der Sohn von Zeus, der die Waffen geschmiedet hat«, erklärt André.

Der Bilch dreht sich wieder um. »Seit wann gibt es Comics über die Antike? Na gut... Dieser Vogel, dem du das Notebook abgenommen hast, der hat alles gesammelt, was über diese Hephaistos zu kriegen war, also auch diese Eintragung im Handelsregister, da muss nämlich drinstehen, wem die Gesellschaft gehört, und sie gehört wem?« Der Bilch hebt seine Stimme. »Sie gehört zu je fünfundzwanzig Komma eins Prozent einem Jovan Mesic und einem Eberhard Hornisser, zu zweiundvierzig Prozent einer Rheinischen Consult GmbH und zu knapp zehn Prozent einem gewissen Jörg Matthaus, und warum mir bei dieser Mitteilung alle Glocken läuten... ach! Das erklär ich dir ein anderes Mal.«

»Von all dem hab ich gar nichts verstanden«, sagt André vorwurfsvoll. »Wer von denen hat jetzt die Panzer geliefert?«

»Oh! Die Panzer, entschuldige!« Der Bilch ruft eine weitere Datei auf. »Einem Eintrag des Handelsregisters von Zagreb – das ist die Hauptstadt von Kroatien – aus dem Jahr 1997 ist zu entnehmen, dass eine Pula Recycling Corporation wegen Betriebsaufgabe stillgelegt wurde. Einziger Inhaber der Pula Recycling ist die Hephaistos AG Basel.« Beifall heischend blickt der Bilch zu André auf.

»Was war 1997?«, fragt André.

»Da war der Krieg rum«, antwortet der Bilch.

Ein ovaler Tisch, ausziehbar, Mahagoni. Darüber eine Hängelampe mit einem runden graugelben Stoffschirm. Mahagonibraun auch die schmalen, hohen Stühle, mit geflochtener Sitzfläche. Auf einen davon hat sich Berndorf setzen und dazu die Hände auf den Tisch legen dürfen. Ihm gegenüber hat ein schlanker, nicht mehr ganz junger dunkelhaariger Mann Platz genommen und sieht Berndorfs Brieftasche durch. Neben der Brieftasche liegen zwei Schlüsselbünde – Berndorfs eigener, und der mit den Schlüsseln für die Wohnung in der Mulackstraße. Auch liegt – in Griffweite – eine handliche kurzläufige Pistole, es ist tatsächlich eine Walther PPK, das Kürzel steht für Polizeipistole Kriminal, besser bekannt als Polizeipistole kurz, weil sie sich gut im Schulterhalfter tragen lässt, also zum Beispiel von Kriminalbeamten, denen man nicht gleich ansehen muss, dass sie mit einer Knarre unter die Leute gehen, der Kriminalbeamte Karlheinz Kurras hat mit einer solchen Waffe den Studenten Benno Ohnesorg erschossen, hinterrücks – aber das ist nichts, wofür Polizeibeamte in Deutschland eingesperrt würden …

Berndorf versucht, in dem Mann, der ihm gegenübersitzt, den Lagerhäftling Zlatan Sirko aus Dretelj zu erkennen. Das Gesicht: nicht mehr eingefallen, aber noch immer schmal, fast kantig, ein dinarischer Typus, so hätte man früher gesagt. Der Haaransatz? Wohl etwas höher, das wäre aber kein Wunder nach 15 Jahren … Gut möglich, dass er es wirklich ist, denkt Berndorf.

Berndorf blickt sich um. Das Zimmer liegt zum rückwärtigen Garten hinaus, aber Fenster und Terrassentür sind hinter einem wandhohen schweren Vorhang verborgen, der grau ist vom Alter oder vom Staub oder vielleicht auch aus schierer Vornehmheit. Sein Blick streift über einen Fernseher, späte Siebziger Jahre, ein Fernsehsessel mit Hocker, aus derselben Zeit, ein großes schweres Büfett, sonst Bilder an den Wänden, dicht an dicht gehängt, zumeist Landschaften, zumeist in viel zu schweren Rahmen. Mehr kann er nicht erkennen, außerhalb des Lichtkreises der Hängelampe liegt das Zimmer im Halbdunkel. An der schmaleren Seite des Tischovals sitzt die Frau mit den dicken Brillengläsern und starrt zu ihm her, noch immer tut sie das, es würde ihn nicht wundern, wenn sie plötzlich zu knurren begänne wie eine fettleibige Bulldogge.

Der Mann ihm gegenüber hat den Zeitungsausschnitt mit Örtleins Foto aus dem Lager Dretelj gefunden und ihn auseinandergefaltet.

»Wo haben Sie das her?«

Erst jetzt hört Berndorf den südosteuropäischen Akzent in der Stimme. »Von Madame Tamara.« Das ist zu vertraulich, also korrigiert er sich: »Von Tamara Feinkind.«

»Wann haben Sie mit ihr gesprochen?«

»Als ich Ihnen die Schlüssel zurückbringen wollte.«

»Die Schlüssel, ja«, echot der Mann und greift zu dem einen Schlüsselbund, wirft einen Blick darauf und steckt ihn ein.

Dann schiebt er die anderen Schlüssel über den Tisch zu Berndorf. »Und wie sind Sie an die gekommen?«

»Ein Mann ist totgefahren worden«, beginnt Berndorf und nimmt seine Schlüssel an sich. Ein erstes Friedensangebot, denkt er. »Er trug Ihre Jacke, die mit den weißen Besätzen. In der Jacke waren Ihre Schlüssel…« Er will hinzufügen, dass sein Gegenüber – dass also Zlatan Sirko das alles bereits wissen muss, aber durch die grauen Vorhänge dringt das schrille Kläffen des Köters von nebenan.

»Und was geht Sie das alles an?«

Berndorf hebt die Hand und legt einen Finger vor den Mund. »Hören Sie den Hund?«

»Der kläfft doch die ganze Zeit«, mischt sich unerwartet die Frau ein. »Sie sollen uns sagen, was Sie das alles angeht!«

Das Bellen draußen ist plötzlich ganz nah, dann wieder weiter weg.

»Sie sollten etwas leiser sein«, sagt Berndorf. »Der Hund da draußen – der rennt am Zaun entlang, auf und ab, das können Sie am Gebell hören. Ich fürchte, es ist jemand in Ihrem Garten.« Er wendet sich an Sirko. »Außerdem denke ich, es sind Leute von derselben Firma, die den Landrover geschickt hat.«

Sirko schüttelt kurz den Kopf. »Ich weiß nicht, was Sie meinen.« Immerhin spricht er mit gedämpfter Stimme.

»Das Auto, mit dem jener Mann totgefahren wurde – das war ein Landrover.«

Weit draußen hört man eine Frauenstimme schimpfen, dann hört das Gebell allmählich auf, ein paar letzte Bäffer noch, dann schließt sich eine Tür, und es herrscht Stille.

»Sie reden da ziemlich viel komisches Zeug raus, wissen Sie das?«, sagt die Frau.

Berndorf hebt nur die Hand, als Zeichen, dass sie schweigen soll. »Sie haben doch Telefon im Haus? Rufen Sie die Polizei!«

»Die Polizei!«, wiederholt Zlatan Sirko, »ich hab' genug Polizei erlebt, die muss ich mir nicht auch noch selber bestellen!«

»Es ist deutsche Polizei«, sagt Berndorf, »keine kroatische …«

»Deutsche Polizei!« Er sagt es in einem Ton, der Berndorf verstummen lässt. Er steht auf und geht zu dem Vorhang, der die Fensterfront verdeckt.

»Was tun Sie da?« Sirko hat wieder zu der Pistole gegriffen.

»Wenn Sie sich nicht von der Polizei helfen lassen wollen, müssen wir selbst sehen, wie wir über die Runden kommen«, sagt Berndorf. »Könnten Sie mal das Licht ausschalten?«

Sirko wirft ihm einen Blick zu, prüfend, vielleicht auch ein wenig unsicher. Dann steht er doch auf, geht zum Schalter und löscht das Licht.

»Was macht ihr da für einen Scheiß!«, protestiert Elfie.

»Nicht so laut«, sagt Sirko, »und geh vom Tisch weg!«

»Fang bloß nicht an, mich herumzukommandieren!« Trotzdem steht sie auf. »Das ist noch immer mein Haus … Wo bist du denn?« Sie tappt ein paar Schritte in den Wohnraum, dann wendet sie sich – in der Dunkelheit überraschend zielstrebig – zur Flurtür und bleibt dort bei Sirko stehen, der sie in den Winkel zwischen der Wand und dem mächtigen altertümlichen Büfett zieht.

Berndorf schiebt den Vorhang gerade so weit zur Seite, dass er hinausspähen kann. Es dauert etwas, bis sich seine Augen an die Dunkelheit gewöhnt haben, allmählich erkennt er die Umrisse einer Terrasse mit einem Tisch und zwei Korbstühlen und allerhand Gerümpel, dahinter ein kleines Fleckchen Rasen, und wieder dahinter und an der Seite zum Nachbarhaus immergrünes Gebüsch, über das unversehens ein Streifen kalkiges Mondlicht fällt. Die vom Haus aus rechte Seite des Gartens kann er nicht überblicken, er müsste sonst den Vorhang weiter zur Seite schieben. Er entdeckt, dass es zu der Terrassentür einen Rollladen gibt, er lässt ihn herunter und ebenso die Jalousie für das Doppelfenster.

Kein großer Schutz, gewiss nicht. Im Fall des Falles ein kleines zusätzliches Hindernis, das einen Eindringling zwingt, noch mehr Lärm zu machen.

»Sie können wieder das Licht einschalten... Ist die Terrassentür der einzige Zugang in den Garten?«

Licht fällt auf den ovalen Tisch. »Nein«, sagt Elfie Watzkau, »von der Waschküche im Keller kommt man auch in den Garten.«

»Ich will mir das ansehen«, sagt Berndorf, an Zlatan Sirko gerichtet. »Lassen Sie überall im Haus die Rollläden herunter, aber so, dass die Ritzen nicht ganz schließen, und in den Zimmern schalten Sie danach bitte das Licht ein. Wenn irgendwo ein Radio steht, stellen Sie es an, aber nicht zu laut, ebenso diese Glotze hier drin.« Berndorf steht inzwischen am Tisch und steckt seine Brieftasche wieder ein.

»Der spinnt doch?«, fragt Elfie.

»Das Haus soll nach außen so aussehen, als wären überall Leute«, erklärt Berndorf und will in den Flur gehen.

Mit einem boshaften Schnarren bricht die Türklingel los, zweimal rasch hintereinander gedrückt, wie von jemand, der Recht hat und auf diesem Recht besteht.

»Was jetzt?«, fragt Sirko flüsternd.

»Elfie soll zur Tür gehen«, antwortet Berndorf mit gedämpfter Stimme, »und fragen, was Sache ist. Aber sie darf auf keinen Fall öffnen, auch nicht, wenn draußen angeblich die Polizei oder die Feuerwehr steht.« Er wendet sich direkt an sie. »Egal wer es ist, Sie verlangen, dass er Ihnen den Ausweis in den Türbriefkasten wirft. Darauf müssen Sie auch dann bestehen, wenn es angeblich ein alter Freund von Watzkau ist.«

Wieder schnarrt die Türklingel durch den Flur.

»Aber wenn es wirklich ein alter Freund ist?«, fragt Elfie Watzkau.

»Reden Sie mit ihm, so viel wie Sie lustig sind«, antwortet Berndorf, »lassen Sie aber auf keinen Fall jemanden herein, und bleiben Sie nicht hinter der Tür stehen, sondern seitlich davon an der Wand...« Er wendet sich an Sirko: »Gehen Sie mit ihr, passen Sie auf sie auf!«

Wieder schlägt die Klingel an, Elfie ruft zornig, dass sie

ja schon kommt und dass niemand pausenlos klingeln muss, Berndorf öffnet eine Tür, es ist die zur Kellertreppe, er schaltet das Licht ein und steigt ein paar Stufen hinunter und horcht dann doch noch einmal nach oben, von wo er Elfie Watzkaus etwas schrille Stimme hört:

»Wer ist da? Die Stadtwerke?«

Er steigt weiter die Treppe hinab. Auf halber Höhe befindet sich ein Absatz, zwischen den beiden gegenläufigen Treppenarmen ist ein Regal hochgezogen. Die meisten Fächer sind leer, ein oder zwei Dutzend Weinflaschen verstauben in ihren Gestellen. Unten angekommen, versucht Berndorf sich zu orientieren – er sieht drei Türen, eine davon ist rechts, es müsste die zur Waschküche sein. Von oben hört er Elfies Stimme:

»Die Gasleitung! Oh mein Gott …«

Das dumme Huhn wird sich doch nicht bluffen lassen? Aber darum kann er sich jetzt nicht kümmern, er wendet sich nach rechts – und bleibt gleich wieder stehen. Aus dem Kellerraum vor ihm hört er eine Art Schrappen, dann ein klirrendes Geräusch. Der Schlüssel, denkt er, sie haben den Schlüssel nach innen gestoßen, und jetzt ist er auf den Boden gefallen. Er blickt um sich. Neben dem Regal, unterhalb des oberen Treppenarmes, befindet sich eine nach oben abgeschrägte Nische, ein Spaten und anderes Gartengerät sind darin abgestellt, links befindet sich ein Lichtschalter. Ohne groß zu überlegen, löscht er das Kellerlicht und duckt sich in die Nische. Tastend vergewissert er sich, dass die Regalfächer neben ihm leer sind, dann sucht er – wiederum tastend – nach dem Spaten, als er ihn gefunden hat, nimmt er ihn mit beiden Händen und legt ihn bereit. Und wartet. Es herrscht fast völlige Dunkelheit, nur ein roter Lichtknopf an der Tür gegenüber scheint anzuzeigen, dass sich dort der Heizungskeller befindet und dass die Heizung in Betrieb ist.

Was hört er von oben? Er achtet nicht darauf, sondern nur auf das Schrappen, das jetzt wieder zu hören ist. Dann ein Klicken. Eine Tür schrammt über Steinboden. Unversehens zeichnet ein Lichtstreifen die Ritze unter der rechten Kellertür nach und ist auch gleich wieder verschwunden. Eine Klinke knackt, dann wird die Tür aufgeschoben, der Strahl einer Stablampe zittert durch den Kellerflur. Berndorf packt den Spaten mit beiden Händen, er hört ein kurzes Flüstern von Männerstimmen, versteht aber nichts, könnte nicht einmal sagen, ob da Italienisch oder Russisch gesprochen wurde. Schritte nähern sich, andere – schwerere – Schritte folgen, der Lichtstrahl wandert die Treppe hinauf, Berndorf lässt den ersten Mann an sich vorbei nach oben, der zweite ist dicht hinter ihm.

Mit voller Wucht stößt Berndorf den Spaten durch das offene Regal, trifft auf Widerstand, hört einen unterdrückten Aufschrei, eine massige schwere Gestalt stürzt nach vorne auf die Treppe, irgendeine fremde Kraft versucht Berndorf den Spaten aus den Händen zu hebeln. Der reißt den Stiel herum und will den Spaten zu sich herziehen, aber das Blatt verhakt sich, er muss den Stiel drehen, um es loszubekommen.

Jemand flucht und wimmert aus zusammengebissenen Zähnen. Berndorf hat den Spaten genommen, als wäre er eine Axt, und ist mit zwei lautlosen Schritten am Treppenaufgang. Vor ihm windet sich der Körper eines großen athletischen Mannes auf den Stufen, beleuchtet von der Stablampe, deren Strahl ihn abtastet, die Stablampe wird von dem Kerl gehalten, der zuerst die Treppe hochgestiegen war, er ist jetzt über seinen Kumpel gebeugt. Es ist ein jüngerer Mann, schwarz gekleidet, und Berndorf holt aus und schlägt den Spaten mit der flachen Seite des Blattes, aber mit voller Wucht auf den Kopf mit dem schwarzen, kurz geschnittenen Haar.

Für einen scheinbar endlosen Augenblick verharrt der junge Mann, dann läuft ein Zittern durch seinen Körper und er kippt langsam nach vorne, die Treppe abwärts, die Stablampe fällt aus seiner Hand, Berndorf wirft den Spaten weg und bückt sich nach der Lampe und richtet ihren Strahl auf die Körper, die auf der Treppe liegen, der Jüngere ist auf den Beinen des Älteren gelandet und rührt sich nicht mehr, der Lichtstrahl wandert hoch und erfasst einen halb aufgerichteten Kopf mit einem verzerrten Gesicht… Steile Stirn, weiße Strähne in der schwarzen Mähne, du Frankenstein, dich kenn ich doch? Der Lichtstrahl tastet den Oberkörper des Mannes ab und erfasst eine Hand – die linke? –, die ungeschickt auf den Stufen herumsucht, als wäre sie eine große behinderte Spinne. Plötzlich hat sie die Pistole gefunden, die dem Mann beim Sturz auf die Treppe aus der Hand gefallen war. Warum hat Berndorf den Spaten weggeworfen? Er greift in das Regal, erwischt eine Weinflasche und richtet den Lichtstrahl der Lampe dem Mann in die Augen, dass er sie geblendet zusammenkneift, dann beugt er sich vor und schlägt dem Mann die Weinflasche mit voller, wohlüberlegter Wucht gegen die Schläfe.

Das gibt ein noch sehr viel hässlicheres Geräusch als der Schlag mit dem Spaten, die Flasche splittert, er wirft den Hals weg, warum ist seine rechte Hand so nass? Das ist der Wein, du Narr, aber wieso tropft die Hand dann noch, das heißt, die tropft gar nicht, die suppt. Er hält die Hand in den Lichtstrahl der Lampe, die Hand ist vom Glas zerschnitten, immerhin kann er die Finger bewegen.

Also nimmt er die Stablampe in die rechte Hand, packt den jüngeren der beiden Männer am Kragen seiner Lederjacke und zieht ihn vollends die Treppe hinunter. Der Mann stöhnt, Blut läuft ihm aus Nase und Mundwinkel, das Goldkettchen um den Hals ist nach oben gerutscht, so dass man den Anhänger sieht: Es ist ein Kreuz.

Berndorf tastet nach einem Handgelenk, er glaubt, einen Puls zu spüren. Nun gut, du hast diesen Christenjüngling nicht totgeschlagen, das ist für heute schon einmal eine gute Tat. Wenigstens eine. Er tastet den Oberkörper ab und zieht aus einem Schulterhalfter eine boshaft schimmernde kleine Pistole und steckt sie sich in den Hosenbund, dann legt er den ganzen Kerl in Seitenlage.

Er wendet sich Frankenstein zu, dem Mann, der ihm schon im Dalmacija Grill aufgefallen war. Das ist wirklich ein langer Kerl, denkt er, wenn man so einen umgehauen hat, sieht er auf dem Boden noch größer aus, irgendwo hat er so etwas schon einmal gelesen. Der Kopf liegt zur Seite gewandt, Platzwunde an der Schläfe, um sie herum Schnittverletzungen, Blut sickert über das Gesicht in den Kragen, macht auf der Treppe eine Pfütze und tröpfelt von dort auf die nächste Stufe. Der Mann röchelt, die linke Hand bewegt sich, als versuchte sie noch immer, etwas zu greifen und zu grapschen, die Hand hat sich zu der Pistole getastet, aber bevor sie zugreifen kann, nimmt Berndorf das Ding auf, das Ding ist eine Beretta, und er steckt es zu der anderen Waffe in seinen Hosenbund; nun ist er bewaffnet wie ein Pirat der Karibik, aber er hat jetzt keine Zeit, sich dabei komisch vorzukommen.

Seine rechte Hand beginnt wieder zu bluten, so hält er sie hoch und geht – die Stablampe in der linken – die Treppe hinauf, warum ist von dort oben eigentlich nichts mehr zu hören?

Er ist fast oben, da öffnet sich über ihm die Tür, jemand schaltet das Treppenlicht an:

»Luca? Mattia?«

Die Stimme gehört einer Frau. Berndorf blickt auf. Es ist die Frau aus der U-Bahn, die an der Station Nordweststadt ausgestiegen ist, sie sehen sich an, er blickt in helle blaue Augen über hohen slawischen Wangenknochen, und außerdem blickt ihn das Mündungsloch einer Pistole an – die wievielte ist das jetzt an diesem Abend? Allmählich wird es lästig.

Den einen Arm hat er schon oben, also lässt er die Stablampe fallen und hebt auch die linke Hand. Das hat den Vorteil, dass er damit das rechte Handgelenk packen und versuchen kann, die Blutzufuhr abzustoppen.

Die Frau winkt ihm mit der Pistole: Er soll in den Flur kommen, heißt das. Dann wandert die Pistole wieder zu Zlatan Sirko und seiner Elfie, die beide mit dem Gesicht zur Wand stehen, und zwar so, dass sie sich mit den Händen an der Wand abstützen müssen. Berndorf tritt in den Flur, er sieht, dass die Frau sich Zlatans Walther in den Bund ihres Rockes gesteckt hat.

»Ziehen Sie – ganz langsam und mit der einen Hand – die Pistolen aus dem Bund und lassen Sie sie fallen.«

Berndorf gehorcht. Erst die eine, dann die andere. Dann stellt auch er sich an die Wand. Neben Elfie. Irgendetwas vibriert. Es ist Elfie, die vibriert. Oder zittert. Angst? Wut? Egal. Noch immer spürt er, dass ihm das Blut den rechten Unterarm hinunterläuft. Mit der linken Hand packt er das Handgelenk der rechten und versucht, die Ader abzudrücken.

Die Frau mit den hohen Wangenknochen schiebt die beiden Pistolen mit dem Fuß zur Seite. Mit Berndorf ist sie nicht zufrieden.

»Weiter rechts. Die Hände auseinander.«

Weiter rechts ist ein Spiegel. Er stellt sich vor den Spiegel und stützt sich mit erhobenen, ausgebreiteten Händen ab, die nun links und rechts des Spiegels an den Wänden aufliegen. »Ihre Freunde sind beide schwer verletzt«, sagt er dann. »Sie sollten einen Krankenwagen rufen.«

»Seien Sie still.«

Keine Deutsche, denkt Berndorf. Sie hat nach Luca und Mattia gerufen. Also eine Italienerin? Kaum. Osteuropa. Vielleicht eine Russin?

Wieder ruft sie nach den beiden Männern. Aber es kommt keine Antwort. Keine, die man verstehen kann. »Was haben Sie mit ihnen gemacht?« Die Frage gilt offenbar ihm.

»Rufen Sie einen Krankenwagen. Ich bin kein Arzt.«

Ein rascher Schritt, eine kalte Pistolenmündung presst sich ihm an die Wange, er riecht ein herbes Parfüm. Juchten? Er betrachtet sich im Spiegel. Eine in die Breite gezogene Fratze grinst ihm entgegen. Der Spiegel ist konvex, fast so wie Elfies Brillengläser. Karnevalistenhumor!

»Schnauze. Was haben Sie gemacht?«

»Beide sind schwer verletzt«, antwortet Berndorf so ruhig und bedächtig, wie es eben geht, wenn man ein Schießeisen am Kiefer hat. »Es ist jetzt ganz egal, was Sie tun. Die Polizei haben Sie so oder so am Hals. Ihre Aktion ist aufgeflogen.«

»Sie vergessen etwas«, sagt die Stimme in seinem Rücken. »Etwas, das Ihnen nicht egal sein wird. Ich kann Sie liquidieren. Sofort.«

»Dann sind Sie keinen Schritt weiter, haben aber doppelt Ärger. Der dicke Mann wird nicht zufrieden sein.«

Noch immer spürt er die Pistolenmündung an seiner Wange. Aber die Frau hinter ihm scheint mit etwas anderem beschäftigt. Offenbar bedient sie mit der freien Hand ein Mobiltelefon und ruft eine Kurzwahl auf. Berndorf schaut verstohlen zur Seite und fängt einen Blick von Zlatan auf. Zlatan ist näher am Lichtschalter, also wirft Berndorf einen Blick zur Decke und schließt kurz die Augen.

Das Gespräch kommt zustande, die Frau meldet sich. »Olga hier. Alles unter Kontrolle. Luca und Mattia sind verletzt.«

Der Gesprächspartner versteht nicht.

»Ich weiß nicht, wie es passiert ist ... Gut, ich warte.« Sie beendet das Gespräch und schaltet das Handy aus.

Von der Kellertreppe hört man ein Stöhnen, dann eine schwerfällige und schleppende Bewegung, die wieder abbricht.

»Luca?«, fragt Olga, fast besorgt. Das kalte Eisen löst sich von Berndorfs Wange. Fast im gleichen Augenblick geht das Licht aus, Berndorf stößt sich von der Wand ab und erwischt mit der linken Schulter einen Körper und rempelt ihn, wieder hat er das herbe Parfüm in der Nase, seine Wucht ist so groß, dass es den anderen, viel leichteren Körper auf die Kellertreppe schleudert, mit ohrenbetäubendem Knall löst sich ein Schuss, ein Schrei gellt durch das Haus ...

Berndorf fängt sich gerade noch am Türpfosten ab, erwischt die Kellertür und schlägt sie zu, wieder fällt ein Schuss, als wäre es ein Echo auf das Zuknallen der Tür.

»Das ist mein Haus!«, schreit eine Frauenstimme, »mein Haus ist das! Alle raus jetzt.«

Berndorf tastet nach dem Schlüssel der Kellertür und dreht ihn um, lässt sich auf den Boden fallen und hält sich, während er über den Fußboden Richtung Wohnzimmer robbt, mit beiden Händen die Ohren zu, denn der Wahnsinnige, der im Dunkeln eine der Pistolen auf dem Fußboden erwischt haben muss, feuert weiter um sich, klirrend splittert Glas, dann geht die dickwandige Scheibe in der Haustür zu Bruch…

»Hör auf, Elfie«, ruft eine andere Stimme, »bitte…!«

Licht flammt auf. Berndorf, noch immer auf dem Boden, dreht sich um, ein paar Schritte von ihm entfernt sieht er Elfie, die mit beiden Händen eine kleine schimmernde Pistole umklammert hält und aus ihren Brillengläsern äugt, auf wen sie wohl jetzt die Waffe richten soll. Am Lichtschalter neben der Haustür steht Zlatan, totenblass, mit eingezogenem Kopf, als würde er so schwerer zu treffen sein. Elfie hört ein Geräusch aus dem Keller, fast klingt es wie ein Hilferuf, sie wirbelt herum und richtet die Waffe vage gegen die Tür und drückt ab, aber diesmal rührt sich nichts mehr: Das Magazin ist leer geschossen.

Mühsam rappelt Berndorf sich vom Boden auf. Plötzlich scheint Ruhe eingekehrt zu sein. Ruhe? Nein, nebenan bellt der kleine weiße Spitz, er ist nicht mehr zu bremsen, vermutlich ist bereits die halbe Straße auf den Beinen… Irgendwo müsste auf dem Boden noch eine andere Pistole herumliegen, denkt er und sieht sich um. Dann hat er sie gefunden, sie liegt fast an der Tür, es müsste Frankensteins Beretta sein, Zlatan braucht sie nur aufzuheben.

»Es ist gut«, sagt er zu Elfie und nimmt ihr behutsam die kleine Pistole ab. »Gehen Sie jetzt einfach ins Wohnzimmer, machen Sie das Radio an und entspannen Sie sich.«

Elfie schaut zu ihm hoch, als wäre er nun ganz und gar verrückt geworden. Aber er kümmert sich nicht darum, er legt die Pistole in die Ablage unter dem Narrenspiegel, von dem nun auch nichts mehr übrig ist als ein paar gezackte Scherben, die noch im Rahmen stecken geblieben sind. »Außerdem hat Ihnen da jemand was hinter den Spiegel gesteckt«, fügt er noch hinzu und deutet auf einen großen weißen Umschlag, der links oben im Spiegelrahmen steckt, hinter einer der Scherben, die noch nicht heruntergefallen sind.

Er bleibt bei Zlatan stehen. »Hier«, sagt er dann, »da liegt noch eine von den Pistolen ... falls Sie damit umgehen können, nehmen Sie sie. Dieser Typ, den Olga angerufen hat, könnte noch ums Haus herumschleichen ...«

»Tut er nicht«, antwortet Zlatan. Trotzdem bückt er sich, betrachtet kurz die Beretta und steckt sie sich in den Hosenbund. Dann öffnet er die Tür und zieht sie vollends auf. Wie ein gestrandeter Käfer liegt vor ihnen ein mittelgroßer, etwas dicklicher Mann auf dem Rücken, als sei er zuerst zusammengesunken und dann nach hinten gefallen. Sein Gesicht sieht ratlos aus und erstaunt, und seine drei Augen starren blicklos zum Himmel.

Das dritte Auge ist ein kreisrundes, nicht allzu großes Loch mitten in der Stirn.

»Was ist da?«, will Elfie wissen und drängt sich zwischen die beiden Männer. »Was liegt da?«

»Ein Mann«, antwortet Zlatan gleichmütig.

»Ist der wegen der kaputten Gasleitung gekommen?« Elfie bückt sich. »Ihh!«, entfährt es ihr. »Ist er tot?«

»Sieht so aus«, meint Berndorf.

»Und wer hat das getan?«

»Wer wohl?«, fragt Zlatan zurück.

»Aber wer repariert jetzt die Gasleitung?«

Berndorf sieht sich um. Der Spitz im Nachbarhaus hat sich beruhigt, aber überall in den Häusern der Trajanstraße brennt Licht, es kommt ihm vor, als stünden die Leute an ihren Fenstern oder an den spaltweit geöffneten Haustüren und spähten hinaus. Vor dem Haus steht mit eingeschalteten Lichtern und eingeschaltetem Motor ein goldfarbener Benz aus dem oberen Preissegment.

»Ich wette, dass die Polizei das für die Arbeit eines Kunstschützen hält«, meint Berndorf. »Übrigens wird die bald hier sein.«

»Ich will mit denen nicht reden«, sagt Zlatan.

»Dann haben wir keine Wahl«, gibt Berndorf zurück und geht durch den Vorgarten zu dem Benz.

Olga, in nachtschwarze bodenlose Tiefe gestürzt, hat sich am Handlauf des Treppengeländers abgefangen und hält sich daran fest, schwer atmend. Über ihr ein Rechteck von Lichtstreifen, das ist die Kellertür. Noch immer wird da oben geschossen. Sie will die Kellertreppe weiter hinab, doch die Füße bleiben an etwas hängen. Es fühlt sich an wie ein Körper, ein jammernder Wehlaut, sie fällt nach vorne, unter ihr liegt wirklich ein Mensch, aber schon ist sie darüber hinweg und hat sich abgerollt und steht wie eine Katze wieder auf ihren Füßen. Sie ahnt eine Mauerkante, die Hand ertastet einen Schalter, Helligkeit flammt auf, ihr Blick fällt auf Beine, darüber ein Rumpf und über dem Rumpf ein blutverschmierter Kopf, kaum erkennt sie die weiße Strähne im schwarzen Haar.

»Das Bein«, sagt Mattia, »dieser Pazzo hat…«

Olga blickt sich um, noch immer hat sie ihre Pistole in der Hand, nur ist ihr diese Walther aus dem Bund gefallen, aber darauf kommt es nicht mehr an. Im Kellerflur liegt Luca und versucht sich aufzurichten, die Beine wollen ihm nicht gehorchen, so hilft sie ihm mit der linken Hand auf und schleppt ihn zur Kellertür, »Komm!« flüstert sie, und: »Weiter!« Aber Luca knickt in den Beinen ein und beugt sich zur Kellerwand, Olga lässt ihn los und macht einen Schritt zur Seite, gerade noch rechtzeitig, denn da muss er sich auch schon übergeben und kniet in der eigenen Kotze. Das wird nichts mehr, denkt Olga und stößt die Tür auf und huscht die Treppe zum Garten hinauf und drückt sich ins Gebüsch, die Schießerei hat aufgehört, aber in den Häusern links und rechts und gegenüber gehen jetzt die Lichter an.

Sie muss zur Straße zurück, wenn überall Leute glotzen, kann sie nicht über Gartenzäune turnen, sie schiebt sich an der Hauswand entlang vor, verharrt an der Hausecke und späht auf die Straße – noch mehr Licht, Giulios Wagen steht mit laufendem Motor und eingeschalteten Scheinwerfern vor dem Haus, die Beifahrertür fällt zu, und der Wagen fährt los. Kann das sein, dass Giulio einfach abhaut? Sie tastet nach ihrer Pistole, aber wozu soll das jetzt noch gut sein? Eine Frau zetert, Hunde bellen, Olga weiß, dass sie keine Zeit mehr verlieren darf, und so geht sie ganz einfach quer über den Vorgarten zur Straße, die Lampe vor dem Hauseingang beleuchtet die zeternde Frau, die klein und dick ist und zu deren Füßen ein Körper liegt, der Körper eines dicken Mannes, und Olga muss gar nicht näher hinschauen, um zu wissen, dass der Mann sandfarbenes Haar hat, wie sonst kaum ein Italiener.

Vor einem Gartentor drückt sich eine gefleckte Katze herum, Olga weicht ihr aus und macht ein ärgerliches »Kschsch!«, Katzen kann sie nicht ertragen. Ein Mann streckt seinen Kopf aus einem Fenster des Nachbarhauses, das Licht im Zimmer hinter ihm lässt seinen spärlichen Haarkranz aufleuchten wie einen Heiligenschein.

»Hallo Sie, da ist doch geschossen worden …«

»Ja«, antwortet Olga, »ich habe es auch gehört, aber der Akku von meinem Handy ist leer. Könnten Sie die Rettung anrufen? Und die Polizei.«

Und Olga geht weiter die Straße hinunter und biegt nach rechts ab, in Richtung U-Bahn-Station, sie geht zügig, wie eben eine Frau abends zur U-Bahn-Station geht, ein Taxi darf sie nicht nehmen – früher oder später wird die Polizei nach ihr suchen, der Taxifahrer aber würde sich an sie erinnern.

Sie tastet nach dem Handy in der Tasche ihrer Kostümjacke, und sie ruft den Mann an, dessen Namen sie nicht kennt.

»Ja?«

»Olga hier. Der Kunde hat nicht unterschrieben.«

»Nein?«

»Nein. Die Kollegen haben keinen sehr guten Job gemacht.«

»Wo sind sie jetzt?«

»Noch dort.«

Mit eingeschaltetem Blaulicht und Martinshorn kommt ihr ein Streifenwagen entgegen, und Olga schaltet das Handy ab. Der Mann, dessen Namen sie nicht kennt, weiß jetzt auch so, was Sache ist.

Der Bilch ist samt Notebook in die Küche umgezogen, damit André schlafen kann; es ist jetzt allmählich die Zeit dafür, findet der Bilch, auch wenn ihn das alles eigentlich gar nichts angeht. Aber André hat sich ohne weiteren Widerspruch getrollt, die Geschäftsberichte der Privatbank Oheymer & Jaumann, München/Lindau i. B., sind so spannend nun auch wieder nicht.

Die Sektflasche ist noch nicht leer, außerdem hat sich der Bilch einen Pulverkaffee aufgegossen, er ist also für den Rest der Nacht gewappnet. Das Einzige, was ihm fehlt, ist ein roter Faden. Aber braucht man den wirklich?

Aber der Reihe nach. 1993 wird in Basel die Hephaistos AG, Gesellschaft für Sicherheitstechnik, ins Handelsregister eingetragen. Zu dieser Notiz gibt es einen Verweis auf eine Datei mit Anmerkungen, also ruft er diese auf und findet folgenden Eintrag:

Rhein. Consult GmbH: Eigentümer sind laut Handelsregister Ulrich Eschle/Ravensburg (52 Prozent), Theodor Meyer-Espelkamp/ Köln und Joseph Wammetsrieder/ Passau.

Der Bilch notiert sich die Namen in einem leeren Schulheft, das ihm André gegeben hat, dann lehnt er sich zurück und versucht nachzudenken. Diesem MdB Christian Fausser, der diese Dateien samt Querverweisen angelegt hat, war es also wichtig gewesen zu wissen, wem die Rheinische Consult gehört. Diese hält immerhin den größten Anteil an der Hephaistos AG. Warum gibt es aber zu den anderen Teilhabern keine Anmerkungen, weder zu Mesic noch zu diesem Hornisser oder diesem Matthaus? Heißt das, dass diese für Fausser nicht wichtig waren? Oder sind diese anderen Namen für ihn so selbstverständlich, dass er sie nicht eigens erwähnen muss?

Er geht weiter die Dateien durch. 1997, nach der Stilllegung der Pula Recycling Corp., ändern sich die Eigentümerverhältnisse bei der Hephaistos AG. Neu eingetreten sind die Daniel Kirstejn Vermögensverwaltung Zug/CH, die nun knapp 35 Prozent der Anteile hält, und eine Middle & Far East Trading Co. mit Sitz auf den Bahamas. Ihre Anteile abgegeben haben demnach sowohl die Rheinische Consult als auch Matthaus – so steht es jedenfalls in einer schriftlichen Auskunft, die an Fausser gerichtet ist. Er hat also einen Grund gehabt, das wissen zu wollen. Welchen?

Die nächsten Einträge – zumeist Zeitungsberichte oder Kurzfassungen davon – beziehen sich auf internationale Politik, der Bilch kann nichts damit anfangen, was gehen ihn Israel an und Saudi-Arabien und Taiwan! Oder gar Georgien ... Aber dann findet er plötzlich wieder etwas über Jörg Matthaus, es ist offenbar eine aus dem Internet heruntergeladene Notiz eines Wirtschaftsblattes, unter der Überschrift. »Rettung für Thüringer Waffenschmiede« steht da:

Eine Investorengruppe um den Berliner Finanzier Jörg Matthaus hat jetzt die Mehrheit an der Thüringer Steuerungs- und Präzisionstechnik in Suhl übernommen. Das Unternehmen, das ein wichtiger Zulieferer für ferngelenkte Waffensysteme ist, war nach der Wende zunächst von der ehemaligen Eigentümerfamilie erworben worden, hat aber in den letzten beiden Jahren hohe Verluste eingefahren ...

Der Bilch schüttelt den Kopf. Wie geht das zu? Da taucht einer auf, kein Mensch hat je von ihm gehört, ist plötzlich Teilhaber an einem Schweizer Unternehmen, das im ehemaligen Jugoslawien merkwürdige Dinge treibt, dann zieht er sich zurück – und hat dabei offenbar so viel Kasse gemacht, dass einen die Zeitungen plötzlich einen Finanzier nennen. Der Bilch liest weiter, jetzt geht es um Kroatien und Ferienparks und die kroatischen Inseln, ein österreichisches Magazin berichtet über einen U-Boot-Stollen, der auf oder vielmehr: unter einer Adria-Insel tief ins Inselgestein hineingetrieben wurde, samt dazugehörigen Bunkern, auf dass die ruhmreiche jugoslawische Volksarmee auch im Falle eines nuklearen Weltkrieges hätte… ja, hätte weiß der Teufel was tun können. Der U-Boot-Stollen war einem Emir von der Golfküste angeboten worden, es war aber offenbar irgendein Haken dabei, so genau will der Bilch das gar nicht wissen, denn ihn interessiert eigentlich nur eine kurze Passage:

Zu der Erklärung der Zagreber Behörden, der U-Boot-Stollen sei selbstverständlich kroatischer Staatsbesitz und stehe nicht zum Verkauf, wollte die angebliche Eigentümerin, die in Kroatien stark engagierte deutsche Privatbank Oheymer & Jaumann, keine Stellungnahme abgeben. Sowohl die Niederlassung in Zagreb als auch die Bankzentrale in München verweigerten unter Verweis auf laufende Verhandlungen jede Stellungnahme…

Der Bilch blickt auf. So also sieht das mit der ertragsstarken und erfolgsorientierten Privatbank aus! Und wer sitzt, wie im Märchen vom Hasen und dem Igel, schon wieder und ganz zufällig deren Aufsichtsrat vor?

Die Ampel blinkt gelb, der goldfarbene Benz mit den Weißwandreifen biegt ab auf die Stadtautobahn, fädelt sich ein, beschleunigt kurz und rollt dann mit der erlaubten Höchstgeschwindigkeit Richtung Stadtmitte. Der Wagen hat ein Automatic-Getriebe, der Tempopilot ist eingeschaltet, Berndorf lenkt mit der Linken und hat die rechte Hand auf die heruntergeklappte Armstütze gelegt, ein auf den Handteller gepresstes Papiertaschentuch soll die Blutung vollends stillen.

»Sie wollen zurück in die Stadt?«, fragt Zlatan vorsichtig.

»Nein.«

»Aber es ist die Richtung.«

»Ja doch. Aber dieser Wagen ist zu auffällig, wir müssen ihn so schnell wie möglich loswerden«, erklärt Berndorf. »Außerdem wird die Polizei annehmen, dass wir versuchen werden, uns über die Autobahn abzusetzen. Eben deshalb ...«

»Ich möchte aber nicht in Frankfurt bleiben«, wendet Zlatan ein. »Lieber nicht ...«

»Das wäre auch nicht klug. Zwei der Männer waren heute Abend im Dalmacija Grill«, antwortet Berndorf. »Wir werden deshalb dieses verdammte Auto in einer Tiefgarage abstellen, die U-Bahn zum Hauptbahnhof nehmen und dort den nächsten Zug nach ... ach, nach irgendwohin.«

Mit Blaulicht schießt auf der Gegenfahrbahn ein Polizeiwagen an ihnen vorbei, das Martinshorn jault hinterher. »Da haben sich die Kollegen aber Zeit gelassen«, bemerkt Berndorf. Dann wieder Blaulicht – ein erster Notarztwagen, dann zwei Krankenwagen, dicht hintereinander.

Die beiden Männer in der stadteinwärts fahrenden Limousine schweigen. Berndorf überlegt. Eigentlich will er den Wagen in eines der Parkhäuser am Messegelände bringen. Aber die liegen auffällig nahe beim Hauptbahnhof. Und schon wieder kommt ihnen ein Wagen mit Blaulicht entgegen, es ist kein Streifenwagen, also ist es die Kriminalpolizei. Und wer sagt denn, dass denen nicht schon jemand durchgegeben hat, sie sollten auf einen goldfarbenen Benz achten? Plötzlich kommt er sich auf der Stadtautobahn vor wie auf dem Präsentierteller.

Er verlässt die Fahrtrichtung zur Messe, denn er hat sich an ein Parkhaus in der Nähe des Eschersheimer Tors erinnert – das liegt nahe genug an einer U-Bahn-Station, könnte aber auch von jemand benutzt werden, der in der Stadt bleiben will.

»Sagen Sie mir bitte«, hört er plötzlich Zlatan fragen, »warum ich eigentlich mit Ihnen kommen soll?«

»Weil Sie mir vertrauen müssen«, antwortet Berndorf. »Und zwar deshalb, weil Ihnen nichts anderes übrig bleibt. Wir sind zwar zwei sehr unterschiedliche Fliegen, aber das Schicksal hat uns in dieselbe Tinte getunkt.«

»Fliegen?«

»Übrigens war es nicht das Schicksal«, berichtigt sich Berndorf, »sondern Ihre Freundin Elfie hat das angestellt. Warum haben Sie nicht verhindert, dass sie die Tür öffnet?«

»Ja, es ist mein Fehler«, gibt Zlatan zu. »Ich dachte – es ist eine Frau, das hab ich gedacht, und dann hat sie ausgerechnet von der Gasleitung gesprochen, das ist das, wovor Elfie am meisten Angst hat. Und dann gab es diesen Krach unten im Keller, und plötzlich war die Frau drinnen im Haus und hat mir die Pistole an den Hals gehalten... Aber sagen Sie – was haben Sie mit dem Mann da unten im Keller eigentlich gemacht?«

»Es waren zwei«, antwortet Berndorf mürrisch, »und hoffentlich werden wenigstens sie es überleben. Ihnen ist klar, dass Ihre Elfie da einen Mafioso umgelegt hat, vermutlich sogar einen kleineren oder mittleren Capo, dem Auto nach zu schließen? Und wer jetzt alles hinter uns her ist?«

Zlatan schweigt. Was sollte er auch sagen?

Es ist, als hätte ein Tier geklagt. Aber es gibt kein Tier in der Wohnung. Der Bilch reibt sich die Augen, dann legt er die Hände auf den Küchentisch und stemmt sich hoch, geht zu Andrés Zimmer. Er legt den Kopf an die Tür, es ist nichts zu hören, er klopft leise und öffnet. Im Licht, das von der Küche hereinfällt, sieht er, dass Andrés Decke halb auf dem Boden liegt.

Er geht zum Bett und deckt den Jungen wieder zu. »Du hast

geschrien, weißt du das?«, fragt er halblaut. Aber von André kommt nur ein unwilliges Murmeln, dann dreht er sich um.

»Na, dann träum mal was Lustigeres«, sagt der Bilch und geht wieder hinaus an den Küchentisch, auf dem jetzt das Notebook liegt. Er stemmt die Hände in die Hüften und streckt sich – die Schultern, der ganze Rücken ist verspannt. Kein Wunder, denkt er, bei allem, was er am Hals hat. Und jetzt auch noch den Jungen da und der Stapel Briefe, von denen kein einziger nach etwas anderem als nach Ärger aussieht. Überhaupt die Elke! Das ist auch so eine Geschichte... Wie viele allein erziehende Mütter gibt es in Berlin? Und wie viele davon haben jede Woche mindestens einmal die Schnauze voll, aber so etwas von der Schnauze voll... und wie viele wiederum davon laufen am Ende einfach weg, soll sich doch sonst wer um ihre Brut kümmern! Das ist inzwischen Alltag in Berlin, so sehr Alltag, dass die Zeitungen überhaupt nur noch berichten, wenn es mindestens fünf oder sechs halbverhungerte halslose Ungeheuer sind, die aus einer verschissenen ungeheizten Wohnung geholt werden müssen... So ist das, und warum soll nun ausgerechnet er sich um so ein verlassenes Balg kümmern, auch noch im lustigsten Alter und diebisch wie ein ganzer Schwarm Elstern?

Er schüttelt nur den Kopf, weil es keine Antwort gibt. Nie gibt es eine Antwort, im ganzen Leben nicht. Keine, mit der du etwas anfangen kannst. Er setzt sich und ruft wieder den Artikel auf, der in diesem Notebook abgespeichert ist, der Teufel weiß, warum, und muss noch einmal das Foto betrachten, das in den Text eingeblockt ist, das Foto eines trotz seiner weißen Haarmähne noch gar nicht so alten Kerls, sonnengebräunt, der lässig in seinem eleganten beigen Leinenanzug auf den Stufen eines römischen Amphitheaters in der Sonne hockt – ein Kerl, der immer die Sonnenseite erwischt und an dem nicht einmal der mächtige Zinken stört, weil es eben ein großer schlanker Typ ist, nicht mit einem solchen Ranzen geschlagen, den Leute wie er durchs Leben schleppen und ernähren müssen ... Am meisten aber stören ihn die Augen dieses Menschen. Sie sind grün und tun dabei so, als seien sie ganz ohne Falsch und Berechnung. Dem gewöhnlichen Feld-, Wald- und Wiesenbetrüger kann man nämlich – das weiß der Bilch aus Erfahrung – die Betrügerei an den Augen ablesen. So einer kann sich geben, wie er will, und erzählen, was er will – an den Augen erkennt man ihn (wenn man sich denn darauf versteht), an diesem wachen beobachtenden Blick, der genau registriert, wie sich beim Gegenüber Glauben, Zweifel, Misstrauen, Habgier und Dummheit durcheinanderrühren, und wann Dummheit und Habgier schließlich obsiegen.

Fast widerstrebend wendet sich der Bilch dem Text zu.

... »Überzeugen Sie sich doch selbst«, sagt Jörg Matthaus und weist mit der großen und doch auffallend wohlgeformten Hand auf das Rund des alten römischen Amphitheaters, »diese Küste ist uraltes mitteleuropäisches Kulturland, es ist erfüllt vom Widerhall der Geschichte, in den Gassen der Innenstädte von Pula oder Rovinj oder Dubrovnik gehen sie über die Steinplatten, über die vor Ihnen die Venezianer gegangen sind und vor diesen die Römer. Sie können Schloss Duino nicht besichtigen, ohne Rilke zu begegnen, und Triest nicht, ohne den Spuren von James Joyce zu folgen.«

Der Mann, der so mühelos ins Schwärmen geraten kann, gilt im Berufsleben als knallharter Sanierer. Zu seiner Erfolgsgeschichte gehört die Rettung der traditionsreichen Thüringer Präzisions- und Steuerungstechnik, deren Potential er erkannte, als andere Investoren nur müde abwinkten. Gegen den harten Widerstand der Gewerkschaften reduzierte er das Unternehmen auf sein Kerngeschäft, brachte es so wieder in die schwarzen Zahlen und verkaufte es schließlich wieder an ein internationales Konsortium. Unterm Strich blieb ein bemerkenswerter Gewinn für die von ihm angeführte Investorengruppe. Ähnlich erfolgreich hat sich sein Engagement bei der ebenfalls in Schieflage geratenen Privatbank Oheymer & Jaumann gestaltet. Und so jemand redet

nicht über die aktuellen Dow-Jones-Kurse, sondern von Joyce und Rilke?
Statt einer Antwort hebt Matthaus fast belustigt den Kopf und zitiert einen Vers aus der achten von Rilkes Duineser Elegien*:*
»Und wir: Zuschauer, immer, überall,
dem allen zugewandt und nie hinaus!
Uns überfüllts. Wir ordnens. Es zerfällt.
Wir ordnen wieder und zerfallen selbst…«

Ärgerlich schließt der Bilch den Artikel. Was zu viel ist, ist zuviel. Es kann einer sein Geld damit verdienen, dass er Häuser frisch anstreicht oder auch bloß schönredet und sie dann verkauft. Nichts dagegen zu sagen. Wenn einer ein richtiges Glückskind ist, sind es nicht bloß Häuser. Sondern Fabriken. Die redet er nicht schön, sondern schmeißt den einbeinigen Pförtner hinaus und die alleinerziehende Tippse und tritt dem Betriebsrat in den Arsch und den Gewerkschaften gleich dazu. Und dann verkauft er. Kann man alles machen. Wenn solche Leute alt genug werden, hängt man ihnen das Bundesverdienstblech um. Es kann einer auch, wenn er es sich traut, ganze Landschaften samt Sonnenlicht und Meeresrauschen verkaufen. Dazu die Fünf-Sterne-Hotels und die Marinas voller Yachten für die Neureichen und ihre Schönen. Oder U-Boot-Stollen unterm Ferienidyll. Der Bilch hat nichts dagegen. Und wenn die Häuser und Hotels und Meeresbuchten und Yachthäfen einem vielleicht gar nicht gehören, und er verkauft sie trotzdem – nun, das ist dann eine Übung für die Fortgeschrittenen, der Bilch zöge seinen Hut davor, hätte er einen.

Aber eines, verdammt noch mal, geht nicht: dass so ein Scheißkerl einem dazu auch noch Rilke-Verse ums Maul schmiert.

Argwöhnisch sehen die Strichjungen, zu deren Revier die Bahnhofstoilette gehört, den beiden Männern nach, die dort verschwinden. Der Jüngere der beiden trägt einen teuren, aber etwas zu breiten und zu kurzen Ledermantel und hält einen grauen Kasten unter dem Arm – das Erste-Hilfe-Set aus dem goldfarbenen Benz – und stellt ihn auf dem Waschbecken ab. Vorsichtig zieht der Ältere sein Sakko aus, der Jüngere krempelt ihm den blutverschmierten rechten Ärmel auf und macht sich daran, die zerschnittene Handfläche abzutupfen und zu desinfizieren und zu verbinden.

»Sieht so aus, als ob Sie sich drauf verstehen«, sagt Berndorf mit zusammengepressten Zähnen, denn die Desinfektionslösung brennt abscheulich. »Sie haben eine Ausbildung als Sanitäter?«

»Bei der Armee lernt man so etwas«, antwortet Zlatan. »Oder man kann es lernen, wenn man will.«

»War das während des Kriegs?«

»Nein«, kommt die Antwort. »Davor.«

»Sie haben am Krieg nicht teilgenommen?«, fragt Berndorf und sieht zu, wie seine rechte Hand bandagiert wird.

»Doch«, kommt die Antwort. »Ich war in einem Lager. In Dretelj. Da habe ich genug teilgenommen... Aber ich fürchte, die Hand sollte genäht werden. Das kann ich nicht.«

»Das muss auch morgen noch gehen«, meint Berndorf. »Aber ich habe dumm gefragt. Eigentlich wollte ich nur wissen, ob Sie als Kriegsgefangener nach Dretelj gekommen sind...«

»Nach Dretelj bin ich nicht gekommen«, antwortet Zlatan und knüpft mit den aufgeschnittenen Enden der Mullbinde einen Knoten. »Man hat mich dahingebracht wie einen Sack Kartoffeln, nein: wie einen Sack Müll. Und ich war auch kein Kriegsgefangener. Die hat es in Dretelj nicht gegeben.«

»Nein?«

»Die konnte es nicht geben. Kriegsgefangene unterstehen dem Schutz der Genfer Konvention. Dann hätten wir auch so behandelt werden müssen. Hätten genug zum Essen bekommen müssen, zum Beispiel.« Er steckt das restliche Verbandsmaterial wieder in den grauen Kasten und blickt zu Berndorf auf. »Da wir nicht so behandelt wurden, waren wir auch keine Kriegsgefangenen.«

»Sondern?«

»Das müssen Sie die Leute fragen, die uns eingesperrt haben.« Zlatan schließt den Kasten mit dem Erste-Hilfe-Set. »Vermutlich werden sie Ihnen erklären, dass wir Terroristen waren.«

»Und was meinen Sie, warum Sie dort waren?«

»Wegen meines Mokka«, antwortet Zlatan. »Aber was machen wir jetzt mit diesem Kasten? Sollen wir ihn mitnehmen?«

Berndorf überlegt kurz. »Nein«, entscheidet er dann und schiebt den Kasten an die Ecke des Waschtisches, »der steht jetzt genau so da, als gehörte er dahin.« Er rollt den Hemdsärmel wieder herunter, lässt sich von Zlatan ins Sakko helfen und nimmt seinen Mantel mit dem rechten Arm, so dass von der verbundenen Hand und dem dunkel verfleckten Ärmel seines Sakkos so gut wie nichts zu sehen ist. Er wirft einen Blick in den Spiegel und geht durch die Tür, die ihm Zlatan aufhält, hinaus in die Bahnhofshalle.

Es ist später Mittwochabend, aber die Eintracht spielt auch in diesem Jahr in keinem internationalen Wettbewerb, niemand hat zu viel getrunken oder muss aus sonst einem Grund randalieren, die späten graugesichtigen Passagiere verlieren sich im Licht der Kunststoffröhren, das keine Schatten wirft, in den Bahnhofsläden werden die Eingänge zugestellt. Und die jungen Männer in den knapp sitzenden Höschen sind verschwunden, kaum dass sich am anderen Ende der Halle eine Streife der Bundespolizei blicken lässt. Auch Zlatan will am liebsten umkehren.

»Warum war der Mokka schuld?« Auch Berndorf ist stehen geblieben, aber dabei funkelt er Zlatan an und macht eine einladende Handbewegung, die in Wirklichkeit gar nicht einladend ist, sondern befehlend, sie signalisiert, dass sie – verdammt noch einmal! – weitergehen sollen, und zwar so, als ob nichts wäre, und Zlatan begreift.

»Also der Mokka …«, sagt er, »das ist eine lange Geschichte.« Und schon bricht er wieder ab, denn vor sich sehen sie einen Kiosk, zwei Fahrgäste warten dort bei einem letzten Bier auf ihren Anschlusszug, zwei Tische weiter hat eine Frau mit einer Pagenfrisur eine Tasse Kaffee vor sich stehen und den Bahnsteig mit dem Gleis 7 fest im Blick, auf dem abfahrbereit der ICE 22.10 Uhr nach Dortmund wartet.

Eine Frau mit einer Pagenfrisur? Wieder will Zlatan stehen bleiben, aber Berndorf geht jetzt einfach weiter, an den beiden Bundespolizisten vorbei und zielgerichtet auf die Treppe zu, die zu den Bahnsteigen der S-Bahn im Untergeschoß führt, und so folgt ihm Zlatan, und auch die beiden Bundespolizisten setzen ihren schlendernden breitbeinigen Gang durch die Halle fort, es wird schon alles in Ordnung sein, und wenn nicht, werdet ihr uns kennen lernen! So ein Gang ist das, und es fängt auch niemand an, eine Pistole aus der Handtasche oder dem Hosenbund zu holen und damit herum zu knallen, nein, die Frau mit der Pagenfrisur trinkt ein Schlückchen Kaffee und schaut weiter den Fahrgästen zu, die zum ICE nach Dortmund hasten, und Zlatan geht hinter Berndorf die Rolltreppe hinab, die sie ins Untergeschoß hinunterträgt, und muss jetzt doch zurückblicken, die Hand mit der Beretta noch in der Manteltasche versenkt, aber niemand rennt ihnen hinterher. Unten wartet ein Zug, plötzlich hat es Berndorf doch eilig, sie springen in den nächsten Waggon, hinter ihnen schließt sich die Tür. Zunächst kaum merklich und dann doch immer schneller setzt sich der Bahnsteig in Bewegung und zieht an ihnen vorbei, für die Frau, die ungeachtet ihres Kostüms mit langen sportlichen Sätzen die Treppe hinabspringt, ist es zu spät, für den Bruchteil einer Sekunde sehen Zlatan und sie sich in die Augen, und Zlatan weiß, dass er diesen Blick nie vergessen wird, nicht solange er lebt.

Wie lange das auch immer sein wird.

Die Schreibtischlampe zieht ihren Lichtkreis um den Laptop und den Stapel handschriftlicher Notizen, sonst liegt das Zimmer im Dunklen. Die Vorhänge sind nicht vorgezogen, und würde man ans Fenster treten und die Augen mit der Hand gegen das Zimmerlicht abschirmen, könnte man draußen die Zweige der Alleebäume im Widerschein der Straßenlaternen sehen.

Barbara Stein sitzt zurückgelehnt vor ihrem Schreibtisch, scheinbar entspannt, und blättert im Oxford Dictionary, aber sie findet nicht, was sie sucht. Zum Beispiel *boastful* – das ist ein schönes Wort, jemand ist zum Platzen aufgebläht von der heißen Luft des Selbstlobs, so stellt sie sich das vor, aber doch fehlt etwas darin. Vielleicht geht *swaggering* – da gibt es immerhin als Anklang den *swagger-cane*, das Stöckchen, das die Herren Offiziere unterm Arm trugen, wenn sie tänzelnd über den Exerzierplatz schritten. Nur: Der wilhelminisch-borussische Dünkel trat (oder tritt) noch einmal um eine Nuance anders auf. Einer englischsprachigen Zeitschrift hat sie einen Artikel über die Berliner Republik zugesagt, die eben jetzt zwanzig Jahre werden wird, und je länger sie darüber nachzudenken versucht, desto sinnloser erscheint ihr das Unterfangen. Wieso Berliner Republik? Das Regierungssystem dieses Landes ist abgehoben, die Sprache und das Denken seiner politischen Klasse entfernt sich immer weiter von der Lebenswirklichkeit sowohl der Berliner wie der seiner übrigen Bewohner und kommt ihnen auch dadurch nicht näher, dass diese nahezu jeden Abend, den Gott und die ARD geben, das Kanzleramt im Fernsehen betrachten können wie ein soeben gelandetes intergalaktisches Raumschiff. Wieso also: Berlin? Und wieso überhaupt: Republik? Was ist republikanisch an diesem Regierungssystem, das in Wahrheit ausschließlich nach den Regeln des Short Message Service funktioniert, mit knappen schnellen Absprachen, ähnlich den Ritualen der Börsenhändler und wie diese jeder Nachprüfung durch den Außenstehenden entzogen?

Ein Rascheln drängt sich in Barbaras Gedanken, sie blickt auf. Was da raschelt, ist ihr Mobiltelefon, Barbara zwingt sich, nicht sofort nach dem Gerät zu greifen. Wenn Berndorf sich den ganzen Tag nicht gemeldet hat, wird er wohl seinen Grund dafür haben. Aber wenn er irgendwann dann doch glaubt, er habe etwas mitzuteilen, dann muss frau nicht angehüpft kommen wie ein kleines Hundchen. Aber ist die Nachricht überhaupt von ihm?

Sie schiebt den Papierstapel zur Seite und liest die Nachricht:

Akku sehr schwach, bitte aufladen!

Sie zieht eine Schnute, wie sie das nie tun würde, wenn jemand dabei wäre, holt das Ladegerät und schließt das Mobiltelefon an. Wie viel Uhr ist es eigentlich? Viertel nach zehn? Also immer noch kein Anruf. Berndorf hat ja so unsagbar Wichtigeres zu tun. Wo war sie eigentlich stehen geblieben?

Eine Filmmelodie spukt ihr durch den Kopf und will mit der Zeile: »Jetzt kommt die Berliner Republik« auf einen Vers gebracht werden. Die Melodie stammt aus den *Wunderkindern*, einem Streifen aus den fünfziger Jahren – wie will sie einem englischsprachigen Leser diese Assoziation erklären? Oder überhaupt einem heutigen Leser? Die Gedanken- und Filmfetzen, die ihr durch den Kopf gehen, sind merkwürdig rückwärtsgewandt, unversehens durchsetzt sich in ihrer Vorstellung das Personal der heutigen politischen Klasse mit Figuren, deren Gesichter wie von George Grosz gezeichnet sind, eine davon ist – vielmehr: war – ein deutscher Finanzminister und drohte anderen Ländern mit der Peitsche. Wie war das Wort, für das sie eine englische Entsprechung sucht und nicht findet? Großschnäuzig. Ach!, denkt sie, nehmen wir doch einfach *loud-mouthed*...

Wieder hat das Mobiltelefon zu gurren und zu vibrieren begonnen. Ist man vielleicht schon aufgeladen? Nein? Ach, wirklich eine Nachricht? Sie liest mit hochgezogenen Augenbrauen:

Geh ins Hotel. Noch heute Nacht. Bitte!

Barbara Stein liest die Nachricht und runzelt nicht einmal die Stirn. Es ist unsinnig, bei einer solchen Nachricht die Stirn zu runzeln. Die Nachricht selbst scheint unsinnig. Aber er hat dieses: »Bitte!« hinzugefügt. Das ist Teil ihres privaten Codes. »Bitte« darf nur gesagt werden, wenn etwas unbedingt sein muss.

Barbara Stein steht auf, überlegt kurz und löscht dann die Schreibtischlampe. Sie wartet, bis sich ihre Augen an die Dunkelheit gewöhnt haben und das Fenster vor ihr als ein heller schimmerndes Rechteck wahrnehmen. Dann geht sie zum Fenster und späht hinaus.

Der Wagen, der zwischen den beiden Bäumen geparkt ist, wo sonst nie ein Wagen parkt, steht noch immer da.

Berndorf lehnt sich in seinem Sitz zurück und atmet durch. Der Intercity hat den Mainzer Hauptbahnhof verlassen und fährt nun durch die Nacht, vorbei an den Lichtbändern der Autobahnen und der ausufernden Industriequartiere. Nur manchmal ist Dunkelheit, und darin ausgeschnitten sieht er das gelb leuchtende Rechteck eines einzelnen Fensters. Er schaltet das Handy, mit dem er gerade seine Nachricht an Barbara durchgegeben hat, wieder aus – er will für niemanden erreichbar sein, und schon gar nicht will er erklären müssen, wohin er gerade unterwegs ist.

Denn das weiß er selbst nicht so genau. Gewiss, der Intercity fährt nach Köln. Kurz nach zwei Uhr morgens werden er und Zlatan dort ankommen. Was will Berndorf in Köln? Ist es so lustig dort?

Nein. Er und Zlatan sitzen in diesem Zug, weil sie in Frankfurt eine S-Bahn nach Mainz erwischt haben. Und weil in Mainz der Intercity nach Köln der einzige Fernzug war, den sie dort so spät am Abend noch nehmen konnten.

Aber ist diese Route wirklich sicher? Olga hat doch gesehen, wohin die S-Bahn fährt? Aber zunächst wird ihr das nichts helfen. Sie weiß nicht, ob er und Zlatan bis Mainz gefahren oder vorher ausgestiegen sind, beispielsweise in Wiesbaden, und selbst, wenn sie es wüsste oder es sich schon wieder ausgerechnet hätte, würde sie es mit einem Taxi nicht rechtzeitig schaffen. Aber sie könnte doch irgendwelche Bravos schicken? Gewiss, aber die lassen sich nicht in einer halben oder dreiviertel Stunde rekrutieren und zum Mainzer Hauptbahnhof schicken.

Und die Polizei? Wie immer Olgas Verhältnis zur Polizei auch sein mag – bei dem, was sie mit Zlatan und mit ihm vorhat, will sie keine Bullen dabeihaben. Sonst hätte sie sich in der Bahnhofshalle die beiden Bundespolizisten gekrallt.

Also? Also Köln. Das Weitere wird sich finden. Berndorf betrachtet Zlatan, der ihm gegenübersitzt, in den Ledermantel gehüllt, den sie im Benz gefunden haben und der wohl jenem Mann gehörte, der jetzt und in alle Ewigkeit keinen Bedarf mehr für solche Kleidungsstücke hat. Zlatan schläft nicht, sondern stiert vor sich hin, mit dem müden und gleichgültigen Gesichtsausdruck eines Menschen, der weder weiß, warum er in diesem Zug sitzt, noch, wo er ein Bett für die Nacht finden soll.

»Sie haben mir noch immer nicht erzählt, warum es der Mokka war«, sagt Berndorf in das Schweigen hinein.

»Bitte?« Zlatan schreckt hoch, als habe er gedöst. »Der Mokka, gewiss doch. Wissen Sie, ich rede nicht so gern darüber…«

Berndorf sagt nichts und wartet.

»Als es noch das alte Jugoslawien gab«, beginnt Zlatan und fährt sich mit der Hand über die Augen, als könne er so die Müdigkeit daraus vertreiben, »war ich Chef de rang in einem … ja doch, recht guten Hotel in Rovinj, das ist eine sehr schöne Stadt, waren Sie einmal dort?«

Berndorf nickt, er erinnert sich an eine Stadt, die eine Insel ist wie Lindau am Bodensee, mit Barbara war er einmal dort, Barbaras Augen so grün und das Meer so blau und die Dächer ockerfarben.

»Ich hätte zufrieden sein sollen«, fährt Zlatan fort, »aber das ist das, was die Menschen am allerwenigsten können. Aber vielleicht lag das auch nicht an mir allein. Ich erinnere mich, unsere Küche war einmal ganz neu, ganz modern, *italian design*, ein Haus in New York oder London hätte das nicht besser gehabt, einen Sommer lang oder zwei war das so, aber auf einmal sehe ich an der Küchenwand einen Riss, einen haarfeinen Riss, der sich durch die Platten – nein: so sagt man nicht – der sich durch die Fliesen zieht, und ich sage zum Küchenchef, dass das repariert werden muss, sonst setzt sich Feuchtigkeit fest, und der Riss wird breiter, und Ungeziefer nistet sich ein … Ja, sagt der Küchenchef, das muss wohl gemacht werden.«

»Aber es ist nicht gemacht worden?«

»Nein, in dem einen Winter nicht und in dem nächsten auch nicht. Und der Riss wurde immer breiter, aber ich habe nichts mehr zum Küchenchef gesagt, auf den einen Riss kam es dann bald sowieso nicht mehr an, und keiner hätte mehr unser Haus mit einem in New York oder London verglichen … Unter uns sprachen wir davon, dass es so nicht weitergehen könne, mit unserem Hotel nicht und mit Jugoslawien auch nicht, aber der Küchenchef meinte, bevor es besser werden könnte, würde es erst viel schlechter werden, unvorstellbar viel schlechter. Und plötzlich war er weg, und das Einzige, was wir von ihm noch bekommen haben, war eine Ansichtskarte aus New York, es gehe ihm gut, schrieb er, und wer einen guten Burger zuwege bringt, der brauche sich nicht zu sorgen. Habe ich Ihnen gesagt, dass unser Haus in Rovinj ein Fünf-Sterne-Hotel war?«

Er habe es sich so vorgestellt, antwortet Berndorf und blickt auf. Der Zug wird langsamer, ein betonschwerer Bahnsteig zeigt sich im trüben Neonlicht, der Zug hält, sie sind irgendwo zwischen Mainz und Koblenz, auch hier gibt es Menschen, die aussteigen und sich auf ihre Hausschuhe freuen oder auf ein warmes Bett.

»In dieser Zeit wurde dann in unserer Fachzeitschrift ein gut eingeführtes Café angeboten, in einer kleinen Stadt an der Una«, fährt Zlatan fort, als der Zug wieder Fahrt aufnimmt, »die Una ist ein Fluss, und dort verläuft auch die Grenze zwischen Kroatien und Bosnien ...«

»Und sehr weit weg von New York und London«, wirft Berndorf ein.

»Gewiss. Aber die Pacht war sehr günstig, eigentlich hätte mir das schon zu denken geben müssen. Dabei war es ein recht gutes Café, nicht modern, sehr klein, aber gut und solide eingerichtet. So etwas können Sie an der Küche sehen – wie ist der Herd, wie sind die Gerätschaften? Für den Mokka zum Beispiel brauchen Sie einen Ibrik, das ist ein Kännchen mit einem langen Stiel, bei uns zuhause sagt man Dzezva dazu – und ob der Mokka und damit auch das ganze Café etwas taugt, das sehen Sie schon daran, ob der Ibrik aus verzinntem Kupfer ist oder aus Messing oder wenigstens aus Edelstahl ...«

»Und warum wollte es der Wirt dann abstoßen?«

»Er sagte mir, er wolle sich zur Ruhe setzen«, antwortet Zlatan, »und zwar drüben, auf der serbisch-bosnischen Seite der Una, seine Tochter und seine Enkelkinder lebten dort. Ich habe erst später begriffen, dass er Serbe war und deshalb nicht auf der kroatischen Seite bleiben wollte. Die Wahrheit ist, dass ich mir überhaupt keine Gedanken darüber gemacht habe, was in Jugoslawien los war. Ich hab nur dieses kleine Café gesehen und was man daraus machen kann, wenn man ein paar Dinge verändert, und dass die Pacht doch sehr günstig war. Nur – der Serbe wollte plötzlich nicht mehr verpachten, auf keinen Fall, sondern er bestand darauf, dass ich ihm das Café abkaufe.« Er schüttelt den Kopf und blickt hinaus in die Nacht, als wäre dort ein Sinn zu finden.

»Und wie viel kostet so etwas?«, fragt Berndorf.

Zlatan wiegt den Kopf. »Ein kleines Häuschen, zwei Stockwerke, im Erdgeschoß das Café, eigentlich winzig, die Lage – nun ja... Wenn mir das Café heute noch gehören würde – ich gäb es nicht unter zweihundertfünfzigtausend her, Euro, nicht Dollar.«

»Also hat es Ihnen einmal gehört«, stellt Berndorf fest.

»Ja, das hat es«, antwortet Zlatan. »Ich erzähle das nicht gern, aber...« Er blickt Berndorf an, forschend und ein wenig unsicher zugleich. »Aus irgendeinem Grund sind wir Reisende im selben Zug... Der Serbe wollte fünfzigtausend US-Dollar. Die hatte ich natürlich nicht und sagte ihm das auch. Aber er hat mich nicht gehen lassen, fast flehentlich hat er mich bedrängt, den Kaufpreis könne ich doch sicherlich finanzieren, etwa über die Staatsbank, was wirklich ein alberner Vorschlag war, weil von der Staatsbank damals weder ein müder Dollar noch eine einzige Deutschmark zu bekommen waren. Schließlich fragte er, wie viel ich denn flüssig machen könne...« Er bricht ab.

»Und«, fragt Berndorf nach einer Weile, »wie viel konnten Sie?«

»Achtzehntausend«, antwortet Zlatan mit gedämpfter, fast beschämter Stimme. »Ich habe Häuschen samt Café und Einrichtung für achtzehntausend Dollar gekauft und kam mir vor – es gibt ein deutsches Märchen, das heißt ›Hans im Glück‹, nicht wahr? So kam ich mir vor.«

»Es sind aber keine so besonders tollen Geschäfte, von denen dieses Märchen handelt«, wendet Berndorf ein. »Egal. Sie haben das Café gekauft, und wie ging es weiter?«

»Es ging damit weiter, dass ich mir nichts dachte und nichts begriff. Arbeit hatte ich genug, es war dann doch einiges herzurichten und zu verbessern, und ich hab mir dabei alle Mühe gegeben. Kaffee ist nicht gleich Kaffee, Mokka nicht gleich

Mokka. Welche Bohnen nehmen Sie, wie fein mahlen Sie, wann lassen Sie den Mokka aufschäumen, geben Sie Kardamom dazu oder Nelken? Welches Wasser nehmen Sie? Wer hat Ihnen den Slibowitz gebrannt, und worin hat er ihn gelagert? In Eichenholzfässern oder in solchen aus Robinienholz?« Er macht eine Pause und starrt vor sich hin.

»Was sagten die Gäste?«

»Es kamen fast keine, jedenfalls am Anfang nicht. Einmal erschien ein Kerl, ging zum Tresen, sah sich um und bestellte nichts, und als ich ihn fragte, ob ich ihm etwas bringen dürfe, schaute er mir ins Gesicht und sagte – nein, nichts, er habe nur wissen wollen, wie ein Verrückter aussieht. Und dann ging er.« Zlatan schüttelt den Kopf. »Was sollte ich davon halten? Ich kümmerte mich nicht darum, sondern um meine Arbeit, und allmählich kamen auch mehr Gäste, der Mokka sei bei mir besser als anderswo, sagten sie. Manchmal wurde über Politik gesprochen und darüber, dass Krieg sein wird, Krieg zwischen den Serben und den Kroaten – aber was sollte mich das angehen? Ich bin Bosniake und hab mir tatsächlich eingebildet, wenn sich die Kroaten und die Serben an die Gurgel gehen, hätte ich nichts zu befürchten.«

»Der Kerl, der den Verrückten sehen wollte – der kam nicht mehr?«

»Nein, der kam nicht mehr. Aber Josip kam. Josip – ein großer dicker Mann – war ein Kollege, er betrieb ein Restaurant, und er war im Ort einer der Chefs der HDZ, der Hrvatska demokratska zejednica, das ist die Kroatenpartei, die damals das Sagen hatte. Ich habe ihn höflich begrüßt und gesagt, es sei mir eine Ehre, und er hat sich auch gnädig einen Mokka bringen lassen. Den kann man trinken, lobte er, und ich dachte bei mir, was will er denn und worauf will er hinaus, da fragt er auch schon, ich sei doch ein Bosniak? Sie müssen wissen, dass man das schon an meinem Namen sehen kann ...«

Berndorf nickt. Wenn Ortsgruppenleiter und Gastwirt in

Personalunion auftreten, dann lässt das – so denkt er – für den Fortgang der Geschichte nur noch sehr wenig Spielraum.

»Ich hab ihm gesagt, dass ich Cafetier bin, und er fängt erst an zu lachen und klopft sich auf die Schenkel, das sei eine wirklich gute Antwort, und ich müsse ein schlaues Köpfchen sein. Aber hier seien wir nun einmal in Kroatien, und da hätte man es nun einmal inzwischen ganz gern, wenn auch die Cafetiers Kroaten seien, und was ich denn davon halte, ihm das Café zu verkaufen, und er würde es dann an mich verpachten, oder vielmehr: ich solle es dann für ihn führen. Ahnen Sie, wie die Geschichte weitergeht?«

»Sie haben Nein gesagt«, vermutet Berndorf, »und ein oder zwei Nächte später ist das Rollkommando gekommen, hat Ihr Café zu Kleinholz gemacht und Sie ins Lager verschleppt.«

»Drei Nächte später«, korrigiert Zlatan, »und es war auch kein Rollkommando, sondern sie schütteten erst Benzin aus, dann warfen sie eine Handgranate. Ich bin gerade noch über die rückwärtige Treppe ins Freie gekommen, aber da hat mich dann auch schon die Ortspolizei in Empfang genommen...«

»Die Polizei?«

»Ja, sie haben behauptet, ich hätte das Café selbst angezündet, um Versicherungsbetrug zu begehen.« Als müsse er die eigene Hilflosigkeit und Ohnmacht beschwören, hebt Zlatan beide Hände und lässt sie wieder sinken. »Zufällig kannte ich von früher den Namen eines Anwalts in Zagreb und hab verlangt, dass man den anruft. Der Anwalt war irgendetwas in der obersten Parteileitung der HDZ, und so wussten sie nicht, was sie jetzt machen sollten und haben mich nach Dretelj gebracht, als gefährlichen Terroristen, der Sprengstoff gebunkert hat... In Dretelj, wissen Sie, hat keiner je nach einem Anwalt verlangt.«

Zlatan lacht, oder vielmehr: er stößt die Luft durch die Nase, was eben gerade so als Lachen durchgehen mag. »Was man mit den Menschen in diesem Lager gemacht hat, das kann man mit Menschen eigentlich nicht tun. Folglich konnten wir auch keine Menschen sein, und wenn man kein Mensch ist, sondern irgendetwas tief darunter – dann kann man auch keinen Anwalt belästigen und kein ordentliches Gerichtsverfahren verlangen, wie hört sich das denn an, wenn der Richter den Streitfall ›Republika Hrvatska gegen einen Haufen Scheiße‹ aufrufen müsste? Blöd hört sich das an, das müssen Sie doch zugeben!«

Wieder wird der Zug langsamer, durch die Nacht geistert das bleiche Licht von Signalanlagen, »in wenigen Minuten erreichen wir Koblenz Hauptbahnhof«, teilt der Lokführer mit und muss es gleich noch auf Englisch wiederholen, man hört, dass der arme Mann das nicht gerne tut, und Zlatan Sirko rutscht auf seinem Sitz zurück und blickt zum Waggonfenster hinaus, obwohl schon der Bahnsteig zu sehen ist und die Leute, die dort stehen. Fast verwundert registriert Berndorf, dass Zlatan Sirko seine rechte Hand unter den Mantel geschoben hat, zu der Beretta im Hosenbund.

Berndorf schüttelt den Kopf. Falls Olga sie in diesem Zug vermutet, werden ihre Killer nicht in Koblenz zusteigen. Sie würden ihn und Zlatan im Kölner Hauptbahnhof abfangen.

Unvermittelt steht Berndorf auf und muss sich am Gepäckträger festhalten, weil der Zug nun stärker abbremst. Zlatan Sirko blickt zu ihm hoch.

»Kommen Sie«, sagt Berndorf. »Vielleicht finden wir hier noch ein Hotel.«

Donnerstag

Noch ist der Morgen neblig, aber allmählich lichtet sich der Himmel, vielleicht würde es sogar ein sonniger Tag werden. Berndorf sitzt am Fenster im Speisewagen des morgendlichen ICE nach Köln, eine Portion Kaffee vor sich, aber weder der Kaffee noch draußen die Landschaft in der Vorahnung des Frühlings heitern ihn auf. Er ist müde, auf dem durchgelegenen Bett in dem schäbigen Koblenzer Hotel, das ihn und Zlatan aufzunehmen bereit war, hat er die Nacht in der Schattenwelt zwischen Schlaf und Nicht-Schlaf verbracht, immer heimgesucht von dem, was morgen sein würde, und wenn die Gedanken endlich einmal wegkippten, tauchten dafür Traumbilder von Männern mit eingeschlagenen Schädeln auf, die Rechenschaft von ihm verlangten. Am Morgen hatte er zur Eile gedrängt und auf das Hotelfrühstück verzichtet, weil er noch zur Zeit des Berufsverkehrs in Köln sein wollte... Und was dann? Wieder wirft er einen Blick auf den Flyer mit dem Zugfahrplan und den Anschlusszügen, allmählich nimmt in seinem Kopf erste Konturen an, wie der Tag verlaufen könnte. Er blickt zu Zlatan, der zu den Menschen gehört, die sehr lange so aussehen, als seien sie noch keine vierzig. Jetzt sieht man, dass er auf die fünfzig zugehen muss.

»Ich glaube, man fragt Menschen, die in einem Lager waren, nicht nach dieser Zeit«, sagt er aufs Geratewohl und doch in dem Unbehagen, eine Grenze zu verletzen.

»Sie sind manchmal schwer zu verstehen für mich.« Zlatan richtet sich ein wenig auf. »Fragen Sie jetzt danach, oder fragen Sie nicht?«

»Ich würde gerne die Geschichte besser verstehen, die zu diesem einen Foto gehört – Sie wissen schon«, antwortet Berndorf. »Aber ich will Sie nicht bedrängen.« Er will hinzufügen, dass sie – also er und Zlatan Sirko – noch sehr ausführlich zu reden haben werden, und dass das je früher, desto besser geschehe. Doch Zlatan muss von selbst darauf kommen.

»Sie wollen wissen, wie es in diesem Lager zuging?«, fragt Zlatan. »Das wollen Sie nicht wirklich. Niemand will so etwas wissen…« Er nimmt einen Schluck von seinem Orangensaft und blickt dabei um sich, ob ihm jemand zuhört oder zusieht. Aber von den Leuten, die sich an diesem Morgen das Speisewagen-Frühstück antun, wirkt niemand, als sei er einer von Olgas Killern oder Spionen, sie mümmeln ihre Konfitüre-Croissants und lesen die Frankfurter Zeitung, vielleicht haben sie sich auch nur besonders gut getarnt.

»Manchmal kommen im Fernsehen alte Chaplin-Filme«, sagt Zlatan plötzlich. »Ich mag die sehr… aber einen, den kann ich nicht anschauen. Da ist Charlie in Alaska, mitten im Schnee, er und der große dicke Mann suchen nach Gold und haben nichts zu essen, schließlich kocht Charlie seinen Schuh und isst die Schuhnesteln, als wären es Spaghetti… Kennen Sie es?«

Ja, sagt Berndorf, aber gewiss doch kenne er *Goldrausch.*

»Ich sage Ihnen etwas«, fährt Zlatan fort, »das ist ein wahrer Film. Chaplin muss gewusst haben, was Hunger ist. Dass das etwas ist, das einen nichts anderes mehr denken lässt, keinen Augenblick mehr, und wenn einem etwas eingefallen ist wie dem Charlie, als er den Schuh kocht, da ist man ganz voller Glück und Zuversicht, gleich wird man zu essen haben, gleich wird man satt werden… In Dretelj haben sie die Geschichte von einem erzählt, der eine Otrovnica… eine Viper erwischt und sie gekocht und gegessen hat… er sei aber gestorben, hieß es, ich weiß nicht, ob am Schlangengift. In Dretelj gab es aber keine Vipern, es hatte keinen Sinn, danach zu suchen, weil – es gab auch keine Ratten dort, wovon hätten die Ratten leben sollen?« Er wirft einen Blick zu Berndorf, ob der ihm auch zuhört, und lächelt schief.

»Einmal bin ich nachts aufgewacht und hab mit der Hand an der Schlafstelle entlanggetastet, da war ein Balken, das Holz war nicht richtig gehobelt, und ich habe einen Span erwischt und ihn vorsichtig vom Balken abgezogen, und dabei war ich plötzlich ganz sicher, dass man Holz essen kann, warum auch nicht? Das ist doch aus der Natur gewachsen wie andere Nahrung auch, ich weiß noch, wie ich mir den Span in den Mund gesteckt habe. Noch heute spüre ich, wie sich das angefühlt hat, und wie ich gedacht hab, jetzt ist alles gut, jetzt hab ich etwas zu essen...«

Ein noch junger Mann kommt in den Speisewagen, Gelhaarfrisur, Nadelstreifenanzug, weißer Seidenschal im offenen Hemd, Kamelhaarmantel über den Schultern, und setzt sich zwei Tischchen weiter auf die andere Fensterseite. Anzug und Mantel sehen nach Erster Klasse aus, aber der Mann kommt aus der Zweiten Klasse. Zlatans Augen folgen ihm, aber dieser nimmt keine Notiz von ihm oder von Berndorf. Zlatans Blick kehrt wieder zu Berndorf zurück.

»Verstehen Sie«, fragt er, »warum ich mir diesen einen Chaplin-Film nicht anschauen kann?«

Berndorf murmelt etwas in der Art, dass er das sehr gut verstehe.

»Aber ich glaube, Sie wollten wissen, wie dieses Foto zustande gekommen ist. Das Problem ist nur, ich erinnere mich fast gar nicht mehr. Es war heiß, ich lag in der Baracke, wollte nicht mehr, überhaupt nichts mehr wollte ich, nur dass man mich da liegen lässt und dass ein Ende ist. Irgendwann kam ein Kumpel und sagte, es seien Ausländer gekommen und wollten uns sehen, und vielleicht könnten wir Brot von ihnen bekommen. Ich glaube, er hat mich hochgezogen, und ich wollte noch mein Hemd anziehen, und er sagte, nein, du gehst so, und so sind wir von der Baracke runter zum Zaun, wo diese Ausländer in ihren Anzügen standen, Strohhüte auf dem Kopf, und unter den Ausländern dieser eine Mensch, den wir am meisten gefürchtet haben, dieser Mesic, und ich habe

Angst bekommen.« Plötzlich beugt er sich vor und fährt halblaut fort: »Wissen Sie, wer dieser Mesic ist? General Jovan Mesic?«

»Mesic?«, fragt Berndorf zurück. »Hätte er nicht in Den Haag vor Gericht gestellt werden sollen?«

»Er ist ein Held. Helden stellt man nicht vor Gericht. Und was General Jovan Mesic angeht, der ist in einem Kloster untergekommen. So stand es in der Zeitung.«

»Sie waren also an diesem Zaun«, sagt Berndorf. »Und Ihnen gegenüber standen dieser General und diese Ausländer – waren es nicht Deutsche?«

»Doch«, antwortet Zlatan. »Und ich verstand, was sie sagten... in einer Sprachschule hatte ich früher schon ein wenig Deutsch gelernt, für ein Hotel an der Adria ist das wichtig, und plötzlich habe ich gemerkt, dass diese Deutschen von mir reden, und das hat mir noch mehr Angst gemacht, einer von ihnen, größer als die anderen, fast so groß wie der General Mesic, hat einen Ton angeschlagen, wie das Deutsche manchmal tun, man müsse den da in ein Krankenhaus bringen« – mit dem Zeigefinger zeigt er auf sich selbst – »sofort müsse das sein, nein, so sagte er es nicht, er hat es befohlen, mit einer leisen, kalten Stimme: Sie bringen ihn in ein Krankenhaus. Sie tun das jetzt!«

Die letzten Worte hat er, vielleicht unwillkürlich, mit erhobener Stimme gesprochen, ein oder zwei Fahrgäste scheinen irritiert, sie blicken herüber und gleich wieder weg, als ihr Blick auf den Berndorfs trifft. Nur der Mann an der anderen Fensterseite nimmt keine Notiz, ist nicht irritiert, verzieht keine Miene.

»Dass ich fotografiert worden bin«, fährt Zlatan fort, jetzt mit wieder gedämpfter Stimme, »da habe ich damals gar nicht darauf geachtet. Ich glaube, ich dachte nur daran, was sie mit mir machen werden, wenn die Ausländer wieder weg sind, General Mesic würde es mich büßen lassen, dass ihn der Deutsche so angefahren hat, undenkbar, dass er das nicht tun würde. Dann kam ein Sanitätswagen, und sie legten mich auf eine Bahre und schoben mich hinein, und ich dachte, sie fahren mich jetzt irgendwohin, zu einem toten Brunnen oder sonst einem Loch im Karst, wo sie mich totschlagen werden und hinunterwerfen, und so lag ich auf der Bahre und hörte, wie der Krankenwagen über die holprige Straße fuhr und habe nur noch gehofft, dass es schnell gehen wird, nachher im Wald oder im Karst.«

Der Mann an der anderen Fensterseite bekommt einen Espresso serviert und bezahlt sogleich. Auch Berndorf lässt sich die Rechnung geben und – während er auf das Wechselgeld wartet – nickt er Zlatan zu. »Und wohin fuhren sie wirklich?«

»Sie werden es nicht glauben«, beginnt Zlatan von Neuem, als der Ober gegangen ist, »aber sie haben mich tatsächlich in ein Krankenhaus gebracht, das heißt, es war ein Lazarett des Roten Kreuzes, bei einem Flughafen war das aufgebaut. Die Ärzte dort wollten mich aber nicht nehmen, vielleicht weil ich aus Dretelj gebracht wurde oder weil ich Bosniak bin, und da ist mir dann die Karte eingefallen, die mir Fausser gegeben hatte – Christian Fausser, das war dieser Deutsche, der den General Mesic so ... so angeschnauzt hat, so sagt man das doch?«

»Diese Karte ...«, fragt Berndorf, »hat Fausser da irgendetwas dazu geschrieben?«

»Nein, dazu war auch keine Zeit. Er war Abgeordneter, habe ich Ihnen das gesagt? Abgeordneter im Bundestag, er ist es noch immer, und er sagte mir, wenn es Schwierigkeiten gäbe, sollte ich die Karte vorweisen und bitten, dass man ihn anruft. In dem Lazarett wussten sie aber nicht, was sie damit anfangen sollten, überhaupt hätte man ihn an jenem Tag gar nicht anrufen können, weil er ja nicht in Deutschland war. Dann haben sie mir doch eine Infusion gegeben und ein wenig Suppe, das war schon sehr viel Glück für diesen einen Tag, aber Glück hatte ich noch viel mehr – da war ein deutsches Flugzeug, das Verletzte nach Deutschland bringen sollte. Und eine von diesen Verletzten, eine Frau, mit der die Serben gemacht hatten, was die Serben damals mit den bosnischen und kroatischen Frauen so gemacht haben – die war verblutet oder hatte nicht weiterleben wollen und war gestorben, und deshalb war ein Platz frei, und sie nahmen mich mit nach Deutschland.« Er nickt, als müsse er etwas bekräftigen. »So ist das, wenn Krieg ist. Und so geht es zu, wenn einer im Krieg Glück haben soll.«

»Seither sind Sie in Deutschland?«

»Ja. Seither.«

»Haben Sie Fausser noch einmal gesehen?«

Zlatan zögert. »Nein«, kommt es schließlich, »ich habe ihn nicht wiedergesehen und auch nicht mit ihm gesprochen. Obwohl... er hatte mir gesagt, ich solle ihn anrufen, wenn ich in Sicherheit sei. Ich habe das auch versucht, ein paar Monate später, aber vielleicht war es nicht der richtige Tag, oder ich war ungeschickt oder mein Deutsch hat nicht gereicht – jedenfalls war eine Frau am Telefon, die nicht verstand, was ich wollte. Das heißt, ich wollte ja gar nichts, sondern nur mich bedanken, und das hat sie nicht verstanden.«

»Und Sie haben es nie wieder versucht?« Als sei er an der Antwort nicht wirklich interessiert, wirft Berndorf einen Blick auf seine Taschenuhr. Aber bis Bonn – das ist der nächste Halt – haben sie noch Zeit, und so blickt er wieder zu Zlatan, fragend.

»Nach dem ersten Mal hab ich mir gedacht, das ist nicht willkommen, wenn jemand wie ich bei einem so wichtigen Mann anruft. Das gehört sich vielleicht gar nicht...« Er zuckt mit den Schultern.

»Und trotzdem haben Sie es noch einmal versucht?«, fragt Berndorf, nicht ins Blaue hinein, sondern weil Zlatan von einem ersten Mal gesprochen hat.

»Doch«, antwortet Zlatan. »Einmal noch.«

»Und?«

»Ich hätte es nicht tun sollen«, kommt die Antwort. »Es ist

keine gute Angewohnheit, nur weiterzuleben, weil jemand anderes tot ist.«

»Es ist nicht Ihre Schuld«, wendet Berndorf ein.

»Was ändert das?«

Berndorf weiß darauf keine Antwort. »Wann haben Sie das zweite Mal angerufen?«

»Was haben wir heute? Donnerstag?«, fragt Zlatan zurück. »Dann war es vor einer Woche. Donnerstag vor einer Woche, kurz vor Mittag.«

»Aber Sie haben Fausser wieder nicht erreicht?«

»Nein, wieder war eine Frau am Telefon. Sie war nicht einmal unfreundlich. Aber Fausser war nicht da. Er sei auf einer Konferenz, auf einer Konferenz am Starnberger See. Und ich solle nächste Woche wieder anrufen. Das hätte ich auch getan, aber dann ist die Geschichte mit dem Kerl passiert, der meine Jacke gestohlen hat ...«

Wieder blickt Berndorf auf die Uhr. Dann nickt er Zlatan zu, steht auf und nimmt seinen Mantel vom Haken. »Haben Sie der Frau denn gesagt, warum Sie Fausser sprechen wollten?« fragt er, während er den Mantel anzieht.

»Das habe ich«, entgegnet Zlatan. »Ich hab ihr gesagt, ich hätte eine Nachricht zu überbringen. Eine Nachricht von General Jovan Mesic. Herr Fausser wisse dann schon Bescheid.«

»Sie haben ihr aber nicht gesagt, was für eine Nachricht?«

»Was hätte ich ihr erzählen sollen?«, fragt Zlatan zurück. »Dass General Jovan Mesic keinen Schnurrbart mehr trägt und auch keine Uniform? Das hätte diese Frau doch nicht interessiert. Dass er nicht einmal mehr General ist und auch nicht mehr Jovan Mesic heißt, sondern Daniel Kirstejn, und auch keine Kutte tragen muss oder Sandalen, und dass er recht wohlhabend geworden ist und sich eine Suite im Brandenburg Residence Hotel leisten kann? Das hätte dieser Frau doch alles nichts gesagt.«

Berndorf löst den Blick von dem Flyer. Für Köln Hauptbahnhof ist ein Anschlusszug vermerkt, der um zehn Uhr siebenundvierzig in Den Haag Centraal ankommt.

»Herr Fausser hätte vielleicht etwas damit anfangen können. Aber jetzt mag ich nicht noch einmal anrufen, verstehen Sie das?«

Sie gehen an dem Mann mit der Gelhaarfrisur vorbei zu den Abteilen der Ersten Klasse. Berndorf antwortet nichts, auch nicht, als sich die Tür des Speisewagens hinter ihnen geschlossen hat. Der Zug schaukelt, es ist nicht so einfach, Konversation zu machen, wenn man sich von Sitzlehne zu Sitzlehne hangeln muss. Der Zug hat zwei Erste-Klasse-Wagen, sie gehen bis zum Ende des ersten Wagens, und Zlatan verschwindet auf der Toilette.

Der Platz vor der linken Ausstiegstür kann aus dem Wagen dahinter nicht eingesehen werden. Berndorf wartet dort, und während des Wartens beschleichen ihn Zweifel. Wahrscheinlich war es falsch, den Zug nach Köln zu nehmen. So leicht darf er für Olga nicht auszurechnen sein.

Mit fast unhörbarem hydraulischen Fauchen öffnet sich die Tür zum Abteil, Berndorf tritt in den Gang vor und rumpelt mit einem eleganten jungen Mann zusammen: Kamelhaarmantel, Gelhaarfrisur, Nadelstreifenanzug. Hinter ihnen geht die Tür des WC auf, Zlatan erscheint und tritt hinter den jungen Mann und presst ihm die Mündung der Beretta gegen die Nieren.

»Ganz ruhig«, sagt Berndorf, »dann hau ich Ihnen auch nichts auf den Kopf!« Gemeinsam schieben sie den jungen Mann in die Toilette, wo er sich mit erhobenen Händen gegen die Wand lehnen muss. Für drei Männer ist die Toilette sehr eng, so bleibt Zlatan in der Tür stehen, während Berndorf dem jungen Mann die Pistole aus dem Schulterhalfter zieht und sie in den eigenen Hosenbund steckt. Dann muss er sich bücken, um ihm den Schnürsenkel aus einem der eleganten italienischen Halbschuhe zu nesteln, denn er hat sonst nichts, womit er ihm die beiden Daumen hinter dem Rücken zusammenbinden kann.

»Ist diese Toilette frei?«, fragt in seinem Rücken eine Frauenstimme, in der vor allem eines mitschwingt: scharfe Missbilligung.

»Es tut mir sehr leid, Gnädige Frau«, hört er Zlatan antworten, der noch immer den Eingang zur Toilette abschirmt, die Beretta auf den jungen Mann gerichtet, »aber mein Freund hatte einen Anfall, es ist schon überstanden, aber manchmal… manchmal muss er sich danach übergeben, Sie verstehen?«

Die Frau bemerkt, dass es wenig verantwortungsvoll sei, jemanden mit einem solchen Krankheitsbild mit der Bahn reisen zu lassen, zudem sei es rücksichtslos, ausgesprochen rücksichtslos sogar, aber dann entfernt sich die Stimme, Berndorf nickt Zlatan zu und verriegelt die Toilettentür von innen und holt erst einmal Atem, so gut man das in einem WC eben kann. Er hat jetzt ein wenig Zeit, die Toilette ist nun besetzt, ein anderer Fahrgast wartet davor – das ist nichts, was irgendjemandem auffallen könnte.

»Verstehen Sie Deutsch?«

Keine Antwort.

»Wenn Sie nicht mit mir reden wollen, dann eben nicht«, meint Berndorf, knüllt ein paar der grauen Toilettenpapierblätter aus den Beständen der Bahn zusammen, greift mit der linken Hand um den Kopf des jungen Mannes herum, hält ihm die Nase zu und stopft ihm mit seiner rechten Hand das zusammengeknüllte Recyclingpapier in den Mund. Das geht nicht besonders gut, die rechte ist die verletzte, die verbundene Hand, zudem wehrt sich der Mann, der noch immer an der Kabinentür lehnt, er strampelt und versucht, in die verbundene Hand zu beißen, die ihm schon wieder einen Papierknäuel in den Mund schiebt. Berndorf lässt ihn zwar wieder zu Atem kommen, hält ihm aber den Mund zu, nach einer Weile fällt der Widerstand in sich zusammen, und Berndorf kann den weißen Seidenschal nehmen und ihn dem jungen Mann so um Mund und Kopf binden, dass der Knebel aus Recycling-Papier für eine Weile fest verankert ist.

»Atmen Sie ganz ruhig und gleichmäßig«, empfiehlt Berndorf, »versuchen Sie nicht, das Papier hinunterzuwürgen, das löst nur Brechreiz aus, und dann ersticken Sie womöglich noch ...« Dann durchsucht er ihn etwas gründlicher, nimmt ihm das Handy ab, ein US-Reisepass ist auf den Namen Joseph Fitzgerald Kaminski ausgestellt, in der Brieftasche finden sich neben den Scheckkarten ein paar Hundert-Euro-Scheine. Keine Notizen, keine Anweisungen.

»Das Geld können Sie behalten«, fährt er fort. »Die Pistole und den Pass steck ich in ein Schließfach, das Handy behalt ich mal ...« Er bricht ab, denn über Lautsprecher meldet sich der Zugführer und teilt mit, dass der ICE jetzt in den Hauptbahnhof Bonn Einfahrt hat. Berndorf legt die Brieftasche auf den Waschtisch der Toilette und öffnet die Tür.

»Und sagen Sie Olga einen schönen Gruß!«

Die Professorin Barbara Stein blickt auf die Wand des Frühstückszimmers, Aquarelle sind dort aufgehängt, Aquarelle in kräftigen fröhlichen Farben, manche sind lustig überkritzelt, andere wieder sehen aus wie Miniaturen. Leider nimmt Barbara Stein nichts von diesen Bildern und Farben wahr, sie trinkt ihren Kaffee in kleinen Schlucken, der Kaffee könnte etwas stärker sein, in allen Hotels ist das so, aber auch das ist es nicht, was ihr durch den Kopf geht und sie keine Aquarelle wahrnehmen lässt und ums Haar auch nicht die kleinwüchsige bebrillte junge Frau in der weißen Schürze, die sich neben ihr aufgebaut hat und mit sorgfältiger Aussprache fragt:

»Darf ich Ihnen noch etwas bringen? Kaffee oder Tee?«

Barbara reißt sich zusammen und bedankt sich artig und bittet um ein Glas Orangensaft, und die kleine Frau wiederholt den Auftrag ganz stolz und wuselt zur Theke. Dies ist ein Hotel, in dem – wie sagt man das auf politisch korrekte Weise? – anders begabte Menschen beschäftigt werden. Seit ihr Gästezimmer anderweitig belegt ist, hat sich die Professorin angewöhnt, Besucher hier unterzubringen. Dagegen ist auch gar nichts zu sagen, nur weiß sie beim besten Willen nicht, wie sie es denn nun finden soll, dass sie sich selbst gestern Nacht hier einquartiert hat. Genug! Sie will nicht weiter darüber nachdenken und greift nach der Zeitung, die im Frühstückszimmer ausliegt, es ist das Berliner Volksblatt. Im Konflikt um den Stellenplan für die Berliner Krankenhäuser zeichnet sich ein Streik des medizinischen Personals ab, sie überlegt, wie sich die Chefärztin Capotta dann wohl verhalten wird, und ist froh, nicht mit einer solchen Situation konfrontiert zu sein. Schließlich landet sie im Lokalteil, irgend etwas steht da über diese Kirchenruine in Berlin-Mitte, die von einem dieser neuen halbkatholischen und vollbigotten Orden gekauft worden ist, Gott befohlen!, denkt sie und blättert weiter und hat vor sich das Bild des jungen Mannes hinter Stacheldraht, des jungen Mannes, der nur noch Haut und Knochen ist und der doch überlebt hat, wenn es denn wahr ist, was Berndorf von Zlatan Sirko erzählt hat.

Das Bild gehört zu einem größeren Artikel unter der Überschrift: »Überlebender eines Todeslagers auf der Flucht vor seinen Peinigern?« Barbara verzieht das Gesicht, Zeitungsschlagzeilen mit Fragezeichen sollten verboten sein, dann fällt ihr Blick auf ein zweites Bild, das in den Artikel eingeblockt ist, zwei Männer stehen sich gegenüber, der eine Soldat im Kampfanzug, hoch gewachsen, schlank, hartes kantiges Gesicht, den Schnurrbart zu einer schmalen scharfen Linie rasiert, der andere ein Zivilist, halb im Freizeitdress, aber erkennbar kein Befehlsempfänger, überhaupt ist die Hierarchie zwischen den beiden Männern nicht klar, am meisten erstaunt sie der Zivilist, sie kennt ihn nämlich, freilich nur als alten und jetzt kranken und von der Krankheit gekrümmten Menschen. Doch diese Fotografie hier zeigt einen selbstbewussten virilen Mann, der so blickt, als könne nichts in der Welt ihn von seinem Weg abbringen, schon gar nicht irgendwelche verhinderten Stalingradkämpfer... Für Text und Bilder verantwortlich zeichnet ein Gregor Örtlein, hatte Berndorf nicht im Internet nach einem »Sowieso Örtlein« gesucht? Sie beginnt zu lesen.

...Ein tödlicher Verkehrsunfall mit Fahrerflucht, der sich in der Nacht zum vergangenen Montag in Berlin-Mitte ereignet hat, war in Wahrheit möglicherweise ein verdeckter Mordanschlag auf einen überlebenden Zeugen von Kriegsverbrechen im jugoslawischen Bürgerkrieg von 1990 bis 1995. Dem Anschlag fiel allerdings ein völlig unbeteiligter 23jähriger Mann türkischer Herkunft zum Opfer.
Murad A. befand sich in der Nacht zum Montag auf dem Heimweg, als er beim Alten Garnisonfriedhof von einem dunkel lackierten Landrover erfasst und getötet wurde. Nach Angaben der Familie A. deuten die Unfallspuren darauf hin, dass auf den 23jährigen regelrecht Jagd gemacht wurde. Die Motive für das Verbrechen liegen im Dunklen, aber ein von der Familie eingeschalteter Privatdetektiv will herausgefunden haben, dass Murad A. mit dem 48jährigen Zlatan S. verwechselt worden ist, einem Überlebenden des berüchtigten kroatischen Gefangenenlagers Dretelj. Zlatan S. ist seit Montag untergetaucht.
Dretelj war 1993 in den Blickpunkt der Öffentlichkeit geraten, als eine Delegation des Deutschen Bundestags auf einer Besichtigung des Lagers bestand. Dabei fiel den Abgeordneten ein völlig abgemagerter Mann am Rand des Hungertodes auf, und sie bestanden darauf, dass er in ein Krankenhaus gebracht wurde. Bei diesem Mann handelt es sich um den Hotelangestellten Zlatan S., der später nach Deutschland ausreisen konnte und seit Jahren in Berlin lebt (unsere Aufnahme oben zeigt ihn 1993 im Gespräch mit den deutschen Parlamentariern).
Über die Motive eines Anschlags auf Zlatan S. können nur Vermutungen angestellt werden. Beim Internationalen Gerichtshof für Jugoslawien ist zwar ein Ermittlungsverfahren gegen den für das Lager Dretelj verantwortlichen kroatischen Befehlsha-

ber Ivan Mesic eingeleitet worden (auf unserem zweiten Bild im Gespräch mit MdB Christian Fausser, einem der Teilnehmer der deutschen Delegation), doch ist Mesic seit einigen Jahren untergetaucht und lebt heute angeblich in einem argentinischen Franziskanerkloster. – Von der Berliner Polizei ist zu dem Fall nur zu hören, dass zwar »in allen Richtungen ermittelt« werde, wie Senatsrat Holger Missenpfuhl erklärte. Ein Zusammenhang mit dem Fall Mesic sei »aber reine Spekulation«.

Wo Missenpfuhl Recht hat, hat er Recht, denkt Barbara Stein und legt die Zeitung wieder zur Seite. Zwar verhält es sich vermutlich genauso, wie dieses abgrundtief substanzlose Machwerk es unterstellt – dennoch muss der Redakteur, der es ins Blatt gerückt hat, zuvor von Örtlein betrunken gemacht worden sein.

Sie beschließt, Berndorf eine SMS zu schicken, damit er sich die Zeitung besorgt – und sei es nur als Strafe für seine Geheimniskrämerei.

Auf den Autobahnen um Köln herrscht an diesem Morgen dichter Verkehr, aber die Stauwarnungen im Radio beziehen sich auf das Ruhrgebiet. Der kleine Renault, den sie in Bonn gemietet haben, wird von Zlatan gesteuert, denn der Wagen hat kein Automatikgetriebe, und Berndorfs Hand schmerzt wieder stärker. Es liegt eben kein Segen darin, anderen Leuten Toilettenpapier in den Mund zu stopfen. Immerhin hatte der Angestellte in der Mietwagenfiliale kein Problem, Berndorf Fahrzeugschlüssel und Papiere auszuhändigen – ein Indiz dafür, dass nach Berndorf noch nicht gefahndet wird.

»Sie sind ganz sicher«, fragt Zlatan plötzlich, »dass dieser Mann in der Toilette zu diesen anderen Leuten gehört?«

»Ziemlich sicher«, antwortet Berndorf und spielt weiter an dem silbrig glänzenden Handy herum, das eben diesem Mann gehört. »Angeblich heißt er Kaminski. Joseph Fitzgerald Kaminski. Das klingt so blöd, dass der Ausweis zumindest gut gefälscht sein muss.« Auf dem Handy sind keine Nachrichten gespeichert, auch keine *short messages*, auch das Telefonbuch enthält keine Eintragungen. Aber die Liste der Anrufe in Abwesenheit weist eine Nummer auf, ebenfalls die eines Mobiltelefons, Berndorf gibt sie in das Telefonbuch seines eigenen Geräts ein, dann schaltet er das fremde Handy aus, lässt die Seitenscheibe des Wagens herunter und wirft das Handy in hohem Bogen hinaus, so dass es über die Standspur fliegt und irgendwo in der Böschung landet. Weil er gerade dabei ist, folgt wenig später der Schlüssel für das Schließfach, in dem er Kaminskis Pistole und auch seinen Pass deponiert hat.

»Warum tun Sie das?«, will Zlatan wissen, und seine Stimme klingt plötzlich anders, angespannt, fast feindselig.

»Ich bin kein Fachmann«, antwortet Berndorf. »Aber womöglich gibt es Leute, die den Standort von diesem Handy orten können.«

»Dann werden diese Leute wissen, dass wir hier auf der Autobahn sind.«

»Das werden sie sich sowieso denken«, gibt Berndorf zurück, und während er es sagt, wird ihm klar, dass er das besser hätte bleiben lassen.

»Sie meinen, diese Leute wissen, dass wir nach Den Haag wollen?«, setzt Zlatan nach. »Und deswegen haben sie diesen Mann in den Zug gesetzt, damit er mich umbringen soll?«

»Ich glaube, er sollte uns nur folgen«, antwortet Berndorf sachlich. »Und die Männer anweisen, die im Kölner Hauptbahnhof auf uns gewartet hätten.«

»Und dann?«

»Kurzes Gedränge auf dem Bahnsteig, zwei Schüsse, vielleicht auch nur das Plop-Plop aus Schalldämpfern, vielleicht wäre auch gar nichts zu hören gewesen, sondern zwei Spezialisten, die noch mit dem Messer umgehen können, hätten den Job erledigt, wer weiß das schon!«

»Ah ja!«, macht Zlatan. »Das ist also das, was uns in Köln erwartet hätte. Und was erwartet uns dort, wohin wir jetzt fahren?«

»Dichter Verkehr, aber kein Stau«, meint Berndorf. »Unsere Freunde müssen erst herausfinden, wo wir welches Auto gemietet haben.«

»Vermutlich wissen sie das bereits«, erwidert Zlatan und wirft einen kurzen Blick zu Berndorf. »Sie haben dieses Auto da…« – er legt die Hand fast nachsichtig auf das Armaturenbrett – »…bei einer Firma direkt am Bonner Hauptbahnhof gemietet. Diese Leute brauchen keine Viertelstunde, um das herauszufinden. Ich wette, irgendwo vor uns, auf einer Brücke oder an einer Raststätte, steht schon ein Späher. Wir haben also nicht die geringste Chance, bis nach Den Haag zu kommen. Und wenn, dann sitzt dort irgendwo ein *Sniper* und hat den Eingang zu diesem Gerichtshof im Visier. Nein, ich wette nicht mit Ihnen, denn ich werde den Gewinn nicht einlösen können.«

Berndorf schüttelt den Kopf. »Unsere Freunde haben wahrscheinlich erst jetzt begriffen, was im Zug passiert ist, und bis sie jemanden nach Bonn geschickt haben, um dort herumzufragen und ihren Kumpel Kaminski bei der Polizei loszueisen – bis dahin sind wir an der niederländischen Grenze, und von dort werden wir eben nicht nach Den Haag fahren…«

»Sondern?«

»Wir gehen in eine Polizeistation und erklären, dass Sie ein wichtiger Zeuge sind, und bitten um Polizeischutz…«

Plötzlich lacht Zlatan Sirko. »Die niederländische Polizei, ach nein! Wissen Sie eigentlich, was Sie mir da vorschlagen? Da hab ich dann vielleicht einen niederländischen Wachtmeister zu meinem Schutz, so wie die Männer und Jungen von Srbrenica das *Dutch bataillon* zu ihrem Schutz gehabt haben, und vielleicht war der Wachtmeister damals zufällig beim Militär und hat mit den Serben Slibowitz getrunken, mit denen, die gerade nicht beschäftigt waren, die bosnischen Männer abzuführen…«

Berndorf schweigt. Was soll er noch sagen? Ein Hinweisschild kündigt einen Autohof an.

»Gehen wir da vorne einen Kaffee trinken«, schlägt er vor.

»Haben wir denn die Zeit dafür?«

»Wenn wir nicht einmal dazu Zeit haben«, kommt die Antwort, »dann ist alles zu spät.«

Olga wirft ihre Reisetasche auf das Hotelbett und geht ins Bad, wo sie den Kaltwasserhahn des Handwaschbeckens aufdreht. Das kalte Wasser lässt sie erst über die Handgelenke laufen und erfrischt dann das Gesicht, bis die schlimmste Müdigkeit daraus vertrieben ist. Immerhin ist sie die ganze Nacht auf gewesen. Schließlich hat sie genug, sie trocknet sich ab und geht ins Zimmer zurück und schaltet mit der Fernbedienung den Internet-Anschluss ein. Währenddessen wirft sie noch einmal einen Blick auf ihr Handy und die letzte SMS, die darauf eingegangen ist:

Aktion sofort beenden

Sie zuckt nicht mit den Schultern, und sie verzieht auch nicht das Gesicht, sondern leitet die Anweisung an den niederländischen Partner weiter und auch an die beiden Männer, die noch immer im Kölner Hauptbahnhof warten. Kurz überlegt sie, ob sie die SMS auch an Kaminski schicken soll. Der Amerikaner hat sich nicht mehr gemeldet. Noch einmal versucht sie, ihn anzurufen, wieder nimmt niemand ab. Also noch ein Ausfall.

Aber das geht sie nichts mehr an. Die Anweisung, die sie erhalten hat, ist eindeutig. Das Einzige, was noch zu tun ist, geht allein sie etwas an. Sie setzt sich an den Schreibtisch und ruft ihre E-Mails ab. Es ist eine einzige eingegangen, es ist eine Auskunft, die sie gestern angefordert hat und die sie jetzt überfliegt:

B., Hans, Kriminalhauptkommissar im Ruhestand, jetzt Privatdetektiv, 64 Jahre alt, 180 cm, ca. 78 kg, nach Unfall leichte Gehbehinderung, polit. unzuverlässig, tendiert zu radik. Positionen! Lebt zusammen mit Barbara Stein, Professorin FU Berlin, Otto-Suhr-Institut…

Olga notiert sich die Anschrift, es ist eine Adresse in Berlin-Dahlem, dann schließt sie ihren E-Mail-Zugang wieder und lässt sich die nächsten Zugverbindungen nach Berlin heraussuchen: Um 11.48 Uhr fährt ein Zug, der kurz nach 16 Uhr in Berlin ankommt. Das erscheint ihr günstig, sie ordert ein Ticket nach Berlin und dazu einen Mietwagen ab Berlin Hauptbahnhof. Dann zögert sie kurz, ruft aber doch den Wikipedia-Eintrag der Professorin Stein auf und druckt ihn sich aus. Als sie in der Liste von deren Veröffentlichungen eine Monographie über den polnischen Novemberaufstand 1830/31 findet – »Krappülinski und Waschlappski auf dem Hambacher Fest« –, lächelt sie knapp und vergewissert sich, dass es im Berliner Hauptbahnhof einen Blumenladen gibt. Sie bestellt dort für den Nachmittag ein Bukett mit roten und weißen Rosen. Ein Blick auf die Uhr sagt ihr, dass sie noch gut zwei Stunden Zeit hat, und so zieht sie die Vorhänge vor, stellt den Wecker des Handys, schlüpft aus ihrem Kostüm und legt sich ins Bett.

Sie hat kaum die Decke zum Kinn hochgezogen, da schläft sie auch schon, tief und traumlos.

Ich will dir ja das Frühstück nicht verderben«, sagt der Bilch und stellt die Pfanne mit den Rühreiern und dem gebratenen Schinken auf den Küchentisch, »aber ich hab grad gesehen, es ist neun Uhr vorbei – gehst du eigentlich nicht zur Schule?«

André wirft ihm einen vorwurfsvollen Blick zu. »Ich bin doch krank geschrieben. Wegen dem Arm. Weißt du doch.«

Der Bilch setzt sich und teilt mit dem Pfannenwender Rührei und Schinken aus, die Portionen sind – fast – gleich groß. »Red keinen Unsinn. Dich hat kein Arzt krank geschrieben. Hast du das selber gemacht?«

»Warum willst du das wissen?« André hat die Arme vor der Brust verschränkt. Mit keinem Blick würdigt er den Teller mit dem Rührei vor ihm.

»Entschuldige!«, sagt der Bilch kauend. »Es geht mir am Arsch vorbei, was mit deiner Schule ist. Ich frag mich nur, ob du die Absicht hast, da jemals wieder hinzugehen.«

»Nein«, antwortet André. »Ich geh da nicht mehr hin. Außerdem hat die Elke mich abgemeldet.«

»Die Elke hat das getan? Warum?«

»Weil wir wegziehen. Ins Ausland.«

»Ins Ausland?«, fragt der Bilch zurück. »Nach New York vielleicht?« Plötzlich muss er lachen. »Du würdest dich was wundern. Du hättest schneller ein Messer zwischen den Rippen als die Hand an einem fremden Geldbeutel. Im Ernst: Wenn du dort landen willst, musst du richtig was können. Egal was. Aber du musst es besser können als die anderen. Dreimal besser, weil du dort erst mal ein blöder Deutscher bist. Und dein Trick mit der verbundenen Hand – mit dem kriegst du dort bloß die Fresse voll, weil die Leute sauer werden, dass einer sie für so blöd hält und glaubt, sie würden darauf reinfallen. Nein, mein Lieber …«

Der Bilch setzt jetzt zu einer größeren Ansprache an, in welcher er ausführt, dass Grundkenntnisse der englischen Sprache sowie mindestens ein Realschulabschluss … aber André hört schon eine ganze Weile nicht mehr zu. Es stimmt, eine Zeitlang hat er Englisch-Unterricht gehabt und versucht, auch mitzumachen, weil die Elke das von ihm gewollt hat, aber das war alles nix, und richtig schlimm wurde es, als er versucht hat, das »*the*« richtig auszusprechen: Damals nämlich war die Libanesen-Gang überhaupt erst auf ihn aufmerksam geworden: Guckt ma! Det schwule Opfer will n Streber werden, zzzeh!, hört euch das nur an: Zzzehä …

»Und du?«, hört sich André fragen, »warum bist du eigentlich nicht in New York?«

»Eben drum«, antwortet der Bilch und ist mit einem Schlag ganz kleinlaut. »Sonst säße ich nicht hier.« Mit beiden Händen beschreibt er den Umkreis der kleinen Küche mit den abgestoßenen Billigmöbeln. »Ich will dir und der Elke nicht zu nahe treten, aber das Waldorf Astoria ist das hier gerade nicht.«

André überlegt sich eine Antwort, aber es fällt ihm keine ein, und so schiebt er den Teller mit dem Rührei und dem Speck zurück.

»Schmeckt dir das nicht?«, fragt der Bilch überrascht. »Oder hab ich dich beleidigt?« Ohne eine Antwort abzuwarten, nimmt er Andrés Teller und leert ihn auf den seinen und macht sich entschlossen daran. »Du hast ja Recht. Wir müssen uns nicht gegenseitig um die Ohren hauen, warum wir heute Morgen hier sitzen. Du hast dich also selber abgemeldet. Hast dich hingehockt und die Handschrift von der Elke nachgemacht?«

André wirft ihm einen verdrossenen Blick zu. »Wir haben doch eine Schreibmaschine.«

Der Bilch runzelt die Stirn. »Du meinst einen PC … Aber ich hab gar keinen gesehen und auch keinen Drucker.«

André steht auf, geht in Elkes Zimmer und kommt mit einer Reiseschreibmaschine zurück. Er stellt die Maschine auf den Küchentisch und nimmt den Kofferdeckel ab.

»Ey!«, brüllt der Bilch, den Mund noch halb voll Rührei, »ist es denn die Möglichkeit! Eine gute alte Gabriele, suchen – finden – zuschlagen! Aus welchem Berufsschulmuseum hast du denn die geklaut?«

»Das ist der Elke ihre«, antwortet André, mit leicht gekränktem Unterton.

»Ich glaub dir ja«, lenkt der Bilch ein und greift nach der

Zeitung, die André heute Morgen vom Bäcker mitgebracht hat. »Vielleicht kommt sie wie gerufen...«

»Wer kommt wie gerufen?«, fragt André, der gerade dabei ist, sich ein Croissant mit sehr viel Butter und noch mehr Erdbeermarmelade herzurichten.

»Die Gabriele. Das gute alte Mädchen, das gefingert werden will.«

Sehen Sie«, sagt Zlatan und lächelt schief, als er das Tablett mit den Tassen und den beiden Gläsern Mineralwasser an einem der Stehtische abstellt, »ich hab nicht einmal das Geld, diesen wässrigen Espresso zu bezahlen... was also soll ich noch tun?«

»Solange Sie keine anderen Sorgen haben, lässt sich das ja noch immer regeln«, antwortet Berndorf und verstaut sein Portemonnaie in der Hosentasche. Sie stehen am Fenster mit Blick auf den mit Lastzügen vollgestellten Parkplatz, die anderen Gäste des Rasthaus-Cafés sitzen weiter hinten, Trucker beim zweiten Frühstück. Dem Gespräch der beiden Männer am Stehtisch könnte nur die Kassiererin zuhören, aber die räumt gerade Zeitschriften in den Verkaufsständer ein. Aus Lautsprechern rieselt Musik.

»Und die anderen Sorgen, wie sollen die geregelt werden?«

»Zum größeren Teil liegt das bei Ihnen«, meint Berndorf. »Wenn Sie nicht nach Den Haag wollen, dann wollen Sie nicht. Aber wohin dann? Irgendwann sollten Sie nach Berlin zurück, Ihr Arbeitgeber...«

»Hat mich rausgeschmissen. In meiner Branche gibt es keinen Job für jemanden, der den Gästen ansieht, wer auf der Fahndungsliste steht.« Er nimmt einen Schluck Espresso und spült sogleich mit dem Mineralwasser nach.

»Trotzdem – Sie haben Ihre Wohnung dort, Ihre ganzen Sachen...«

Zlatan Sirko zuckt mit den Schultern. »Ich will aber nicht«, sagt er dann. »Nicht nach Berlin zurück, beim besten Willen nicht.«

Berndorf hebt die Hand, das Musikgeriesel hat aufgehört, es kommen Nachrichten, und er bittet die Kassiererin, den Ton etwas lauter zu stellen – »wegen der Verkehrsnachrichten, wissen Sie?«

Die Kassiererin tut ihm den Gefallen, aber viel erfährt er nicht. Die Welt ist keine andere geworden an diesem Morgen. Damit der Kapitalismus gerettet werden kann, muss immer neues Geld in die Märkte gepumpt werden, dafür gibt es für Eltern, die arbeitslos sind, kein Kindergeld, damit die Kinder früh genug kapieren, was Armut ist. Berndorf mag eigentlich nicht zuhören und muss es doch …

… Eine rätselhafte Bluttat hat sich gestern Abend in Frankfurt am Main ereignet. Vor einem Wohnhaus im Stadtteil Heddernheim wurde ein 48jähriger Mann tot aufgefunden, der vermutlich einer Schusswunde erlegen ist. Im Haus selbst befanden sich zwei schwer verletzte Männer sowie eine stark sehbehinderte Frau, die bisher aber keine Angaben zum Hergang des Dramas machen konnte. Die Polizei fahndet nach zwei Männern, die in einem goldfarbenen Daimler-Benz mit Frankfurter Kennzeichen geflüchtet sind. Die beiden Männer sind bewaffnet und nach Einschätzung der Polizei äußerst gefährlich. Und jetzt die Verkehrsübersicht …

Berndorf blickt zu Zlatan Sirko, der die Nachrichten mit unbewegtem Gesicht angehört hat. Ohnehin muss zu dieser Meldung niemand einen Kommentar abgeben. Gewiss, die Frankfurter Polizei hätte den Fahndungsaufruf auch ein bisschen tiefer hängen können. Sie hat es aber nicht getan. Sie hat das größte Plakat genommen, das zur Hand war, und die ganz große Glocke. Aber mit wem und wozu sollen Berndorf und Zlatan darüber diskutieren?

»Kennt Elfie eigentlich Ihren vollen Namen?«

»Ich bin für Elfie einfach der Zlatan«, kommt die Antwort. »Aber unterschätzen Sie sie nicht. Sie muss mehr behalten als die Leute, die richtig sehen können. Und ich glaube, Sie haben ihr Ihren Namen gesagt.«

Berndorf nickt. Das mag alles so sein, denkt er. Sicher wäre es deshalb vernünftig gewesen, sich der Polizei zu stellen und Auskunft zu geben und den Frankfurter Kollegen zu vertrauen. Aber welche Weisungen hätten die Frankfurter Kollegen bekommen und von wem? Ganz davon abgesehen, dass Berndorf bei der Polizei schon lange keine Kollegen mehr hat.

Ein Schnarren aus der Tasche von Berndorfs Sakko meldet, dass auf seinem Handy eine Nachricht eingelaufen sei. Er holt das Handy heraus und liest:

Besorg dir ein berliner volksblatt von heute.

Sonst nichts. Vor allem kein Gruß. Berndorf zuckt mit den Schultern und bittet Zlatan, auf ihn zu warten. In der Cafeteria gibt es nur das Lügenblatt, also muss er in den Verkaufsraum der Tankstelle, bekommt dort tatsächlich ein Volksblatt und findet auch ziemlich schnell das, was ihn betrifft.

»Neuigkeiten?«, fragt Zlatan, als Berndorf zurückkommt.

»Neuigkeiten? Nein«, antwortet Berndorf. »Nichts, was für uns neu wäre.« Er schiebt das Volksblatt über den Tisch, es ist so aufgeschlagen, dass Örtleins Artikel oben liegt. Er beobachtet Zlatan, der den Artikel mit der gleichen ungerührten Miene liest, die Berndorf schon vorhin an ihm aufgefallen ist.

»Was bedeutet dieses ... dieser Bericht für uns?«, fragt Zlatan schließlich und faltet das Blatt wieder zusammen. »Das heißt – was bedeutet er für Sie, und was bedeutet er für mich?«

»Das ist die falsche Frage«, gibt Berndorf zurück. »Die Frage ist, was dieser Bericht für Olga bedeutet. Und für den Sniper ...« Er bricht ab. Nichts bedeutet es. Falls die Leute, für die Olga arbeitet, wirklich entschieden haben, einen Scharfschützen vor dem Eingang zum Internationalen Gerichtshof zu postieren, dann werden sie sich von einem Bericht im Lokalteil des Berliner Volksblattes nicht davon abbringen lassen.

Also haben sie diese Leute weiter am Hals. Dazu kommt, dass er und Zlatan in der nächsten Zeit keine Polizeistation aufsuchen sollten, keine deutsche und keine niederländische. Jedenfalls nicht freiwillig. Auch hat es gar keinen Sinn mehr, sich Schleichwege auszudenken, um es doch noch bis zum Internationalen Gerichtshof zu schaffen. Wenn es denn gelingen würde und irgendeiner der Ankläger dort sie anzuhören bereit wäre – welchen Glauben würden sie denn jetzt noch finden? Berndorf sieht die Szene vor sich, sieht sich vor einem internationalen Anzugträger mit Prädikatsexamen und Stirnglatze sitzen, der ihn mit erhobenem Kopf mustert und ihn fragt:

»Sie sprechen von diesen Anschuldigungen, die in dieser Berliner Zeitung angedeutet werden, ja? ... Ich komme später darauf zurück ... Trifft es übrigens zu, dass Sie selbst mit internationalem Haftbefehl gesucht werden?«

Nein, danke. Er trinkt noch einen Schluck Mineralwasser und nickt Zlatan zu. Dann geht er zur Eingangstür und bleibt vor der Übersichtskarte mit dem Autobahnnetz stehen. Vom Autohof sind es nur wenige Kilometer zum Kölner Westkreuz.

»Sagen Sie«, hört er Zlatan fragen, der neben ihn getreten ist, »könnten Sie mir helfen, dass ich nach Schweden komme? Ich kenne jemand dort, von früher.«

Schweden. Je nun, denkt Berndorf. Für die Verfolgten und Bedrückten dieser Welt ein gelobtes Land, auch wenn die Begeisterung der Schweden, eine solche Zuflucht zu bieten, in letzter Zeit etwas nachgelassen hat. Zum Glück hat er das nicht zu beurteilen. Berndorf fährt mit den Finger eine mögliche Linie nach – Westkreuz, dann nicht Richtung Amsterdam, sondern auf die Autobahn A 1 nach Hamburg und von dort weiter nach Lübeck oder auch nach Rostock, denn von Rostock, das fällt ihm gerade ein, verkehrt eine Fähre nach Schweden. Und man muss nicht einmal die ganze Strecke auf der Autobahn bleiben. Man könnte über Wismar fahren, war Wismar nicht überhaupt einmal schwedisch, ziemlich lange Zeit sogar? Und weiter nach Rerik am Salzhaff, mit dem Weiler Blengow, in dem bestimmte Leute seit einiger Zeit ihre Datsche haben, auch wenn man das eigentlich so nicht mehr nennt?

»Schweden«, sagt Berndorf, »Schweden ist gar keine so schlechte Idee ...«

Hast du das mitgekriegt«, fragt der Bilch und lässt die Zeitung sinken, »da ist einer totgefahren worden, hier bei euch um die Ecke?«

»Am Montag war das«, antwortet André, »ich hab's gehört.«

»Du hast was gehört?«

»Es war ein Landrover. Den hab ich gehört. Wie der Motor aufgejault hat und wie der Wagen an der Mauer vom Friedhof entlang geschrammt ist, weil er den Mann über den Gehweg gejagt hat ...«

»Moment«, sagt der Bilch, »wer hat wen gejagt?«

»Der Fahrer vom Landrover hat den Mann gejagt. Und mitten auf der Straße hat er ihn dann erwischt.« Zur Verdeutlichung des letalen Ausgangs reißt André beide Hände hoch und streckt die Zunge heraus und starrt den Bilch mit aufgerissenen Augen an. »Hat man alles an den Kreidezeichen sehen können. Vielleicht war es auch eine Frau.«

»Da steht, es sei ein Mann totgefahren worden.«

»Sag ich doch.« Ärgerlich schüttelt André den Kopf. »Aber der, wo den Landrover gefahren hat, der war vielleicht eine Frau. Kennst du Wanda? Weißt du, diese Sendung im Radio, die Elke hat sie auch immer gehört – also da hat einer angerufen und erzählt, wie er an einem Landrover vorbeigekommen und plötzlich erschrocken ist, weil da eine Frau drin gesessen ist.«

»Was erzählst du mir da!«, ruft der Bilch und presst beide

Hände gegen seine Ohren. »Warum soll jemand erschrecken, weil eine Frau in einem Landrover sitzt? In einem Landrover sitzen immer Frauen, jedermann weiß das, die bringen ihre Kinder darin zur Schule, und wenn ihnen jemand was Böses will, dann können sie damit über den Acker abhauen.«

»Es gibt hier aber nirgends Äcker.«

»Darauf kommt es jetzt nicht an!« Der Bilch ist aufgestanden und läuft in der kleinen Küche auf und ab. »Wir haben hier... weißt du, was ein *Missing Link* ist?«

»Ja«, sagte André. »Irgendwas mit den Schneidezähnen. Der Beweis, dass wir genauso Affen sind wie die Schimpansen und Gorillas.«

Der Bilch blickt auf, dann schüttelt er den Kopf. »Von mir aus. Wie auch immer. Eins steht allerdings fest. Ausnahmsweise hat der arme alte Hilfsaffe Bilch diesmal nicht bloß eine alte vertrocknete Schale erwischt, sondern eine ganze Staude frischer knackiger goldgelber Bananen... Hast du übrigens nicht nur eine Maschine, sondern auch Briefpapier für deine gefälschten Entschuldigungsschreiben?«

André geht in Elkes Zimmer und kommt mit einer angebrochenen Packung Schreibmaschinenpapier zurück. »Du musst es mir ja nicht erklären«, sagt er dann, »aber das mit den Bananen habe ich nicht verstanden.«

»Ganz einfach«, sagt der Bilch. »Ein schlauer bösartiger Gorilla mit sehr vielen Bananen soll vor Gericht, weil er die Bananen geklaut hat. Aber seine Freunde sagen, das geht leider nicht, der Gorilla ist irgendwo im Wald, und wo seine Bananen sind, das wissen wir natürlich nicht, hat er überhaupt welche gehabt? So! Aber der arme alte Bilch weiß jetzt, in welchem Wald der schlaue böse Gorilla lebt und auf welchem Baum man ihn findet...« Der Bilch setzt sich wieder, schiebt seinen Teller zur Seite, zieht die Schreibmaschine zu sich heran und spannt ein erstes Blatt Papier ein.

»Dass Gorillas auf Bäumen leben, glaub ich nicht«, wendet André ein. Aber der Einwand geht im Klappern der Schreibmaschine unter, und so nimmt sich André die Zeitung vor und versucht den Artikel zu lesen, auf den der Bilch so abgefahren ist, aber so richtig schlau wird er nicht daraus, und so geht er in sein Zimmer und schaltet das Radio ein, aber auf Radio Fünf Neunundsechzig reden die Leute gerade über Schuppenflechte. Wenn nebenan nicht der Bilch hockte und klapperte, würde André sich am liebsten nackt ausziehen und ins Bett legen und die Decke zwischen die Beine klemmen. Aber das geht jetzt nicht, höchstens nur ein bisschen und verstohlen.

»Hey!«, ruft nebenan der Bilch, »was treibst du da? Holst du dir einen runter? Komm lieber her und hilf mir, die Elke hat doch so Bücher mit Lyrik, mit gereimtem Zeug, weißt du! Guck mal, ob du da Rilke findest – Rilke, so heißt einer von diesen Dichtern.«

André drückt seinen Ständer hoch, dass er den Reißverschluss der Hose wieder zuziehen kann, und macht sich mit gerötetem Gesicht auf die Suche. Das heißt, viel Arbeit hat er dabei nicht, neben Elkes Bett steht ein Bücherregal, er weiß ungefähr Bescheid, was dort steht – nämlich so gut wie keine Sachen, die einem helfen, wenn man sich etwas vorstellen will. Tatsächlich findet er einen abgegriffenen Leinenband, auf dem »Rilke« steht, und bringt ihn dem Bilch. Der sitzt vor der Schreibmaschine und sieht noch dicker aus als sonst, so sehr gefällt ihm selber, was er da getippt hat.

»Gib her«, sagt der Bilch, »*Duineser Elegien*, da muss doch irgendwo ein Name vorkommen. Hier! Gaspara, passt doch, aber der Kasper ist jemand anderer!« Die Maschine rattert, so rasch tippt er die letzten Zeilen, dann zieht er den Bogen aus der Maschine und reicht ihn André: »Lies!«

Sehr geehrter Herr Matthaus, im Hinblick auf die geplante Übernahme der Privatbank Oheymer & Jaumann durch die Landesbank Süd wäre es für die Öffentlichkeit von großem Interesse, Näheres über die Geschäftsbeziehungen zu erfahren, die Oheymer & Jaumann zu der Hephaistos AG Basel unterhalten. Ins-

besondere wäre zu untersuchen, welche Geldflüsse warum an die Hephaistos-Teilhaber Jovan Mesic und Daniel Kirstejn erfolgt sind und in welchem Verhältnis diese beiden Herren zueinander stehen. Wie jüngste Ereignisse vermuten lassen, ist dieses Verhältnis ein sehr enges, fast möchte man trotz der Namensungleichheit sagen: eines wie von Zwillingsbrüdern, die sich bekanntlich aufs Haar gleichen.
Da Sie, sehr geehrter Herr Matthaus, ein profunder Kenner auch der Hephaistos AG sind, habe ich keinen Zweifel, dass sich zwischen uns ein fruchtbares Gespräch ergeben wird. Sie werden so freundlich sein, nach Erhalt dieses Briefes unverzüglich den Berliner privaten Sender Fünf Neunundsechzig anzurufen und sich für das von Wanda Kuhlebrock moderierte Wunschkonzert den Song Like a puppet on a string *zu wünschen, wobei Sie bitte einen Gruß an Gaspara hinzufügen sollten, die eine sehr schöne und rätselhafte Frau sei und bitte bald anrufen solle. Außerdem nennen Sie den Ort, an dem Sie telefonisch erreichbar und unter Ihrem Namen im Telefonverzeichnis aufgeführt sind. Andernfalls müssten Sie sonst eine Nummer angeben, unter der ich Sie anrufen kann.*
Mit dem Ausdruck vorzüglichster Hochachtung …

André hat zu Ende gelesen. »Versteh ich nicht. Was ist das für eine Puppe?«

»Das ist ein Song von Sandie Shaw«, antwortet Bilch. »Und die Puppe ist er selber. Weil wir ihn nämlich an den Drähten haben und hüpfen lassen, dass er nicht mehr weiß, ob er Männchen ist oder Weibchen. Aber schreib jetzt diesen Namen drunter: Gaspara Stampa!« Er hält ihm einen Kugelschreiber hin und deutet auf eine Zeile in dem aufgeschlagenen Gedichtbuch. Gehorsam nimmt André den Kugelschreiber und malt den Namen unten auf das Blatt.

»Du hast mir noch immer nicht gesagt, wer das ist, diese Gaspara«, nörgelt er dabei.

»Eine Frau eben«, antwortet der Bilch. »Eine Frau aus einem von diesen gereimten Sachen. Eine schöne Frau. Steht doch da in dem Brief. Hast du dir nie vorgestellt, du wärst eine? Na?«

»Du spinnst«, antwortet André und spürt, dass er rot geworden ist.

Es ist früher Nachmittag, vor dem Lift warten zwei Rollstuhlfahrer, so nimmt Barbara die Treppe. Oben am Treppenaufgang kann sie den ganzen Korridor überblicken, im Gegenlicht sieht sie den Mann, der auf einem Stuhl vor dem Krankenzimmer Platz genommen hat. Sofort begreift sie, dass der Mann nicht wartet, sondern dass er dort auf Wache sitzt, sie erkennt es an der Haltung oder weiß es einfach. Als sie näher kommt, sieht sie, dass er eine Polizeiuniform trägt, er steht auf und hebt grüßend eine Hand.

»Sie wollen zu dem Patienten Zimmer 137?«, fragt er und gibt sich sehr höflich.

Barbara nennt ihren Namen und fügt hinzu, dass MdB Fausser sie erwarte. Der Polizist nimmt sein Mobiltelefon und gibt ihren Namen ein, dann schüttelt er bedauernd den Kopf.

»Tut mir leid, aber Sie sind nicht auf der Liste der Besuchsberechtigten.«

Sie protestiert, der Besuch sei unter ausdrücklicher Zustimmung der Chefärztin Dr. Capotta sowohl mit Fausser selbst als auch mit seiner Ehefrau Brigitte vereinbart – »... mehr Absprache ist beim besten Willen nicht möglich!«

Der Beamte wiederholt, dass er leider an seine Anweisungen gebunden sei. »In der Liste, die wir von der Familie bekommen haben, ist Ihr Name nicht eingetragen. Das ist sicher nur ein Versehen, aber ich muss Sie bitten, sich mit Frau Brigitte Fausser in Verbindung zu setzen.«

Barbara Stein holt Luft zu einem weiteren energischen Protest, aber in diesem Augenblick öffnet sich die Tür des Krankenzimmers und Carla Jankewitz tritt heraus und schließt die Türe hinter sich.

»Hier – fragen Sie Frau Jankewitz, sie wird Ihnen bestätigen, dass ich mit der Familie bekannt bin«, sagt Barbara Stein hoffnungsvoll und nickt Faussers Mitarbeiterin aufmunternd zu. Doch die hebt nur entschuldigend beide Hände.

»Sie müssen auf der Liste stehen«, beharrt der Polizist, nun schon weniger höflich im Ton.

»Sorry«, sagt Carla Jankewitz zu Barbara, »Sie hören es ja... ich kann Ihnen gerne bestätigen, was immer Sie wollen, an ihm kommen Sie nicht vorbei, beste Berliner Schule, ich hab mir heute morgen auch erst eine Genehmigung holen müssen. Das muss mit diesem Diebstahl zu tun haben – Sie wissen doch, Fausser ist beklaut worden, hier in der Charité, gestern hat es noch einen fürchterlichen Wirbel gegeben deshalb!« Sie nickt dem Polizisten zu und wendet sich in Richtung Ausgang. Nach einem kurzen Zögern schließt Barbara sich ihr an.

»Was ist denn alles abhandengekommen?«, fragt Barbara, als sie nebeneinander auf den Aufzug warten. »Oder ist das vertraulich?«

»Ein bisschen Bargeld, nicht der Rede wert«, antwortet die Jankewitz. Der Aufzug kommt und öffnet sich, und die beiden Frauen treten ein. »Ärgerlicher ist, dass sein Notebook weg ist... Dass jetzt ein paar Leute deshalb ziemlich aufgeregt sind – das brauch ich Ihnen gar nicht zu sagen, das können Sie sich auch so denken. Aber noch viel komischer ist...« Sie spricht nicht weiter, denn der Aufzug ist bereits unten angekommen, und beide steigen aus. Plötzlich bleibt die Jankewitz stehen und zeigt auf die Cafeteria, die man am anderen Ende der Eingangshalle sieht. »Vielleicht könnten wir uns bei einem Kaffee darüber unterhalten, ob und wie ich Ihnen behilflich sein kann.«

Sie durchqueren die Halle, holen sich die Tabletts für die Selbstbedienung, Barbara misstraut dem Kaffee und nimmt einen Tee, die Jankewitz kann einem gedeckten Apfelkuchen zum Kaffee nicht widerstehen. Mit ihren Tabletts finden sie dann eine Sitzecke zwischen den in Krankenhaus-Cafeterias endemischen breitblättrigen Topfpflanzen.

»Etwas sei sehr komisch gewesen, sagten Sie«, nimmt Barbara nach einer Weile des Abwartens den abgerissenen Gesprächsfaden wieder auf.

»Sehr komisch sogar«, antwortet Carla Jankewitz. »Brieftasche und Portemonnaie sind nämlich inzwischen wieder aufgetaucht, und zwar ganz wörtlich aus dem Spülkasten einer Herrentoilette hier im Haus, und daran ist schon mal besonders, dass sich sämtliche Scheckkarten und Ausweise darin befunden haben. Ich meine, ein cleverer Dieb müsste mit diesen Ausweisen einiges anstellen können. Das Allerkomischste aber ist…« – die Jankewitz nimmt noch ein weiteres Stück vom Apfelkuchen und schiebt ihn zwischen ihre vom Lippenstift rot verfärbten Zähne – »haben Sie schon mal vom Phantom der Charité gehört? Die Zeitungen haben neulich groß damit aufgemacht. Es geht um einen Halbwüchsigen, der sich in der Charité herumtreibt und Patienten beklaut. Und sein besonderes Kennzeichen ist, dass er immer mit einem verbundenen Arm herumläuft, vermutlich, damit man ihn für einen Patienten hält.«

Barbara sagt nichts.

»Nun hat man aber in dem Spülkasten auch noch einen gebrauchten Verband gefunden«, fährt Carla Jankewitz fort, »vermutlich lässt die Polizei jetzt gerade die DNS vom Phantom der Charité ermitteln. Falls sich nicht irgendein Geheimdienstschnüffler einen Spaß erlaubt hat, um die Sache dem Phantom in die Schuhe zu schieben.«

»Das hieße aber, dass es für Faussers Notebook und das, was sich da drin findet, einen Markt geben muss«, wirft Barbara ein.

»Fast hätt ich jetzt gesagt: schön wär's«, antwortet Carla Jankewitz. »Aber wenn ich ehrlich sein soll – Christian Fausser gehört schon lange nicht mehr zum Inneren Kreis. Natürlich hat er genug Verschlusssachen in seiner Abgeordnetenpost, aber um an so was zu kommen, muss hier in Berlin kein Geheimdienst darauf warten, dass da einer umfällt. Die haben viel zuverlässigere Kanäle.« Wie zur Bestätigung schiebt sie sich ein Stück Kuchen in den Mund.

»Was Fausser in Tutzing über EuroStrat gesagt hat oder den militärisch-industriellen Komplex überhaupt, ist ja nicht sehr freundlich gewesen. Kann es sein …?« Barbara bricht ab, denn sie hat unvermittelt einen sehr aufmerksamen, fast alarmierten Blick ihres Gegenübers aufgefangen.

»… dass Christian aus dieser Ecke beobachtet wird, sehr genau sogar?«, vervollständigt Carla Jankewitz die Frage. »Das kann nicht nur so sein, das ist ganz bestimmt so.«

Barbara registriert, dass sie plötzlich Faussers Vornamen benutzt. Das hat unter Parteifreunden nichts zu sagen, und doch klingt in der Art, wie sie dieses »Christian« ausgesprochen hat, eine seltsame, Besitz ergreifende Vertrautheit mit. Absicht?

»Nur glaube ich nicht«, fährt Carla Jankewitz fort, »dass diese Leute jemand losschicken, um ihn zu beklauen. Für die sind ja vor allem die Kontakte wichtig, die Christian hat. Mit wem redet er? Wer ruft ihn an? Wen trifft er wo? So etwas. Aber in letzter Zeit …« – sie hebt kurz die Schultern und lässt sie wieder fallen – »… da wird so viel gar nicht auszuspähen gewesen sein. Ich weiß, ich sollte nicht so reden – aber Christian hat sich in eine Ecke drängen lassen, aus der er nicht mehr herauskam. Um es ganz kurz zu machen: Er war isoliert.«

»Er kam mir eher vor wie jemand, dem die Hände gebunden sind«, bemerkt Barbara Stein, »der mehr weiß, als er sagen kann oder darf.«

Carla Jankewitz wiegt den Kopf. »Das kann ich gut verstehen, dass Sie ihn so erlebt haben«, sagt sie schließlich. »Das hat natürlich auch damit zu tun, dass wir lange Zeit Regierungspartei waren. Dieser Katastrophen-Ausflug nach Afghanistan, der geht doch auf unser Konto.«

»Dass er in seinen Entscheidungen nicht ganz frei war – kann das nicht auch etwas mit seinem Privatleben zu tun haben?«, fragt Barbara und versucht dabei, mit ihren Augen den Blick der Jankewitz festzuhalten. »Ich hab' ja eher unfreiwillig mitbekommen, dass es da Friktionen gibt…«

»Die Friktionen hören auf den Namen Solveig«, antwortet Carla Jankewitz. »So etwas hat aber heute nichts mehr zu sagen. Da dürfen die Herren der Schöpfung Kinder zeugen, und wenn die Kinder auf der Welt sind, sich mit einer SMS davonstehlen. Verstehen Sie: So etwas schadet denen nicht einmal. Sie sind nicht erledigt, weder gesellschaftlich noch politisch. Sie sind nicht einmal beschädigt. Die sind nämlich inzwischen alle mit Teflon-Moral beschichtet: Es bleibt nichts hängen!« Mit den Händen streift sie sich über den Oberkörper, als wische sie sich imaginäre Flusen ab, und zeigt die leeren Handflächen vor. »Nein, dass Christian irgendwie auf dem Abstellgleis gelandet ist, daran ist die schrille Solveig ausnahmsweise nicht schuld. Es liegt an ihm selbst. Ich bin überzeugt, es wäre einiges anders gekommen, wenn er rechtzeitig den großen Krach riskiert hätte. Ich glaube, das wusste er. Verdammt, ich rede von ihm schon wie von einem Toten, wie furchtbar. Also, ich denke, er weiß es, und er weiß auch, dass er den richtigen Zeitpunkt verpasst hat.«

»Manchmal springt einen ein Thema an und wirft einen aus der Bahn«, bemerkt Barbara. »Das kann nun wieder ich gut verstehen. Haben Sie übrigens das heutige Berliner Volksblatt gelesen? Diese merkwürdige Geschichte über den Häftling aus einem kroatischen Lager.«

»Zlatan Sirko«, sagt Carla Jankewitz und wirft einen Blick zur Decke. »So heißt dieser Mann. Jedenfalls ist das in Christians Unterlagen so vermerkt, ich hab nachgeschaut, als dieser Journalist gestern bei uns im Büro angerufen hat. Und dass Christian diesen Mann aus einem Lager herausgeholt hat, das glaub ich sofort – das sieht ihm ähnlich. Aber so richtig hab ich diesen Artikel nicht begriffen, einer ist tot und einer ist verschwunden, und die Polizei ermittelt in alle Richtungen und dann auch wieder nicht.« Mit der rechten Hand fährt sie sich vor den Augen hin und her: Irgendwer ist nicht ganz richtig im Kopf, soll das heißen, der Journalist, die Polizei oder alle miteinander.

»Örtlein – dieser Journalist – hatte mit Fausser wegen Sirko sprechen wollen?«

»So hat er gesagt«, kommt die Antwort. »Aber ich hab ihn abgewimmelt. Ihm irgendwas von Kontrolluntersuchungen nach einer Kreislaufschwäche erzählt. Und ihn auf nächste Woche vertröstet.«

»Hat Fausser denn Kontakt zu diesem Sirko?«, fragt Barbara, eine Spur zu beiläufig, wie sie selbst findet.

Prompt streift sie wieder einer dieser plötzlich aufmerksamen Blicke. »Es hätte nahe gelegen, finden Sie nicht?«, fragt Carla Jankewitz zurück. »Aber ich weiß davon nichts...« Sie bricht ab und wirft einen Blick auf ihre Armbanduhr, dann hat sie es plötzlich sehr eilig, nimmt einen letzten Schluck Kaffee und verabschiedet sich, sie müsse noch ins Büro!

Auch Barbara trinkt aus und steht auf. Als sie schon ihren Mantel angezogen hat, sieht sie, dass ein paar Tische weiter die Chefärztin Dr. Marielouise Capotta sitzt, im Gespräch mit einem etwa gleichaltrigen Mann. Barbara will es bei einem Handzeichen als Gruß bewenden lassen, aber dann führt ihr Weg sie an diesem Tisch vorbei, und sie muss von Dr. Capotta nun doch mit dem Gesprächspartner bekannt gemacht werden, einem Dr. Wolfgang Venske, Oberarzt der Hautklinik. Wie sich herausstellt, reden die beiden Mediziner gerade über den bevorstehenden Arbeitskampf in den Berliner Kliniken und die Gewährleistung eines Notdienstes.

»Sie sind also das Streikkomitee?«, fragt Barbara, aber Venske versichert, dass dazu erstens noch ein paar Leute mehr gehören und Dr. Capotta als Chefärztin dort leider und ausnahmsweise nicht ganz am richtigen Platz wäre. Offenbar haben die beiden Mediziner geklärt, was zu klären war, denn

Marielouise Capotta erkundigt sich – etwas besorgt –, ob Barbara ihren besonderen Patienten habe besuchen wollen …

»Doch, aber die Polizei hat da einen Gralshüter hingestellt, und der hat mich nicht durchgelassen.«

»Ja, das kam etwas überraschend«, antwortet Dr. Capotta, »offenbar ist es auf Betreiben der Ehefrau angeordnet worden, die hat sich über diesen Diebstahl doch sehr aufgeregt … Ich hätte Sie verständigen sollen, tut mir leid!«

Barbara Stein versichert, dass es wirklich nicht die Aufgabe der Ärzte sei, mitzuteilen, wer wann besucht werden könne, und Venske erkundigt sich, was das für ein Diebstahl gewesen sei: »War das wieder dieser Halbwüchsige?«

»Das Phantom?«, fragt Dr. Capotta und zuckt mit den Achseln, »schon möglich.«

»Diese Geschichte macht mir zu schaffen«, sagt Venske plötzlich, und sein Gesicht wirkt mit einem Mal bekümmert.

»Klaut er bei Euch auch?«, fragt Dr. Capotta.

»Nein, in der Hautklinik hab ich ihn schon lange nicht mehr gesehen«, antwortet er und horcht auf, weil von irgendwoher das Schnarren eines Handys zu hören ist. Aber das Handy gehört Barbara, die sich jetzt sehr entschuldigen muss, und dann doch die Nachricht lesen will, die gerade eingelaufen ist:

Heute abend im schnakenloch? Mit dingeldey?

Sie atmet tief durch, um den in ihr aufkeimenden Wutausbruch zu unterdrücken. Dann löscht sie die Nachricht und steckt das Handy weg. Aber inzwischen sind die beiden Mediziner dabei, sich darauf zu verständigen, wie sie in den kommenden Tagen telefonisch Kontakt halten, und nach allgemeinem Händeschütteln geht jeder seiner Wege.

Olga findet einen Parkplatz zwischen Alleebäumen und bleibt, als sie den Motor abgestellt hat, noch einen Augenblick sitzen. Es ist gegen 17.30 Uhr, um diese Zeit finden eher keine Vorlesungen statt, und Seminare werden ihres Wissens zumeist auf den Abend gelegt. Also ist es keine schlechte Zeit, auch wenn dieser Berndorf wohl noch in den Niederlanden sein wird – oder doch schon auf dem Rückflug?

Sie steigt aus und hebt vorsichtig das Rosenbukett vom Rücksitz des Mietwagens. Dann geht sie über die Straße zu dem grauen mehrstöckigen Wohnhaus, das mit seinen Balkonen und den Pfeilern neben der Tür so aussieht, als sei es mindestens hundert Jahre alt. Im Hochparterre und im dritten Stock sieht sie erleuchtete Fenster, die Namen »Stein/Berndorf« sind am Klingelschild so angeordnet, dass sie vermutlich zum zweiten Stock gehören. Sie klingelt, aber es erfolgt keine Reaktion, also versucht sie es bei »Trautmannsdorf« im Hochparterre, nach einiger Zeit meldet sich eine zittrige Greisinnenstimme.

»Sikorski hier, Olga Sikorski«, sagt Olga, die weiß, dass ihr Akzent für einen osteuropäischen gehalten wird und die sich deshalb einen überzeugenden polnischen Nachnamen zurechtgelegt hat, »entschuldigen Sie bitte, wenn ich störe, aber ich habe einen Blumenstrauß für Frau Professor Stein abzugeben, und nun ist sie gar nicht da.«

Das sei wohl möglich, dass Frau Stein nicht da sei, sagt die zittrige Stimme. »Aber wenn es nur um einen Blumenstrauß geht, kann ich den ja so lange ins Wasser stellen, bis sie kommt.« Gleichzeitig summt der Öffner, und Olga drückt die Türe auf. Oben am Treppenabsatz steht eine alte Dame, mit dünnem weiß-violettem Haar, in einem samtenen Hausanzug.

»Das ist ja kein Blumenstrauß mehr«, bemerkt die alte Dame, »das ist ja ein richtiges Bukett. Gibt es denn einen besonderen Anlass, von dem wir dummen Nachbarn noch gar nichts mitbekommen haben?«

»Ach nein«, sagt Olga, die inzwischen die Halbtreppe hochgestiegen ist, »ich bin Polin und gerade zufällig in Berlin, und weil Frau Professor Stein ein wunderschönes Buch über Deutsche und Polen geschrieben hat, wollte ich mich bei ihr bedanken.«

»Über Deutsche und Polen, ach ja?«, antwortet die alte Dame, »da muss ich Barbara direkt mal danach fragen, wir sind befreundet, wissen Sie? Aber kommen Sie doch rein. Ich suche Ihnen eine Vase raus, dann können wir ihr die Rosen auch vor die Türe stellen, wenn Ihnen das lieber ist.«

»Sie sind sehr freundlich«, sagt Olga, »wie schade, dass ich ihr das nicht persönlich übergeben kann. Sie wissen nicht zufällig, wann Frau Stein zurückkommt? Ich könnte etwas später am Abend ja noch einmal vorbeischauen.«

»Ach!«, sagt die alte Dame und tippt mit ihrer mageren blauädrigen Hand an die Stirn, »ich hab Barbara heute noch gar nicht gesehen, und ihr Bullenbeißer ist auch nicht da…« Sie wirft Olga einen verschwörerischen Blick zu. »Barbara hat sich nämlich mit einem alten Polizisten zusammengetan, ist das nicht schrecklich? Natürlich geht es mich nichts an, und ich erzähl es Ihnen auch nur, weil die beiden eine Datsche an der Ostsee haben, das ist jetzt zwar nicht die Jahreszeit dafür, aber wenn die beiden nicht hier sind, dann sind sie dort, sie sind ganz pudelnärrisch mit ihrer Datsche.«

»Dann werden sie vermutlich das ganze Wochenende dort sein?«, fragt Olga besorgt, und die alte Dame nickt: »Wirklich schade um die schönen Röslein!«

»Ich bin auf der Weiterfahrt nach Schweden«, nimmt Olga einen neuen Anlauf, »vermutlich nehme ich in Wismar die Fähre. Sie wissen nicht, wo sich dieses Ferienhaus genau befindet? Wenn es kein zu großer Umweg ist, könnte ich doch dort vorbeifahren.«

»Wenn Sie das wirklich machen wollen«, meint die alte Dame. »Barbara würde sich sicher riesig freuen. So groß kann der Umweg auch gar nicht sein, die Datsche ist irgendwo bei Rerik, das ist nicht weit von Wismar. Warten Sie doch einen Augenblick, ich suche Ihnen die genaue Adresse heraus!«

Das Holzfeuer in dem altersschweren eisernen Küchenherd prasselt, aber Berndorf hält die Tonschale mit dem heißen Tee in beiden Händen, als wolle er sich daran wärmen. Denn es dauert, bis die Kälte aus dem Gemäuer der alten Tagelöhnerkate zu weichen beginnt. Er sieht zum Fenster hinaus auf den Hinterhof, doch der kahle schorfige Apfelbaum neben dem Stadel ist in der Dämmerung schon nicht mehr richtig zu erkennen. Wie viele Stunden sind sie gefahren?

»Hübsches Haus«, sagt Zlatan Sirko und betrachtet den Küchenherd, »gehört es Ihnen?«

»Das Haus gehört Barbara Stein. Meiner Freundin«, antwortet Berndorf. »Wir nennen es nur das Schnakenloch. Inzwischen hängen wir im Sommer Mückengitter ein, aber das scheint diese Viecher nur zu belustigen.«

Zlatan nickt. »Sie sagten: Ihre Freundin. Sie sind nicht verheiratet?«

»Nein. Es hat sich nicht ergeben.« Berndorf überlegt, ob nicht doch mehr dazu zu sagen wäre, aber es fällt ihm nichts ein. »Ich hoffe, dass Sie Barbara noch heute Abend kennen lernen werden. Vielleicht bringt sie einen Anwalt mit.«

»Wozu das?«

»Ich lasse Sie nicht nach Schweden, bevor wir nicht eine eidesstattliche Erklärung von Ihnen darüber haben, was Sie von Jovan Mesic wissen.«

»Das letzte Mal«, wendet Zlatan bedächtig ein, »das letzte Mal, als ich jemandem etwas darüber erzählen wollte, ist das nicht besonders gut ausgegangen.«

»Sobald es schwarz auf weiß niedergelegt und unterschrieben ist, unter welchem Namen Mesic heute lebt, ist es für ihn zu spät, Sie oder sonst jemanden umbringen zu lassen.«

»Ich fürchte, Sie kennen Mesic nicht«, wirft Zlatan mit leiser Stimme ein. »Er erträgt es nicht, dass ihm jemand eine Niederlage beibringt.« Plötzlich horcht er auf. Draußen nähert sich Motorengeräusch, ein Wagen verlangsamt die Fahrt und fährt wieder an, Scheinwerferlicht streift über die Sanddornhecken im Hof hinterm Küchenfenster, der Wagen hält vor dem Stadel, in dem Berndorf vor zwei oder drei Stunden den gemieteten Renault abgestellt hat, einen Augenblick lang werden die altersgrauen Bretter des Tores grell ausgeleuchtet, dann bricht das Licht ab.

Berndorf geht durch die Küchentür nach draußen und begrüßt die Neuankömmlinge. Es sind zwei, eine Frau und ein Mann.

»Wir sind gekommen, wie du es gewünscht hast«, bemerkt Barbara an Stelle einer Begrüßung, »aber was ist mit deiner Hand?«

»Nichts weiter«, antwortet Berndorf, »ein paar Schnittwunden, morgen gehe ich vielleicht zu einem Arzt deswegen.« Barbara wirft ihm einen besorgten Blick zu, erlaubt ihm aber, ihre Tasche zu tragen. Sie selbst nimmt die Papiertüte mit dem frischen Brot und den anderen Lebensmitteln, die sie unterwegs noch rasch in einem Laden an der Straße von Neubukow nach Rerik besorgt hat.

Der zweite Neuankömmling ist Adrian Dingeldey, der mit Berndorf einen Händedruck tauscht und keine Entschuldigung hören will. »Ich habe Ihnen das Vergnügen zu verdanken, von Barbara durch die Nacht chauffiert zu werden. Sie ist eine sehr temperamentvolle Autofahrerin, wissen Sie das?«

»Vor allem, wenn sie wütend ist«, antwortet Berndorf, bleibt an der Küchentür stehen und bittet einzutreten. In der Küche wartet Zlatan Sirko neben dem Tisch, aufmerksam und achtungsvoll, Berndorf übernimmt die Vorstellung und ist dankbar, dass weder von Barbara noch von Dingeldey ein: »Sie sind das also!« zu hören ist. Barbara packt aus, was sie fürs Abendbrot mitgebracht hat, Dingeldey nimmt auf der Eckbank Platz, Berndorf fragt, ob er einen Wein holen soll, wird aber von Barbara darauf hingewiesen, man sei doch wohl zum Arbeiten hier! Also stellt Berndorf den Wasserkocher an für eine neue Kanne Tee, Zlatan macht sich anheischig, das Brot aufzuschneiden und beim Decken des Abendbrottisches zu helfen, unversehens arrangieren sich Steingutgeschirr und Brotkorb und die Teller mit dem Aufschnitt und dem Käse zusammen mit dem Rechaud für den Tee und dem Besteck auf eine irgendwie andere, irgendwie gefällige Weise, so dass Barbara Stein ganz leicht die Augenbrauen hebt.

Sirko fragt, ob es irgendwo Servietten gebe und vielleicht auch Kerzen. Die Servietten findet Barbara nach kurzem Überlegen, »aber nach Kerzen«, so sagt sie, »ist es mir heute Abend nicht zumute!« Während der Tee zieht, berichtet Dingeldey über das Ergebnis der Durchsuchung von Berndorfs Büro:

»Es hätte Ihnen also nicht das Büro, sondern nur Ihr guter Ruf um die Ohren fliegen sollen.«

Das finde er beruhigend, meint Berndorf. »Und die Kosten?«

»Ach!«, meint Dingeldey wegwerfend, »die brauchen Sie nicht zu bekümmern! Das übernimmt der Steuerzahler, der ist das gewohnt.«

Inzwischen haben alle Platz genommen, Berndorf schenkt Tee ein, Dingeldey lobt den Tee und das Brot und das Häuschen und den alten Küchenherd, »eigentlich fehlt nur noch eine Katze!«

Barbara berichtet, dass sie von einer solchen immerhin gelegentlich besucht würden, »es ist eine schwarzweiße, mit einer Piratenmaske, ich bring ihr immer ein paar Dosen Katzenfutter mit, auch Gänseleber wird durchaus geschätzt…« Unvermittelt bricht sie ab und wirft einen ernsten Blick auf Berndorf. »Hat dir Adrian eigentlich schon gesagt, wen genau dieser Herr Hornisser vertritt?«

»Den Bundesnachrichtendienst, nehme ich mal an«, antwortet Berndorf, der sich gerade eine Scheibe vom Rauchfleisch heruntergeschnitten hat, »der hat doch schon zu Gehlens Zeiten herzinnige Kontakte zu den Überlebenden der Ustascha gehalten.«

»Hornisser war Regierungsdirektor in Pullach«, bestätigt Dingeldey. »Und der BND wäre in der Tat erste Wahl, wenn es darum ginge, zum Beispiel einem alten Kampfgefährten einen neuen Pass zu besorgen. Aber ich will nicht vorgreifen…« Er betrachtet seine Hände, als müsse er sich vergewissern, dass sie zwar sehr klein, aber doch wohlgeformt sind. Als er genug gesehen hat, holt er aus der Innentasche seines Sakkos einen Notizblock und einen Stift, dann richtet er seinen Blick erst auf Berndorf und lässt ihn dann zu Zlatan Sirko wandern. »Dies ist zwar ein vorzügliches Abendessen in einer mir sehr angenehmen Gesellschaft. Aber deshalb bin ich nicht hier. Wenn ich mich nicht sehr täusche, brauchen Sie beide anwaltlichen Rat… Also erzählen Sie! Wer beginnt?« Seine rechte Hand zeigt auf den einen, dann auf den anderen, und bleibt am Ende bei Berndorf hängen. »Bitte!«

Der Feldweg nimmt einen kurzen Anstieg, und obwohl der Boden nass und rutschig ist, drehen die Räder des Mietwagens nicht durch. Vor einer Gruppe kahler Bäume, die sich um ein Hünengrab gruppieren, endet der Weg. Für einen Augenblick erfasst das Licht der Scheinwerfer den breit hingelagerten Deckstein des Hünengrabs, der auf seinen Widerlagern ruht, als wäre er der Wurfkeil eines Riesen. Olga stoppt den Wagen und schaltet den Motor aus, das Licht erlischt.

Aus ihrer Reisetasche, die sie auf dem Beifahrersitz abgestellt hat, nimmt sie den Feldstecher – ein Nachtsichtgerät –, steigt aus und geht am Hünengrab vorbei zum Rand der Baumgruppe. In der Ferne ahnt sie die Linie des Horizonts, dahinter muss das Meer liegen. Das Dorf ist nahe, vielleicht vierhundert Meter entfernt, und nur durch die leeren abfallenden Felder von ihr getrennt. In einzelnen Häusern brennt schon Licht, die Straßenbeleuchtung ist eingeschaltet. Am Ende des Dorfes sieht Olga das größere, dunkle Haus, von dem sie weiß, dass es zum Verkauf steht, denn beim Vorbeifahren hat sie das Werbeschild des Maklers gesehen. In dem kleineren, in die Erde geduckten Haus daneben ist ein Fenster hell erleuchtet, sie nimmt das Nachtsichtgerät und stellt es ein, sie vermutet, dass das erleuchtete Fenster zur Küche gehört, daneben gibt es noch eine Tür, durch deren Ritzen Licht fällt und die zum rückwärtigen Garten oder Hof führt. Das Haus hat nur das Erdgeschoß, aber im Walmdach darüber sind Mansardenfenster eingebaut. Ein Baum versperrt die freie Sicht auf den Hof, trotzdem glaubt sie einen Wagen zu erkennen, der jetzt vor dem Schuppen geparkt ist und von dem sie nicht viel mehr sieht als die Reflexe der Straßenlaterne auf dem Fahrzeuglack.

Vorhin, als sie vorbeifuhr, stand dieser Wagen noch nicht da.

Was bedeutet das? Dass sich in dem Haus jetzt nicht nur ein oder zwei Personen aufhalten, sondern mehr. Und was bedeutet das für sie? Olga entscheidet, dass es nichts zu bedeuten hat. Den Trick mit dem Blumenbukett wird sie ohnehin kein zweites Mal versuchen. Und ohnehin wird sie nicht von der Dorfstraße her kommen. Denn die Leute in jenem Haus werden sehr vorsichtig sein. Werden nicht unbesehen öffnen. Sehr wahrscheinlich wissen sie, dass sie mit... nun ja: mit Unannehmlichkeiten werden rechnen müssen.

Nur ist das nicht ihr Problem. Ihr Problem ist: Wo stellt sie den Wagen ab, solange sie ihren Job erledigt?

Sie könnte ihn zum Beispiel kurz nach dem Ortsende zwischen zwei Alleebäumen abstellen. Wie viele Meter von dem kleinen Haus entfernt? Hundert? Das würden die im Haus aber hören können: Da stellt einer seinen Wagen in der Allee ab! Keine hundert Meter von uns! Warum? Weshalb?

Zweihundert Meter? Da hätte sie dann hinterher ein ganzes Stück zu laufen. Außerdem muss sie für diesen Job Zeit einplanen, sehr viel Zeit. Solange kann sie den Wagen nicht in der Allee stehen lassen. Es ist zu auffällig.

Elegant wäre es, den Wagen ganz einfach auf der Auffahrt zu dem großen leeren Haus daneben abzustellen. Das wäre ein wirklich kurzer Fluchtweg. Nur würde das den Leuten in dem kleinen Haus daneben auffallen: Habt ihr das gehört? Hat sich da doch noch ein Interessent gefunden?

Am Dorfanger hing ein Plan, den sie sich jetzt in Erinnerung ruft. Links von den Häusern an der Dorfstraße war ein Sportplatz eingezeichnet. Mit dem Feldstecher sucht sie die rückwärtige Front der Häuser ab, sie erkennt Gartenzäune, die auf gleicher Höhe verlaufen. Den Sportplatz selbst sieht sie zunächst nicht, nur die Umrisse einer Baracke, irgendetwas wird man selbst hier fürs Duschen und Umkleiden haben. Plötzlich hat sie das Gestänge eines Fußballtors im Blick. Also doch! Von dem Sportplatz führt zwar kein Weg entlang der Gartenzäune, aber ein Pfad, es müsste dort gut zu gehen sein – und ohne Gefahr, jemandem zu begegnen.

Sie richtet den Feldstecher wieder auf das Haus mit dem erleuchteten Fenster. Es sieht so aus, als ob es die Leute dahinter warm und behaglich hätten. Sie nimmt das Gerät ab und sieht mit bloßem Auge, dass nun auch oben, im Dachgeschoß, in den Zimmern mit den Mansardenfenstern, Lichter angegangen sind. Die Schlafzimmer werden bezogen, denkt sie. Nun gut.

Noch einmal nimmt sie den Feldstecher und sucht das Anwesen ab, bis sie an der Rückwand des Schuppens ein vergittertes Fenster entdeckt und daneben eine Tür, eine ganz normale Tür mit einer Klinke daran.

Zwar steht inzwischen ein brennender Kerzenleuchter auf dem Tisch, doch die Deckenlampe bleibt eingeschaltet, denn Adrian Dingeldey braucht Licht für seine stenografischen Notizen. Schon lange hat Berndorf alles gesagt, was er über seine Frankfurt-Reise zu sagen hatte, freilich nicht ganz ohne Unterbrechungen. Als er die Vorkommnisse auf der Kellertreppe in Heddernheim schilderte, war Barbara aufgestanden und hatte sich eine Flasche Wein geholt. Nun ist Zlatan Sirko mit seinem Bericht an der Reihe, eine ganze Weile schon, noch immer sitzt er sehr aufrecht und angespannt auf seinem Stuhl, wie ein Schüler, den man aufs Rektorat bestellt hat. Eigentlich, denkt Zlatan, hat er schon alles gesagt.

Dingeldey geht noch immer seine Notizen durch, für einen Augenblick herrscht Stille, dann hebt der Anwalt den Kopf und fasst Zlatan ins Auge. »Etwas würde ich gerne…«, hebt er an und bricht wieder ab, denn von draußen, vom Fensterbrett her ist ein Schlag wie vom Aufsprung eines nicht zu schweren Tieres zu hören, gleich darauf ein lautes, maunzendes, vorwurfsvolles Schreien, und durch das Fenster starren die empörten grünen Augen einer hungrigen Katze.

»Da ist ja Virginia!«, sagt Barbara, steht auf und hat kaum die Küchentür geöffnet, da drängt sich die Katze auch schon herein und streicht mit einem hoch aufgerichtetem geplusterten Schwanz um Barbaras Beine. »Übrigens mag sie nur Frauen«, erklärt Barbara, während sie zum Küchentisch geht, »von Männern nimmt sie nichts an.«

Sie holt eine Dose aus dem Kühlschrank und öffnet sie und will die Pastete darin in kleine Stücke schneiden, muss aber erst die Katze vom Küchentisch wieder auf den Boden zurückbefördern. Schließlich ist alles da, wo es hingehört – das Fressen auf dem Teller, der Teller mitsamt der Katze auf dem Boden und die Katze beim aufmerksamen, konzentrierten Fressen. »Absolut unverzeihlich!«, sagt Barbara kopfschüttelnd. »Nicht als Erstes an Virginia zu denken!«

»Sehr verhungert kommt mir dieses Tier aber nicht vor«, bemerkt Dingeldey.

»Darum geht es nicht«, antwortet Barbara.

»Und worum dann?«

»Um die Rangordnung«, wirft Berndorf ein. »Die Katze besteht darauf, dass sie wichtiger ist als Ihre Frage, Dingeldey. Sie hatten zu einer angesetzt, wenn ich mich nicht irre.«

»Doch«, meint der Anwalt, »aber die Katze…«

»Virginia hat die Rangordnung ja inzwischen klargestellt«, meint Barbara. »Du kannst also ruhig fragen, sie nimmt dir das nicht übel.«

»Das ist nett von ihr«, meint Dingeldey. »Übrigens ist das Meiste ja schon gesagt. Was mir allenfalls noch fehlt, sind hier und da die atmosphärischen Details. Deshalb wollte ich mir noch einmal und genauer beschreiben lassen, wie das war, als Zlatan« – er blickt zu ihm hin – »in Berlin mit Mesic zusammengetroffen ist... und wie er das erlebt hat.«

Es kommt keine Antwort, und für eine Weile ist nur das Prasseln und Knistern des Holzfeuers zu hören, das allmählich abklingt und schwächer wird. Zlatan steht auf und geht zum Herd und zieht einen Isolierhandschuh an, um die Ofentür zu öffnen, und legt zwei neue Holzscheite ein. »Es war Nachmittag, ich war für den Salon Leuthen eingeteilt«, beginnt er plötzlich, während er die Glut mit dem Schürhaken zusammenschiebt, »zu einer Besprechung, zu der einer unserer Gäste eingeladen hatte, ein Herr Daniel Kirstejn – das heißt, meine Anweisungen bekam ich gar nicht von ihm, sondern von seinem Anwalt, der mit mir auch die Sitzordnung durchging. Herrn Kirstejn sollte ich erst verständigen, wenn die anderen Gäste eingetroffen waren, genauer gesagt: fünf Minuten danach.« Er schließt die Ofentür wieder, legt den Schürhaken zurück und zieht den Handschuh aus.

»Es kamen sieben oder acht weitere Herren, darunter ein Geistlicher, ein Monsignore, und ich wunderte mich ein wenig, dass man einen solchen Herrn warten lässt«, fährt Zlatan Sirko fort und setzt sich wieder an den Küchentisch. »Aber ich habe mich an die Anweisung gehalten und die fünf Minuten gewartet, bis ich an der Tür zu Kirstejns Suite geklopft habe und dann eingetreten bin. Zuerst sah ich niemanden, im Fernseher lief eine der amerikanischen Nachrichtensendungen, einfach so, und die Sprecher redeten ins Leere... Plötzlich sagte eine Stimme: ›Ja bitte?‹, und da habe ich ihn erst bemerkt. Er stand am Fenster und sah hinaus, die Suite ist in einem der oberen Stockwerke, und man hat von dort einen weiten Blick über Berlin. Ich sah ihn zuerst nur von hinten, das ist auch kein Wunder, solche Gäste drehen sich doch nicht um, nur für einen Zimmerkellner! Aber das war auch gar nicht nötig. Ich hab ihn auch so sofort erkannt.«

Dingeldey macht sich weiter Notizen, aber hebt ganz leicht die Augenbrauen.

»Ja, das klingt komisch«, bestätigt Zlatan, »aber es gibt Menschen, von denen müssen Sie nur wissen, wie sie den Kopf halten oder wie sie gehen – und Sie erkennen sie unter Tausenden. Bei Mesic ist es so, dass er sehr groß ist und dabei ungewöhnlich dünn, bei einer Frau würde man sagen, sie hat eine Wespentaille. Obwohl er keine Uniform trug, sondern einen Anzug, war das Sakko doch so auf Taille geschneidert, als wäre es eine Offiziersjacke. Das ist doch albern, finden Sie nicht? Aber niemand hält Jovan Mesic für albern.«

»Er hat sich nicht umgedreht?«

»Doch. Ich sagte, dass die Gäste jetzt vollzählig eingetroffen seien, und während ich das sagte, hatte ich das Gefühl, ich bin wieder im Lager und muss Meldung machen. Sonst war in meinem Kopf nichts, nicht einmal Angst.« Er deutet auf den Herd. »Wenn das Feuer alles verbrannt hat, dann erlischt es, und so hat auch die alte Angst, die Angst von früher, alles aufgefressen. Einen Augenblick lang hab ich gar nichts mehr empfunden. Aber dann hat er sich auch schon umgedreht und gesagt, ›na schön!‹, und ist an mir vorbei zur Tür gegangen, mit diesem wiegenden Schritt, als hätte er Reiterstiefel an und den Revolver umgeschnallt.«

Für einen Augenblick lässt Dingeldey den Stift sinken und wirft einen prüfenden Blick auf Zlatan Sirko. Für Berndorf, der ihn dabei beobachtet, scheint es klar, was dem Anwalt durch den Kopf geht: Wie gut – oder genauer: wie belastbar ist ein Zeuge, der sich vor allem an seine Angst erinnert?

»Sie haben ihn also von Angesicht zu Angesicht gesehen?«, setzt Dingeldey die Befragung fort.

»Von Angesicht zu Angesicht? Ich weiß nicht, was das sein soll. Ich habe gesehen, dass er grau geworden ist und keinen Schnurrbart mehr trägt.«

»Hat er Sie erkannt?«

Zlatan schüttelt den Kopf. »Wie sollte er? Ein Häftling ist ein Häftling. Der hat kein Gesicht. Ein Zimmerkellner auch nicht. Nicht für Leute wie Mesic.«

Das könnte ein Irrtum sein, geht es Berndorf durch den Kopf. Ein Mensch wie Jovan Mesic, der so darauf bedacht ist, dass die anderen auf ihn warten müssen – sollte der eine Szene vergessen können, in der ausnahmsweise nicht er das Alphatier war? In der nicht er die anderen, sondern ein anderer ihn zur Schnecke gemacht hat?

»Hat er im weiteren Verlauf noch eine persönliche Bemerkung zu Ihnen oder über Sie gemacht?«, will Dingeldey wissen.

Zlatan blickt auf. »Es gab nichts zu beanstanden. Ich bin Profi.«

»Da habe ich keinen Zweifel«, begütigt Dingeldey. »Trotzdem: kein auffälliger Blick? Dass er Sie vielleicht von der Seite beobachtet oder gemustert hätte?«

»Ich glaube, ich kann das ausschließen«, meint Zlatan. »Ich hätte es bemerkt. Es wäre ein Zeichen gewesen, dass ich etwas nicht richtig mache. Wir haben zu servieren, und sonst gibt es uns sozusagen gar nicht.«

»Ist Ihnen an den Besuchern etwas aufgefallen?«

Zlatan überlegt. »Bis auf den Monsignore kamen mir die meisten wie Anwälte vor. Einer war etwas bunter angezogen als die anderen und hatte eine Fliege umgebunden statt einer Krawatte – das könnte ein Architekt gewesen sein. Während ihrer Besprechung wollten sie nicht gestört werden, erst danach hatte ich Champagner zu bringen. Aber keiner trank mehr als ein oder zwei Gläser. Sie waren alle sehr auf der Hut, obwohl sie sich offenbar einig wurden.«

»Offenbar?«

»Sie beglückwünschten sich, aber vor allem den Geistlichen, den Monsignore.«

Dingeldey wirft einen prüfenden Blick auf seine Notizen,

und für einen Augenblick herrscht Schweigen. Barbara greift nach dem Volksblatt, das sie mitgebracht hat, und schlägt den Lokalteil auf. »Einen Augenblick«. Sie zeigt auf einen Artikel über den geplanten Ausbau einer Kirchenruine, in den Artikel ist das Foto eines rundköpfigen Mannes mit weißen Stoppelhaaren und einem Priesterkragen eingeblockt. Die Bildunterschrift weist ihn als Monsignore Johann Baptist Feichtmayr aus. »Ist das dieser Priester?«

Olga muss über Hügel und durch Wälder hindurch bis nach Neubukow fahren, um doch noch eine Tankstelle zu finden, bei der sie einen Kanister bekommt und ihn mit Mineralöl füllen kann. Im Laden kriegt sie dann sogar Feueranzünder, wie man sie für den Kamin oder den Holzofen braucht, und die blonde Verkäuferin mit den aufgepumpten Lippen zieht nicht einmal die Augenbrauen hoch, als sie an der Kasse die Preise für Kanister, Dieselöl und Feueranzünder eintippt. Trotzdem wird sie sich an mich erinnern, denkt Olga und bezahlt bar, manche Dinge sind eben nicht zu ändern. Sie geht wieder zu ihrem Wagen und steigt ein, schaltet aber – noch bevor sie losfährt – die Innenbeleuchtung ein und vergewissert sich anhand der Straßenkarte, dass sie das Dorf vom Salzhaff her anfahren kann. Das hat den Vorteil, dass sie zu diesem Sportplatz kommt, ohne an dem kleinen Haus vorbeifahren zu müssen.

Sie löscht die Innenbeleuchtung wieder, legt den Gang ein und verlässt die Tankstelle. Nach weniger als ein paar hundert Metern biegt sie links ab, vereinzelt stehen links und rechts der Straße noch ein paar Häuschen, dann kommen nur noch Wald und Weide. Später, im unverhofften Mondlicht, ein weites unbewegtes Gewässer, das Salzhaff? Plötzlich ein Wegweiser nach scharf rechts, fast wäre sie daran vorbeigefahren. Der Fahrweg zum Dorf ist von Schlaglöchern durchzogen, die Schlaglöcher sind voller Wasser, der Wagen holpert und sprüht links und rechts Gischtfontänen hoch. Im Dorf selbst wird es wieder besser, sie fährt am Anger vorbei, biegt rechts ab und gleich wieder links, der Sportplatz ist nichts weiter als ein leerer Platz mit netzlosen Torstangen an beiden Schmalseiten. Vor der Baracke mit den geschlossenen Fensterläden scheint der Boden festgefahren, sie stellt den Wagen so ab, dass sie beim Wegfahren nicht erst wenden muss. Sie sucht heraus, was sie für ihren Job braucht, und steckt es in ihre Sporttasche, wo sie auch schon den Kanister verstaut hat.

Draußen zieht sie ihren Mantel an und wartet, bis sich ihre Augen an die Dunkelheit gewöhnt haben. Schließlich macht sie sich – die Sporttasche am Schulterriemen – auf den Weg, der aber bald keiner mehr ist, sondern nur noch Ackerrain entlang von Gebüsch und Gartenzäunen. Immer wieder versinkt der Fuß in feuchter Erde, und jedes Mal werden die Schuhe schwerer. Die meisten Häuser sind dunkel, nur aus einem fällt Licht, gerade rechtzeitig sieht sie noch, dass dort ein Mann auf der Terrasse steht, rauchend. Sie geht ein paar Schritte zurück, bis sie sich hinter einer Gartenhecke ducken kann. Sie stellt die Sporttasche ab und wartet. Warten und Kälte ertragen gehören zu den Dingen, die sie in ihrer Ausbildung als Erstes gelernt hat.

Der Monsignore, ja natürlich«, sagt Zlatan und legt die Zeitung auf den Tisch zurück. »Wie kamen Sie darauf, dass es dieser da sein muss?«

»So viele davon laufen in Berlin nun auch wieder nicht herum«, meint Barbara und krault die Katze, die ihren Teller leer gefressen hat und sich nun wieder an ihre Beine drückt.

»Darf ich mal sehen?«, fragt Dingeldey und nimmt nun ebenfalls das Blatt, überfliegt den Artikel aber nicht, sondern liest ihn sorgfältig. »Fein«, sagt er dann, »Hochwürden runden das Bild ab.« Schließlich legt er den Stift zur Seite, stützt – die Ellbogen auf dem Tisch – sein Kinn auf die zusammengefalteten Hände und blickt in die Runde, plötzlich nachdenklich und fast besorgt. »Trotzdem bleibt ein Unbehagen.« Er legt die Unterarme wieder auf den Tisch und richtet den Blick auf Berndorf. »Sie ersparen es mir, Ihren Auftritt in Frankfurt kommentieren zu müssen? Sie haben ja diese Leute... diese Mafiosi, oder was immer sie sind, zum Haus dieser bedauernswerten Halbblinden geführt wie der Dackel die Wurstdiebe zur Metzgerei. Aber dass Sie nach Ihren diversen Heldentaten nicht die Polizei gerufen und gewartet haben, bis sie eintrifft – dafür fehlen mir die Worte. Menschenskind, Sie waren leitender Kriminalbeamter!«

Beifällig klopft Barbara auf den Holztisch, was aber von der Katze mit Missbilligung aufgenommen wird. Sie macht einen Satz zur Seite, setzt sich dann wieder und beginnt sich ausgiebig und lustvoll zu kratzen, den Kopf nach oben gestreckt, die Lefzen leicht angezogen.

»Eben drum«, sagt Berndorf heiter. »Weil ich nämlich weiß, was die Polizei tut, wenn ihr von oben nahegelegt wird, nichts zu tun: Sie lässt sich das nicht zweimal sagen. Und dass die Polizei weder mir noch Zlatan zu glauben oder gar behilflich zu sein bereit ist, das hat man mir in Berlin bereits sehr deutlich gemacht.«

»Das mag durchaus so gewesen sein, aber darum geht es jetzt nicht«, unterbricht ihn Dingeldey. »Vorrangig geht es darum, dass Sie sich mit der Mafia angelegt haben. Dass Sie der Mafia oder Leuten, die mit ihr vergleichbar sind, einen Gesichtsverlust zugefügt haben. Das lassen die nicht auf sich sitzen. Ich traue Ihnen zwar durchaus zu, mein Lieber, dass Sie noch ein paar Tricks wie den mit der Kellertreppe auf Lager haben. Aber irgendwann wird Ihnen kein Trick mehr helfen. Irgendwann taucht wieder ein schwarzer Geländewagen auf und fährt an Ihnen vorbei, und die Sache ist mit einem Feuerstoß aus der Maschinenpistole erledigt.« Dingeldey beugt sich nach vorne und deutet mit dem Zeigefinger erst auf Berndorf, dann auf Zlatan. »Im Untergrund werden Sie nicht überleben und Zlatan Sirko auch nicht. Deshalb werden wir die Staatsanwaltschaft und die Polizei geradezu dazu zwingen müssen, Ihren Fall zu übernehmen und endlich ihre Arbeit zu tun.«

Zlatan lacht. »Sie meinen, so wie man das *Dutch bataillon* gezwungen hat?«

Dingeldey runzelt kurz die Stirn. »Er meint Srbrenica«, hilft Berndorf nach.

»Entschuldigung!« Der Anwalt hebt kurz beide Hände und nickt Zlatan zu. »Wir haben aber hier doch eine etwas andere Situation. Inzwischen bin ich fast froh, dass Sie diese Fahrt nach Den Haag zwar versucht, aber dann doch abgebrochen haben. Kein deutscher Staatsanwalt kann es sich leisten, Informationen für den Internationalen Gerichtshof unter den Tisch zu kehren. Wir haben also noch alle Trümpfe in der Hand.«

»Ich bin mir da nicht so sicher«, wendet Barbara ein. »Wir wissen immer noch nicht, warum sich diese Schlapphüte eingemischt haben und wie lang deren Arm ist.«

»Und vor allem weiß ich noch immer nicht, wer diesen Landrover gefahren hat«, fügt Berndorf hinzu, und während er es sagt, hört er, wie draußen auf der Dorfstraße ein Wagen vorbeifährt, nicht zu schnell, nicht zu langsam, und während er also zu reden aufhört und dem Wagen nachlauscht, steigt eine Erinnerung in ihm auf. »Moment…«, sagt er und schaut Barbara an, »wie war das in der Nacht, als wir zu meinem Büro gefahren sind, da lief doch das Autoradio?«

»Der Sender mit der Vögelmusik, ja doch«, sagt Barbara. »Und dann rief dieser Typ an, wegen einer Frau in einem Landrover…« Sie steht auf und geht zu dem Radio, das auf der Kommode steht, einem Grundig aus den späten Fünfziger Jahren, und schaltet es ein. Der Grundig hat noch das alte magische grüne Auge und ein Senderverzeichnis, auf dem noch Radio Hilversum oder Radio Beromünster verzeichnet sind, auch funktioniert er, der Mitteldeutsche Rundfunk bringt einen Beitrag über die neue Ausrichtung des öffentlich-rechtlichen Bankensektors. Barbara stellt den Ton leiser. »Das war doch einer dieser alternativen Berliner Sender?«, fragt sie und dreht am Knopf für die Sendersuche, »auf UKW müssten wir den doch hier empfangen können.« Zu hören ist erst ein Rauschen, danach Kaufhausmusik, schließlich jemand, der eine Sprache spricht, die Polnisch sein könnte.

»Ich fürchte«, sagt Dingeldey, »ich kann dir gerade nicht ganz folgen.«

»Moment«, sagt Barbara und dreht weiter. Plötzlich ertönt eine Stimme, die Mauern und Herzen erbeben lässt, Edith Piaf singt, dass sie nichts zu bereuen habe, und Barbara dreht die Lautstärke zurück.

»Das muss es sein«, sagt sie triumphierend.

Aber Berndorf legt den Kopf ein wenig schief. »Schon recht«, sagt er, »aber es klingelt irgendwas... Ist das dein Gerät?«

Barbara blickt auf, dann greift sie in ihre Jackentasche und holt ihr Handy heraus. Tatsächlich ist ein Anruf aufgelaufen, also stellt sie das Radio ab und meldet sich und wirft plötzlich einen Blick zur Decke, denn im Ohr hat sie die zittrige Stimme der alten Trautmannsdorf.

»Sei bitte nicht böse, Barbara, wenn mein Anruf ungelegen kommt, aber falls Ihr zum Essen gehen wollt oder schon gegangen seid, wo doch diese reizende junge Dame... Weißt du, es ist ein ganz zauberhafter Strauß, und die junge Dame würde ihn dir so gerne persönlich überbringen. Deswegen habe ich ihr auch Eure Adresse in Blengow gegeben, das ist dir doch sicher recht?«

»Ja«, sagt Barbara, »das war sehr lieb von dir. Aber wie heißt denn diese junge Dame, die uns besuchen will, und wie sieht sie aus?«

»Eine ganz reizende junge Dame war das«, antwortet die zittrige Stimme, »und sie ist ein Fan von dir, so sagt man doch? Und die Blumen sind für ein Buch, das du über Polen geschrieben hast, sie ist nämlich Polin.«

»Eine Polin«, echot Barbara und blickt zu Berndorf, »und deswegen hat sie Blumen für mich. Hat sie auch einen Namen?«

»Doch, ich hab's mir sogar aufgeschrieben, hier, nein, das ist mein Zahnarzttermin, aber hier: Olga Sikorski, oder ist das die neue Krankengymnastin? Nein, jetzt weiß ich es wieder, das ist die junge Dame, es ist auch ein richtig polnischer Name, findest du nicht?«

»Also Olga heißt sie«, wiederholt Barbara und blickt wieder zu Berndorf, der aber schon aufgestanden ist und gerade seinen Mantel vom Haken an der Küchentür nimmt. »Das ist sehr lieb von dir, dass wir das jetzt wissen, wir wollen heute auch gar nicht mehr außer Haus und freuen uns, wenn sie kommt.« Sie verabschiedet sich und beendet das Gespräch.

»Ich hab das richtig verstanden«, fragt Berndorf, »Olga hat unsere Adresse und kommt uns besuchen? Mit Blumen? Fein.«

»Was hast du vor?«, will Barbara wissen.

»Nichts«, antwortet Berndorf, den Mantel in der Hand, »nur die Beine vertreten ...«

»Soll ich mitkommen?«, fragt Zlatan und tastet nach der Seitentasche seiner Jacke, die er über die Stuhllehne gehängt hat. Die Seitentasche ist noch da, und das Ding, das die Tasche ausbeult, auch noch. »Danke«, sagt Berndorf, der die Handbewegung gesehen hat, und schüttelt ein wenig den Kopf. »Ihr bleibt bitte hier. Das heißt – nicht hier in der Küche. Geht in den Flur, nehmt eure Mäntel mit, das Küchenlicht lassen wir brennen, aber macht im Flur kein Licht, wartet, bis ich Barbara anrufe ...« Er geht zum Radio und dreht es wieder auf, aber jetzt hört man leider nicht Edith Piaf, sondern Wanda Kuhlebrock.

»Hör mal«, sagt Barbara, »Du kannst uns hier nicht wie die Kinder zur Strafe in den dunklen Flur stellen und sagen, wartet mal brav, bis die Mama euch ruft ...«

»Man stellt keine Kinder in den dunklen Flur«, antwortet Berndorf. »Auch nicht zur Strafe. Mit Abscheu und Empörung weise ich das zurück. Aber tut, was ich sage. Bitte! Und schmeiß diese Katze raus, sie hat Flöhe.«

»Sollten wir nicht die Polizei verständigen?«, fragt Dingeldey besorgt.

»Und um Polizeischutz bitten, weil uns eine Polin Blumen bringen will? Ihr könnt es ja versuchen!« Er zieht die Tür hinter sich zu, bleibt aber einen Augenblick im Hauseingang stehen und schlägt den Mantelkragen hoch, denn es ist frisch geworden. Er atmet tief ein und bildet sich ein, das Meer zu riechen. In seiner Manteltasche hängt schwer die Taschenlampe, die er aus der Küche mitgenommen hat.

Die Kate ist das letzte Haus im Dorf, eine Sanddornhecke zieht sich von der Dorfstraße bis zum Schuppen und grenzt das Grundstück zum Nachbarn hin ab. Doch was heißt Nachbar? Das Haus dort steht schon lange leer. Weiter vorne spiegelt sich das Licht der letzten Straßenlampe in schwärzlichen Pfützen, rechts geht die Dorfstraße in eine von schrundigen Bäumen bestandene Allee über. Ihm gegenüber liegt ein lang gestrecktes, aus Backsteinen gemauertes niedriges Gebäude, in dem einstmals wohl die Ställe und Remisen des Gutes Blengow untergebracht waren.

Niemand ist zu sehen, nirgends ist ein fremder Wagen abgestellt.

Der Mann auf der Terrasse hustet, dann hört Olga das Öffnen und Schließen einer Tür. Also ist er ins Haus zurückgegangen. Sie richtet sich wieder auf und geht weiter. Als die Wolken aufreißen, sieht sie links von sich den Neubau, der noch nicht bezogen ist. Danach muss das Anwesen kommen, das zum Verkauf angeboten ist, und dahinter der Schuppen mit der Tür zu den Feldern hinaus. Dann steht sie auch schon neben der dunklen Bretterwand, sie schiebt sich an ihr entlang, bis sie zu dem vergitterten Fenster und dann an den Türrahmen kommt. Dort setzt sie die Sporttasche ab und holt eine Sprühdose mit

Maschinenöl hervor. Mit der Hand tastet sie das Schlüsselloch ab, nimmt die Sprühdose und ölt damit das Schloss. Schließlich holt sie den Bund mit den Dietrichen aus der Tasche, muss aber doch mehrere Versuche unternehmen, bis einer der Haken greift und den Türriegel zurückschnappen lässt.

Wieder wartet sie, bevor sie die Tür aufstößt. Der hauchdünne Strahl ihrer Taschenlampe tastet über die Karosserie eines Kleinwagens, das Kennzeichen ist westdeutsch, fast sofort weiß Olga, dass auch dies ein Mietwagen ist – vermutlich in Bonn angemietet. Der Schuppen ist größer als eine Garage sonst, neben dem Wagen sind Gartenmöbel gestapelt, rechts schließt sich ein gemauerter Anbau an, eine Metalltür führt dorthin. Sie schaltet die Taschenlampe wieder aus, sie hat genug gesehen und findet jetzt an dem Wagen und den Gartenmöbeln vorbei zum Tor, es hat zwei Flügel und ist von außen verschlossen, vermutlich sind einfach nur ein oder zwei Riegel vorgelegt.

Sie will weiter zu der Metalltür gehen, aber ihr Fuß verhängt sich, fast wäre sie gestürzt. Sie tastet nach dem Hindernis, es ist halbhoch und aus Blech oder sonst einem Metall, sie beugt sich darüber und riecht den Geruch von Holzkohle, ein Grill, nichts weiter. Unvermittelt erstarrt sie und tastet nach der Pistole in ihrer Jacke.

Von draußen hört sie Schritte.

Berndorf geht vorbei an Barbaras Auto, weiter bis zum Schuppen, und bleibt unter dessen auskragender Dachtraufe stehen, neben dem Tor, bei dem er vor Stunden schon, als sie angekommen waren, die beiden Riegel vorgelegt hat. Außerhalb des Lichtfeldes, das die Küchenlampe nach draußen wirft, ist es dunkel, auch wenn die rasch vorbeiziehenden Wolken den Hinterhof immer wieder für einen Augenblick oder zwei in das kalkige Licht des halben Mondes tauchen.

In seiner Tasche spürt er das Handy. Er sollte es ausschalten, ein Anruf im falschen Augenblick könnte ihn verraten, und doch zögert er. Joseph Fitzgerald Kaminski fällt ihm ein und die Nummer des Anrufers – oder der Anruferin –, die er vom Handy des Amerikaners auf das seine übertragen hatte. Fast lockt es ihn, ein Spielchen damit zu treiben.

Er geht – sich immer im Dunkeln haltend – an den beiden Torflügeln und an der alten Werkstatt vorbei bis zur Ecke des Schuppens und bleibt neben einem Stapel von Zaunlatten stehen, die dann doch nicht gebraucht wurden, als Barbara darauf verfiel, eine Rhododendronhecke zu pflanzen. Er wendet sich zum Haus, vor sich ahnt er rechts die Rhododendren, weiter links steht der alte Apfelbaum und hängt kahle Zweige ins hell erleuchtete Rechteck des Küchenfensters. Sieht so das Drehbuch aus? Olga könnte vom Dorf her kommen, entlang der Gärten und an der Rückseite des Schuppens vorbei, von niemandem gesehen, kurzes Innehalten im Schutz des Apfelbaums, dann die Pistole in beide Hände genommen, ein paar schnelle lautlose Schritte, die Scheibe eingeschlagen und das Magazin leer geschossen?

Nein, entscheidet er. Zu laut. Zu groß das Risiko, dass Zeugen überleben. Oder dass die falschen Leute am Tisch sitzen.

Was dann? Für einen Augenblick fällt ihn Resignation an. Er ist alt, und diese junge Frau ist ihm über. Ihr Hass hat eine Lebenskraft, der er nichts mehr entgegenzusetzen hat. Ein Jegliches hat seine Zeit, und die seine ist jetzt gekommen... Plötzlich schrickt er aus seinem Brüten auf. Irgendetwas – oder irgendjemand – hat Barbaras Wagen berührt, er blickt hinüber, das Irgendetwas sitzt auf der Motorhaube... ein Marder?

Es ist überhaupt kein Problem, jemanden durch eine Tür hindurch zu erschießen. Das wissen sogar Polizisten, und manchmal tun sie es auch. Auch die alten morschen Bretter eines Scheunentors taugen nicht als Kugelfang. Schon gar nicht, wenn die Kugeln aus einer Waffe kommen vom Kaliber einer Pistole, wie sie Olga noch immer in der Hand hält. Aber nach dem Gehör schießen? Tut man das?

Olga jedenfalls tut das nicht. Es wäre nicht professionell gewesen. Vielleicht hätte sie eine Chance gehabt, als der Mann am Torflügel vorbeiging: Ein paar rasch gesetzte Schüsse, in dichter Folge, etwa auf Herzhöhe – doch, das hätte klappen können. Aber wen hätte sie dabei getroffen? Den grauen Mann? Gut möglich. Nicht unwahrscheinlich. Aber eben nicht sicher. Es hätte auch der andere sein können, und der war tabu; die Anweisung von heute Morgen hat da keinen Zweifel gelassen.

Nein, Marder sitzen nicht auf Motorhauben, sondern begeben sich schnurstracks darunter, zu den feinen wohlschmeckenden zarten Kabeln. Was auf der Motorhaube sitzt, wenn es dort vom Motor her noch immer ein wenig warm ist, das ist für gewöhnlich eine Katze, und als die Wolken wieder einmal am Mond vorbeiziehen, erkennt Berndorf auch richtig das Piratengesicht von Virginia, und sie maunzt, aber nicht, weil sie ihn erblickt hätte. Auch ist es kein Maunzen, sondern eher ein Gurren, das so ähnlich klingt wie »Rrrrith!« Mit einem Satz springt Virginia vom Wagen herunter und drückt sich an den einen Torflügel, der unten nicht ganz bündig schließt, weil das Erdreich sich im Lauf der Jahre doch ein wenig gesenkt hat.

Es ist nur ein kleiner Spalt, aber die Katze hat nun einmal beschlossen, dass sie in diesen Schuppen will, und schiebt sich unter dem Torflügel hindurch, bis man im Mondlicht nur noch das Hinterteil und den hoch gestreckten Schwanz sieht, und dann ist auch dieser verschwunden.

Berndorf muss ein wenig lächeln, dann nimmt er zwei von den Zaunlatten, klemmt die erste unter die Klinke der Tür zur alten Werkstatt, dann geht er um den Schuppen herum zur rückwärtigen Tür, holt die Taschenlampe heraus und betrachtet fast mit Respekt die Spuren des Maschinenöls, mit dem das Schloss gängig gemacht worden ist. Dann klemmt er auch hier die Klinke mit einer Zaunlatte fest.

Der Kerl, der am Tor stand und dann zur anderen Ecke des Schuppens ging, muss dort noch immer stehen. Er hält Wache, denkt Olga. Sind die Leute im Haus misstrauisch geworden? Hat die alte Frau aus Berlin womöglich angerufen? Es kommt nicht darauf an. An der Ecke von diesem Schuppen wartet jemand, und das bedeutet, dass er auf sie wartet. Mehr muss sie nicht wissen. Weiß oder ahnt dieser Kerl, dass sie sich bereits im Schuppen befindet, ein paar Schritte von ihm entfernt? Vermutlich nicht, sonst wäre er nicht einfach so an diesen Brettern vorbeigegangen. Oder er ist ein Idiot. Und dass auf der anderen Seite ein Idiot steht, das ist das Allerschlimmste, was einem im Krieg passieren kann.

Noch immer weiß sie nicht, was sie tun soll. Die Aktion abbrechen? Vermutlich wäre es das Beste. Sie müsste nur zurück zu der hinteren Tür, und schon wendet sie sich nach links. Aber ein merkwürdiges Scharren lässt sie in der Bewegung innehalten. Sie fasst die Pistole fester und schnüffelt. In der Luft ist etwas, das ihr auf die Atemwege schlägt und die Schleimhäute anschwellen lässt, plötzlich riecht sie es, es muss eine Katze im Raum sein, sie spürt, wie etwas ihre Beine streift und maunzt, nun hilft nichts mehr und sie muss niesen, ein ums andere Mal. Sie hat ein Spray, das die allergische Atemnot dämpft, aber das muss sie erst aus der Tasche holen. Sie schaltet die Taschenlampe ein, und während sie das tut, streicht noch immer die Katze um ihre Beine, sie versucht, das Tier mit einem Fußtritt zu verscheuchen, aber die Katze hält es für ein Spiel und krallt ihr die Pfoten ins Bein und scharrt wie irrsinnig mit den Hinterläufen, gleichzeitig schlägt Olgas Mobiltelefon an, warum um alles in der Welt hat sie das nicht ausgeschaltet?

Sie versetzt der Katze einen wütenden Hieb mit der Taschenlampe, worauf das Tier nun doch loslässt und sich unters Gerümpel flüchtet. Noch immer klingelt das Mobiltelefon, sie weist das Gespräch ab und sucht sich – in der einen Hand die Taschenlampe, in der anderen die Pistole – den Weg durch Plastikstühle und Gartentische zur rückwärtigen Tür, aber die Tür lässt sich nicht öffnen. Wieder muss sie niesen, wieder klingelt das Handy, diesmal meldet sie sich mit einem knappen »Ja?«

»Sind Sie das, Olga?«, fragt eine Männerstimme, »Sie klingen etwas erkältet. Dabei hätte ich mich gerne mit Ihnen unterhalten. In aller Ruhe. Zuletzt war es ja ein bisschen hektisch.«

Jetzt erkennt sie die Stimme, sie gehört dem grauen Mann. »Ich werde Sie töten«, antwortet sie. »Sonst gibt es nichts zu reden.«

Zlatan geht an den Gärten entlang. Seine Haltung ist geduckt, die rechte Hand steckt in der Tasche des Ledermantels, der für ihn ein wenig zu weit ist. Die Hand umklammert die Pistole, es ist eine Beretta 92, also eine richtige Knarre, die US Army schießt damit, und er hat sich vergewissert, dass das Magazin voll ist, fünfzehn Schuss. Wer so ein Ding in der Hand hat, lebt deswegen nicht sicherer als andere Leute. Aber er ist nicht wehrlos. Er ist niemandem ganz und gar ausgeliefert, wer immer ihm begegnet.

Zwischen den Häusern flackert Blaulicht von der Straße her. Nun ist die Polizei also doch gekommen.

Er beschleunigt den Schritt und duckt sich noch etwas mehr. Die Polizei wird jetzt erst einmal genug zu tun haben. Das heißt, erst einmal muss sie begreifen, was der graue Mann ihr alles erzählt. Dass er in dem Schuppen eine Frau festgesetzt hat und dass das diese Olga ist und was es mit ihr auf sich hat.

Irgendwann werden Berndorf und seine Freundin und dieser Anwalt sich fragen, wo eigentlich der Zlatan geblieben ist. Und dann? Dann werden sie herausfinden, dass er weg ist. Auf und davon. Und? Nichts und. Er hat diese Leute nicht gebeten, sich in sein Leben einzumischen.

Inzwischen geht er nicht mehr über Ackerrain, sondern auf einem richtigen Fußweg, vor sich sieht er die Umrisse einer Baracke, davor ist ein Wagen geparkt, das Auto sieht nach gehobener Mittelklasse und vor allem neu aus, also hat es eine elektronische Wegfahrsperre, also würde er nur Zeit damit verlieren.

Er geht weiter und ist schon halb an dem Wagen vorbei, als ihm auffällt, dass er rückwärts vor die Baracke geparkt worden ist. Plötzlich muss er daran denken, dass dieses rückwärts Einparken eine Manie von Leuten ist, die den Führerschein beim Militär gemacht haben – immer auf dem Sprung, wenn das Vaterland ruft und andere Leute totgemacht werden müssen.

Er dreht sich um und geht zur Fahrertür, zieht sie auf. Sie ist nicht abgeschlossen, die Innenbeleuchtung geht an, auf dem Rücksitz liegt ein großes, in Papier eingeschlagenes Blumenbukett, Zlatan nickt und beugt sich über das Lenkrad und stellt fest, dass der Zündschlüssel steckt.

Als die Polizei endlich eingetroffen war, hatte sich einer der Beamten – Polizist Eins – Barbaras Fahrzeugschlüssel geben lassen und das Auto weggefahren. Danach schob sich der Streifenwagen bis auf ein paar Meter an die Scheune heran, so dass seine Scheinwerfer die Bretterwand des Tores hell beleuchten.

Obwohl man ihr gesagt hat, sie soll im Haus bleiben, steht Barbara in der offenen Küchentür und sieht zu. Sie wundert sich über sich selbst. Nicht nur, weil sie jetzt zu den Gaffern gehört, von denen im Verkehrsfunk immer die Rede ist. Was sie beobachtet, kommt ihr im Augenblick fast selbstverständlich vor, geradezu als das Walten von Gerechtigkeit. Aber ist es nicht gleichzeitig absurd oder vielmehr obszön, einen Menschen in einer Scheune einzusperren wie ein wildes Tier, das in die Falle gegangen ist? Berndorf hat das getan, trotzdem gefällt es ihr immer weniger.

Wo ist er eigentlich? Vermutlich in der Einfahrt, zusammen mit Dingeldey, der auf der Straße auf den Streifenwagen gewartet hatte, um ihn einzuweisen. Und Zlatan? Er hat sich anerboten, den rückwärtigen Eingang zur Scheune im Blick zu behalten, auch wieder so eine Indianerspielerei! Seither hat sie ihn nicht mehr gesehen.

Mit raschen Bewegungen löst Polizist Eins die beiden Riegel und zieht den einen Torflügel einen halben Meter auf. Dann läuft er geduckt zur Seite. Sein Kollege wartet neben dem Streifenwagen, die Pistole im Anschlag.

Polizist Eins steht jetzt im Schutz des Torpfostens und versucht, mit Olga zu sprechen. Falls es sich tatsächlich um Olga handelt. Falls sie nicht gerade dabei sind, einen armen, elenden, verstörten Landstreicher aufzuscheuchen, der sich für die Nacht ein halbwegs geschütztes Plätzchen gesucht hat. Immerhin benutzt Polizist Eins kein Megaphon, dafür ist Barbara schon deswegen dankbar, weil sie sich wenigstens dafür nicht fremdschämen muss.

Aus der Scheune antwortet eine Stimme. Dann tritt eine Gestalt ins Scheinwerferlicht des Streifenwagens, es ist eine Frau, eine Frau mit einer Pagenfrisur in einem halb sportlichen, halb eleganten Ledermantel, unter dem Mantel trägt sie ein Kostüm und steht nun da im Scheinwerferlicht, die Hände erhoben, einen Anflug gelangweilter Gleichgültigkeit auf dem ovalen, fast weich anmutenden Gesicht.

Polizist Zwei führt sie zum Streifenwagen und achtet darauf, dass sie sich beim Einsteigen nicht den Kopf verletzt, dann soll auch Berndorf mitkommen, Polizist Eins sagt, es müsse noch ein Protokoll erstellt werden.

»… und dieser andere Herr? Moment« – eine Taschenlampe leuchtet auf und fällt auf einen Notizblock – »Sirko war der Name, von dem sollten wir ebenfalls eine Aussage haben.«

Nur ist Zlatan Sirko nirgends zu sehen.

Freitag

Es ist Freitag«, sagt der Ermittlungsrichter Rüdiger Quadenheuve und betrachtet die Visitenkarte, die der Besucher ihm über den Schreibtisch streckt. »Kein Zweifel.« Er steckt sie in eine Ecke seiner ledernen Schreibunterlage und richtet den Blick auf den Besucher, den Professor für Staatsrecht Adrian Dingeldey. »Aber das überrascht mich nicht«, fährt er fort. »Es ist das Wesen des Freitags, der Woche ganz schnell noch etwas anzuhängen, einen Pferdefuß oder irgendeine andere Unannehmlichkeit. Nicht umsonst fürchtet der Volksmund die Freitage – was Sie aber bitte nicht persönlich nehmen wollen! Sie sind Staatsrechtler, sehe ich, Ihr Besuch ehrt mich, aber zugleich sind Sie als Strafverteidiger hier – sind das nicht höchst unterschiedliche juristische Fachgebiete?«

»Eben drum«, antwortet Dingeldey. »Das Selbstverständnis eines Staates und seine Rechtskultur erweisen sich nicht zuletzt in seinem Umgang mit Straftätern.«

»Also ...«, entgegnet Quadenheuve zögernd, »ich für meine Person hätte angenommen, die Rechtskultur eines Staates erweise sich beispielsweise in den Arbeitsbedingungen seiner Justiz.« Mit einer resignierten Geste weist er auf den Beistelltisch neben sich, auf dem sich die Aktenstapel türmen. »Nach den Demonstrationen gegen das Gipfeltreffen von Heiligendamm hatten wir anderthalbtausend Strafverfahren abzuarbeiten, das hängt uns bis heute nach.« Sein Blick kehrt zu Dingeldey zurück. »Sie sind der anwaltliche Vertreter von Herrn Hans Berndorf?«

»Jawohl«, nickt der Besucher und deutet eine leichte Verbeugung an.

»Schön«, meint Quadenheuve. »Dann habe ich wenigstens

etwas verstanden. Aber diese Frau, diese Olga. Moment!« – er blickt auf seinen Notizblock – »diese Olga Modrack, die vertreten Sie also nicht?«

»Das wäre wenig zweckmäßig«, antwortet Dingeldey. »Vielmehr erstatten wir Strafanzeige gegen Frau Modrack. Strafanzeige wegen Mordes und mehrfachen versuchten Mordes.«

Quadenheuve schüttelt den Kopf. »Da geht das Durcheinander schon wieder los. Wieso Mord? Nach meinen Unterlagen ist diese Frau gestern Abend in einer Scheune aufgegriffen worden, das ist von mir aus Hausfriedensbruch oder ein versuchter Einbruchsdiebstahl. Nun gut – sie hatte eine Schusswaffe dabei und keinen Waffenschein, das wollen und werden wir nicht übersehen, natürlich hätte sie mit der Pistole auch irgendwann irgendjemanden erschießen können, aber das ist doch alles ein wenig unbestimmt, finden Sie nicht?«

»Durchaus nicht«, widerspricht Dingeldey. »Olga Modrack hat in Berlin einen Menschen getötet. Sie hat ihn überfahren, und zwar in der irrigen Annahme, es handle sich um den Exilbosniaken Zlatan Sirko, einen Mann, der wichtige Angaben über die neue Identität eines von Den Haag als Kriegsverbrecher gesuchten Mannes machen kann. In Frankfurt am Main ist Zlatan Sirko mit Hilfe meines Mandanten Berndorf einem weiteren Mordanschlag entgangen, ebenso gestern Abend, als Frau Modrack beabsichtigt hat, das Haus der Lebensgefährtin von Hans Berndorf in Brand zu setzen, um auf diese Weise sowohl den dort als Gast anwesenden Zlatan Sirko als auch meinen Mandanten und dessen Lebensgefährtin zu beseitigen. Von meiner Wenigkeit ganz zu schweigen, ich war nämlich auch dort.«

»Komisch«, wendet Quadenheuve ein, »dazu ist es doch aber offensichtlich nicht einmal im Ansatz gekommen.«

»Gewiss doch«, meint Dingeldey geduldig, »aber offenbar hat sie eine Schwierigkeit darin gesehen, mit der Pistole in ein Haus einzudringen und vier Menschen zu erschießen. Es erschien ihr einfacher, das Haus anzuzünden. Aus dem Polizeiprotokoll sollte hervorgehen, dass bei ihr ein Kanister mit Mineralöl sowie Feueranzünder gefunden wurden.«

»Dazu hat sie sich inzwischen erklärend geäußert«, widerspricht Quadenheuve und blättert in den Papieren, die vor ihm liegen. »Sie sagt, sie habe eigentlich das zum Verkauf angebotene Haus nebenan besichtigen wollen und den Kanister nur für den Fall mitgenommen, dass das Haus mit Ölofen ausgestattet sei und es ihr kalt werde. Leider müsse sie sich in der Türe geirrt haben.«

»Ach? Sie wollte das Haus einfach so anschauen? Ohne Makler? Wo hätte sie denn die Schlüssel hergehabt?«

Quadenheuve zuckt mit den Achseln. »Angeblich sei es zu spät gewesen, um den Makler noch anzurufen. Und da sie vor ein paar Tagen einen Bund mit Ersatzschlüsseln gefunden habe...« Der Ermittlungsrichter spricht den Satz nicht zu Ende und zeigt dazu die beiden leeren Hände, als sei damit alles über den Ermittlungsstand gesagt.

»Die Ersatzschlüssel waren ein Bund Dietriche«, konstatiert Dingeldey nicht ohne Sarkasmus.

»Mag sein.« Quadenheuve scheint unbeeindruckt. »Ich sagte Ihnen ja schon, dass wir in Richtung eines versuchten Einbruchsdiebstahls ermitteln. Die vielen Ferienhäuser hier, wissen Sie!«

»Gewiss doch. Aber lassen Sie uns doch Klartext reden!«, widerspricht Dingeldey. »Mir liegen Aussagen vor über den Namen und die Umstände, unter denen ein mit Internationalem Haftbefehl gesuchter Kriegsverbrecher heute lebt. Es sollte auch für die Rostocker Justiz vorrangig sein, diese Informationen an den Internationalen Gerichtshof für Jugoslawien weiterzugeben und alle Vorkehrungen zu treffen, um die verfügbaren Zeugen vor weiteren Anschlägen zu schützen, denn dies alles hat Eile, das Mandat des Internationalen Gerichtshofes läuft demnächst ab.«

Auf der Stirn des Ermittlungsrichters zeichnet sich eine scharfe Falte ab. »Ich glaube nicht, dass Sie mich über meine

Aufgaben belehren sollten. Aber bitte! Sie sprachen von einem Haftbefehl – nun gut, uns liegt ein solcher vor, ausgestellt vom Amtsgericht Frankfurt am Main, und er richtet sich gegen einen Hans Berndorf, gegen Ihren Mandanten also, wegen des Verdachts auf Mittäterschaft in einem Tötungsdelikt. Wenn ich Sie richtig verstanden habe, beantragen Sie eine Aufhebung oder vielmehr eine Aussetzung des Haftbefehls? Aber der liegt nun einmal vor, und der Tatvorwurf ist nicht leicht zu nehmen. Ein Tötungsdelikt, also das wiegt schon mehr als ein paar Fußtritte gegen einen Streifenwagen!«

»Dieser Vorwurf ist durch nichts begründet«, erwidert Dingeldey. »Durch weniger als nichts. Eine Person, die wohl selbst tatverdächtig ist, will – in Frankfurt! – den Namen meines Mandanten gehört haben, der in Berlin seinen festen Wohnsitz und Lebensmittelpunkt hat. Dass so etwas für einen Haftbefehl ausreichen soll, ist haarsträubend!«

Quadenheuve wirft einen misstrauischen Blick auf sein Gegenüber, aber an dessen Haar ist nichts weiter auffällig, außer dass es ein wenig lockig ist. Das war es, denkt Quadenheuve, aber schon die ganze Zeit. »Die Ermittler der Frankfurter Kriminalpolizei sehen das wohl anders«, erwidert er. »Die sind nämlich hierher unterwegs und wollen ihn einvernehmen ... Können wir uns darauf einigen, dass über eine Aussetzung des Haftbefehls erst entschieden wird, wenn dieses Gespräch stattgefunden hat?«

Dingeldey zuckt mit den Achseln.

»Eine letzte Frage noch: Sie werden also keinen Haftbefehl gegen Olga Modrack erlassen?«

»Dass Sie hier keinen Richter finden werden«, antwortet Quadenheuve, »der eine Frau für ein bisschen Hausfriedensbruch und illegalen Waffenbesitz in Untersuchungshaft nimmt, hätten Sie sich eigentlich denken können.«

»Untertreiben Sie nicht?« fragt Dingeldey und steht auf. »Olga Modrack ist tief in die Vorkommnisse verstrickt, die zum Tod dieses Mannes in Frankfurt geführt haben. Ganz davon abgesehen, dass dort sehr wohl eine Schusswaffe zum Einsatz gekommen ist. Ich werde mir deshalb erlauben, Ihre Frankfurter Kollegen ins Bild zu setzen ... Falls die Dame Olga dann aber trotzdem nicht mehr von den Ermittlern der Frankfurter Mordkommission einvernommen werden kann, weil sie nämlich zuvor hier bereits auf freien Fuß gesetzt worden ist – nun, Sie werden gewiss kein Problem haben, das den Kollegen verständlich zu machen. Irgendetwas wird Ihnen schon einfallen.« Dingeldey nickt dem Staatsanwalt zu und wendet sich zur Tür. »Einen guten Tag auch!«

Quadenheuve blickt ihm nach, ohne den Gruß – wenn es denn einer war – zu erwidern. Er wartet, bis die Türe zufällt, dann greift er zum Telefon und gibt eine Kurzwahl-Nummer ein.

»Quadenheuve hier«, meldet er sich, als abgehoben wird. »Habt Ihr noch diese Polin da? Diese Olga Sowieso von gestern Abend? ... Nein, auf keinen Fall freilassen, ich muss erst ein paar Dinge abklären.«

Barbara Stein passiert die Kontrollen und nimmt den Aufzug zu dem Stockwerk, in dem sie das Büro des Abgeordneten Fausser finden wird. Ihre Assistentin Laura Ebenweiß hat ihr die Vorlesung abgenommen, trotzdem hat sie wenig Zeit. Also zwingt sie sich, ruhig zu bleiben und nicht durch die Korridore zu rennen. Auch wird sie sonst alles vermeiden, was Nerven kostet. Sie hat nämlich nicht mehr viele. Noch in der Nacht hat sie Berndorfs Zahnbürste, seinen Schlafanzug und einen Band mit Lichtenbergs *Aphorismen* nach Rostock in den Polizeigewahrsam gebracht, danach war sie direkt nach Berlin zurückgefahren, in ihre eigene Wohnung. Zwar ging dort keine Bombe hoch, aber an Schlaf war trotzdem nicht zu denken.

Berndorf ist also im Knast, und Zlatan ist verschwunden. Das eine ist insofern eine gute Nachricht, als Berndorf vorerst daran gehindert sein sollte, anderen Leuten einen Spaten auf den Kopf zu hauen. Bei Zlatans Abtauchen aber handelt es sich eindeutig um eine schlechte Nachricht. Alles, was sie bisher herausgefunden haben, hängt davon ab, dass Zlatan glaubwürdig ist. Aber wie glaubwürdig ist ein Zeuge, der seine Beine in die Hand nimmt, sobald das Blaulicht eines Streifenwagens am Horizont auftaucht?

Zwar ist Barbara angemeldet, aber in Faussers Büro ist eine untersetzte Frau mit angegrauter Staubwedelfrisur bereits dabei, den Schreibtisch aufzuräumen und sich ins Wochenende zu verabschieden. Die Frau stellt sich als Carmen Ruff vor, Faussers Sekretärin.

»Sie wissen, dass Herr Fausser erkrankt ist?« Dann fällt es ihr ein, dass sie darüber bereits am Telefon gesprochen haben. »Und Frau Jankewitz, die Wissenschaftliche Mitarbeiterin, hat einen Gleittag genommen. Vielleicht könnten Sie nächste Woche ...?«

In einem nun doch energischeren Ton, als sie ihn sich vorgenommen hat, erklärt Barbara, dass sie nur eine Frage habe, die sich sicher schnell beantworten lässt. »Aber zuvor könnten Sie mir sagen, wie es ihm geht.« Dann fügt sie hinzu, dass sie am Mittwoch bei Fausser gewesen sei – nur um klarzumachen, dass sie über seinen Zustand Bescheid weiß.

Carmen Ruff wirft ihr einen misstrauischen Blick zu. »Da müssen Sie die Ärzte fragen ... Aber sie haben ihn jetzt in eine Reha-Klinik nach Süddeutschland verlegt. Das heißt« – über ihr Gesicht huscht ein kleines boshaftes Lächeln – »es war seine Ehefrau, die darauf gedrängt hat. Aber was war jetzt Ihr Anliegen?«

»Christian Fausser hat vor Jahren im ehemaligen Jugoslawien einen Häftling aus einem Lager herausgeholt.«

»Sie meinen diesen ...« Carmen Ruff tippt sich mit dem Zeigefinger an die Stirn, als könnte sie so ihrem Namensgedächtnis auf die Sprünge helfen. »Sie meinen Sirko, Zlatan Sirko! Ich kenn die Geschichte, sie ist ja uralt, trotzdem hat deshalb erst vorgestern ein Journalist vorgesprochen. Falls Sie jetzt auch noch wissen wollen, ob dieser Sirko hier in letzter Zeit angerufen hat, dann kann ich Ihnen nur sagen, dass das Gespräch nicht über meinen Apparat gelaufen ist.«

Barbara spürt Enttäuschung. »Da war auch sonst kein Anruf, der sich auf diese Sache bezogen haben könnte?«, fragt sie aufs Geratewohl. »Vielleicht am Donnerstag vor acht Tagen?«

»Das müsste dann am Nachmittag gewesen sein«, kommt die Antwort. »Da war ich bei der Vorsorgeuntersuchung.« Sie wirft einen Blick zur Decke. »Was glauben Sie, was das für Wartezeiten sind, wenn man Kassenpatient ist!«

Auf dieses Thema will Barbara sich nicht einlassen. »Wenn nun aber doch an diesem Nachmittag ein Anruf gekommen wäre – wer hätte den entgegengenommen? Frau Jankewitz?«

»Ich wüsste nicht, wer sonst. Der Chef war ja auf dieser Tagung am Starnberger See. Obwohl – er hat ja ein Handy, auf das Anrufe umgeleitet werden, wenn hier niemand abhebt. Aber das schaltet er eigentlich nur ein, wenn er in Berlin ist. Ich hab Ihnen ja gleich gesagt, es wäre besser, Sie würden nächste Woche noch mal wiederkommen. Dann wird die Kollegin sicher da sein.« Wieder wendet sie sich dem Schreibtisch zu.

Barbara sollte jetzt gehen, aber weil es ihr etwas zu deutlich nahe gelegt worden ist, bleibt sie erst recht. »Das heißt, das Büro bleibt weiter besetzt wie bisher?«, fällt ihr als Frage ein. »Entschuldigen Sie, wenn ich so frage, aber Sie und die anderen Mitarbeiter Faussers müssen sich doch sicher Gedanken darüber machen, wie es mit Ihnen beruflich weitergeht?«

»Sie sind gut«, kommt als Antwort. »Was glauben Sie, wo die Jankewitz heute Morgen ist? Bei der Arbeitsagentur ist sie, ich weiß, ich sollte das nicht sagen, aber das alles ist für uns wirklich nicht lustig. Und für die Jankewitz gleich zweimal nicht.«

»Hat denn Herr Fausser sein Mandat inzwischen zurückgegeben? In seinem jetzigen Zustand kann er doch gar keine Erklärungen abgeben.«

»Natürlich nicht«, meint Carmen Ruff unwirsch. »Denken Sie mal an diesen Ministerpräsidenten, der war nach seinem Unfall monatelang weggetreten, aber im Amt ist er trotzdem geblieben, bis die Leute ihn abgewählt haben, weil sie nicht von einem Zombie regiert werden wollten. Also bei uns wird die Fraktion …« – sie fährt sich mit einem Handrücken übers Auge – »… doch so viel Anstand haben, dass sie ihn nicht drängt. Und der Chef wird nichts unterschreiben, denk ich mal, solange nicht geklärt ist, was mit seinem Team passiert.«

»Ihre Kollegin Jankewitz scheint sich darauf aber nicht zu verlassen?«

»Es ist ein bisschen schwierig zwischen den beiden.« Mit gerunzelter Stirn betrachtet Carmen Ruff einen aufwendig gestalteten Prospekt mit einem mediterranen Bildmotiv auf der Titelseite, schüttelt den Kopf und legt ihn in das Eingangsfach zurück. »Sie will nicht von ihm abhängig sein, verstehen Sie?« Sie wirft Barbara einen raschen Blick zu, als wolle sie sich vergewissern, ob diese auch wirklich begreift. »Sie wollte deshalb ja auch schon zur Ebert-Stiftung, das wäre ein Job auf Dauer gewesen, aber da hat dann jemand anderes die besseren Beziehungen gehabt. Tja, haben Sie noch eine Frage? Ich würde nämlich gerne …«

»Nein«, sagt Barbara und bedankt sich für die Auskunft.

Während sie zum Aufzug geht, rekapituliert sie das Gespräch über den angeblichen oder tatsächlichen Anruf vom Donnerstag vergangener Woche. Prompt bleibt sie an einer Stelle hängen: »Der Chef war ja auf dieser Tagung am Starnberger See …« Warum, fragt sie sich, sagt die Ruff das? Die Tagung begann am Freitag um 14 Uhr. Barbara weiß es, denn sie war ja dabei.

Monsignore Johann Baptist Feichtmayr erhebt sich hinter seinem Schreibtisch, legt seine Lesebrille ab und kommt mit ausgestreckter Hand seiner Besucherin, der Professorin Barbara Stein, entgegen. »Sie sehen mich geehrt und erfreut, um nicht zu sagen: entzückt!« Nach einem Händedruck, der fest ist und zupackend, geleitet er Barbara, die sich unversehens einer sehr männlichen und von ein wenig Kognak aromatisierten Aura ausgesetzt findet, an den Besuchertisch. Barbaras Blick gleitet über die Bücherwände, die dem Zimmer ihr Gepräge geben. Es ist das Büro eines kirchlichen Beamten, auch lächelt Benedikt XVI. aus der Aussparung eines der Bücherregale, aber es ist – zum Glück – auch das Zimmer eines Gelehrten. Zum Glück deshalb, weil Monsignore Feichtmayr in der Philosophischen Fakultät einen kleinen Lehrauftrag wahrnimmt und in diesem Semester über Anselm von Canterbury liest, wer immer das zum Teufel auch gewesen sein mochte... Wenn das nicht wäre, wo hätte Barbara einen Anknüpfungspunkt gefunden?

Monsignore Feichtmayr fragt, ob er Kaffee oder Tee anbieten dürfe, und Barbara erklärt, dass ein Tee ganz reizend wäre! Feichtmayr gibt die Bestellung telefonisch weiter, dann erkundigt sich Barbara nach seinem Lehrauftrag und will wissen, ob sie Anselm von Canterbury zutreffend mit der Frage eines Gottesbeweises in Verbindung bringen dürfe – diese Information hat sie sich zuvor in aller Eile in einem Internetcafé besorgt.

Das sei ganz und gar zutreffend, meint Feichtmayr, schon wieder ganz entzückt. »Sie könnten auch sagen, es gehe um das Denken und eben das, was wir nicht mehr denken können.«

»Wenn es um das geht, was wir nicht mehr denken können – geht es also auch um Wunder?«, will Barbara wissen.

»Warum nicht?«, antwortet Feichtmayr heiter. »Als Wunder erscheint mir jedenfalls, dass zu meinen zwei Stunden in der Woche immerhin noch sechs oder sieben junge Leute kommen und den Versuch wagen, Gott zu denken. Ich muss froh und dankbar sein dafür, die Verwaltungsarbeit müsste mich sonst erdrücken.« Mit einer Handbewegung weist er auf die Aktenberge, die sich auf seinem Schreibtisch stapeln. Die sehr graue und sehr elegante Sekretärin von Feichtmayr bringt Tee für Barbara und Kaffee für ihn und dazu eine Karaffe Kognak, ganz unbefangen gibt er statt der Milch einen Schuss davon in die Tasse.

»Wäre ich in meiner Heimat, hätte ich mir jetzt ein Bier kommen lassen. Aber hier geht das nicht – einen Rum für Sie?«, fragt er dann, aber Barbara lehnt bedauernd ab. Sie braucht einen klaren Kopf, auch wenn erst einmal über universitäre Interna geplaudert wird. Noch immer gibt es Unruhe wegen der Berufung eines Historikers, der als junger Mann ein bisschen oder vielleicht auch mehr als bloß ein bisschen für die Stasi gespitzelt hat. Ist die Frage von grundsätzlicher Natur, oder sollte man bedenken, welchen Umfang die Spitzeldienste gehabt haben? Barbara ist für eine grundsätzliche Entscheidung, Feichtmayr würde – wenn man ihn denn fragen wollte – es mit jenem chinesischen Reformer halten, dem es gleichgültig gewesen sei, ob eine Katze grau sei oder schwarz, wenn sie nur Mäuse fange. Wie es denn bei dem fraglichen Herrn um die diesbezüglichen Qualitäten bestellt sei? Das kann Barbara nicht beurteilen, auch will sie gerade nicht so gerne über Katzen reden.

»Wie dem auch sei«, sagt Feichtmayr und setzt seine Tasse ab. »So sehr mich Ihr Besuch erfreut, so sehr fürchte ich, dass dies nicht der einzige Zweck Ihrer Anwesenheit ist.«

»Das ist wohl so«, sagt Barbara und setzt ihr besonders freimütiges Lächeln auf. »Ich arbeite an der wahren Geschichte eines Mannes, den Sie unter dem Namen Daniel Kirstejn kennen.«

Das flächige, an der Nase und den Wangen von roten Äderchen durchzogene Gesicht Feichtmayrs bleibt unbewegt. »An der wahren Geschichte!«, wiederholt er dann. »Sie sprechen ein großes Wort gelassen aus, meine Verehrte. Die wahre Geschichte eines Menschen kennt nur Gott. Aber bitte! Vielleicht haben Sie eine Frage an mich, die meinen begrenzten Erkenntnismöglichkeiten eher gerecht wird?«

Barbara senkt ein wenig den Kopf, als akzeptierte sie die Zurechtweisung. Immerhin, so denkt sie, hat er nicht bestritten, Kirstejn zu kennen. »Können Sie mir sagen, welches der Zweck Ihres Zusammentreffens mit Herrn Kirstejn hier in Berlin, im Hotel Brandenburg Residence gewesen ist?«

Feichtmayr betrachtet sie aus wachen, aufmerksamen Augen, den Kopf leicht schief haltend. Aber er schweigt.

»In welcher Eigenschaft ist Ihnen Herr Kirstejn gegenübergetreten? Als Geschäftsmann? Als jemand, der mit der Kirche in besonderem Maß verbunden ist?«

Noch immer schweigt Feichtmayr.

»Sie wissen, dass Kirstejn in der Endphase des jugoslawischen Bürgerkriegs eine nicht ganz unwichtige Rolle gespielt hat?« Ein weiteres Mal setzt Barbara ihr Lächeln ein. »Allerdings hieß er damals anders.«

»Nämlich wie?« Unvermittelt hat Feichtmayr sein Schweigen gebrochen.

»Mesic«, antwortet Barbara. »Jovan Mesic. Er war kroatischer General und später als leitender Beamter im Verteidigungsministerium für die Aufrüstung der kroatischen Armee zuständig. Der Internationale Gerichtshof für Jugoslawien hat noch ein paar Fragen an ihn.«

»Ein paar Fragen, nun gut!«, wiederholt Feichtmayr. »Schon wieder geht es also um die Wahrheit. Um die von Menschen gemachte Wahrheit. Und um Krieg. Nichts leichter, als die Wahrheit über einen Krieg herauszufinden.«

»Mit Verlaub«, sagt Barbara, »im vorliegenden Fall geht es nicht um die Wahrheit über den jugoslawischen Bürgerkrieg, sondern um die Wahrheit über Verbrechen, die dabei verübt wurden.«

»Wenn Sie meinen, man könne Verbrechen losgelöst von

dem Krieg betrachten, dessen Natur sie sind… Nun gut.« Feichtmayr hat – die Ellbogen aufgestützt – die Hände so zusammengelegt, dass sich die Kuppen der kurzen kräftigen Finger berühren. »Zu Ihrer Bemerkung, ich sei mit Herrn Kirstejn zusammengetroffen, habe ich mich bisher nicht geäußert und werde es auch künftig nicht tun. Grundsätzlich kann ich Ihnen sagen, dass ich die Menschen nur so ansehe, wie sie mir gegenübertreten. Ich erlaube mir daraus keine Rückschlüsse, wer diese Menschen vor fünfzehn oder zwanzig Jahren gewesen sind oder wie sie sich damals verhalten haben. Richtig ist, dass ich vor einiger Zeit einen Termin in dem von Ihnen genannten Hotel wahrgenommen habe, es ging um den Abschluss sehr komplizierter, sehr langwieriger Verhandlungen…« Er bricht ab und runzelt die Stirn. »Natürlich kann ich ohne die Zustimmung der einzelnen Vertragspartner nicht in Details gehen, aber im großen Ganzen haben Sie den Sachverhalt bereits den Medien entnehmen können – eine neu gebildete Lebens- und Glaubensgemeinschaft christlicher Frauen will die Ruine der Franziskanerkirche übernehmen und ausbauen, wogegen der Magistrat der Stadt Berlin angesichts des gebotenen Kaufpreises im Prinzip nichts einzuwenden hat« – ein kurzes, grimmiges Lächeln überzieht Feichtmayrs Gesicht –, »es aber vorzieht, nicht mit der neuen Glaubensgemeinschaft als Vertragspartner abzuschließen, sondern mit der Erzdiözese Berlin selbst… Das war's.«

»Und Kirstejn?« Barbara ist entschlossen, nicht aufzugeben.

»Nun, Verehrteste! Natürlich hat die Erzdiözese nicht das Geld, eine Kirchenruine erst zurückzukaufen…« – Feichtmayr beugt sich vor und starrt Barbara aus funkelnden Augen an –, »und ein Rückkauf wäre es gewesen, denn diese Kirche hat man uns einst gestohlen!… und diese Ruine dann auch noch mit zeitgemäßer Architektur so auszufüllen, dass selbst die Denkmalschützer damit einverstanden sind. Nein, dafür hat die Erzdiözese nicht das Geld, wo denken Sie hin! Und die jungen Frauen, die da an die Tradition der einst von uns leider verfolgten Beginen anzuknüpfen versuchen – ein theologisch und im Hinblick auf die Kirchengeschichte sowohl höchst interessantes wie problematisches Vorhaben, nebenbei gesagt – die haben das Geld schon zweimal nicht. Also gibt es Sponsoren, Förderer, Mäzene, und in deren Namen ist ein Basler Geschäftsmann aufgetreten, jemand aus der mir leider eher fremden Welt international tätiger Finanz- und Dienstleistungsunternehmer, den Namen kennen Sie ja offenbar: Daniel Kirstejn.«

»Beginen?«, fragt Barbara nach. »Merkwürdig. Die hätte ich nun für Zeitgenossinnen Ihres Anselm gehalten.«

»Das wäre ein Irrtum«, bemerkt Feichtmayr. »Die Beginen traten etwa hundert Jahre später auf. Eine ihrer wichtigsten Autorinnen starb rund zweihundert Jahre nach Anselms Tod. Sie hieß Margareta Porete und wurde am Pfingstmontag 1310 in Paris als Opfer eines sehr bedauerlichen kirchlichen Justizmordes auf dem Scheiterhaufen verbrannt. Dass die Erzdiözese Berlin ein Vorhaben ermöglicht, das dem Namen und dem Andenken eben dieser Margareta Porete gewidmet ist, scheint mir in aller Bescheidenheit doch bemerkenswert. In dieser ganzen Angelegenheit, die schon einigen Staub aufgewirbelt hat, interessiert sich dafür aber offenbar niemand. Falls Sie über das Vorhaben mehr wissen wollen – am Sonntag findet um elf Uhr vormittags in der Ruine der Franziskanerkirche eine Veranstaltung statt, in der die Initiatorinnen sich und ihr Projekt und den Spiegel der einfachen Seelen vorstellen werden.«

Barbara zieht die Augenbrauen hoch. »Was für einen Spiegel?«

»... der einfachen Seelen«, wiederholt Feichtmayr. »So heißt das Hauptwerk der Margareta Porete.«

Barbara holt ihren Terminkalender heraus und notiert sich den Termin. Sie braucht eine kurze Auszeit. Das Gespräch ist ihr irgendwie aus dem Ruder gelaufen. »Wird Daniel Kirstejn an dieser Vorstellung teilnehmen?«

»Kaum«, meint Feichtmayr. »Er ist ein sehr zurückhaltender Herr. Wohl auch ein wenig kurz angebunden.«

»Jemand also«, hakt Barbara nach, »der lieber Anweisungen gibt als Fragen beantwortet?«

Feichtmayr lächelt. »Warum fragen Sie nicht gleich, ob er nicht lieber Befehle gebe?«, fragt er dann. »Sie sollten mir keine solchen Fallen stellen.«

Barbara hebt entschuldigend beide Hände. »Sagten Sie vorhin nicht, er sei ein Schweizer?«

»Nein, das sagte ich nicht«, stellt Feichtmayr richtig, »Kirstejn ist Basler, das heißt, er lebt in Basel, aber ob er das Bürgerrecht dort hat oder ob sich überhaupt nur Basler nennen darf, dessen Familie seit der Reformation dort ansässig ist – das weiß ich nun wirklich nicht! Auch seinen Reisepass habe ich mir nicht zeigen lassen... das heißt... ich bitte um Entschuldigung! Bei der notariellen Beurkundung musste er sich ausweisen, jetzt fällt es mir wieder ein, Kirstejn ist deutscher Staatsangehöriger. Und damit Sie sehen, dass ich mit offenen Karten spiele, darf ich Ihnen noch sagen, dass Kirstejn sehr gut Deutsch spricht, aber dass Deutsch nach meinem Dafürhalten nicht seine Muttersprache ist. Also wird er vermutlich nicht in Deutschland aufgewachsen sein. Sonst weiß ich über ihn nur, was uns seine Banken über seinen finanziellen Leumund mitgeteilt haben. Und der ist tadellos.«

»Er spricht also mit Akzent«, stellt Barbara fest. »Ist es zufälligerweise ein Akzent mit dem Anklang von alt-österreichischem Balkan?«

»Verehrteste«, sagt Feichtmayr, »wenn ich Experte für Akzente und Dialekte und Sprechweisen wäre und den Leuten ihre Herkunft aufs Maul zusagen könnte, dann würde ich damit im Variété auftreten und müsste mich nicht um dieses Zeug hier kümmern.« Eine rasche Handbewegung auf den Schreibtisch und die Aktenberge darauf macht unmissverständlich klar, dass die Audienz nun beendet ist.

So also sieht das aus, wenn man die Perspektive wechselt, denkt Berndorf und blickt sich um. Nur gibt es in einem polizeilichen Vernehmungszimmer nicht viel zu sehen. Einen Tisch oder zwei, dazu Stühle, zwei oder drei. Und immer hängt alles davon ab, auf welcher Seite des Tisches einer sitzt. Ein Vernehmungszimmer ist Ausdruck einer Weltordnung, in der es einen festen Platz für die Tische und die Stühle, nicht aber für die Menschen gibt. Für einen Augenblick überlegt er, ob er sich nicht ein Theaterstück ausdenken soll, ein Stück für drei Personen: Polizist, Häftling, Protokollant. Und in jedem Akt müssten die drei ihre Plätze wechseln, so dass nicht nur der Häftling befragt werden könnte, sondern auch der Polizist – warum er welche Fragen gestellt hat und andere nicht –, und ebenso der Protokollant, was er warum aufgeschrieben oder eben ausgelassen hat. Und die Lügen und Ausflüchte eines jeden müssten zusammen das Bild einer beschämenden Wahrheit hervortreten lassen wie in einem Hologramm.

Nur gibt es in deutschen Vernehmungszimmern keine Protokollanten mehr, sondern nur noch Rekorder…

»Entschuldigung«, sagt eine Stimme, »wir haben uns verspätet, das war keine Absicht.« Die Stimme gehört einem nicht mehr ganz jungen, eher schmächtigen Mann mit Drei-Tage-Bart, der Berndorf mit Handschlag begrüßt und sich als Friedhelm Kramer vorstellt, Kriminalhauptkommissar aus Frankfurt/Main, Dezernat Kapitalverbrechen. »Übrigens kennen wir uns, das heißt, ich kenne Sie, aber Sie werden sich nicht an mich erinnern«, fährt er fort und hängt seine Lederjacke, die auf seinen schmalen Schultern etwas unangemessen wirkt, über die Stuhllehne. »Wir sind uns in Münster-Hiltrup begegnet…«

Berndorf erinnert sich. Polizeiführungsakademie, eine Tagung über die damals neuen Möglichkeiten, die die DNS-Analyse für die Kriminalistik eröffnete, wie viele Jahre ist das nun schon wieder her! Mag sein, dass damals in seiner Arbeitsgruppe ein junger, etwas schüchterner Mann war. »Ah ja!«, sagt er zurückhaltend, denn Häftlinge sollten zurückhaltend sein, vor allem dann, wenn die Bullen besonders freundlich angeschwänzelt kommen.

Mit Kramer hat ein zweiter Mann den Raum betreten, der als Kommissar Manuel Dotz vorgestellt wird und etwas jünger ist als Kramer, aber sehr viel größer und ausladender in den Schultern. Er setzt sich etwas abseits.

»Sie haben sich an der Hand verletzt?«, fragt Kramer, »schlimm?«

»Nein«, sagt Berndorf, »nicht schlimm, der Polizeiarzt hat sich die Hand angesehen und noch einmal verbunden, besten Dank auch!« Damit sind die Präliminarien beendet, und Kramer beginnt mit der unvermeidbaren Frage, ob Berndorf ihnen denn sagen könne, wo er vorgestern – also am Mittwoch – gewesen sei.

»Ich bin mit einem Linienbus nach Frankfurt gefahren. Im Stadtteil Sachsenhausen habe ich ein bosnisches Restaurant aufgesucht, um dort zu Abend zu essen. Danach habe ich einen Besuch in Heddernheim gemacht, in einem Wohnhaus in der Trajanstraße, und dort mit einem Mann gesprochen, der eine wichtige Aussage vor dem Internationalen Gerichtshof für Jugoslawien zu machen hat.«

Die beiden Polizisten wechseln einen Blick. »Sie geben also zu«, schaltet sich Dotz ein, »dass Sie sich am Mittwochabend in dem Anwesen Watzkau aufgehalten haben?«

»Zugeben kann man nur, was man zuvor bestritten hat«, fährt ihn Berndorf an. »Wann, bitte haben Sie mich nach diesem Anwesen gefragt?«

»Warum werden Sie so aggressiv?«, fragt Dotz. »Ich habe Ihnen doch überhaupt keinen Vorwurf gemacht!«

»Wann haben Sie mich gefragt?«, insistiert Berndorf. »Wann habe ich etwas bestritten?«

Dotz murmelt etwas von Wortklauberei.

»Entweder geben Sie mir jetzt eine Antwort, oder Sie hören kein Wort mehr von mir. Aber den Abbruch der Vernehmung haben dann Sie provoziert.«

»Hören Sie«, sagt Kramer und wirft Dotz einen warnenden oder sogar tadelnden Blick zu, »wir sind wirklich an einem offenen Gespräch interessiert ...«

»Warum erhalte ich dann von diesem Menschen keine Antwort?«

»Werden Sie nicht beleidigend!«, kommt es von Dotz.

»Ach ja? Ist es eine Beleidigung, einen Frankfurter Polizisten einen Menschen zu nennen? Das sollte dann aber einer breiteren Öffentlichkeit bekannt gemacht werden«, höhnt Berndorf.

»Wir bitten sehr um Entschuldigung«, rafft sich Kramer auf. »Sie haben nichts zugegeben, was Sie zuvor bestritten hätten, und Kollege Dotz hat Ihnen zuvor auch keine Frage gestellt – einverstanden?«

Berndorf hebt kurz beide Hände und lässt sie wieder auf den Tisch fallen, als lohne es sich nicht, weitere Worte zu machen.

»Ich will ganz offen zu Ihnen sein, ohne jeden Trick«, fährt Kramer schließlich fort. »Wir verstehen ganz einfach nicht, was vorgestern Abend in der Trajanstraße abgelaufen ist. Wir haben einen Toten, wir haben zwei Schwerverletzte, wir haben eine fast blinde Frau, die ... na gut.« Offenbar will er sich dazu nicht weiter äußern. »Alles andere liegt noch im Dunklen.«

»Aber gegen mich haben Sie einen Haftbefehl erwirkt«, stellt Berndorf mit sanfter Stimme fest.

»Ich bitte Sie!«, sagt Kramer fast flehentlich, »bei der Einvernahme fiel der Name Berndorf, es wurde gesagt, Sie hätten in diesem Haus in der Trajanstraße einen gewissen Zlatan aufgesucht und seien nach der Schießerei mit diesem Zlatan ... nun ja: in einem Wagen geflüchtet, der Ihnen nicht gehört.«

»Und dann wussten Sie sofort – aha, Berndorf! Das muss der und der sein? Ich bin geschmeichelt.«

»Nein, natürlich nicht«, räumt Kramer ein. »Aber dann kam aus Berlin die Information, dass Sie ...« – er deutet mit beiden

Händen auf sein Gegenüber – »dass also der Private Ermittler Hans Berndorf sich für einen gewissen Zlatan Sirko interessiere, der aus irgendwelchen Gründen untergetaucht sei, aber Verbindungen nach Frankfurt habe…«

»Der Hinweis kam von Ihren Berliner Kollegen?«

»Gewiss doch, von den Kollegen dort.«

»Und die Kollegen haben Ihnen nichts von einem tödlichen Unfall mit Fahrerflucht gesagt, um einen Unfall, bei dem es sich meiner Überzeugung nach um einen Mordanschlag handelt, dem Zlatan Sirko hätte zum Opfer fallen sollen? Haben Ihre Kollegen auch nichts davon gesagt, dass ich in dieser Sache bei ihnen vorgesprochen habe, sehr nachdrücklich sogar?«

»Der Anruf ist bei mir aufgelaufen«, sagt Dotz. »Und der Anrufer, also der Kollege bezog sich nur auf den Vorfall in Heddernheim. Er habe einen Tipp bekommen und wolle den weitergeben.« Dotz hebt entschuldigend beide Hände. »Das ist alles.«

Berndorf sieht ihn an und schüttelt den Kopf. »Ich glaube Ihnen nicht.«

»Das ist dann Ihr Problem«, erwidert Dotz.

»Dieser Zlatan Sirko…« – Kramer zieht jetzt wieder das Gespräch an sich – »in welchem Verhältnis stehen Sie zu ihm?«

»In gar keinem«, gibt Berndorf gallig zurück. »Ich habe den Auftrag, ein Gewaltverbrechen aufzuklären, und tun muss ich dies vor allem deshalb, weil Ihre Berliner Kollegen keine Zeit haben, ihrer Arbeit nachzukommen. Vielleicht haben sie auch einfach keine Lust, weil es sich bei dem armen Teufel, der diesem Verbrechen zum Opfer gefallen ist, um einen jungen Mann türkischer Abstammung handelt…«

»Herr Berndorf, bitte!«

»Ich bitte Sie!«, gibt Berndorf zurück. »Und zwar darum, mir keine weiteren Märchen über irgendwelche Kollegen zu erzählen. Der Hinweis auf mich und den Namen Sirko kam von anderer Seite. Ich nehme an: vom Bundesnachrichtendienst. Sie sollten diese Leute nicht als Kollegen ansehen.«

»Schade«, sagt Kramer und klingt fast traurig, »Sie bringen wirklich einen aggressiven Ton in unser Gespräch.«

»Aggressiv? Ich? Ich werde unter dem Vorwurf festgenommen, an einem Tötungsdelikt beteiligt zu sein, auf Deutsch: jemanden erschossen zu haben. Kein ganz geringfügiger Vorwurf, nicht wahr? Und worauf stützt er sich? Auf die Aussage einer Zeugin, an deren Hand Sie mit Sicherheit die Schmauchspuren aus der Tatwaffe hätten finden können, wenn Sie nur danach gesucht hätten ...«

»Es gibt diese Schmauchspuren«, sagt Kramer leise, »und wir haben sie in der Tat an den Händen der Zeugin gefunden, von der Sie sprechen. Und die Fingerabdrücke an der Tatwaffe, das ist alles richtig.«

»Richtig ist dann aber auch«, wirft Dotz ein und blickt von den Notizen, die er sich gemacht hat, zu Berndorf auf, »dass Sie über Informationen verfügen, die nur jemand haben kann, der sich zur Tatzeit am Tatort aufgehalten hat. Sind Sie wenigstens so weit einverstanden?«

»Habe ich irgendetwas davon bestritten?«

»Aber wenn das so ist«, fährt Kramer fort, »dann müssten Sie auch wissen, dass diese Zeugin den tödlichen Schuss kaum abgefeuert haben kann. Giulio Varsalone – das ist der Tote – ist exakt mitten in die Stirn getroffen worden, und das mit einem Schuss durch das Türfenster. Diese bedauernswerte Frau aber ist nahezu blind.«

»Und?«, fragt Berndorf. »In der Bundesrepublik kommen im Jahr sieben Menschen bei Jagdunfällen ums Leben. Mal einer mehr, mal einer weniger. Diese bedauernswerten Menschen wurden alle von Jägern totgeschossen. In keinem dieser Fälle ist jemals Anklage wegen vorsätzlicher Tötung erhoben worden. Die Jäger haben also auf etwas geschossen, das sie nicht richtig gesehen haben. Folglich muss es sich ausnahmslos um Sehbehinderte gehandelt haben. Vielleicht ist das mit den Jägern ähnlich wie mit der katholischen Kirche.«

»Was hat denn die damit zu tun?«, fragt Kramer.

»Die Menschen fühlen sich immer zu dem hingezogen, von dem sie am ehesten die Finger lassen sollten«, antwortet Berndorf. »Die Sehbehinderten zur Jägerei und die Männer, die gerne Röcke tragen, zu einer Kirche, in der bei jeder Gelegenheit gegen die Homosexualität gepredigt wird.«

»Das führt jetzt aber etwas vom Thema weg«, meint Kramer. »Eigentlich hatten wir gehofft, Sie würden uns ganz einfach erzählen oder erklären können, was genau in diesem Haus abgelaufen ist.«

»Erklären kann ich es Ihnen nicht. Das könnten die Herren, die Sie aus Berlin angerufen haben, sehr viel besser«, antwortet Berndorf.

»Sie wollen doch sicher nicht auch noch das Wochenende in Haft bleiben?«

»Ach!«, sagt Berndorf, »dieser lächerliche Haftbefehl! Der hat eh keinen Bestand.«

»Ja?«, antwortet Kramer fragend. »Sie sind ganz sicher, dass der nicht doch noch unterfüttert werden kann?«

Berndorf will auffahren, lässt es dann aber doch bleiben. Er mustert Kramers Gesicht, und gleichzeitig ruft er sich den Ablauf des bisherigen Gesprächs in Erinnerung.

»Vorhin …«, so fragt er plötzlich, »warum haben Sie mich vorhin nach dem Verhältnis gefragt, in dem ich zu Zlatan Sirko stehe?«

»Ich will's Ihnen gerne sagen«, antwortet Kramer und betrachtet seine Fingernägel. »Nur – wenn die Karten auf den Tisch gelegt werden sollen, müssen es beide Seiten tun.« Dann löst er seinen Blick von den Fingernägeln und betrachtet Berndorf. Ansonsten herrscht Schweigen.

Sie haben also noch eine Karte im Ärmel«, sagt Berndorf, »und sie betrifft Zlatan. Sie soll ihn diskreditieren und damit auch mich. Na schön. Wo kommt die Karte her? Um einen Schlapphut wette ich mit Ihnen, dass sie von denselben Leuten platziert worden ist, die die Freundlichkeit hatten, Sie so umgehend auf mich aufmerksam gemacht zu haben.«

»Kann es sein, dass Sie sich in ein Feindbild verbissen haben?«, fragt Kramer.

»Nichts gegen ein gutes, gestochen scharfes Feindbild«, antwortet Berndorf. »Nur rede ich von Leuten, die sich nicht zu erkennen geben. Die in Autos mit Kennzeichen herumfahren, zu denen es keine Auskunft gibt.«

»Und wenn es trotzdem Leute sind, denen man Glauben schenkt? Deren Hinweise nicht ignoriert werden können?«

»Wer ist man? Ich gewiss nicht.«

»Ein Haftrichter zum Beispiel.«

»Nun gut«, meint Berndorf. »Um den Haftrichter zu beeindrucken, erzählen meine Freunde also, dass Gefahr im Verzug sei. Was für eine Gefahr? Eine terroristische, versteht sich. Das ist wie ein Pawlowscher Reflex. Wenn Haftrichter das Wort terroristisch hören, geifern sie Haftbefehle. Und Zlatan Sirko ist Bosniake, also vermutlich Muslim, auch wenn ich ihn nicht ein einziges Mal beim Gebet ertappt habe. Aber einem Muslim ist heutzutage noch schneller das Etikett des Terroristen angeklebt als früher einem Langhaarigen.«

»Und wer ist denn nun dieser Sirko, wenn wir das Etikett wieder entfernen? Sie haben ihn doch näher kennen gelernt.«

»Da bin ich mir nicht so sicher«, antwortet Berndorf. »Er hat mir seine Geschichte erzählt. Kenne ich ihn deshalb? Ein Kellner in einem Hotel an der jugoslawischen Adria gerät in den Bürgerkrieg und weiß nicht, wie ihm geschieht, findet sich in einem Gefangenenlager wieder, vegetiert am Rand des Hungertodes vor sich hin und überlebt trotzdem und weiß nicht, warum, wird Jahre später um ein Haar totgefahren und überlebt schon wieder und weiß schon wieder nicht, warum… ein solcher Mensch – wie soll ich den kennen? Der kennt sich doch selber nicht mehr.«

»Sie sagten«, fragt Dotz, der die ganze Zeit mitgeschrieben hat, »er sei Kellner in einem Hotel an der Adria gewesen?«

»So hat er es mir erzählt. In den Achtziger Jahren muss das gewesen sein, vor dem Bürgerkrieg in Jugoslawien. Was stört Sie daran?«

Dotz schüttelt den Kopf. »Mich? Gar nichts. Er hat ja auch in Frankfurt in der Gastronomie gearbeitet, in Sachsenhausen, um genau zu sein. Hat da auch die reguläre Ausbildung als Restaurantfachmann abgeschlossen.«

Berndorf sagt nichts, sondern betrachtet – den Kopf etwas zurückgelegt – den Kriminalkommissar Manuel Dotz wie jemanden, den er eigentlich erst jetzt wahrnimmt. Aber der hat schon wieder den Blick auf seinen Notizblock gerichtet.

»Ich glaube«, wirft Kramer ein, »jetzt sind Sie es, den etwas stört.«

Berndorf schüttelt den Kopf. »Offenbar haben Sie das ganz große Schleppnetz ausgelegt, um Informationen über Sirko einzuholen. Folglich glauben Sie, was man Ihnen eingeflüstert hat – dass er ein Schläfer ist, ein verkappter Terrorist. Nun gut, dann ist Sirko eben kein Kellner, sondern ein Terrorist. Welche Erklärung gibt es dann aber dafür, dass dieser jetzt aktivierte Terrorist Sirko und sein deutscher Helfershelfer, also meine Wenigkeit, nicht etwa einen der Frankfurter Bankentürme attackiert haben, wofür es Gründe genug gäbe, sondern den Mercedes-Fahrer Giulio, wie war noch der Name?«

»Varsalone«, ergänzt Kramer. »Außerdem gibt es noch zwei Überlebende.«

»Mattia und Luca, gewiss doch, wie geht es ihnen denn?«

»Der Jüngere ist inzwischen aus dem Krankenhaus entlassen worden, der Ältere wohl noch zur Beobachtung dort.«

»Haftbefehle haben Sie nicht erwirkt?«

»Wozu? Fester Wohnsitz, festes Arbeitsverhältnis bei einer etablierten internationalen Spedition. Außerdem behaupten die beiden Männer, sie seien mit ihrem Chef Varsalone zu diesem Haus gefahren, um einen Kostenvoranschlag für die Räumung des Hauses und die Lagerung der Möbel zu machen. Und dann seien sie plötzlich hinterrücks angegriffen und niedergeschlagen worden. Der Angreifer wird als ein etwa fünfzigjähriger Mann von athletischer Statur beschrieben.«

»Ach ja?«, fragt Berndorf. »Und was sagt die Erbin des Hauses zu dem Kostenvoranschlag?«

»Sie meinen Elfriede Watzkau?« Kramer zögert. »Deren Aussagen sind leider ein wenig diffus.«

»Was ist mit der Frau, die angeblich von den Stadtwerken kam?«

»Ja, da wird die Geschichte leider etwas unüberschaubar«, räumt Kramer ein. »Es ist richtig, dass die Watzkau erzählt, es sei eine Frau gekommen, die nach dem Gas habe sehen wollen. Natürlich wissen die Stadtwerke nichts davon. Andere Zeugen haben nach der Schießerei eine Frau in der Nähe des Hauses gesehen. Inzwischen hat man uns verständigt, wonach gestern Abend mit Ihnen auch eine Olga Sowieso festgenommen worden sei, in oder bei Rostock, und dass diese Frau Aussagen über die Vorkommnisse in der Trajanstraße machen könne.«

»Diese Olga Modrack«, wirft Berndorf mit müder Stimme ein, »hat sich als eine Mitarbeiterin der Frankfurter Stadtwerke ausgegeben, und zwar nur deshalb, um sich so Zutritt zu dem Haus in der Trajanstraße zu verschaffen und dort einen weiteren Mord zu begehen. Zu diesem Zweck führte sie eine Schusswaffe mit sich. Sie ist gestern nicht mit mir zusammen festgenommen worden, sondern ich habe sie festgesetzt, um sie so an einem neuerlichen Mordversuch zu hindern. Wenn Sie die Modrack hier haben, stellen Sie sie der Watzkau gegenüber …«

»Das ist das, was wir als nächstes tun werden«, antwortet Kramer. »Wir haben sie nämlich mitgebracht.«

Radio Fünf Neunundsechzig hat sein Studio in Kreuzberg, in einem ehemaligen Depot der Berliner Verkehrsbetriebe. Es ist bereits später Nachmittag, und die hohen Werkstattfenster nehmen gerade noch so viel Tageslicht auf, dass sie sich wie graublaue Lichtbänder an den Wänden der Büros abzeichnen. Wanda Kuhlebrock hat eine Tischlampe mit einem altmodischen grünen Glasschirm eingeschaltet, der Lichtkreis erhellt Stapel von Prospekten und Fanpost.

»Bitte nicht schon wieder die Birkin«, sagt Wanda Kuhlebrock. »Es geht nicht. Ich kann sie nicht mehr hören.« Er ist ein schlecht rasierter Mann zwischen vierzig und fünfzig Jahren, mit schon etwas schütterem Haar, aber einem offenbar frisch sanierten, blendend weißen Gebiss. »Um die Wahrheit zu sagen, Gnädige Frau, diese ganze Fick- und Bumsmusik geht mir allmählich so was vom am Arsch vorbei, Sie können sich kein Bild davon machen!« Er besitzt eine angenehme Altstimme, die er auch im normalen Gespräch mit sehr sorgfältiger Artikulation zur Geltung bringt. »Wenn es nach mir ginge – ich würde einen ganzen Abend lang den großen Johann Sebastian bringen, die *Goldberg-Variationen*, am besten von Glenn Gould gespielt, und dann die *Kunst der Fuge*, und später in der Nacht ein paar von den Modernen, Ligeti und Gorecki, oder die *Sonatas and Interludes* von Cage, ha!« Einmal mehr zeigt er sein tadellos weißes Gebiss. »Aber es geht nicht nach mir, nie geht es nach mir... Also, verehrte Gnädige Frau, ich werde mich bemühen, jeden Wunsch von Ihren Augen abzulesen – nur bitte kein Gainsbourg und auch keine Jane Birkin!«

Die Besucherin, Barbara Stein, bittet sehr um Entschuldigung, auch gehe es ihr gar nicht darum, eben dieses Chanson noch einmal gespielt zu bekommen: »Obwohl ich's von Zeit zu Zeit gerne höre. Aber jetzt suche ich jemand, der in der Nacht zum Mittwoch angerufen und erzählt hat, wie er eine Frau in einem Auto beobachtet hat, in einem Landrover, als gerade *Viens entre mes reins* lief...«

»Waren Sie diese Frau?« Wanda Kuhlebrock hat sich vorgebeugt und betrachtet sie mit deutlich gestiegenem Interesse.

»Nein, das war ich nicht, trotzdem hätte ich gerne Kontakt

zu diesem Anrufer. Das heißt, genau genommen suche ich die Frau. Die Frau in dem schwarzen Landrover.«

»Ich erinnere mich.« Wanda Kuhlebrock verzieht ihr Gesicht. »Das war damals übrigens hart an der Grenze. Der Anrufer war ein wenig knülle, und was er erzählt hat, ließ darauf schließen, dass er eigentlich ein Spanner ist. Worauf man sich nicht alles einlässt! Natürlich hatte das was – eine Frau allein in der Stadt unterwegs mit dem großen schwarzen Töfftöff. Sie hört natürlich Radio Fünf Neunundsechzig und fährt an den Straßenrand, als Jane Birkin am Kommen ist. Ha!« Wanda Kuhlebrock kann jetzt nicht anders. Er verdreht die Augen und fährt sich mit beiden Händen zärtlich über die Brust. Dann richtet er den Blick wieder auf Barbara. »Entschuldigung! Sie haben also ein Interesse an dieser Frau, darf ich das so sagen?«

»Interesse, ja doch«, antwortet Barbara. »Diese Frau ist nämlich eine Mörderin.«

»Oh!« Kuhlebrock richtet sich erschrocken auf. »Das ist aber ein Fall für die Polizei. Und für die Polizei bin ich nicht gern der Freund und Helfer.«

»Das dachte ich mir«, meint Barbara. »Eben darum bin ich nicht zur Polizei gegangen, sondern zu Ihnen.«

»Und warum gehen Sie nicht zur Polizei, wenn ich fragen darf?«

»Weil die sich nicht dafür interessiert«, antwortet Barbara. »Die Frau hat einen türkischen Jungen totgefahren, mit Absicht hat sie das getan, und weil es eben ein türkischer Junge war, hat die Polizei keine große Lust, sich viel Mühe zu machen. Und darum müssen Sie mir helfen. Es geht nicht anders.«

Also, es muss jetzt niemand Wunderdinge vollbringen«, sagt Kriminalhauptkommissar Friedhelm Kramer beruhigend zu der Frau, die von seinem Kollegen Dotz in den fensterlosen Raum gebracht worden ist, in dem die Gegenüberstellung stattfinden soll. »Was man nicht weiß, das weiß man nicht, und wenn man jemand nicht erkennt, erkennt man ihn eben nicht. Aber wenn man jemand erkennt, dann muss man das schon sagen. Eigentlich ganz einfach.«

»Einfach?«, fragt Elfriede Watzkau zurück, »ich weiß nicht, warum Sie mir das erzählen. Sie reden mit mir, als ob ich nicht richtig im Kopf wär und vielleicht nicht weiß, was ich weiß. Sie müssen mit mir nicht einfach reden, vor allem nicht, wenn Sie es nicht besser verstehen.«

Eilends versichert Kramer, dass er seine Bemerkung so nicht gemeint habe, sondern...

»Wie haben Sie es dann gemeint?«

Das weiß Kramer nun auf die Schnelle auch wieder nicht, und so sagt er, dass es nur noch ein paar Augenblicke seien, »und dann kommen ein paar Leute in dieses Zimmer, und vielleicht werden Sie mir sagen können, ob einer oder eine davon am Mittwochabend in Ihrem Haus in der Trajanstraße gewesen ist.«

»Das ist noch nicht mein Haus«, stellt Elfie Watzkau klar, »das ist noch immer das Haus von meinem Onkel, solang ich keinen Erbschein hab, das hab ich Ihnen doch schon erklärt, die ganze lange Fahrt schon erklär ich Ihnen das, und dass ich den Erbschein nicht krieg, solange Sie das Testament nicht herausgeben, das Sie beschlagnahmt haben, wieso eigentlich? Und Sie wollen wirklich einen Mord aufklären, wenn Sie solche Sachen nicht auseinanderhalten können?«

»Niemand ist perfekt«, sagt Kramer entschuldigend und schiebt sie in einen Raum, in dem schon eine Polizistin auf sie gewartet zu haben scheint. Hier stehen nur ein paar Stühle, die kahle fensterlose Stirnseite ist leer. Kramer nickt der Polizistin zu, die daraufhin zu einer Seitentür geht und sie öffnet. Sechs Männer betreten den Raum und stellen sich nebeneinander vor der fensterlosen Wand auf.

»Was sind das für Leute?«, will Elfie Watzkau wissen.

»Ich hab's Ihnen doch gesagt, Sie sollen sehen, ob Sie jemand davon erkennen. Und ob der bei Ihnen im Haus in der Trajanstraße war.«

»Sehen!«, sagt Elfie, »das sagen Sie so! Ich hab eine Sehbehinderung, wie oft hab ich Ihnen das schon gesagt, extra zum Augenarzt haben Sie mich deshalb geschickt.«

»Gewiss doch. Aber versuchen Sie es trotzdem. Gehen Sie einfach zu diesen Leuten, die da vorne stehen, und dann schauen wir mal.«

Elfriede Watzkau zögert, dann geht sie mit vorsichtigen Schritten, den Kopf suchend und witternd vorgestreckt, zu den sechs Männern – von denen fünf Rostocker Polizisten in Zivil sind – und überwindet sich sehr schnell, ihnen aus nächster Nähe ins Gesicht zu starren. Sie ist an den ersten drei Männern vorbei und bleibt vor dem vierten stehen.

»Tag, Frau Watzkau«, sagt Berndorf. »Haben Sie Ihr Testament jetzt gefunden? Hat es hinterm Spiegel gesteckt?«

Elfie Watzkau tritt einen knappen Schritt zurück und richtet sich auf. »Ja, aber was drinsteht, weiß ich noch immer nicht. Die haben das beschlagnahmt, das ist doch unverschämt.«

»Sie kennen diesen Mann also?«, fragt Kramer, der neben sie getreten ist.

»Meinen Sie vielleicht, ich würd sonst mit ihm reden? Halten Sie mich für so eine?«

»Und wer ist dieser Mann?«

Er heiße Berndorf, erklärt Elfie, mehr wisse sie nicht von ihm, wie käme sie auch dazu! Aber vorgestern, das sei er in die Trajanstraße gekommen und habe Zlatan sprechen wollen. Kramer hat keine Fragen mehr, die sechs Männer verlassen den Raum, an ihrer Stelle kommen sechs Frauen aus der Seitentür und stellen sich vor der kahlen Wand auf.

»Soll ich die jetzt auch angucken?«, fragt Elfie. »Mit der Zeit wird das langweilig, wissen Sie das?« Trotzdem geht sie an den Frauen entlang, nicht allzu schnell, bleibt aber doch auf etwas mehr Abstand als vorhin, jedenfalls kommt es Kramer so vor. Als sie schon fast am Ende der Reihe ist, schreckt sie zurück, wie von einem unsichtbaren Schlag getroffen. Sie steht jetzt vor der fünften Frau von links, die Frau trägt ein Kostüm und flache Halbschuhe, sie hat ein ovales Gesicht mit grünen Augen und hohen Wangenknochen.

Elfie Watzkau macht einen zweiten Anlauf und nähert sich noch einmal der Frau im Kostüm, diesmal mit vorgestrecktem Kopf, es sieht aus, als ob sie an der Frau schnüffeln wollte. Mit einiger Verzögerung begreift Kramer, dass die Watzkau das auch tatsächlich tut.

»Das da«, sagt Elfie und zeigt auf Olga Modrack, auf die Frau im Kostüm, »das da ist die Frau, die wegen dem Gas gekommen ist.« Unversehens hat sie sich ganz dicht vor sie gestellt. »Warum haben Sie mich angelogen?« Elfies Stimme ist laut geworden. »Es war gar nichts an der Gasleitung. Man darf den Leuten nicht mit solchen Sachen Angst machen, das ist... niederträchtig ist das!«

Kramer ist neben Elfie getreten und fasst sie behutsam am Arm. »Sie sind ganz sicher?«

»Fragen Sie nicht so blöd!«, fährt ihn Elfie an. »Dieses Parfüm, das riecht man doch gegen den Wind! Das ist Juchten, wissen Sie? Das hat sie schon am Mittwoch aufgelegt gehabt, der ganze Flur hat danach gestunken, als wäre er frisch geteert. Ich hab es immer gedacht, das müssen merkwürdige Weiber sein, die so was nehmen, solche, wo den Männern mit der Peitsche auf den nackigen Hintern hauen, aber jetzt weiß ich, dass es noch schlimmere sind...«

Ja, bitte?« Die Stimme, die sich bei Barbara Steins drittem Versuch nun doch meldet, ist tiefgekühlt. Barbara nennt ihren Namen, fragt, ob sie mit Solveig Lunden verbunden sei. Sie ist es, und Barbara bittet um Entschuldigung für die Störung.

»Wir haben uns in der Charité gesehen, als wir beide Christian Fausser besuchen wollten.«

»Ich weiß«, sagt die kühle Stimme. »Und?«

»Ich habe Fausser erst vor kurzem kennen gelernt«, fährt Barbara fort, »auf dieser Tagung am Starnberger See, wir sind über das Thema Jugoslawien ins Gespräch gekommen, und dabei haben sich einige Aspekte ergeben, über die ich gerne mehr wissen würde…«

»Wenn ich das richtig verstehe«, kommt es durch das Telefon, »dann werden Sie von der triumphierenden Brigitte nicht ans Krankenbett gelassen, und jetzt versuchen Sie es bei mir. Aber leider bin ich völlig ungeeignet, einen Kontakt zu vermitteln. Ich bin nämlich nur seine Hure. Oder war es. Man wird mich jetzt ja kaum mehr benötigen.«

»Trotzdem hätte ich gerne mit Ihnen gesprochen«, beharrt Barbara. »Vielleicht können Sie mir helfen, seine Haltung besser zu verstehen.« Sie bemüht sich, in ihre Stimme einen so freundlichen und ruhigen Ton zu legen, wie es irgend möglich ist, wenn einem gleichzeitig durch den Kopf geht, was für eine dumme, beleidigte, ichbezogene Pute man da am Telefon hat!

»Viel gibt es da nicht zu verstehen«, kommt es durch den Hörer. »Wie die meisten Männer ist er einfach feige. Ein bisschen Fassade, und nichts dahinter. Wenn Sie Details wissen wollen, von mir aus. Aber nicht heute Abend und nicht morgen. Sonntagvormittag ginge, sagen wir elf Uhr?«

Barbara ist einverstanden, und sie vereinbaren als Treffpunkt ein Café am Potsdamer Platz. Dann ist das Gespräch beendet, Barbara legt sich beide Hände in den Nacken und massiert sich mit den Fingerspitzen.

Wahrscheinlich hat diese Solveig auch noch Recht, sagt sie sich. Dieser Fausser ist nicht wirklich interessant. Ein bisschen links, dann aber wieder hauptsächlich staatstragend, ein bisschen Beischlaf mit einer Pute in Fick-mich-Stiefeln, dann aber wieder hauptsächlich verheiratet und Familienvater.

Jemand schließt die Wohnungstür auf. Für einen Augenblick erschrickt sie – aber diese Olga sitzt doch hinter Schloss und Riegel, oder nicht? Die Wohnungstür fällt ins Schloss, jemand zieht die Tür des Garderobenschranks auf, ein Mantel wird aufgehängt, der Jemand kommt ins Zimmer und beugt sich über sie und küsst sie auf die Wange und riecht nach Bahnhofskneipe.

»Du hast Bier getrunken!«

»Im Zug, ja. Ging nicht anders.«

»Haben sie dich laufen lassen, oder hast du wieder jemand über den Kopf gehauen und bist ausgebrochen?«

»Dingeldey hat erreicht, dass der Haftbefehl außer Vollzug gesetzt wird«, antwortet Berndorf. »Das andere hätte dir mehr Eindruck gemacht, nicht wahr? Aber dann hätte ich nicht hierherkommen können.«

»Du irrst«, stellt Barbara richtig, »ich bin kein Fan davon, dass du andere Leute auf den Kopf haust. Absolut nicht.« Dann will sie wissen, ob er schon zu Abend gegessen hat, und weil er das noch nicht hat, beschließen beide, in die Eckkneipe zu gehen, einen Teller Pasta gibt es da allemal.

Als sie das Haus verlassen haben, fällt ihr doch auf, dass Berndorf auf dem Gehsteig einen Moment stehen bleibt und einen prüfenden Blick über die links und rechts geparkten Fahrzeuge gleiten lässt. Sehr beruhigend kommt ihr das nicht vor. Wie soll das weitergehen?

»Die haben dir also geglaubt?«, fragt sie.

»Glauben ist keine kriminalistische Kategorie«, antwortet er. »Man hat einen Verdacht, der ist entweder hinreichend, oder er ist es nicht, oder er kann entkräftet werden. Glaube hingegen kann nicht entkräftet werden, den hat man, oder man hat ihn nicht.«

»Du solltest dich einmal mit dem Monsignore unterhalten«, wirft Barbara ein, »zum Beispiel über die Grenzen dessen, was wir denken oder wissen können.«

»Mit wem, sagst du, soll ich reden?« Sie sind an der Eckkneipe angekommen, und Berndorf ist im Begriff, die Tür aufzuziehen.

»Mit Monsignore Feichtmayr. Ich hab dich mit ihm bekannt

gemacht, weißt du das nicht mehr?«, kommt die Antwort. »Der Mann aus der Zeitung. Kirstejns Geschäftspartner. Ich hab mit ihm gesprochen. Aber nun lass uns reingehen, ich hab Hunger!«

Obwohl es Freitagabend ist, finden sie in der Kneipe einen Tisch für sich, auch hat die Küche noch offen. Bei Lucy, der Bedienung, die im vermutlich zwölften Semester Philosophie studiert, bestellt Barbara einen Risotto und Berndorf Tagliatelle alla matriciana, dazu für beide eine Flasche Barolo.

»Ach, Lucy«, sagt Berndorf, als die Bestellung notiert ist, »eine Frage noch, aber nichts Erkenntnistheoretisches, sondern etwas aus der Gastronomie – wer darf sich und warum Restaurantfachkraft nennen?«

»Berndorf!«, sagt Barbara tadelnd, während sich auf Lucys schöner hoher Stirn eine scharfe Falte abzeichnet.

»Sie sind oder waren nicht mit mir zufrieden?«

»Um Gottes willen: Nein!«, ruft Berndorf, »wir beiden lieben Sie und vertrauen Ihnen, nur ist mir dieser Begriff begegnet: Restaurantfachkraft, und jetzt will ich wissen, was das genau ist.«

Lucy verharrt einen Augenblick, dann gesteht sie, dass sie das leider auch nicht weiß, geht zur Theke und redet, nachdem sie die Bestellung in die Küche weitergegeben hat, mit dem Patron, einem noch jungen Mann mit flinken, etwas misstrauischen Augen, die sich sofort an Berndorf und Barbara festmachen. Dann wischt er sich die Hände ab, mit denen er gerade Gläser gespült hat, und kommt in sehr aufrechter Haltung an den Tisch.

»Sie haben ein Problem mit dem Service?«

Und wieder versichert Berndorf, dass er durchaus kein Problem habe, sondern bisher jedes Mal höchst zufrieden gewesen sei und sich auch nur deshalb erlaubt habe, diese Verständnisfrage zu stellen.

»Verstehen Sie – eine Restaurantfachkraft, ist das jemand, der kochen oder der ein Restaurant führen darf?«

»Das ist ein Kellner«, antwortet der Patron, »ich hab's der Lucy schon zehn Mal gesagt, sie soll sich bei der IHK melden und die Prüfung machen, aber sie will nun einmal nicht.«

Marmor, Stein und Eisen bricht, aber unsere Liebe nicht«, röhrt es aus dem Radio, so dass der Bilch den Ton nun doch leiser stellen muss. Noch immer hat er den Schulatlas aus Andrés Bücherregal vor sich auf dem Küchentisch liegen und blättert darin.

»New York geht wirklich nicht«, fährt er dann fort, »ich hab's dir schon mal erklärt. Außerdem kannst du nicht einfach nach Tegel rausfahren und dich in den Flieger setzen. Du brauchst ein Visum. Das kriegst du nicht so ohne Weiteres. Du nicht, und ich zweimal nicht.«

»Und so was kann man sich nicht besorgen?«, fragt André und schraffiert mit dem Bleistift den Schatten, den die Hochhäuser auf die Straßenschluchten werfen sollen. »Ich meine – wie wir mal in den Ferien nach Jugoslawien sind, da sind wir auch geflogen, und die Elke hat außer dem großen Koffer so einen kleinen bei sich gehabt, da waren die Pässe und die Tickets in der Außentasche drin.« Der Schatten ist wichtig, damit der Junge und auch die anderen Leute später allmählich aus ihm heraustreten können.

»Was redest du da eigentlich?«, fragt der Bilch und blickt besorgt von dem Atlas auf, »hör ich recht? Du meinst, du könntest den Leuten die Tickets und Visa klauen wie den armen kranken Patienten die Geldbeutel? Aber bitte! Du kannst es ja versuchen. Geh hin, vielleicht gibt es ja einen jungen Dödel, der sich die Papiere abnehmen lässt, vielleicht kommst du sogar durch die Kontrollen damit und in den Flieger, und wenn der Dödel noch immer keinen Krach geschlagen hat, startet der Flieger auch noch, aber am Kennedy International Airport ist dann Schluss, weil man bis dahin den Dödel gefunden hat und weiß, was du mit ihm gemacht hast. Und täusch dich nicht – die Amis, mein Lieber, die stecken dich schneller in den Knast, als du papp! sagen kannst.«

»Ich kann ja auch gar nicht weg«, meint André unbeeindruckt und tastet nach der Stelle auf seiner Nase, an der er am Morgen den Pickel ausgedrückt hat. »Solange die Elke nicht zurück ist.«

Wieder blickt der Bilch auf und setzt zu einer Antwort an, aber dann schweigt er doch lieber und dreht das Radio lauter. Wanda Kuhlebrock ist dran und hat einen Anrufer, aber es ist nicht Matthaus, es ist eine Anruferin, der Bilch will schon wieder leiser stellen, aber dann lässt er es doch.

»Barbara«, gurrt Wanda, »was für ein schöner Name! Ich kannte mal eine Barbara, die hatte wunderschöne grüne Augen, wir haben an Weihnachten Ostereier miteinander gesucht, das war lustig! Und du – was für Augen hast du?«

»Grüne«, sagt die Anruferin. »Mit ein bisschen Blau drin.«

»Ich bin hin und weg! Und suchst du auch etwas?«

»Ja«, kommt es über die Telefonschaltung, »ich suche jemanden. Einen Mann.« Die Anruferin kann zwar nicht so gurren wie Wanda, aber wenn sie sagt: einen Mann!, dann schwingt doch etwas mit, dass selbst der dicke Bilch aufhorcht.

»Einen Mann, der in der Nacht zum Montag an einem schwarzen Landrover vorbeigegangen ist, und eine Frau saß darin und hörte Radio Fünf Neunundsechzig, und Jane Birkin sang gerade ...« – plötzlich bekommt die Stimme noch ein ganz anderes Timbre, fast ein gehauchtes – »also sie sang gerade: *Viens entre mes reins ...*«

»Was soll eine einsame Frau nachts in einem Auto auch anderes hören als Radio Fünf Neununsechzig!«, kommentiert Wanda Kuhlebrock. »Aber die Geschichte hab ich doch schon einmal gehört? Einer meiner Süßen hat angerufen und erzählt, wie er an dem Wagen vorbeigegangen ist, aber die einsame Frau wollte sich allein vergnügen. Vielleicht ist es der, den du suchst, Barbara?«

»Gut möglich.«

»Da legen wir zwei ja gerade ein sehr verführerisches Netz aus, findest du nicht? Ist es denn eine romantische Geschichte, zu der du den großen Unbekannten suchst? Oder soll es erst eine werden?«

»Es ist schon eine«, antwortet die Anruferin. »Der Landrover stand in der Kleinen Rosenthaler Straße, neben dem Alten Garnisonfriedhof, das ist einer der romantischsten Plätze in Berlin Mitte.«

»Ich kenne ihn! Ich liebe ihn! Überhaupt können Friedhöfe sehr romantisch sein«, wirft Wanda ein, »ich könnte dir Geschichten erzählen, Barbara, Geschichten – da würdest du Augen machen! Aber sag doch – hast du auch eine Belohnung für unseren großen Unbekannten?«

»Aber gewiss doch«, sagt die Anruferin. »Er wird die Wahrheit erfahren. Die Wahrheit über die Frau in dem Wagen.« Dann ist das Gespräch aber schon zu Ende, Wanda Kuhlebrock nennt die Telefonnummer, unter der sich der Große Unbekannte bei Radio Fünf Neunundsechzig melden kann, und sagt den nächsten Song an, *In a country churchyard* von Chris de Burgh, und jetzt dreht der Bilch den Ton nun doch wieder leiser.

»Hast du das gehört?«, fragt André, noch immer den Bleistift in der Hand. »Das war eine Bullenfrau. Die suchen den Typ, damit er sie zu der Frau bringt. Du weißt doch, die mit dem Landrover.«

»Ich glaub nicht, dass das eine Bullenfrau war«, meint der Bilch. »Die haben keine solchen Stimmen. Und wie sie den Titel von dieser französischen Schnulze ausgesprochen hat. Nee, mein Lieber, das war keine Berliner Bullenfrau!«

»Was soll denn das überhaupt heißen?«, fragt André, aber der Bilch versteht die Frage nicht.

»Was die Frau da auf Französisch gesagt hat«, setzt André nach, und der Bilch verdreht die Augen.

»Junge!«, sagt er dann, »ich werd dich doch um Gottes Willen nicht aufklären müssen.« Dann erklärt er es ihm doch.

»Ach das!«, meint André, »da hättest du kein solches Getue drum machen müssen.«

»Na schön, wenn du weißt, was so abgeht. Nur kann das noch nicht alles sein«, fährt der Bilch fort, um rasch wieder etwas Autorität zu gewinnen. »Ich glaube nämlich, deine Allgemeinbildung lässt ein wenig zu wünschen übrig. Bevor wir in die Große Weite Welt aufbrechen können, nach London und weiter nach New York gar, da sollten wir ein wenig Schliff bekommen haben. Ich denke, wir sollten mit Frankreich beginnen.« Er klopft auf den Schulatlas. »Nicht zufällig habe ich hier *la douce France* aufgeschlagen. Im Frühling müsste die Côte d'Azur besonders schön sein.« Er horcht auf. Im Radio hat wieder Wanda das Wort.

»Na, Ihr Süßen, wir haben heute unsere geheimnisvolle, unsere romantische Nacht auf Radio Fünf Neunundsechzig, nach der grünäugigen Barbara kommt jetzt Jörg, und auch Jörg hat ein besonderes Anliegen ...«

Der Bilch und André wechseln einen kurzen Blick, und der Bilch stellt das Radio wieder lauter. Eine angenehme und kultivierte Männerstimme erfüllt den Raum und sagt, wie sehr er sich freue, endlich einmal mit Wanda zu sprechen. Er habe auch einen Wunsch, sagt der Mann, der sich Jörg nennen lässt:

»Gerne würde ich wieder einmal Sandie Shaw hören mit *Like a puppet on a string*, und ich möchte damit Gaspara grüßen, die eine sehr schöne und begehrenswerte Frau ist und die – wenn sie diesen Song hört – weiß, dass sie mich hier in Berlin anrufen kann.«

»Gaspara!«, echot Wanda Kuhlebrock, »ich bin hin und weg, erst eine grünäugige Barbara, jetzt eine Gaspara, die Nacht der Frauen mit den vielen Aaaahs! Aber jetzt erst einmal Sandie Shaw und eine Erinnerung an den European Song Contest 1972! Ach, ihr Süßen, das waren noch Zeiten!«

Samstag

Nein«, sagt der Oberarzt Dr. Wolfgang Venske und versucht, weiter mit einem freundlichen Blick die Kamera im Auge zu behalten, »es geht hier nicht um Privilegien des ärztlichen und pflegerischen Personals, die gibt es nämlich nicht, und es geht auch nicht um einen Tarifstreit, der auf dem Rücken der Patienten ausgetragen würde – sondern wir wehren uns ganz im Gegenteil dagegen, dass der Senat den Haushalt des Landes Berlin saniert zu Lasten dieser Patienten und zu Lasten des ärztlichen und des pflegerischen Personals.«

Schließlich ist die Interviewerin zufrieden und nickt erst Venske und dann ihrem Kameramann zu. Auch Venske bedankt sich und steigt die Treppenstufen zur Klinik hoch, vor deren von Efeu umrankten Haupteingang das Interview aufgenommen worden ist. Oben tritt ein Mann auf ihn zu und fragt, ob er ihn kurz sprechen könne? »Berndorf ist mein Name.«

Venske betrachtet den Mann. Das ist eher kein Journalist, denkt er und fragt dann doch, von welcher Zeitung er komme.

»Keine Zeitung, kein Interview«, stellt Berndorf klar. »Ich habe nur eine persönliche Frage. Es geht um den Jungen, den Sie schon länger nicht mehr gesehen haben.«

Während der Oberarzt weitergeht und die Eingangstür passiert, folgt ihm Berndorf wie ein lästiger, aber demütiger Bittsteller. »Sie müssen wissen, dass ich überhaupt keine Zeit habe«, sagt Venske, halb über die Schulter. »Wir stehen vor einem sehr schweren Arbeitskampf. Ich glaube nicht, dass Sie wissen, was das in einem Krankenhaus bedeutet.«

»Ich hätte nicht gewagt, Sie anzusprechen, wenn ich nicht einen absolut zwingenden Grund hätte«, kommt die Antwort.

»Der Junge, von dem ich denke, dass Sie wissen, wen ich meine – dieser Junge ist in großer Gefahr. Er hat sich etwas angeeignet, das er auf keinen Fall besitzen sollte.«

»Das klingt ja schwer dramatisch«, meint Dr. Venske, blickt auf seine Uhr und weist auf eine Ecke des Eingangsbereichs, in der sich sonst gerade niemand aufhält. »Aber erklären Sie mir doch, wer Sie sind und wie Sie auf mich kommen.«

Während sie einige wenige Schritte zur Seite gehen, erklärt Berndorf, dass er privater Ermittler sei. »Es hat gestern in der Neurologie im Beisein der Chefärztin Capotta und einer Besucherin ein kurzes Gespräch über jenen Halbwüchsigen gegeben, der in der Boulevardpresse das Phantom genannt wird. Sie waren dabei und sagten, Sie hätten den Jungen hier – also in der Hautklinik – schon lange nicht mehr gesehen.«

»Und was soll das für ein gefährliches Ding sein, das dieser Junge sich angeblich angeeignet hat?«

»Es ist das Notebook eines Politikers«, antwortet Berndorf. »Es enthält möglicherweise Aufzeichnungen über illegale Rüstungsexporte aus Deutschland und über die Zusammenarbeit deutscher Stellen mit einem von Den Haag gesuchten Kriegsverbrecher.«

»Möglicherweise!«, wiederholt Venske und versucht ein kurzes Lachen. »Und möglicherweise auch nicht! Sie hat man also beauftragt, das Notebook zu finden, damit diese staatsgefährdenden Aufzeichnungen um Gottes willen nicht ans Licht der Öffentlichkeit gelangen, was? Ich fürchte, Sie haben sich da den falschen Ansprechpartner ausgesucht. Wenn es solche illegalen Waffenexporte gegeben hat, dann gehören alle Informationen darüber an die Öffentlichkeit.«

»Eben«, sagt Berndorf rasch, ehe sich Venske abwenden kann, »aber es gibt Leute, die das verhindern wollen. Darum ist der Junge in Gefahr.«

Venske bleibt stehen, und plötzlich sieht Berndorf, dass der Arzt über die Grenzen seiner Leistungsfähigkeit hinaus erschöpft ist. Und nicht nur erschöpft, sondern ausgebrannt, traurig, resigniert. Ein nicht mehr junger Mann, der sich zu viel auf die Schultern geladen hat, denkt er. Und: Wir sollten jetzt einen Kaffee trinken. Aber er wird keine Zeit haben.

»Kommen Sie«, sagt Venske. »Ich brauche einen Kaffee. Aber Sie müssen sich etwas einfallen lassen, warum ich Ihnen trauen kann.«

Ich weiß nicht, wie es kommt«, sagt Dr. Venske und reißt ein zweites Zuckertütchen auf, »aber Sie haben mich in eine Lage versetzt, in der jede mögliche Antwort falsch ist.«

»Sie haben aber bereits eine gegeben«, wendet Berndorf ein. »Wir säßen nicht hier, wenn Sie nicht wüssten, welchen Jungen ich meine.«

Venske schüttelt den Kopf, während er den Zucker in seinen Kaffee rührt. »Dass ich das weiß, davon kann keine Rede sein. Ich habe einen Verdacht, oder besser gesagt: eine Sorge. Die Sorge, dass Sie hoffentlich nicht einen bestimmten Jungen meinen. Wie hoch ist die Wahrscheinlichkeit, dass es eben der ist, von dem Sie glauben, er habe Gott weiß was gestohlen? Zehn Prozent? Schon das ist viel zu hoch gegriffen. Und überhaupt! Wie hoch ist denn die Wahrscheinlichkeit, dass das stimmt, was Sie von sich behaupten? Dass Sie jemand sind, der diesen Jungen schützen will, und nicht doch jemand, der ihm bloß die Beute abjagen wird? Dreißig Prozent?«

»Ein paar Punkte mehr dürften Sie mir schon geben«, meint Berndorf und nimmt einen Schluck Espresso.

»Wieso? Vielleicht sagen Sie die ganze Wahrheit, vielleicht die halbe, vielleicht lügen Sie mich an, womöglich ist alles ganz anders. Mit dreißig Prozent sind Sie gut bedient.«

Berndorf zögert, dann nickt er, zum Zeichen, dass er das akzeptieren kann. »Wie sieht das aber aus der Sicht des Arztes aus? Sind dreißig Prozent Aussichten auf Heilung zu wenig, um ein Medikament oder eine Therapie anzuwenden?«

»Es geht jetzt nicht um die Therapie«, wendet der Arzt ein,

»sondern um die Glaubwürdigkeit und Belastbarkeit einer Diagnose. Da sind dreißig Prozent nicht eben viel.«

»Jemand wird von einer Schlange ins Bein gebissen, von einer Viper«, sagt Berndorf. »Es besteht die entfernte Möglichkeit, dass es eine besonders giftige Viper war. Dann kann dieser Mensch nur gerettet werden, wenn das Bein amputiert wird. Wann operieren Sie? Bei zehn Prozent Wahrscheinlichkeit, dass es die gefährliche Viper war? Bei zwanzig Prozent?«

»Gegen einen Schlangenbiss hilft nur das richtige Serum«, antwortet Venske, »und unser Gespräch läuft ins Leere. Dafür habe ich keine Zeit.«

»Dann kürzen wir es ab. Dieser Junge, der Ihnen Sorge macht – in welcher Beziehung stehen Sie zu ihm?«

»Was reden Sie da!« Ärgerlich setzt Venske die Kaffeetasse ab, die er gerade zum Mund führen will. »Keine Beziehung. Seine Mutter war bei uns in Behandlung, also hier in der Hautklinik. Eine noch junge Frau, alleinerziehend, soviel ich weiß. Sie werden wissen, was ein Melanom ist und was damit passieren kann. Dass es sehr schnell gehen kann, und plötzlich kann man gar nichts mehr machen, weil überall Metastasen sind.« Er hört auf zu sprechen und starrt vor sich hin, die bereits geöffnete Verpackung der Kaffeesahne noch in der Hand. Er beginnt, die Folie vollends abzupulen.

»Und Sie haben ihr gesagt«, fragt Berndorf, nachdem er ihm eine Weile zugesehen hat, »dass nichts mehr zu machen ist?«

»Ja, hab ich.« Venske hält die Folie mit Daumen und Zeigefinger und betrachtet sie, ohne sie zu sehen.

»Und dann?«

»Ist sie weggelaufen. Ich hab sie nicht mehr gesehen.« Venske rafft sich auf und legt die Folie auf dem Unterteller der Kaffeetasse ab. »Den Jungen habe ich Wochen später zufällig getroffen, und da hat er mir gesagt, seine Mutter sei in einem Heim, und käme bald zurück. Ich konnte nichts damit anfangen, als einzige Möglichkeit fiel mir ein, dass sie in einem Hospiz untergekommen ist, aber das konnte ich den Jungen –

jetzt fällt es mir wieder ein: er heißt André –, das konnte ich den André doch nicht fragen! Außerdem wollte er weg, weg von mir, es war, als ob er vor irgendwas davonlaufen müsste.«

»Sie haben hier in der Klinik niemand«, will Berndorf wissen, »der sich um solche Fälle kümmert? Der einen Kontakt zur Familien- oder zur Jugendhilfe vermittelt?«

»Doch«, antwortet Venske müde. »Natürlich haben wir Sozialarbeiterinnen hier im Haus, und während des letzten Gesprächs mit der Patientin hab ich auch sofort versucht, eine von ihnen anzurufen, aber die sind natürlich auch alle überlastet. Es war also niemand zu erreichen, und ich habe der Elke Jakubeit auf einem Zettel die Durchwahl-Nummern unserer Sozialarbeiterinnen aufgeschrieben, aber sie hat nur gelacht und irgendetwas in dem Sinn gesagt, dass sie lieber drei Mal tot sei, als auf deren Hilfe warten zu müssen. Oder auf sie angewiesen zu sein. So genau hab ich es nicht verstanden. Und dann ist sie gegangen.«

»Haben Sie bei den Sozialarbeiterinnen nachgefragt, ob sich diese – diese Frau Jakubeit bei ihnen gemeldet hat?«

»Nein«, sagt Dr. Venske, »hab ich nicht. Wissen Sie, wie es in meiner Abteilung zugeht?«

»Elke Jakubeit«, wiederholt Berndorf. »So war doch der Name?«

Ich möchte nicht wissen«, sagt der Bilch und versucht, seine eingeschäumten Bartstoppeln mit einem winzigen Nassrasierer abzukratzen, »nicht wissen möchte ich, wozu die Elke diesen Rasierer benutzt hat!«

»Die Beine hat sie sich damit rasiert«, antwortet André, der gerade ins Bad gekommen ist, um zu sehen, ob die Unterwäsche, die er gestern von Hand ausgewaschen hat, inzwischen trocken ist.

»Ja, wenn es nur die Beine gewesen wären!«, ruft der Bilch und flucht, weil er sich geschnitten hat.

»Lass dir doch einen Bart stehen«, schlägt André vor, »dann erkennen dich die Leute nicht mehr.«

»Mich erkennt man an der Wampe«, stellt der Bilch klar. »Das ist mein Markenzeichen. Niemand, der meinen Bauch gesehen hat, wird mich jemals wieder vergessen. Und mit dem Rasieren, das ist wie mit unserer Geschichte. Wir haben sie nun einmal angefangen, und jetzt führen wir sie weiter, aber wie es sich gehört, ganz behutsam, so wie ein schlauer Fenek seine Schnecke von der Tamariske zupft.«

»Aber du hast gesagt, dass wir heute Zwanzigtausend holen?«

»Ja doch«, antwortet der Bilch mit vorgestrecktem Kinn, weil er dabei ist, sich den Unterkiefer zu rasieren. »Wo ist das Problem? Ach Gott!« Er lässt den Rasierer sinken und setzt sich auf den Rand der Badewanne. »Du meinst, wir nehmen den feinen Herrn Matthaus zu sehr in die Mangel? Und der Arme muss jetzt seiner Großmutter ihr klein Sparbuch plündern? Ich will dir was sagen. Dieser Kerl hat Millionen gemacht, ich weiß nicht wie, und was wir von ihm wollen, ist nichts weiter als die Provision für eine kleine Gefälligkeit. Für eine Gefälligkeit, die es ihm erlaubt, weiter Millionen zu scheffeln. Und diese Zwanzigtausend – das ist ganz sorgfältig und seriös kalkuliert. Es ist genau so viel Geld, dass er sich einige Mühe machen muss, um es an einem Samstagvormittag in kleinen Noten bereitzustellen. Aber es ist nicht zu viel … Eigentlich sind diese Zwanzigtausend nichts weiter als ein Anerkennungsbetrag, mit denen uns der Herr signalisiert, dass er in ein seriöses Gespräch mit uns eintreten will, und als ich ihn heute Morgen angerufen habe, aus dieser versifften, stinkigen Telefonzelle, da war er sehr verbindlich, sehr souverän, sehr einsichtig. Ein Profi, der weiß, wann er die Front begradigen muss. Ein Arschloch, aber cool.«

»Die Zwanzigtausend sind also noch nicht alles«, sagt André, fast gedankenverloren. »Und was dann noch?«

»Ach, da wollen wir uns noch nicht festlegen«, meint der

Bilch, »aber eine gewisse Grundsicherung für uns beide sollte sich schon ergeben. Ein kleines Häuschen – zum Beispiel an der Côte d'Azur – müsste möglich sein, auch ein Grundstock für eigene unternehmerische Engagements…« Er hat sich wieder vor den Badezimmerspiegel gestellt und macht sich daran, die Rasur zu einem Ende zu bringen.

»Solange die Elke nicht zurück ist«, sagt André, »will ich da aber nicht hin. Nach Frankreich, meine ich.«

»Scheiße«, entfährt es dem Bilch. Schon wieder hat er sich geschnitten.

Sie waren unterwegs?«, fragt Kemal Aydin. »Hatten Sie eine gute Reise?« Er steht hinter dem Tresen der Änderungsschneiderei, den Blick höflich und ein wenig besorgt auf Berndorf gerichtet. Aber er bietet ihm nicht an, Platz zu nehmen.

»Ob man eine gute Reise hat, hängt vor allem davon ab, wen man dabei trifft«, antwortet Berndorf und blickt sich um. Etwas abseits sitzt Nezahat vor einer Nähmaschine, aber sie tut so, als sähe sie ihn nicht.

»Und? Waren es angenehme Leute?«

»Wie Sie sehen, lebe ich noch. Die Reise war übrigens nicht zum Vergnügen.«

»Das dachte ich mir«, meint Aydin zurückhaltend. »Haben Sie etwas herausgefunden?«

»Ein paar Dinge, ja doch. Übrigens hatten wir über Fahrtkosten nichts vereinbart. Ich werde sie Ihnen nicht in Rechnung stellen.«

»Ich bitte Sie!«, sagt Aydin. »Wir wollen nichts geschenkt. Aber…«

»Sie wollen wissen, was ich herausgefunden habe? Es ist eine längere Geschichte. Sie werden einen schriftlichen Bericht bekommen. So dass Sie damit zu einem Anwalt gehen können.«

»Aber wer hat Murad…?«

»Ich glaube, es war eine Frau, die ihn umgebracht hat. Nur kann ich es noch nicht beweisen.«

Kemal Aydin blickt verblüfft, fast so, als hätte man ihm etwas Ungehöriges gesagt. Vielleicht gehört es sich für einen Muslim nicht, denkt Berndorf, sich von einer Frau umbringen zu lassen.

Er wünscht einen guten Tag und macht sich auf den Weg, endlich wieder einmal nach seinem Büro zu schauen. Nicht, dass ihm dieses Büro gefehlt hätte. Seine Ermittlerei hat ihm noch nicht einmal die Kosten für dieses Büro eingebracht, wie ihm von Barbaras Steuerberater vorgerechnet wurde...

»Warum eine Frau?« Auf schnellen unhörbaren Schritten hat ihn das Kopftuchmädchen eingeholt.

»Nicht auf der Straße«, antwortet Berndorf. Jetzt sind sie auch schon bei dem Haus mit dem noch immer ein wenig rot verschmierten Messingschild angelangt. Noch immer passt Berndorfs Schlüssel, auch sind die Fenster nicht eingeschlagen, und als er mit Nezahat in sein Büro tritt, die Rechnungen und Werbezuschriften aus dem Briefkasten in der Hand, da sieht er mit einem Blick, das alles so zu sein scheint, wie er es zurückgelassen hat. Aber es scheint nur so.

Was es doch ausmacht, denkt er, wenn jemand den Schreibtisch abwischt, damit er keine Spuren in der Staubschicht hinterlässt! Er bittet Nezahat, Platz zu nehmen, testet, ob das Telefon noch die Amtsleitung hat, und probiert die Schlüssel für Schreibtischfächer und Schublade aus, es scheint wirklich alles so, wie er es zurückgelassen hat – wenn in der Zwischenzeit dort anderes deponiert gewesen ist, so hat Dingeldey es wegbringen lassen. In der Post findet sich auch ein Schreiben der Hausverwaltung, es wird die Kündigung sein: Das kann er sich auch später noch anschauen!

»Warum ich denke, dass es eine Frau war...«, wiederholt er Nezahats Frage. »Eine Gegenfrage: Warum ist das wichtig?«

Nezahat sitzt im Besucherstuhl, den Kopf gesenkt, die

Hände im Schoß und sorgsam aufeinander gelegt. »Weil das alles anders macht.«

»Das verstehe ich nicht.«

»Warum müssen Sie das verstehen?« Für einen Moment hebt sie den Kopf, und ein dunkler zorniger Blick trifft Berndorf. »Ich will ja nur wissen, ob es wirklich eine Frau war. Und warum sie es getan hat. Was zwischen ihr und meinem Bruder war.«

»Nichts war zwischen ihnen. Sie hat es getan, weil Ihr Bruder die falsche Jacke getragen hat. Das wissen Sie doch, Sie selbst haben mir gesagt, dass es nicht die seine war und dass die Schlüssel darin fremde sind. Die Frau hat Ihren Bruder umgebracht, weil sie ihn für den anderen gehalten hat.«

»Und warum tut diese Frau so etwas?«

»Warum sitzen Sie an der Nähmaschine? Die Frau wird dafür bezahlt. Sie hatte den Auftrag, diesen Mann umzubringen. Sie hat auf ihn gewartet, man hat ihr also zuvor gesagt, wo er vorbeikommen wird und zu welcher Zeit. Und wie er aussieht und angezogen ist, das hat man ihr auch gesagt. Dass er eine auffällige Lederjacke trägt mit weißen Streifen. So etwas ist noch besser, als hätte man ihm mit Leuchtfarbe eine Zielscheibe auf den Rücken gemalt.«

»Und weiter?«

»Nichts.« Berndorf will keinen Vortrag darüber halten, warum es keinen Segen mit sich bringt, anderen Leuten mit vorgehaltenem Messer die Jacke abzunehmen. »Nichts weiter. Die Frau hat den Mann in der schwarzen Jacke mit den weißen Streifen gesehen, und da hat sie ihn totgefahren. Das war ihr Job.«

Nezahat verharrt noch einen Augenblick, noch immer die Hände im Schoß übereinander gelegt. Schließlich steht sie auf.

»Eine Frau!«, sagt sie und schüttelt den Kopf. Dann bedankt sie sich, und Berndorf antwortet, es sei vielmehr an ihm, Danke zu sagen, nämlich für die Bewachung des Büros, aber da fällt auch schon die Tür ins Schloss.

Berndorf verharrt einen Augenblick. Es ist ein paar Tage her, da war ihm der Blick aufgefallen, mit dem Nezahat den toten Körper ihres Bruders betrachtet hatte. Vielleicht könnte er sich jetzt einen Reim darauf machen. Aber er will nicht. Es geht ihn nichts an. Er öffnet den Brief der Hausverwaltung, natürlich ist es die Kündigung, wer will schon einen Mieter im Haus haben, der Bombenleger und Schlapphüte anzieht wie das Licht die Motten!

Er legt den Brief zur Seite, vielleicht redet er mit Dingeldey darüber, vielleicht nimmt er die Kündigung aber auch einfach hin, als willkommenen Anlass, künftig die ganze brotlose Ermittlerei bleiben zu lassen und nach Blengow zu gehen und sich einen Hund zuzulegen, was immer die Katze Virginia oder andere Weibspersonen dagegen einzuwenden hätten! Im aktuellen Telefonbuch findet er unter Jakubeit, Elke keinen Eintrag, das hat er nicht anders erwartet. Zur Sicherheit greift er nach dem Telefonbuch vom Jahr davor, es ist eine blöde Angewohnheit von ihm, so etwas aufzuheben, aber im Telefonbuch von vor einem Jahr ist unter Jakubeit, Elke nicht nur eine Telefonnummer, sondern auch eine Adresse vermerkt, es ist eine Adresse in Berlin-Mitte, in der Linienstraße, das ist bei ihm um die Ecke, es ist die Straße, die am nördlichen Rand des Alten Garnisonfriedhofs vorbeiführt.

»Ich hab es gehört«, hatte der Junge gesagt. *»Den Motor hab ich gehört. Wie er hochdreht. Und das Kreischen… als das Auto die Mauer entlang ist.«*

Der Junge trug die rechte Hand in einem schmuddeligen Verband, der gar nicht richtig saß. Und es war am Alten Garnisonfriedhof gewesen, wo sie sich unterhalten haben.

Berndorf klappt das Telefonbuch zu, atmet einmal tief durch und stemmt sich vom Schreibtisch hoch.

Na, dann wollen wir mal, alter Mann!

Weil es jetzt doch Frühling wird oder geworden ist, will sich Manuela – Barbaras portugiesische Putzfrau – wieder einmal die Fenster vornehmen, und dazu sollten auch die Vorhänge abgenommen und in die Waschmaschine gesteckt werden. Es gibt wenige Dinge in der Welt, zu denen Barbara im Augenblick noch weniger Lust hätte, aber irgendwie zieht sie – wenn Manuela sich einmal etwas in den ondulierten Kopf gesetzt hat – regelmäßig den Kürzeren. Und weil immer eines zum anderen kommt, erreicht das Große Portugiesische Frühjahrs- und Reinigungsmassaker gerade in dem Augenblick seinen Höhepunkt, als anhaltend das Telefon klingelt.

Barbara will zu ihrem Schreibtisch, stolpert über einen Staubsaugerschlauch, fängt sich gerade noch an der Schreibtischkante ab, erwischt den Hörer und meldet sich.

»Ja, hier spricht der Uwe«, meldet sich eine Stimme, die ein wenig verschlafen und vernuschelt klingt.

»Das ist aber nett«, sagt Barbara, »und was kann ich für Sie tun, Uwe?«

»Ein'tlich«, meint Uwe, »tu ich schon was für Sie. Die Tippse oder was sie ist von der Wanda Kuhlebrock hat mir Ihre Nummer gegeben. Was täten Sie denn so springen lassen?«

»Das kommt darauf an, was Sie zu bieten haben«, gibt Barbara zurück. »Wenn Sie in der Nacht zum Montag in der Kleinen Rosenthaler einen schwarzen Landrover gesehen haben, aber nur dort und nirgendwo sonst – dann können wir über alles andere reden, am besten bei einer Tasse Kaffee ...«

»Also Kaffee«, sagt die Stimme und klingt plötzlich sehr entschlossen, »trink ich eher selten oder nie. Wissen Sie was? Treffen wir uns doch auf ein gepflegtes Bier in der Alten Schönhauser Landstraße, hier in Mitte, können Sie nicht verfehlen ...«

Berndorf geht durch die kleine Pforte und schlägt den Weg ein, der über den Alten Garnisonfriedhof führt, vorbei an den

Steinplatten, die ein Massengrab mit Toten aus den letzten Kriegstagen 1945 bedecken. Die Sonne scheint, und unter dem grünen Blätterdach der Bäume wirken die Grabmäler der alten preußischen Offiziersfamilien seltsam heiter und entrückt, als sei auch im Tod noch die Erste Klasse für sie reserviert. Forsythien blühen und auch eine Magnolie.

Er erreicht den Ausgang zur Linienstraße und wendet sich nach links, will dann aber plötzlich stehen bleiben und muss sich zwingen, weiterzugehen, weil das Stehenbleiben zu auffällig wäre. Aus einem der Häuser vor ihm kommt der halbwüchsige Junge, mit dem er am Montag gesprochen hat, aber an diesem Morgen trägt er keinen Verband, mit ihm tritt ein noch junger, aber auffallend dicker Mann auf die Straße – auch ihn hat er hier im Viertel schon einmal gesehen, nur kann er sich im Moment nicht darauf besinnen, wann und wo das war. Offenbar gehören der Mann und der Halbwüchsige irgendwie zusammen, sie gehen die Linienstraße entlang und biegen dann rechts ab in Richtung Rosenthalplatz. Berndorf folgt ihnen bedächtig, aber doch so, dass der Abstand zwischen ihnen nicht allzu groß wird, beim Vorbeigehen wirft er einen Blick auf die Nummer des Hauses, aus dem die beiden gekommen sind.

Es ist die Hausnummer, die für Elke Jakubeit im Telefonbuch eingetragen ist.

Er verwirft den Gedanken, dort auf Verdacht zu klingeln oder sich – wenn sich auf das Klingeln hin nichts rührte – selbst Zutritt zu verschaffen; mit einem handlichen Plastikstreifen, der elastisch und auch wieder hart genug ist, kann das klappen.

Aber er tut es nicht. Was an der Art liegt, wie der dicke Mann und der Junge gehen. Wie sie den Weg unter die Füße genommen haben. Sie haben etwas vor an diesem Samstag, sie schreiten jetzt in die Welt, und die Welt wird sie kennenlernen, aber Hallo! So ungefähr gehen sie, nein: schreiten sie aus.

Berndorf hat inzwischen die Straßenseite gewechselt und kommt so an der Kneipe des Schlangenkopfs vorbei, deren Rollläden noch heruntergelassen sind. Der dicke Mann und der Junge haben jetzt den Eingang zur U-Bahn-Station erreicht und sind auch schon darin verschwunden. Auf Berndorfs Straßenseite gibt es ebenfalls einen Eingang, am Bahnhofskiosk kauft er sich eine Zeitung und steckt sie gleich wieder in die Manteltasche, weil es einfach zu albern ist, sich eine Zeitung vors Gesicht zu halten, wenn man in Wahrheit jemanden beschatten will.

Er vermutet, dass die beiden in Richtung Alexanderplatz fahren wollen, einfach deshalb, weil man in der Gegenrichtung allenfalls nach Reinickendorf kommt, und das ist – denkt Berndorf – irgendwie nicht ganz die Große Weite Welt. Tatsächlich entdeckt er sie auf dem Bahnsteig, der dicke Mann ist offenbar dabei, dem Jungen etwas zu erklären, mit Aplomb tut er das, seine Gesten führen dem Jungen etwas vor Augen, das weit und groß und schön ist, mit keinem Risiko verbunden, mit keinem Ärger und weit erhaben über all die Quengeleien des Alltags.

Und plötzlich weiß er, wo er den dicken Mann schon einmal gesehen hat. Der Dicke stand vor der Tür eines lumpigen, auf teuer frisierten Büros für Finanzberatung und hielt nach Kunden Ausschau, und einen oder zwei Tage später hat die Polizei den Laden hochgehen lassen; in der Zeitung stand ein kurzer Bericht darüber.

Warum lässt dieser Mensch sich hier im Viertel überhaupt noch sehen? Dazu gehört schon mehr Chuzpe, als vernünftig ist. Also muss er einen verdammt guten Grund dafür haben.

André und der Bilch sind bei den Türen stehen geblieben, so dass der Bilch einen Überblick hat, wer in dem Wagen sitzt und wer dazukommt. Die U-Bahn ist nicht sehr voll an diesem Samstagvormittag, der Bilch sieht ein paar ältere Leute, die ihm so vorkommen, als würden sie gleich in den Kaufhäusern am Alex mal so richtig zuschlagen, für zehn Euro fuffzich mindestens. Weiter hinten sitzt ein Mann in einem dunklen Lodenmantel, eine zusammengerollte Zeitung in der Hand. Der Mann scheint zu merken, dass der Bilch ihn mustert, und blickt ihn kurz und gleichgültig an.

Es ist niemand, der ihn kennt, und so wendet sich der Bilch beruhigt ab und André zu. »Übrigens haben wir den Hausverwalter ganz vergessen! Wir hinterlassen der Elke eine Nachricht in der Wohnung, dass sie sich beim Herrn Kroppenschmitt melden soll, und dann kannst du ja den anrufen, ob sie schon zurück ist. Alle paar Tage kannst du das machen. Und wenn sie wieder da ist, schicken wir ihr ein Flugticket, oder du fliegst allein nach Berlin zurück, und dann könnt ihr ja selber entscheiden, ob ihr dort bleiben wollt. Hörst du mir eigentlich zu?«

André steht an die Scheibe gelehnt, die den Einstiegsbereich von den Sitzplätzen trennt, den Kopf noch immer gesenkt. »Die Elke wird ziemlich sauer sein«, antwortet er, ohne aufzublicken, »wenn sie das mitkriegt... ich meine, dass ich mit dir nach Frankreich gehe oder wo du da hinwillst.«

»Die Elke!«, ruft der Bilch. »Wenn die Elke zurückkommt, was glaubst du, was die alles am Hals hat! Da ist die froh, wenn sie sich nicht auch noch mit dem Schulamt herumärgern muss, oder gar dem Jugendamt.«

Die U-Bahn verlangsamt die Fahrt, sie fahren in die Station Alexanderplatz ein, wo sie aussteigen, wie die meisten anderen Passagiere. Unter ihnen ist auch der Mann in dem dunklen Lodenmantel mit der zusammengerollten Zeitung in der Hand.

Mit einigem Glück hat Barbara einen Parkplatz in der Nähe der Volksbühne gefunden, muss aber doch ein Stück zurückgehen, bis sie die Kneipe zur Alten Schönhauser Landstraße vor sich sieht. Es ist eine der Kneipen, vermutet sie beim Näherkommen, die man in jenen Jahren herausgeputzt hat, als das Alt-Berlinische gerade mal Mode war. Sie überquert die Straße und tritt ein, tatsächlich ist das Lokal innen dekoriert wie ein Abziehbild aus Zille sein Milljöh. Immerhin scheinen die Gäste halbwegs authentisch, es sind zumeist junge Leute, das freut Barbara, auch und gerade deshalb, weil sie selbst nicht mehr so sehr jung ist. Doch sieht sie auf den ersten Blick niemand, der Uwe sein könnte, und geht zur Theke und fragt einen Mann in grüner Kellnerschürze nach ihm.

»Ach, Sie sind das! Die Frau mit dem Landrover, nicht wahr?«, antwortet er und weist auf einen einzelnen, etwas abseits sitzenden Mann, »da drüben sitzt er!«

Uwe ist ein dünner schlaksiger Mensch, ziemlich groß, wie sich herausstellt, als er von seinem Tisch aufsteht, um Barbara zu begrüßen, und hat ein von der Natur oder vom Bier gerötetes knubbeliges Gesicht und einen wirren roten Haarschopf.

»Sie sind das aber nicht«, sagt er zur Begrüßung und setzt sich wieder.

»Nein«, antwortet Barbara und nimmt Platz, »ich bin es nicht, und ich bin froh, dass Sie das erkennen.«

Uwe legt den Kopf ein wenig schief. »Halten Sie mich für sehbehindert?«

»Keineswegs«, sagt Barbara und bestellt beim Kellner einen Kaffee, »aber es wird ja nicht sehr hell gewesen sein, als Sie die Frau gesehen haben, die Frau in dem Landrover.«

»Nun ja, es war Nacht«, räumt Uwe ein. »Aber was wollen Sie eigentlich von ihr? Hat die Ihnen ...« – er wirft einen Blick auf ihre Hand, die keinen Ehering trägt – »den Freund ausgespannt? Oder die Freundin?«

Barbara beschließt, das Tempo anzuziehen. »Nein, sie hat mir weder Freund noch Freundin ausgespannt. Sie hat einen jungen Mann totgefahren. Vorsätzlich.«

Uwe blickt auf, und über sein Gesicht hat sich ein Schatten von Misstrauen gelegt. »Was ist das für eine Geschichte? Sind Sie von der Bullerei? Dann können Sie gleich wieder ...«

»Ich bin nicht von der Polizei«, unterbricht ihn Barbara sanft, aber nachdrücklich.

»Und warum mischen Sie sich dann in eine solche Sache?« Das Misstrauen auf seinem Gesicht wechselt zu Argwohn. »Haben Sie womöglich was mit dem toten Jungen zu tun? Trauer tragen Sie ja nicht.«

»Der junge Mann, der umgebracht wurde, war ein Türke«, antwortet Barbara. »Ich habe nichts mit ihm zu tun. Ich will nur diese Frau finden.«

Auf Uwes Gesicht spiegelt sich jetzt kein Argwohn mehr, sondern Ablehnung. »Mit Türken hab ich nichts am Hut.«

»Darauf kommt es nicht mehr an«, fährt Barbara mit sanfter Stimme fort. »Für Sie jedenfalls nicht mehr. Sie haben bei Radio Fünf Neunundsechzig angerufen, dann bei mir, Sie haben sich mit mir getroffen – es ist jetzt nun einmal in der Welt, dass Sie die Frau in dem Landrover gesehen haben. Dass Sie so viel von ihr gesehen haben, um zu wissen, dass ich es zum Beispiel nicht bin. Glauben Sie, dass es der Frau in dem Landrover angenehm ist, dass man sie gesehen hat?«

»Auf was wollen Sie hinaus?«

»Dass Sie nicht mehr zurückkönnen, Uwe«, antwortet Barbara. »Dass Sie mit mir zur Polizei gehen müssen, und zwar in Ihrem eigenen Interesse ...«

Am Alexanderplatz zwängt sich der dicke Mann in einen vollbesetzten Wagen der nächsten S-Bahn Richtung Friedrichstraße, in seinem Kielwasser der Junge. Berndorf nimmt den Einstieg eine Tür weiter und kommt mit Glück gerade noch hinein, ist jetzt aber so von anderen Passanten umgeben, dass er die beiden nicht mehr im Blickfeld hat.

An der Station Friedrichstraße tritt er erst einmal auf den Bahnsteig hinaus, um andere Passagiere hinauszulassen, und steigt erst wieder ein, als er sieht, dass weder André noch der Dicke den Zug verlassen haben. Das wiederholt er am Hauptbahnhof, doch diesmal steigen auch die beiden aus, Berndorf folgt ihnen, wieder mit einigem Abstand, es geht eine Rolltreppe hinab und eine wieder hinauf, so dass sie vom Bahnsteig der S-Bahn zu dem der Fernzüge gelangen. Argwohn steigt in Berndorf auf: Keiner der beiden hat Gepäck bei sich – wollen sie jemanden abholen? Womöglich die Mutter des Jungen? Vorauseilend überflutet ihn eine Welle von Scham.

Am Bahnsteig wartet ein ICE auf die Weiterfahrt nach Aarhus und Kopenhagen, das wäre doch was für Zlatan Sirko, wo immer – zum Teufel! – der jetzt stecken mag. Der dicke Mann und der Junge gehen an dem Zug entlang, aber sie gehen zu langsam, um ein Abteil zu suchen, und zu schnell, um einen ankommenden Reisenden abzupassen. Was tun die da? fragt sich Berndorf und wendet sich zur Seite, an einem kräftigen Mann in einer Windjacke vorbei, und bleibt an einem Abfallcontainer stehen, um die ungelesene Zeitung hineinzuwerfen. Das gibt ihm Gelegenheit, sich den Mann in der Windjacke anzusehen – unbestimmtes Alter, über vierzig, unter sechzig, trägt solide gearbeitete Schuhe und hat ein breitflächiges unbewegtes Gesicht, auch ist er sauber rasiert, und die Haare sind ordentlich geschnitten.

Sieh an!, denkt Berndorf, und die Welle von Scham ist schneller verebbt als gedacht. Hat der Pflastertreter erkannt, aus welchem Stall auch er – Berndorf – kommt?

Die beiden sieht er jetzt nicht mehr. Er überlegt, ob sie wohl Verdacht geschöpft und am anderen Ende des Bahnsteigs eine Treppe nach unten genommen haben. Irgendwie glaubt er nicht daran. Wenn man jemand abschütteln will, macht man das anders. Fauchend schließen sich die Türen des ICE, und erst unmerklich, dann immer schneller setzt sich der Zug in Bewegung. Berndorf entdeckt einen Getränkeautomaten und zieht sich eine Cola, dann geht er auf die andere Seite des Bahnsteigs, so dass er sowohl den Pflastertreter im Augen behalten kann wie auch die Richtung, in die der Junge und sein Begleiter gegangen sind. Er öffnet die Dose und trinkt einen

Schluck, über die Bahnhofslautsprecher wird mitgeteilt, dass jetzt der ICE nach München Einfahrt hat, der Bahnsteig ist bereits dicht gesäumt von allerhand Fahrgästen, die einen Tick anders angezogen sind als sonst die Leute in Berlin, nicht gerade krachledern, aber doch handgenäht, und mit Gepäck, dem man ansieht, dass es halt ein paar Euro mehr gekostet hat als die Ware vom Kaufhof. Auch der Pflastertreter hat seinen Standort verändert und vertieft sich in den Aushang mit den Abfahrtszeiten.

Und dann sind plötzlich auch wieder der Junge und der dicke Mann zu sehen, sie kommen jetzt auf seiner Seite des Bahnsteigs zurück, und Berndorf dreht sich ein wenig zur Seite, um noch einen Schluck aus der Dose zu trinken. Die beiden bleiben vor einer offenen Telefonzelle stehen, dann wechseln sie noch ein paar Worte, der Junge nickt und geht zur Rolltreppe und verschwindet nach unten, ohne sich umzublicken.

Sie waren Zeuge bei diesem Unfall, sagten Sie?« Die junge Polizistin am Empfangsschalter des Reviers Mitte blickt etwas zweifelnd von Barbara Stein zu dem Mann, der ihr mit erkennbarem Widerwillen in die Wache gefolgt ist.

»Bin ich nicht«, erwidert Barbara und deutet mit dem Daumen zu Uwe, »er ist es. Ich bin nur mitgegangen, damit er auch wirklich seine Aussage macht.«

»Und der Unfall war vor einer Woche? Da kommen Sie erst jetzt?«

»Genau deshalb bin ich mitgekommen«, erklärt Barbara und legt die Hand auf Uwes Arm. »Dass er sich von solchen Fragen nicht von seinem guten Willen abbringen lässt.«

Die Polizistin blickt auf. »Sie sind Universitätsprofessorin, ja? Warum müssen Sie mir gegenüber diesen aggressiven Ton anschlagen?« Ohne eine Antwort abzuwarten, nimmt sie das Telefon, aber der Gesprächspartner, der sich nach einiger Zeit meldet, ist offenbar nicht der richtige. Wieder wirft die Polizistin einen Blick auf Barbara und den Mann, diesmal weniger vorwurfsvoll als vielmehr beunruhigt. Sie atmet kurz durch, dann wählt sie eine zweite Nummer.

»Ja, Herr Regulski, hier ist ein Zeuge wegen der Fahrerflucht Kleine Rosenthaler...« Sie nickt, legt auf und bittet die beiden Besucher, mit ihr zu kommen. Durch einen Flur geht es zu einem Büro, noch vor dem Eintreten wirft Barbara einen Blick auf das Türschild, das ist also ein Hauptkommissar, der sie erwartet, Berndorf war das auch gewesen, aber das ist so lange her, es ist schon gar nicht mehr wahr. Dieser Hauptkommissar hier ist von bodenständiger Wirklichkeit. Mit einer knappen Handbewegung weist er ihr und Uwe die Sitzplätze vor seinem Schreibtisch zu, sieht sich dann ihre Ausweise an und notiert die Daten.

»Sie sind der Zeuge?«, fragt er schließlich und fixiert Uwe. Dann wendet er sich Barbara zu, aus welchem Grund – »bitte sehr« – sie eigentlich hier sei.

»Ich habe ihn ausfindig gemacht«, antwortet sie und weist mit einer Handbewegung auf Uwe. »Und mitgekommen bin ich, um sicherzugehen, dass er auch wirklich eine Aussage machen kann. Und um zu bestätigen, dass er erst heute von mir erfahren hat, warum der Fahrer eines schwarzen Landrovers gesucht wird. Genauer: die Fahrerin.«

»Die Fahrerin, so«, sagt Regulski, und Barbara sieht, wie an seinen Schläfen dicke Adern heraustreten. »Sie sind sehr bemüht, meine Dame, der Polizei auf die Sprünge zu helfen. Aber sagen Sie doch – was ist eigentlich Ihr Interesse an dieser Sache? Sie wohnen...« Er blickt auf seine Notizen – »Moment! Diese Adresse kenne ich doch, von dort war schon einmal einer hier.«

»Ich glaub es nicht«, lässt sich in diesem Augenblick Uwe vernehmen.

»Was glauben Sie nicht?« Regulskis Stimme gewinnt an Schärfe.

»Im Schlaf wär ich nicht auf die Idee gekommen, jemals freiwillig bei euch aufzukreuzen. Aber was hier abgeht, das ist…« Uwe schüttelt den Kopf. »Das ist das reine Absurdistan. Soll ich jetzt den Zeugen machen oder nicht oder wie?«

»Verstehe ich das recht, dass Sie mir absurdes Verhalten vorwerfen?« Regulski richtet seinen Zeigefinger auf Uwe. »Ich warne Sie!«

»Wäre es Ihnen lieber«, fragt Barbara diesmal ganz sanft, »wenn wir wieder gehen, und er macht seine Aussage bei einem Notar, in Form einer eidesstattlichen Erklärung? Wir reichen die Kostennote dann beim Senat ein.«

»Es ist gut, meine Dame«, fällt ihr Regulski ins Wort. »Es ist Samstagmorgen, ich hätte eigentlich frei, ich würde eigentlich ganz gerne heute mal das Rad nehmen, ein bisschen hinaus fahren, Richtung Rheinsberg vielleicht, aber das geht nicht, ich schiebe hier Dienst, obwohl ich jetzt dreihundertsiebzig angesammelte Überstunden habe, aber bitte! Machen Sie sich ruhig lustig über mich…« Es klopft, Regulski bricht ab, nach einem barschen »Ja?« öffnet sich die Tür, und die Polizistin von vorhin huscht herein und bringt ein Fernschreiben. Regulski hebt kurz und entschuldigend die Hand und liest. Barbara beobachtet, wie erneut die dicken Adern an seinen Schläfen hervorquellen.

Ein großer Mann, weißhaarig, aber nicht alt, so hatte es der Bilch gesagt, nicht viel älter als der Bilch selbst. Das ist doch wieder blöd, denkt André. Wofür hält sich der Bilch? Dass er vielleicht nicht alt ist?

Die Rolltreppe ist leer, und mit ein paar Sätzen ist er unten und geht rüber, zur anderen Treppe, die zur S-Bahn hinaufführt, irgendwie ist ihm danach, die abwärts fahrende Treppe hinaufzulaufen, aber leider sind zu viele Passanten unterwegs. Er fährt hoch und läuft zum anderen Ende des Bahnsteigs, bis ganz ans Ende, wo das Bahnsteigdach schon aufgehört hat und man über die Stadt sehen und das Gesicht in die Sonne halten kann. Aber das soll er ja nicht tun. Er soll im Schatten bleiben, jedenfalls so, dass er niemandem auffällt, und die Augen offen halten, bis er den großen Mann mit den weißen Haaren sieht, drüben auf dem Bahnsteig für die Fernzüge, und er soll ihn sich genau anschauen, so genau, dass er auch im Gedränge weiß, wie dieser Mann aussieht und dass er der Richtige ist.

Aber als er am Ende des Bahnsteigs angelangt ist, steht drüben auf dem anderen Bahnsteig kein Mensch. Niemand. Natürlich nicht. Er ist viel zu schnell gewesen. Eine Viertelstunde soll er warten, und wenn bis dahin niemand gekommen ist, geht's mit der nächsten S-Bahn zurück. Dann hat der feine Herr nämlich versucht, zu tricksen. Hat versucht, uns hinzuhalten. Das wird er dann teuer bezahlen! So hat es der Bilch gesagt.

Drüben rauscht schon wieder ein ICE herein, und André versucht, die Anzeigetafel zu entziffern, dazu muss er die Augen zusammenkneifen, denn die Tafel ist ziemlich weit weg. Wenn er es richtig liest, ist das gerade der ICE nach Düsseldorf, das gibt ihm einen Stich, denn in Düsseldorf hat die Elke mal fast einen Job sicher gehabt, aber dann haben sie ihr doch noch abgeschrieben, und sie war ein paar Tage lang ganz tief unten.

Er schüttelt den Kopf. An solche Sachen mag er jetzt nicht denken. Drüben auf dem anderen Bahnsteig steht ein Mann in der Sonne, er trägt einen offenen hellen Mantel und hat langes weißes Haar, das so aussieht, als ob es gerade frisch gewaschen und geföhnt worden ist. In der einen Hand hält er eine schwarze Mappe.

André schaut auf die Uhr. Nein, er hat nicht zu lange gewartet.

Berndorf hat sich entschieden, dem Jungen zu folgen, und ist – treppab, treppauf – wieder auf dem S-Bahnsteig angelangt. Der Junge ist dort bis fast ans Ende gelaufen, und zwar auf der rechten Seite, also folgt er ihm – die Cola-Dose in der Hand – vorsichtig auf der linken Seite, sich durch die Menschen schiebend, die aus den im Abstand weniger Minuten eintreffenden S-Bahnen auf die Bahnsteige schwärmen. Von Zeit zu Zeit wirft er einen Blick hinüber auf den Bahnsteig der Fernzüge, der ICE nach München ist abgefahren mitsamt seinen Erste-Klasse-Fahrgästen, der Pflastertreter studiert jetzt nicht mehr die Abfahrts- sondern die Ankunftszeiten, und der Dicke steckt noch immer in der Telefonzelle. Hat er sich eingeklemmt und kommt nicht mehr heraus?

Um die Telefonzelle schnürt ein weiterer Mann, der Berndorf doch ein wenig auffällig erscheint, also bleibt er neben einem Pfeiler des Bahnhofdaches stehen und trinkt einen Schluck aus der Dose und sieht sich diesen Anderen an, soweit das über die Entfernung der beiden Gleise hinweg möglich ist: Mittelgroß, der Trenchcoat eine Nummer zu groß, nicht mehr jung, aber mit dichtem, dunklen zurückgekämmten Haar. Noch ein Kieberer?

Mehr beschäftigt ihn, dass er den Jungen nicht sieht. Er ist wie vom Erdboden verschluckt, Berndorf schüttelt den Kopf, dann erblickt er drüben, auf dem anderen Bahnsteig, einen Herrn im sommerlichen Mantel, weißhaarig, das Gesicht mit dem scharfen Profil sonnengebräunt, das aufklappbare Mobiltelefon am Ohr, in einer Haltung, als würde eigens die Sonne scheinen, um eine Modenschau mit ihm als Haupt- und Prachtmannequin auszuleuchten – wie kleidet sich der Mann von Welt, und wie telefoniert er in diesem bevorstehenden Sommer?

Wow! denkt Berndorf. Da siehst du mal, was dir alles abgeht.

Nur das schwarze Mäppchen, das am Handgelenk des eleganten Herrn baumelt, ist ein wenig zu groß geraten, ist als Accessoire ein wenig zu heftig… Plötzlich sieht Berndorf den

Jungen an sich vorbeigehen, er wartet kurz und folgt ihm dann, der Junge geht zu einer Sitzbank im mittleren Bereich des Bahnsteigs und bleibt daneben stehen, fast so, als ob er sich dort verstecken wollte.

Berndorf hat einen Abfallcontainer angesteuert und wirft einen Blick hinüber, auf den anderen Bahnsteig. Der Weltmann hat seinen Sonnenplatz verlassen und geht zielstrebig zu einer der Rolltreppen. Der Dicke hat sich aus der Telefonzelle befreit, auch er verlässt nun den Bahnsteig. Berndorf sieht, wie erst der Weltmann, dann der Dicke und zum Schluss mit einigem Abstand der erste der beiden Pflastertreter – der in der Windjacke – auf der Rolltreppe nach unten verschwinden. Dann trinkt er einen letzten Schluck aus der Dose und wirft sie in den Container.

Die nächste S-Bahn Richtung Alexanderplatz fährt in zwei Minuten, so steht es auf der Anzeigetafel, und der Bahnsteig ist schwarz von Leuten, das ist gut und soll so sein, damit der Plan funktioniert. Noch einmal memoriert André, was er sagen soll, wenn er den Weißhaarigen sieht (aber er soll es erst im letzten Augenblick sagen, so dass er selbst gerade noch in den Zug hineinkommt)...

Herr Matthaus? Bitte die Sendung für Hephaistos!

Und dann die schwarze Mappe nicht gepackt, sondern entgegengenommen – und weg! Das hört sich so leicht an, denkt André, und auch wenn sie es gestern noch geübt hatten, hier oben auf dem Bahnsteig – wie lange die S-Bahn hält, wie lange die Türen offen bleiben. André weiß deshalb, dass er – wenn die Türen sich öffnen – bereits neben diesem Jörg Matthaus stehen und seinen Spruch aufsagen muss, und dann muss Matthaus ihm die Mappe sofort in die Hand drücken, damit er in letzter Sekunde noch einsteigen kann.

Und was, wenn es nicht klappt? Wenn der Bilch mal wieder nicht ganz so schlau war? Und zwar auf Andrés Kosten nicht schlau genug?

Dann ist es eben scheiße gelaufen. Und?

Plötzlich weiß André, dass das Leben eigentlich schon eine ganze Zeit ziemlich scheiße läuft. Das heißt, es kommt auf ein bisschen mehr oder weniger nicht mehr an.

An der Rolltreppe vorne erscheint ein Kopf mit weißer Haarmähne, darunter kommt ein ellenlanger Kerl zum Vorschein. Der Mensch schiebt sich durch die Menge, die er überragt, und bleibt vor den Aushängetafeln mit den Abfahrtszeiten stehen, drei oder vier Schritte von der Bahnsteigkante entfernt. André wirft einen Blick auf die Anzeigetafel, aber da taucht in der Einfahrtskurve der Bahngleise auch schon der viereckige bullige rote Kopf einer S-Bahn auf, es ist die S-Bahn Richtung Alexanderplatz. Wenn man sie so sieht mit ihren Wagengliedern, möchte man sie für einen über die Gleise kriechenden und klappernden Tatzelwurm halten, aber doch kommt sie immer näher und ist auch gleich schon da.

André löst sich von der Sitzbank und drängt sich im Slalom an den anderen wartenden Fahrgästen vorbei zu diesem Menschen, den man zum Glück gar nicht verfehlen kann. Die S-Bahn bremst ab, jetzt ist André nur noch zwei oder drei Schritte von Matthaus entfernt, die Türen der Bahn öffnen sich, André hebt die Hand, um Matthaus anzutippen, da packt ihn eine hart zugreifende Hand am Oberarm und hält ihn fest, jemand beugt sich zu ihm und sagt ihm ins Ohr:

»Lass den Unsinn, Junge! Hier wimmelt es von Bullen.«

Die Hand lässt sich nicht abschütteln und schiebt André in die S-Bahn, noch immer sträubt er sich, die Zugtüren schließen, klappernd setzt sich die S-Bahn in Bewegung, und das Letzte, was André auf dem Bahnsteig sieht, ist dieser große Mann, der mit ratlosem Blick eine schwarze Mappe in der Hand hält.

Uwe hat dann doch noch seine Aussage machen können, hat sie auch unterschrieben, die Polizei weiß jetzt, dass kurz vor dem Unfall in der Kleinen Rosenthaler Straße eine Frau – etwa 35 Jahre alt, mit einer Pagenfrisur – in einem schwarzen Landrover dort gewartet hat. Danach hat Barbara ihn zurück in seine Kneipe gebracht und ihm einen Fünfziger in die Hand gedrückt, mehr werden Berndorfs Spesen nicht hergeben, auch wenn Uwe nicht so recht zufrieden schien.

Aber alles in allem ist es nicht schlecht gelaufen, denkt Barbara, während sie zurück nach Dahlem fährt. Warum ist sie dann nicht zufrieden?

Das brauchst du dich gar nicht zu fragen. Du weißt es. Du musst diese Leute nicht vorführen. Gehst du mit deinen Studenten auch so um? Manchmal schon. Manchmal muss es sein. Aber bei dieser Polizistenmaus und diesem apoplektischen Dienststellenleiter hat es nicht sein müssen... Wie redest du eigentlich schon wieder von diesen Leuten? Polizistenmaus! Wenn Berndorf das sagen würde – du würdest es ihm um die Ohren hauen.

Es ist Samstagmittag, wieso ist so viel Verkehr auf den Straßen? Sie schaltet das Radio ein und erwischt tatsächlich die Verkehrsmeldungen, die Parkplätze beim Olympiastadion sind bereits besetzt, Hertha spielt gegen Duisburg, es ist das Schicksalsspiel um den Aufstieg, sagt der Sprecher, und Barbara greift nach der Radiotaste, um den nächsten Sender einzustellen, Schicksalsspiel! Aber dann kommen doch noch Nachrichten, was heißt Nachrichten! Die Bundeskanzlerin erklärt, dass die Regierung an ihrem Kurs festhalten wird – an welchem?, fragt sich Barbara, für die Opposition kündigt ein Mensch namens Holtzenpflug entschlossenen Widerstand an, der Stimme ist anzuhören, wie dieser Mensch sich am Rednerpult festhält, um so richtig entschlossen zu klingen, der Wirtschaftsminister verspricht weitere wirtschaftliche Erholung, wenn nur erst die Wirtschaft aus den Fesseln eines überzogenen Umweltschutzes befreit wird, und die fünf Wirtschaftsweisen fordern eine Lockerung des Kündigungsschutzes... Warum, überlegt Barbara, fordert in diesem Land niemand die Lockerung des Kündigungsschutzes für Wirtschaftsweise? Plötzlich horcht sie auf, denn der Sprecher im Radio hat eine wichtige Nachricht:

...zu einer dramatischen Geiselnahme ist es heute im Rostocker Polizeipräsidium gekommen. Einer Untersuchungsgefangenen gelang es, sich der Dienstwaffe eines Vernehmungsbeamten zu bemächtigen. Mit vorgehaltener Waffe zwang die Frau den Beamten und einen von dessen Kollegen, mit ihr zu deren Dienstwagen zu gehen und wegzufahren. In einer Tiefgarage mussten die Beamten sich mit den eigenen Handschellen an die Heizungsrohre einer Toilette fesseln. Die Frau entkam zu Fuß...

Die Ampel vor der Kreuzung, auf die Barbara zufährt, steht auf Rot, erst im letzten Moment tritt sie auf das Bremspedal und bringt das Auto gerade noch zum Halten.

Olga!, schießt es ihr durch den Kopf.

Natürlich hat sich die Hoffnung, das Große Portugiesische Hausputzmassaker sei bei ihrer Rückkehr schon überstanden, nicht erfüllt. Als Barbara in die Wohnung kommt, ist Manuela gerade dabei, die Vorhänge aus der Waschmaschine zu holen, und so müssen die Vorhangrollen wieder eingehängt und danach in die Laufschienen der Gardinenstange eingefädelt werden, das ist eine Arbeit, bei der man seine Arme und seine Schultern spürt wie sonst bei keiner Gelegenheit. Wäre das nicht etwas für einen Mann, wenn frau denn schon einen im Haus hat? Nun gut, sie selbst hat Berndorf am Morgen aus dem Haus geschickt, damit er nicht im Weg ist. Über alldem darf sie nicht vergessen, Manuela dafür zu loben, wie schön die Fenster geworden sind und wie genau man wieder alles sieht! (Vor allem, dass die Möbel abgewohnt und die Teppiche fleckig geworden sind, aber das sagt sie nicht.)

Aber muss es wirklich sein, dass in genau dem Augenblick, als die letzte Vorhangrolle glücklich wieder eingefädelt ist, jemand die Wohnungstür aufschließt und unangebracht fröhlich mitteilt, er sei wieder da? Barbara fährt sich über die Stirn und will etwas nicht ganz so Freundliches antworten, als sie sieht, dass Berndorf nicht allein ist. Neben ihm steht – in schmuddligen Jeans und einem speckigen Anorak – ein halbwüchsiger Junge mit ungewaschenen blonden Haaren und frisch erblühten Pickeln auf der Stirn.

»Das ist die Barbara Stein, und das ist der André«, kürzt Berndorf die gegenseitige Vorstellung ab. Barbara sagt, dass das aber schön sei und drückt Andrés Hand, dessen Fingernägel sorgfältig abgekaut sind.

Berndorf stellt in der Garderobe eine Sporttasche ab und eine Plastiktüte, die von einem flachen rechteckigen Ding ausgebeult ist. »Das sind Andrés Sachen«, erklärt er, »was wir halt auf die Schnelle einpacken konnten. Ich denke, er sollte heute hier übernachten.«

»Kein Problem«, meint Barbara und atmet einmal scharf durch. »Er kriegt die Liege in deinem Arbeitszimmer.« In der Tür erscheint Manuela und wird ebenfalls vorgestellt, dabei will sie nur ankündigen, dass sie sich jetzt die Küche und danach das Bad vornehmen wird. Das alles wird dauern, und so erkundigt sich Barbara bei Berndorf, ob er und André schon irgendwo etwas gegessen hätten. Nein, kommt die Antwort, dazu hätten sie nun keine Zeit gehabt, und so wirft sich Barbara den Mantel über, und alle drei ziehen in die Eckkneipe ab, so dass Manuela ungestört weiter wüten kann.

Auf dem Weg in die Eckkneipe plaudert Barbara vom Frühjahrsputz, und dass sie Berndorf und den André nach dem Essen am liebsten ins Kino schicken würde, hier in Dahlem gebe es eines, das bringe zur Zeit alte Western, ob so etwas

Gefallen finden könnte? André meint, doch, das würde er sich schon ansehen.

In der Eckkneipe werden sie mit einer Freundlichkeit empfangen, die etwas distanzierter oder vorsichtiger scheint als zuletzt. Barbara begnügt sich mit einem Salatteller, André und Berndorf bestellen sich Pasta, dazu gibt es Mineralwasser und für André eine Apfelschorle.

»Ihr habt einen aufregenden Vormittag gehabt?«, fragt Barbara schließlich.

»Aufregend?«, fragt Berndorf zurück und schaut André an. »Es ging. Wir waren am Hauptbahnhof.«

André wirft einen fragenden, vielleicht auch nur unsicheren Blick auf Barbara. »Ja«, sagt er schließlich, »ganz oben. Bei den Fernzügen.«

»Früher«, meint Barbara, »wenn ich auf einem Bahnhof war, hab ich versucht auszurechnen, wer wohin fährt. Manchmal war das natürlich leicht. Wenn auf der Anzeigetafel steht, der Zug fährt nach Oberstdorf, und die Leute hängen auf dem Bahnsteig in Wintersportklamotten herum, dann gibt's da nicht viel herumzurätseln. Aber wenn es einer von diesen Fernzügen ist, sagen wir mal über Prag nach Wien und Budapest, da kann das schon spannend sein: Wer steigt wo aus? Und woran sieht man das?«

»Auf dem Flughafen könnte man das auch machen«, wirft André ein. »Also zu überlegen, wer fliegt zum Beispiel nach New York. Das müsste natürlich sein, bevor die Leute zu den Gates gehen.«

Und woran, will Barbara wissen, könne man einen New-York-Passagier von anderen unterscheiden?

»Also wenn es zum Beispiel ein Banker ist…«, schlägt André vor. »Also so einer in einem dunklen Anzug und mit spitzen schwarzen Schuhen und mit so einem schwarzen Köfferchen, wo der Laptop drin ist. Da wüsste man, dass er entweder nach New York oder nach London will. Und dann hängt es auch von der Tageszeit ab. Am frühen Nachmittag wird kein Banker nach London fliegen, weil, bis er ankommt, hat die Börse geschlossen.« Mit sich selbst zufrieden, trinkt er entschlossen einen großen Schluck Schorle.

»Wow!«, macht Barbara, »ich bin beeindruckt… das mit der Börse – woher weißt du das?«

»Hat mir der Bilch erklärt«, kommt die Antwort. »Der Bilch war ja selber so eine Art Banker, und er hat mir auch erzählt, dass London eine tolle Stadt ist, fast so toll wie New York. Und bevor man in New York landen kann, das hat er immer gesagt, da muss man in London klarkommen, ich meine mit den Leuten dort und den Geschäften, die sie machen.«

»Und der Bilch, der ist in London klargekommen?«

André verzieht das Gesicht. »Nicht so wirklich, glaub ich. Die Elke hat gesagt, der Bilch kann immer so toll vom Geld reden, aber wenn man mal einen Hunderter braucht, dann darf man nicht zu ihm kommen. Deswegen hat die Elke ihn auch rausgeschmissen, das war, bevor sie krank geworden ist.« Er hebt den Kopf und richtet den Blick auf Barbara. »Das ist das einzig Gute an der Krankheit, hat sie gesagt, dass sie vorher den Bilch rausgeschmissen hat, weil, den hätte sie nicht auch noch ertragen können. Und dass er jetzt in der Wohnung war, das darf ich ihr gar nicht sagen, wenn sie zurückkommt.«

»Weißt du schon, wann sie zurückkommt?«

»Nein. Weiß ich nicht. Aber sie hat mir ja geschrieben.« André greift hinter sich, in die Brusttasche des Anoraks, den er über die Stuhllehne gehängt hat, zieht den Reißverschluss auf und holt einen zusammengefalteten fleckigen und zerknitterten Umschlag heraus. »Lesen Sie es ruhig.«

Barbara nimmt den Umschlag entgegen, sehr behutsam tut sie das, auf dem Umschlag steht nur: »Für André«, aber dann wendet sie sich etwas ab, denn Lucy erscheint mit dem Großen Salatteller, und so wartet sie ab, bis auch die Pasta für André und Berndorf gebracht worden ist, ehe sie den Brief herausholt, auch der Briefbogen weist Flecken auf und ist zerknittert, die Schrift ist die einer Frau, eine klar ausgeprägte, schnörkellose, geübte Handschrift. Barbara beginnt zu lesen:

Lieber André! Stell Dir vor – ich habe einen Platz in einem Erholungsheim gefunden und muss auch gleich hinfahren, sonst ist der Platz weg. Ich weiß noch nicht, wie lange ich dort bleiben werde, aber ganz bestimmt wird alles wieder gut werden. Du bist ja ein großer Junge, und ich weiß, dass ich mich auf Dich verlassen kann. Sei bitte nicht traurig, wenn in der nächsten Zeit keine Post von mir kommt – weißt Du, sonst müsste ich unterm Schreiben vielleicht weinen, weil ich doch noch nicht gleich zurückkann, und das kannst Du doch nicht ab, wenn Du so einen verheulten und fleckigen Brief bekommst. Tausend Küsse Elke
PS: Bitte mindestens einmal in der Woche – spätestens am Samstag – duschen und Haare waschen!
PS II: Wenn Leute kommen und sagen, Du sollst in ein Heim, dann lauf weg. Dann renn und lauf und versteck Dich und tu alles, was Dir einfällt. Aber lass Dich nicht in ein Heim stecken.

Barbara hält den Brief noch immer in der Hand, hat den Blick aber auf André gerichtet. Berndorf und auch der Junge haben zu essen begonnen, der Junge muss wirklich Hunger gehabt haben.

»André, sag mal – wann hast du diesen Brief denn bekommen?«

»Das war im Oktober«, gibt André kauend Antwort. »Als ich aus der Schule heimkam, lag er auf dem Küchentisch.«

Nein«, sagt die Stimme, die zu Ermittlungsrichter Rüdiger Quadenheuve gehört, »ich kann Ihnen dazu leider überhaupt keine Auskunft geben. Ich muss Sie bitten, sich an das Lagezentrum im Polizeipräsidium Rostock zu wenden.« Durch das Telefon klingt seine Stimme merkwürdig dünn und piepsig, aber es ist ihr genug Entschlossenheit anzuhören, sich ja nichts an Informationen abringen zu lassen.

»Das Lagezentrum hat mich an Sie verwiesen«, antwortet Adrian Dingeldey. »Außerdem wäre es Ihre verdammte Pflicht und Schuldigkeit gewesen, mich unverzüglich zu verständigen, denn von dieser Olga Modrack geht eine unmittelbare Bedrohung für meine Mandanten aus!«

»Ich verstehe Ihre Erregung«, kommt es zurück, »aber Sie sollten Ihren Ton mäßigen. Der Vorfall ist bedauerlich, aber aus ermittlungstaktischen Gründen…«

»Der Vorfall ist nicht bedauerlich, sondern ein Skandal«, unterbricht ihn Dingeldey, »denn es handelt sich hier um eine von staatlichen Behörden inszenierte Gefangenenbefreiung, und Sie sind unmittelbar daran beteiligt, zumindest beteiligen Sie sich an der Vertuschung dieses Skandals.« Dingeldey will zu einer breiter angelegten Darlegung der Konsequenzen ansetzen, die unvermeidlich die Folge sein werden, sollte seinen Mandanten etwas zustoßen – da bimmelt die altmodische Türklingel seiner Kanzlei. Weil es Samstagnachmittag ist und sich in der Kanzlei sonst niemand befindet, der dem Besucher öffnen könnte, begnügt er sich mit der Empfehlung, Quadenheuve möge sich doch künftig nicht mehr Ermittlungs-, sondern Vertuschungsrichter nennen, und legt auf. Dann geht er und öffnet dem Besucher, es ist wie erwartet eine Besucherin: Barbara Stein, die am Nachmittag aus einer Kneipe angerufen und um ein Treffen gebeten hat.

»Tritt ein in die ärmliche, aber unaufgeräumte Hütte«, sagt er zur Begrüßung, »du kommst gewiss wegen dieser wahnsinnigen Olga, ich hab dem Untersuchungsrichter in Rostock dieserhalb schon meine Glückwünsche ausgesprochen.« Er nimmt Barbara den Mantel ab und will auch die Plastiktüte verstauen, die sie bei sich hat, aber die gibt sie nicht her. Er geleitet sie in sein Büro, einen großen Raum, dessen hohe Wände bis obenhin mit Bücherregalen vollgestellt sind. »Ich werde versuchen, Polizeischutz für euch zu bekommen.«

»Polizeischutz?«, fragt Barbara Stein und nimmt auf dem Sessel vor Dingeldeys Schreibtisch Platz, »um Gottes willen nein! Das sind dann Leute, die sich mit ihren eigenen Handschellen im Klo an die Wasserleitung fesseln lassen. Ich brauch mein Klo für mich. Außerdem hat sie es doch auf Zlatan abgesehen, und den muss sie ja erst einmal finden...«

»Das mag so sein«, räumt Dingeldey ein und wirft ihr einen forschenden Blick zu. »Gar nicht so sicher bin ich mir aber, dass das Polizisten waren, die sich von dieser Olga haben übertölpeln lassen«, meint Dingeldey. »Die ganzen Umstände deuten auf jemand anderen – erlaubst du, dass ich deshalb kurz einen Anruf versuche?« Ohne ihre Antwort abzuwarten, nimmt er eine Visitenkarte, die in der rechten Ecke seiner Schreibunterlage steckt, und wählt eine der darauf angegebenen Nummern.

Barbara schaut ihm zu, soweit sie sehen kann, ist es eine Visitenkarte mit einer imitierten Schreibschrift. Was tut sie hier eigentlich? Sie ist in den falschen Film geraten, und das Schlimmste ist, dass dieser Film nicht gut ausgehen kann.

Der Teilnehmer meldet sich nicht, nur ein Anrufbeantworter, Dingeldey spricht eine kurze Nachricht, man möge ihn zurückrufen. Dann wendet er sich Barbara zu: »Also...«

»Ich hab dich nicht wegen dieser Olga sprechen wollen«, unterbricht sie ihn. »Du bist doch ein Organ der Rechtspflege?«

»Wie bitte?« Dingeldey schrickt hoch. »Natürlich bin ich das, wie alle Anwälte.«

»Schön«, kürzt Barbara ab, holt das Notebook aus der Plastiktüte und stellt es vor Dingeldey auf den Schreibtisch. »Dieses Gerät ist irgendwie seinem rechtmäßigen Eigentümer abhandengekommen, und ich hab's... gefunden, so könnte man es nennen. Dich bitte ich nun zu prüfen, ob sich aus dem Inhalt der rechtmäßige Eigentümer ermitteln lässt, ferner, ob in den darin gespeicherten Dateien Hinweise auf strafbares Verhalten Dritter enthalten sind. In diesem Fall solltest du alle geeigneten Schritte... Was hast du?«

Dingeldey hat sich, die Arme vor der Brust verschränkt, in seinem Schreibtischsessel zurückgelehnt und betrachtet sie mit einem Blick, der fast besorgt scheint.

»Willst du einen Schnaps?«, fragt er zurück. Ohne eine Antwort abzuwarten, steht er auf, öffnet ein Fach in seinem Regal. »Kognak, Whisky, Slibowitz?«

»Slibowitz«, sagt Barbara. »Aber warum?«

»Weil es deinem Vortrag an einer gewissen Stringenz fehlt«, erklärt er, stellt zwei Schnapsgläser auf den Schreibtisch und füllt sie auf. »*Uzdravlje*!«

Barbara nimmt einen Schluck und atmet tief durch.

»Also«, sagt Dingeldey, der sein Glas gekippt hat und es jetzt wieder abstellt, »ihr habt offenbar das Notebook dieses Abgeordneten aufgetrieben, und jetzt soll ich das Ding durchsehen und gegebenenfalls auswerten, aber die Herkunft nicht preisgeben. Richtig so?«

Barbara will eine Antwort geben, aber das Telefon klingelt und schneidet ihr das Wort ab. Dingeldey meldet sich, unterbricht den Anrufer dann aber sofort:

»Herr Hornisser, ich bin Ihnen sehr für Ihren Rückruf verbunden, aber ich würde gerne die Freisprechanlage einschalten, denn ich habe eine Besucherin hier, die sehr an unserem Thema Anteil nimmt, es ist die Professorin Barbara Stein...«

Es scheint kein Einwand zu kommen, und plötzlich erfüllt die Stimme eines etwas schleppend sprechenden Mannes das Zimmer:

»Dann darf ich der Dame erst einmal einen guten Abend wünschen, meinen Namen wird sie jetzt ja schon kennen... Nun bin ich von Ihnen angerufen worden – was also kann ich für Sie tun?«

»Erst einmal dürfen Sie mein Kompliment entgegennehmen«, erklärt Dingeldey. »Ganz offenkundig habe ich die Potenziale Ihres Auftraggebers unterschätzt.«

»Ach ja?«, kommt es aus dem Telefon.

»Doch, bestimmt ist das so«, antwortet Dingeldey. »Eine gewisse Olga Modrack, Untersuchungsgefangene in Rostock, hat heute einem der beiden Beamten, die sie einvernehmen wollten, die Pistole abgenommen und das Weite gesucht. Glückwunsch! Derartiges hätte ich nun wirklich nicht für möglich gehalten.«

»Wenn Sie meinen – nur verstehe ich nicht ganz, warum Sie mir diese Geschichte vortragen ...«

»Um Ihnen einen Kompliment zu machen«, antwortet Dingeldey, »ich sagte es doch bereits! Ich nehme an, die beiden Vernehmungsbeamten sind Bedienstete Ihres Auftraggebers, mein Kompliment gilt deshalb auch diesen beiden Herren. Sich in einer Tiefgaragentoilette mit den eigenen Handschellen an die Heizungsrohre fesseln zu lassen – dazu gehört wahrhaft preußisches Pflichtbewusstsein. Sind Sie noch da?«

»Ich wäre Ihnen sehr dankbar«, sagt die schleppende, etwas heisere Stimme, »wenn Sie zum Punkt kommen wollten.«

»Ziehen Sie Olga Modrack umgehend wieder aus dem Verkehr.«

»Ich fürchte, Sie irren sich schon wieder. Diesmal überschätzen Sie die Potenziale – meine und die meines Auftraggebers.«

»Das ist mir egal«, antwortet Dingeldey. »Ziehen Sie die Dame aus dem Verkehr, stoppen Sie sie, rufen Sie sie zurück – wie auch immer. Denn für alles, was diese Olga noch anrichtet, wird Ihr Auftraggeber verantwortlich sein und verantwortlich gemacht werden, ich schwöre es Ihnen!«

»Schon wieder überschätzen Sie etwas, mein Lieber, und zwar sich selbst«, sagt die Stimme und klingt auf einmal fast heiter. »Meine Empfehlung an die Dame!« Und dann bricht das Gespräch auch schon ab.

»Was für ein Arsch!«, sagt Dingeldey. »Ich frage mich ...«

Barbara blickt ihn fragend an.

»Ich frage mich, ob er weiß oder ahnt, dass wir über die Personalie Kirstejn Bescheid wissen. Der Brief an den Internationalen Gerichtshof ist übrigens heute rausgegangen. Zu schade, dass dieser Zlatan ...« Er macht eine Handbewegung, als sei etwas fortgeflogen.

»Wird der Gerichtshof deiner Information dann überhaupt nachgehen?«, will Barbara wissen.

»Er sollte es«, antwortet Dingeldey, »Jedenfalls dann, wenn er an dem Fall ernsthaft interessiert ist. Ich nehme an, er wird die Schweizer Behörden um Amtshilfe bitten. Und dann wird man ja sehen…«

»Was wird man dann sehen?«

»Wer dieser Kirstejn ist. Lebenslauf, Herkunft, biometrische Daten. Woher er seinen Pass hat. Das alles kann man erheben. Und mit den Daten vergleichen, die aus Kroatien übermittelt werden. Kroatien will in die Europäische Union und muss kooperieren. Und schließlich wird man ihn den Leuten gegenüberstellen, die den General Mesic gekannt haben.«

»Diese Olga hat man auch irgendwelchen Leuten gegenübergestellt«, bemerkt Barbara, »und was ist passiert!«

»Das lässt vielleicht die Polizei in Meck-Pomm mit sich machen, aber kaum der Internationale Gerichtshof«, antwortet Dingeldey. Dann tippt er auf das Notebook, das noch immer auf dem Schreibtisch vor ihm liegt. »Zurück zu deinem Fundstück! Ich soll es mir also ansehen? Und bis wann? Und ist das Material überhaupt zugänglich, oder gibt es ein Passwort?«

»Da muss wohl ein Zettel herumgelegen haben, mit der Notiz N Y Sechzehn Siebenundzwanzig«, antwortet Barbara. »Meinst du, dass du dir bis morgen einen Überblick verschafft hast?«

»Ich weiß nicht, ob ich dir das versprechen kann. Hast du eine Vorstellung davon, wie umfangreich das Material ist?«

Barbara überlegt. Wie hat André es formuliert, als sie beim Nachtisch – einem gemischten Eis – darüber sprachen?

Der Bilch glaubt, dass da ein Politiker aufgeschrieben hat, wer alles Geld bekommen hat, also solches Geld, was gestohlen war…

»Kann sein, dass da ziemlich viel zusammengekommen ist«, sagt sie laut. »Ruf mich an, wenn du einen ersten Eindruck hast.«

Also, dass John Wayne dem Rechtsanwalt das Leben retten muss, und der spannt ihm dafür die Frau aus, das hab ich immer ungerecht gefunden«, meint Barbara, die sich mit angezogenen Beinen in eine Ecke der Couch geräkelt hat, ein Glas Whisky in der Hand. »Im Grunde läuft es darauf hinaus, dass es immer nur auf den Schein ankommt, nicht auf das, was dahintersteckt. Die Wahrheit ist nicht wichtig. Darum ist James Stewart, also der Rechtsanwalt Stoddard, auch Politiker geworden.«

»Aber vielleicht gibt es die Wahrheit gar nicht«, wendet André ein, der in der anderen Ecke der Couch sitzt, »sondern sie ist immer nur so, wie man sie anschaut.« André ist mit Berndorf in einem Western gewesen: *Der Mann, der Liberty Valance erschoss*, und hat beim Abendbrot davon berichtet.

»Aber hallo, junger Mann!«, sagt Barbara, »da haben wir ja ein ganz dickes Brett in Arbeit genommen.«

»Sachlich hat er vollkommen recht«, wirft Berndorf ein, der am Tisch sitzt und im Schein einer Stehlampe die Briefe an Andrés Mutter durchsieht, die sich in den letzten Monaten angesammelt haben. André hatte keine Einwände dagegen, fast scheint er froh darüber zu sein, dass sich irgendwer drum kümmert. »Die Frage ist ja nicht nur, wer Liberty Valance erschossen hat, sondern auch, wie es passiert ist.«

»Der John Wayne hat ja erst mal bloß zugeguckt, obwohl er gewusst hat, dass der Rechtsanwalt keine Chance hat! Das ist wie...« André sucht nach einem Vergleich, und Barbara schlägt vor: »Wie die Katze mit der Maus spielt, meinst du das?«

André nickt, und Berndorf wirft ein, dass man die Sache mit etwas bösem Willen noch ganz anders beurteilen könnte. »Bevor man den toten Liberty Valance unter die Erde bringen konnte, hat man einen Leichenbeschauer rufen müssen, soviel Rechtsstaat war auch im Westen, jedenfalls am Ende des 19. Jahrhunderts. Und wenn der näher hingeschaut hätte, dann wäre ihm die Schusswunde aufgefallen, und er hätte gewusst, dass Valance nicht mit einem Colt, sondern mit einem Gewehr erschossen wurde. Mit einem Winchester-Karabiner, um genau zu sein. So etwas macht nochmal andere Schusswunden, und damit müssen sich die Leichenbeschauer im Westen ja wohl ausgekannt haben... Also könnte man ohne weiteres behaupten, Stoddard habe nur dazu gedient, den Liberty Valance dem Wayne ins Schussfeld zu locken, und die ganze Geschichte sei die eines vertuschten Mordes...« Er öffnet einen weiteren dieser recyclinggrauen Briefumschläge.

»Woher willst ausgerechnet du wissen, was das für ein Karabiner war?«, fragt Barbara und erklärt André, dass Berndorf Schusswaffen verabscheut. »Und woher, dass die Geschichte Ende des 19. Jahrhunderts spielt?«

»Das war ein Gespräch am Biertisch«, antwortet Berndorf. »Ein Kollege hat behauptet, John Wayne habe da eine Winchester 92 in der Hand gehabt, also eine Waffe aus einer Baureihe, die 1892 auf den Markt kam. Der Kollege war für die Schießausbildung zuständig, kannte sich also aus...« Er hat den Brief überflogen und lässt ihn sinken. »Sag mal, André, deine Mutter hat mal in einem Heim am Wannsee gelebt, stimmt das?«

»Der Elke ihre Mutter wollte, dass sie von jemand adoptiert wird«, kommt die Antwort. »Gleich, wie sie auf der Welt war. Aber es hat sie niemand haben wollen, und so ist sie ins Heim gekommen. Das am Wannsee war das Schlimmste, hat sie gesagt. Nicht bloß, weil die Kinder dort geschlagen wurden. Wenn sie sich erbrochen haben, mussten sie es wieder aufessen. Und das kam oft vor, weil das Essen schlecht war und manchmal widerlich...« Er unterbricht sich und blickt erst zu Barbara, dann zu Berndorf, als müsste er sich vergewissern, dass man ihm auch zuhört.

»Erzähl weiter«, sagt Barbara.

»Einmal sind wir mit der S-Bahn nach Wannsee rausgefahren, und sie hat mir das Heim zeigen wollen, aber da war es schon geschlossen. Und dann sind wir in dem Wald spazieren gegangen, da gibt es einen Weg, der heißt Rotkäppchenweg, aber einen Wolf gibt es dort natürlich nicht, sondern nur Wildschweine, und da im Wald hat sich die Elke mal versteckt, als sie abgehauen ist... Aber dann hat die Polizei sie mit Hunden gesucht, und wie sie wieder im Heim war, hat sie eine Woche Karzer bekommen, so hat das dort geheißen, wenn man die Kinder im Keller eingesperrt hat, wo es ganz dunkel ist und sie ganz allein sind und es auch kein Fenster hat.«

Andrés Bett ist bezogen, der Esstisch für das Frühstück am nächsten Morgen gedeckt, aber Berndorf will sich noch ein wenig die Füße vertreten. »Pass auf dich auf«, sagt Barbara, als er schon zwischen Tür und Angel steht. »Aber du musst ja am besten wissen, was diese Sache in Rostock für dich bedeutet. Oder für uns.«

Ja, was bedeutet es? Im Augenblick eher nichts, denkt er, Olga ist zu Fuß entkommen, so hieß es in den Nachrichten, also muss sie sich erst wieder einen Wagen besorgen und überhaupt neu aufstellen, bevor sie etwas unternehmen kann. Trotzdem holt er die kleine Stablampe aus der Manteltasche und untersucht das im Hinterhof geparkte Auto. Der Lichtkegel huscht über Motorhaube und Türen, zeigt aber keine verdächtigen Kratzer oder Wischspuren auf.

Er steigt ein und startet den Motor, das Auto springt brav an und fliegt auch nicht in die Luft. Als er das Radio einschaltet, hat er – etwas zu laut – die Stimme von Doris Day im Ohr und ihr *Que sera sera*. Das ist eindeutig zu viel des Guten, und er stellt das Radio wieder ab. Die Straßen sind leer, er kommt zügig voran, aber in seinem Kopf jagen sich die Gedanken, als seien sie in einem Kreisverkehr gefangen und fänden die Ausfahrt nicht.

Sein Büro fährt er so an, dass er kurz auf der anderen Straßenseite halten kann. Kein verdächtiges Licht, keine verdächtigen Spuren am Schloss der Haustür, auch nicht an der Tür zu seinem Büro. Keine Nachricht auf dem Anrufbeantworter, keine E-Mail. Er schließt wieder ab und fährt weiter, macht einen kurzen Halt bei dem koreanischen Lebensmittelladen, kauft eine Flasche Sherry und steuert schließlich die Mulackstraße an, wo er den Wagen unweit des Blocks parken kann, in dem Tamara Feinkind wohnt. Auf dem Gehsteig blickt er zum Dachgeschoss des Hauses hinauf, eines der Mansardenfenster leuchtet in die Nacht. Er will schon bei Feinkind klingeln, lässt es dann aber doch bleiben, als er sieht, dass die Haustür sich ohne weiteres mit einem Plastikstreifen öffnen lässt. Er steigt die Treppen hinauf und hält nach der vorletzten inne, um Luft zu holen. Plötzlich steht er im Dunkeln, worauf er notgedrungen die Stablampe herausholt.

Oben tastet der Lichtstrahl die beiden Wohnungstüren ab, noch immer hängt neben der Tür links der Zettel mit der Aufschrift »Z. Sirko«. Berndorf geht zur Tür rechts und klopft, erst einmal geschieht nichts, dann aber hört er doch kleine trippelnde Schritte, die Tür öffnet sich, Madame Tamara erkennt ihn zunächst nicht, erblickt dann aber die vorgehaltene Flasche Sherry...

»Oh Wanja! Sie Treuloser... Nun sind Sie doch... Treten Sie ein, das ist ja ein Abend wie lange nicht mehr... Ich habe nämlich... aber Sie kennen ihn doch, oder nicht? Aber von ihm erzählt hab ich Ihnen, ganz bestimmt.«

Wieder ist er in dem Mansardenzimmer, die Stehlampe ist eingeschaltet und beleuchtet den kleinen Tisch und die beiden Sessel mit den gedrechselten Beinen, auf dem Tisch stehen eine Flasche Slibowitz und zwei Likörgläser. Der Besucher, der vor ihm gekommen ist, hat sich ins Halbdunkel unter die Dachschräge zurückgezogen, die rechte Hand unter die Jacke geschoben.

»Lassen Sie das alberne Ding stecken, Zlatan«, sagt Berndorf und streckt die Hand aus. »Guten Abend auch!«

Zlatan Sirko zögert, bekommt seine Hand aber doch noch

aus dem Sakko. Zum ersten Mal bemerkt Berndorf, dass Zlatan zu den Leuten gehört, die einen Händedruck nicht erwidern, sondern ihn erdulden. Madame Tamara Feinkind hat inzwischen ein weiteres Stühlchen gebracht, so dass sich alle drei um das Tischchen setzen können, das heißt, Madame Tamara muss nun erst noch ein drittes Glas holen...

»Ich dachte mir«, bemerkt Berndorf, »dass Sie Ihre Papiere brauchen, für...« Mit dem Daumen deutete er in eine Richtung, von der er annimmt, dass sie den Norden bezeichnet und damit auch Schweden.

»Es hat keinen Sinn«, antwortet Zlatan. »Ich hätte Ihnen vorher nicht sagen sollen, dass ich dorthin will.«

»So«, sagt Madame Tamara munter, stellt ein Weinglas vor Berndorf, der mit Mühe verhindert, dass sie es bis oben mit Schnaps auffüllt. »Ich kann mir gar nicht erklären, wo... da sehen Sie, wie lange ich... also keine zwei Herren mehr gleichzeitig!... aber ich wusste, Sie...« Sie tätschelt Berndorf den Arm. »Der arme Zlatan!... Stellen Sie sich vor... richtig verkrochen hat er sich... wenn ich nicht die Wasserspülung... dabei kenne ich das, oh Wanja! Wie ich das kenne, nur zu gut... wenn man gar niemand mehr sehen kann und ertragen... aber heute Nachmittag hab ich mir gedacht, da müssen wir jetzt... Und sagen Sie selbst, ist es nicht ein ganz reizender Abend...« Sie nimmt ihr Likörglas, kippt es in einem Zug und behält es auffordernd in der Hand. Zlatan versteht den Wink und füllt auf.

»Olga ist wieder draußen«, teilt Berndorf mit. Zlatan zuckt mit den Achseln, aber Madame Tamara ist sofort hellwach. »Was höre ich da? Olga? Eine Verehrerin von Ihnen, Wanja? Oder sollte Zlatan? Das müssen wir aber!«

»Ich glaube nicht, dass sie hierherkommt«, sagt Zlatan.

»Oh, bist du deswegen so?« Madame Tamara hat plötzlich ganz große, besorgte Augen. »Diese bösen herzlosen jungen Frauen von heute. Sagen Sie doch, Wanja, so ein netter junger Mann, der hätte doch...«

»Der Anwalt«, sagt Berndorf, »hat die Informationen, die er von Ihnen bekommen hat, an Den Haag weitergegeben. Da ist jetzt etwas in Gang gesetzt worden, das hält auch unsere Freundin Olga nicht mehr auf.«

»Sie kennen beide diese Olga?«, fragt Madame Tamara empört. »Das ist… ich weiß gar nicht, was ich… also zu meiner Zeit! Dabei…« Sie nippt an ihrem Likörglas, und irgendwie ist es schon wieder leer. Aber Zlatan übersieht es. »Ich glaube«, sagt er, »ich sollte uns einen Kaffee machen.«

»Oh! Einen Kaffee, wie unaufmerksam von mir… ich eile!«, ruft Madame Tamara und steht auf, ein wenig schwankend allerdings, im letzten Augenblick kann Berndorf sie festhalten. Dann ist auch Zlatan schon bei ihr und führt sie zu einem kleinen Verschlag, der durch einen Vorhang vom Zimmer abgetrennt ist.

»Aber es ist doch noch gar nicht…«, wendet Madame Tamara ein, doch Zlatan legt sie auf ihr Bett und zieht ihr die Pantöffelchen von den Füßen und deckt sie mit einer Wolldecke zu. Man hört noch ein ärgerliches Murmeln, dann sehr schnell nur noch gleichmäßige, aber nicht unbedingt geräuschlose Atemzüge. Zlatan zieht den Vorhang wieder zu, kehrt ins Zimmer zurück und macht sich in der Kochnische zu schaffen. »Sie wird jetzt erst mal eine Weile schlafen«, erklärt er, »und später ein wenig ungnädig sein. Aber das braucht Sie nicht zu stören.«

»Sie machen uns jetzt einen *bosanska Kahva*?«, fragt Berndorf. »Sehr aufmerksam. Wo haben Sie das eigentlich gelernt?«

»Bitte?«, fragt Zlatan und dreht sich halb um. »Bei uns zu Hause lernt man das. Und ich hab Ihnen doch erzählt, dass ich…«

»Sie waren nicht Chef de Rang, Sie haben nicht in einem Fünf-Sterne-Hotel an der Adria gearbeitet, und Sie haben kein eigenes Café geführt«, unterbricht ihn Berndorf. »Sie sind in Frankfurt ausgebildet worden, im Dalmacija Grill in Sachsenhausen.«

Zlatan dreht sich wieder um und beginnt, den Kaffeesud aufzuschäumen. »Wie Sie meinen. Man hat mir in Kroatien alle meine Papiere abgenommen, die Zeugnisse, die Diplome«, sagt er. »Deshalb hab ich in Frankfurt noch einmal eine Prüfung machen müssen. Vermutlich wissen Sie nicht, wie das ist, wenn Sie nichts mehr in der Hand haben.«

»Ist Zlatan Sirko Ihr richtiger Name?«, fragt Berndorf. »Warum wollten Sie nicht nach Den Haag? Warum sind Sie in Blengow weggelaufen, als wir die Polizei gerufen haben? Sie brauchen nicht nach dieser Pistole zu greifen, damit können Sie nichts ungeschehen machen, bringen Sie mir lieber Ihren *Kahva*. Und lassen Sie uns darüber reden, wie es vielleicht weitergehen kann.«

Eine Standuhr holt rasselnd Atem und schlägt dreimal, als Berndorf über den Korridor der Anwaltskanzlei geht. Erschrocken hält er inne – nein, es kann nicht drei Uhr morgens sein, das dann zum Glück doch nicht, es ist erst Viertel vor Elf. Dingeldeys Büro mit den hohen Bücherwänden ist allein von der grünen Schreibtischlampe und dem bläulichen Schein zweier Monitore erleuchtet – dem eines Computers und eines Notebooks. Auf einer Anrichte steht eine Kaffeemaschine, ein grüner Lichtpunkt zeigt an, dass sie betriebsbereit ist. Daneben steht aufgerissen ein Karton mit einer Pizza vom Lieferservice.

»Kaffee oder was zu essen?«, fragt Dingeldey einladend, aber Berndorf bittet nur um ein Wasser, in den letzten zwei Stunden hat er genug Kaffee getrunken, *»bosanska Kahva*, um genau zu sein.«

»Ach!«, sagt Dingeldey, »Sie haben Zlatan aufgestöbert!« Aus der Bar, die er in einem Fach der Bücherregale eingebaut hat, holt er eine Flasche Mineralwasser und öffnet sie. »Wie geht's ihm denn so? Warum ist er nun doch nicht nach Schweden?«

»Ich weiß es nicht«, sagt Berndorf. »Vielleicht, weil er keine Papiere dabeihatte. Oder vielleicht auch, weil er uns gesagt hat, dass er es vorhat. Eigentlich weiß ich gar nichts von ihm. Höchstens, dass Zlatan Sirko mit Sicherheit nicht sein richtiger Name ist.«

»Das klingt nach einem etwas unbefriedigenden Gesprächsverlauf«, bemerkt Dingeldey und stellt für Berndorf ein Tablett mit der Flasche Mineralwasser und einem Glas auf den Schreibtisch.

»Das kann man so nicht sagen«, meint Berndorf, bedankt sich und gießt sich ein. »Er hat mir einiges erzählt, die Version Zlatan Zwo, wenn Sie so wollen. Ein junger Mann, ohne rechten Beruf, ohne recht etwas zu können, gerät in den Bürgerkrieg, das bisschen Soldatenspiel hat er wohl schon vorher gelernt, macht aber auch damit nicht sein Glück, ganz im Gegenteil, er gerät bald in Gefangenschaft, im Lager schließt er sich einem anderen armen Teufel an, einen Cafetier, der in das Lager gekommen ist wie die Jungfrau zum Kind. Und weil sie sonst nichts zum Reden haben und das Essen, wenn sie denn überhaupt eines bekommen, ein grauenvoller Schlangenfraß ist, erzählt der Cafetier vom Kochen und Zubereiten und richtigen Servieren und wie man einen wirklich erstklassigen *bosanska Kahva* macht...« Berndorf hat aufgehört zu reden und trinkt erst einmal einen Schluck.

»Ich fürchte, für den Cafetier geht die Geschichte nicht gut aus«, bemerkt Dingeldey, der sich inzwischen wieder hinter seinen Schreibtisch gesetzt hat. »Wer war denn der Mann, den sich die deutschen Abgeordneten hatten zeigen lassen?«

»Das war wohl der richtige Sirko«, antwortet Berndorf und nimmt auf dem Besuchersessel Platz. »Übrigens bin ich ein unaufmerksamer Trottel. Unser Zlatan, also Zlatan Zwo, hat mir – absichtlich oder nicht – einen Hinweis gegeben, der mich viel früher hätte misstrauisch machen müssen. Als ich ihm sagte, sobald seine Aussage in Den Haag vorliege, werde Mesic andere Sorgen haben, als ihn zu liquidieren – da gab er mir zur Antwort: Sie kennen Mesic nicht, und ich hab nicht darüber nachgedacht, was das bedeutet.«

»Es bedeutet«, wirft Dingeldey ein, »dass sich der General Mesic von den deutschen Abgeordneten eben nicht hat abkanzeln lassen wie ein Schulbub, nicht wahr?«

»Er hat sich ein Spassettche' gemacht, so nennt es Zlatan Zwo, ich weiß nicht, wo er den Ausdruck herhat«, antwortet Berndorf. »Wie von der deutschen Delegation gewünscht oder befohlen, kam ein Krankenwagen, um den richtigen Zlatan Sirko abzuholen, ein Krankenpfleger wurde auch mitgeschickt, und dann ist der Fahrer mit dem Krankenwagen in den Wald gefahren, das Weitere können Sie sich denken.«

»Der Krankenpfleger«, sagt Dingeldey, »bei dem es sich ja wohl um Zlatan Zwo gehandelt haben wird, hat die Leiche begraben oder in eine Doline werfen müssen? Und dann?«

»Dann hat Zlatan Zwo dem Fahrer mit der Schaufel eins über den Kopf gegeben und ist mit dem Krankenwagen und dem Entlassungsschein des richtigen, des toten Sirko getürmt.« Berndorf schweigt und sieht den Gasbläschen in seinem Mineralwasser zu, wie sie aufsteigen und zerplatzen.

»Irgendetwas kommt mir da bekannt vor«, bemerkt Dingeldey.

»Mir auch«, gibt Berndorf zurück.

»Er sagt, er sei Krankenpfleger gewesen«, wiederholt Dingeldey nachdenklich. »Das lässt mich vermuten, dass er in der Lagerhierarchie zu den Kalfaktoren gehört hat, die für die Aufseher deren schmutzige Arbeiten erledigen. Mag sein, dass man ihm eine Pistole in die Hand gedrückt und ihm befohlen hat, den Genickschuss zu setzen. Und der Fahrer hat zugeguckt und sich ein Zigarettchen angezündet. Und plötzlich hat auch er ein Loch im Kopf gehabt…«

»Keine Pistole«, meint Berndorf. »Ich fürchte, es wird eher ein Knüppel gewesen sein.«

»Auch möglich. Und wie sind Sie mit Zlatan Zwo verblieben?«

»Ich hab ihm gesagt, dass er nicht länger davonlaufen kann. Und anderen erbaulichen Scheiß. Was man halt so daherredet.«

»Sie sind missvergnügt, mein Lieber«, rügt Dingeldey. »Dazu besteht keinerlei Anlass.« Mit einer ausladenden Handbewegung zeigt er auf das Notebook. »In der Zusammenschau geben die hier gespeicherten Dokumente einen umfassenden Überblick über ein bemerkenswert erfolgreiches Engagement von Bundestagsabgeordneten. Wollen Sie die Geschichte hören?«

»Nur zu«, meint Berndorf. »Es ist immer schön, von Leuten zu hören, denen das Leben gelingt.«

»Davon habe ich nun gerade nicht gesprochen«, sagt Dingeldey. »Aber gut! Noch während des jugoslawischen Bürgerkriegs gründet eine Gruppe von Bundestagsabgeordneten zusammen mit einem kroatischen General und Rüstungsstaatssekretär – dreimal dürfen Sie raten, wie der heißt – sowie einem Regierungsdirektor des Bundesnachrichtendienstes eine Schweizer Firma mit dem schönen Namen Hephaistos AG und Sitz in Basel, wobei dieses Unternehmen beziehungsweise eine Tochterfirma davon in den folgenden Monaten mit der im Krieg befindlichen Republik Kroatien Geschäfte in der Größenordnung von umgerechnet über hundert Millionen US-Dollar abwickelt. Finanziert wird das über die Privatbank Oheymer & Jaumann, eigentlich im bajuwarisch-voralpinen Raum zu Hause, die im Gegenzug in großem Maßstab Küstengrundstücke, Immobilien und sogar Hafenanlagen aus dem Besitz des untergegangenen jugoslawischen Staates und seiner Streitkräfte erwirbt.«

»War Fausser einer dieser Bundestagsabgeordneten?«, fragt Berndorf.

»Auf dem Papier nicht«, antwortet Dingeldey nach einigem Zögern. »Auf dem Papier des Basler Handelsregisters tauchen überhaupt keine Namen deutscher Abgeordneter auf, ich bitte Sie! Einer der Teilhaber allerdings war eine Rheinische

Consult GmbH, die wiederum drei Abgeordneten der damals hauptsächlich staatstragenden Parteien gehört hat. Christian Fausser war nicht dabei, was mich um ein Haar dazu verleitet hätte, ein wenig mehr an das Gute im Menschen zu glauben.«

Berndorf fühlt sich zur Frage aufgefordert, warum man das besser nicht tut – nämlich an das Gute im Menschen zu glauben. Aber er mag solche Fragen nicht, und schon gar nicht will er dazu angehalten werden. Also wartet er.

»Ich habe mich dann«, fährt Dingeldey ein wenig enttäuscht fort, »ein wenig mit einem anderen der damaligen Teilhaber beschäftigt, und zwar mit einem Jörg Matthaus, der mir jüngst in einem anderen und gleichwohl merkwürdig mit Kroatien verknüpften Zusammenhang aufgefallen ist – Matthaus ist Frontmann einer Investorengruppe, die vor Kurzem die mit ihren Adria-Investitionen offenbar doch nicht ganz so glückliche Privatbank Oheymer & Jaumann übernommen hat. Eben die Privatbank, die er jetzt an die Landesbank Süd zu verkaufen im Begriffe steht. Nun ja, und was finde ich im Internet? Dass der damals junge Banker Jörg Matthaus bei den Bundestagswahlen 1994 eine Erststimmen-Kampagne für Christian Fausser in dessen Stuttgarter Wahlkreis aufgezogen hat. Das ist ein wenig ungewöhnlich, Matthaus war damals wohl schon in den Führungsstab der Landesbank Süd aufgerückt. Dort wird man dieses Engagement für eine Partei, der die Sympathien der Banker sonst nicht gelten, mit eher hochgezogenen Augenbrauen verfolgt haben …«

Matthaus, Jörg. Als würden ihm die Schuppen von den Augen fallen, weiß Berndorf, wer der jugendlich-weißhaarige Elegant ist, den er am Morgen auf dem Hauptbahnhof gesehen hat.

»Sie sind nicht sehr beeindruckt«, stellt Dingeldey fest.

»Einer der Teilhaber der Hephaistos war also Jovan Mesic?«, fragt Berndorf.

»Unser und Zlatans Freund Jovan Mesic, ja doch, damals Staatssekretär im kroatischen Verteidigungsministerium«, antwortet Dingeldey. »Sie werden sich fragen, wo seine Anteile abgeblieben sind? Nach Ende des jugoslawischen Bürgerkriegs ändern sich die Eigentumsverhältnisse der Hephaistos AG, weder Jovan Mesic noch die Rheinische Consult der drei Abgeordneten oder Matthaus erscheinen mehr als Teilhaber. Neu eingetreten dafür eine Off-Shore-Gesellschaft mit einem Namen aus Tausend-und-Einer-Nacht und – das wird Sie nun interessieren – eine in Zug residierende Daniel Kirstejn Vermögensverwaltung. Damit stellt sich die Frage, wer denn dieser Herr Kirstejn wohl sein mag. Merkwürdig ist nun, dass im Internet – also dort, wo Sie jedes fünfzehnjährige Babyspeck-Gesicht verewigt finden –, dass also im Internet über diesen Geschäftsmann Daniel Kirstejn so absolut keine Information zu finden ist, dass ich zunächst den Verdacht hatte, diesen Mann gäbe es gar nicht, und die Vermögensverwaltung Daniel Kirstejn hätte sich des Namens eines vielleicht längst Verstorbenen bedient. Wie mir aber Barbara berichtet, hat ihr dieser Monsignore Feichtmayr ausdrücklich bestätigt, dass er diesem Herrn Kirstejn ganz leibhaftig begegnet ist und mit ihm persönlich verhandelt hat. Das alles mutet mich nachgerade an wie das Schauspiel, das die Sonne bietet: Vorne am Horizont taucht der General Mesic unter, und hinten erhebt sich der Geschäftsmann Kirstejn. Ich denke, unser Problem liegt nicht darin, dass wir keine Indizien hätten, sondern es fehlt an dem verbindenden Element, das diesen Indizien erst ihre Durchschlagskraft gibt.«

»Das ist mir etwas zu martialisch gesprochen«, wendet Berndorf ein. »Munition wird nach ihrer Durchschlagskraft beurteilt. Ich benutze keine Schießeisen.«

»Nein, Sie nehmen lieber den Spaten«, gibt Dingeldey zurück. »Zweiter Anlauf. Wenn ich es richtig sehe, ist dieser junge türkische Mann Ihrer Ansicht nach vorsätzlich totgefahren worden, weil man oder frau ihn mit Zlatan verwechselt hat. Anlass ist demnach gewesen, dass Zlatan im Geschäftsmann Kirstejn den früheren General Mesic erkannt hat, und dass er daraufhin Kontakt zu dem Abgeordneten Fausser aufzunehmen versucht hat. Ist das so weit richtig?«

Berndorf murmelt Zustimmung.

»Halten Sie daran fest, auch wenn die Person Zlatan ihre Glaubwürdigkeit eingebüßt hat?«

»Einspruch!«, sagt Berndorf. »Zlatan, wie wir ihn kennen, ist nicht der Zlatan Sirko, der zu sein er vorgegeben hat. Aber er kommt aus Jugoslawien und wird während des Bürgerkriegs sehr wohl diesem General Mesic begegnet sein. Und die Begegnung von Kirstejn mit diesem Monsignore hat er nicht erfunden, die hat stattgefunden. Also spricht einiges dafür…«

»Moment!«, unterbricht ihn Dingeldey. »Sie halten also an Ihrer These fest. Aber sie hat ein *Missing Link.*«

Berndorf schüttelt kurz den Kopf. Er ist wirklich zu alt, denkt er bei sich, um hier vorgeführt zu werden wie ein Examenskandidat beim Repetitor.

»Wenn Ihre These richtig ist«, fährt Dingeldey fort, »dann ist das ganze nachfolgende Geschehen durch den Anruf von Zlatan bei Fausser ausgelöst worden. Wissen Sie was? Wir machen es wie im Kriminalroman der alten Schule und trommeln morgen Vormittag – Sonntagsruhe hin, Morgenschlaf her – ein paar der Beteiligten zusammen. Sie zum Beispiel müssen nicht unbedingt erscheinen, aber Barbara sollte kommen. Aber jetzt müssen Sie mich entschuldigen, ein paar Stunden Schlaf brauch auch ich!«

Sonntag

Nebel liegt an diesem Morgen über der Stadt und lässt die Umrisse der Bäume im Alten Garnisonfriedhof verschwimmen, es sieht aus, als schwebten sie und seien gar nicht auf Dauer hier. André schlägt beim Gehen die Arme über der Brust zusammen, es fröstelt ihn, und so muss er schon daran denken, dass es in der Wohnung in Dahlem warm gewesen wäre und dass es dort ein Frühstück gegeben hätte.

Aber er hat gar keinen Hunger.

Irgendwann in der Nacht war die Elke da gewesen, sie hatte den weißen Rock getragen und die blauviolette Bluse, und sie waren zum Bahnhof gegangen, und es war alles gut, aber dann war zuerst er in den Zug eingestiegen und sie hatte ihm den Koffer hochgereicht, und er war zu ungeschickt gewesen und hatte zu lange gebraucht, und so hatten sich die Zugtüren geschlossen, und die Elke konnte nicht mehr mit, und er sah nur noch ihre erschrockenen Augen und, als Letztes, wie sie ihm eine Kusshand zuwarf.

Dann war er in einem dunklen Zimmer gewesen mit hohen Bücherwänden und hatte erst nicht gewusst, ist das jetzt die Fortsetzung oder ist er in einem anderen Traum? Schließlich hatte er begriffen, dass er in dem Zimmer in Dahlem lag, auf der Liege, die sie gestern für ihn aufgeschlagen hatten und dass sie heute darüber reden wollten, wie es weitergehen soll mit ihm. Er war dann leise aufgestanden und hatte sich angezogen und war ganz vorsichtig – denn es ist ein altes Haus, und die Dielen knarren – über den Flur zur Wohnungstür gegangen und hatte sie aufgeschlossen und behutsam wieder hinter sich zugezogen.

Da war es noch ganz früh gewesen, aber die U-Bahn-Station Podbielski-Allee hatte schon geöffnet gehabt, und er war in die Stadt gefahren, zuerst bis zum Alexanderplatz, wo er zugesehen hatte, wie die Kioske und die Stehcafés öffnen und später die Läden, und irgendwann war er dann schon bei den Hackeschen Höfen gewesen und immer näher zum Haus gekommen, obwohl dieser Berndorf ihm gesagt hatte, dass man ihn dort suchen werde. Aber man kann nicht so einfach weg von einem Haus, wenn man da gelebt hat, und überhaupt! Was ist, wenn die Elke zurückkommt, und er ist nicht da?

André hat jetzt den Garnisonfriedhof durchquert und tritt auf die Linienstraße hinaus und wendet sich nach links. Doch dann sieht er den grauen Wagen und macht auf dem Absatz kehrt und schlüpft durch den Durchlass zurück auf den Friedhof und fängt an zu rennen, so schnell er kann, zu der kleinen Pforte, von der er auf die Mulackstraße kommt, und weiter nach links ins Scheunenviertel hinein. Denn den grauen Lieferwagen, der vorne vor dem Haus geparkt war, wie man eigentlich nicht parken darf, es sei denn, man ist bei der Bullerei: den hat er schon einmal gesehen. Und zwar, als man dem Bilch den Laden ausgeräumt hat.

Vor sich sieht er die U-Bahn-Station Weinmeisterstraße, wo er die Treppen hinunterrennt und gerade noch in einen Zug hineinwitscht, als die Türen auch schon zuschnappen, fast wie in seinem Traum.

»Hey Kleine! Hast es ja mächtig eilig!«, hört André eine Stimme an seinem Ohr. Er wischt sich die Haare aus der Stirn und blickt sich um, auf der Plattform steht eine Gruppe junger Männer, schon jetzt Bierdosen in der Hand, und als sie ihn von vorne sehen, brechen sie in Gelächter aus, »das ist eine kleine Tunte«, sagt eine zweite Stimme, »seit wann fickst du so was?«

André wendet sich ab und geht durch den Gang, noch immer das Gelächter im Ohr, bis er einen freien Platz findet. Er muss zu einem Friseur, denkt er. Seit er sich gestern in Dahlem die Haare gewaschen hat, fliegen sie ihm nur so um den

Kopf. Vielleicht sollte er sie zu einem Pferdeschwanz binden. Gegen einen Pferdeschwanz ist bei einem Mann nichts einzuwenden. Er blickt auf, ihm gegenüber liest ein Mensch Zeitung, und von der Titelseite brüllt die Schlagzeile:

ERPRESSER GEFASST!
Um Phantom der Charité
zieht sich die Schlinge zu

Jemand beugt sich über den Brunnenrand seines Schlafes und ruft und gibt keine Ruhe, was soll das! Langsam schlägt Berndorf die Augen auf, es ist Barbara, sie beugt sich über ihn und rüttelt ihn an der Schulter.

»Der Junge ist weg!«

Er richtet sich auf und schwingt die Beine aus dem Bett, bleibt dann aber doch einen Moment benommen sitzen.

»Er muss irgendwann in der Nacht aufgestanden und gegangen sein, einfach so.«

Und? Wenn einer in der Nacht geht, dann geht er hoffentlich einfach so und nicht auch noch mit Pauken und Trompeten.

»Heißt das, dass ich ihn jetzt suchen soll?«

»Das heißt, dass du mich mit dieser Situation nicht alleine lassen sollst. Dass du dir wenigstens Gedanken machst. Du musst doch wissen, was man tut, wenn jemand verschwindet. So was hast du doch gelernt!«

»Hast du eine Vorstellung, wie viele Kinder in Berlin im Jahr verschwinden, einfach abhauen und auf der Straße leben?« Berndorf steht auf und geht ins Bad und putzt sich die Zähne. Als er damit fertig ist und sich genug kaltes Wasser ins Gesicht geklatscht hat, sieht er, dass Barbara am Türstock lehnt und noch immer auf eine Antwort wartet. Auf eine richtige Antwort.

»Du bist nicht sehr hilfreich«, stellt sie sachlich fest.

»Manchmal gibt es keine Hilfe«, antwortet er. »Dieser junge Mann …«

»Das ist kein junger Mann, das ist ein Kind«, korrigiert sie, nicht ohne Schärfe.

»Also gut. Dieses Kind war eingeladen, hierzubleiben, aber trotzdem ist es davongelaufen. Wir haben kein Mandat, kein Recht, keinen Auftrag, es wieder einzufangen und hier einzusperren.«

»Dieses Weglaufen ist ein Hilferuf, begreifst du das nicht?«

»Ein Hilferuf, sicher doch. Ein Hilferuf an die Mutter. An die Elke. Aber die wird ihn nicht hören, das weißt du so gut wie ich, denn die Elke ist tot, gestorben entweder in einem Hospiz, wo sie unter falschem Namen untergekommen ist, oder – was ich für wahrscheinlicher halte – sie hat sich umgebracht, damit ihr das Kind nicht beim Sterben zusieht.«

»Warum unter falschem Namen?«

»Wenn sie unter ihrem richtigen Namen gestorben wäre, hätte das Hospiz oder wer auch immer das Standesamt unterrichtet, und irgendwann wäre der Vorgang auch dem Jugendamt des Bezirks Berlin-Mitte mitgeteilt worden. Von denen hat sich aber wohl niemals jemand gemeldet.«

»Das beweist absolut nichts«, antwortet Barbara. »Diese Jugendämter sind so überlastet, da muss eine Akte nur auf den falschen Stoß gelegt werden, und da bleibt sie dann für die nächsten hundert Jahre. Habe ich dich richtig verstanden – du willst nichts unternehmen?«

»Ich kann es nicht«, antwortet Berndorf. »Es gibt zwei Möglichkeiten. Er kehrt in die Wohnung zurück, dann nimmt ihn die Polizei entweder gleich in Empfang oder holt ihn in den nächsten Stunden ab, denn diese merkwürdige Figur Bilch wird seit gestern durch die Mangel gedreht und hat ganz gewiss schon alles ausgeplaudert, was für sie nützlich ist und was sie André in die Schuhe schieben kann. Die zweite Möglichkeit ist – André geht nicht in die Wohnung, sondern schlägt sich auf der Straße durch. Wie soll ich ihn da finden?«

»Das ist doch alles so hoffnungslos …«

»Warum? Immerhin weiß der Junge, wo wir wohnen. Dass er hier übernachten kann. Dass er hier zu essen bekommt, und wenn es sein muss, auch ein Bad. Bei deiner lesbischen Katze hast du damit kein Problem. Die kommt, wenn sie was will, und geht wieder. Es würde dir nicht in den Sinn kommen, sie als Schoßtier zu halten.«

»Es geht hier um ein Kind, nicht um eine Katze«, antwortet sie mit leiser Stimme und geht in die Küche. Berndorf, der einen Morgenmantel übergeworfen hat, folgt ihr und versucht, sich bei dem Rücken, den sie ihm zukehrt, zu entschuldigen: das mit dem Schoßtier sei eine blöde Formulierung gewesen.

»Allerdings!«, kommt die Antwort. Dann will sie wissen, was er eigentlich in der vergangenen Nacht mit Dingeldey vereinbart habe. Er erklärt es ihr, und sie fragt, ob er mitkommt.

»Nein«, antwortet er, »ich möchte mir diese Veranstaltung in der Franziskaner-Ruine ansehen.«

Olga hat den Wecker auf neun Uhr gestellt, aber der arbeitslose Trunkenbold in der Wohnung nebenan begann schon eine halbe Stunde davor, seine Frau zu prügeln. Nichts ist einfacher, denkt sie noch im Halbschlaf, als einen betrunkenen Mann ruhig zu stellen. Man braucht nichts weiter als ein festes scharfes Küchenmesser mit spitz zulaufender Klinge, wie es sie in jedem Einkaufsmarkt gibt, für fünf Euro neunzig vielleicht. Und dann geht man, den Kopf mit dem linken Arm geschützt, mit Wucht auf den Trunkenbold zu und rammt ihm das Messer in den Bauch und stößt es nach oben, ins Herz.

Das funktioniert. Für fünf Euro neunzig, das ist doch fast geschenkt!

Das Schreien nebenan geht in ein Wimmern über, Olga steht auf und stellt sich unter die Dusche, um die Müdigkeit aus ihrem Körper zu vertreiben. Sie hatte nur eine kurze

Nacht und war erst gegen vier Uhr morgens aus Dahlem zurückgekommen.

Dabei hat sie ihren Job noch gar nicht erledigt.

Als sie sich abgetrocknet und angezogen hat, wirft sie einen Blick auf den GPS-Monitor. Das kleine zerbeulte Auto steht noch immer im Hinterhof des Hauses in Dahlem. Nun ja, es ist Sonntag, so früh wird Herr Berndorf nicht aufstehen.

Sie frühstückt, Tee, Rührei, Müsli mit viel Obst. Wenn sie Zeit dazu hat, ist ihr das Frühstück die wichtigste Mahlzeit am Tage. Sie schaltet ihr Handy ein, aber es ist nur eine alte Nachricht gespeichert, die von gestern Nachmittag:

Anzeige dass frau rover gefahren hat

Sie löscht die Nachricht, dann räumt sie auf, macht das Bett und den Abwasch. Die Milch, die sie nicht verbraucht hat, schüttet sie weg und wirft das restliche Obst in den Abfall. Falls sie die Sache heute zu Ende bringen kann, will sie am Abend in Prag sein, und wann sie in diese Wohnung in einer Plattenbausiedlung des Berliner Nordens zurückkehren wird, weiß sie nicht.

Im Bad probiert sie die blonde Perücke aus, deren Haare ihr weit den Rücken hinunterfallen. Sie trägt sie sehr selten, weil sie damit aussieht wie eine Hure vom Straßenstrich. Trotzdem legt sie auch noch etwas Make-up auf und versucht, mit einem Stift die dunklen Augenbrauen aufzuhellen.

Der GPS-Monitor gibt ein Signal, sie geht zurück zum Frühstückstisch, auf dem sie das Gerät abgestellt hat, und richtig hat sich das Auto aus dem Dahlemer Hinterhof in Fahrt gesetzt, in Richtung Innenstadt, wie sie sofort erkennen kann. Ihre Reisetasche ist bereits gepackt, so muss sie nur noch den GPS-Monitor darin unterbringen und sich den Mantel anziehen. Er ist auf der einen Seite schwerer als auf der anderen, denn in der Innentasche steckt die Walther P 9, die sie dem BND-Beamten abgenommen hat.

Sie wirft noch einen Blick in die Wohnung, dann aktiviert sie die Türsicherung – die ein Signal auf ihr Handy sendet, wenn die Türe von wem auch immer geöffnet wird – und macht sich, die Abfalltüte in der einen und die Reisetasche in der anderen Hand, auf den Weg.

Auch der Mann, der sich schon so lange Zlatan nennt, dass er gar keinen anderen Namen mehr für sich hat, ist aufgestanden und hat lange geduscht, in der Hoffnung, dass er davon einen klaren Kopf bekommt. Zum Frühstück hat er sich einen Kaffee gemacht, einen richtigen Kaffee, und noch einmal diesen einen Artikel aus dem kostenlosen Anzeigenblatt für Berlin-Mitte gelesen, das in seinem Briefkasten war. Das Anzeigenblatt bringt Berichte über Geschäftseröffnungen und Jubiläen, und in jeder Ausgabe werden »Leute der Woche« vorgestellt.

In dieser Woche wird Schwester Françoise vorgestellt.

Warum interessiert ihn so etwas? Weil dem Artikel ein Foto von Schwester Françoise beigefügt ist. Sie hat ein schmales Gesicht mit einer hohen Stirn und trägt ein Kopftuch, das sie noch strenger erscheinen lässt, als sie ohnehin sein mag. Und weil Schwester Françoise zu einer Gruppe von Frauen gehört, die eine Kirchenruine in Berlin-Mitte zu einem Kloster ausbauen wollen – oder zu etwas, was einem Kloster ähnlich ist. So genau versteht Zlatan das nicht, es ist auch nicht wichtig für ihn.

Für ihn ist wichtig, dass es um diese Kirchenruine geht. Und dass an diesem Sonntag bereits vorgestellt wird, was dort gebaut werden soll. Manchmal, aber nur manchmal können die Dinge in diesem Land sehr schnell gehen. Ist es nicht erst zehn Tage her, dass der Kaufvertrag für die Ruine – oder vielmehr das Grundstück, auf dem sie steht – abgeschlossen worden ist? Doch, zehn Tage, er weiß es, er war ja dabei.

Noch einmal wirft er einen Blick auf das Foto. Könnte es

sein, dass sich in dem Bild dieser schmalen strengen jungen Frau Ähnlichkeiten oder Anklänge an ein ganz anderes Gesicht finden? Für einen Augenblick ist er versucht, Schwester Françoise einen Schnurrbart ins Gesicht zu malen. Aber das ist ihm dann doch zu albern.

Er steht auf, zieht Pullover und Sakko an, zögert einen Augenblick, legt das Sakko wieder ab und schlüpft in den alten Trenchcoat, den er einmal in einem Secondhand-Laden gekauft hat. Eigentlich ist ja schon Frühling und der Trenchcoat dafür zu schwer und zu warm. Aber er hat auf jeder Seite neben den Taschen auch noch Öffnungen, durch die man hindurchgreifen kann. Zum Beispiel, wenn man das Taschentuch schnell mal aus der Hosentasche holen will, ohne den Mantel vorher umständlich aufknöpfen zu müssen. Oder die Beretta, die einer im Hosenbund stecken hat.

Der Mann, der Solveig Lunden öffnet, ist nicht mehr jung, hat krauses Haar und keinen Drei-Tage-Bart, sondern ist einfach nur unrasiert. Unverzüglich beginnt er, sich wortreich sowohl zu bedanken als auch um Entschuldigung zu bitten.

»Hören Sie auf«, sagt sie, »ich wundere mich selbst genug darüber, dass ich überhaupt gekommen bin. Sie wollten die Taxi-Rechnung übernehmen, sagten Sie?«

Vor einer Stunde war Solveig Lunden von Dingeldey angerufen worden – sie sei doch mit Barbara Stein verabredet? Ob dieses Gespräch in seiner Kanzlei stattfinden könne? Er sei Rechtsanwalt und von Barbara Stein mit der Prüfung von Dokumenten beauftragt, die möglicherweise aus dem Besitz von Christian Fausser stammen, unter Umständen aber nicht ihm, sondern der Staatsanwaltschaft übergeben werden müssen.

Solveig Lunden ist Journalistin. Ihr ist klar gewesen, dass Dingeldey mit Absicht eine Formulierung gewählt hat, die sie neugierig machen soll. Trotzdem ist sie gekommen, ist dann aber doch unangenehm überrascht, als sie von dem Anwalt in ein Besprechungszimmer geleitet wird, in dem sie nicht nur Barbara Stein antrifft, sondern auch Carmen Ruff und Carla Jankewitz, von denen sie die eine so wenig leiden kann wie die andere. Sie beschließt, aus ihrer Abneigung keinen Hehl zu machen, und belässt es bei einem kurzen Kopfnicken als Begrüßung.

Wie von selbst nehmen Carla Jankewitz und Carmen Ruff auf der einen, Solveig Lunden und Barbara Stein auf der anderen Seite des Besprechungstisches Platz, dann setzt sich auch Dingeldey und will sich noch einmal für das Erscheinen der Besucherinnen bedanken, als ihm auch schon Solveig Lunden ins Wort fällt.

»Sie haben am Telefon von Dokumenten gesprochen, die Christian Fausser zugeordnet werden. Was für Dokumente sind das, und kann man sie einsehen?«

»Das wird doch nur das Material aus dem Notebook sein, das man dem Chef im Krankenhaus gestohlen hat«, wirft Carla Jankewitz ein.

»Richtig«, sagt Carmen Ruff, »und da wollte ich schon mal fragen, warum Sie das nicht einfach zurückgeben.«

»Das ist leider nicht so einfach, meine Dame«, antwortet Dingeldey. »Diese Schriftstücke sind sehr wahrscheinlich Beweismaterial in einem Mordfall.«

Für einen Augenblick herrscht Schweigen, dann sagt Carla Jankewitz in die Stille hinein: »Unsinn! Was für ein alberner Mord soll das denn sein, und was haben wir oder was hat Christian Fausser damit zu tun?«

»Ein Mann wurde umgebracht, weil er mit einem anderen verwechselt wurde«, erklärt der Anwalt. »Dieser andere hatte versucht, Fausser eine bestimmte Information zukommen zu lassen. In Verbindung mit dem Material, das Fausser besaß, hätte diese Information große Sprengkraft entfaltet.«

»Können Sie das noch etwas geschwollener ausdrücken?«, will Solveig Lunden wissen.

»Natürlich geht das alles auch einfacher«, räumt Dingeldey

ein. »Entschuldigen Sie! Also, was ich wissen will – vor zehn Tagen, am Donnerstag vergangener Woche, hat ein Mann, der sich Zlatan Sirko nennt, bei Fausser angerufen, genauer: Er hat die Nummer von Faussers Anschluss im Haus des Bundestages gewählt, und gemeldet hat sich eine Frau. Diese Frau hat ihm gesagt, er solle es nächste Woche noch einmal versuchen, Fausser nehme an einer Tagung am Starnberger See teil.« Dingeldey macht eine Pause und betrachtet die vier Frauen, die um seinen Besprechungstisch sitzen. »Ich würde gerne wissen, mit wem er gesprochen hat.«

»Das wollen Sie mich aber nicht im Ernst fragen?«, kommt es von Solveig Lunden.

»Ich hab doch schon dieser Dame da gesagt« – Carmen Ruff deutet auf Barbara – »dass er mit mir nicht gesprochen haben kann. Ich war am Nachmittag bei der Vorsorge.«

»Zlatan Sirko hat vormittags angerufen, kurz vor Mittag, um genau zu sein«, stellt Dingeldey klar. »Vor seinem Arbeitsbeginn. Er hatte Spätschicht, verstehen Sie?«

»Was soll das jetzt heißen?«, fragt Carmen Ruff. »Meinen Sie, wir müssten nicht auch hart arbeiten? Wir hätten keinen Stress?«

Dingeldey bittet um Entschuldigung. »Es liegt mir fern, Sie zu verletzen – aber sind Sie ganz sicher, dass Sie am Donnerstagvormittag keinen solchen Anruf entgegengenommen haben? Der Anrufer spricht sehr gut deutsch, aber man hört natürlich den Akzent der Leute aus dem ehemaligen Jugoslawien.«

»Was wollen Sie mir eigentlich anhängen?« Carmen Ruff öffnet ihre Handtasche und beginnt, nach einem Papiertaschentuch zu kramen. »Wenn da ein Anruf von diesem Zlatan Sirko gewesen wäre, hätt ich sofort gewusst, wer das ist, aber da war keiner...«

»Na schön«, meint Dingeldey und blickt auffordernd zu Carla Jankewitz.

»Ich muss Sie enttäuschen.« Sie zeigt einen Taschenkalender vor, dessen beide aufgeschlagenen Seiten mit Eintragungen übersät sind. »Letzten Donnerstag war für zehn Uhr dreißig eine Besprechung des Arbeitskreises der Wissenschaftlichen Mitarbeiter unserer Landesgruppe angesetzt, es ging dabei um gemeinsame Initiativen und Anfragen. Diese Besprechung nahm letzte Woche sogar ziemlich viel Zeit in Anspruch, denn ich ging von dort direkt zum Essen, weil ich um halb eins mit einer Bekannten verabredet war. Wieso sind Sie sich eigentlich so sicher, dass das stimmt, was dieser Jugoslawe behauptet?« Sie wirft einen Blick zur Seite, auf Carmen Ruff. »Es kann ja sein, dass er angerufen hat, aber es hat vielleicht überhaupt niemand mehr abgenommen, so kurz vor Mittag...«

»Was redest du da?«, fährt die Ruff auf. »Du willst mir doch nur in die Schuhe schieben, dass ich früher Mittag gemacht hätte, das ist doch...«

»Bitte!«, unterbricht Dingeldey.

»Sie haben mir gesagt«, schaltet sich Barbara Stein ein, an Carmen Ruff gewandt, »ein Anruf, der nicht abgenommen wird, könnte automatisch auf ein Mobiltelefon von Christian Fausser weitergeleitet werden...«

»Das ist ganz selten, dass ich früher gehe«, beharrt die Ruff, »eigentlich nie, und meistens bleibe ich länger, also wenn ich das alles aufschreiben würde! Aber an diesem einen Donnerstag... also wenn dieser Kerl kurz nach zwölf Uhr angerufen hat, könnte es schon sein, dass der Anruf auf das Handy vom Chef weitergeleitet wurde und dort aufgelaufen ist, aber...«

»Ja?«, muntert Dingeldey auf.

»Das geht aber nur, wenn der Chef diese Funktion aktiviert hat«, erklärt die Ruff, »und das macht er sehr selten, eigentlich nur, wenn er einen Anruf außerhalb der Dienstzeiten erwartet, zum Beispiel von einem Journalisten, dem er aber seine Geheimnummer nicht anvertrauen will. Und wenn er auf einer Tagung ist wie letzte Woche, dann will er da sowieso nicht angerufen werden, das kann er nicht ab.«

»Die Tagung am Starnberger See begann am Freitag«, wirft Barbara mit sanfter Stimme ein, »nicht schon am Donnerstag.«

»Wir könnten jetzt natürlich seine Ehefrau anrufen und fragen, ob er den Donnerstag vielleicht zu Hause verbracht hat«, bemerkt Dingeldey. »Von Stuttgart aus hätte er am Freitagmorgen durchaus mit dem Wagen an den Starnberger See fahren können.« Er steht auf und geht zu einem Tischchen mit einem Telefon. »Soll ich?«

»Lassen Sie es«, sagt Solveig Lunden. »Christian war am Donnerstag bei mir. Es war eine der seltenen Gelegenheiten, an denen wir beide einen Tag frei nehmen konnten.«

Eine kurze Weile lang herrscht Schweigen. Carla Jankewitz zieht ein wenig die Augenbrauen hoch, Carmen Ruff versucht sich an einem säuerlichen Lächeln, das ihr aber misslingt.

»Falls Sie jetzt meinen«, fährt Solveig Lunden fort, »ich wäre die Frau gewesen, die den Anruf dieses Mannes entgegengenommen hat – ich darf Ihnen allen versichern, dass ich in den sehr wenigen Stunden meines Zusammenseins mit Christian nicht auch noch seine Telefonate zu erledigen die Zeit hatte, wirklich nicht. Ganz davon abgesehen wäre es ein absoluter Regelverstoß gewesen, wenn Christian während dieser kurzen Zeit das Handy nicht abgeschaltet hätte. Muss ich noch deutlicher werden?«

Dingeldey winkt ab. »Wir haben jetzt drei sehr präzise Aussagen. Aus ihnen scheint hervorzugehen, dass niemand von Ihnen mit Zlatan Sirko gesprochen hat. Wir wissen aber, dass jemand von Ihnen es getan haben muss.« Plötzlich lächelt er, und sein Blick geht von der einen zur anderen. »Wer von Ihnen lügt?«

Sie hätte sich nicht zu beeilen brauchen. Er war zu seinem Büro gefahren. Jedenfalls hatte er in der Straße davor geparkt. Was will er dort an einem Sonntagvormittag?

Sie beschließt, daran vorbeizufahren. Noch hat sich der

Morgennebel nicht aufgelöst, also würde er vermutlich im Büro das Licht einschalten.

Aber als sie vorbeifährt, bemerkt sie nichts davon. Etwas ratlos setzt sie die Fahrt fort, einmal um das Quartier, und kommt an diesem Park vorbei, der eigentlich ein Friedhof ist, an einer Stelle sind noch Kreidespuren zu erkennen. Sie registriert es nur nebenbei, die Spuren sind da, wo sie sie erwartet hat. Noch einmal fährt sie an dem Büro vorbei, es brennt wirklich kein Licht: Also sucht sie sich einen Parkplatz und findet ihn auch in einer Seitenstraße, muss aber erst wenden und dann zweimal vor- und zurückstoßen, bis sie den Opel, den sie gestern gemietet hat, in die Lücke bekommt.

Vor ihr, in weniger als fünfzig Metern Entfernung, überquert eine Gruppe von Leuten die Straße, unter ihnen ein Mann, der sich auffällig aufrecht hält, erst auf den letzten Blick erkennt sie ihn. Was tut er da? Er ist in Begleitung eines anderen Grauhaarigen, der schwarz gekleidet und bärtig ist, selbst aus der Entfernung sieht sie, dass er ein Türke ist, und hätte es auch dann gesehen, wäre da nicht auch noch ein Kopftuchmädchen dabei gewesen, in fünf Schritten Abstand hinter den Männern. Also ist er mit den Verwandten von diesem Dummkopf unterwegs, der die falsche Jacke getragen hat. Sie steigt aus und folgt mit raschen und ausgreifenden Schritten der Gruppe, die an der Kreuzung vorne nach rechts abgebogen ist. Erst an der Ecke bekommt sie das Mädchen und die beiden Männer wieder in ihr Blickfeld, fast sieht es so aus, als wollten sie zu der Stelle mit den Kreidemarkierungen auf der Straße. Aber dann gehen sie doch nach links, in Richtung der nächsten U-Bahn-Station, und Olga folgt auf der anderen Straßenseite, jetzt in normalem Tempo.

Ich finde, dass das ein sehr albernes Spiel geworden ist«, sagt Solveig Lunden. »Aber bitte. Warum fragen Sie eigentlich nicht nach dem wirklichen Grund, warum Christian überhaupt diese zusätzliche Handyfunktion eingerichtet hat?«

»Das ist keine Minute her«, kommt es von Carla Ruff, »dass ich das erklärt hab.«

»Gewiss doch«, sagt Solveig Lunden. »Nur dass die Erklärung nicht stimmt. Christian hat außerdem ein weiteres Mobiltelefon, dessen Nummer auf allen Visitenkarten steht, die er sehr großzügig verteilt. Selbst für den Lokalredakteur vom Filderboten war er jederzeit erreichbar. Nein, Christian hatte einen anderen Grund – er misstraute seinen Mitarbeiterinnen, und eben deshalb ...«

Ein Zornesausbruch von Carmen Ruff unterbricht sie, und als die Ruff Atem holen muss, setzt Carla Jankewitz noch eins drauf:

»Wissen Sie eigentlich, dass Sie der böse Stern in Faussers Leben sind?«, fragt sie, an Solveig Lunden gewandt, »Sie haben seine Ehe ruiniert, und seit Sie ihn sich gefügig gemacht haben, ist es auch mit seiner politischen Karriere nur noch bergab gegangen.«

»Gewiss doch«, antwortet Solveig Lunden, »ich bin die Hexe, früher hätten Sie mich verbrannt. Das ändert aber leider nichts daran, dass Fausser diese Zusatzfunktion aus dem einzigen und einfachen Grund hat einrichten lassen, damit Sie wussten, dass er es jederzeit mitbekam, wenn das Büro während der Sprechzeiten wieder einmal nicht besetzt war. Solche Tricks seien beschissen, hat er mir gesagt, aber es gehe bei seinen Mitarbeiterinnen leider nicht anders ...«

Sie bricht ab, denn Carla Jankewitz steht wortlos auf, mit blassem steinernem Gesicht, und wendet sich zum Gehen, und auch Carmen Ruff stemmt sich vom Besprechungstisch hoch. Doch an der Tür stellt sich ihnen Barbara Stein in den Weg. »Nur einen Augenblick noch!«, bittet sie und drängt sie an den Tisch zurück, wo die beiden widerwillig stehen bleiben. »Frau Ruff hat doch vorhin gesagt, wenn Sirko bei ihr angerufen hätte, wäre ihr sofort klar gewesen, wer das ist. Aber Frau Jankewitz hat den Namen offenbar erst vor ein paar Tagen gehört.« Barbara wendet sich jetzt direkt an die

Wissenschaftliche Mitarbeiterin. »So haben Sie es mir jedenfalls gesagt.«

»Das ist auch so«, gibt Carla Jankewitz zurück, in deren Gesicht etwas Farbe zurückgekehrt ist, »diese Geschichte von dem jugoslawischen oder bosnischen Gefangenen, den Fausser frei bekommen hat, die hab ich natürlich auch schon gehört. Das ist ja eine von diesen Storys, die für Fausser typisch sind. Aber mein Namensgedächtnis ist leider nicht besonders gut.«

»Komisch!«, sagt Carmen Ruff und setzt sich wieder, »das hör ich jetzt zum ersten Mal ... und überhaupt! Das Foto von diesem Gefangenen, also von diesem Sirko, wie er hinter dem Stacheldraht steht, das hing jahrelang gerahmt im Chefbüro, auch nach 2002, als du bei uns angefangen hast ...«

»Ich sage doch, ich kenne diese Geschichte«, erwidert Carla Jankewitz, »aber deswegen muss ich den Namen doch nicht auf Kommando wissen.«

»Ja, aber hier herumerzählen, ich gehe vor der Zeit in die Mittagspause, das kannst du dann plötzlich wieder!«

»Frau Jankewitz«, fragt Dingeldey mit leiser, fast freundlicher Stimme, »seit wann berichten Sie an den Bundesnachrichtendienst?«

Der bronzene Christus ist im Begriff, sich von seinem Kreuz zu lösen, und schiebt entschlossen das Dornengewirr von seinem Kopf, als wäre es Spinnengeweb, auch dringt die Sonne allmählich durch den Nebel und wärmt die wenigen Demonstranten, die – zurückgedrängt von uniformierter Polizei – links und rechts des Zugangs zur Kirchenruine ohne große Hoffnung ihre Plakate mit Aufschriften wie: *Pfaffen raus aus Mitte!* hochhalten. Aus der Ruine selbst hört man eine einzelne sonore Stimme, die aber merkwürdig gleichförmig klingt.

Am Zugang selbst wird nicht kontrolliert. Zlatan – der fast

schon umgekehrt wäre, als er die vielen Polizisten gesehen hat – tritt durch das Portal, hält aber nach wenigen Schritten inne. Im Innenraum der früher dreischiffigen Kirche, von der nur noch die Außenwände des Chores und die linke Wand des Hauptschiffs den letzten Krieg überstanden haben, sind an der offenen rechten Seite Tische und Bänke aufgestellt, dazu überdachte Stände. Vor einem Podium, das im Chor aufgebaut ist, stehen knapp hundert Menschen und hören einem schwarz gewandeten Mann zu, dessen geröteter Kopf von einer weißen Bürstenfrisur gekrönt wird.

»Was hier entstehen soll«, sagt Monsignore Feichtmayr, »ist ein Ort der Einkehr, der Stille, der Demut, aber auch der Versöhnung.«

Unwillkürlich geht Zlatan ein paar Schritte zurück, fast bis zum Eingangsportal. Er lehnt sich nicht an und muss sich auch nicht festhalten. Aber er könnte es. An Worten kann man sich nicht festhalten. Nicht an solchen.

»Wir Menschen sind dem Leben verpflichtet«, fährt der Monsignore fort, und der Lautsprecher trägt die Worte bis zu Zlatan, »aber wir können all das, was uns bedrückt und quält und bedrängt und uns nicht schlafen lässt – das alles können wir aufgeben, und eben dies ist der tiefere Sinn.«

Zlatan betrachtet die Besucher, es sind viele Frauen darunter, auch jüngere und solche, die er in einer Kirche – wenn dies hier eine Kirche ist – nicht erwartet hätte. Hie und da sieht er sogar einen Schal oder sonst ein Tuch in den Farben des Regenbogens, und eine läuft herum, der hängt das falsche blonde Haar bis auf den Arsch, merkwürdig, im Brandenburg Residence hätte die keinen Zutritt gehabt. Miguel fällt ihm ein, der war mal ein paar Jahre in Paris und hat behauptet, die niedlichsten Huren dort könne man an den hohen Festtagen in Sacré-Coeur sehen.

Auf dem Podium steht jetzt eine Frau am Mikrophon, sie ist schlank, trägt ein weißes Kopftuch und einen langen blaugrauen Faltenrock, darüber eine lange schwarze Kostümjacke, es sieht ein wenig aus wie die Stewardessen-Uniform der Fluglinie eines sehr frommen Staates. Dann wird ihm klar, dass es sich um Schwester Françoise handelt, von der er im Anzeigenblatt gelesen hat, und als sie spricht, weiß er sofort, dass sie keine Deutsche ist, aber auch keine Französin, wie er vermutet hatte.

Er fürchtet schon, dass nun weiter von Versöhnung und Frieden die Rede sein wird, aber Schwester Françoise bedankt sich nur bei den Besuchern und erklärt, dass es an den Ständen zu essen und zu trinken gebe, außerdem auch Bücher und Schriften, in denen man sich über ihre Gemeinschaft kundig machen könne, und dass der Architekt gerne das Modell für den Neubau erklären werde, und dazu weist sie auf einen größeren Stand, vor welchem ein Mann mit einem Zeigestab steht und freundlich lächelnd auf ein Modell mit roten Mauern aus Legosteinen und viel Plastikglas drum herum zeigt.

Dann verneigt sich Schwester Françoise, es ist eine sehr anmutige Bewegung, aber das nimmt Zlatan schon nicht mehr wahr. Sein Blick ist auf die linke Seite des Kirchenschiffs gerichtet, also auf die eine Wand, die stehen geblieben ist. Unter einem der Mauerbögen, die früher in das linke Seitenschiff führten, tritt ein Mann hervor und bleibt am Pfeiler stehen, es ist ein sehr großer schlanker Mann in einem gut sitzenden grauen Straßenanzug, die Hände auf dem Rücken verschränkt, und auf nichts achtend außer auf die Frau auf dem Podium. Aber die bringt jetzt gerade einen Stuhl für eine andere Frau, die eine Sängerin oder Musikerin ist mit langen grauen Haaren und einer Gitarre in der Hand.

Zlatan tastet durch den Mantel nach der Beretta. Sie steckt noch immer in seinem Hosenbund. Langsam schiebt er sich zu den Ständen vor, es gibt Erbseneintopf und Malventee mit Honig, an einem Büchertisch hat er plötzlich ein schmales Bändchen in den Händen: *Wanderinnen im Tal der Demut* heißt es und ist geschrieben von einer Françoise Mesic.

So findet zusammen, was zusammengehört«, sagt eine Stimme neben Zlatan. Er blickt auf, Berndorf steht neben ihm und kauft sich gerade eines dieser Bändchen. Eine ältlicher graubärtiger Mann scheint mit ihm gekommen zu sein und dazu ein Kopftuchmädchen. Fast sofort begreift Zlatan, dass das die Angehörigen des jungen Türken sind, der an seiner Stelle totgefahren wurde. Er fühlt sich unbehaglich, als sei er daran schuld, dass ihm jemand die Lederjacke gestohlen hat.

»Warten Sie hier auf mich und trinken Sie solange einen Tee?«, schlägt Berndorf dem Graubärtigen vor, und dieser nickt – etwas zögernd – und stellt sich mit dem Mädchen an einem der Stände an, an denen Getränke ausgegeben werden. Berndorf nimmt Zlatan am Arm und führt ihn zur Seite, weg von den Ständen. Nach ein paar Schritten bleibt er stehen. Auf der Bühne hat die grauhaarige Frau ihre Gitarre gestimmt und fängt an, ein paar Akkorde zu greifen. Dann bricht sie wieder ab und teilt mit, dass sie jetzt ein Liebeslied singen werde, und zwar ein Lied der Liebe zu Gott, aber auf Altfranzösisch. Zum Glück hat sie eine angenehme Altstimme.

»Blicken Sie jetzt nicht hin«, sagt Berndorf, »aber Sie haben den Mann da drüben gesehen, auf der anderen Seite, nicht wahr?«

Zlatan schweigt.

»Schlagen Sie sich alles aus dem Kopf, was Sie vorhaben«, fährt Berndorf fort. »Glauben Sie vielleicht, ich wüsste nicht, warum Sie sich diesen albernen Trenchcoat angezogen haben? Offenbar haben Sie es nicht wahrgenommen – aber dieser Mann da drüben hat zwei Leibwächter bei sich, Leute mit Schießeisen im Schulterhalfter. Bevor Sie nahe genug an Mesic herangekommen sind, um einigermaßen sicher treffen zu können, sind Sie ein toter Mann.«

Zlatan zuckt die Achseln. »Und was soll ich dann tun, Ihrer Ansicht nach?«

»Irgendwann muss einer mit den Lügen leben, in denen er sich eingerichtet hat«, antwortet Berndorf. »Gehen Sie. Sie sind dem anderen, dem richtigen Zlatan Sirko nur das Erinnern schuldig. Also gehen Sie und tun Sie, was der Andere auch getan hätte – suchen Sie sich einen neuen Job. Wenn Sie hier herumballern, trifft es nur die Falschen!«

Zlatan zögert. »Warum glauben Sie eigentlich, dass man mich so einfach wegschicken kann? Wie einen kleinen Jungen?«

»Ich schicke Sie weg, weil ich Sie wegschicken muss«, antwortet Berndorf. »Und Sie werden weggehen, weil ich sonst einem von diesen Uniformierten pfeife und ihm sage, dass Sie hier mit einer geladenen Schusswaffe herumlaufen.«

In einer Menschenmenge zu töten, ist nicht schwer. Ein richtig platzierter Stoß mit dem Messer, und plötzlich kippt jemand um. Herzanfall? Unterzuckerung? Die Leute rufen nach einem Arzt, allgemeine Aufregung, Hin und Her, irgendwer tut so, als ob er sich aufs Pulsfühlen versteht. Und bis jemand entdeckt, dass diesem Menschen da ein Messer im Bauch steckt, ist man selbst längst in der U-Bahn.

Nur hat Olga kein Messer dabei. Nicht einmal einen Schalldämpfer für die Pistole, weil ihr das Gerät sonst zu sperrig wäre. Sie hat mit dieser Situation auch gar nicht gerechnet. Damit, dass sie den Job tun soll, und draußen vor dem Kirchenportal steht eine halbe Hundertschaft Polizisten.

Das Vernünftigste wäre, die Aktion für heute abzubrechen. Einfach zu gehen. Morgen ist auch noch ein Tag.

Nur haben ihr die beiden Männer vom Bundesnachrichtendienst gesagt, dass sie aus Deutschland verschwinden muss. Dass sie kein zweites Mal herausgeholt wird.

Sie ist jetzt in dem Bereich hinter dem Podium. Ein Tontechniker steuert die Übertragungsanlage, offenbar hat er Probleme, denn die Gitarre klingt bei manchen Akkorden schrill, als ob die Saiten dabei seien, zu reißen. Olga schenkt dem Techniker ein knappes Lächeln und geht hinüber, auf die andere Seite der Kirche, wo die Wand noch steht. Unter einem Mauerbogen tritt sie hinaus, vor sich sieht sie Gebüsch und dahinter eine Straße, die parallel verläuft zu der mit den vielen Uniformierten am Eingangsportal. Sie geht bis zum Bürgersteig vor und blickt um sich. Keine Polizei, nirgends.

Durch den Mauerbogen gelangt sie an die Rückseite des von allen Seiten einsehbaren Zeltes, unter dem das Modell des geplanten Neubaus steht. Aber dafür interessiert sich im Augenblick niemand, die Besucher versammeln sich noch immer vor dem Podium und hören den altfranzösischen Lobpreisungen der himmlischen Liebe zu. Berndorf entdeckt sie nicht darunter, für einen Augenblick fürchtet sie, dass er sie abgeschüttelt hat. Aber dann sieht sie ihn doch, und zwar auf ihrer Seite der Kirche, allein, ohne die Türken. Jetzt? Aber immer wieder verdecken ihn andere Männer. Sie wendet sich dem Modell zu und betrachtet es, die rechte Hand in der Tasche.

Sobald er wieder in Sicht kommt und sie freie Bahn hat, könnte es klappen. Sie wird ihren Job tun, das ist in zwei oder drei Sekunden geschehen, und dann wird sie durch den Mauerbogen hinaus auf die kleine Grünanlage laufen, die Waffe und die Perücke ins Gebüsch werfen, ruhig auf die Straße hinaustreten und eine Passantin sein wie Abertausend andere an diesem Sonntag in Berlin.

Mit einem freundlichen Lächeln, in der einen Hand das Büchlein der Françoise Mesic haltend, die andere offen vorzeigend, geht Berndorf auf den Herrn in dem grauen Anzug zu, gleichzeitig Blickkontakt zu dessen Leibwächtern suchend.

Einer stellt sich auch sofort vor ihn und blockt ihn ab. Er ist größer als Berndorf, ein kompakter muskulöser Kerl.

»Ich möchte eine Nachricht überbringen«, sagt Berndorf. »Eine Nachricht für Herrn Kirstejn.« Er bemerkt, dass der Mann im grauen Anzug aufmerksam geworden ist, und deutet eine Verbeugung an. Und niemand behauptet, es gäbe hier keinen Herrn Kirstejn. Aber der zweite Leibwächter ist jetzt neben ihn getreten, ehe er sich's versieht, tasten ihn rasche Hände ab, und eine noch raschere zieht ihm die Brieftasche aus dem Sakko.

»Ein Hans Berndorf«, meldet der zweite Leibwächter, nachdem er die Brieftasche durchsucht und sie immerhin zurückgegeben hat. »Ein Privatschnüffler.«

»Berndorf, so«, sagt der Mann im grauen Anzug. »Und was wollen Sie?«

»Ihnen eine Nachricht überbringen«, sagt Berndorf. »Unter vier Augen.«

Der Mann schweigt einen Augenblick, dann deutet er mit dem Kopf zur Seite, und sie gehen ein paar Schritte, bis sie im Schutz eines Pfeilers stehen bleiben. Die beiden Leibwächter beziehen in einigem Abstand Position.

»Also?«

»Ihre Leibwächter sind gut, sehr professionell, sehr aufmerksam«, sagt Berndorf. »Trotzdem habe ich gerade einen Mann wegschicken müssen, der hierhergekommen war, um zu töten.«

»Ich kenne Länder, in denen überall Männer herumstehen und darauf warten, dass sie töten können. Die menschliche Natur ist so. Gott hat viel Arbeit mit dem Vergeben.«

»Sollte man nicht wenigstens versuchen, es zu ändern?«

»Sie können die menschliche Natur nicht ändern«, antwortet der Mann, ohne Berndorf anzublicken. Die kühlen grauen Augen suchen, schon wieder, nach der jungen Frau, aber die ist dabei, Erbseneintopf auszugeben. »Der Mensch ist schlecht. Aber am Allerschlechtesten geht es in der Welt dann zu, wenn man das nicht wahrhaben will. Kain hat Abel erschlagen, und wissen Sie, warum das böse war? Weil Abel jenes Opfer gebracht hatte, das Gott wohlgefällig war. Lesen Sie dieses Buch, das Sie gekauft haben. Es war ein kluger Zug, dass Sie es getan haben, ich hätte sonst nicht mit Ihnen gesprochen.« Erst jetzt tritt der Akzent stärker hervor, mit dem der Mann spricht. Es ist ein Akzent, der einen Anklang an das habsburgische, an das k. u. k. Südosteuropa hat.

»Sie wollen nicht wissen«, fragt Berndorf, »wen dieser Mann töten wollte?«

»Wozu? Vermutlich werden Sie mir sagen, dass dieser Mann mich töten wollte. Und? Ein jegliches hat seine Zeit, steht das nicht in der Bibel? Früher war man in Deutschland stolz, selbst in der Bibel zu lesen. Keine Priester dazu zu brauchen.«

»Und wenn die Zeit kommt«, versucht Berndorf einen zweiten Anlauf, »sollte man da seine Dinge nicht in Ordnung bringen?«

»Und was, mein Herr, soll nicht in Ordnung sein?«

»Es betrifft den Vater der Frau, die dieses Buch hier geschrieben hat. Wie Sie wissen, ist das der frühere General Jovan Mesic. Um ihn zu schützen, wurde ein Befehl gegeben, der nicht richtig ausgeführt wurde. Ein junger Mann wurde hier in Berlin getötet, ein junger Mann, der nichts mit Mesic zu tun hat. Trotzdem war es ein Mord. Ich möchte, dass der General den Angehörigen ins Auge sieht. Jetzt. Dass er um Entschuldigung bittet. Dass er Schmerzensgeld anbietet.« Er blickt zur Mitte des ehemaligen Kirchenschiffs, wo Kemal und Nezahat Aydin stehen, ein wenig verloren, fast wie Bittsteller.

»Sie sprechen von Mord«, antwortet der Mann mit unbewegtem Gesicht. »Darüber entscheiden die Gerichte.«

»Nicht in diesem Fall«, antwortet Berndorf. »Über den früheren General Jovan Mesic wird der Internationale Gerichtshof entscheiden. Aber der Fall des jungen Mannes fällt nicht in die Zuständigkeit von Den Haag.«

»Sie sind ein merkwürdiger Mann. Sie sind Deutscher, ja? Kennen Sie nicht das Sprichwort, die Nürnberger hängen keinen, sie hätten ihn denn?«

»*Wanderinnen im Tal der Demut*, so steht es hier«, zitiert Berndorf den Buchtitel. »Wanderer gibt es dort wohl nicht?«

»Sollten wir uns alle nicht um unsere eigenen Wege sorgen, mein Herr?«, kommt es als Antwort.

Berndorf zögert, dann nickt er mit dem Kopf und wendet sich ab. Zorn ist plötzlich in ihm hochgestiegen, für einen Augenblick hat er das Gefühl, er sähe überhaupt nichts mehr außer der roten Wand seiner Wut, dann hört er einen Schrei, ein gellendes »Nein!«, es ist Nezahat, die so schreit, aus den Augenwinkeln nimmt er einen gelblichen Schatten wahr und wirft sich nach vorne, halb zur Seite gedreht, um sich über die Schulter abrollen zu lassen, aber ein Schlag trifft ihn an der linken Schulter, erst dann hört er einen Schuss und einen zweiten und liegt auf den steinernen Platten des Kirchenbodens, mit dem Gesicht auf dem einen Arm, mit dem er sich noch abgefangen hat, und der andere Arm…

Eine Welle von Schmerz schießt ihm durch das Gehirn, als er den anderen Arm zu bewegen versucht, und der Schmerz übertönt noch das Geschrei und Getrappel in der Kirchenruine, er begreift, dass er sich aufrichten muss, weil er sonst totgetrampelt wird, irgendwie kommt er auch hoch, nein, er kommt nicht hoch, sondern Nezahat hilft ihm auf. Noch immer fliehen Menschen aus der Kirche oder schützen sich hinter umgekippten Tischen und Bänken, wo ist eigentlich die halbe Hundertschaft Polizei? Er blickt sich um, der Mann, den er für Jovan Mesic hält, und einer seiner Leibwächter stehen ein paar Meter von ihm entfernt, der Leibwächter mit einer großkalibrigen Pistole in der Hand, und beide blicken auf ein Bündel hinab, das zu ihren Füßen liegt. Schwankend, mit der rechten Hand den herabhängenden linken Arm haltend, geht Berndorf zu dem Bündel, es ist eine nicht gar zu große Frau, sie liegt auf dem Rücken in einer Blutlache, mit einem Loch in der Brust, die grünen Augen starren in den Himmel. Die Perücke mit den langen blonden Haaren ist vom Kopf gerutscht und hat die Pagenfrisur freigelegt.

»Wer ist diese Frau?«, fragt Nezahat.

»Das war Olga«, antwortet Berndorf. »Wer hat…?« Plötzlich wird ihm schwindlig, Nezahat muss ihn halten, er atmet durch und kippt dann doch nicht um.

»Sie haben Glück gehabt«, hört er Mesic sagen. »Mein Bodyguard dachte, sie geht auf mich los.«

Die S-Bahn rattert durch den späten Vormittag, André blickt hinaus und sieht nichts von der Stadt. Er ist niedergeschlagen und weiß nicht, wie es weitergehen soll. Den ganzen Vormittag hat er in Tegel verbracht, aber was er vorhat, lässt sich dort so nicht machen.

Natürlich gibt es Leute, die holen ihre Bordkarte oder ziehen sie aus dem Automaten, und gehen dann doch nicht sofort durch die Kontrolle und zu ihrem Gate, sondern bleiben erst einmal in der Eingangshalle und trinken einen Kaffee oder kaufen sich was zu lesen. Das sind aber nicht so arg viele. Und die wenigen, die das tun, stecken die Bordkarte nicht in die Reisetasche, natürlich nicht, sondern sie stecken die Karte in die Brusttasche ihrer Jacke. Sie werden sie ja gleich oder in einer halben Stunde wieder vorzeigen müssen.

Trotzdem hätte er es um ein Haar versucht. In einem Trupp von Kerlen, die auf ihren Ballermann-Flieger nach Mallorca warteten, hatte einer ein noch röteres Gesicht als die anderen; André hatte sich ausgerechnet, dass der Kerl auf die Toilette gehen und vielleicht kotzen muss. Er hätte ihm dann ein nasses Wischpapier gereicht und wäre überhaupt behilflich gewesen, ihn zu erleichtern. Tatsächlich hatte der Kerl kurz darauf das WC angesteuert, ziemlich unsicher übrigens, was sogar den anderen Typen auffiel, die einen von ihnen zur Begleitung mitschickten. Egal! Die Typen hätten es sofort gemerkt, wenn auf dem Platz von ihrem Kumpel, dem man die Brieftasche geklaut hat, ein Fremder sitzt.

Am Westkreuz steigt er um und nimmt eine Bahn zum Hauptbahnhof. Mit ihm steigen zwei Frauen ein und nehmen auf der Fensterbank gegenüber Platz, aber weiter vorne, direkt beim Ausstieg. Es sind eine ältere und eine jüngere Frau, sie haben eine große Reisetasche und ein kleines Köfferchen bei sich, beide sind aus schwarzem Leder, die Reisetasche haben sie vor sich auf den Boden gestellt, aber das Köfferchen steht auf der Sitzbank neben der Jüngeren. Die ältere Frau trägt ein Kostüm, es sieht so aus, als sei es aus einem dieser englischen Stoffe; er weiß das deshalb, weil ihn die Elke immer wieder mal auf einen Schaufensterbummel mitgeschleppt und damit genervt hat, ob ihr so etwas wohl stehen würde. Die Jüngere trägt einen kurzen Rock und diese komischen hohen Stiefelchen und hat auch lange blonde Haare und eine blaue Baskenmütze. Es sind also Mutter und Tochter, sagt er sich, man sieht es auch, weil die Ältere so einen besorgten und die Jüngere so einen schnippischen Ausdruck im Gesicht hat. Auch blickt die Mutter immer wieder auf eine kleine goldene Armbanduhr, man ist also in Eile. Die Tochter ist ganz sicher viel älter als er, vielleicht ist sie sogar schon eine Studentin. Weil es zwei Frauen sind, ist es für beide zu wenig Gepäck. Also bringt die Mutter die Tochter zum Hauptbahnhof, und es ist nur die Frage, wohin die Tochter fährt. Es wird Frankreich sein, denkt er, und nicht einfach nur Frankreich, sondern Paris, warum sonst die Baskenmütze! Bei Frankreich fällt ihm jetzt wieder der Bilch ein, der wollte ja dorthin, und jetzt sitzt er in seiner Zelle und guckt zu den Gitterstäben hinaus, fast empfindet André ein wenig Mitleid.

Die S-Bahn fährt in die Station Bellevue ein, André steht auf und geht an den beiden Frauen vorbei zu den Türen. Als die Bahn hält und die Türen sich öffnen, wirft er einen Blick hinaus, als warte er auf jemanden, der dort zusteigen würde.

»Du nervst mich«, sagt hinter ihm die jüngere zu der älteren Frau, »wir sind viel zu früh am Hauptbahnhof.«

Es kommt das Abfahrtssignal, André beugt sich zurück und packt mit der linken Hand das Köfferchen und springt hinaus, gerade als die Türen hinter ihm zuklappen und die S-Bahn anfährt. Rechts ist die Treppe zu einer Unterführung, er geht sie ruhig hinunter und durch die Unterführung zum Bahnsteig gegenüber, dort fährt gerade die S 7 nach Potsdam Hauptbahnhof ein.

Vergeht Zeit? Es ist Unsinn, das so zu nennen, denkt Barbara. Wie lange schon sitzt sie auf diesem Holzstuhl in einem von Neonröhren beleuchteten Korridor der Charité? Sie weiß es nicht. Längst kennt sie den Text auf dem Plakat auswendig, auf dem den Patienten unter der Schlagzeile: »*Wir streiken auch für Ihre Gesundheit*« erklärt wird, warum jetzt nur noch ein Notfalldienst aufrechterhalten werde. Die Zeit gibt es gar nicht. Sie ist eine individuelle Erfahrung und folglich eine psychologische Kategorie. Die Zeit eines Kindes verläuft unvorstellbar viel langsamer als die des alternden Menschen. Vielleicht kann Zeit sich auch konzentrieren, womöglich sogar implodieren, zu einem Schwarzen Loch zusammenfallen. Irgendwo in ihrem Kopf meldet sich eine Stimme, es ist die Stimme Berndorfs, sie sitzen in Blengow in der Wohnküche, und er liest ihr einen Aphorismus des Philosophen und Naturwissenschaftlers Georg Christoph Lichtenberg vor, sie muss eine Weile herumprobieren, dann hat sie den Wortlaut.

... Ich kann mir vorstellen, dass ein Mensch, der von einer Kanonenkugel tödlich getroffen wird, in einem sekundenlangen Beben seines Gehirns sein ganzes Leben in einem Punkt sieht und fühlt ...

Merkwürdig, dass ihr das jetzt in Erinnerung kommt – nein, weist sie sich zurecht, das ist überhaupt nicht merkwürdig, es ist nur unangemessen und peinlich. Berndorf ist an der linken Schulter verletzt, schlimm genug, es kann sein, dass das Schultergelenk zertrümmert ist, dass mehrere Operationen notwendig sind – das alles ist schlimm, ärgerlich und langwierig. Aber ist er dem Tod begegnet?

Doch, sagt sie sich. Ganz knapp war es. Er war schon so gut wie tot. Aber dann ist er dem Tod doch noch einmal von der Schippe gesprungen. Nein! Es hat ihn einer runtergeschubst. Einer von Mesic' Leuten.

Eine Tür öffnet sich, ein Arzt kommt auf den Korridor heraus, es ist der Operateur, ein Oberarzt, noch jung – wenn man jemanden so nennen darf, der auf die Vierzig zugeht und weiß der Teufel wie viele Stunden Notfalldienst hinter sich hat... Nein, sagt er, sie brauche sich nicht zu beunruhigen, voraussichtlich werde keine zweite Operation notwendig sein, aber gewiss würden der Heilungsprozess und die Rehabilitation einige Zeit in Anspruch nehmen.

Der Aufgang von der Metro-Station Odéon entlässt einen neuerlichen Schwall von Menschen auf den Boulevard St. Germain, unter ihnen ist auch André. Er ist müde und vermutlich hungrig, auch wenn er den Hunger gerade vergessen haben mag. Vor ein paar Stunden ist er in Paris angekommen, am Gare de L'Est, nach einer Fahrt in der Ersten Klasse, da ist er sich schon merkwürdig vorgekommen in seinen Jeans und seinem alten Anorak. Aber was soll man tun, wenn man so ein Ticket hat? Unweit vom Bahnhof hat er ein kleines schäbiges Hotelzimmer bekommen, trotzdem wollte die Alte, die das Hotel hütet, seinen Pass sehen, und so ist er nun einmal als Vanessa Kleinschmidt, 19 Jahre alt, dort eingetragen.

Angeblich ist er eine *Étudiante*. Eine Studentin. Warum auch nicht? Niemand ist perfekt. Für drei Nächte hat er im Voraus bezahlt. Damit bleiben ihm noch knapp dreihundert Euro.

Er war schon schlechter dran.

Nur der Boulevard St. Germain... Aus irgendeinem Grund hat er angenommen, dass der was Besonderes wäre. Das heißt, nicht aus irgendeinem Grund. Sondern weil es dazu ein Lied gibt, das die Elke mag. Nur ist der Boulevard St. Germain ein bisschen wie der Ku-Damm. Man geht einmal drüber oder fünf Mal, und es ist immer das gleiche.

Er ist an einer Ecke angekommen, an der eine andere Straße kreuzt, der Boulevard St. Michel, und plötzlich entdeckt er etwas, das ihn wirklich interessiert.

Es ist ein Laden für Comics.

Nur, dass sie hier nicht so heißen. Plötzlich holt er das Wörterbuch vor, das im Köfferchen der Vanessa war, und blättert darin. *Travail* – wie zum Teufel spricht man das aus?

Das Auto stand tatsächlich an der Stelle, die Berndorf ihr beschrieben hat, und nichts ist zerkratzt oder kaputt, das ist auch nicht selbstverständlich. Sie fährt am Büro vorbei – nicht mehr oft!, denkt sie – und steuert den Torplatz an. Radio Fünf Neunundsechzig bringt zum Glück und ausnahmsweise einmal keine Schnulzen und keine Schmachtfetzen, sondern die Übertragung einer Pressekonferenz zu der Schießerei in der Ruine der Franziskanerkirche, eine Stimme – sie gehört dem Senatsrat Missenpfuhl – erläutert in einem Tonfall, in dem sich Understatement und Großschnäuzigkeit auf unnachahmbar berlinische Weise mischen:

... wenn Sie mich so fragen, ist das ein Anschlag auf die Veranstaltung in der Kirche gewesen, da haben wir gar keinen Zweifel, aber wir haben keine Hinweise darauf, dass die Attentäterin, die ja selbst ums Leben gekommen ist, einen islamistischen Hintergrund gehabt hätte, wir ermitteln in jede Richtung ... Natürlich haben wir eine satte Portion Glück gehabt, auch wenn noch ein paar Leute in der Charité liegen, einer ist ja angeschossen worden von dieser Frau, andere haben sich ja im Gedränge verletzt, Lebensgefahr besteht meines Wissens bei keinem ... Aber da machen wir uns nichts vor, das hätte ziemlich böse ausgehen können ... Nein, zu der Person, die die Attentäterin gestoppt hat, kann ich im Augenblick keine Informationen geben, hier sind

noch Abklärungen erforderlich, ich könnte mir vorstellen, dass das juristisch als Notwehr oder Nothilfe gewertet wird... Nein, diese Person ist kein Polizist, auch sonst kein Funktionsträger, der Veranstalter hat uns ausdrücklich gebeten, keine Polizei in der Kirche selber, da muss man sich dran halten, ich würde Sie hören wollen, wenn wir Polizisten in Zivil in die Heilige Messe schicken, und der Pfarrer hat sich's vorher verbeten... Nein, die Kollegen haben nicht zu lange gebraucht, diesen Schuh ziehen wir uns schon gar nicht an, Polizeibeamte können nicht einfach losrennen, wenn es irgendwo knallt, Eigensicherung ist ein absolut vorrangiges Gebot...

Dann kippt die Stimme des Senatsrats weg, an seiner Stelle ist Wanda Kuhlebrock wieder am Mikrophon: *»... na, meine Lieben, wisst ihr mal wieder Bescheid? Wenn's knallt, rennen unsere Freunde und Helfer nicht einfach davon, sondern sie tun es überlegt. Dazu nun ein kleines Liedchen von Georges Brassens, da liebt er nämlich nicht etwa einen Flic, also einen Polizisten, sondern die Frau von einem...«*

Entschlossen drückt Barbara auf die Aus-Taste. Schon immer hat sie Brassens gemocht. Aber nicht heute Abend.

Epilog

Es ist Dämmerung, vom Flusslauf der Argen her steigt ein Dunstschleier auf und verfängt sich in den Bäumen des Parks. Auf der Terrasse spielen zwei Männer Schach, der Bildschirm eines Computers zeigt die Stellung an, Weiß steht, wenn man genau hinsieht, auf Verlust, aber es droht ein langwieriges Bauernendspiel.

Auf dem Bildschirm, unterhalb des Diagramms, erscheint die Frage: »Remis?«

»Einverstanden«, sagt Berndorf und nickt dem Mann im Rollstuhl zu. Der gibt einen Befehl ein, und auf dem Bildschirm kehren die Schachfiguren in die Grundstellung zurück.

Seit knapp einer Woche ist Berndorf in der Rehabilitationsklinik im Allgäu, in der Hoffnung, dass die Schulter nun doch wieder mobilisiert werden kann und er nicht noch einmal unters Messer muss. Am dritten oder vierten Tag war er gefragt worden, ob er zufällig Schach spiele – ein Langzeitpatient suche einen Spielpartner. Seither verbringt er die Abende mit dem Mann im Rollstuhl, der Mann heißt Christian Fausser, er ist gelähmt und kann nicht sprechen, aber sein Rollstuhl ist mit einem Computer versehen, den er mit der linken Hand bedienen kann, und dann erscheinen die Antworten auf dem Bildschirm.

Das Schachdiagramm verschwindet, stattdessen erscheint eine Frage: »Nachrichten?« Tatsächlich zeigt die auf dem Monitor eingeblendete Uhr, dass es kurz vor acht ist.

»Gerne«, antwortet Berndorf.

Auf dem Bildschirm baut sich das Nachrichtenstudio des Ersten Programms auf, dann hört man auch schon die viel zu pathetischen Gongschläge, ein artiger Krawattenmann beginnt vorzulesen, was in der Welt geschehen ist. Berndorf hat seinen Liegestuhl ein wenig zurückgestellt und betrachtet die Bäume im Abendlicht und hört nur mit halbem Ohr zu, aber auf einmal ist er doch hellwach.

... Im Bundestag ist es heute zu einer scharfen Auseinandersetzung um die hohen Verluste der von der Landesbank Süd übernommenen Privatbank Oheymer und Jaumann gekommen. Der Innenminister verteidigte den Bundesnachrichtendienst gegen den Vorwurf, die Privatbank gemeinsam mit dem früheren kroatischen Rüstungsstaatssekretär Jovan Mesic ausgeplündert zu haben. Es sei verantwortungslos, betonte der Innenminister, das Fehlverhalten einzelner Beamter dem Dienst insgesamt anzulasten. Auch treffe nicht zu, dass der Bundesnachrichtendienst behilflich gewesen sei, Jovan Mesic eine neue Identität zu verschaffen. Wie wiederholt berichtet, steht Mesic inzwischen wegen Kriegsverbrechen in Den Haag vor Gericht...

Berndorf wirft einen Blick zur Seite. Seit dem Hirnschlag hängt Faussers eine Gesichtshälfte nach unten, was dem gesamten Gesicht einen unveränderlich zynischen Ausdruck verleiht. Dieses Gesicht ist wie eine stehen gebliebene Uhr, denkt Berndorf. Zweimal am Tag zeigt sie die richtige Zeit an.

»Fast hätte ich ihn für einen ehrlichen Mann gehalten«, sagt Berndorf, fast beiläufig. »Den Innenminister, meine ich.«

Er blickt zu Fausser, und dessen Gesicht sieht aus, als sei die Antwort darauf geschrieben. Zweimal am Tag! »Diese Idee«, fragt er, »das Kriegsgerät aus dem Arsenal der NVA als Schrott zu deklarieren, es nach Kroatien zu schicken, dort als Kriegsgerät wieder auferstehen zu lassen und damit auch noch mächtig Kasse zu machen – diese Idee ist in Pullach entstanden, nicht wahr?«

Faussers Hand tippt auf der Tastatur ein paar Buchstaben ein. »Wo sonst?«

»Ich nehme an, ursprünglich wollten Pullach und der General Mesic unter sich bleiben. Waren Sie es, der darauf bestanden hat, dass auch die Abgeordneten ihren Anteil bekommen?«

»Nein«, leuchtet es auf dem Bildschirm auf.

»Also Ulrich Eschle?«

»Nächste Frage.« Auch für diese Antwort braucht Fausser nur einen Befehl.

»Wie Sie meinen.« Berndorf lehnt sich ein wenig zurück und beginnt, mit der rechten Hand die linke zu kneten und zu massieren. »Haben Sie und Eschle eigentlich deshalb auf diesem Besuch im Lager Dretelj bestanden, um deutlich zu machen, dass Sie sich auch quer legen können? Dass es wirklich besser ist, Sie ins Boot zu holen?«

»Nächste Frage.«

Berndorf lacht. »Jetzt spielen Sie den Politiker, der Sie nicht mehr sind. Nun waren Sie mit diesem Deal aber gar nicht so richtig einverstanden. Vielleicht war Ihnen die brüderliche Waffenhilfe ein paar Nummern zu großherzig ausgefallen. Es kamen ja immer wieder Nadelstiche von Ihnen. Nadelstiche gegen EuroStrat, Nadelstiche wegen der gebirgstauglichen Hubschrauber, die die Bundeswehr nicht mehr hat und jetzt dringend bräuchte....«

»Ihre Frage?«, leuchtet es auf dem Bildschirm auf.

»Warum nur Nadelstiche?«

Die Hand setzt zu einer Antwort an, dann löscht sie den Text wieder. Schließlich erscheint: »Das Mögliche tun.«

Ei ja!, denkt Berndorf. Das Verantwortungsethos des Politikers. Dicke Bretter bohren! Mit ruhiger Hand! Mit Augenmaß!

»War Jörg Matthaus der Strohmann, der Ihren Anteil an dieser Basler Gesellschaft, dieser Hephaistos, gehalten hat?

»Nächste Frage.«

»Und Sie haben kein Geld aus Basel bezogen?«

»Nein.«

»Nein?«

Fausers Hand irrt über die Tastatur. Schließlich leuchtet eine Antwort auf: »Spenden. Wahlkampf.«

Berndorf nickt. Es gibt nichts mehr zu fragen. Spenden. Wahlkampf. Aber ja doch. Irgendwann kann jeder das Geld brauchen, das ihm zugeschoben wird. Und nimmt es. Für den Wahlkampf. Vielleicht für das eigene Haus, das immer ein wenig teurer wird als gedacht. Für die Familie, die nicht versteht, warum man sich nichts leisten darf, wenn der Vater doch im Bundestag sitzt.

»Den großen Reibach hat ja Matthaus gemacht. Als er bei Oheymer & Jaumann eingestiegen ist – hat er da eigentlich gewusst, dass die Landesbank früher oder später den Laden übernehmen wird?«

»Nächste Frage!«

»Er wusste es, nicht wahr? Die Landesbank musste übernehmen, und zwar aus politischen Gründen. Bei einem Konkurs von Oheymer & Jaumann wäre sonst alles an den Tag gekommen. Die Lieferung der Panzer und der MiG-Jäger und der Hubschrauber aus den NVA-Beständen, und wer alles davon profitiert hat…«

Wieder leuchtet der Monitor auf. »Danke für das Gespräch!«

Berndorf betrachtet den Menschen neben sich, der schief und zusammengekrümmt in seinem Plaid liegt, die eine Hand immer noch an der Tastatur, die seine letzte Verbindung zur Außenwelt ist. Soll er Fausser erzählen, was sich General Mesic wirklich gedacht hat, damals an diesem heißen Tag in Dretelj? Dass Zlatan Sirko, der richtige Zlatan Sirko, danach gerade noch einen Tag zu leben hatte? Plötzlich fröstelt ihn. Er steht auf.

»Es ist kühl geworden. Gehen wir hinein?«

»Danke«, antwortet der Bildschirm. »Gute Nacht!«

Und das wünscht auch Berndorf, wendet sich ab und geht über die Terrasse in den Aufenthaltsraum der Klinik und weiter in sein Zimmer, in der linken Hand die Spange, mit der er immer wieder das Zupacken und Loslassen trainiert.

Barbara parkt das Auto im Hinterhof und atmet tief durch. Zeit, dass die Semesterferien beginnen! Als sie aussteigt, steht die Hitze des späten Juli-Nachmittags wie eine Wand vor ihr. Ein Glück, dass Wochenende ist, sie würden nach Blengow fahren und nackt in der Ostsee schwimmen, von der Datsche aus ist es nicht weit zu den Plätzen, wo man das tun kann. Sie überlegt, ob sie heute Abend noch fahren würden, und entscheidet, dass das Berndorf nach seiner Laune entscheiden soll.

Nach seiner Laune? Ja doch. Er ist launisch geworden, findet sie. Die Kur im Allgäu hat seiner Schulter vielleicht genutzt, aber seiner Seele nicht gutgetan.

Das Schlimmste sind die merkwürdigen Spaziergänge. Immer wieder fährt er mit der S-Bahn nach Wannsee und läuft durch den Wald, Barbara hat schon Schuldgefühle deshalb, es kommt ihr vor wie eine ständige Klage, warum kann ich keinen Hund dabeihaben? Weil deine Katze es nicht duldet, darum! Manchmal kommen Nachrichten, die muntern ihn für ein oder zwei Tage auf – als Mesic in Basel verhaftet wird, ist das so gewesen, oder als Carla Jankewitz in einer schriftlichen Erklärung eingestand, dass sie dem Bundesnachrichtendienst regelmäßig über Fausser berichtet hat und also auch über den Anruf des Kellners Zlatan Sirko …

Das heißt, die Aufmunterung hielt da nur einen knappen Tag, und am Abend hockte schon wieder die Depression auf seiner Schulter, die davon auch nicht gesünder wurde. Und dass der Bund dann immerhin 50 000 Euro Schmerzensgeld an die Familie Aydin geleistet hat, »ohne Anerkennung einer Rechtspflicht«, wie es in solchen Fällen heißt – das hat ihn nur noch tiefer in die Depression gedrückt.

»Fünfzigtausend Euro!«, hatte er gesagt. »Ein lächerlicher Betrag für ein Menschenleben … der Regierungsdirektor Hornisser gehört vor Gericht, als Anstifter zum Mord …«

Aber Hornisser hatte sich ohne große Mühe herausreden können. Gewiss habe er die Information über die Enttarnung von Mesic alias Kirstejn weitergegeben, aber nur, um jenem nahezulegen, sich endlich selbst dem Gericht in Den Haag zu stellen... Freilich, der BND-Beamte, der sich die Pistole hat abnehmen lassen, mit der Olga auf Berndorf schoss, der hat richtigen Ärger bekommen.

Sie kommt die Treppe hoch, er erwartet sie an der Tür, wie er das meistens tut, ein älterer Herr in Jeans und einem schwarzen T-Shirt, es sieht an ihm nicht einmal affig aus. Er wirkt gelöster als sonst, sie kann ein wenig aus dem Institut erzählen, über Vorhaben, die wieder nicht oder noch nicht genehmigt wurden, über die Dissertation einer ihrer Studentinnen, eine wunderbare Arbeit, wäre sie nicht in einem so schrecklich bürokratischen Deutsch geschrieben!

Auf dem Rechaud steht Tee, sie nimmt eine Tasse und fragt, ob sie wohl gleich nach Blengow fahren sollen, aber Berndorf sagt, er habe Hunger und außerdem in Wannsee ein kleines Lokal am Ufer gefunden, er würde sie gerne dorthin einladen. Barbaras Begeisterung schäumt nicht über, aber sie ist einverstanden und will nur kurz duschen. Sie ist schon auf dem Weg zum Bad, dann siegt aber doch ihre Neugier. Sie bleibt stehen und dreht sich um.

»Irgendein Knoten ist aufgegangen«, fragt sie, »welcher?«

»Ich weiß nicht, was du meinst«, antwortet er. »Aber Post ist gekommen, fast hätte ich es vergessen.« Er steht auf und holt aus seinem Zimmer ein Filmplakat und rollt es auf. »Es ist ein Reprint, aber ich werde es trotzdem aufhängen.« Das Plakat zeigt John Wayne mit der Winchester und James Stewart und Lee Marvin und hat den französischen Titel: *L'homme qui tua Liberty Valance*. Auf der Rückseite sind mit Filzschreiber zwei Worte geschrieben: *Danke! André*

»Eine Kinderschrift ist das nicht mehr«, sagt sie, etwas zurückhaltend, denn der *accent aigu* schwebt ihr fast zu kühn auf dem e von André. »Und von wo ist das gekommen?«

»Aus Paris«, antwortet er und zeigt die Papprolle, in der das Plakat versandt worden ist.

Eine knappe Stunde später sitzen sie in dem Restaurant am Wannsee, der Ober hat sie zu einem reservierten Tisch geleitet, es ist ein adrettes Lokal, der Service professionell, der Ober empfiehlt einen Zander aus der Müritz, aber auch Rücken vom Wildschwein, da reagiert Berndorf aber deutlich ablehnend, also entscheidet man sich für den Zander, und der ist auch wirklich frisch. Irgendwann stimmen sie darin überein, heute Abend nun doch nicht mehr zu fahren, das bedeutet, dass sie eine Flasche Wein bestellen können. Eine Weile sprechen sie über André und dass sein Gruß so etwas wie ein Signal ist, aber was für eines?

»Dass er jetzt Flagge zeigen kann«, meint Berndorf.

Barbara ist etwas skeptischer, aber das will sie nicht zeigen. Nach dem Nachtisch nimmt sie einen weiteren Anlauf und fragt, wie denn nun sein Tag gewesen sei.

»Ich weiß nicht so recht«, kommt die Antwort. »Im Wald hab ich einen Förster getroffen, und wir sind ins Gespräch gekommen, einfach so. Über die Wildschweine zum Beispiel, die Förster hier kriegen nämlich die Population nicht mehr unter Kontrolle ...«

Barbara runzelt die Stirn. Was hat er da für ein Thema aufgetan und warum? Sie sieht zu, wie er hinter sich in die Tasche seiner Leinenjacke greift, die er über die Stuhllehne gehängt hat, und etwas herauszieht, das bläulich durch die Plastikhülle schimmert, in die es verpackt ist. Er zeigt es ihr, aber es widerstrebt ihr, es aus der Hülle zu nehmen.

»Das ist ein Fetzen von einer Seidenbluse«, sagt sie. »So zwischen blau und violett, ich weiß gar nicht, wann so ein Farbton Mode war.«

»Wer würde so etwas tragen?«

Barbara beschließt, sich auf das Spiel einzulassen. Wenn es denn ein Spiel ist. »Heller Hauttyp, blondes Haar.« Plötzlich begreift sie. »Wo hast du das gefunden?«

»Ein paar hundert Meter entfernt von dem Heim, in dem Andrés Mutter als Kind untergebracht war. Da ist eine Stelle unter den Kiefern dort, mit ein paar aufgetürmten Steinen, genau richtig für ein Versteck. Der Förster meinte, mehr als das« – er deutet auf den Stoffrest – »würde ich nicht finden. Die Wildschweine lassen nichts übrig. Und deren Kiefer sind stark genug, auch einen Menschenschädel ...«

»Stopp!«, befiehlt Barbara. »Keine weiteren Details. Aber was willst du damit?« Sie hält den Stofffetzen hoch. »Willst du es André schicken?«

»Er hat keine Adresse angegeben«, antwortet Berndorf und winkt dem Ober. »Nimmst du auch einen Mokka? Vielleicht einen Kognak dazu?«

Barbara nickt, noch immer in den Anblick des blau schimmernden Stücks Seide versunken. Berndorf gibt die Bestellung auf.

»Sehr wohl«, antwortet Zlatan und verbeugt sich leicht, »zwei Kognak, zwei *bosanska Kahva.* Sie erlauben, dass das auf Rechnung des Hauses geht.«

Es wirkten mit:

AYDIN, 1) Murad, hat kein langes Leben
2) Kemal, Änderungsschneider, Onkel von 1)
3) Nezahat, Schwester von 1)
BERNDORF, Hans, priv. Ermittler
CAPOTTA, Dr., Marielouise, Neurologin
CZYBILLA, Manfred, genannt der Bilch
DINGELDEY, Adrian, Professor, Anwalt
DOTZ, Manuel, Kripo Frankfurt/Main
EBENWEISS, Laura, Assistentin von B. Stein
ESCHLE, Ulrich, MdB, verstorben
FAUSSER, 1) Christian, MdB
2) Brigitte, Ehefrau von 1)
3) Vera und Tabea, Tochter und Enkelin von 1)
FEICHTMAYR, Johann Baptist, Monsignore
FEINKIND, Tamara, Nachbarin von Zlatan Sirko
FLIEGAUF, Hauptkommissar, Entschärfergruppe LKA Berlin
HORNISSER, Eberhard, Rechtsanwalt, Regierungsdirektor a. D.
JAKUBEIT, 1) Elke, alleinerz. Mutter, abwesend
2) André, Sohn von 1)
JANKEWITZ, Carla, Wiss. Mitarbeiterin von MdB Fausser
KIRSTEJN, Daniel, Finanzier, Basel
KLEINSCHMIDT, Vanessa, schafft es nicht nach Paris
KRAMER, Friedhelm, Kripo Frankfurt/Main
KROPPENSCHMITT, Hansjürgen, Hausverwalter
KUHLEBROCK, Wanda, Moderator/in Radio Fünf Neunundsechzig
LUCA und MATTIA, Kollegen der Olga Modrack

Lucy, stud. phil., versteht eine Frage nicht
Lunden, Solveig, Journalistin
Majewski, Detlev, Demonstrant
Matthaus, Jörg, Banker
Mesic, 1) Jovan, kroat. General und Politiker, abgängig
2) Françoise, Autorin und Ordensmitglied, Tocher von 1)
Miguel, Barkeeper,
Missenpfuhl, Holger, Senatsrat, Berlin
Modrack, Olga, alias Sikorski, Olga
Örtlein, Gregor, Fotograf
Quadenheuve, Rüdiger, Ermittlungsrichter, Rostock
Regulski, Jonas, Polizeihauptkommissar Berlin-Mitte
Ruff, Carmen, Sekretärin von MdB Fausser
Sirko, Zlatan, Kellner
Stein, Barbara, Politologin
Trautmannsdorf, Witwe, Nachbarin von B. Stein
Uwe, Nachtschwärmer, Nachname im Polizeiprotokoll
Venske, Dr., Wolfgang, Oberarzt in der Hautklinik
Virginia, Katze
Vochazer, Frieder, MdB
Watzkau, Elfriede, sehbehindert

Anmerkung des Autors

Dieses Buch ist ein Roman und erhebt keinen Anspruch darauf, politische, militärische oder wirtschaftliche Geschehnisse historisch korrekt zu schildern. Sollte der Leser trotzdem den Eindruck gewinnen, einzelne Abläufe könnten sich tatsächlich so oder so ähnlich zugetragen haben, kann dies nur einem bedauerlichen Mangel an Vertrauen in staatliche Instanzen geschuldet sein.

Die Fakten über den jugoslawischen Bürgerkrieg, die in dieses Buch Eingang gefunden haben, sind anhand allgemein zugänglicher Quellen erhoben worden. Zu einer Fotografie, die in diesem Buch beschrieben wird und die dieser Beschreibung zufolge eine Szene aus einem kroatischen Gefangenenlager zeigt, muss allerdings klargestellt werden, dass es ein ähnliches Foto sehr wohl gegeben hat, dass es aber in – oder genauer: vor – einem serbischen Lager aufgenommen wurde. Es kann heute aber kein Zweifel daran bestehen, dass auch aus kroatischen Lagern solche Aufnahmen vorliegen könnten, hätte es seinerzeit nur ein nennenswertes Interesse gegeben, die dortigen Vorgänge zu dokumentieren.

Ulrich Ritzel, im Sommer 2011